악령들

가볍게 읽는 도스토옙스키의 5대 걸작선

악령들

표도르 도스토옙스키 지음
조혜경 옮김

뿌쉬낀하우스

일러두기

1. 이 책의 러시아어 표기는 국립국어원의 외래어 표기법에 준함.
2. 이 책의 각주는 역자의 것임.
3. 번역 원본으로는 나우카 출판사의 1974년 판본 도스토옙스키 전집 중 10권을 사용함.
   Достоевский Ф.М. Полн. собр. соч. в 30 т. Т. 10, (Ленинград:Наука, 1974)
4. 이 책은 원본의 발췌본으로서 역자의 판단에 따라 취사선택되었으며, 원문 그대로 번역되었음.
   따라서 원본에서 누락된 부분은 의도적인 부분임.
5. 이 연구는 2022학년도 대구대학교 학술연구비지원으로 수행되었음.

주요 인물

니콜라이 프세볼로도비치 스타브로긴(니콜라스) – 바르바라 페트로브나의 아들로서 방탕한 삶을 살다 자살로 생을 마감. 마리야 레뱌드키나와 합법적인 결혼을 한 적이 있으나 다샤 샤토바를 사랑함.

바르바라 페트로브나 스타브로기나 – 니콜라이 프세볼로도비치의 어머니. 스타브로긴 장군의 미망인이며 친부로부터 많은 재산을 물려받음. 아들의 가정교사인 스테판 트로피모비치 베르호벤스키와 오랫동안 함께 거주하며, 그를 다리야 파블로브나와 결혼시켜려 함.

스테판 트로피모비치 베르호벤스키 – 1840년대를 대표하는 지식인, 바르바라 페트로브나와 화자의 친구, 표트르 스테파노비치의 아버지

표트르 스테파노비치 베르호벤스키(페트루샤) – 스테판 트로피모비치의 아들, 급진적인 사상가로서 5인조(리푸틴, 럄신, 비르긴스키, 시갈료프, 톨카첸코) 그룹의 리더 역할.

안톤 라브렌티예비치 – 화자. 스테판 트로피모비치의 가까운 친구로서 '나'로서만 등장하며 이야기를 이끔.

이반 파블로비치 샤토프(샤투슈카) – 키릴로프와 미국에서 함께 지내기도 하였으나 범슬라브주의 사상을 지녔으며 조직을 나온 이후 밀고를 의심받아 표트르 스테파노비치 일행에 의해 살해됨.

다리야 파블로브나 샤토바(다샤) – 샤토프의 누이로서 바르바라 페트로브나의 보살핌을 받으며 한때 스테판 트로피모비치와의 혼담이 오가기도 함.

마리야 샤토바 – 샤토프의 아내이지만 스타브로긴의 아이를 낳은 지 얼마 안되어 사망

이그나트 티모페예비치 레뱌드킨 대령 – 술주정뱅이, 시인, 이반 샤토프의 이웃

마리야 티모페예브나 레뱌드키나 – 마리야는 니콜라이 스타브로긴의 합법적인 아내, 오누이는 방화 사건으로 목숨을 잃음.

알렉세이 닐로비치 키릴로프 – 인신론을 주장하는 급진적 사상의 소유자, 표트르의 강요에 의해 샤토프의 살인범임을 거짓 고백하는 유서를 작성한 후 자살로 생을 마감.

리자베타 니콜라예브나 투시나(리자, 리즈) – 니콜라이 스타브로긴을 사모하나 스타브로긴이 자신을 사랑하지 않았음을 깨닫고, 레뱌드킨 오누이 방화 살해사건 현장에 갔다가 사건 연루자로 오인 받아 군중의 폭력에 의해 살해됨.

세묜 예고로비치 카르마지노프 – 저명한 작가. 서구주의자로 등장하며 정치사회적 문제에 대해서는 전혀 이해하지 못함. 이반 투르게네프의 캐리커처로 알려짐.

페지카 카토르지니 – 탈옥수로서 표트르와 스타브로긴의 사주를 받아 레뱌드킨 오누이를 살해함.

소피야 – 병든 스테판 트로피모비치를 돌보며 그에게 성경을 알려주는 여인

안드레이 안토노비치 폰 렘브케 – 새로 부임한 지사

율리야 미하일로브나 – 폰 렘프케의 부인

차례

제1부

I. 내 친구 스테판 베르호벤스키	13
II. 내 친구의 찬란한 과거	21
III. 내 친구의 이상한 우정	25
IV. '해리 왕자' 니콜라이 스타브로긴	43
V. 뜻밖의 혼담	56
VI. 수수께끼 샤토프	75
VII. 내 친구 스테판 베르호벤스키의 고뇌	87
VIII. 리자의 야심찬 계획	97
IX. 지켜야만 했던 약속	112
X. 슬픈 광대 레뱌드킨	122
XI. 운명적인, 너무나 운명적인 재회	134
XII. 샤토프의 따귀	165

차례

제2부

I. 아버지와 아들	170
II. 니콜라이 스타브로긴의 야심찬 외출	199
III. 니콜라이 스타브로긴의 은밀한 계획	244
IV. '참칭자'가 되어버린 니콜라이 스타브로긴	259
V. 니콜라이 스타브로긴과 다리야의 만남	274
VI. 니콜라이 스타브로긴, 사교계의 주목을 받다	282
VII. 아버지와 아들의 뜨거운 논쟁	291
VIII. 성가신 일에 빠진 표트르 스테파노비치	301
IX. 표트르 스테파노비치의 계략	318
X. 이반 왕자	333
XI. 차압당한 스테판 베르호벤스키	356

제3부

I. 축제의 시작	382

II. 축제의 종말	393
III. 끝나버린 로맨스	403
IV. 최종 결정	421
V. 방랑하는 여인	440
VI. 새 생명의 탄생	468
VII. 악령들의 살인	479
VIII. 악령들의 최후	490
IX. 스테판 베르호벤스키의 마지막 방랑	525
X. 니콜라이 스타브로긴의 최후	562
작품 해설	589
작가의 삶과 작품세계	601
표도르 도스토옙스키 연보	605
옮긴이 소개	608

악령들

총 3부로 된 소설

제1부

I. 내 친구 스테판 베르호벤스키

 서문을 대신하여: 대단한 존경을 받는 스테판 트로피모비치 베르호벤스키의 전기에 담긴 몇 가지 시시콜콜한 이야기들

 나는 지금까지 그 어떤 점에 있어서도 주목받지 못했던, 우리 시에서 최근 일어난 정말 이상한 사건을 전하고자 한다. 그런데 내가 재주가 없기 때문에 중심부와 다소 거리가 먼 주변부의 이야기라고 생각될지도 모르는 이야기, 즉 재능 있고 대단한 존경을 받는 스테판 트로피모비치 베르호벤스키의 전기 가운데 시시콜콜한 이야기부터 시작하겠다. 사람들이 이 이야기들을 그럴듯한 연대기의 서문 정도로 생각해도 상관은 없다. 아무튼 내

가 전하고자 하는 이야기는 아직 시작도 못했다.

　솔직히 말하겠다. 스테판 트로피모비치는 우리 사이에서 일종의 특별한, 그러니까 시민으로서의 역할을 지속적으로 수행해왔다. 그는 이 역할을 열정적으로 좋아한 듯하다. 엄밀히 말하자면 그는 그러한 열정 없이 살아갈 수 없었을 것이다. 그렇다고 내가 그를 극장에 출연하는 배우와 동등하게 취급하려는 것은 아니다. 그에게 신의 가호가 있기를. 내가 그를 존경한다는 표현이 더 맞겠다. 이런 점을 고려한다면 모든 것을 습관으로 치부할 수도 있다. 아니, 그가 어린 시절부터 시민으로서의 훌륭한 품행에 대해 유쾌한 상상을 하는 것에 익숙해져 있다고 말하는 편이 더 낫겠다. 예를 들어 그는 '수난자' 혹은 '유형수'라는 자신의 역할을 너무도 사랑했다. 위의 두 단어에는 나름대로 고전적인 뉘앙스가 담겨있다. 그러한 뉘앙스가 계속 그를 유혹하여 그로 하여금 특별한 생각에 빠지도록 부추겼다. 그 생각은 여러 해 동안 지속되었고 결국엔 그를 아주 고상하고 유쾌한 상태인 권위적인 자기애로까지 몰고 갔다. 18세기 영국의 어떤 풍자 소설에 걸리버라는 인물이 등장한다. 그는 키가 고작 2베르쇼크[01] 정도 되는 난쟁이들 사이에서 자신을 거인으로 여기는 데에 익숙해져서 소인국에서 돌아왔음에도 불구하

01　러시아에서 키를 측정하는 단위, 1베르쇼크는 약 4.4cm

고 런던 거리를 걸으면서 행인들과 마차들이 자기 앞에서 회전할 때 자신이 그들을 밟게 될지 모른다며 조심하라고 무의식적으로 소리 지른다. 그러니까 그는 아직도 자신이 거인이고 그들은 난쟁이라고 생각하는 것이다. 때문에 사람들은 그를 비웃고 비난한다. 심지어 무지막지한 마부들은 그를 채찍으로 때리기까지 한다. 하지만 이 일이 과연 정당한 것인가? 습관때문에 뭘들 못하겠는가? 만일 이러한 표현이 가능하다면 습관이 스테판 트로피모비치를 좀더 무고하고 모욕적이지 않은 상태에 가두고 결국 그를 그 지경까지 몰고 간 것이라 말할 수 있다. 왜냐하면 그는 가장 훌륭한 사람이기 때문이다.

난 방방곡곡에 사는 모든 이들이 그의 최후에 대해 잊어버렸다고 생각한다. 하지만 사람들이 과거에 그를 전혀 몰랐다고 할 수는 없다. 그가 한때 지난 세대의 유명 인사들이 속해 있는 이름난 써클에 가입해 있었다는 사실에는 이견이 없을 것이다. 그런데 일순간, 정말 단 1분간의 짧은 순간 동안 그 당시 분주했던 많은 이들은 그의 이름을 차다예프[02], 벨린스키[03], 그라놉스키[04], 해외

---

02 차다예프, 1794-1856, 러시아의 철학자로서 『철학서한』의 저자
03 벨린스키, 1811-1848, 러시아의 비평가
04 그라놉스키, 1813-1855, 러시아의 역사학자이자 모스크바 대학 교수

에서 막 들려오기 시작한 게르첸[05]과 함께 떠올렸다. 하지만 스테판 트로피모비치의 활약은 막 시작되자마자 바로 그 순간, 말하자면 '회오리처럼 밀려든 상황들' 때문에 끝나버렸다. 그러니까 대체 어떤 회오리일까? 적어도 이 경우에는 '회오리'도 '상황들'도 그것이 대체 무엇인지 나중까지도 밝혀지지 않았다. 너무도 놀랍게도 나는 최근에야 스테판 트로피모비치가 우리 현에서, 우리와 함께, 우리가 생각했던 것처럼 유형 생활을 한 것도 아니고 결코 감시를 받아온 것도 아니라는 사실을 알게 되었고 그 사실을 확신하게 되었다. 이 일이 있은 후에도 그의 특별한 상상력은 정말 대단했다! 그는 특정 분야에서 자신이 계속 위험에 처해 있다고 믿었다. 그리고 그는 자신의 행보가 계속해서 노출되어 보고되고 있다고 생각했다. 그리고 최근 20년간 교체된 우리 현의 세 명의 현지사들이 현을 통치하러 오면서 인수인계할 때에 그에 대한 성가시고 특별한 생각을 지나칠 정도로 주입받고 온다고 생각했다. 그 당시 누군가가 확고한 증거들을 가지고 가장 명예로운 스테판 트로피모비치에게 그가 위험에 처할 이유는 아무것도 없고 그가 필연적으로 모욕받지 않을 거라고 확신시켜 보기를. 아무튼 그는 정말 지혜롭고 재주 많은 인물이고 소위 학문하는 자였다. 그런

---

05 게르첸, 1812-1870, 러시아의 사상가이자 사회운동가

데 학문에 대해서라면... 음, 한 마디로 그는 학문에 대해 그다지 해박한 것은 아니었고 아무것도 아는 바가 없는 것 같기도 했다. 하지만 우리나라, 루시[06]에서는 학문하는 자들에게 그러한 일이 얼마든지 벌어지곤 한다.

그는 40년대 말에 해외에서 돌아와 대학의 학과 소속 강사로서 빛을 발했다. 그는 강의 몇 개를 성공적으로 진행하였는데 아마도 아랍인들에 관한 강의였던 것 같다. 그는 1413년부터 1428년 사이에 독일의 도시 하나우에 있었던 시민 한자 동맹과 한자 동맹의 의미가 알려지지 않았던 불확실하고 특별한 이유에 관한 훌륭한 학위논문을 멋지게 패스하였다. 그는 논문에서 그 당시의 슬라브주의자들을 교묘하고 날카롭게 빈정댔다. 슬라브주의자들 중에 그에게 분노한 다수의 적들이 생겨났다. 그 후에, 그러니까 학과에서 쫓겨나서(그는 자신을 쫓아낸 이들에게 그들이 어떠한 자를 잃어버렸는지 보여주기 위한 복수극을 펼치기 위해) 그는 진보적인 월간지에 기고문을 게재하기 시작했다. 그 잡지는 디킨스[07]의 번역을 게재하고 조르쥬 상드[08]를 선전하고 특정 시기 특별한 도덕적인 품성을 지닌 기사들의 미덕의 원인, 혹은 그 비

---

06 러시아의 옛 이름

07 찰스 디킨스, 1812-1870, 영국 소설가

08 조르쥬 상드, 1804-1976, 프랑스의 여류 소설가

숫한 내용의 글을 실었다. 그는 적어도 어떤 숭고하고 특별히 복된 사상을 도입하였다. 나중에 그의 후속 연구는 계속 보기 좋게 금지당했고 심지어 진보적인 잡지는 출판되었던 처음 절반의 내용 때문에 그 즉시 판금 당했다고 한다. 정말이지 그럴 수 있다. 왜 그 당시에 그러한 일이 없었겠는가? 하지만 이 경우에는 정말 아무것도 없었고 저자 자신도 게을러서 연구를 끝마칠 생각도 하지 않았다는 점이 더 그럴듯하게 들렸다. 그는 아랍인에 관한 강의를 그만두었다. 왜냐하면 그는 어쩐 일이지, 그리고 누구(아마도 보수적인 그의 적들 중 누군가) 때문인지는 몰라도 어떠한 '상황들'에 대해 누군가에게 편지를 써야 한다는 생각에 사로잡혀 있었다. 그는 누군가가 자신에게 해명을 요구할 거라고 생각했다. 그 말이 맞는지는 모르겠다. 하지만 사람들은 바로 그 시기에 페테르부르크에 건물을 뒤흔들 정도의 위력을 가진 열세 명으로 구성된 부자연스런 거대한 반국가 조직이 발각되었다고 확신하였다. 그들은 푸리에[09]를 번역하기 위해 모였다고 했다. 마치 일부러 그러기라도 한 것처럼 스테판 트로피모비치가 그 일이 있기 6년 전인 젊은 시절에 베를린에서

09　샤를 푸리에, 1772-1837, 프랑스의 공상적 사회주의자. 도스토옙스키는 1840년대 페트라솁스키 서클에 가담하여 공상적 사회주의 사상에 심취하게 되고 이후 조직이 발각되어 사형선고까지 받게 되나 황제의 사면을 받아 시베리아에서 유형 생활을 하게 된다.

썼으나 두 명의 애호가와 한 명의 학생의 손에서 손으로 쪽지 형식으로 전달된 포에마[10]가 그 당시에 모스크바에서 입수되었다. 그 포에마는 지금 내 책상 위에 놓여 있다. 나는 작년 이후 특별한 경로로 가장 최근 버전의 포에마를 스테판 트로피모비치로부터 건네받았다. 빨간색 멋진 염소 가죽으로 제본된 포에마에는 그의 서명이 있었다. 포에마에는 시가 포함되어 있었고 저자의 재능이 담겨있었다. 그런데 그 당시에는(즉 정확히 말해 30년대) 이처럼 이상한 작품이 자주 쓰였다. 포에마의 구성에 대해 말하기는 어렵다. 왜냐하면 솔직히 내가 아무것도 이해하지 못했기 때문이다. 그것은 서정적 드라마 형식으로 쓰여진 일종의 알레고리로서 『파우스트』 2부를 연상시켰다.

나는 작년에 스테판 트로피모비치에게 우리 시대에 그것을 완성하는 것은 아무 죄가 되지 않으니 그것을 출판할 것을 제안하였다. 하지만 그는 만족스럽지 않았는지 내 제안을 거절하였다. 그는 아무 죄가 없다는 말을 맘에 들어 하지 않았다. 그래서 나는 꼬박 2개월간 지속되었던, 그가 내게 보인 일종의 냉담함에 대해 덧붙이고자 한다. 대체 뭐가 문제란 말인가? 갑자기 내가 이곳에

---

10 서사시의 일종

서 출판하라고 제안하였던 바로 그때에 사람들은 그곳, 그러니까 해외에서 스테판 트로피모비치의 이름을 숨기고 혁명적인 선집 중 하나에 포에마를 실어 출판하였다. 처음에 그는 놀라서 현지사에게 달려갔고 자신의 입장을 정중하게 합리화하는 편지를 써서 페테르부르크로 보낼 셈이었다. 그는 그 편지를 두 번이나 내게 읽어주었으나 누구에게 보낼지 몰라서 실제로 편지를 보내지는 않았다. 한 마디로 말해 그는 한 달 내내 흥분한 상태였다. 하지만 나는 그가 마음 한 구석 은밀한 곳에서는 특별히 우쭐한 기분을 맛보았을 거라 확신한다. 그는 선집의 견본을 확보한 뒤엔 거의 잠을 자지도 못했다. 그는 낮에는 견본을 이부자리 밑에 감추었고 밤에는 이부자리를 펴는 하인을 들이지도 않았다. 마치 매일 어딘가에서 전보를 기다리는 것 같았으나 오만하게 보였다. 어떤 전보도 오지 않았다. 그제서야 그는 나와 화해하였다. 그는 자신의 마음이 평온하고 악을 기억하지도 않으며 너무도 선하다는 것을 증명한 셈이다.

II. 내 친구의 찬란한 과거

하지만 나는 그가 결코 괴로워하지 않았다고 확신하지는 못하겠다. 이제서야 나는 그가 자신이 원하고 필요한 해명만 한다면 얼마든지 아랍인에 관한 강의를 계속할 수 있었다고 굳게 믿는다. 하지만 그는 그 당시 자신의 평생에 걸친 경력을 '회오리 같은 상황들' 때문에 완전히 망쳤다고 계속해서 성급히 스스로에게 확신시키고자 노력하였다. 모든 진실을 말하자면 그의 경력이 바뀌게 된 실제 원인은 바르바라 페트로브나 스타브로기나가 그에게 건넨 섬세하고 새로운 제안 때문이었다. 그녀는 중장 부인으로서 엄청난 부자이며 외동아들의 지적 성장을 위해 아들을 교육하고자 스테판 트로피모비치를 고등교육 교사이자 친구로서 받아들였다. 하지만 그녀는 그에게 엄청난 보상에 대해서는 말하지 않았다. 이 제안은 그가 베를린에 있을 때 처음 이뤄졌다. 그 당시 그는 첫 아내를 잃은 상태였다. 그의 첫 번째 부인은 우리 현 출신의 어떤 경박한 아가씨였다. 그는 아무 생각이 없던 젊은 시절에 그녀와 결혼했다. 하지만 그녀에게 생활비를 대줄 수 없게 되자 이 매혹적인 아가씨와 고통 속에 지냈던 듯하다. 게다가 다른 디테일한 이유들도 있었다. 슬픔에 잠긴 스테판 트로피모비치는 내 앞에서 언젠가 말하기를 그녀는 파리에서 숨졌는데, 죽기 전 3년 간 그와는 별거 상태였고 그에게 '아직까지는 슬프지 않은 첫사랑의 기쁜 열매'라 할 수 있는 5세 된 아들을 남겨주었다고 했다. 아이는 출생하자마자 러시아로 보내져서 어딘가 벽촌에 있는 먼 친척 아주머니 손에서 양육되었다. 스테판 트로피모비치는 바르바라 페트로브나의 제안을 거절했고 1년이 채 안 되어 말수가 적은 베를린 출신의 독일 여인과 재혼하였다. 중요한 것은 그 일에는 특별히 그럴 필요가 없어 보였다는 점이다. 아무튼 그 외에도 그가 가정교사 자리를 거절한 다른 이유들이 밝혀졌다. 그 당시 대단한 명성을 누리던 교수라는 매혹적인 명예가 그를 붙들었던 것이다. 그래서 그는 당장 학과로 갔고 독수리가 날개짓을 준비하는 것처럼 준비했다. 하지만 지금 그는 불타버린 날개를 가지고 이전에 그의 결심을 뒤흔들었던 제안에 대해 회상하고 있다. 결국에는 1년도 채 함께 살지 못한 둘째 아내의 갑작스런 죽음이 모든 것을 뒤흔들어 놓았다. 솔직히 말해 모든 것은 바르바라 페트로브나의 열정적인 간섭과, 고전적으로 말해서, 우정에 대해 그렇게 표현하는 것이 가능하다면, 고귀한 우정 때문에 엉망이 되었다. 그는 이 우정을 포옹하기 위해 달려들었고 20년 이상 사건은 고착되었다. 나는 '포옹하기 위해 달려들었다'는 표현을 사용하였다. 하지만, 쓸데없이 유쾌한 일에 대해 생각하는 누군가가 있다면 그에게 신의 가호가 있기를! 이 포옹이란 단어는 오직 가장 고상한 의미에서만 사용해야 한다. 가장 섬세하고 미묘한 그들의 관계가 너무도 훌륭한 이 두 존재를 영원히 이어주었기 때문이다.

스테판 트로피모비치가 가정교사의 자리를 수용한 이유는 그의 첫 번째 아내 앞으로 남겨진 아주 작은 영지가 스크보레시니키 바로 옆에 있었기 때문이다. 스크보레시니키는 우리 현에 위치한 스타브로긴 가문의 훌륭한 시골 영지였다. 게다가 조용한 서재에서는 대학의 수많은 업무에 신경 쓰지 않고 온전히 학문에 몰두하여 심오한 연구를 통해서 조국의 문학을 풍요롭게 할 수 있었기 때문이었다.

솔직히 말해서 스테판 트로피모비치는 내기를 걸고 카드 게임 하는 것을 좋아했다. 때문에 특히 최근에는 바르바라 페트로브나와 불미스런 언쟁을 자주 벌였고 그럴수록 그는 내기에서 패했다. 그런데 이 일에 대해서는 나중에 이야기하기로 하겠다. 그는 가끔이긴 하지만 양심적인 사람이었다는 점을 지적하고자 한다. 그래서인지 그는 자주 우울해 보였다. 바르바라 페트로브나와의 우정을 유지하는 근 20년 동안 그는 1년에 서너 번 정기적으로 소위 우리 사이에서 '시민적인 비애', 즉 간단히 말해 정기적으로 우울증을 경험하는 것 같았다. 그런데 존경받는 바르바라 페트로브나는 이 단어를 무척 맘에 들어 했다. 그는 시민적인 비애 외에 샴페인에 빠지기도 하였다. 하지만 예민한 바르바라 페트로브나는 모든 개인적인 취향에 대해 그를 보호하였다. 그러니 그는 유모를 필요로 했던 셈이다. 왜냐하면 그는 이따금 아주 이상해지기 때문이다. 그는 가장 고상한 비애의 절정에서 갑자기 가장 단순한 방식으로 웃음을 터뜨리기 시작했다. 사람들은 그가 가장 유머러스한 뉘앙스로 자신에 대해 표현하는 순간이 있다는 것을 깨닫기도 하였다. 바르바라 페트로브나는 유머러스한 의미 따위는 두려워하지 않았다. 그녀는 고전주의자이며 고상한 상상에 힘입어 영향을 발휘하는 인문학의 후원자였다. 이 고상한 부인은 경제적인 측면에서 가난한 친구에게 20년간 영향력을 행사했다. 그녀에 대해서는 별도로 특별히 언급해야만 하니 일단 이야기를 시작하겠다.

III. 내 친구의 이상한 우정

 이상한 우정이 있다. 둘이 서로를 잡아먹을 듯하면서도 헤어지지 못하고 평생 그렇게 살아가는 이들이 있다. 그들의 이별은 절대 불가능하다. 만약 변덕을 부려서 관계를 단절한 친구가 있다면 아마도 그는 먼저 병이 나서 죽을 수도 있다. 만약 그러한 일이 일어난다면 말이다. 나는 스테판 트로피모비치가 몇 번에 걸쳐서 이따금 은밀한 눈빛을 바르바라 페트로브나로부터 받고 나서 그녀가 자리를 뜨면 갑자기 소파에서 일어나 주먹으로 벽을 치는 것을 잘 알고 있다.
 이 일은 일말의 알레고리도 없이 발생했다. 언젠가 한 번은 벽의 회반죽이 떨어지기도 했다. 아마도 사람들은 내가 어떻게 그런 디테일들을 알 수 있냐고 질문할 것이다. 내가 증인이었다면 어쩔 것인가? 스테판 트로피모비치가 여러 번 내 어깨에 기대어 울면서 자신의 모든 은폐된 진실을 화려한 붓으로 그려놓았다면 어쩔 것인가?(그는 이 일에 대해 이러쿵저러쿵 이야기하지는 않았다!) 하지만 그렇게 울고 난 뒤 언제나 사건이 발생하였다. 그 다음 날 그는 자신의 배은망덕에 대해 자신을 십자가에 못 박을 준비를 하였다. 그는 서둘러 나를 부르거나 내게 다가와 바르바라 페트로브나는 "명예롭고 섬세한 천사지만 자신은 그 반대"라고 말했다. 그는 내게 달려왔을 뿐만 아니라 이 모든 것을 수려한 문체의 편지로 써서 서명까지 하여 그녀에게 고백하였다. 이를테면 그는 자신이 어제 낯선 사람에게, 그녀는 허세 때문에 그를 보살피고 있고 그의 박학다식과 재능을 시기하고 증오하지만 질투심이 드러나는 것을 두려워하고 있다, 그리고 그가 그녀를 떠나 그녀의 문학적인 명성에 해를 입힐 것을 두려워하고 있으며, 그래서 자신은 스스로를 증오하여 비명횡사하기로 결심하였고 모든 것을 결정할 수 있는 그녀의 한 마디를 기다리고 있다는 식으로 말했다는 것이다. 기타 등등, 기타 등등. 모든 것이 이러한 식이다. 50세의 애어른들이라면 누구나 이 순진한 자의 신경질적인 발작이 어느 정도의 히스테리까지 갈 수 있을지 상상할 수 있을 것이다! 별 거 아닌 일로 시작되어 살벌하게 진행된 두 사람의 싸움이 있고 나서 언젠가 내가 직접 그러한 편지들 중 하나를 읽은 적도 있었다. 나는 무서워서 편지를 보내지 말라고 애원했다.

"안돼... 솔직히... 의무감... 만일 내가 그녀에게 모든 것, 이 모든 것에 대해 고백하지 않으면 난 죽을지도 몰라!"

그는 열에 들떠 대답했고 기어이 그 편지를 보냈다.

바로 그 점에 있어서 그 둘의 차이가 있다. 바르바라

페트로브나는 결코 그러한 편지를 보내지 않았을 것이다. 사실 그는 기억하지도 않고 쓰는 것을 좋아했고 그녀와 한집에 살면서도 그녀에게 편지를 보냈다. 히스테리를 부리는 경우에 그는 하루에 두 번이라도 편지를 썼다. 그녀는 아주 주의 깊게 편지들을 다 읽는 걸로 알고 있다. 심지어 하루에 두 번 편지를 받는 경우에도 그러하다. 그녀는 편지들을 다 읽고 표시하고 구분해 놓은 것들을 특별한 상자에 보관했다. 게다가 그녀는 그것들을 자신의 가슴속에 간직하였다. 그 후에 그녀는 하루 종일 친구에게 답장하지 않은 채 어제 어떠한 특별한 일도 일어나지 않은 것처럼, 그들 사이에 어떤 일도 없었던 것처럼 그를 대한다. 그녀는 그를 조금씩 길들였고 그는 벌써 어제 있었던 일에 대해 기억하지 못하고 그녀의 눈동자를 잠시 바라보았다. 하지만 그녀는 어떤 것도 잊지 않았다. 반면에 그는 때때로 너무 금방 잊어버린다. 그는 그녀의 침착함에 고무되고 바로 그날 친구들이 오면 샴페인을 마시며 웃고 장난친다. 그녀는 그 순간 그를 독기어린 시선으로 쳐다 보지만 그는 아무것도 알아차리지 못한다! 그는 일주일, 한 달, 혹은 반년이 지나서 어느 특별한 순간 갑자기 편지 속 어떤 표현과 편지 전부를 떠올리고 나서 모든 상황을 파악한 뒤 갑자기 부끄러워져서 얼굴을 붉히고 괴로워하며 콜레라와 같은 발작을 보이기까지 한다. 그에게 일어난 콜레라와 같은 특별한 발작은 몇몇 경우엔 신경 발작의 흔한 분출구가 되었고 일종의 흥미로운 신체적 특성을 보여 주었다.

사실 바르바라 페트로브나는 어쩌면 자주 그를 증오했을지도 모른다. 하지만 그는 그녀가 품고 있는 단 한 가지 생각을 끝까지 깨닫지 못했던 듯하다. 결국 스테판 트로피모비치는 그녀의 아들이자 피조물, 심지어 발명품이라 할 수도 있으며 그녀의 살로 만들어진 살이라는 사실 말이다. 그녀는 그를 쥐락펴락하면서 부양했는데 그 이유는 '그의 재능에 대한 질투심' 때문만은 아니었다. 그녀는 그러한 가설 때문에 정말 대단한 모욕을 느꼈을 것이다! 그녀 안에는 계속되는 시기, 질투, 증오와 더불어 그를 향한 감당할 수 없는 사랑이 숨겨져 있었다. 그녀는 더러움으로부터 그를 지켜주었고 22년 동안 그를 돌보아 주었으며 시인, 학자, 시민 활동가로서 그의 명성과 연관되는 일이 발생하면 걱정 때문에 밤새 잠을 자지 못했다. 그녀는 그를 상상해내었고 처음으로 자신의 상상을 확신했다. 그는 그녀의 몽상과도 같은 존재였다... 하지만 그녀는 이 모든 일에 대해 그로부터 많은 것을 요구하였고 때로는 노예 같은 상태를 요구하기도 하였다. 그녀는 믿기 어려울 정도로 악한 일을 기억했다.

그녀는 그에게 손수 양복을 지어주었고, 그는 평생 그것을 입고 다녔다. 양복은 우아하고 특이했다. 옷자락이 긴 검은색 프록코트였는데 거의 목까지 단추가 달려 있었으나 세련될 정도로 몸에 잘 맞았다. 챙이 넓은 부드러운 모자(여름에는 밀짚모자), 굵은 매듭이 있고 끝을 길게 드리운 흰색 면직 넥타이, 은색 손잡이가 달린 지팡이, 게다가 어깨까지 드리워진 머리카락. 그는 짙은 아마빛 머리카락을 지니고 있었는데 최근에 조금씩 흰머리가 나기 시작했다. 그는 수염을 깎고 다녔다. 젊은 시절 그는 정말 미남이었다고 한다. 내 생각으로 그는 나이가 들어서도 특별히 감동을 주는 모습인 것 같다. 53세인데 늙었다고 할 수 있을까?

하지만 일종의 시민으로서의 변덕 때문에 그는 젊어 보이지는 않았으나 실제 나이보다 위풍당당하게 멋을 낸 것 같아 보였다. 그는 정장을 입고 다니고 큰 키에 말랐으며 어깨까지 머리를 늘어뜨려 마치 총주교처럼 하고 다녔다. 아니 더 정확히 말하자면 30년대 어떤 판본에 석판 인쇄로 실린 시인 쿠콜닉[11]의 초상화를 닮았다. 특히 그가 여름날 만개한 라일락 관목 숲 아래 정자의 벤치에 앉아 두 손으로 지팡이를 쥐고서 옆에 책을 펼쳐둔

---

11 쿠콜닉, 1809-1868, 러시아의 시인으로서 러시아의 화가 브률로프는 시인의 초상화를 그려 『100인의 러시아 문인들』이란 전집에 실었다.

채 시인처럼 저녁놀을 바라보며 생각에 잠길 때면 더 그러했다. 책에 대해서 말해 둘 것이 있는데 그는 말년에는 어쩐 일인지 독서와 멀어졌다. 하지만 그건 정말 인생의 마지막 때에 일어난 일이다. 그가 바르바라 페트로브나가 다량으로 주문한 신문과 잡지들을 계속 읽었으니 말이다. 그는 자신의 존재가치를 결코 잃지 않으면서 러시아의 문학적 성공에 지속적으로 관심을 보였다. 그는 언젠가 러시아 국내 및 국제 정치에 대한 학습에도 빠져들었다. 하지만 곧 손을 내저으며 자신의 계획을 그만두었다. 그는 주머니에 폴 드콕[12]을 숨겨두고 토크빌[13]을 정원으로 가져가는 일도 있었다.

스테판 트로피모비치와 바르바라 페트로브나는 여기저기 돌아다니긴 했으나 페테르부르크에서 거의 모든 겨울 시즌을 보냈다. 하지만 모든 것은 부활절 전 대제 기간이 다가오면서 무지갯빛 비눗방울처럼 사라졌다. 몽상들은 흩어졌다. 혼돈은 밝혀지지 않았을 뿐만 아니라 오히려 더 돌이킬 수 없게 되어버렸다. 첫째로 상류사회와의 연줄을 맺는 일도 가장 섬세한 방식으로 취해진 비아냥 섞인 변명으로 인해 성사되지 못했다. 모욕을 받은 바르바라 페트로브나는 '새로운 사상'에 완전히 빠져들어

---

12 폴 드콕, 1794-1871, 프랑스의 작가

13 토크빌, 1805-1859, 프랑스 역사가이자 정치 활동가

서 자기 집에서 야회를 열었다. 그녀는 문인들을 불러들였고 그들은 그녀에게 또 다른 많은 문인들을 데리고 왔다. 나중에 그들은 초대를 받지 않아도 그녀를 방문했다. 한 사람이 또 다른 사람을 불러들였다. 그녀는 예전에 그러한 문인들을 결코 본 적이 없었다.

처음에 스테판 트로피모비치는 운이 좋았다. 사람들은 그에게 달라붙어서 그를 대중적인 문학모임에 내세우기 시작했다. 그가 처음으로 어느 대중적인 문학 낭송회 무대에 올랐을 때 사람들 사이에서 굉장한 박수가 쏟아져 나왔고 5분 동안 박수 소리가 그치지 않았다. 그는 9년이 지나 이 일을 회상하며 눈시울을 붉혔다. 하지만 그것은 고마움 때문이 아니라 그의 예술적 성향 때문이었다. 그 자신이 직접 내게(나에게만 비밀로) "자네에게 맹세하고 내기를 해도 좋아. 청중들 중 어느 누구도 나에 대해서 아무것도 몰라!"라고 말한 적이 있다. 고백은 멋졌다. 만일 그가 자신의 기쁨에도 불구하고 그 당시 무대의 상황을 그처럼 분명히 이해했다면 그는 혜안을 가지게 된 것이고 실제로 혜안을 가진 것이라 말할 수 있다. 하지만 만약 그가 9년이 지나서도 모욕감을 느끼지 못하고 그 사실에 대해 기억할 수 없다면 그는 혜안을 가지지 못했다고 할 수 있다. 사람들은 그에게 두

세 개의 집단 항소장(무엇에 대한 항소인지 그 자신도 몰랐다)에 서명하게 하였고 그는 서명했다. 사람들은 바르바라 페트로브나에게도 어떤 '몰상식한 행동'에 관한 내용에 대해 서명하게 하였고 그녀는 거기에 서명했다. 아무튼 많은 새로운 사람들이 바르바라 페트로브나를 방문하였고 그들은 경멸과 노골적인 조소를 품고 그녀를 지켜보는 것을 자신들의 의무라고 생각했다. 나중에, 괴로운 시기에 스테판 트로피모비치는 그때부터 그녀가 자신을 질투하기 시작했다는 말을 흘렸다. 물론 그녀는 자신이 그들과 어울릴 수 없다는 것을 이해했으나, 그럼에도 불구하고 그녀는 그들을 열정적으로 그리고 여성 특유의 히스테릭한 조바심을 가지고 맞이했다. 중요한 것은 그녀가 언제나 뭔가를 기다렸다는 점이다. 그녀는 야회에서 말할 수도 있었으나 거의 입을 열지 않았다. 오히려 그녀는 더 많이 귀를 기울였다. 사람들은 검열이 없어져야 하고 러시아 알파벳 ъ가 사라져야 하며 러시아어가 라틴어로 대체되어야 한다고 떠들었다. 또 어제 있었던 어떤 형벌, 파사주에서 있었던 스캔들, 러시아가 민족별로 자유 연방 공화국으로 분할되어야 한다는 주장, 군대와 함대의 폐지, 드네프르 강 유역에서 발생했던 폴란드의 봉기, 농노제의 개혁과 선언, 유산, 가족, 아이들, 성직자의 폐지, 여성의 권리, 어느 누구도 한 번도 용서하지 않았던 크라옙스키[14]의 집에 대해 왈가왈부하였다. 기타 등등, 기타 등등. 새로운 사람들의 무리 중에 사기꾼들이 많았다는 사실이 밝혀졌다. 하지만 분명히 정직한 사람들도 많았고 심지어 매혹적인 인사들도 있었다. 몇 가지 놀랄만한 뉘앙스에도 불구하고 말이다. 사람들은 정의롭지 못하고 거친 사람들을 정직한 자들보다 더 잘 이해한다. 하지만 누가 누구의 손아귀에 들어있는지는 모르겠다. 바르바라 페트로브나가 잡지 출간에 대한 자신의 견해를 피력했을 때 그녀에게 더 많은 무리들이 몰려들었다. 하지만 곧 그녀가 자본가이자 노동을 착취하는 자라는 비난의 시선이 쏟아졌다.

페테르부르크에 더 오래 머물 수도 있었지만 그건 불가능했다. 게다가 스테판 트로피모비치에게 결정적인 파국[15]이 찾아왔다. 그는 참지 못하고 예술의 권리에 대해 발표하기 시작했다. 그러자 사람들은 더 큰 소리로 그를 비웃기 시작했다. 마지막으로 낭송할 때 그는 시민으로서의 달변을 통해 사람들에게 영향력을 행사하고자 하였다. 그는 사람들의 심금을 울리고 자신의 '형벌'에 대한 존경을 염두에 두었다. 두말할 것도 없이 그는 '조국'

---

14 크라옙스키, 1810-1889, 잡지 『조국수기』 발행인

15 이태리어 fiasco의 번역

의 문예학의 무용성과 희극성에 동의했다. 그는 종교의 무해함에 대해 동의했으나 장화가 푸시킨[16]보다 못하다는 점, 그것도 아주 많이 그렇다는 점을 강하게 피력했다. 그러자 사람들은 가차 없이 그에게 야유를 보냈고 그는 그곳 무대에서 내려오지도 못하고 공개적으로 울음을 터뜨렸다. 바르바라 페트로브나는 간신히 숨을 쉬는 그를 집으로 데려왔다. 그는 아무 의미도 없이 "사람들이 나를 낡아빠진 나이트 캡처럼 대했어!"[17]란 말을 중얼거렸다.

다음 날 아침 일찍 다섯 명의 문인들이 바르바라 페트로브나의 집을 방문했다. 그 중 셋은 그녀가 전혀 본 적이 없는 생면부지의 인물들이었다. 그들은 경직된 표정으로 자신들이 그녀의 잡지에 관한 일을 살펴보았고 그 일에 관해 결정한 사항을 가지고 왔다고 말했다. 결정 사항은 그녀가 잡지를 창간하는 즉시 그들에게 일정 금액을 지불하고 잡지의 권한을 자유 조합에 맡기고 제발 '이미 낡아빠진' 스테판 트로피모비치를 데리고 스크보레시니키로 떠나달라는 내용이었다. 그들은 세심하게 그녀의 소유권을 인정하여 매년 순이익의 6분의 1을 보

---

16 푸시킨, 1799-1837, 러시아의 시인이자 소설가, 러시아 근대문학의 아버지로 추앙받는다.

17 불어 On m'a traite comme un vieux bonnet de coton!의 번역

내주기로 합의했다고 말했다. 무엇보다 감동적인 것은 그들 중 네 명은 이 일에 대해 탐욕스런 의도를 가지고 있지 않다는 점이었다. 하지만 그들은 '공적인 일'이라는 점에 대해 신경을 썼다. 스테판 트로피모비치는 말했다.

"우리는 바보처럼 떠났지. 난 어떤 것도 이해하지 못했어. 그리고 난 내내 덜컹거리는 기차에서

'벡 그리고 벡 그리고 레프 캄벡
레프 캄벡 그리고 벡 그리고 벡[18]...'

이라고 중얼거렸던 것만 기억하고 있지. 모스크바에 도착하기 이전에 이 일이 도대체 어찌 된 것인지 도통 몰랐지. 모스크바에 가서야 기억이 났어. 그곳에서 뭔가 다른 것을 찾아내는 것이 가능하기나 하단 말인가? 오, 내 친구들이여! 라고 그는 우리에게 흥분해서 소리 질렀지. 무능한 자들이 당신이 오랫동안 고귀하게 간직했던 위대한 사상들을 빼앗아서 공개적으로 그들과 같은 바보들에게 건네준다면 얼마나 서럽고 악에 받치는지 당신은 상상도 못할 거야. 그리고 당신은 갑자기 고물을 내다 파는 시장처럼 형체도 알아보지 못할 정도로 더러운 구석

---

18 운율을 맞추기 위해 번역을 하지 않음. 벡은 세기, 레프 캄벡(Лев Камбек, 1822-1872)은 러시아의 출판업자이다.

에서 균형과 조화를 잃어버린 어리석은 아이들의 장난감과도 같은 사상을 발견하게 될 거야! 아니지! 우리 시대에 그러진 않았고 우린 그러한 방향으로 나아가지도 않았지. 아니, 아니, 절대 그쪽으로 나아가선 안 돼. 난 아무것도 알아차릴 수는 없어… 우리의 시기가 다시 올 거고 다시 요동치는 현재는 강력한 길로 접어들겠지. 그렇지 않고서는 무슨 일이 벌어지겠나?"

바르바라 페트로브나는 페테르부르크에서 돌아오자마자 자신의 친구를 '휴양 차' 해외로 보냈다. 사실 그녀는 그와 당분간 떨어져 있어야만 했다. 그녀는 그 사실을 감지했다. 스테판 트로피모비치는 기뻐하며 떠났다. 그는 소리 질렀다.

"난 거기서 부활할 거야! 결국 그곳에서 학문을 시작할 거야!"

그러나 베를린에서 온 첫 번째 편지부터 그는 자신이 늘 하던 말투로 바르바라 페트로브나에게 "가슴이 미어지고 어떤 것도 잊어버릴 수가 없어요! 이곳 베를린에서 모든 것이 나의 과거의 첫 기쁨과 고통을 상기시키네요. 그녀는 어디 있나요? 그들 둘은 지금 어디 있나요? 내가 결코 감당할 수 없었던 두 천사인 당신들은 어디 있나요? 내 아들, 사랑스런 내 아들은 어디 있나요? 결국, 나는 어디 있나요? 기력이 약해졌지만 난 예전과 같고 절벽처럼 변함이 없어요. 지금 턱수염이 달린 정교 신자인 광대 안드레예프[19]가 내 삶을 파괴할 수도 있지요. 기타 등등, 기타 등등"이라고 썼다. 스테판 트로피모비치의 아들에 관해서라면, 그는 인생에서 딱 두 번 그를 보았다. 아들이 태어날 때 한 번 보았고 최근에 아들이 청년이 되어 페테르부르크에서 대입을 준비할 때 한 번 보았다. 앞에서 말한 것처럼 소년은 거의 평생을 스크보레시니키에서 700베르스타 떨어진 ○○현의 친척 아주머니 밑에서(바르바라 페트로브나가 보내주는 생활비로) 자라났다.

그 후에 우리 사이의 관계가 소원해졌고 그러한 상태가 거의 9년 동안 지속되었다. 그가 규칙적으로 히스테리를 부리고 내 어깨에 기대어 흐느끼던 일도 우리의 행복을 결코 방해하지는 못했다. 그 기간 동안 스테판 트로피모비치가 어떻게 살이 찌지 않았는지 놀라울 따름이다. 다만 그의 코가 좀 붉어졌고 마음이 여유로워졌다. 차츰 그의 주변에 친구들의 모임이 결성되었으나 그 규모는 크지 않았다. 바르바라 페트로브나는 모임에 거

---

19 이후 편역에서 생략된 내용에서 그는 상인이자 골동품 수집가로 스테판 트로피모비치와 종종 말다툼을 하였다고 나온다.

의 관여하지는 않았으나 우리 모두는 그녀를 우리의 후원자로 인정하였다.

스테판 트로피모비치의 상태는 좋아졌다. 그는 클럽 회원이 되었고 계속 게임에 패하기만 했으나 많은 사람들이 그를 '학자'로 여기면서 존경하였다. 때문에 바르바라 페트로브나가 그에게 다른 집에서 거주하는 것을 허락했을 때 우리는 좀 더 자유로워졌다. 우리는 일주일에 두 번 정도 그의 집에서 모였다. 특히 그가 샴페인을 아끼지 않을 때에는 즐거웠다. 포도주는 앞에서 말한 안드레예프의 가게에서 가져왔다. 바르바라 페트로브나가 반년마다 값을 지불하였는데 값을 치루는 날에는 거의 언제나 스테판 트로피모비치의 콜레라 발작이 있었다.

클럽의 오래된 멤버로 리푸틴이란 자가 있었다. 그는 현의 관리로서 젊지는 않았다. 그는 도시에서 무신론자로 통하는 대단한 자유주의자였다. 그는 젊고 훌륭한 아가씨와 재혼해서 그녀의 지참금을 챙겼고 슬하에 세 딸을 두었다. 그는 가족들을 가둬두고 두려움에 떨게 만들었고 너무도 인색했다. 그는 일해서 작은 집을 얻었고 돈을 모았다. 그는 조급하고 직위도 낮았다. 도시인들은 그를 거의 존경하지 않았고 상류사회에선 그를 받아들이지 않았다. 게다가 그는 공공연한 비방으로 여러 번 벌을 받은 사기꾼이었는데 한 번은 어떤 장교에게 호되게 벌을 받고 또 한 번은 어떤 가정의 존경받는 아버지인 지주에게 벌을 받기도 하였다. 하지만 우리는 그의 날카로운 지성, 지식욕, 그의 사악한 유쾌함을 사랑한다. 바르바라 페트로브나는 그를 사랑하지 않았으나 그는 언제나 어떻게든 그녀에게 아첨을 떨 줄 알았다.

그녀는 가장 최근에 모임의 멤버가 된 샤토프도 좋아하지 않았다. 샤토프는 예전에 대학생이었고 어떤 대학생 운동 때문에 대학에서 제명되었다. 그는 어린 시절 스테판 트로피모비치의 제자였고 지금은 고인이 된 바르바라 페트로브나의 시종인 파벨 표도로프에게서 농노로 태어나서 그녀의 은혜를 입었다. 그녀는 그의 거만함과 배은망덕 때문에 그를 싫어했고 그가 대학에서 제명되고 나서 그 즉시 그녀에게 돌아오지 않은 것 때문에 그를 용서하지 않았다. 오히려 그는 그 당시 그녀가 그에게 쓴 편지에 일부러 답장하지 않았다. 그는 어떤 계몽된 상인에게 고용되어 아이들을 가르쳤다. 그는 그 상인의 가족과 함께 가정교사가 아닌, 삼촌의 자격으로 해외로 떠났다. 그런데 아이들을 가르치기 위해 여자 가정교사가 왔다. 그녀는 민첩한 러시아 아가씨였는데 가족들이 해외로 떠나기 얼마 전에 그 집에 와서 보수는 얼마 받지 못했다. 상인은 두 달 뒤 '자유주의 사상'을 이유로 그녀를 해고했다. 샤토프는 그녀를 따라가서 그녀와 제네바에서 곧 결혼식을 올렸다. 그들은 3주 정도 함께 지냈고 자유주의자로서 그 어떤 것에도 얽매이지 않는 자들로서 헤어졌다. 물론 가난 때문이기도 하였다. 그 후 그는 오랫동안 혼자 유럽을 방랑하였는데 그가 어떻게 먹고 살았는지 아무도 모른다. 거리에서 구두를 닦았다고 하기도 하고 어떤 항구에서 짐꾼으로 일하였다고도 한다. 마침내 그는 1년 전 우리의 둥지로 돌아와서 연로한 아주머니와 함께 살았는데 그 아주머니는 한 달 뒤 돌아가셨다. 그의 여동생 다샤는 바르바라 페트로브나의 양녀로서 귀한 대접을 받으며 살았다. 샤토프는 여동생과 왕래를 거의 하지 않아 둘 사이는 서먹했다. 그는 우리들 가운데에서 계속 음울하고 말이 없었다. 하지만 사람들이 이따금 그의 신념을 건드리면 그는 병적으로 발끈해서 말을 자제하지 못하였다. 스테판 트로피모비치는 이따금 농담을 하긴 하였지만 샤토프를 좋아했다. "먼저 샤토프를 묶어놓고 나서 그와 의논해야 해."라고 말할 정도다. 샤토프는 해외에서 자신의 사회주의 신념을 급격하게 바꾸어 반대급부로 나아갔다. 이것은 이상적인 러시아인들 사이에서 있을 수 있는 일이다. 어떤 강렬한 사상이 일순간, 아니 영원히 이상적인 러시아인들 중 한 명을 강타하는 경우에 해당한다. 그들은 힘으로도 그것을 어쩔 수가 없다. 그들은 열정적으로 믿는다. 그들의 삶 전체는 마치 그들을 밟고, 그들을 거의 반쯤 짓누르는 돌 아래에서 경련을 일으키는 것처럼 흘러갈 것이다. 샤토프는 외모에 있어서도 그의 신념을 닮았다. 그는 굼뜬 자였다. 금발에 덥수룩한 머리, 작은 키, 넓은 어깨, 두터운 입술, 아래로 처진 흰 눈썹, 찌푸린 이마, 뭔가를 수줍어하는 듯한 흐리멍덩한 불쾌한 눈빛. 그의 머리카락 중 한 가닥 곱슬머리가 영원히 남아 있을 것 같았다. 그 머리카락은 그 무엇으로 펴도 반듯해질 것 같지 않았고 마치 회오리처럼 뻗어 있었다. 그는 27 혹은 28세였다. 바르바라 페트로브나는 언젠가 집요하게 그를 바라보며 말했다.

"난 그의 아내가 그에게서 도망갔다는 사실이 놀랍지도 않다."

그는 가난하지만 옷을 깨끗하게 입으려고 애썼다. 그는 바르바라 페트로브나에게 도움을 요청하려 하지 않았고 되는대로 견뎌냈다. 그리고 그는 상인들의 집에서 일하기도 하였다. 한 번은 가게에 있다가, 그 후엔 화물선을 타고 나가기도 하였고 집사의 보조로 일하기도 하였다.

그러다 그는 출발하기 전에 병에 걸렸다. 그가 그녀에 대해 생각하지 않고서 어떻게 가난을 견뎌낼 수 있었는지 상상하기란 어렵다. 그가 병이 난 후에 바르바라 페트로브나는 아무도 모르게 비밀리에 그에게 100루블을 보내주었다. 하지만 그는 비밀을 알아내고 생각에 잠긴 후 돈을 받고 나서 바르바라 페트로브나에게 감사 인사를 하기 위해 그녀를 찾아갔다. 그녀는 열렬히 그를 환영했다. 하지만 그는 쑥스러워서 그녀의 기대에 부응하지 못했다. 그는 아무 말 없이 묵묵히 땅에 붙박힌 듯 앉아 있다가 바보 같은 미소를 짓고 그녀의 말을 끝까지 다 듣지도 않은 채 대화의 가장 흥미로운 대목에서 자리에서 일어나 버릇없이 삐딱하게 인사를 하고 나서 너무도 부끄러워하였다. 그러다가 그가 몸을 잘 가누지 못하여 그녀가 아끼는 사무용 책상을 바닥에 쿵 하고 밀어서 부숴버렸다. 그는 창피했지만 간신히 살아 나왔다. 리푸틴은 나중에 샤토프가 100루블을 돌려주지 않은 데 대해서 그를 경멸하면서 비난했다. 그리고 그가 어떻게 전제 군주와도 같은 지주에게서 돈을 받았을 뿐만 아니라 감사 인사를 하러 갈 수 있었는지에 대해서도 비난했다. 샤토프는 도시 외곽에서 혼자 살았다. 그는 우리들 중 누군가가 방문하는 것을 좋아하지 않았다. 그는 저녁이면 스테판 트로피모비치를 계속 방문해서 그의 집에서 자신이 읽을 신문과 책들을 가져갔다.

IV. '해리 왕자' 니콜라이 스타브로긴

 이 땅에 또 한 명의 인물이 더 있다. 그는 바로 바르바라 페트로브나의 외동 아들인 니콜라이 프세볼로도비치 스타브로긴이다. 바르바라 페트로브나는 스테판 트로피모비치보다 그에 대해 더 애착을 보였다. 소년은 그 당시 8세였다. 그 당시 경박한 그의 아버지인 스타브로긴 장군은 그의 어머니와 별거 중이어서 아이는 어머니의 보호를 받으며 자라났다. 스테판 트로피모비치의 정당성을 인정해야만 한다. 그는 자신의 제자를 자기에게로 끌어들이는 능력을 가지고 있었다. 그의 비결은 그 자신이 어린이였다는 데에 있다. 그 당시 내가 없었기 때문에 그는 정말로 진실한 친구를 필요로 했다. 그는 그러한 방식으로 어린아이를 자신의 친구로 만들 생각은 없었다. 게다가 그 아이는 조금씩 성장하고 있었기 때문이다. 그런데 그들 사이에 어떠한 거리감도 형성되지 않았다는 점이 어쩐지 자연스런 일이 되어 버렸다. 그는 10, 11세 되는 아이를 밤에 여러 번 깨워서 눈물을 흘리며 자신의 모욕감을 털어놓거나 절대 그래서는 안된다는 것을 알아차리지도 못한 채 집안의 비밀을 털어놓기도 하였다. 그들은 서로 포옹했고 울음을 터뜨렸다. 소년은 엄마가 자신을 무척 사랑한다는 것을 알고 있었다. 하지만 자신은 그다지 엄마를 사랑하지 않았다. 그녀는 아들과 말을 많이 하지 않았고 드물기는 하지만 어떤 일에 대해서는 그를 창피해했으며 그녀의 시선은 집요하게 그에게 머물렀다. 그래서 그는 언제나 자신이 아픈 것처럼 생각했다. 그럼에도 불구하고 어머니는 학습과 도덕적인 성숙에 있어서 스테판 트로피모비치를 신뢰하였기 때문에 그녀는 아들을 충분히 신뢰하게 되었다. 선생님이 제자의 신경을 건드리지 않았다는 점을 생각해야만 한다. 16세 때 소년이 리체이[20]로 보내졌을 때 그는 허약하고 창백했으며 이상할 정도로 말이 없고 생각에 잠기는 일이 많았다. (그 후 그는 육체적인 힘에 있어서 뛰어나게 되었다.) 친구가 된 두 사람은 밤에 서로를 포옹하며 눈물을 흘렸는데 그들이 가정사에 관한 것만 이야기한 것은 아니었다. 스테판 트로피모비치는 친구의 가장 깊은 곳에 자리잡은 심금을 울릴 수 있었고 친구가 지닌 영원하고 신성한, 뭐라 정의할 수 없는 우수라는 원초적인 감정을 불러일으킬 줄 알았다. 우수라는 감정은 어떤 선택받은 영혼이 일단 그것을 맛보고 알게 된 뒤에는 결코 값싼 만족감과 바꿀 수 없는 것이다.(우수를 좋아하는 애호가들은 가장 근본적인 만족이 가능할지라도 그것보다는 우수를 더 귀하게 생각한다.) 비록 나중 일이긴 하지만 스

---

20 귀족 자제들을 위한 러시아식 기숙 학교

승과 제자를 다른 방향으로 갈라놓은 것은 아무튼 잘한 일이었다.

젊은이는 처음 2년 동안은 방학을 보내기 위해 집으로 왔다. 바르바라 페트로브나와 스테판 트로피모비치가 페테르부르크로 떠난 동안 그는 어머니의 집에서 열린 문학의 밤에 참가하여 연설을 듣고 관찰하기도 하였다. 그는 말을 많이 하지 않았고 예전처럼 언제나 조용하고 소심했다. 그는 스테판 트로피모비치에게 예전처럼 상냥한 태도로 대했지만 어쩐 일인지 더욱 자제하는 모습을 보였다. 그는 고상한 주제와 지난날의 회상에 대해서 스테판 트로피모비치와 이야기하는 것을 꺼리는 것 같았다. 그는 학업을 마치고 어머니의 바람대로 군대에 가서 곧 가장 전도유망한 근위 기병대 중 하나에 등록했다. 그는 제복을 입은 자신의 모습을 어머니에게 보여주러 오지 않았고 페테르부르크에서 이따금 편지만 보냈다. 바르바라 페트로브나는 농노해방 이후에 자신의 영지에서 나오는 수입이 이전보다 절반 이상 줄었음에도 불구하고 아들에게 돈을 보내는 것은 아끼지 않았다. 그녀는 오랫동안 검소하게 지냈기 때문에 적지 않은 돈을 모을 수 있었다.

그녀는 페테르부르크의 상류사회에서의 아들의 성공에 무척 관심을 가졌다. 그녀가 이루지 못한 것을 전도

유망하고 부유한 젊은 장교가 이루어냈다. 그는 그녀가 꿈꾸지 못했던 그러한 인연들을 새롭게 만들어 갔고 도처에서 열렬히 환영받았다. 그런데 어느 순간 바르바라 페트로브나는 아주 이상한 소문을 듣게 되었다. 젊은이가 갑자기 너무도 광적으로 방탕해졌다는 것이었다. 그가 노름을 하거나 고주망태가 된 것도 아니었다. 사람들은 그의 거친 행동, 경주마에 치인 사람들, 상류사회의 어떤 아가씨에 대한 짐승 같은 행동에 대해 이야기했다. 그는 그 아가씨와 사귀다가 나중에 그녀를 공개적으로 모욕했다고 한다. 이 사건에는 뭔가 노골적으로 지저분한 것이 있었다. 게다가 사람들은 그가 결투를 좋아해서 먼저 시비를 걸고 모욕을 주는 데서 오는 만족을 느끼기 위해 상대방을 모욕했다고 덧붙였다. 바르바라 페트로브나는 흥분했고 슬퍼졌다. 스테판 트로피모비치는 그것은 너무도 풍요로운 유기체에서 처음 발산되는 폭풍일 뿐이니 바다는 곧 잠잠해질 것이며 이 모든 것은 셰익스피어의 작품[21]에 나오는 팔스타프, 포인스, 퀴클리와 방탕했던 해리 왕자의 유년 시절과 같은 것이라며 바르바라 페트로브나를 다독였다. 이번에는 바르바라 페트로브나가 최근 들어 너무도 자주 스테판 트로피모비치에게 소리쳤던 "헛소리, 헛소리!"라고 외치지는 않았다. 오히려 그녀

---
21 셰익스피어(1564-1616)의 『헨리 4세』를 염두에 둔 것임

는 귀기울이며 더 자세히 설명해 달라며 손수 셰익스피어 작품을 가져와서 아주 주의 깊게 불멸의 연대기를 읽기까지 했다. 하지만 연대기도 그녀를 안심시키지는 못했다. 게다가 그녀는 거기서 유사점을 그다지 많이 찾아내지도 못했다. 그녀는 자신의 편지에 대한 답장을 병적으로 기다렸다. 답변이 늦지는 않았다. 운명적인 소식이 곧 전해졌다. 해리 왕자가 거의 동시에 두 개의 결투를 벌였는데 두 사건과 관련하여 그가 기소되었다는 것이다. 그는 자신의 적수 중 한 명을 죽였고 또 다른 이는 불구로 만들어버렸다. 따라서 그는 그러한 행동 때문에 재판에 넘겨졌다는 것이다. 그는 군인 자격에서 강등되었고 권한이 박탈되었으며 아르메니아 보병 부대 중 한 곳에 유형 가는 것으로 사건은 종결되었다. 그것도 그가 특별히 은혜를 입어서 그렇게 된 것이었다.

63년도에 그는 어쩐 일인지 뛰어난 실력을 발휘할 수 있었다. 그는 십자 훈장을 받았고 하사로 임명되었다. 그 후에는 곧 장교가 되었다. 그 기간 동안 내내 바르바라 페트로브나는 아마도 수백 통이나 되는 탄원서와 청원서를 페테르부르크로 보낸 것 같았다. 그러한 특별한 경우에 그녀는 어느 정도 자신을 낮추려고 하였다. 청년은 승진 이후 갑자기 전역을 하였으나 스크보레시니키로 돌아오지 않고 어머니에게 더 이상 편지를 쓰지도 않았다.

사람들이 다른 경로를 통해 알아본 바로는 그가 다시 페테르부르크에 나타났으나 이전의 사교계에서는 더 이상 그를 볼 수 없었다는 것이다. 그는 마치 어딘가로 숨어버린 것 같았다. 그는 어떤 이상한 무리들 속에서 살고 있었고 페테르부르크의 쓰레기 같은 작자들, 시시껄렁한 관리들, 퇴역 군인들, 점잖게 간청하는 술주정뱅이들과 어울리면서 그들의 더러운 가정을 방문하고 밤낮으로 침침한 벽촌에서 시간을 보내고 아무도 모르는 통로로 내려가서 구석구석을 돌아다니고 있다는 소식만 들려왔다. 그런데 그가 그러한 생활을 좋아한다는 것이다. 그는 어머니에게 돈을 요청하지도 않았다. 그는 이전에 스타브로긴 장군이 소유했던 마을인 자신의 영지를 가지고 있었다. 그는 그 영지에서 얼마간의 이윤을 얻고 있었는데, 소문에 의하면 그가 어떤 삭소니 출신의 독일인에게 그 영지를 임대했다는 것이다. 결국 어머니는 그에게 돌아오라고 애원했고 '해리 왕자'는 우리 도시에 모습을 드러냈다. 이곳에서 나는 처음으로 그를 보게 되었는데 나는 그전까지는 결코 그를 본 적이 없었다.

그는 25세가량 되는 매우 멋진 젊은이였다. 그리고 고백하건대 그는 나를 놀라게 했다. 나는 방탕에 찌들고 보드카 냄새를 풍기는 어떤 더러운 부랑자를 만날 거라고 예상했다. 그와 반대로 그는 내가 만난 적이 있는 모든 사람들 중에서 가장 고상한 신사였다. 그는 가장 세련된 몸가짐에 익숙한 신사로서 갖추어야 할 자세를 지녔으며 너무도 옷을 잘 차려입고 있었다. 놀란 것은 나뿐만이 아니었다. 도시 전체가 놀랐다. 이미 도시 전체가 스타브로긴 씨의 모든 행적을, 그것도 상세히 알고 있었던 것이다. 그러한 소식이 어디서부터 전해졌는지 알 수는 없다. 다만 그것들 중 절반은 정확하다는 점이 더욱 놀라울 따름이다. 우리 시의 모든 여성들은 새로운 손님 때문에 이성을 잃어버렸다. 그들은 두 부류로 나누어졌다. 한 그룹은 그를 숭배하였다. 다른 그룹에서는 무서울 정도로 그를 증오하였다. 하지만 두 그룹 모두 제정신은 아니었다. 어쩌면 그의 영혼에 운명적인 비밀이 있다는 점이 일군의 사람들을 매혹했는지도 모르겠다. 다른 사람들은 그가 살인자라는 점을 맘에 들어 했는지도 모르겠다. 그가 아주 제대로 교육받았다는 사실, 그리고 어느 정도의 지식도 겸비하고 있다는 점이 또한 밝혀졌다. 물론 우리를 놀라게 하기 위해 많은 지식이 필요한 것은 아니었다. 하지만 그는 필요하고 아주 흥미로운 주제에 대해 판단할 수 있었다. 그리고 그가 아주 뛰어난 분별력을 가지고 있다는 점이 무엇보다 소중했다. 이상하게 들릴지도 모르겠다. 첫날부터 우리 모두는 그가 너무도 이성적인 사람이라는 사실을 깨달았다. 그는 그다지 말을 많이 하지는 않았으나 흠잡을 데 없이 고상하고 놀라울 정도로 겸손하며 그와 동시에 용감하고 자기 확신에 차 있었다. 우리 중에 그런 사람은 없었다. 우리의 멋쟁이들은 그를 질투 어린 시선으로 바라보았고 그 앞에선 완전히 당황하였다. 그의 얼굴도 나를 놀라게 했다. 그의 머리카락은 짙은 검은색이었다. 그의 밝은 눈동자는 아주 고요하고 맑았다. 그의 얼굴은 아주 부드럽고 우유 빛깔이었다. 얼굴의 홍조는 너무도 선명하고 깨끗하였다. 치아는 진주와 같았고 입술은 산호와 같아서 그려놓은 듯한 미남 같았으나 동시에 역겨운 점도 있었다. 사람들은 그의 얼굴이 가면을 연상시킨다고도 했다. 그럼에도 불구하고 많은 사람들은 그의 육체적인 힘에 대해 말을 많이 했다. 그는 키가 큰 편이었다. 바르바라 페트로브나는 그를 자랑스럽게 바라보았으나 계속 걱정하였다. 그는 우리와 함께 반년을 무덤덤하고 조용하게, 그리고 너무도 음울하게 지냈다. 그는 상류사회에 나가서 특별히 주의하면서 우리 현의 에티켓을 지켰다. 그가 아버지 쪽으로 현지사와 친척뻘이 되어서 현지사는 가까운 친척처럼 그를 맞이하였다. 하지만 몇 개월이 지나자 짐승은 갑자기 자신의 발톱을 드러냈다.

가까운 이들인 우리 모두, 그리고 우리들보다 더 감상

적인 스테판 트로피모비치는 바르바라 페트로브나의 아들이 그녀에게 이제는 새로운 희망, 심지어 어떤 새로운 몽상의 형태로 나타났음을 알았다. 아들에 대한 그녀의 열정은 아들이 페테르부르크 상류사회에서 성공할 때부터 나타났고 그가 사병으로 강등되었다는 소식이 전해진 순간부터 더욱 강렬해졌다. 하지만 그럼에도 불구하고 그녀는 아들을 두려워하였고 그 앞에서는 마치 노예처럼 보였다. 그녀는 자신도 뭐라 말할 수 없는 어떤 불확정적이고 비밀스러운 것을 두려워하는 것 같았다. 그녀는 뭔가를 상상하고 짐작하면서 니콜라스[22]를 은밀히, 지속적으로 여러 번 바라보았다... 그 시점에서 짐승이 갑자기 자기 발톱을 드러낸 것이다.

우리의 왕자[23]는 3년 이상 여행을 다녔기 때문에 우리 시에서는 그에 대해 거의 잊어버리고 있었다. 스테판 트로피모비치를 통해 알려진 바에 따르면 그는 유럽 전역을 쏘다녔고 이집트에도 다녀왔으며 예루살렘도 방문했다. 그 후에 아이슬란드로 가는 학술 팀에 빌붙어서 실제로 아이슬란드도 다녀왔다는 것이다. 그가 어느 겨울

---

22 니콜라이의 영어식 표현, 바르바라 페트로브나의 아들인 니콜라이 스타브로긴

23 니콜라이 스타브로긴

독일의 한 대학에서 강의를 수강했다는 소식도 전해졌다. 그는 반년에 한 번, 혹은 더 드물게 어머니에게 편지를 썼다. 하지만 바르바라 페트로브나는 화내지도 않았고 섭섭해하지도 않았다. 그녀는 일단 형성된 아들과의 관계를 아무 불평 없이 순종적으로 받아들였다. 물론 그녀는 3년을 매일 같이 걱정했고 계속해서 자신의 니콜라스에 대해 그리워하며 상상했다. 그녀는 어느 누구에게도 자신의 몽상이나 원망을 알리지 않았다. 심지어 그녀는 스테판 트로피모비치와도 어느 정도 거리를 두었던 듯했다. 그녀는 자신에 관한 어떠한 계획을 세운 것 같았고 이전보다 더 알뜰하게 지냈다. 그래서 이전보다 더 많이 저축하기 시작했고 스테판 트로피모비치가 카드 게임에 질 때에는 화를 내기 시작했다.

마침내, 올해 4월 그녀는 자신의 어린 시절 친구인 프라스코비야 이바노브나 드로즈도바라는 장군 부인으로부터 파리에서 편지를 받았다. 바르바라 페트로브나가 8년 동안이나 만난 적이 없고 서로 편지 왕래를 하지 않았던 그녀의 편지에서 프라스코비야 이바노브나는 니콜라이 프세볼로도비치가 그의 집에 잠시 방문하여 리자[24]와 친하게 지냈고 그들이 여름에 스위스의 베르네 몽트로로 가는 것을 배웅하려 했고, 지금 파리에 머

---

24 프라스코비야 이바노브나의 외동딸, 리자베타의 애칭

무는 K 공작(페테르부르크에서 매우 영향력 있는 인사) 가족은 그를 공작 집에 거의 살다시피 하는 친아들처럼 대해 주었다고 알려주었다. 편지에는 위에서 언급한 사실 외에 어떠한 결론도 드러나지 않았으나 간결하였고 목적이 분명히 드러나 있었다. 바르바라 페트로브나는 오래 생각하지도 않고 순간적으로 결정을 내려 자신의 양녀 다샤[25]를 데리고 4월 중순 파리로 갔고 그 후에 스위스로 떠났다. 그녀는 드로즈도바 집에 다샤를 혼자 남겨두고 7월에 돌아왔다. 그녀에게 전해진 소식에 따르면 드로즈도바 가족들은 8월 말에 우리 집에 온다는 것이었다.

드로즈도바 가문은 우리 현의 지주였으나 이반 이바노비치[26] 장군의 일 때문에 언젠가 그들의 멋진 영지에 정착할 기회를 얻지 못했다. 작년에 장군이 사망하자 마음을 추스릴 수 없었던 프라스코비야 이바노브나는 딸과 함께 해외로 떠났다. 그런데 그녀는 포도 치료 요법을 사용해 보려 하였고 베르네 몽트로에서 남은 여름 동안 치료를 마칠 생각이었다. 그리고 조국으로 돌아와서는 우리 현에 영원히 정착할 생각이었다. 도시에는 그녀의 대저택이 있었는데 창문이 봉해진 채 오랫동안 텅 비

---

25 샤토프의 누이

26 바르바라 페트로브나의 옛 친구이자 그녀 남편의 직장 동료

어 있었다. 사람들은 부유했다. 프라스코비야 이바노브나는 첫 번째 결혼을 통해서 투시나 부인이 되었다. 그녀는 여학교 친구인 바르바라 페트로브나와 마찬가지로 과거에 잘 나가던 거상의 딸이었고 막대한 지참금을 가지고 시집갔다. 퇴역한 기병 이등 대위인 투신 또한 재력가이자 능력자였다. 그는 죽은 후에 자신의 외동딸인 7세가 된 리자에게 막대한 유산을 물려주었다. 리자베타 니콜라예브나가 약 22세가 된 지금 그녀의 몫으로 대략 200,000루블이 있었다. 그리고 두 번째 결혼에서 어머니에게 자식이 없었기 때문에 어머니가 돌아가시고 일정 기간이 지나면 그녀가 물려받을 수 있는 재산에 대해서는 더이상 말할 것도 없다. 바르바라 페트로브나는 자신의 여행에 대해 매우 만족한 것 같았다. 그녀의 견해에 따르면 바르바라 페트로브나는 프라스코비야 이바노브나와 만족스럽게 협상했고 돌아오자마자 모든 것을 스테판 트로피모비치에게 알려주었다. 그녀는 그에게 격정적인 태도를 보였는데 그러한 일은 예전에 그녀에게 일어난 적이 없었다. 스테판 트로피모비치는 소리 지르며 손가락을 튕겼다.

"만세!"

그는 대단한 기쁨에 휩싸여 있었다. 그는 친구와 헤어져 지내는 동안 내내 극도의 우울한 상태에 있었다. 그녀는 해외로 떠나면서 그와 작별 인사를 나누지도 않았고 그가 뭔가에 대해 입을 놀리지나 않을까 하여 '이 아낙네'에게 자신의 계획에 대해서는 아무것도 알리지 않았다. 그녀는 갑자기 들통이 난 그의 카드 게임에서의 대패에 대해 그 당시 그에게 화가 나 있었다. 하지만 그녀는 오랫동안 그에게 거칠게 대했으니 그가 돌아오면 제대로 보상하리라고 스위스에 있을 때 진지하게 생각했다. 비밀스럽고도 갑작스런 이별은 스테판 트로피모비치의 마음을 놀라게 했고 그의 마음을 갈기갈기 찢어놓았다. 그리고 마치 일부러 그러기라도 한 것처럼 일순간 다른 의혹들이 불거졌다. 오래전부터 상당한 액수의 금전적인 채무가 그를 괴롭혔다. 그 일은 바르바라 페트로브나의 도움 없이는 만족스럽게 해결될 거 같지 않았다. 게다가 올해 5월에는 선하고 유한 이반 오십포비치가 어떤 불쾌한 일 때문에 현지사의 임기를 그만두고 쫓겨났다. 그 후 바르바라 페트로브나가 없는 동안에 새로운 지사인 안드레이 안토노비치 폰 렘브케가 부임하게 되었다. 그와 동시에 우리 현의 사교계가 바르바라 페트로브나, 그리고 스테판 트로피모비치에게 대하는 태도에서 눈에 띄는 변화가 일어났다. 적어도 그는 바르바라 페트로브나가 없는 동안 혼자서 사람들을 관찰하는 것을 꺼림직하게 생각했지만 몇몇 불쾌한 사람들을 소집하는 일에는 성공했다. 그는 자신이 위험한 인물이라는 사실이 새로운 현지사에게 알려졌을까 봐 노심초사하였다. 그는 우리 현의 몇몇 귀부인들이 바르바라 페트로브나를 방문하는 것을 그만두려 한다는 것을 잘 알고 있었다.

V. 뜻밖의 혼담

특히 최근 들어 정말로 우리 친구에게 바보 같은 버릇이 생겨났다. 그는 눈에 띌 정도로 급속히 해이해졌으며 실제로 타락하기 시작했다. 주량이 늘었고 눈물도 많아졌으며 신경도 더 약해졌다. 그리고 그는 우아한 것에 대해 너무도 예민해졌다. 그는 얼굴 표정을 바꾸는 비상한 재능을 가지고 있다. 예를 들어 가장 고상한 표정에서부터 가장 우스꽝스럽고 바보 같은 표정으로 정말 재빨리 바꾼다. 나는 그에게 즉각적으로 어떠한 비방, 도시의 사건, 그리고 매일매일의 뉴스를 전해야만 했다. 만일 어느 누구도 오랫동안 그를 방문하지 않는다면 그는 우수에 잠겨서 방안을 거닐고 생각에 잠겨 입술을 깨물며 깊게 한숨을 내쉬고 급기야는 흐느껴 울기까지 하였다. 그는 언제나 뭔가를 예감하였고 갑작스럽고 피할 수 없는 것을 두려워하였다. 그는 겁이 많아졌고 꿈에 대해 더 많은 관심을 가지게 되었다.

그날 하루 종일 그는 너무도 우울하게 저녁을 보냈고 나를 부르러 사람을 보냈으며 몹시 흥분하여 오랫동안 이야기를 늘어놓았지만 모든 것은 정말 앞뒤가 안 맞는 말들이었다. 바르바라 페트로브나는 오랫동안 그가 나에게는 아무것도 숨기지 않는다는 것을 알고 있었다. 마침내 뭔가 특별한 것, 그리고 아마 그 자신도 상상할 수 없었던 뭔가가 그를 괴롭히고 있음을 알게 되었다. 예전엔 보통 우리 단둘이 만나서 그가 내게 하소연하기 시작하고 일정 시간이 지나면 언제나 술병이 등장하고 그러면 더 큰 위안을 얻게 되곤 했다. 하지만 이번에는 포도주가 없었다. 그는 포도주를 가지러 사람을 보내고 싶은 욕망을 억누르는 것 같았다.

그런데 마침 이번에 그를 성가실 정도로 괴롭히는 특별하고도 의미심장한 우수의 정체를 알게 되었다. 그날 저녁 그는 여러 번 거울 앞으로 다가가 오랫동안 그 앞에 서 있곤 했다. 마침내 그가 거울에서부터 내가 있는 쪽으로 몸을 돌려 이상할 정도로 절망적인 어조로 말했다.

"친구, 난 쓸모없어진 사람이야!"

그렇다. 그는 정말로 그날 그 순간까지 '새로운 견해들'과 바르바라 페트로브나의 '사상의 전환'에도 불구하고 그 한 가지 사실에 대해 계속 확신하고 있었다. 그는 여전히 자신이 유형수, 혹은 명예로운 학자일 뿐만 아니라 멋진 남자로서 여성의 마음에 들 정도로 매력적임을 확신했다. 번지르르하고 안심을 주었던 확신이 그 안에 20년 동안 뿌리내리고 있었다. 어쩌면 그의 이러한 모든 신념 때문에 그는 그 사실에서 벗어나기가 더 어려웠는지도 모르겠다. 그가 가까운 미래에 자신에게 엄청난 시련이 닥칠 것을 예감했던 것은 아닐까?

바르바라 페트로브나가 '다리야'[27]를 모욕받게 놔두지 않을 거라는 점은 확실하다. 지금도 그녀는 자신을 다리야의 은인으로 여기고 있다. 그녀가 숄을 걸치며 양녀의 고통스럽고 의혹에 찬 눈길을 파악했을 때 그녀의 마음속에는 고상하면서도 나무랄 수 없는 분노가 끓어올랐다. 그녀는 어린 시절부터 다리야를 진정으로 사랑했다. 프라스코비야 이바노브나는 다리야 파블로브나를 사랑스런 아가씨라고 당당하게 불렀다. 바르바라 페트로브나

---

27 다리야는 샤토프의 누이이자 바르바라 페트로브나의 양녀. 애칭으로 다샤로 부르기도 함.

는 벌써 오래전부터 "다리야의 성격은 오빠[28]와 같지 않다"고 계속 생각해왔다. 다리야는 조용하고 온순하며 자신을 희생할 줄 알았고 충직하며 대단히 겸손하고 분별력이 뛰어날 뿐만 아니라, 중요한 것은 그녀가 감사할 줄 안다는 점이었다. 아마도 그때까지 다샤는 그녀가 기대하는 모든 점을 정당화해준 것 같았다. 다샤가 아직 12세였을 때 바르바라 페트로브나는 "이 아이 인생에서 실수는 없을 거야."라고 말했다. 왜냐하면 바르바라는 그녀를 사로잡는 몽상과 새로운 숙명, 그녀가 찬란하다고 생각하는 모든 사상에 노골적이고 열정적으로 빠져드는 경향 때문에 그 즉시 다샤를 친딸처럼 양육하기로 결정했던 것이다. 바르바라는 즉시 다샤를 위해 돈을 남겨두었고 미스 크릭스라는 가정교사를 집으로 불러들였다. 가정교사는 다리야가 16세까지 그 집에서 함께 살다가 어쩐 일인지 갑자기 해고되었다. 김나지움 선생님들도 왔다. 그들 중 한 명은 프랑스인이었고 다샤에게 불어를 가르쳤다. 그 사람도 갑자기 해고되었는데 정확히 말하자면 쫓겨난 것이었다. 외지 출신이지만 가문이 좋은 가난한 과부가 피아노를 가르쳤다. 하지만 그럼에도 불구하고 중요한 선생님은 스테판 트로피모비치였다. 사실 그는 첫 선생님으로서 다샤의 눈을 뜨게 해주었다. 그는

---

28 다리야의 오빠인 이반 샤토프

바르바라 페트로브나가 다샤에 대해 생각하기도 전에 이미 조용한 아이를 가르치기 시작했다. 다시 한번 반복하지만 아이들이 그를 따랐다는 것이 놀라울 따름이다! 리자베타 니콜라예브나 투시나는 8세부터 11세까지 그에게서 배웠다.(아마도 스테판 트로피모비치는 어떠한 보상도 없이 그녀를 가르쳤고 드로즈도바 가정에서도 보상을 받지 못한 듯했다.) 하지만 그 자신은 매혹적인 아이에게 반해서 그 아이에게 세계와 지구의 형성에 관한 어떤 서사시, 그리고 인류의 역사를 가르쳐주었다. 최초의 인간과 초창기 민족들에 관한 강의는 아랍의 이야기들보다 더 매력적이었다. 이러한 이야기들 때문에 놀란 리자는 스테판 트로피모비치 집에서 우스꽝스럽게 이야기를 전했다. 스테판 트로피모비치는 이 사실에 대해 알고 나서 한번은 놀라서 그녀를 빤히 쳐다보기도 하였다. 그러자 당황한 리자는 그의 품에 안겨 울음을 터뜨렸다. 스테판 트로피모비치도 기뻐서 그런 것이었다. 하지만 리자는 곧 떠났고 다샤만 혼자 남게 되었다. 다샤에게 선생님들이 오기 시작하자 스테판 트로피모비치는 그녀와의 수업을 그만두고 그녀에게 점차 주의를 기울이지 않다가 아주 관심을 끊게 되었다. 그렇게 오랜 시간이 흘렀다. 다샤가 17세가 되었을 때 한번은 그가 갑자기 그녀의 외모에 놀라는 일이 있었다. 그 일은 바르바라 페트로브나 가정의 식사 시간에 일어났다. 그는 젊은 아가씨와 이야기하기 시작했고 그녀의 대답에 매우 만족해서 러시아 문학사에 대한 진지하고 총괄적인 강의를 해주겠다고 제안하였다. 바르바라 페트로브나는 그의 멋진 생각을 칭찬했고 그에게 감사했으며 다샤도 기뻐했다. 스테판 트로피모비치는 특별한 강의를 준비했고 마침내 그들은 수업을 시작했다. 고대부터 시작되었다. 첫 수업은 멋지게 진행되었다. 바르바라 페트로브나도 참석하였다. 스테판 트로피모비치가 수업을 마치고 다샤에게 다음에는 『이고리 원정기』를 할 것이라고 말하자 바르바라 페트로브나는 갑자기 자리에서 일어나 더 이상의 수업은 없다고 말했다. 스테판 트로피모비치는 움찔하며 입을 다물었고 다샤는 얼굴을 붉혔다. 그렇게 해서 계획은 끝나 버렸다. 이 일은 바르바라 페트로브나가 지금의 갑작스런 환상을 가지기 3년 전에 일어났다.

불쌍한 스테판 트로피모비치는 혼자 앉아서 아무것도 예감하지 못하고 있었다. 그는 슬픈 상념에 잠겨 지인들 중 누군가가 혹시 오지나 않을까 하여 오랫동안 유리창을 바라보고 있었다. 하지만 어느 누구도 그에게 다가가고 싶어하지 않았다. 밖에는 가랑비가 내려서 추워지기 시작했다. 벽난로에 불을 지펴야만 했다. 그는 한숨을 내쉬었다. 갑자기 끔찍한 광경이 그의 눈앞에 펼쳐졌.

그러한 날씨에 바르바라 페트로브나가 느닷없이 그에게 나타난 것이다! 그것도 걸어서! 그는 너무도 놀라서 옷을 갈아입는 것도 잊어버리고 언제나 입고 있는 장밋빛 솜 재킷을 입은 채로 그녀를 맞았다. 그는 그녀를 맞으며 나지막하게 외쳤다.

"내 친구!.."

"당신은 혼자군요. 기쁘네요. 이제 더 이상 당신의 친구들을 감당할 수 없어요! 언제나처럼 당신은 담배를 피워댔군요. 세상에, 공기가! 당신은 차도 다 마시지 않았네요. 밖은 11시에요! 무질서가 당신의 행복이군요! 쓰레기가 당신의 기쁨이라니! 바닥에 흩어진 찢어진 종이들은 다 뭔가요? 나스타시야, 나스타시야! 당신네 나스타시야는 뭘 하고 있는 거죠? 아줌마, 유리창, 환기구, 문을 계속 활짝 열어 둬요. 우린 홀로 나갈게요. 당신에게 볼 일이 있어 찾아 온 거예요. 아줌마, 인생에서 단 한 번이라도 비질을 좀 해보세요!"

"어지럽히셔서요!"

나스타시야가 흥분하여 불평하는 목소리로 투덜거렸다.

"비질을 하세요. 하루에 15번이라도 비질을 하세요! 홀이 엄청 더러워요.(그들이 홀로 나갔을 때였다.) 문을 더 꼭 닫아요. 그녀가 엿들을 수도 있어서요. 벽지도 곧

바꿔야 하겠네요. 도배장이에게 견본을 들려서 당신께 보냈잖아요. 당신은 고르지 않은 건가요? 앉아서 들어보세요. 앉으세요. 마지막으로. 당신에게 부탁할게요. 당신은 어디로 가는 건가요? 당신 어디로 가나요? 당신 어디 가는 거냐고요!"

스테판 트로피모비치는 다른 방에서 소리쳤다.

"난... 지금, 그러니까 난 다시 여기 있어요!"

그녀는 그를 비웃으며 쳐다보았다.(그는 스웨터 위에 재킷을 걸쳐 입었다.)

"아, 정장으로 갈아입으셨네요! 그렇게 하는 것이 정말로 우리 이야기에 더 적절할 거 같네요... 마지막으로 부탁하는데, 앉으세요."

그녀는 그에게 모든 것을 즉각적으로 예리하게, 그리고 확신에 차서 말했다. 그녀는 그에게 너무도 필요한 8,000루블에 대해서도 암시했다. 그녀는 지참금에 대해서 상세히 이야기했다. 스테판 트로피모비치는 눈을 휘둥그레 뜨고 벌벌 떨었다. 그는 모든 것을 들었지만 분명하게 내용을 정리할 수가 없었다. 그는 입을 열고 싶었으나 모든 말이 입속에서 맴돌았다. 모든 것이 그녀가 이야기한 대로 될 것이며 반대하고 동의하지 않는 것은 공허한 일이란 것과 자신은 이제 돌이킬 수 없이 기혼자가 된다는 사실만 알고 있었다. 마침내 그가 입을 열었다.

"하지만, 나의 사랑스런 친구, 내 나이에 세 번째로... 그런 어린 아이와! 그 아인 아직 어려요!"

"맙소사! 그 아이는 스무 살이라고요! 제발 부탁이니 눈동자 좀 굴리지 마세요. 당신은 극장에 있는 게 아니에요. 당신은 매우 지혜롭고 박학다식하지만 인생에 대해 아무것도 모르니까 당신을 계속 보살피기 위해 유모가 필요하잖아요. 내가 죽으면 당신 어떻게 하려고요? 그런데 그 아이가 당신의 좋은 유모가 되어 줄 거예요. 그 아이는 겸손하고 강인하고 신중한 아가씨예요. 게다가 나도 여기 있을 거예요. 지금 죽지는 않아요. 그녀는 가정주부가 될 거고 온순한 천사가 될 거예요. 저는 스위스에 있을 때부터 이러한 행복한 생각을 했어요. 만일 제가 그 아이가 온순한 천사라고 말하면 당신이 이해하겠냐고요!"

갑자기 그녀는 분명하게 소리 질렀다.

"당신 집은 쓰레기인데 그 아이가 깨끗하게 하고 질서를 잡을 거예요. 그러면 모든 것은 거울처럼 될 거예요... 그런데 당신은 내가 그러한 보배로운 아이를 데리고 모든 것을 계산하며 중매를 서야만 한다고 상상하는 건가요! 당신은 무릎을 꿇어야만 해요... 오, 공허하고 공허한 속 좁은 사람!"

"하지만... 난 이미 늙은이라!"

"당신이 53세라는 것이 무슨 의미가 있냐고요! 50은 끝이 아니죠. 인생의 절반이에요. 당신은 멋진 남자고 당신 자신도 그 사실을 잘 알고 있어요. 당신은 그 아이가 당신을 존경하는 것을 알고 있잖아요. 내가 죽으면 그 아이는 어찌 될까요? 당신에게 시집을 가면 그 아이도 맘이 편하고 나도 그래요. 당신은 명성도 이름도 사랑하는 마음도 가지고 있어요. 당신은 내가 의무적으로 들어놓은 연금을 받게 될 거예요. 아마도 당신은 그 아이를 구원할 거고, 구원하게 될 거예요! 모든 경우에 있어서 명예도 얻을 거예요. 당신은 그 아이의 인생을 디자인해 주고 그 아이의 마음을 뒤흔들어서 생각을 바로잡아 줄 거예요. 지금 많은 이들이 잘못된 생각에 휩쓸려서 파멸하고 있잖아요! 당신의 저작이 성공을 거둘 때면 당신은 자신에 대해 일순간 상기하게 될 거예요."

그는 벌써 바르바라 페트로브나의 달콤한 말에 홀려서 중얼거렸다.

"난 그러니까, 난 지금 『스페인 역사 속 이야기들』에 착수하려 합니다."

"아이고, 보세요. 딱 맞아 떨어지네요."

"하지만... 그 아이는? 당신은 그 아이에게 말했나요?"

"그 아이에 대해선 걱정하지 마세요. 당신이 궁금해

하실 것은 없어요. 물론 당신은 직접 그 아이에게 당신에게 명예를 달라고 부탁하고 간청해야만 합니다. 이해하시죠? 하지만 걱정하지 마세요. 내가 여기 있을 거니까요. 게다가 당신은 그 아이를 사랑하니까요..."

스테판 트로피모비치는 머리가 빙빙 돌았다. 여기에는 그가 어떻게 해볼 수 없는 끔찍한 생각이 있었다. 그의 목소리가 갑자기 떨리기 시작했다.

"훌륭한 친구여! 난... 난 당신이 나를 다른... 여자에게... 시집보내는 결정을 내리리라고 상상할 수 없었어요!"

바르바라 페트로브나는 표독스럽게 씩씩대며 말했다.

"스테판 트로피모비치, 당신은 여자가 아니잖아요. 여자나 시집을 보내는 거죠. 당신은 결혼하는 겁니다."

그는 정신 나간 표정으로 그녀에게 시선을 고정시켰다.

"맞아요. 내가 말을 잘못했네요. 하지만... 그래도 마찬가지예요."

그녀는 경멸적인 어조로 거만하게 말했다.

"마찬가지라는 것은 나도 알아요. 맙소사! 이 사람이 졸도했어! 나스타시야, 나스타시야, 물 좀!"

하지만 물을 가져오진 않았다. 그는 정신을 차렸다. 바르바라 페트로브나는 우산을 집어 들었다.

"이제 전 당신과 할 이야기가 없어요..."
"네, 네, 난 지금 아무것도 할 수 없어요."
"하지만 당신은 내일이나 돼서야 쉬면서 생각할 수 있을 겁니다. 집에서 쉬면서 무슨 일이 일어나면 밤에라도 알려주세요. 편지는 쓰지 마세요. 어차피 읽지 않을 거니까요. 내일 이 시간쯤 최종적인 답변을 듣기 위해 들를게요. 긍정적인 답변 기대할게요. 집에 아무도 없더라도 쓰레기가 생기지 않도록 신경 써주세요. 이건 무슨 상황인 건가요? 나스타시야, 나스타시야"
당연히 그 다음 날 그는 승낙했다. 승낙하지 않을 수 없었다. 이 일에 한 가지 특별한 상황이 있었다...

일주일이 지났다.
사건이 어느 정도 정리되기 시작했다. 나는 근 일주일 동안 중매의 대상이 된 가련한 내 친구의 곁에서 그의 가장 친한 친구로 남은 채 많은 슬픔을 견뎌내야만 했다는 사실을 간략히 언급하고자 한다. 무엇보다 그를 괴롭힌 것은 수치심이었다. 우리가 일주일 동안 어느 누구도 만나지 않고 내내 집에만 있었는데도 그는 내 앞에서도 쑥스러워했다. 그는 내게 솔직하게 말하면 말할수록 내게 더 화를 냈다. 그는 결벽증 때문에 모든 도시인들이 이 일을 알고 있을 거라는 의구심을 가졌고 클럽뿐만 아니라 자신의 써클에 나가는 것도 꺼렸다. 어쩔 수 없이 산책을 가야 할 때면 아주 어두워지고 나서 해가 완전히 진 뒤 외출했다.

일주일이 지났건만 그는 아직도 자신이 신랑인지 아닌지 알 수 없었다. 그가 아무리 발버둥 치더라도 그는 결코 그 일에 대해 알 수 없었을 것이다. 그는 아직도 신부를 만나지 못했고 그녀가 그의 신부인지 아닌지 알지도 못했다. 그리고 그는 이 모든 일에 뭔가 진지한 구석이 있기나 한 건지 알지도 못했다! 바르바라 페트로브나는 그가 자기 집에 오는 것을 결단코 허용하지 않았다. 그녀는 그가 처음 보낸 편지들 중 하나에 대한 답장에서 자신과의 모든 관계를 당분간 끊어달라고 부탁했다. 왜냐하면 그녀는 바빴고 그에게 알려주어야 할 아주 중요한 일들이 많았는데 그 일들을 알리기 위해서라도 지금보다 더 한가한 시간이 생기길 일부러 기다리는 중이었기 때문이다. 그리고 그녀는 언제 그가 그녀에게 올 수 있을지를 시간이 지나면 알려준다고 했다. 그녀는 편지들을 개봉하지도 않고 돌려보내겠다고 약속했다. 왜냐하면 그것이 '하나의 장난질'에 불과하기 때문이라고 했다. 그가 내게 메모를 보여주었기 때문에 내가 직접 그 메모를 읽었다.

그러나 이 모든 무례한 일들과 불확정적인 일들은 그

의 주된 걱정거리와 비교하면 아무것도 아니었다. 그는 계속 걱정거리 때문에 몹시 괴로웠다. 그는 근심하며 살이 빠졌고 풀이 죽어 있었다. 그가 무엇보다도 창피해했던 그 일에 대해 그는 결코 나에게 입도 뻥긋하려 하지 않았다. 오히려 그는 경우에 따라서 어린아이처럼 내게 거짓말을 하고 나를 속이기까지 하였다. 하지만 그는 인간이 물과 공기를 필요로 하듯 매일 나를 부르러 사람을 보냈고 나 없이는 두 시간도 견디지 못했다.

그의 그러한 행동이 어느 정도 나의 자존심을 건드렸다. 내가 오랫동안 이 중대한 비밀을 알고 있었고 모든 일을 속속들이 꿰뚫고 있으니 그건 당연한 일이다. 그 당시 나의 확신에 따르면 스테판 트로피모비치의 걱정과 비밀이 드러나는 일은 그의 명예에 어떠한 도움도 되지 못했다. 그래서 그 당시 젊었던 나는 그의 조야한 감정과 그의 보잘것 없는 의혹에 대해 화가 나기까지 했다. 화가 나서, 아니, 고백하자면 그의 친구 노릇하는 것이 지겨워져서 그를 몹시 비난한 것 같다. 가혹하게 내가 그에게 그의 모든 죄를 고백하게 만들 수도 있었다. 하지만 난 어쩌면 다른 일을 고백하는 것이 어렵다는 것을 고려하고 있었는지도 모르겠다. 그도 나를 속속들이 이해하고 있었다.

즉 그는 내가 그를 너무도 잘 알고 있으며 그에 대해

화를 내고 있음을 잘 알고 있었다. 어쩌면 나의 흥분은 보잘것없고 바보 같은 것이었는지도 모른다. 어떤 점에서 그는 내가 처한 상황을 잘 알고 있었으며 숨길 필요가 없는 부분들에 대해서도 아주 상세하게 정황을 파악하고 있었다.

스테판 트로피모비치는 1분간 생각에 잠겨 서 있다가 웬일인지 나를 쳐다보지도 않고 모자와 지팡이를 들고 조용히 방을 빠져나갔다. 난 이전처럼 그의 뒤를 따라갔다. 그는 대문을 나서다가 내가 자신을 배웅하는 것을 알아차리고 나서 말했다.
"아 그렇지. 자네가 이 사건의 증인이 될 수 있겠네. 자네가 나와 동행해 주겠지. 그렇지 않은가?"
"스테판 트로피모비치, 자네 정말 거기로 가는 건가? 무슨 일이 생길지 생각해 본 건가?"
그는 아쉬움이 담긴 희미한 미소, 쑥스럽고도 완전히 절망적인 미소, 동시에 이상한 희열을 담은 미소를 지으며 순간 멈춰 서더니 작은 소리로 말했다.
"난 '타인의 죄'와 결혼할 순 없어!"
난 그 말을 기다렸다. 마침내 그가 핑계를 대고 거드름을 피우며 일주일 동안 나에게 숨겨왔던 것을 고백했다. 난 결정적으로 이성을 잃었다.

"그러니까 그렇게 지저분한, 그런... 저급한 생각을, 스테판 트로피모비치, 당신이 할 수 있단 말인가. 당신의 빛나는 이성과 착한 마음씨로... 거의 리푸틴 수준의!"

그는 나를 바라보고 아무 대답도 하지 않고 가던 길을 가버렸다. 나는 뒤처지고 싶지 않았다. 난 바르바라 페트로브나 앞에서 증인이 되고 싶었다. 만일 그가 아줌마처럼 소심한 마음으로 리푸틴을 믿는다면 그를 용서했을 것이다. 하지만 지금 그가 리푸틴보다 먼저 모든 것을 생각해냈음이 명백해졌다. 리푸틴은 그의 의혹을 확실히 해주었으며 그것은 불에 기름을 부은 격이었다. 그는 어떠한 근거, 심지어 리푸틴 식의 근거도 없이 첫날부터 의심할 생각은 없었다. 그는 바르바라 페트로브나가 절망적인 바람을 가지고 자신의 소중한 아들 니콜라스의 귀족으로서의 잘못을 덮기 위해 명예로운 사람과 결혼시키려 한 전횡을 내게 설명했던 것이다! 나는 그가 이 일로 반드시 벌을 받기를 바랬다.

"오! 위대하고 자비로운 주여! 오, 누가 나를 진정시키려나!"

그는 100보 쯤 가다가 멈춰 서서 외쳤다.

"이제 집으로 갑시다. 그러면 내가 당신에게 모든 것을 설명할 테니!"

나는 그를 집 쪽으로 힘주어 이끌며 외쳤다.

"그 사람이네요! 스테판 트로피모비치, 당신인가요? 당신?"

우리 곁에서 생기있고 발랄한 젊은이의 목소리가 어떤 음악과도 같이 들려왔다. 우리는 아무것도 볼 수 없었는데 갑자기 우리 옆에 리자베타 니콜라예브나가 언제나 데리고 다니는 수행원과 함께 말을 타고 나타났다. 그녀는 말을 멈춰 세웠다.

나는 리자베타 니콜라예브나의 아름다움에 대해서는 묘사하지 않겠다. 비록 몇몇 귀부인들과 아가씨들은 분개하면서 그녀의 아름다움에 대해 감탄하는 자들에 대해 동의하지 않지만 온 도시가 그녀의 아름다움에 대해 떠들어댔다. 그들 중에는 무엇보다 리자베타 니콜라예브나의 오만함 때문에 그녀를 증오하는 자들도 있었다. 프라스코비야 이바노브나의 병환 때문에 드로즈노프 가문 사람들이 사람들을 방문하는 시기를 늦춘 것은 모욕적으로 받아들여졌다. 둘째로 사람들은 리자베타 니콜라예브나가 주지사 부인의 친척이었기 때문에 그녀를 증오했다. 셋째는 그녀가 매일 말을 타고 돌아다녔기 때문이었다. 그때까지 우리 마을에는 아마조네스[29]가 없었다.

---

29 그리스 신화에 나오는 여성무사족 '아마존'의 복수형으로 리자베타가 항상 말을 타고 다니는 것을 빗대어 말한 것이다.

방문도 하지 않고 말을 타고 돌아다니는 것이 상류사회에 모욕을 주었던 것이다. 모두가 그녀가 말을 타고 돌아다니는 것이 의사의 지시 때문이라는 것을 알고 있었으나 그녀의 병에 대해서 표독스럽게 말했다. 그녀는 정말로 아팠다. 그녀를 보면 첫눈에 그녀의 병적이고 신경질적이며 지속적인 불안을 알 수 있었다. 맙소사! 가여운 그녀는 매우 고통스러워했고 나중에 모든 것이 밝혀졌다. 과거를 회상하는 지금 나는 그녀가 미인이었고 또 내게는 어떠한 존재였는지 굳이 밝히진 않겠다. 어쩌면 그녀는 그다지 괜찮은 여자가 아니었을지도 모른다. 그녀는 키가 크고 날씬하며 유연하고 힘이 셌다. 그녀는 심지어 얼굴선이 불규칙적이어서 놀라웠다. 그녀의 눈은 칼미크인들[30]처럼 삐뚜름하게 박혀 있었고 얼굴은 창백하고 거무스름하며 말랐고 턱뼈가 튀어 나왔다. 하지만 그 얼굴엔 사람을 압도하는 매혹적인 무언가가 깃들어 있었다! 그녀의 검은 눈동자는 불타는 듯한 눈빛을 뿜어내며 뭔가 강렬한 것을 전달하고 있었다. 그녀는 '정복을 위한 정복자'였던 것이다. 그녀는 거만했고 때로는 뻔뻔하기까지 했다. 그녀가 선량한 여인이 될 수 있을지는 모르겠다. 하지만 나는 그녀가 자신을 착한 여인으로 만들고 싶어하며 그것 때문에 괴로워한다는 것을 알고 있었다.

---

30 몽골족의 일족으로서 칼미크 공화국의 다수를 차지함.

물론 이러한 기질 속에는 많은 아름다운 노력들과 가장 정당한 계획들이 들어있었다. 그녀 안의 모든 것은 영원히 자신의 수준을 찾는 듯했으나 그녀는 그것을 찾지 못하고 여전히 혼돈, 흥분, 불안 속에 있는 듯했다. 어쩌면 그녀는 그러한 요구들을 충족시킬 수 있는 힘을 내면에서 찾지 못하고 자신에 대해서 지나치게 엄격한 요구들을 하고 있었는지도 모르겠다.

리자베타 니콜라예브나는 다시 자리에 앉았다.

"아, 잊어버릴 뻔했네요. 샤토프는 어떤 사람인가요?"

"샤토프? 그는 다리야 파블로브나의 오빠입니다..."

"오빠라는 건 알아요. 정말, 당신도 참!"

그녀는 참지 못하고 끼어들었다.

"그가 대체 어떤 사람인지 알고 싶은 거예요!"

"그는 이 지방의 공상가죠. 그는 세상에서 가장 훌륭하지만 곧잘 흥분하는 사람입니다..."

"저도 그가 정말 이상한 사람이라는 걸 들었어요. 하지만 그 일에 대한 건 아니고요. 전 그가 3개 국어와 영어를 알고 문학적인 일에 종사하고 있다는 말을 들었어요. 그게 사실이면 저는 그 사람을 위한 일을 많이 가지고 있지요. 저는 조력자가 필요해요. 빠르면 빠를수록 더 좋아요. 그가 일을 할까요, 아니면 그렇지 않을까요? 사람들이 그자를 제게 추천했어요..."

"오, 아무렴요. 당신은 자비를 베풀게 되겠지요…"

"전 결코 자비를 베풀기 위한 게 아니라, 조력자가 필요할 뿐이에요."

내가 말했다.

"전 샤토프를 아주 잘 알아요. 만일 당신이 제게 그에게 말을 전하라는 심부름을 시킨다면 제가 지금이라도 다녀오죠."

"그에게 내일 정오에 와달라고 전해 주세요. 잘 되었네요! 감사드립니다. 마브리키 니콜라예비치, 준비되었나요?"

그들은 떠났다. 물론 나는 그 즉시 샤토프에게 달려갔다. 스테판 트로피모비치가 따라 나와 현관에서 나를 불러 세웠다.

"내 친구여! 내가 돌아오는 10시나 11시경에는 우리 집에 꼭 있어 주게. 오, 나는 자네에게 너무도, 너무도 죄가 많아… 모두에게, 모두에게."

VI. 수수께끼 샤토프

나는 집에서 샤토프를 볼 수 없었다. 두 시간이 지나

달려가 봐도 그는 여전히 집에 없었다. 마침내 7시가 되어서야 그를 만나기 위해, 아니면 메모라도 남기기 위해 그의 집으로 향했다. 하지만 그를 만나지 못했다. 그의 아파트는 잠겨 있었다. 그는 하인 없이 혼자 살고 있었다. 나는 샤토프에 대해 물어 보기 위해 아래층에 사는 레뱌드킨 대위에게 뛰어가 볼까도 생각했다. 그런데 그 집도 문이 잠겨 있었다. 텅 빈 집처럼 어떠한 소리도, 어떠한 빛도 그 집에서 새어 나오지 않았다. 나는 최근에 들은 이야기 때문에 호기심을 가지고 레뱌드킨의 집 옆을 지나쳤다. 결국 나는 내일 더 일찍 들르기로 했다. 사실 메모에 대해서는 큰 기대를 하지 않았다. 샤토프는 무시할 거다. 그는 너무도 고집이 세고 수줍은 사람이기 때문이다. 헛걸음했다고 투덜거리며 문을 빠져나오다가 나는 갑자기 키릴로프와 마주쳤다. 그가 건물로 들어서다가 먼저 나를 알아보았다. 그가 직접 물어보았기 때문에 나는 그에게 중요한 점을 모두 이야기해주고 내가 메모를 가지고 있다고 말했다. 그가 말했다.

"갑시다. 내가 모든 일을 할 겁니다."

그가 아침부터 뜰의 목조 곁채에 있었다는 리푸틴의 말이 기억났다. 곁채는 그가 혼자 쓰기에 너무 넓어서 그와 함께 어떤 나이든 귀머거리 아줌마가 살면서 그의 시중을 들고 있었다. 집주인은 다른 새 집에서 살았는데 다른 거리에서 식당을 운영하고 있었다. 주인의 친척인 듯한 이 노파는 이전 집을 관리하고 있는 것 같았다. 곁채의 방들은 아주 깨끗하였으나 벽지는 더러웠다. 우리가 들어간 방의 조립식 가구들은 잡다하고 부실했다. 두 개의 카드놀이용 테이블, 개암나무 장롱, 어떤 오두막이나 부엌에서 가져온 듯한 합판으로 만든 커다란 테이블, 의자들과 격자 등받이와 두꺼운 가죽 덮개가 달린 소파가 있었다. 구석에는 오래된 성상이 있었는데 노파는 우리가 오기 전에 성상 앞 램프에 불을 켜두었다. 벽에는 두 개의 커다란 어두운 색의 유화물감으로 그려진 초상화가 걸려 있었다. 하나는 20년대에 그려진, 고(故) 니콜라이 파블로비치 황제의 초상화이고 다른 하나는 어떤 주교의 초상화였다.

키릴로프는 안으로 들어와서 초를 켜고 구석에 세워진, 아직 풀지도 않은 트렁크에서 편지 봉투, 밀랍과 크리스털 인장을 꺼냈다.

"당신의 메모에 인장을 찍고 봉투에 서명하세요."

나는 그럴 필요는 없다고 반대했으나 그는 완고했다. 나는 봉투에 서명하고 나서 모자를 집어 들었다. 그가 말했다.

"당신이 차를 마실 거라 생각했는데요. 차를 사 둔 게 있어요. 원하시나요?"

나는 거절하지 않았다. 노파가 곧 차를 내왔다. 뜨거운 물이 담긴 커다란 찻주전자, 충분히 끓인 차가 담긴 작은 주전자, 조야한 그림이 그려진 찻잔들, 흰 빵과 각설탕이 담긴 우묵한 접시 등이 나왔다. 그가 말했다.

"저는 차를 좋아합니다. 밤에, 많이 마십니다. 돌아다니며 새벽까지 마십니다. 외국에선 밤에 차를 마시기가 쉽지 않아요."

"당신은 새벽에 잠자리에 드십니까?"

"언제나 그렇습니다. 오래 되었어요. 저는 적게 먹고 언제나 차를 마십니다. 리푸틴은 간교하고 인내심도 없지요."

그가 이야기를 하고 싶어한다는 사실이 나를 놀라게 했다. 나는 그 순간을 이용하기로 결심했다.

"좀 전에 불쾌한 사건들이 있었지요."

라고 내가 말하자 그는 얼굴을 잔뜩 찌푸렸다.

"그건 어리석은 일이지요. 그건 정말 아무것도 아닙니다. 이곳에선 모든 것이 별거 아니지요. 레뱌드킨이 술에 취해 있기 때문입니다. 난 리푸틴에게 말하지 않았고 아주 소소한 일만 설명했어요. 왜냐하면 그자가 거짓말을 하기 때문이에요. 리푸틴은 많은 환상을 가지고 있어요. 그자라면 소소한 일들을 가지고 산도 만들 겁니다. 전 어제 리푸틴을 믿었던 겁니다."

"그러면 오늘은 저를?"

내가 웃기 시작했다.

"물론 당신은 최근에 일어난 모든 일에 대해 알고 있겠죠. 리푸틴은 연약하거나, 참을성이 없거나, 해롭거나, 아니면... 질투를 합니다."

마지막 단어가 나를 놀라게 했다.

"아무튼 당신이 많은 올가미들을 만들어 두었으니 그가 그중 하나에 걸려드는 것은 이상하지도 않겠네요."

"아니면 모든 것에 함께!"

"네, 그건 사실입니다. 리푸틴은 카오스입니다! 그자는 최근에도 거짓말을 했어요. 당신이 어떠한 작품을 쓰고 싶어한다는 것이 사실인가요?"

"왜 그가 거짓말한다고 생각하시나요?"

그는 바닥을 내려다보며 다시 얼굴을 찌푸렸다.

나는 사과했고 무언가를 캐내고자 하는 것은 아님을 그에게 확신시키기 시작했다. 그는 얼굴을 붉혔다.

"그는 진실을 말한 겁니다. 저는 글을 씁니다. 다만 그건 상관없어요."

잠시 침묵이 흘렀다. 그가 갑자기 이전처럼 어린아이와도 같은 미소를 지었다.

"그는 그 사실을 책이 아닌 머리를 굴려 생각해 낸 겁니다. 그자가 직접 제게 자신은 잘 이해하지 못한다고 말했어요. 난 다만 사람들이 자살할 수 없는 이유를 찾고 있을 뿐입니다. 그게 전부입니다. 그건 상관없는 일입니다."

"어떻게 할 수 없다라는 말을? 정말 자살하는 경우가 적습니까?"

"아주 적죠."

"정말로 당신은 그러한 입장인가요?"

그는 대답하지 않았고 자리에서 일어나 생각에 잠겨 앞뒤로 왔다갔다 하기 시작했다.

"당신은 사람들을 자살하지 못하게 막는 것이 무엇이라 생각하시나요?"

내가 물었다.

그는 마치 우리가 이야기한 내용을 기억하려는 듯이 멍하니 쳐다보았다.

"전... 전 아직 아는 게 적어요... 두 개의 편견이 있어요. 단 두 가지 문제죠. 단 두 가지입니다. 하나는 아주 작은 것이고 다른 하나는 아주 큰 것입니다. 하지만 작은 것도 매우 큰 문제지요."

"작은 것이라면 어떤 것인가요?"

"고통입니다."

"고통이라니요? 정말로 그것이 그렇게 중요하다면... 이 경우에는?"

"우선순위에서 가장 먼저의 것이죠. 두 종류가 있어요. 커다란 슬픔, 혹은 증오, 혹은 광기 때문에 자살한 사람들이 있지요. 아니면 그건 아무 것도 아닙니다… 어떤 사람들은 갑자기. 그들은 고통에 대해 별 생각이 없어요. 그런데 갑자기, 편견 때문에 자살하는 사람들은 많은 생각을 하지요."

"정말로 편견 때문에 자살하는 자들이 있단 말인가요?"

"아주 많아요. 만일 편견이 없다면 더 많을 겁니다. 아주 많아요. 모두가 다."

"모두 다라니요?"

그는 웅얼거렸다.

"고통 없이 죽는 방법이 정말 없단 말인가요?"

그는 내 앞에서 멈춰 섰다.

"생각해 보세요. 커다란 집과 비교할 수 있는 커다란 돌을 생각해 보세요. 돌이 걸려 있는데 당신이 그 밑에 있는 겁니다. 그 돌이 당신 머리 위로 떨어진다면 당신은 고통스러울까요?"

"집채만한 돌이요? 물론, 끔찍하겠죠."

"저는 끔찍함에 대해 이야기하는 것이 아닙니다. 아플까요?"

"산만한 돌, 백만 푸드[31]의 돌이라면? 결코 아프지 않을 겁니다."

"사실 돌이 매달려 있는 동안에는 당신은 아플까 봐 몹시 두려워할 겁니다. 제일 가는 학자, 제일 가는 의사라도, 모두, 모두가 몹시 두려워하겠죠. 모두가 아프지 않을 거라고 알 수도 있습니다. 그런데도 모두가 아플까 봐 몹시 두려워하는 겁니다."

"음, 그러면 두 번째 원인인 커다란 고통이란 무엇인가요?"

"저 세상입니다."

"즉 징벌인가요?"

"그건 상관없어요. 저 세상입니다. 유일한 저 세상입니다."

"정말로 저 세상을 믿지 않는 그러한 무신론자들은 없나요?"

그는 다시 웅얼거렸다.

"혹시 당신은 스스로 자신을 심판하시나요?"

"모든 사람들은 스스로 판결을 내릴 수 없지요."

그는 얼굴을 붉히고 나서 말했다.

"모든 자유는 생사와 무관해질 때에 생겨나지요. 모든 사람에겐 그러한 목적이 있어요."

---

31 1푸드는 16.38kg

"목적이라고요? 그때에 모두가 살고 싶어 하지 않을까요?"

"아무도."

그는 단호하게 말했다.

"인간은 죽음을 두려워합니다. 왜냐하면 인간은 삶을 사랑하기 때문이지요. 전 그렇게 이해하고 있어요. 그것이 자연의 섭리이니까요."

라고 내가 말했다.

"그건 비열합니다. 바로 여기에 기만이 있어요!"

그의 눈동자가 번득였다.

"삶은 고통이고 삶은 두려움이죠. 그래서 인간은 불행합니다. 지금 모든 것이 고통이고 두려움입니다. 이제 인간은 삶을 사랑하지요. 왜냐하면 인간은 고통도 두려움도 사랑하기 때문입니다. 그렇게 된 겁니다. 고통과 두려움을 위해 삶이 주어졌는데 그것이 기만이라는 겁니다. 지금의 인간은 과거의 인간이 아닙니다. 새로운 인간, 행복하고 도도한 인간이 나타날 겁니다. 생사의 문제와 무관한 인간이 새로운 인간이 될 겁니다. 고통과 두려움을 이겨낸 자가 스스로 신이 될 겁니다. 하지만 그는 신은 아닙니다."

"당신 말에 따르면 그러한 자가 신이 된다고 하지 않았나요?"

"그러한 자는 없지요. 하지만 존재합니다. 돌에는 고통이 없지만 돌로 인한 두려움에는 고통이 있지요. 신은 죽음에 대한 두려움의 고통입니다. 고통과 두려움을 극복한 자가 스스로 신이 될 겁니다. 그때 새로운 삶, 새로운 인간이 생겨나고 모든 것이 새로워지는 겁니다... 그때에 역사는 두 부분으로 나누어지게 됩니다. 고릴라 출현부터 신의 부재까지, 그리고 신의 부재부터..."

"고릴라 출현 이전까지인가요?"

"...지구와 인간의 물리적인 변화까지. 인간이 신이 되고 육체적으로도 변화될 겁니다. 세상도 변하고 일도 변하고 사상도, 그리고 모든 감정도. 그때에 인간이 육체적으로 변화될 거라 생각하시나요?"

"생사와 상관이 없다면 그때에 모두가 자살하고 그러면 어쩌면 변화가 생길 수도 있을 겁니다."

"그건 상관없어요. 사람들은 기만을 죽이는 겁니다. 커다란 자유를 원하는 사람들은 모두 자신을 감히 죽여야만 합니다. 자살할 수 있는 사람은 기만의 비밀을 깨달은 것이죠. 더 이상 자유는 없습니다. 거기에 모든 것이 있고 더 이상 아무것도 없지요. 자살하는 자는 신입니다. 이제 모두가 신도 없고 아무것도 없는 상황을 만들 수 있어요. 하지만 어느 누구도 결코 그렇게 만들지는 않았지요."

"자살자는 수백만 명 있었어요."

"하지만 언제나 그 이유 때문은 아니었죠. 언제나 두려움 때문에. 그리고 그 일을 위한 것도 아니었고요. 두려움을 없애기 위한 것이 아니었죠. 두려움을 없애기 위해 자살하는 자는 곧 신이 될 겁니다."

"어쩌면 그가 성공하지 못할지도 모르죠."라고 내가 지적했다.

"그건 상관없어요."

그는 거의 경멸에 가까운 감춰진 오만함을 가지고 조용히 대답했다.

"당신이 비웃는 거 같아 유감이네요."라고 그는 30초 뒤에 덧붙였다.

"당신이 최근에 너무도 초조한 상태였다는 것이 이상하네요. 당신은 지금 열정적으로 말하면서도 너무도 침착하군요."

"최근이라고요? 최근이라니 우습네요."라고 그는 미소 지으며 대답했다.

"나는 비난하는 것을 좋아하지 않고 결코 비웃지도 않지요."라고 그는 음울하게 덧붙였다.

"그렇죠. 당신은 차를 마시며 불쾌하게 밤을 보냅니다."라고 말하며 나는 자리에서 일어나 모자를 집어 들었다.

"당신은 그렇게 생각하시나요?"

그는 다소 놀라며 미소지었다.

"왜죠? 아닙니다. 난.... 나도 모르겠어요."라고 말하며 그는 갑자기 웃었다.

"난 다른 사람들이 어떤지 모릅니다. 난 모든 사람들처럼 할 수 없다고 그렇게 느끼고 있지요. 모두들 생각하지만 나중에는 다른 것에 대해 생각합니다. 난 다른 것에 대해 생각할 수 없어요. 난 평생 한 가지에 대해 생각하고 있지요. 신은 평생 나를 괴롭혔어요."

그는 놀랄 정도로 격정적으로 말을 마쳤다.

"괜찮으시다면 당신은 왜 그렇게 부정확하게 러시아어를 구사하는지 말씀해주시겠어요? 5년간 외국에서 공부해서 그런 건가요?"

"정말 제가 부정확하게 말하나요? 모르겠어요. 아닙니다. 외국에 있었기 때문은 아닙니다. 전 평생 그렇게 말해 왔어요... 아무래도 상관없어요."

"문제는 좀 더 디테일한 것입니다. 나는 당신이 사람들을 만나는 것을 꺼리고 사람들과 거의 대화하지 않는다는 사실을 잘 알고 있어요. 그런데 지금 당신은 왜 저와 대화를 하시나요?"

"당신과요? 당신은 최근에 잘 지냈고 그리고 당신은... 아무튼, 상관없어요... 당신은 제 형을 너무 닮았어요.

아주 많이, 지나치게."라고 말하며 그는 얼굴을 붉혔고 계속 말했다.

"형은 7년 전 죽었어요. 저보다 나이 많은 형이죠. 아주, 아주 많은."

"그 형이 당신의 사상에 지대한 영향을 미쳤음에 틀림이 없겠네요."

"아닙니다. 그는 말을 많이 하지 않았죠. 그는 아무 말도 하지 않았어요. 당신의 메모를 전달할게요."

그는 내가 떠나고 나서 문을 잠그기 위해 등불을 들고 현관까지 나를 배웅했다.

'분명 그는 제정신이 아니야.'라고 나는 생각했다.

VII. 내 친구 스테판 베르호벤스키의 고뇌

스테판 트로피모비치는 히스테리컬한 초조함에 휩싸여 나를 기다리고 있었다. 그가 돌아온 지 벌써 한 시간이 지났다. 내가 그를 마치 술주정뱅이처럼 만들어 버렸다. 처음 5분간 적어도 나는 그가 술에 취해 있다고 생각했다. 맙소사, 드로즈도프 가정을 방문한 일이 그를 제정신이 아닌 상태로 만들었던 것이다.

"내 친구여, 난 완전히 정신줄을 놓아 버렸어… 리즈[32]
… 난 이전처럼 그 천사를 사랑하고 존경하고 있다네.
정확히 이전처럼 말이야. 그들 둘은 뭔가를 알려주기 위
해, 그러니까 나에게서 그냥 뭔가를 알아내기 위해 나를
기다린 것 같았지. 그런데 그곳에선 신과 함께 행동하라
는 식이야… 그게 그렇게 된 거야."

"자네는 창피하지도 않은가!"라고 나는 참지 못하고
소리 질렀다.

"친구여, 난 지금 완전히 혼자야. 결국 이 일은 우습
게 되어버렸어. 그곳에서는 모든 것이 비밀로 가득하다
는 점을 생각해 보게. 페테르부르크의 어떤 비밀들에 대
해 알기 위해 사람들은 나에게 코와 귀를 들이밀며 달려
들었지. 그들은 4년 전 이곳에서 니콜라스와 있었던 이
야기를 처음 알려주었어. '당신은 이곳에 있었죠. 정말로
당신은 그가 미쳤다는 것을 알게 되었나요?' 대체 어디에
서 이런 생각이 비롯되었는지 이해할 수가 없었지. 프라
스코비야는 니콜라스가 광인이 되기를 왜 그렇게 바라
는 것인가? 그 여인은 바라고, 또 바란다네! 마브리키라
는 사람, 뭐더라, 그래 마브리키 니콜라예비치는 아무튼
명예로운 젊은이야. 하지만 그녀가 직접 이 가련한 젊은
이에게 먼저 편지를 쓴다면 그에게 득이 될까… 결국, 사

---

32 리자베타의 애칭

랑스런 친구라고 불리는 이 프라스코비야. 그는 고골의 코로보치카[33]를 영원히 기념하는 타입이야. 다만 사악한 코로보치카지. 끝없이 과장된 방식으로 말하자면 도전적인 코로보치카야."

"과장하면 트렁크[34]가 되어야 하는 건가?"

"음, 축소된 의미라도 상관없어. 끼어들지만 말아 주게. 왜냐하면 머릿속이 엉망이라. 그들은 거기서 싸웠어. 리즈만 빼고. 리즈는 언제나 '이모, 이모'라고 말은 하지만 그녀는 간교해서 뭔가를 감추고 있어. 비밀들 말이야. 하지만 노인네와 싸웠지. 사실, 그 가여운 이모는 모든 이들 위에 군림하고 있어... 그곳엔 현지사 부인, 불경스런 사교계, '불경스런' 카르마지노프가 있었어. 그런데 그 일에는 광기에 대한 생각이 개입되어 있지. 리푸틴 말이야. 난 언제나 그 작자를 이해할 수 없더군. 그녀가 식초로 머리를 식히고 있다[35]는 말을 하더군. 그런데 이곳에서 우리는 불평과 편지들을 가지고... 오, 내가 그녀를 얼마나 괴롭혔는지, 그러한 시간에! 난 배은망덕한 자야! 생각해 보게. 난 돌아와서 그녀에게서 온 편지를

---

33 러시아의 소설가 고골의 『죽은 혼』의 등장인물로서 일반명사로는 상자를 의미함

34 작은 상자가 아니라 큰 트렁크라는 의미

35 머리에 열이 날 경우 열을 식히기 위해 식초를 적신 수건을 머리에 올려둔다.

찾아냈지. 읽어보게, 읽어 봐! 오, 내가 얼마나 배은망덕했나 몰라."

그는 바르바라 페트로브나로부터 방금 받은 편지를 내게 건넸다. 그녀는 "집에 있으라"고 하면서 아침에 자신이 한 말에 대해 후회하고 있는 듯했다. 편지는 공손한 어조로 씌어져 있었으나, 그럼에도 불구하고 단호하고 간결하였다. 그녀는 모레 일요일 정오에 스테판 트로피모비치에게 자기 집을 방문해 달라 요청하였고, 올 때 그의 친구 중 한 명(괄호 안에 내 이름이 적혀 있었다)을 데려오라고 부탁하였다. 그녀는 자기 쪽에서는 다리야 파블로브나의 오빠인 샤토프를 불러오겠다고 약속했다. '당신은 그녀로부터 결정적인 답변을 들을 수 있을까요? 당신 입장에서는 만족스러울까요? 당신이 그처럼 공적인 일들을 성공적으로 수행할 수 있을까요?'

"말미에 공적인 일이라는 화가 나는 어구를 주목해 보라고. 가여운 여자, 불쌍한 여자, 내 인생의 친구야! 이 갑작스런 운명적인 결정이 나를 짓눌렀다는 점을 고백하겠네... 고백하자면 난 여전히 희망을 품고 있어. 하지만 지금 모든 것이 결정되었어. 그리고 난 모든 것이 끝났음을 이미 알고 있지. 정말 끔찍해. 오, 어떻게 이러한 부활이 전혀 있을 수 없는 거지. 모든 것은 이전과 같아. 자네가 방문하고 난 여기에 있고..."

"좀 전에 있었던 리푸틴의 비열함과 비방이 자네를 당혹스럽게 만든 거지."

"내 친구여, 자네는 지금 우정 어린 손가락으로 또 다른 아픈 상처를 찔렀어. 이 우정 어린 손가락들은 대체로 피도 눈물도 없지만 이따금 말로 설명할 수 없는 것이지. 미안하네, 하지만, 내가 이 모든 일들, 그러니까 비열한 일들에 대해 잊어버렸다면 믿겠나. 즉 난 결코 잊지 않았어. 하지만 나는 어리석게도 리즈의 집에 있을 때 내내 행복하려고 노력했고 스스로 행복하다고 확신하려 했지. 하지만 지금은… 오, 지금 나는 위대한 인류애에 가득 차 있으며 나의 비굴한 단점을 참아주는 인내심 많은 여인에 대해, 그러니까 그걸 가지고 인내심 있다고는 할 수 없지만 말이야. 하지만 내가 어떤 자라는 건지, 그러니까 내가 아무 생각 없고 창피한 성격의 소유자라는 건가! 물론 나는 어린아이의 에고이즘을 가진 복스런 아이지. 하지만 난 아이의 순진무구함은 없어. 그녀는 20년간 유모처럼 나를 돌봐주었지. 리자는 그녀를 우아하게 가여운 이모라고 부르지… 그리고 갑자기 20년 뒤에 아이가 결혼하고 싶다는 거지. 결혼 그리고 또 결혼, 편지 또 편지, 그녀가 머리에 식초를 얹을 만하지. 그리고… 이제 성공한 거야. 일요일이면 유부남이 되지. 말하기도 우스워… 왜 나는 고집을 부렸고 왜 내가 편지를 썼을까? 그렇지. 잊어버렸어. 리즈는 다리야 파블로브나를 칭찬하고 적어도 그녀에 대해 '그녀는 천사야. 다만 어느 정도 숨겨진 천사지.'라고 말하더군. 두 여인은 충고했어. 프라스코비야마저도... 아니, 프라스코비야는 충고하지 않았지. 오, 이 코로보치카는 얼마나 많은 독을 감추고 있는 걸까! 특히 리즈는 '당신은 왜 결혼하나요. 학문적인 기쁨만으로도 충분할 텐데요.'라고 충고하지 않겠나. 그리고 그녀는 깔깔거렸어. 난 그녀의 웃음을 용서했어. 왜냐하면 그녀도 걱정했기 때문이지. 하지만 그들은 자네에게 여인이 없으면 결혼은 불가능하다고 말하고 있지. 당신이 쇠약해지면 그녀가 당신을 보살펴 줄 거고, 아니면 그곳에서 어떻게든... 사실 나는 그 순간 자네와 함께 앉아서 속으로 생각했어. 신의 섭리에 따라 회오리 같은 내 인생의 노년에 그녀를 보내줬다고 생각했지. 그녀가 나를 보살펴 주거나 아니면 그곳에서 어떻게든... 종말을 맞겠지. 살림할 필요도 있지. 지금 내 방은 엉망이야. 봐봐. 모든 것이 바닥에 나뒹굴고 좀 전에 치우라고 했는데 책은 바닥에 내팽겨쳐지고. 그 가여운 친구는 내 방이 엉망이라며 내내 화를 냈지... 오, 이젠 그녀의 목소리가 울려 퍼지지 않을 거야! 20년! 그리고 그들은 익명의 편지들을 가지고 있는 것 같아. 니콜라스가 레뱌드킨에게 영지를 판다고 생각해 보게. 그자는 괴짜야.

끝이라고. 레뱌드킨이 어떤 작자인가? 리즈는 듣고 또 듣고만 있어. 얼마나 열심히 귀를 기울이던지! 난 그녀의 깔깔거림을 용서했지만 그녀가 어떤 얼굴로 듣고 있었는지 보았어. 그리고 모리스라는 자는... 나라면 그가 지금 맡은 역할을 원하지도 않았을 거라고. 멋진 사람이긴 하지만 조금은 소심하지. 아무튼 그에게 신의 가호가 있기를..."

그는 입을 다물었다. 그는 지치고 힘이 빠져서 피곤한 시선으로 요동도 없이 바닥을 바라보며 머리를 떨군 채 앉아 있었다. 나는 잠시 짬을 이용해서 필리포프 집을 방문한 이야기를 했다. 게다가 나는 레뱌드킨의 누이(난 그녀를 만난 적은 없다)가 언젠가, 리푸틴의 표현에 따르자면 니콜라스의 인생에서 수수께끼와 같은 시기에 니콜라스의 희생양이 되었을 수 있으며, 레뱌드킨은 어떠한 이유인지는 몰라도 니콜라스로부터 돈을 받았을 수 있겠다는 생각을 거칠고 무미건조하게 말했다. 그게 전부였다. 다리야 파블로브나에 관해서라면 모든 것이 헛소리이며 모든 것이 리푸틴의 비열한 변명에 불과하다. 적어도 알렉세이 일리치는 열정적으로 확신하고 있으나 그를 믿을 만한 근거는 없다. 스테판 트로피모비치는 멍한 표정으로 내 말을 듣긴 했으나 대화의 내용은 온전히 그에게 전달된 것 같지는 않았다. 아무튼 나는 키릴로프와 나는 대화에 대해 기억하고는 아마 키릴로프는 미쳤을 거라는 말을 덧붙였다.

"그는 광인은 아니야. 하지만 속 좁은 생각을 하는 사람들이 있지."라고 그는 내키지 않은 듯 힘없이 중얼거렸다.

"그러한 자들은 신이 자연과 사회를 만들었고 그들이 현실에 속해 있는 것과는 다른 방식으로 자연과 사회를 생각하지. 사람들은 그들과 노닥거리지만 적어도 이 스테판 베르호벤스키는 그렇지 않지. 난 나의 소중한 친구(오, 내가 그때 얼마나 그녀를 모욕했는지!)와 함께 그 당시 페테르부르크에서 그들을 보았지. 난 그들의 욕설 뿐만이 아니라 그들의 칭찬에도 놀라지 않았어. 지금도 놀라지 않아. 하지만 다른 것에 대해 이야기하자고... 내가 끔찍한 것들을 바라는 거 같아. 생각해 보게. 난 어제 다리야 페트로브나에게 편지를 보냈어. 그리고... 이 일로 인해 내가 얼마나 자신을 비난했는지 몰라!"

"자네는 뭐라고 썼나?"

"오, 친구, 이 모든 것은 너무도 고상한 색채를 띠고 있다네. 난 내가 5일 전 고상하게 니콜라스에게 편지를 썼다는 사실을 그녀에게 알렸지."

"이제 이해하겠네!"라고 내가 열정적으로 소리쳤다.

"자네는 그들을 그렇게 연관 지을 권리를 가졌는가?"

"친구, 그런데 나를 결정적으로 몰아가지는 말게. 나에게 소리치지 마. 나도 온통 짓밟혔어. 마치... 마치 바퀴벌레처럼. 그리고 결국, 난 이 모든 것이 너무도 원만하게 진행될 거라 생각했어. 그곳... 그러니까 스위스에서 정말 뭔 일이 있었다고 생각해 보게나... 아니면 그 일이 시작되었거나. 난 사전에 그들의 양심에 물어보아야만 했어. 무엇을 위한 거냐 하면... 결국 양심에 거리끼지 않고 그들의 인생길에 장애가 되지 않기 위해... 난 선의에서..."

"오 맙소사, 자네가 얼마나 어리석은 짓을 한 건지!"

나도 모르게 그런 말이 입 밖으로 튀어나왔다.

"어리석었어, 바보 같았지!"라고 그는 열정적으로 내 말꼬리를 잡았다.

"자네는 더 현명하게 결코 말한 적이 없지. 그 일은 어리석었어. 하지만 모든 것이 결정된 마당에 무슨 일을 하겠나. 아무튼 난 결혼할 거야. '타인의 죄'와 결혼하는 거지. 거기에 뭐라고 쓰겠나? 그렇지 않은가?"

"자네는 또 다시 같은 일에 대해서!"

"오, 이젠 고함을 질러서 날 놀라게 하지는 말게. 자네 앞에 있는 자는 예전의 스테판 트로피모비치가 아니야. 예전의 나는 죽었어. 마침내 모든 것이 결정되었어. 그런데 왜 소리치는가? 고함치는 유일한 이유는 자네가 결혼하지 않고는 유명한 머리 장식을 쓸 수 없기 때문이지. 또 내가 자네를 불쾌하게 한 건가? 가여운 내 친구, 자네는 여자를 몰라. 난 다만 여자에게 '전 세계를 정복하고 싶다면 자신을 이겨라'라고 가르쳤을 뿐이야. 다른 사람에게도 이 이야기를 할 수 있지. 이를테면 내 아내의 오빠인 낭만주의자 샤토프에게도 성공적으로 이야기를 할 수 있어. 나는 그에게서 이 표현을 기꺼이 빌려오겠네. 음, 나도 자신을 이길 준비가 되어 있어. 그래서 결혼하는 거야. 하지만 전 세계를 위한 것이 아니라 싸움을 위해서라면 어찌 되겠는가? 오, 친구, 결혼은 모든 도도한 마음과 모든 독립심의 도덕적인 죽음이라네. 결혼 생활은 나를 타락하게 하고 업무 수행의 에너지와 용기를 빼앗아 가지. 아이들이 태어날 거고, 어쩌면, 내 아이들이 아니라, 즉 당연히 아닐 수도 있다는 말이야. 현자는 진리의 얼굴을 바라보는 것을 두려워하지 않지... 리푸틴은 좀 전에 방어벽을 치면서 니콜라스로부터 자신을 보호하라고 했지만 그는 어리석어. 리푸틴 말이야. 여성은 모든 것을 볼 수 있는 눈을 속이지. 물론 신은 여성을 만들면서 왜 자신이 유해한 일을 하는지 알고 있지. 하지만 나는 그녀 자신이 그에게 방해가 되고 그녀 자신이 그러한 방식으로 자신을 만들었다고 생각하네. 그리고... 그러한 성향을 가지고서. 그렇지 않고서는 누가 도

대체 그러한 골칫덩이들을 만들고 싶어 하겠나? 어쩌면 나스타시야가 나의 이러한 자유주의 사상에 화를 낼 수도 있다는 것을 알아. 하지만... 결국, 모든 것이 끝장났으니까."

"이제 내게 한 가지, 하나만 남았어. 나의 유일한 희망!"

그는 갑자기 새로운 생각에 사로잡힌 듯이 손을 휘저었다.

"나의 가여운 아기, 오직 그 아이만이 날 구원할 거야. 그리고, 오, 왜 그 아이가 오지 않는 거지! 오, 내 아들, 오, 나의 페트루샤... 비록 내가 아버지라 불릴 자격이 없지만.

난 호랑이에 가깝지. 하지만... 친구, 날 그냥 놔두게. 생각을 정리하려면 좀 누워야겠어. 너무 피곤하고 지치고 자네도 잘 때가 된 거 같아. 보게나, 12시야..."

VIII. 리자의 야심찬 계획

놀랍게도 샤토프를 만나기 이전 리자베타 니콜라예브

나의 사업은 사실 문학적인 성격을 띤 것이었다. 이유는 모르겠지만 나는 그녀가 다른 일로 그를 불렀을 거라고 계속 생각했다. 우리, 즉 나와 마브리키 니콜라예비치는 사람들이 우리에게 숨기지 않고 아주 큰 소리로 말했기 때문에 대화에 귀 기울이기 시작했다. 그 후에 사람들은 충고하기 위해 우릴 불렀다. 리자베타 니콜라예브나는 그녀의 생각으로 유용한 어떤 책의 출간에 대해 벌써 오랫동안 생각해 오고 있다는 사실을 밝혔다. 하지만 그녀는 경험이 없었기 때문에 조력자가 필요했던 것이다. 그녀는 진지하게 샤토프에게 자신의 계획을 이야기했는데 그것이 나를 놀라게 했다. 나는 '그녀는 신여성들 중 한 사람임에 틀림없어. 스위스에 갔던 것도 우연이 아니야.' 라고 생각했다. 샤토프는 사교계의 방만한 아가씨가 그녀에게 어울리지 않는 일을 시작하려는 것에 조금도 놀라지 않고 바닥에 시선을 고정한 채 주의 깊게 듣고 있었다.

문학적 사업이란 그러한 종류였다. 러시아에서는 수도 및 지방의 많은 신문 잡지들이 발간되며 거기에는 매일매일 수많은 사건들이 실린다. 1년이 지나면 신문들이 이곳저곳의 창고에 쌓여 쓰레기가 되고 찢기고 덮개나 포장지로 사용된다. 많은 출판물들이 어떤 인상을 불러일으키고 대중의 기억 속에 남지만 해가 갈수록 잊혀지기 마련이다. 많은 사람들이 나중에 기사를 찾아보고 싶지만 일어난 사건의 날짜, 장소, 연도도 모르는데 수많은 종이 더미 속에서 기사를 찾기가 얼마나 어려운 일이겠는가? 하지만 만일 1년간의 모든 사건들을 유명한 계획과 사상에 따라 장과 색인을 달아서 월(月)과 일(日)의 순서대로 하나의 책으로 엮는다면 비록 일어난 사건들과 비교하여 아주 적은 분량의 사건만 출판된다 하더라도 하나의 묶음으로 발행된 총서는 꼬박 1년간의 러시아 삶의 전체적인 특성을 그려낼 수 있을 것이다.

"수많은 낱장들 대신에 어느 정도 두꺼운 책이 나오게 되는 것이죠. 그게 전부입니다."라고 샤토프가 말했다.

그런데 리자베타 니콜라예브나는 말하는 것을 어려워하고 말하는 재주도 없었지만 자신의 생각을 열정적으로 굽히지 않았다. 그녀는 책이 그다지 두껍지는 않더라도 반드시 한 권으로 출판되어야 한다고 말했다. 하지만, 예를 들어 책이 두껍다 하더라도 분명해야 했다. 왜냐하면 계획과 특성에서 중요한 것은 사실들을 제시하는 것이기 때문이다. 물론 모든 것을 수집하여 다시 찍어낼 필요는 없다. 정부의 명령과 행동 지침들, 지방의 행정과 법률들, 이 모든 것이 너무도 중요한 사실들이긴 하다. 하지만 제안된 이러한 종류의 출판물에서는 그러한 것들을 완전히 생략할 수도 있다. 많은 것을 생략할 수도 있다. 그리고 다소 개인적이고 도덕적인 삶을 드러낸 사건들의 경우에는 러시아 민족성으로 대체하는 것으로 범위를 제한할 수도 있다. 물론 모든 것, 이를테면 별별 이야기, 화재, 기부, 모든 선하고 어리석은 사건들, 모든 말과 연설들, 심지어 강의 범람에 관한 뉴스, 몇몇 정부의 명령들도 포함될 수는 있다. 하지만 이러한 모든 것들 중에서 시대를 그려낼 수 있는 것만을 선별해야 한다. 모든 것은 총체적인 것을 포함하되 유명한 관점, 지시, 의도, 그리고 사상을 포함하여야 한다. 그리고 마지막으로 책은 참고 자료를 위해 필요한 것은 말할 것도 없고 가벼운 읽을거리로도 호기심을 유발해야 한다! 소위 그것은 1년간의 러시아의 영적, 도덕적, 내적인 삶을 담은 그림이어야만 한다. "모두가 구입해야 하고 탁상용으로도 주목을 끌어야 해요."라고 리자가 힘주어 말했다. "저는 이 모든 일이 계획 중임을 알고 있어요. 그래서 당신에게 온 겁니다."라며 리자는 말을 끝맺었다. 그녀는 아주 흥분했다. 모호하고 불분명하게 설명하였음에도 불구하고 샤토프는 이해하기 시작했다.

"그러니까 경향을 가진 뭔가가, 이름난 경향 하에 사실들을 선별한 것이 나오겠네요."라고 샤토프는 여전히 고개를 들지 않은 채 중얼거렸다.

"그렇게까진 아니죠. 경향성을 가지고 선별할 필요는

없어요. 어떠한 경향도 필요 없어요. 공정함만이 경향이 됩니다."

"그런데 경향이 비극은 아닙니다."라고 샤토프가 웅얼거리기 시작했다.

"그것을 피해서도 안됩니다. 어떠한 선별이라도 경향은 드러나게 마련이죠. 사실들을 선별하는 것에는 사실들을 어떻게 이해하는지가 드러나게 됩니다. 당신의 아이디어는 어리석지 않아요."

"그러한 책이 가능해 보이나요?"라고 리자가 기뻐하며 말했다.

"살펴보고 생각해야만 합니다. 이 사업은 거대한 일입니다. 금방은 아무것도 생각나지 않을 겁니다. 경험이 필요해요. 우리가 책을 출판할 때에는 그것을 어떻게 발간할지 배워야 합니다. 정말 많은 경험을 쌓은 뒤에 말이죠. 하지만 생각만 많아지네요. 생각은 유용한 것이죠."

마침내 그는 시선을 들었다. 그의 눈동자는 만족감으로 빛났다. 그만큼 그는 관심을 가지고 있었다.

"당신 자신이 그 생각을 해낸 거죠?"

그는 상냥하고 수줍어하는 듯이 리자에게 물었다.

"네. 생각해내는 것은 비극은 아니지만 계획은 비극입니다."라고 리자가 대답했다.

"제 이해가 부족해서요. 전 그다지 영리하지 못해요.

악령들 101

저는 제게 명확한 일만을 추적할 뿐이죠..."

"추적하다니요?"

"어쩌면 그 단어가 아닌가요?"

리자가 재빨리 물었다.

"그 단어도 가능합니다. 전 괜찮아요."

"제가 외국에 있을 때 뭐든 가능하고 그걸로 저는 유용하게 되리라 생각했어요. 제 돈이 아무 쓸모 없어지는데 왜 제가 공적인 일을 위해 일하지 않겠어요? 게다가 어떤 생각이 갑자기 떠올랐죠. 저는 결코 그 생각을 상상 속에만 가두지 않았고 그 생각 때문에 너무 기뻤어요. 하지만 지금은 그 일이 동업자가 없으면 불가능하다는 것을 깨달았어요. 왜냐하면 저 혼자는 아무것도 할 수 없기 때문이죠. 분명 동업자는 저서의 공동출판인이 될 겁니다. 우리가 반반 나누는 겁니다. 당신의 계획과 노동, 나의 최초의 생각과 출판을 위한 자본. 물론 책이 팔리겠죠?"

"만일 우리가 옳은 계획을 찾는다면 책은 팔릴 겁니다."

"당신에게 미리 말해 두지만 전 이익을 위해 이러는 건 아닙니다. 하지만 책이 팔리기를 매우 바라고 있으며 이윤이 생기면 뿌듯할 겁니다."

"음, 그런데 전 왜 이 일에?"

"당연히 전 당신을 동업자로... 절반씩. 당신은 계획을 구상해 보세요."

"당신은 무엇을 보고 제가 계획을 구상할 수 있다고 생각했나요?"

"사람들이 제게 당신에 대해 말해 줬어요. 이곳에서도 들었고요... 전 당신이 매우 영리하고... 사업을 하고... 많은 생각을 한다고 알고 있어요. 스위스에서 표트르 스테파노비치 베르호벤스키가 제게 당신에 대해 말해줬어요."

그녀는 서둘러 덧붙였다.

"그는 매우 영리한 사람이죠. 그렇지 않나요?"

샤토프는 순간 거의 미끄러지는 듯한 시선으로 그녀를 바라보았고 이내 시선을 떨구었다.

"니콜라이 프세볼로도비치도 당신에 대해 많은 것을 말해 주었어요..."

샤토프는 갑자기 얼굴을 붉혔다.

"하지만 이곳에도 신문들이 있어요."

리자는 끈으로 묶어서 준비해둔 신문 꾸러미를 의자에서 들어 올렸다.

"저는 여기에서 주목할 사건들을 고르기 위해 시도해 보았어요. 선별하고서 번호를 매겨 보았죠... 보이시죠?"

샤토프는 꾸러미를 붙들었다.

"집에 가져가서 보세요. 당신은 어디 사시나요?"

"보고야블렌스키 거리에 있는 필리포프의 집에 삽니다."

"알아요. 거기 당신 집 옆에 어떤 대위가 산다고 하던데. 레뱌드킨 씨죠?"

리자는 이전처럼 서둘러 말했다.

샤토프는 손에 꾸러미를 든 채 아무 대답도 없이 1분 동안 바닥만 바라보며 앉아 있었다.

"이 일이라면 당신은 다른 사람을 알아봐야 할 듯합니다. 전 당신에게 아무 도움도 안 될 겁니다."

마침내 그는 아주 이상할 정도로 목소리를 낮추며, 거의 속삭이듯이 웅얼거렸다.

리자는 열받았다.

"아, 잠시만요."

리자가 걱정스레 외쳤다.

"당신 어디로 가는 건가요? 우리 아직 할 말이 많이 남았는데요..."

"무엇에 대해 말하자는 겁니까? 제가 내일 알려 드릴게요..."

"가장 중요한 일, 인쇄소에 관한 겁니다! 제가 농담하고 있는 게 아니란 걸 믿어주세요. 진지하게 사업을 하고 싶어요."

리자는 내내 커져만 가는 불안 속에서 말을 이어갔다.

"우리가 출판하기로 결정한다면 어디서 인쇄를 하나요? 이게 가장 중요한 문제입니다. 왜냐하면 우리가 이 일 때문에 모스크바로 갈 수는 없잖아요. 그런데 이곳의 인쇄소에서는 그러한 간행물을 출판할 수 없어요. 저는 오랫동안 자신의 인쇄소를 운영하기로 결심했어요. 당신 이름을 내걸어도 좋고요. 오직 당신 이름을 내건다면 엄마도 허락하실 거예요..."

"왜 당신은 내가 인쇄업자가 될 수 있다고 생각하시나요?"

샤토프가 음울하게 물었다.

"스위스에서 표트르 스테파노비치가 내게 바로 당신을 추천해 주었어요. 그가 말하길 당신이 인쇄소를 운영할 수 있고 관련 일을 잘 알고 있다는 겁니다. 심지어 자기 메모를 당신에게 전해주고 싶어 했어요. 그런데 제가 잊어버렸네요."

샤토프는 그제서야 기억이 난다는 듯이 얼굴표정을 바꾸었다. 그는 몇 초간 서 있다가 갑자기 방을 빠져 나갔다.

리자는 화가 났다.

"저 사람은 언제나 저런 식으로 떠나요?"라고 말하

며 그녀는 내게 몸을 돌렸다.

나는 어깨를 으쓱했다. 그런데 갑자기 샤토프가 돌아서더니 곧장 테이블 쪽으로 걸어와서 들고 있던 신문 꾸러미를 내려놓았다.

"난 동업자가 되지 않을 겁니다. 시간도 없고요..."
"왜, 대체 왜죠? 당신은 화가 나신 것 같은데요?"
리자가 고통스럽지만 간청하는 목소리로 물었다.

그녀의 목소리가 그를 놀라게 한 것 같았다. 그는 마치 그녀의 영혼 깊숙이 파고들기를 원하는 것처럼 잠시 그녀를 응시했다.

"마찬가지입니다."
그는 조용히 중얼거렸다.
"전 싫습니다..."
그리고 그는 아주 나가버렸다. 리자는 완전히 충격을 받아 어쩐지 제정신이 아닌 것처럼 보였다.

"정말 이상한 작자야!"
마브리키 니콜라예비치는 큰 소리로 말했다.

물론 샤토프는 '이상한 작자'다. 하지만 이 모든 일에는 너무도 불분명한 점이 많았다. 이 일엔 뭔가가 감추어져 있었다. 난 결정적으로 이 출판업을 믿지 않았다. 그리고 '서류들에 의해' 어떠한 밀고가 분명히 암시된 어리석은 편지가 있었다. 그 일에 대해 그들 모두는 입을 다물었다. 그리고 그들은 전혀 다른 일에 대해 말하고 있는 것이다. 결국 인쇄소라는 말이 나오자 샤토프가 갑자기 떠난 것이다. 왜냐하면 그들이 인쇄소에 대해 말하기 시작했기 때문이다. 이 모든 정황이 내가 도착하기 이전에 무슨 일이 있었다는 것을 말해 주고 있었다. 그런데 난 그 일에 대해 모르고 있는 것이다. 내가 잉여인간이 되어 버린 것 같았다. 그리고 이 모든 일은 내 일이 아니었다. 떠날 때가 되었다. 첫 방문치고 만족스러웠다. 나는 리자베타 니콜라예브나에게 작별 인사를 하기 위해 다가갔다.

그녀는 내가 방에 있다는 것을 잊어버린 듯했다. 그녀는 깊은 생각에 잠긴 채 머리를 떨구고 양탄자의 어느 한 점을 바라보며 미동도 없이 내내 테이블 옆 같은 장소에 서 있었다.

"아, 당신, 안녕히 가세요."라고 그녀는 익숙하고 상냥한 어조로 중얼거렸다.

"스테판 트로피모비치에게 제 안부를 전해주시고 가급적 빨리 제게 들러 달라고 말해 주세요. 마브리키 니콜라예비치, 안톤 라브란티예비치가 떠납니다. 엄마가 당신과 작별 인사를 하러 나가실 수 없어서 죄송합니다..."

내가 방을 나서서 계단을 거의 다 내려왔을 때 갑자기

하인이 현관에서 내 뒤를 따라왔다.
"마님이 돌아와 달라고 부탁하셨어요..."
"마님인가요, 아니면 리자베타 니콜라예브나인가요?"
"아가씨입니다."

나는 우리가 머물렀던 큰 홀이 아닌 가까운 손님 접대용 방에 있는 리자를 발견했다. 지금 마브리키 니콜라예비치가 혼자 있는 홀로 향한 문은 굳게 닫혀 있었다.

리자는 내게 미소를 지었지만 얼굴은 창백했다. 그녀는 뭔가를 결정하지 못하고 내적인 투쟁을 벌이는 것처럼 방 가운데에 서 있었다. 그런데 그녀가 갑자기 내 손을 잡고 아무 말 없이 나를 재빨리 유리창 쪽으로 데려갔다.

"저는 급히 그녀가 보고 싶어요."

리자는 반대 의견을 허용하지 않겠다는 듯이 뜨겁고 강렬하며 초조한 눈빛으로 나를 바라보고 나서 속삭였다.

"전 특별한 입장에서 그녀를 보아야만 합니다. 그래서 당신의 도움을 청합니다."

그녀는 대단히 흥분한 상태였고 절망에 빠져 있었다.

"리자베타 니콜라예브나, 당신은 누구를 보고 싶어 하는 건가요?"

나는 놀라서 물어보았다.

"레뱌드키나, 다리를 저는 여자 말이에요... 그녀가 다리를 전다는 것이 사실인가요?"

나는 놀랐다.

"전 그녀를 결코 만난 적이 없어요. 하지만 그녀가 다리를 전다고 들었어요. 어제도 들었죠."

나는 지체하지 않고 서둘러 속삭이듯 답했다.

"전 급히 그녀를 만나야만 해요. 당신이 오늘이라도 만나게 해주실 수 있나요?"

난 너무도 그녀가 애처로워 보였다.

"그건 불가능합니다. 게다가 전 그 일을 어떻게 해야 할지도 도통 모르겠어요."라고 나는 그녀를 설득하기 시작했다.

"전 샤토프에게 갈 겁니다..."

"만일 당신이 내일까지 일을 성사시키지 못한다면 제가 직접 혼자 갈 겁니다. 왜냐하면 마브리키 니콜라예비치가 거절했기 때문입니다. 전 당신에게만 희망을 걸고 있어요. 제겐 더이상 아무도 없어요. 전 샤토프에게 바보같이 말했죠... 전 당신이 아주 정직하고, 제게 헌신적인 사람이라 확신합니다. 해주세요."

모든 일에 있어서 그녀를 도와야 한다는 강렬한 욕망이 내 가슴 속에 생겨났다.

"그러면 이렇게 할게요."

난 잠시 생각에 잠겼다.

"제가 직접 가면 오늘 아마도, 어쩌면 그녀를 만날 수 있을 겁니다! 제가 만나도록 하지요. 당신에게 솔직히 말씀드리는 겁니다. 샤또프가 저를 믿을 수 있도록 해주세요."

"그에게 전해주세요. 저에게도 열망이 있으니 더 이상 기다릴 수 없다고요. 제가 그를 지금 기만하는 것이 아니라고 말이에요. 그는 너무 정직한 사람이라 제가 그를 기만하는 것 같으니 맘에 들지 않아서 나가버린 것일지도 몰라요. 전 기만하지 않았어요. 정말로 전 출판하고 싶고 인쇄소를 마련하고 싶어요..."

"그는 정직합니다, 정직해요."라고 나는 강하게 말했다.

"하지만 내일까지 일이 성사되지 않는다면 무슨 일이 발생할 거고 모두가 알게 된다 하더라도 제가 직접 갈 겁니다."

"저는 내일 3시 전까지는 당신 집에 올 수 없어요."

나는 잠시 생각해 보고서 말했다.

"3시가 좋겠네요. 어제 스테판 트로피모비치 집에서 당신이 제게 헌신적인 사람이라고 가정한 것이 사실이 된 거네요?"

그녀는 이별의 표시로 서둘러 내게 손을 내밀었고 혼

자 남겨둔 마브리키 니콜라예비치에게로 서둘러 가면서 미소 지었다.

나는 내가 한 약속 때문에 부담을 느끼면서 밖으로 나왔다. 그리고 나는 무슨 일이 일어나고 있는지 이해하지 못했다. 나는 진정으로 절망에 빠진 여인을 만난 것이다. 그 여인은 자신이 모르는 남자를 믿음으로써 자신에게 모욕을 주는 것을 두려워하지 않는다. 그렇게 힘든 시기에 퍼지는 그녀의 여성스런 미소와 그녀가 어제 내 감정을 알아차렸다는 것에 대한 암시는 내 가슴을 짓눌렀다. 하지만 나는 그녀가 너무나 가여웠다. 그게 전부다! 갑자기 그녀의 비밀이 내게는 신성한 것이 되어버렸다. 만일 지금 그 비밀들이 드러나기 시작한다면 나는 귀를 막고 더 이상 아무것도 들으려 하지 않을 것 같다. 내가 예감한 것은 아무것도 없다... 하지만 나는 이곳에서 어떠한 방식으로 무엇을 해야 할지 아무것도 몰랐다. 게다가 무슨 일을 해야만 하는지 지금도 모른다. 밀회, 하지만 어떠한 밀회인가? 그들을 어떻게 만나게 할 것인가? 모든 희망은 샤토프에게 달려 있었다. 비록 내가 이미 그가 그 어떤 일에도 도움이 되지 않는다는 사실을 이전에 알아버렸다 하더라도 말이다. 하지만 그럼에도 불구하고 나는 그에게로 향했다.

IX. 지켜야만 했던 약속

저녁, 그것도 7시가 되어서야 나는 그를 집에서 볼 수 있었다. 놀랍게도 그의 집에는 손님들이 있었다. 알렉세이 일리치[36], 조금은 안면이 있는 듯한 신사인 시갈료프가 있었는데 시갈료프는 비르긴스키 아내의 오빠다.

이 시갈료프란 사람은 벌써 두 달 동안이나 우리 도시에 손님으로 와서 지내고 있었다. 그가 어디에서 왔는지는 모른다. 나는 그가 페테르부르크의 어느 진보 잡지에 어떤 논문을 실었다는 소식만을 들은 적이 있다. 비르긴스키는 우연히 거리에서 나에게 그를 소개했다. 내 인생에서 그토록 음울하고 어둡고 음산한 얼굴은 본 적이 없다. 그는 마치 언젠가 불확정적인 시기는 아니고, 일어나지 않을지도 모르지만 완전히 정해진, 이를테면 모레 아침 10시 25분에 세상의 종말이 올 거라는 예언에 따라 그것을 바라는 것처럼 보였다. 하지만 우리는 그 당시 거의 한마디도 하지 않았다. 다만 둘 다 음모자의 표정을 하고서 서로 악수를 나누었을 뿐이다. 더욱이 부자연스럽게 크고, 길고 넓고 도톰하며, 특히 돌출된 그의 귀가 나를 놀라게 했다. 그의 동작은 굼뜨고 느렸다. 만일 리푸틴이 언젠가 우리 현에 푸리에식 공동체 건물

---

[36] 키릴로프

이 실현되기를 꿈꾸었다면 시갈료프는 아마도 언제 그 일이 일어날지 날짜와 시간을 알고 있을 정도다. 그는 내게 불쾌한 인상을 심어 주었다. 샤토프의 집에서 그를 만나고 나서 나는 놀랐다. 게다가 샤토프는 손님들을 그다지 좋아하지도 않았다.

계단에서부터 그들이 아주 큰 소리로 이야기하는 소리가 들렸다. 셋 모두 거의 동시에 이야기하고 있는 것 같았는데 논쟁을 벌이는 듯했다. 하지만 내가 나타나자 그들은 모두 입을 다물었다. 그들은 서서 논쟁을 벌이다가 갑자기 모두 자리에 앉았다. 그러니 나도 자리에 앉아야만 했다. 3분 동안 꼬박 어색한 침묵은 깨어지지 않았다. 시갈료프는 나를 알아보았으나 모른 척하는 표정을 지었다. 아마도 악의가 있어서라기보다 그는 그냥 그런 스타일인 듯했다. 나는 알렉세이 일리치와 가벼운 인사를 나누었다. 하지만 우리는 아무 말 없이 웬일인지 서로 악수하지도 않았다. 마침내 내가 갑자기 일어서서 나갈 거라는 얄팍한 확신을 가지고 시갈료프가 나를 강하고 음울한 시선으로 쳐다보기 시작했다. 마침내 시갈료프가 의자에서 일어서자 모두가 갑자기 벌떡 일어섰다. 그들은 작별 인사도 없이 나갔다. 시갈료프만이 문가에서 배웅하는 샤토프에게 말했다.

"자네가 보고를 해야만 한다는 사실을 기억하게."

"당신들이 말하는 보고를 경멸해. 난 어떤 악마에게도 보고할 의무가 없어."

샤토프는 그를 배웅하고 나서 문을 잠갔다.

"도요새[37]들이야!"

샤토프는 나를 바라보고 일그러진 미소를 짓고 나서 말했다.

그는 화난 얼굴을 하고 있었고 그가 먼저 말을 시작한 것이 이상할 정도였다. 예전에는 보통 내가 그를 방문하면(매우 드문 일이긴 하지만) 그는 구석에 음울하게 앉아서 화를 내며 대답하고 아주 오랜 시간이 흘러서야 완전히 생기가 넘쳐서 만족스럽다는 듯이 말을 시작하곤 했다. 대신에 헤어질 때에 그는 매번 어김없이 음울해지고 자신의 적을 쫓아내듯이 상대방을 내보내곤 했다.

"난 어제 알렉세이 일리치 집에서 차를 마셨어요."

라고 내가 말했다.

"그는 무신론에 빠져 있는 거 같더군요."

"러시아의 무신론은 흰소리 그 이상으로 발전하지 못합니다."

그는 다 타버린 양초 대신에 새로운 양초를 세우면서 중얼거렸다.

---

37 도요새는 목적을 향하여 집요하게 물고 늘어지는 성향을 가진 자들을 상징함

"아니요. 그 자는 흰소리꾼이 아닌 것 같아요. 그는 단지 말할 줄 모릅니다. 말할 줄도 모르고 그렇다고 흰소리하는 것도 아닙니다."

"인간은 서류가 아닙니다. 이 모든 것은 사상에 대한 하인 근성 때문에 비롯된 것이죠."

샤토프는 구석에 놓인 의자에 앉아 두 손을 무릎 위에 놓고 나서 차분히 말했다.

"이 일에는 증오가 개입되어 있어요."

그는 잠시 침묵하고 나서 말했다.

"러시아가 그들이 의도한 대로 갑자기 개혁된다면, 그래서 갑자기 엄청 부자가 되고 행복해진다면 그들은 처음에는 몹시 불행할 겁니다. 그러면 그들이 증오할 사람도, 비방할 사람도, 조소할 것도 없어지니까요! 그때엔 러시아에 대한 짐승과도 같고 끝 모를 증오만이 남아 유기체 깊숙이 스며들겠죠... 그리고 눈에 보이지 않는 것들의 세계에서 눈물 아래 감추어진 웃음은 없을 겁니다! 이 보이지 않는 눈물에 관한 사기와도 같은 말은 루시에서 결코 언급된 적이 없죠!"

그는 거의 광포해져서 외쳤다.

"음, 당신은 신이나 알 법한 일을 말하고 있군요!"라고 말하며 내가 웃기 시작했다.

"당신은 '온건한 자유주의자'지요."

샤토프도 웃었다. 그리고 그는 갑자기 입을 열었다.

"제가 어쩌면 '사상에 대한 하인 근성'에 대해 입을 잘못 놀린 듯합니다. 분명 당신은 곧 '그건 당신이 하인 출신이기 때문이 아닌가요. 난 하인이 아닙니다.'라고 말하겠죠."

"난 결코 그런 말을 하고 싶지 않아요... 당신 무슨 말을 하는 건가요!"

"사과하지 않으셔도 됩니다. 전 당신을 두려워하지 않아요. 과거에 전 하인 출신이었죠. 지금은 당신처럼 하인이 되었고요. 우리 러시아 자유주의자들은 무엇보다 하인이어서 누구의 장화를 닦아야 하는지를 살피죠."

"어떤 장화 말인가요? 무엇에 대한 알레고리인가요?"

"여기에 알레고리가 있다니요! 당신이 비웃을 거라는 사실을 알아요... 스테판 트로피모비치는 내가 돌 아래 누워있어 억눌려있지만 압사하진 않을 거라는 진실을 말한 적이 있죠. 난 다만 몸을 움츠리고 있습니다. 그는 비교를 잘했어요."

"스테판 트로피모비치는 당신이 독일인들에 미쳐있다고 말하더군요."라고 말하며 내가 웃었다.

"우리는 언제나 독일인들에게서 뭔가를 끄집어내어 주머니에 넣지요."

"2그리브나[38]를 가져와서는 100루블을 내줍니다."

우리는 잠시 동안 침묵했다.

"그런데 그는 미국에서 빈둥거리며 지냈죠."

"누가? 왜 빈둥거리며 지낸 거지요?"

"전 키릴로프에 대해 말하는 겁니다. 그 사람은 나와 함께 그곳에서 4개월간 오두막에서 빈둥거리며 지냈죠."

"정말 당신도 미국에 다녀온 건가요?"

나는 몰라서 물었다.

"당신은 한 번도 그 일에 대해 이야기하지 않았는데요."

"왜 말을 해야 합니까. 3년 차에 우리 둘은 남은 돈을 털어서 이민선을 타고 미합중국으로 향했죠. '미국 노동자의 삶을 몸소 경험하고 개인적인 경험을 통해서 가장 열악한 상황 속에서 인간의 조건을 확인해보고자' 했던 겁니다. 그러한 목적을 가지고 우리는 떠난 겁니다."

"맙소사!"

나는 웃기 시작했다.

"'개인적인 경험을 맛보기 위해서' 당신은 수확기에 우리 현의 어느 곳으로라도 오는 것이 나을 뻔했네요. 그런데 미국으로 가버렸군요!"

"우리는 그곳에서 어떤 경영인에게 노동자로 고용되었

---

38 1그리브나는 10코페이카에 해당함. 100코페이카는 1루블임.

악령들 117

어요. 그에게 고용된 러시아인은 모두 6명이었어요. 대학생들, 자신의 영지 출신의 지주들, 심지어 장교들도 있었어요. 모두들 원대한 목적을 품고 있었죠. 우리는 일했고 땀범벅이 되었고 괴로웠으며 녹초가 되었죠. 마침내 저와 키릴로프는 떠났어요. 병이 난 겁니다. 견디질 못했어요. 경영주는 계약 조건에 따른 30달러 대신에 내게는 8달러, 그에게는 15달러를 주고 우릴 쫓아냈어요. 우리가 그곳에서 매를 맞은 것은 한두 번이 아닙니다. 나와 키릴로프는 일하지 않고 4개월 동안 소도시에서 빈둥거리며 지냈죠. 그는 한 가지에 대해 생각했고, 나는 또 다른 것에 대해 생각했죠."

"정말 주인이 당신을 때렸나요? 미국에서요? 당신은 그에게 욕이라도 해야만 했어요!"

"말도 마세요. 오히려 나와 키릴로프는 '우리 러시아인들은 미국인 앞에서 어린아이에 불과해. 그러니 미국인들과 같은 수준이 되려면 미국에서 태어나던가, 아니면 적어도 오랜 기간 미국인들과 함께 살아야만 해'라는 결정적인 생각을 했어요. 어쩌겠어요. 우리에게 1코페이카 짜리 물건에 대해 달러로 요구할 때에도 우린 기꺼이, 그리고 성실히 지불했어요. 우리는 언제나 강신술, 린치법[39], 혁명가들, 부랑자들을 찬미했죠. 언젠가 우리가 식

---

39 주로 목을 매다는 형식의 법외 처형법

사하고 있을 때 어떤 사람이 주머니를 뒤져 제 머리빗을 꺼내 머리를 빗기 시작하더군요. 나와 키릴로프는 서로 눈빛을 교환하고 그 일이 좋은 거라고 우리 마음에 든다고 생각해 버렸죠…"

"우리나라에서는 그런 일이 머릿속에서만 맴도는데, 그러한 일이 실제로 일어난다니 이상하군요."라고 내가 말했다.

"서류형 인간들이죠."라고 샤토프가 되풀이했다.

"하지만 '개인적인 경험을 통해 알아보기 위해' 낯선 땅으로 이민선을 타고 대양을 건너야만 했고, 기타 등등. 맙소사, 이 일에는 아주 위대한 강인함이 깃들어 있죠… 당신은 어떻게 거기로 가게 된 건가요?"

"난 유럽에 있는 어떤 사람에게 편지를 썼어요. 그러자 그가 내게 100루블을 보냈어요."

샤토프는 이야기를 하면서 습관처럼 내내 바닥을 집요하게 바라보았다. 심지어 흥분했을 때에도 그런 행동을 하였다. 그러다 갑자기 그가 고개를 들었다.

"그 사람의 이름을 알고 싶으신가요?"

"그가 대체 누군가요?"

"니콜라이 스타브로긴입니다."

그는 갑자기 일어서서 보리수로 만든 책상 쪽으로 몸을 돌려 그 위에 뭔가를 긁적이기 시작했다. 우리 마을에는 2년 전, 그러니까 샤토프가 미국에 있는 동안 그의 아내가 얼마 동안 파리에서 니콜라이 스타브로긴과 관계를 맺었다는 불분명하지만 믿을 만한 소문이 돌고 있었다. 사실 그녀가 그를 제네바에 남겨둔 지도 꽤 오래되었다. '그렇다면 이제 와서 왜 그의 이름을 거론하고 먹칠을 하려는 거지?'라고 나는 생각했다.

"전 아직까지 그에게 돈을 갚지 못했어요."

그는 내게 다시 몸을 돌려 나를 주의 깊게 바라보더니 이전처럼 구석 자리에 앉아 아까와는 아주 다른 목소리로 띄엄띄엄 물었다.

"물론 당신이 온 이유가 있겠죠. 무엇이 필요한가요?"

나는 그 즉시 사건의 순서대로 모든 것을 이야기했다. 내가 좀 전에 흥분하고 나서 생각을 가다듬긴 했지만 말을 덧붙이면서 더욱 혼란스러웠다. 이 일이 리자베타 니콜라예브나에게 매우 중요한 것임을 깨닫고 진심으로 그녀를 돕고자 했다. 하지만 모든 비극은 내가 그녀에게 한 약속을 어떻게 이행할지 나 자신도 모를 뿐만 아니라 그녀에게 무엇을 약속했는지도 잊어버렸다는 데에 있다. 그 후에 나는 그에게 그녀는 그를 기만하려 하지도 않고 그럴 생각도 없다고 진심 어린 어조로 말했다. 그런데 이 일에 어떤 의혹이 생겨서 그녀는 그가 좀 전에 이상하게 떠나 버려서 매우 괴로워하고 있다고 말했다.

그는 매우 주의 깊게 들었다.

"어쩌면 제가 습관처럼 좀 전에 어리석은 행동을 한 것 같아요... 음, 왜 제가 그처럼... 떠났는지 그녀가 이해하지 못했다면 그게 오히려 그녀에게는 더 나을 겁니다."

그는 일어서서 문가로 다가가 문을 열고 계단 쪽으로 귀를 기울이기 시작했다.

"당신은 그 아가씨를 직접 보고 싶으신가요?"
"그 일이 필요하다면 그 일을 어떻게 할 건가요?"
나는 기쁨에 겨워 자리에서 일어섰다.

"그녀가 혼자 있을 때 그냥 가면 됩니다. 우리가 다녀간 것을 알면 그녀의 오빠가 그녀를 때릴 겁니다. 저는 자주 조용히 다녀옵니다. 그가 그녀를 다시 때리기 시작했을 때 저는 얼마 전에 그를 때려 주었어요."

"당신이 뭘 했다고요?"

"그렇습니다. 머리채를 붙들고 그녀에게서 떼어 놓았죠. 그 일 때문에 그는 저를 패고 싶어했지만 제가 그에게 겁을 주자 일은 거기서 끝났어요. 그가 술에 취해 돌아와서 기억이 나면 그 일로 인해 그녀를 때릴까 봐 걱정입니다."

우리는 아래로 내려갔다.

X. 슬픈 광대 레뱌드킨

여차저차 해서 이 신사[40]의 외모에 대해 말한 적이 있다. 그는 키가 크고 곱슬머리에 살집이 있는, 어느 정도 살이 쪄서 늘어진 얼굴을 한 40세 가량의 통통한 남자였다. 그는 머리를 움직일 때마다 뺨을 떨었고 작고 핏발이 선 눈은 교활한 빛을 띠고 있었다. 턱수염과 구렛나루를 기르고 울대뼈 주위엔 살이 잡히기 시작했는데, 너무도 불쾌한 표정이었다. 그러나 무엇보다 더욱 놀라운 것은 그가 연미복에 깨끗한 셔츠를 입고 나타났다는 점이다. 리푸틴은 언젠가 스테판 트로피모비치가 더러운 차림을 하자 반은 농담 삼아 그를 비난하면서 "깨끗한 셔츠가 어울리지 않는 사람들이 있지요."라고 말한 적이 있다. 대위는 검은 장갑을 가지고 있었는데 오른쪽 장갑은 아직 손에 끼지도 못한 채 들고 있었고 왼쪽 장갑은 힘겹게 끼고 있긴 했으나 단추를 채우지 못하고 살찐 왼손의 절반만 덮고 있었다. 그는 왼손으로 처음 가지고 나온 듯한, 윤기가 흐르는 새 중절모를 들고 있었다. 그가 샤토프에게 외쳤던 어제의 '사랑의 연미복'이 실제로 존재한다는 것이 증명된 셈이다. 이 모든 것, 그러니까 연미복과 셔츠는 어떤 비밀스런 목적을 위해 리푸틴의

---
40 레뱌드킨을 말한다.

충고로 마련된 것이었다.(나는 나중에 그 사실을 알게 되었다.) 그가 타인의 사주를 받고 도움을 입어 지금 의도적으로 (경 사륜마차를 타고) 왔다는 점은 의심의 여지가 없었다. 그자 혼자서는 그러한 일들을 예측도 못했을 것이다. 성당 현관에서 벌어졌던 일[41]을 그가 곧장 알아차렸다고 해도 45분 동안 그가 제대로 갖춰 입고 채비를 하고 결정을 내리기는 어려웠을 것이다. 그는 술에 취한 상태는 아니었다. 그러나 그는 여러 날의 숙취 후에 갑자기 잠을 깬 사람처럼 무겁고 처지고 몽롱한 상태에 있었다. 누군가 손으로 두 번 그의 어깨를 치기라도 한다면 그는 곧장 취해 버릴 것만 같았다.

그는 거실로 뛰어들다가 갑자기 문에서 양탄자에 걸려 넘어졌다. 마리야 티모페예브나는 배꼽이 빠지게 웃었다. 그는 짐승처럼 그녀를 바라보고 갑자기 빠른 걸음으로 바르바라 페트로브나 쪽으로 향해 갔다.

"마님, 제가 왔습니다…"라며 그는 나팔을 불 듯 큰 소리로 말했다.

"이보세요. 부탁드려요."라며 바르바라 페트로브나가 몸을 세웠다.

"저기 가서 자리를 잡아요. 저 의자에. 거기서도 당신

---

41 레뱌드킨의 여동생인 다리를 저는 마리야 티모페예브나 레뱌드키나가 성당으로 찾아와 바르바라 페트로브나를 만났고 바르바라는 그녀에게 측은한 마음에서 돈을 주고 자신의 집으로 데리고 왔다.

목소리를 들을 수 있어요. 여기서도 당신을 바라볼 수는 있답니다."

대위는 자리에 멈춰 서서 멍하니 자기 앞을 바라보다가 몸을 돌려 문 옆에 있는 그녀가 가리킨 자리에 앉았다. 그의 얼굴에는 자신에 대한 강한 불신, 뻔뻔함, 계속되는 짜증이 드러나 있었다. 그는 몹시도 겁을 먹고 있었다. 그 사실은 분명했다. 하지만 그는 자기애로 고통받고 있었다. 이 경우 그는 두려움과 소심함에도 불구하고 짜증 섞인 자기애 때문에 결심한 것이라고 추측해 볼 수 있다. 그는 자신의 굼뜬 행동 때문에 걱정하는 것 같았다. 주지하다시피 비슷한 유형의 인간들이 어떤 기적적인 사건 때문에 상류사회에 나타났을 때 그들이 가장 고통스러워하는 것은 매 순간 두 손을 어떻게 해야 하는지 모르면서도 두 손을 어떻게든 해야 한다는 점이다. 대위는 바르바라 페트로브나의 엄한 얼굴에 나타난 무의미한 시선으로부터 눈길을 떼지 못한 채 손에 모자와 장갑을 들고 의자에 처박혀 있었다. 어쩌면 그는 주변을 더 주의 깊게 바라보고 싶었는지도 모르겠다. 하지만 그는 아직 결단을 내리지 못한 듯했다. 마리야 티모페예브나는 그의 신체에서 너무도 우스운 점을 발견했는지 또다시 깔깔거리기 시작했다. 하지만 그는 꿈쩍도 하지 않았다. 바르바라 페트로브나는 그를 무례하게 쳐다보면서 무지막지하게 오랫동안, 꼬박 1분간 그를 그런 상태로 놔두었다.

"먼저 당신의 이름을 당신에게서 직접 들을 수 있을까요?"라고 그녀는 침착하게 풍부한 표정을 지으며 말했다.

"레뱌드킨 대위입니다."

대위가 웅얼거렸다.

"마님, 제가 온 것은..."

그는 다시 입을 실룩이며 말했다.

"잠시만요!"

바르바라 페트로브나는 다시 말을 끊었다.

"제 관심을 끈 이 가여운 아가씨가 정말 당신의 누이인가요?"

"마님, 제 누이입니다. 감시를 피해 빠져나왔어요. 왜냐하면 그녀는 상태가 좀 그래서..."

그는 갑자기 말을 더듬거리며 얼굴을 붉혔다.

"마님, 왜곡해서 받아들이지는 마세요."

그는 몹시 망설였다.

"친오빠가 물을 흐리지는 않을 겁니다... 그러한 상태인지라. 그러니까 그러한 상태가 아니라 함은 불명예란 의미로다가... 최근에..."

그는 갑자기 말을 끊었다.

악령들 125

"사랑스런 신사 양반!"

바르바라 페트로브나는 고개를 들었다.

"그러니까 어떤 상태에 있어서!"라며 그는 이마의 중앙을 손가락으로 치며 갑자기 말을 끝맺었다. 잠시 침묵이 이어졌다.

"그러니까 그녀가 그 일로 고통당한지 오래 되었나요?"

바르바라 페트로브나가 조금은 말을 길게 늘이며 말했다.

"마님, 제가 온 것은 현관에서 러시아식으로, 아니 형제애를 가지고 보여주신 위대한 영혼에 대해 감사드리기 위한 것입니다."

"형제애라니요?"

"그러니까 형제애는 아니고요. 제가 제 누이의 오빠라는 의미에서요. 마님, 믿어 주세요. 마님."

그는 다시 얼굴을 붉히고 나서 반복해서 말했다.

"저는 처음 본 사람의 집 거실에 나타날 만큼 그렇게 경우 없는 사람은 아닙니다. 마님, 저와 누이는 지금 우리가 이곳에서 바라보는 화려함과는 비교할 수 없을 정도로 미미한 존재들입니다. 게다가 비방자들도 있는 형편입니다. 마님, 그러나 명성에 있어서 레뱌드킨은 도도합니다. 그리고...그리고... 저는 감사를 표하기 위해 온 겁니다... 마님, 여기 돈이 있습니다!"

그는 그 즉시 주머니에서 지갑을 꺼내어 지폐 뭉치를 잡아당겨서 흥분 때문에 광란의 발작이 일어난 상태에서 떨리는 손으로 지폐를 세기 시작했다. 그는 가급적 서둘러 뭔가를 해명하고자 하는 것처럼 보였다. 그리고 그래야만 했다. 하지만 돈을 가지고 벌이는 소란이 그에게 더 어리석은 인상을 줄 거라는 것을 느껴서인지 그는 마지막 자제력마저 잃어버린 듯했다. 돈은 제대로 세어지지 않았고 손가락은 꼬였고 설상가상으로 초록색 지폐 하나가 지갑에서 빠져나와 지그재그로 양탄자 위에 떨어졌다.

"마님, 20루블입니다."

그는 갑자기 손에 돈다발을 들고 일어섰고 얼굴은 고통 때문에 땀범벅이 되었다. 그는 날아가 바닥에 떨어진 지폐를 발견하고 돈을 주우려 했지만 어쩐 일인지 창피함을 느껴서인지 손을 내저었다.

"마님, 이 돈을 줍는 당신네 집안 사람들, 하인에게 레뱌드킨을 기억하도록 전해 주십시오!"

"나는 이 일을 결코 허락할 수 없어요."

바르바라 페트로브나는 조금 놀라며 서둘러 말했다.

"그러시다면..."

그는 몸을 숙여 돈을 주워들고 얼굴을 붉혔다. 그리

고 갑자기 바르바라 페트로브나에게 다가가 그녀에게 자신이 센 돈을 내밀었다.

"이게 뭔가요?"

결국 그녀는 너무도 놀라서 소파에서 몸을 뒤로 뺐다. 마브리키 니콜라예비치, 나, 그리고 스테판 트로피모비치는 각자의 자리에서 앞으로 나아갔다.

"진정하세요, 진정하십시오. 저는 광인이 아닙니다. 맙소사, 미치지 않았어요!"라며 대위는 사방에 대고 흥분하여 말했다.

"사랑스런 신사 양반, 아니. 당신은 제정신이 아니야."

"마님, 이건 당신이 생각하는 그런 게 절대 아닙니다! 물론 저는 보잘것없은 존재입니다... 오, 마님, 당신 집은 부자고 레뱌드킨 가문에서 태어난 제 여동생 마리야 니이즈베스트나야[42]의 집은 가난합니다. 여동생을 잠시만 마리야 니이즈베스트나야라고 부를게요. 마님, 잠시만요, 잠깐이면 됩니다. 왜냐하면 신 자신도 영원히 혼돈하시지는 않으니까요! 마님, 당신은 그녀에게 10루블을 주셨죠. 그리고 그녀가 받은 겁니다. 왜냐하면 마님, 당신으로부터 받은 것이니까요! 마님 듣고 계신가요! 이 마리야 니이즈베스트나야는 이 세상 어느 누구로부터도 돈을 받지 않을 겁니다. 그렇지 않다면 카프카즈에서 에

---

42 니이즈베스트나야는 '무명의' 혹은 '유명하지 않은'의 의미임.

르몰로프[43]의 눈앞에서 숨진 그녀의 할아버지인 참모 장교께서 무덤에서 몸서리를 치실 겁니다. 하지만 마님, 그 애는 당신으로부터 나오는 것은 모두 받을 겁니다. 하지만 한 손으로 받고 다른 손으로는 마님, 당신이 지금 회원으로 가입되어 있는 수도의 자선 위원회들 중 하나에 기부금의 형식으로 20루블을 보낼 겁니다... 마님, '모스크바 소식'에 실려 있잖아요. 당신은 이곳에서 누구든지 가입할 수 있는 자선 단체의 책이 있습니다..."

대위는 갑자기 말을 중단했다. 그는 무슨 중요한 일을 한 다음에 그러는 것처럼 힘겹게 숨을 쉬었다. 이 모든 일은 자선 위원회에 관한 것이었다. 아마도 이전에 준비가 된 것이거나 어쩌면 리푸틴이 편집자인 것 같았다. 그는 땀을 더 많이 흘렸다. 그의 관자놀이에도 말 그대로 땀방울들이 흘러내렸다. 바르바라 페트로브나는 그를 뚫어져라 쳐다보았다.

"그 책은," 그녀는 엄중하게 입을 열었다. "언제나 우리 집 지하에 놓여 있어요. 원한다면 당신은 그 책에 당신의 기부금을 기입할 수 있어요. 그러니 이제 당신의 돈을 감추고 공중에 그것이 흩날리지 않도록 하세요. 네, 그렇게요. 당신의 자리로 가서 앉아 주시길 바랍니다. 네

---

43 에르몰로프 장군, 1772-1861. 러시아와 프랑스가 맞서 싸웠던 조국 전쟁에 참전했던 장군.

좋습니다. 사랑스런 신사 양반, 내가 당신의 누이에 대해 오해하고 그녀가 그처럼 부자인데도 가난하다 생각하여 돈을 준 것은 제 실수였어요. 하지만 그녀가 다른 사람들에겐 결코 돈을 받으려 하지 않지만 어째서 저에게서만 돈을 받는 것인지는 이해할 수는 없네요. 당신이 너무도 강하게 이 일에 대해 주장하니 아주 명확한 설명을 바라게 되네요."

"마님, 이것은 무덤에 묻혀야 하는 비밀입니다!"라고 대위가 대답했다.

"왜죠?"

바르바라 페트로브나는 어쩐 일인지 그렇게 강경하게 묻지는 않았다.

"마님, 마님!"

그는 바닥을 바라보며 오른손을 가슴에 대고 쓸쓸한 표정으로 입을 다물었다.

"마님!"

그가 갑자기 포효했다.

"당신에게 한 가지만 질문하겠습니다. 한 가지만요. 정직하고 솔직하게, 러시아식으로, 진정으로."

"해보세요."

"마님, 당신은 인생에서 고통을 당한 적이 있나요?"

"당신은 누구 때문에 고통을 당했거나 당하고 있다는

것을 말하고 싶은 거군요."

"마님, 마님!"

그는 갑자기 자리에서 일어섰다. 그는 자신이 자리에서 일어선 것을 알아채지도 못하고 자기 가슴을 쳤다.

"여기, 이 가슴 속에는 최후의 심판에서 드러나면 신도 놀랄 만한 일이 숨겨져 있어요!"

"음, 강한 표현이군요."

"마님, 어쩌면 제가 분노를 담아 말하고 있는지도 모르겠습니다…"

"걱정마세요. 언제 당신을 제지해야 하는지 알고 있으니까요."

"마님, 당신에게 질문 하나 더 할 수 있을까요?"

"질문을 더 해보세요."

"고상한 영혼 때문에 죽을 수도 있을까요?"

"모르겠네요. 자신에게 그런 질문을 해 본 적이 없어서요."

"모르시다니요! 그러한 질문을 던져본 적이 없으시다니요!!"

그는 감상적인 아이러니를 담아 외쳤다.

"만약 그렇다면, 그렇다면"

"희망 없는 가슴이여, 침묵하라!"

그리고 그는 자신의 가슴을 강하게 두드렸다.

"이 모든 것이 엉터리 알레고리예요."라며 결국 바르바라 페트로브나는 화를 냈다.

"당신은 '왜죠?'라는 제 질문에 답하지 않았어요. 난 당신의 답변을 조급하게 기다리고 있었어요."

"전 '왜죠?'라는 당신의 질문에 답하지 않았어요. 당신은 '왜'라는 질문에 대한 답을 기다리고 계신가요?"

대위는 눈을 깜빡이며 거듭 말했다.

"'왜'라는 이 작은 단어는 천지창조의 첫날부터 온 세상에 스며들었죠. 마님, 자연은 매 순간 자신의 창조주인 조물주에게 '왜'라고 외칩니다. 하지만 7,000년간 답변을 받지 못했죠. 그러니 레뱌드킨 대위가 답하지 않은 것이죠. 마님, 정당하지 않은가요?"

"이 모든 것이 엉터리이고 제대로 된 것이 아닙니다!"

바르바라 페트로브나는 화가 나서 인내심을 잃어버렸다.

"이건 알레고리죠. 사랑스런 신사 양반, 게다가 당신은 내가 비열한 것이라 여기는 것을 지나치게 화려하게 말하고 있어요."

"마님,"

대위는 듣고 있지 않았다.

"어쩌면 저는 에르네스트라고 불리길 원하고 있는지도 모릅니다. 하지만 바보 같은 이그나트라는 이름을 달고 살죠. 왜 그런 거라고 생각하시나요? 전 몽바르 공작이라 불리기를 원할지도 모르죠. 하지만 전 레뱌드킨에 불과합니다. 백조라는 어원을 가진 단어죠. 왜 그런가요? 마님, 전 시인입니다. 영혼까지 시인이죠. 출판업자에게서 1,000루블을 받을 수도 있습니다. 하지만 초라하게 살아야만 합니다. 왜, 왜 그런가요? 마님! 제 생각으론 러시아는 자연의 유희입니다. 그 이상은 아닙니다!"

그 순간 아래층 현관에서 초인종 소리가 들렸다. 그와 거의 동시에 스테판 트로피모비치의 벨소리를 듣고 다소 우물쭈물하고 있을 때 알렉세이 이고리치가 들어왔다. 단정한 늙은 하인은 어쩐 일인지 평소와 달리 흥분한 상태에 있었다.

"니콜라이 프세볼로도비치가 지금 당도해서 이리로 오고 있다고 합니다."

그는 바르바라 페트로브나의 의아한 눈길에 답했다.

난 그 순간 그녀의 모습을 특별히 기억한다. 먼저 그녀는 창백해졌다. 하지만 갑자기 그녀의 눈빛이 반짝였다. 그녀는 특별한 결심을 한 것처럼 소파에서 몸을 꼿꼿이 세웠다. 정말 모두가 놀랐다. 우리 도시에서 한 달이 지나도록 기다렸던 니콜라이 프세볼로도비치가 너무도 갑자기 도달한 것은 그 갑작스러움 하나 때문만이 아니라 그 순간 벌어진 이상하고 운명적인 우연의 일치 때문이었다. 대위마저도 입을 벌린 채 너무도 바보 같은 표정으로 문 쪽을 바라보며 방 한가운데에 기둥처럼 서 있었다.

길고 커다란 옆방과 바로 옆 홀에서부터 빠른 걸음으로 누군가가 다가오는 소리가 들렸다. 작은 걸음이었으나 아주 잰 걸음걸이였다. 누군가가 미끄러지듯 오는 듯싶더니 갑자기 거실로 날아 들어왔다. 그런데 니콜라이 프세볼로도비치는 아니었다. 아무도 모르는 젊은이였다.

XI. 운명적인, 너무나 운명적인 재회

여기서 잠시 멈춰서 대략적이나마 갑자기 나타난 인물에 대한 스케치를 해보려 한다. 그는 27세 혹은 그 정도의 연령대이며, 보통 키보다 조금 더 크며 기름진 아마빛 머리에 너무도 긴 머리, 그리고 겨우 눈에 띨 정도로 자란 콧수염과 턱수염을 너저분하게 기른 젊은이였다. 그는 깔끔하게 옷을 차려입었는데 그것도 유행에 맞게 입었다. 하지만 세련되어 보이지는 않았다. 처음 보면 새우등에다 굽떠 보이지만 전혀 새우등은 아니고 거리낌도 없어 보였다. 어떤 괴짜 같기도 하였지만 우리 모두는 나중에 그의 태도가 매우 매력적이라는 것을 발견했다. 대화도 언제나 주제에 어울리는 것이었다.

어느 누구도 그가 어리석다고 말하지는 않았다. 하지만 어느 누구도 그의 얼굴을 맘에 들어하지도 않았다. 그의 머리는 목덜미까지 늘어져 있는 듯했고 옆부분이 납작 눌린 듯했다. 그의 얼굴 표정은 경계를 풀지 않는 것 같았다. 그의 이마는 높고 좁았고 그의 얼굴 윤곽선은 섬세했다. 눈은 경계를 풀지 않았고 코는 조그맣고 뾰족했다. 입술은 길고 가늘었다. 얼굴 표정은 병든 사람의 표정 같았는데 그렇게 보이기만 할 뿐이었다. 뺨의 광대뼈 주위엔 건조한 주름이 잡혀 있어서 중병을 앓고 난 뒤에 건강을 회복 중인 것 같은 인상을 심어 주었다. 하지만 그는 아주 건강하고 힘이 세고 결코 병을 앓아본 적이 없다.

그는 서두르는 듯 빠르게 말한다. 그와 동시에 자기 확신에 차서 막힘없이 말한다. 그의 사고는 서두르는 표정에도 불구하고 안정적이고 분명하고 결단력이 있다. 그리고 이러한 모든 점이 두드러진다. 그의 발음은 놀라울 정도로 분명하다. 그의 말들은 언제나 상대방을 위해

서비스할 수 있도록 선별된 가지런하고 굵은 밀알처럼 흩뿌려진다. 처음에 당신은 그것을 맘에 들어 하겠지만 나중에는 너무도 분명한 발음과 오래 준비된 옥구슬과도 같이 수려한 말 때문에 거부감을 느끼게 될 것이다. 어쩌면 당신은 그의 입속의 혀가 어떤 특별한 형태를 가지고 있으며 비정상적으로 길고 가늘며, 아주 붉고, 저절로 빠르게 계속 굴러가는 혀끝을 가졌을 거라 상상할 수도 있을 것이다.

그런데 바로 그 젊은이가 지금 곧장 거실로 날아 들어 온 것이다. 사실 난 지금까지도 그가 옆에 있는 홀에서 입을 열어 말하기 시작하면서 안으로 들어오는 것처럼 느끼고 있다. 그는 순간 바르바라 페트로브나 앞에서 정신을 차렸다.

"바르바라 페트로브나, 생각해 보세요"

그는 옥구슬을 흩뿌리듯 말했다.

"저는 들어오면서 그자가 이곳에 15분 전부터 있을 거라 생각했어요. 그가 도착한 지 30분이 되었지요. 우린 키릴로프의 집에서 만났죠. 그는 30분 전에 떠났고 곧장 여기로 온 겁니다. 그리고 그는 제게 15분 뒤에 이리로 와 달라고 명령했어요…"

"그런데 누가? 누가 당신에게 이리로 와 달라고 명령한 건가요?"

바르바라 페트로브나가 말했다.

"니콜라이 프세볼로도비치입니다! 그러니까 당신은 정말로 지금에서야 알아차리신 건가요? 그런데 그의 짐은 적어도 오래전에 이리로 옮겨놓아야만 했어요. 어째서 사람들이 당신에게 말하지 않았을까요? 제가 처음 알린 것처럼 되어버렸네요. 하지만 그를 부르러 사람을 보낼 수도 있지요. 하지만 아마도 그자가 지금 직접 나타날 수도 있을 겁니다. 그러니까 그의 어떤 기다림, 적어도 제가 판단하기로는 그의 계산에 부응하는 바로 그 순간에 말이죠."

그 순간 그는 방을 휘둘러 보았고 대위에게 특별히 시선을 고정시켰다.

"아, 리자베타 니콜라예브나, 발을 처음 내딛는 순간부터 당신을 만나게 되어 제가 얼마나 기쁜지 모르겠어요. 당신과 악수하게 되어 정말 기쁩니다."

그는 유쾌하게 미소 지으며 그에게 손을 내민 리자의 손을 잡기 위해 재빨리 그녀에게 다가갔다.

"제가 알아본 바로는 존경하는 프라스코비야 이바노브나도 자신의 '교수님'을 잊지 않으신 듯합니다. 그래서 스위스에서 늘 화를 냈으나 그분에게는 화를 내시지 않더군요. 프라스코비야 이바노브나, 이곳에서 당신의 다리는 어떤가요? 스위스의 의사가 당신에게 조국의 기후를 처방한 것이 맞았나요?... 어떠신가요? 물약, 찜질은요? 그건 정말 유용한 것이어야만 합니다. 바르바라 페트로브나(그는 재빨리 몸을 돌렸다), 그때 당신을 외국에서 뵙고 개인적으로 제 존경심을 표하지 못해서 얼마나 유감이었는지 모릅니다. 게다가 알려야 할 것이 얼마나 많던지... 이곳에 있는 선생님에게 알려 드렸지만 그분은 습관처럼 어쩌면..."

"페트루샤!"

스테판 트로피모비치는 순간 멍한 상태에서 빠져나오며 소리쳤다. 그는 손뼉을 치고 나서 아들에게 달려갔다.

"피에르[44], 내 아가. 내가 널 몰라 봤구나!"

그는 아들을 와락 껴안았다. 그의 뺨에서 눈물이 흘러내렸다.

"음, 어리광 피우지 마세요. 어리광 피우지 마시라고요. 제스처를 취하지도 마시고요. 이제 그만요. 그만해 주세요. 부탁드립니다."

페트루샤는 포옹에서 빠져나오려고 애쓰며 서둘러서 대답했다.

"난 언제나, 언제나 네게 죄를 지었단다!"

"음, 이젠 됐어요. 그 일에 대해선 나중에 이야기해요.

---

44 표트르의 불어식 이름이며 표트르의 애칭은 페트루샤이다.

당신이 어리광을 피우기 시작했다는 걸 알았어요. 조금이라도 이성을 찾으세요. 제발요."

"하지만 난 널 10년이나 못 봤잖니!"

"말씀을 늘어놓으실 더 많은 이유가 있을 겁니다..."

"내 아가!"

"아버지가 절 사랑한다는 것을 믿고 또 믿어요. 손을 치워 주세요. 당신은 다른 사람들을 방해하고 계세요... 아, 여기 니콜라이 프세볼로도비치가 오셨네요. 어리광 피지 마시고요. 부탁입니다. 마지막으로!"

니콜라이 프세볼로도비치가 정말로 방에 들어와 있었다. 그는 아주 조용히 방으로 들어와 순간 문가에 멈춰 서서 조용한 시선으로 모임을 둘러보고 있었다.

내가 그를 처음 만났던 4년 전과 마찬가지로 그렇게 서 있어서 나는 그를 보자마자 너무 놀랐다. 난 그를 조금도 잊지 않았다. 하지만 예전에 백 번이나 만났다 하더라도 미처 깨닫지 못한 뭔가 새로운 것을 가지고 나타나는 사람들이 있는 것 같다. 보아하니 그는 4년 전의 모습과 같았다. 너무도 고상했고 그때처럼 위엄 있게 들어왔으며 심지어 그때처럼 젊었다. 그의 가벼운 미소는 그때처럼 공식적인 상냥함을 띠고 있었고 그때처럼 자기만족에 가득 차 있었다. 그의 시선은 엄중하고 다른 것을 생각하고 있는 듯했다. 한마디로 말해 우린 어제 헤어진 사람들 같았다. 하지만 날 놀라게 한 한 가지 사실이 있었다. 예전에는 사람들이 그를 미남이라고 생각했지만, 우리 도시에서 험담을 좋아하는 상류사회 귀부인들이 표현한 대로 그의 얼굴은 '가면'을 닮았다. 지금은, 지금은, 이유를 모르겠다. 처음 보는 순간 그는 논쟁의 여지 없이 결정적으로 미남처럼 보였다. 그러니까 그의 얼굴이 가면을 닮았다는 것을 말할 수가 없었다. 그가 이전보다 조금 더 창백해지고 조금 더 말랐기 때문에 그런 걸까? 아니, 어쩌면 그의 시선에 어떤 새로운 사상이 반짝이기 때문에 그런 걸까?

"니콜라이 프세볼로도비치!"

바르바라 페트로브나는 몸을 곧게 세우고 소파에서 몸을 떼지 않고 명령하는 듯한 태도로 그를 저지하며 소리쳤다.

"잠시만요!"

"니콜라이 프세볼로도비치!"

바르바라 페트로브나는 되풀이해서 말했다. 그녀는 위협적인 뉘앙스를 풍기는 강한 음성으로 단어를 끊어서 말했다.

"부탁드립니다. 이 자리를 떠나지 말고 지금 말해 주세요. 이 불행한 여인, 다리를 저는 여인이 바로 그녀라는 것이 사실인가요? 그녀를 바라보세요! 그녀가... 당신의 합법적인 아내라는 것이 사실인가요?"

난 그 순간을 잘 기억한다. 그는 눈도 꿈적하지 않고 어머니를 집요하게 바라보았다. 그의 얼굴에는 어떠한 동요의 빛도 보이지 않았다. 마침내 그는 천천히 일종의 비굴한 미소를 띠며 어떠한 대답도 하지 않고 어머니에게 조용히 다가가서 그녀의 손을 잡고 존경의 표시로 손을 입술로 가져가서 입 맞췄다. 그 일이 있기 전까지 그는 언제나 어머니에게 절대적인 영향력을 행사했다. 그녀는 감히 그 손길을 물리칠 수 없었다. 그녀는 다만 여전히 의문에 휩싸인 채 아들을 바라보았다. 그녀는 어느 한순간도 자신은 미스터리를 참을 수 없다는 듯한 표정을 짓고 있었다.

하지만 그는 계속 침묵했다. 그는 어머니의 손에 입을 맞추고 나서 다시 한번 방안을 휘둘러보고 나서 이전처럼 서두르지 않고 곧장 마리야 티모페예브나에게 향했다. 특별한 순간에 있는 사람들의 표정을 묘사하기란 어렵다. 예를 들어 내 기억으론 마리야 티모페예브나는 놀라움으로 온통 몸을 떨며 그를 만나러 일어서서 그에게 간청하듯이 자기 앞에 손을 내밀었다. 그와 동시에 그녀의 눈빛에 담긴 환희, 그녀의 얼굴까지도 일그러뜨릴 수 있는 강력한 기쁨을 기억한다. 사람들은 그러한 기쁨을 견뎌내지 못할 것이다. 어쩌면 둘 다, 즉 놀라움과 환희,

모두가 있었던 듯하다. 하지만 나는 그녀가 금방 졸도할까 봐 재빨리 그녀에게 다가갔던 것이 기억난다.

"당신은 여기 있어서는 안 됩니다."

니콜라이 프세볼로도비치는 상냥하고 아름다운 목소리로 그녀에게 말했다. 그의 시선에는 특별한 부드러움이 담겨있었다. 그는 가장 존경스런 포즈로 그녀 앞에 서 있었고 그의 동작 하나하나에는 진정한 존경이 담겨있었다. 가련한 여인은 숨을 겨우 쉬면서 반쯤 기어 들어가는 목소리로 그에게 속삭였다.

"그러니까 내가... 지금... 당신 앞에 무릎을 꿇어도 될까요?"

"안 돼요. 절대 그 일은 안 됩니다."

그는 그녀에게 멋진 미소를 지었고 그녀는 갑자기 기쁜 듯이 웃기 시작했다. 그는 멋진 목소리로 부드럽게 아이와 같은 그녀를 타이르면서 정중하게 덧붙였다.

"당신은 아가씨이고 내가 비록 당신의 가장 소중한 친구라 하더라도 난 언제나 당신에게 제3자일 뿐 남편, 아버지, 약혼자가 아니라는 점을 생각해 주세요. 당신의 손을 내밀어 주세요. 함께 갑시다. 마차가 있는 곳까지 당신을 배웅해 드릴게요. 허락해 주신다면 당신을 집까지 모셔다 드릴게요."

그녀는 귀를 기울였고 생각에 잠긴 듯하더니 고개를

끄덕였다.

"갑시다."라며 그녀는 한숨을 내쉬고 그에게 손을 내밀며 대답했다.

하지만 그 순간 그녀에게 작은 불행한 사건이 발생했다. 그녀는 어쩐 일인지 방심하여 몸을 돌리다가 짧고 아픈 다리로 인해 넘어지고 말았다. 한 마디로 그녀는 옆으로 넘어져 소파에 부딪쳤고 소파가 없었다면 완전히 바닥에 드러누울 뻔했다. 그는 순간 그녀를 붙들었고 지탱해 주었다. 그는 그녀의 손을 꼭 잡고 조심스레 문가로 데려갔다. 그녀는 넘어져서 아픈 거 같았다. 그녀는 당혹스러워했고 얼굴을 붉혔으며 너무나 창피해했다. 그녀는 아무 말 없이 바닥을 바라보며 다리를 심하게 절며 그의 손에 매달리다시피 하여 그의 뒤를 따라갔다. 그렇게 해서 그들은 나갔다. 내가 보건대 리자는 어쩐 일인지 소파에서 일어나 그들이 나가는 동안 눈도 깜빡이지 않고 그들이 문가로 다가갈 때까지 그들을 바라보고 있었다. 그 후에 그녀는 아무 말 없이 다시 소파에 앉았다. 하지만 그녀의 얼굴에는 그녀가 어떤 파충류라도 만진 것과 같은 꺼림직한 조짐이 보였다.

니콜라이 프세볼로도비치와 마리야 티모페예브나 사이에 이러한 광경이 펼쳐지는 동안 모두들 놀라서 침묵했다. 파리가 붕붕거리는 소리가 들릴 정도였다. 하지만 그들이 나가자마자 모두가 갑자기 입을 열기 시작했다.

하지만 사람들은 말을 많이 하지 않았고 감탄을 더 많이 했다. 지금 생각해 보면 이 모든 일들이 어떤 순서대로 일어났었는지 조금은 잊어버렸다. 왜냐하면 혼돈이 있었기 때문이다. 스테판 트로피모비치는 불어로 뭔가를 외쳤고 손뼉을 쳤지만 바르바라 페트로브나에게 그 내용은 전달되지 못했다. 마브리키 니콜라예비치는 뭔가를 간헐적으로, 그리고 빠르게 중얼거렸다. 표트르 스테파노비치는 누구보다 흥분했다. 그는 커다란 제스처로 뭔가에 대해 필사적으로 바르바라 페트로브나를 설득시키려 했다. 하지만 나는 오랫동안 이해하지 못했다. 그는 프라스코비야 이바노브나와 리자베타 니콜라예브나에게 주목하기도 하고 조금은 흥분하여 아버지에게 뭐라고 소리치기도 했다. 한마디로 말해 방 안은 어수선했다. 바르바라 페트로브나는 온통 얼굴을 붉히며 자리에서 일어나 프라스코비야 이바노브나에게 "들으셨죠, 당신은 그가 그녀에게 뭐라고 했는지 들으셨죠?"라고 소리쳤다. 하지만 프라스코비야 이바노브나는 답할 수 없었다. 그녀는 다만 손을 내저으며 뭔가를 중얼거릴 따름이었다. 가련한 여인은 자기 나름대로의 고민거리를 가지고 있었다. 그녀는 순간 리자 쪽으로 고개를 돌려 아주 끔찍한 두려움에 휩싸여 그녀를 바라보았다. 프라스코비야 이바노브나는 리자가 자리에서 일어서지 않는 한 일어설 수도, 떠날 수도, 생각할 수도 없었다. 그 순간 대위는 모습을 감추고 싶어 하는 것처럼 보였다. 난 그 사실을 알아차렸다. 그는 니콜라이 프세볼로도비치가 나타난 바로 그 순간부터 확실히 엄청 놀랐다. 하지만 표트르 스테파노비치는 그의 손을 잡고 그가 떠나지 못하도록 했다.

"이건 필연적입니다. 필연적이에요."라고 그는 옥구슬과 같은 목소리로 바르바라 페트로브나를 계속해서 설득하면서 그녀에게 말했다. 그는 그녀 앞에 서 있었다. 하지만 그녀는 이미 소파에 앉아서 열심히 그의 말을 듣고 있었다. 그는 그러한 식으로 목적을 이루었고 그녀의 주의를 빼앗았다.

"이건 불가피합니다. 바르바라 페트로브나, 당신은 이 일에 의혹이 있고 딱 봐도 기이한 점이 있다는 것을 아시겠지요. 하지만 사건은 촛불처럼 명확하고 손가락처럼 단순합니다. 어느 누구도 제게 이야기할 권한을 부여하지 않았음을 잘 알고 있습니다. 어쩌면 제가 그걸 요구한다면 우스운 꼴이 되겠지요. 하지만 첫째, 니콜라이 프세볼로도비치는 이 일에 어떠한 의미도 부여하지 않고 있으니, 결국 이 일은 누군가가 스스로에게 개인적인 해명을 하기로 결심하기가 어려운 우연입니다. 그러니 즉시 이 일과 연관된 제3자를 데려와야 합니다. 그가 세부적인 일들을 설명하는 것이 더 쉬울 것이기 때문입니다. 바르바라 페트로브나, 사건이 비난받을 만한 것임에도 불구하고 니콜라이 프세볼로도비치가 당신이 던진 질문에 답하지 않았다고 해서 그가 아무 죄가 없다는 것은 아니라는 사실을 알아두세요. 저는 페테르부르크에 있을 때부터 그를 알고 있었습니다. 게다가 이 일은 니콜라이 프세볼로도비치에게, 불확실한 '명예'라는 단어가 사용가능하다면, 그러한 의미의 명예만을 안겨 주었지요…"

"당신은 당신이 어떠한 실마리가 되는 사건의 증인이라는 점을 말하고 싶은 건가요… 이건 의혹적이지 않은가요?"라고 바르바라 페트로브나가 물었다.

"저는 증인이자 참여자입니다."라고 표트르 스테파노비치가 서둘러 대답했다.

"만약 당신이 니콜라이 프세볼로도비치의 섬세한 감정을 모욕하지 않는다 약속하신다면 말이죠. 그의 섬세한 감정은 저도 잘 알고 있어요. 그 섬세함 때문에 전 그에게 어-떠-한 것도 숨길 수 없어요… 그리고 만일 당신이 이 일로 인해 그를 만족시켰다고 확신한다면…"

"그는 확실히 만족할 겁니다. 저 자신도 특별히 만족하고 있지요. 저는 그 자신이 제게 부탁할 거라 확신합니다."

하늘에서부터 갑자기 떨어진 듯한 이 신사가 남의 일화를 거론하고자 하는 집요한 욕망이 너무도 이상했다. 그것은 일반적인 법도에도 어긋난 것이었다. 하지만 그는 바르바라 페트로브나의 가장 아픈 곳을 건드려 놓고서 그녀를 낚아 올렸다. 난 그 당시 그의 성격, 더 나아가 그의 의도를 충분히 알지 못했다.

"사람들이 당신 말을 듣고 있어요."라고 바르바라 페트로브나는 자신의 겸손에 대해 다소 고통스러워하고 자제하며 조심스럽게 말했다.

"사건은 간단합니다. 사실 이 사건은 사건도 아니죠."라며 그는 옥구슬처럼 유창하게 말했다.

"하지만 소설가는 할 일이 없어서 소설을 지어내죠. 정말 흥미로운 일입니다. 프라스코비야 이바노브나, 리자베타 니콜라예브나가 호기심을 가지고 듣고 있다고 확신합니다. 만일 기적적인 일이 없다면 이번 일엔 아주 기괴한 일들이 많아지기 때문이죠. 5년 전 페테르부르크에서 니콜라이 프세볼로도비치는 그 신사, 바로 그 레뱌드킨이라는 자를 알게 되었지요. 그자는 입을 벌리고 서서 지금 달아날 궁리를 하는 듯합니다. 용서하십시오. 바르바라 페트로브나. '이전 식량국의 퇴직 관리 양반, 당신은 달아나지 않는 것이 좋을 겁니다.'(아시죠. 전 당신을 똑똑히 기억하고 있어요.) 저와 니콜라이 프세볼로도비치는 이곳에서의 당신의 행적을 너무나 잘 알고 있지요. 그 사실을 잊지 마세요. 당신은 계산을 해야만 할 겁니다. 다시 한번 실례하겠습니다. 바르바라 페트로브나, 니콜라이 프세볼로도비치는 그 당시 이 신사 양반을 자신의 팔스타프[45]라 불렀죠. 그것은 일종의 과거의 캐릭터, 즉 광대와도 같은 자를 의미합니다. 사람들은 그를 비웃고 그 자신도 사람들이 비웃도록 내버려두었으며, 사람들은 그에게 돈을 지불했죠. 그 당시 니콜라이 프세볼로도비치는 페테르부르크에 살았어요. 그는 소위 조소에 가득 찬 삶을 살았죠. 다른 말로 어떻게 표현해야 할지 모르겠네요. 왜냐하면 그는 환멸에 빠지지는 않았어요. 그는 일하는 것을 경시했을 뿐이죠. 바르바라 페트로브나, 저는 그 당시의 한 가지 일에 대해서만 말하고 있는 겁니다. 레뱌드킨에게는 누이가 있었어요. 조금 전에 이곳에 있었던 바로 그 여인이죠. 남매는 묵을 곳이 없어서 남의 집 신세를 지며 살았어요. 그는 반드시 이전의 제복을 입고 고스티니 드보르 아치 아래를 배회하기도 하고 겉보기에 더 단정해 보이는 행인들을 멈춰 세워서 돈을 구걸하여 술을 마셨죠. 누이는 천상의 새처럼 먹고 지냈어요. 그녀는 그곳 도시 귀퉁이에서 남의 일을 돕고 일손이 필요한 곳에서 일하기도 했지요. 정말 끔찍한

---

45 셰익스피어의 『헨리 4세』에 나오는 코믹한 인물

소돔과 같은 곳이었어요. 저는 니콜라이 프세볼로도비치가 기행 때문에 반했던 그 구석진 모퉁이에서의 생활 모습은 생략할게요. 바르바라 페트로브나, 저는 그 당시에 대해서만 이야기할게요. '기행'에 관해서라면 그 단어는 그가 독자적으로 표현한 겁니다. 그는 내게 많은 것을 숨기지 않았어요. 레뱌드키나 양은 니콜라이 프세볼로도비치를 한때 아주 자주 만나야만 했지요. 그녀는 그의 외모 때문에 놀랐어요. 소위 그는 그녀의 진흙탕과도 같은 인생에서 보석과도 같은 존재였지요. 전 감정을 잘 묘사하진 못합니다. 그래서 생략할게요. 하지만 더러운 인간들이 그녀를 비웃음거리로 만들었고 그녀는 슬픔에 빠졌어요. 그곳에서 사람들은 그녀를 비웃었지만 그녀는 처음에 그 사실을 전혀 알아채지 못했어요. 그녀의 머리는 정상이 아니었고 그 당시에는 지금보다 더 좋지 않았죠. 그녀는 어린 시절 어떤 은인 덕분에 겨우 가정교육을 받을 수 있었다고 하더군요. 니콜라이 프세볼로도비치는 그녀에게 일말의 관심도 기울이지 않았고 관리들과 25코페이카를 걸고 낡고 기름때가 묻은 카드를 가지고 프레페란스 놀이를 하는 데에 더 몰두하였죠. 그런데 한번은 사람들이 그녀를 모욕했을 때 그가 (이유를 묻지도 않고) 어느 관리의 옷깃을 잡고 2층 유리창에서부터 그를 내던진 겁니다. 이 일에는 모욕받은 순결한 여인을 위한 기사도적인 분노는 전혀 없었어요. 모든 사건은 모두가 웃는 가운데 일어났고 니콜라이 프세볼로도비치가 가장 많이 웃었죠. 모든 일이 순조롭게 끝났을 때 사람들은 화해하고 펀치 술을 마시기 시작했어요. 그런데 억압받은 무고한 여인은 그 일을 잊지 않았죠. 사건은 그녀의 지적 능력을 결정적으로 동요시킴으로써 마무리되었습니다. 반복하지만 저는 감정을 잘 묘사하지 못합니다. 하지만 이 일에서 중요한 것은 몽상입니다. 마치 일부러 그런 것처럼 이 일은 니콜라이 프세볼로도비치의 몽상을 자극하였어요. 그는 레뱌드키나 양을 비웃지 않고 그녀에게 갑자기 존경을 표하며 다가간 것입니다. 여기 있었던 키릴로프(바르바라 페트로브나, 그는 정말 독특한 사람입니다. 정말 알다가도 모를 자입니다. 어쩌면 당신은 언젠가 그를 본 적이 있을 겁니다. 그가 지금 이곳에 있습니다), 아, 여기 있네요. 그는 늘 그렇듯이 내내 말이 없군요. 갑자기 화를 내며 니콜라이 프세볼로도비치에게 당신은 이 여인을 후작의 딸처럼 대하는데 그것이 결국 그녀를 망칠 거라고 말했죠. 덧붙이자면 니콜라이 프세볼로도비치는 어느 정도 이 키릴로프라는 자를 존경했지요. 그가 키릴로프에게 '키릴로프 씨, 당신은 내가 그녀를 비웃고 있다고 생각하는군요. 믿지 않으셔도 됩니다. 사실 전 그녀를 존경합니다. 왜냐하면 그녀가 우리 모두보다 훌륭하니까요.'라고 대답했다는 점을 생각해 보세요. 그가 너무도 진지한 어조로 말했다는 점을 명심해 주십시오. 그런데 그 무렵 2, 3개월 간 그는 그녀와 '안녕하세요' 와 '안녕히 계세요'라는 인사말을 제외하고는 한마디도 나누지 않았답니다. 제가 그곳에 있었기 때문에 기억합니다만 그 이전에 그녀는 그를 비웃지 않았어요. 그녀는 그를 자신을 '쟁취하려'는 그녀의 약혼자라도 되는 것처럼 생각한 듯합니다. 왜냐하면 그에게는 많은 적들과 가정의 장애물들, 혹은 그와 비슷한 것들이 있었기 때문이지요. 이 일엔 웃긴 점이 많아요! 니콜라이 프세볼로도비치가 그 당시 이곳으로 떠나야만 했을 때 그는 떠나면서 그녀의 생활비로 매년 받는 연금의 상당 부분, 적어도 300루블 가량이나 되는 금액을 남겨둠으로써 사건은 끝나게 되었죠. 한마디로 말해서 그의 입장에서 보자면 이 모든 것이 장난질, 혹은 너무 빨리 지쳐버린 자의 환상이라고 볼 수도 있지요. 결국 키릴로프가 말한 것처럼 이 사건은 정신이상이 된 장애인을 어디까지 이끌고 갈 수 있는지 알아보기 위한 목적을 가진 배부른 자의 새로운 실험이라 할 수도 있지요. 그가 말하더군요. '당신은 계속되는 조롱과 구타를 감당해야 하는 가장 마지막 존재인 장애인을 일부러 선택했습니다. 게다가 당신은 그녀가 당신에 대한 희극적인 사랑 때문에 죽을 수도 있다는 것을 알고 있지요. 그런데 당신은 갑자기 이 일의 결말이 어떻게 되나 보기 위해서 그녀에게 일부러 사기를 치기 시작하는군요!' 정신이상이 된 여인의 환상 속에서 인간은 특히 더 죄가 있지요. 그가 그녀와 내내 거의 두어 마디 말만 해왔다는 점을 주목해 보십시오! 바르바라 페트로브나, 지혜롭게 말하는 것이 불가능할 뿐만 아니라, 그렇다고 어리석게 말하는 것을 시작할 수 없는 일도 있답니다. 결국 기적 같은 일이 생긴 겁니다. 하지만 더 이상 아무 말도 할 수 없습니다. 하지만 이제 이 모든 일들로부터 역사가 시작됩니다... 바르바라 페트로브나, 저는 이곳에서 무슨 일이 일어나는지 좀 알고 있어요."

그는 갑자기 말을 하다 말고 레뱌드킨에게 몸을 돌리려 하였다. 하지만 바르바라 페트로브나는 그를 제지했다. 그녀는 극도로 흥분한 상태였다.

"당신 이야기를 마친 건가요?"라고 그녀가 물었다.

"아직 아닙니다. 완벽을 가하기 위해, 허락하신다면 저는 이 신사 양반에게 뭔가를 물어보아야만 합니다... 바르바라 페트로브나, 당신은 이제 무슨 일인지 아시게 될 겁니다."

"됐어요. 나중에, 잠시 멈춰 주시길 부탁드립니다. 오, 당신이 말할 수 있도록 허락한 건 제가 정말 잘한 일인

거 같네요!"

"바르바라 페트로브나, 유념해 주세요"라고 표트르 스테파노비치가 몸을 떨었다.

"니콜라이 프세볼로도비치가 지금까지 있었던 모든 일을 당신에게 직접 말할 수 있을지요? 그러니까 당신의 질문에 대한 답을, 어쩌면 그 질문은 너무도 범주화된 질문이 되지 않을까요?"

"오, 그럼요. 너무도!"

"어떤 경우엔 제3자가 당사자보다 훨씬 더 쉽게 설명할 수 있다고 합니다. 제가 틀린 말을 한 겁니까!"

"맞아요, 맞아... 하지만 당신은 한 가지 점에서 실수하고 있어요. 유감스럽게도 그 점이 보이네요. 당신은 계속 실수하고 있답니다."

"정말인가요? 어떤 점에서?"

"알게 될 겁니다... 표트르 스테파노비치, 그건 그렇고 당신이 자리에 앉는다면."

"오, 당신 좋으실 대로. 저도 지쳐서. 감사합니다."

그는 순간적으로 소파를 들어 올려서 방향을 바꿔 놓았다. 한쪽으로는 바르바라 페트로브나와 테이블 옆 프라스코비야 이바노브나 사이가 보이도록 하였고, 또 다른 한 편으로는 얼굴을 레뱌드킨 쪽으로 향하여 잠시도 그에게서 시선을 떼지 않도록 하였다.

"당신은 '기행'이라 부른 그 일을 잘못 알고 계십니다..."

"오, 만일 그뿐이라면..."

"아니, 아니, 아닙니다. 잠시만요."

바르바라 페트로브나는 기쁨에 겨워 많은 말을 할 준비를 하면서 제지했다. 표트르 스테파노비치는 이것을 눈치채고 주목했다.

"아닙니다. 이 일은 일종의 고상한 기행입니다. 당신에게 확실히 말하건대 심지어 신성하기까지 한 일입니다! 인간은 도도하고 이른 시기에 모욕을 받아서 '비웃음'을 받기에 이르렀지요. 당신은 그 비웃음에 대해 정확히 지적하셨어요. 그 인간은 한마디로 말해 해리 왕자입니다. 스테판 트로피모비치는 그 당시 아주 훌륭한 비유를 했어요. 적어도 제가 보기에는 만일 그가 햄릿을 더 닮지 않았다면 그건 아주 옳은 지적이죠."

"당신은 전적으로 옳습니다."라고 스테판 트로피모비치가 감정을 실어서 묵직한 어조로 말했다.

"스테판 트로피모비치, 감사합니다. 당신이 특별히 니콜라스를 언제나 신뢰하고 그의 고상한 영혼과 성품을 믿어주셔서 특히 감사드립니다. 제가 낙심했을 때 당신은 이 믿음을 제게 강하게 심어 주기도 하였죠."

"친애하는, 친애하는..."

스테판 트로피모비치는 앞으로 걸음을 옮겼다. 하지만 가로막는 것이 위험하다고 판단하여 멈춰 섰다.

"만일 당신이 언제나 니콜라스(바르바라 페트로브나는 이따금 노래를 불렀죠) 옆에서 조용하고 위대하고 온순한 호레이쇼(스테판 트로피모비치, 당신의 다른 아름다운 표현)로 남아 있었다면 어쩌면 그는 오래전에 우울하고 '아이러니라는 갑작스런 악마'로부터 구원을 받았을 겁니다. 그 악마는 평생 그를 괴롭혔지요.(스테판 트로피모비치, 아이러니라는 악마라는 표현도 당신이 만들어낸 또 하나의 놀라운 표현입니다.) 하지만 니콜라스에겐 호레이쇼도, 오필리어도 결코 없었죠. 그에게는 오직 어머니만 계셨죠. 그러한 상황에서 어머니 혼자 무엇을 할 수 있었겠어요? 표트르 스테파노비치, 아시다시피 나는 본질이 무엇인지 아주 잘 알게 되었어요. 어떻게 니콜라스가 당신이 말한 그러한 더러운 소굴에 나타날 수 있었는지 알게 된 거죠. 저는 지금 인생의 '조소'(놀랄 만큼 적절한 당신의 표현입니다!)를 분명히 인지하고 있습니다. 대조에 대한 채워지지 않는 욕망, 이 음울한 장면의 분위기 속에서, 표트르 스테파노비치, 다시 한번 당신의 표현을 빌리자면, 그는 보석처럼 나타난 겁니다. 그리고 그는 그곳에서 모두에게 모욕받는 존재, 장애인이면서 반쯤 미친 여인, 그와 동시에 고결한 감정을 지닌 여성을 만납니다!"

"음, 그래요. 그렇다고 칩시다."

"그런데 당신은 이 일이 있고 나서도 다른 모든 사람들처럼 그가 그녀를 비웃지 않은 이유를 이해하지 못했어요! 오, 여러분! 당신들은 그가 그녀를 모욕하는 자들로부터 지키고 그녀를 '마치 후작의 딸처럼'(키릴로프는 니콜라스를 이해하지 못하지만 그는 사람들은 비상할 정도로 깊이 이해하고 있음에 틀림이 없다) 존경으로 감싸는 것을 이해하지 못합니다. 당신들이 원하신다면, 바로 이 대조를 통해서 비극이 일어난 것입니다. 만일 이 불행한 여인이 다른 환경에 있었다면, 그녀는 아마도 그러한 정신이상과도 같은 몽상까지는 가지 않았겠죠. 여성, 여성들은 그것을 이해할 수 있을 것입니다. 표트르 스테파노비치, 정말 유감입니다. 당신이... 즉 당신이 여성이 아니라 유감입니다. 적어도 이 경우에는, 이해를 위해서라면요!"

"즉 나쁘면 나쁠수록 더 좋다는 의미에서요. 바르바라 페트로브나, 전 이해합니다. 이해해요. 이 일은 종교의 경우와 비슷합니다. 개인이 잘 살지 못할수록, 혹은 민족이 더 학대받고 가난할수록 사람들은 더 집요하게 천국에서의 보상을 꿈꾸지요. 십만 명의 성직자들이 이러한 꿈에 불을 당기고 그것에 목숨을 걸면서 이 일에 대해 떠든다면, 그땐... 바르바라 페트로브나, 전 당신을 이해합니다. 진정하세요."

"이게 아주 그렇지는 않다고 가정해 봅시다. 말씀해 주세요, 정말 니콜라스가 이 불행한 생명체(바르바라 페트로브나가 '생명체'란 단어를 왜 사용했는지 잘 모르겠다)가 가지고 있는 꿈에 불을 지피기 위해 정말로 그가 다른 관리들처럼 그녀를 비웃고 그녀에게 주목해야만 했던 겁니까? 정말 당신들은 그 고상한 연민, 생명체의 고귀한 전율을 외면하시겠습니까, 니콜라스는 그렇게 전율하면서 키릴로프에게 완고하게 '난 그녀를 비웃을 수 없습니다.'라고 대답한 겁니다. 고상하고 신성한 답변이죠!"

"숭고하네요."라고 스테판 트로피모비치가 중얼거렸다.

"그가 당신들이 생각하는 것처럼 그렇게 부유하지 않다는 점을 유념해 주시기 바랍니다. 저는 부유하지만 그는 아닙니다. 그 애는 그 당시 내게서 아무것도 가져가지 않았지요."

"바르바라 페트로브나, 전 이해합니다. 전 이 모든 것을 이해해요."라고 표트르 스테파노비치는 어느 정도 참지 못하고 중얼거렸다.

"오, 이것은 제 성격입니다! 저는 니콜라스 안에서 제 자신을 발견합니다. 전 그 젊음, 회오리와 폭풍 같은 충동의 가능성을 발견합니다... 표트르 스테파노비치, 만일 언젠가 제가 당신과 가까워진다면, 제 입장에선 그걸 간절히 바랍니다. 당신은 훨씬 더 의무적인 사람이 될 겁니다. 어쩌면 당신은 그때 알게 되겠지요…"

"오, 믿어주세요. 제 입장에서도 그걸 바랍니다."라고 표트르 스테파노비치가 말을 중단시키면서 끼어들었다.

"그때에 당신은 그 충동을 이해하게 될 겁니다. 그 충동 때문에 고상함에 눈이 멀어 갑자기 모든 면에서 자신보다 낮은 사람을 선택하게 되는 겁니다. 그 사람은 모든 사람들에 맞서고 당신을 잘 이해하지 못하며 조금의 가능성만 있다면 당신을 괴롭힐 준비가 되어 있는 자입니다. 그런데 그들은 어떤 이상과 꿈을 구현하고 자신의 모든 희망을 그 안에 축적하고 그 사람 앞에 무릎을 꿇고 왜 그러는지도 통 모르면서 평생 그를 사랑합니다. 어쩌면 그가 그러한 자격을 갖추지 못했기 때문일지도 모릅니다… 오, 표트르 스테파노비치, 전 평생 얼마나 괴로웠는지 모릅니다!"

스테판 트로피모비치는 아픈 표정으로 내 시선을 찾기 시작했다. 하지만 나는 그때 그를 외면해 버렸다.

"…그리고 아주 최근에, 최근에, 오, 나는 얼마나 니콜라스에게 죄를 지었는지!.. 당신은 믿지 못하겠지만, 그들은 사방에서 나를 괴롭혔어요. 모두, 모두가, 적들, 사람들, 친구들이. 어쩌면 친구들은 적들보다 더할지도 모르죠. 표트르 스테파노비치, 내가 처음으로 저주스런 익명의 편지를 받았을 때, 당신은 그 사실을 믿지 못할 겁니다. 결국 나는 비방을 하진 않아서 이 악랄한 편지에 답장하진 않았지요... 나는 결코, 결코 자신의 옹졸함을 용서하지 못할 겁니다!"

"저도 이미 이곳의 익명의 편지에 대해 뭔가를 들었어요."라고 표트르 스테파노비치가 갑자기 활기를 띠며 말했다.

"제가 당신에게 그것을 찾아 드리지요. 진정하세요."

"하지만 당신은 이곳에서 어떠한 간계가 시작되었는지 상상도 못할 겁니다! 그들은 심지어 나의 가련한 프라스코비야 이바노브나를 괴롭혔어요. 무슨 이유 때문에 그녀까지? 내 친한 친구 프라스코비야 이바노브나, 오늘 당신에게 너무 많은 죄를 지은 것 같네요."

그녀는 고상한 관대함에 휩싸여 덧붙였다. 하지만 거기에는 일종의 승리의 아이러니가 담겨있었다.

"이보게, 그만."

프라스코비야 이바노브나는 내키지 않는 듯이 중얼거렸다,

"내 생각으론 이 모든 것을 끝마쳐야만 할 거 같아요. 너무 말을 많이 해서..."라며 그녀는 다시 다소곳이 리자를 바라보았다. 하지만 리자는 표트르 스테파노비치를

바라보고 있었다.

"그런데 이 가련하고 불행한 존재, 모든 것을 잃은 채 마음만을 간직한 광기 어린 여인을 이제 양녀로 맞이하려 합니다."라며 바르바라 페트로브나가 갑자기 소리쳤다.

"나의 의무를 신성하게 수행하려는 겁니다. 오늘부터 그녀를 내가 보호할 겁니다!"

"어떤 의미에서 이 일은 아주 좋습니다."라며 표트르 스테파노비치가 아주 활기를 띠었다.

"죄송합니다만 저는 아직 말을 끝마치지 않았습니다. 전 후원에 대해 말할 겁니다. 그 당시 니콜라이 프세볼로도비치(바르바라 페트로브나, 저는 제가 중단했던 그 지점에서부터 시작하겠습니다)가 떠났을 때 이 신사 양반, 바로 그 레뱌드킨은 순간적으로 자신의 여동생 앞으로 배정된 연금을 처분할 권리가 있다고 생각한 겁니다. 그래서 남김없이 처분한 겁니다. 저는 그 당시 니콜라이 프세볼로도비치가 일을 어떻게 처리했는지 정확히 알지는 못했죠. 하지만 1년 뒤 그는 외국에서 자초지종을 알고 다른 방식으로 후원을 해야만 했죠. 전 세부적인 사항은 모릅니다. 그가 그 일에 대해 직접 말하겠지요. 다만 그가 자신이 관심을 가진 이 아가씨를 멀리 떨어진 수도원으로 보냈다는 건만 알고 있지요. 아주 편안하게 지내지만 우정어린 감시를 받게 된 겁니다. 이해하시겠어요? 레뱌드킨이 어떠한 결심을 할 거라 생각하시나요? 처음에 그는 자신의 물주, 즉 자기 여동생을 어디에 숨겼는지 찾기 위해 모든 완력을 동원하였죠. 그리고 최근에 목적을 달성한 겁니다. 그는 그녀를 수도원에서 데려와서 그녀에게 어떠한 권리를 주겠다며 곧장 그녀를 이리로 데려온 겁니다. 그는 이곳에서 그녀를 먹이지도 않고 때리고 지배하고 그리고 마침내 어떠한 방법을 써서 니콜라이 프세볼로도비치에게서 상당한 액수의 돈을 받고 술을 마시며 돌아다니고 있지요. 니콜라이 프세볼로도비치에게 감사하기는커녕 장차 자기 앞으로 연금을 지불하지 않을 경우에는 재판까지 갈 거라고 위협하면서 터무니 없는 요구를 하며 무례하게 굴었던 겁니다. 이러한 식으로 그는 니콜라이 프세볼로도비치의 선량한 선물을 공물로 받아들이고 있었지요. 상상이나 할 수 있겠습니까? 레뱌드킨 씨, 제가 지금 여기서 언급한 모든 것이 사실인가요?"

그때까지 침묵하며 시선을 고정하고 있던 대위는 두 걸음 앞으로 재빨리 나아가며 얼굴을 붉혔다.

"표트르 스테파노비치, 당신은 나를 가혹하게 대하시는군요."라고 말하며 그가 상대방의 말을 가로채는 듯했다.

"이게 어떻게 잔인한 겁니까, 왜 그런 거죠? 잔인함 혹은 상냥함은 나중에 이야기하죠. 지금은 첫 번째 질문에 답해 주세요. 제가 말한 모든 것이 사실인가요, 아닌가요? 만일 당신이 거짓을 발견한다면 당신은 그 즉시 해명해야만 합니다."

"표트르 스테파노비치, 저는... 당신이 아시다시피..."

대위는 중얼거리더니 말을 끊고 입을 다물었다. 표트르 스테파노비치는 소파에 다리를 꼬고 앉아 있었고 대위는 그의 앞에 공손한 자세로 서 있었음을 주목해야만 한다.

표트르 스테파노비치는 레뱌드킨의 동요가 맘에 들지 않은 듯했다. 그의 얼굴은 어떠한 사악한 경련으로 일그러졌다.

"그러면 당신은 정말로 뭔가를 해명하고 싶지 않은 건가요?"라며 그는 대위를 예리하게 쳐다보았다.

"그렇다면 부탁입니다. 당신의 해명을 기다리죠."

"표트르 스테파노비치, 당신 자신이 제가 아무것도 해명할 수 없다는 걸 아시잖아요."

"아니요. 난 그 사실을 모릅니다. 처음 듣는데요. 당신은 왜 해명할 수 없나요?"

대위는 시선을 바닥으로 향한 뒤 침묵했다.

"표트르 스테파노비치, 제가 떠날 수 있게 해주세요."

라고 그는 단호하게 말했다.

"당신이 저의 첫 번째 질문에 답을 주기 이전에는 안 됩니다. 제게 말한 모든 것이 사실인가요?"

"사실입니다."라고 레뱌드킨이 나직하게 중얼거렸고 자신을 고문하는 자에게 시선을 돌렸다. 그의 관자놀이에는 땀이 흘렀다.

"모든 것이 사실인가요?"

"모두 사실입니다."

"당신은 추가하거나 지적할 점을 찾지 못했나요? 우리가 부당하다고 생각한다면 그 점을 밝히세요. 항의하세요. 당신의 불만을 큰 소리로 말하세요."

"아닙니다. 아무것도 찾지 못했습니다."

"당신은 최근에 니콜라이 프세볼로도비치를 협박하였나요?"

"그게... 그게, 표트르 스테파노비치, 그 일은 술 때문에.(그는 갑자기 고개를 들었다.) 만일 가족의 명예와 마음이 감당할 수 없는 치욕이 사람들 사이에서 생긴다면 그건 정말 그 사람이 잘못한 걸까요?"라며 그는 갑자기 조금 전의 상황을 잊어버리고 외쳤다.

"레뱌드킨 씨, 당신은 지금 술이 깬 상태인가요?"라며 표트르 스테파노비치는 그를 꿰뚫어 보았다.

"저는... 멀쩡합니다."

"가족의 명예와 마음이 감당하지 못하는 모욕은 무슨 의미인가요?"

"전 어느 누구에 대해서도, 어느 누구도 원하지 않습니다. 저는 자신에 대해서..."라며 대위는 다시 허둥댔다.

"당신은 당신과 당신의 행동에 대한 나의 표현 때문에 정말 모욕을 받은 것 같은데요? 레뱌드킨 씨, 당신은 아주 분노에 차 있군요. 하지만 난 아직 당신의 행동에 관한 것은 어떤 것도 아직 시작하지 않았어요. 현재 시점에서 말이죠. 제가 말을 시작할게요. 이 일은 우연일 수도 있습니다. 하지만 난 아직 현재 시제로 시작하진 않았어요."

레뱌드킨은 몸을 떨었고 표트르 스테파노비치를 거칠게 쳐다 보았다.

"표트르 스테파노비치, 이제야 제가 정신이 들기 시작합니다!"

"음, 그러니까 제가 당신을 깨운 건가요?"

"네, 표트르 스테파노비치, 당신이 저를 깨웠습니다. 전 4년간 드리운 먹구름 속에서 자고 있었죠. 표트르 스테파노비치, 제가 나가봐도 될까요?"

"바르바라 페트로브나가 필요하다고 생각한다면 이제는 그럴 수 있지요..."

그녀는 손을 내저었다.

대위는 인사를 하고 문 쪽으로 두 걸음 다가가다 갑자기 멈춰서서 가슴에 손을 얹고 무언가를 말하고자 하였으나 아무 말도 하지 않고 급히 뛰어갔다. 하지만 문에서 니콜라이 프세볼로도비치와 마주쳤다. 그는 길을 비켜주었다. 대위는 그의 앞으로 돌아와 이무기 앞의 토끼처럼 그에게서 눈을 떼지 못하고 땅에 붙박힌 듯이 서 있었다. 니콜라이 프세볼로도비치는 손으로 그를 가볍게 밀어내고 거실로 들어왔다.

XII. 샤토프의 따귀

무엇보다 상기시켜 둬야 할 것은 마지막 2, 3분 동안 리자베타 니콜라예브나는 어떤 새로운 움직임에 골몰해 있었다는 사실이다. 그녀는 엄마와 자신에게 몸을 기울이고 있는 마브리키 니콜라예비치와 무언가에 대해 재빠르게 속삭이고 있었다. 그녀의 얼굴에는 근심이 서려 있었으나 그와 동시에 결단력이 내비쳤다. 마침내 그녀는 떠나려고 서두르는 것처럼 자리에서 일어섰다. 마브리키 니콜라예비치가 엄마를 재촉하면서 일어서도록 부추겼다. 하지만 그들은 마지막 순간까지 모든 것을 다 관찰한 것은 아니어서 떠나기로 결심한 것 같지는 않았다.

구석(리자베타 니콜라예브나와 멀리 떨어지지 않은 곳)에 앉아 있는 샤토프의 존재에 대해 모든 이들이 완전히 잊어버린 듯했다. 샤토프 자신도 무엇을 위해 앉아 있으며 왜 떠나지 않았는지 모르는 듯했다. 그런데 그가 갑자기 의자에서 일어나 방을 가로질러서 니콜라이 프세볼로도비치의 얼굴을 정면으로 바라보며, 서두르진 않았지만 단호한 걸음으로 그에게 다가왔다. 니콜라이 프세볼로도비치는 먼발치에서부터 그가 가까이 다가오는 것을 알아차리고 조금씩 웃기 시작했다. 하지만 샤토프가 충분히 다가섰을 때 그는 웃음을 그쳤다.

샤토프가 그에게서 눈을 떼지 않고 아무 말 없이 그 앞에 멈춰 섰을 때 갑자기 모두 그 광경을 주목하고 침묵하기 시작했다. 표트르 스테파노비치는 가장 나중에 입을 다물었다. 리자와 엄마는 방 가운데 멈춰 서 있었다. 그렇게 5초의 시간이 흘렀다. 니콜라이 프세볼로도비치의 얼굴에 내비친 대담한 의혹이 분노로 바뀌었고 그는 눈썹을 찌푸리더니 갑자기…

샤토프는 갑자기 자신의 길고 육중한 팔로 온 힘을 다하여 니콜라이 프세볼로도비치의 뺨을 때렸다. 니콜라이 프세볼로도비치는 그 자리에서 몹시 휘청거렸다.

샤토프는 일반적으로 따귀를 때리는 방식(만일 이러

한 표현이 가능하다면)이 아닌 아주 다른 방식으로, 그러니까 손바닥이 아닌 주먹으로, 독특한 방식으로 그를 때렸다. 그의 주먹은 크고 무게감이 있고 뼈가 드러나 있으며 붉은 털과 주근깨가 나 있었다. 만일 코를 가격했더라면 코뼈가 부러졌을 것이다. 하지만 샤토프는 그의 왼쪽 입가와 윗니를 스쳐 뺨을 때렸고 금방 피가 흘러내렸다.

순간 비명 소리가 울려 퍼졌던 것 같다. 어쩌면 바르바라 페트로브나가 비명을 질렀을지도 모른다. 정확히 기억이 나진 않는다. 왜냐하면 모든 것이 금방 다시 잠잠해졌기 때문이다. 하지만 모든 장면은 10초가 채 안 되는 순간 계속되었다.

그럼에도 불구하고 이 10초 동안에 끔찍하게도 많은 일이 벌어졌다.

다시 한번 독자에게 상기시키자면 니콜라이 프세볼로도비치는 두려움 때문에 기가 죽을 사람은 아니다. 그는 결투에서도 상대방의 총격 아래 냉철하게 서서 짐승처럼 목표를 가지고 침착하게 살인을 저지를 수 있을 것이다. 만일 누군가가 그의 뺨을 때린다면 그는 결투를 신청하지 않고 자신을 모욕한 자를 그 즉시 죽일 거라 생각한다. 그는 바로 그러한 부류의 사람이며, 결코 이성을 잃지 않고 또렷한 의식을 가지고 자신을 모욕한 자를 죽일 것이다. 그는 맹목적인 분노의 표출을 결코 알지 못했던 것 같다. 그러한 상태에서는 판단을 내릴 수 없을 것이다. 그를 이따금 억누르던 끝없는 악의에도 불구하고 그는 언제나 자제력을 지닐 수 있었다. 그가 유형에 처해진다면 그것은 결투 때문이 아니라 살인 때문이라는 것을 기억해야만 한다. 어쨌든 그는 일말의 동요 없이 자신을 모욕한 자를 죽일 것이다.

하지만 이번의 경우는 뭔가 다르고 희한한 일이 벌어진 것이다. 니콜라이 프세볼로도비치가 따귀를 맞고 그의 키의 절반 정도 옆쪽으로, 그렇게 치욕적으로 휘청거리고 나서 자세를 바로 잡고 나서도 방 안에는 얼굴을 가격한 뒤로 들렸던 야비하고 질척거리는 소음이 잠잠해지지 않은 듯했다. 그는 이내 두 손으로 샤토프의 어깨를 움켜쥐었다. 그런데 바로 그 순간 그는 자신의 손을 뒤로 빼더니 뒷짐을 지는 것이었다. 그는 침묵했고 샤토프를 바라보았다. 그의 얼굴은 백지장처럼 하얘졌다. 하지만 그의 시선이 사그라지는 듯해서 이상했다. 10초 뒤 그의 시선은 냉정함을 되찾았다. 거짓을 보태지 않고 말하자면 그의 시선은 평온했다. 다만 그는 끔찍할 정도로 창백했다. 나는 그의 내면에 무엇이 있었는지 모른다. 나는 드러난 것만 보았던 것이다. 예를 들어 자신의 강인함을 시험하기 위해 붉게 달구어진 철판을 손에 쥐고 10초간 견디고 나서 그 이후 참을 수 없는 고통을 극복하고 승리한 사람이 있다면 그자는 지금 이 10초간 니콜라이 프세볼로도비치가 경험한 것과 비슷한 것을 견딜 수 있을 것이다.

그들 중에 샤토프가 먼저 시선을 거두었다. 그럴 필요가 있었기 때문일 것이다. 그 후에 그는 천천히 몸을 돌려 방을 빠져나갔다. 하지만 좀전에 보여주었던 그러한 걸음걸이는 아니었다. 그는 천천히 어깨를 뒤로 펴고 고개를 숙인 후 무언가에 대해 생각하는 것처럼 조용히 떠났다. 그가 뭔가를 중얼거리는 것 같았다. 그는 아무것에도 걸리지 않고 아무것도 넘어뜨리지 않고 조심스레 문 앞까지 걸어갔다. 문이 조금 열려 있어서 그는 옆으로 빠져나갔다. 그 후에 모든 사람들의 비명소리에 앞서 끔찍한 비명소리가 들렸다. 나는 리자베타 니콜라예브나가 자기 엄마의 어깨를 붙들고, 또 한 손으로는 마브리키 니콜라예비치의 손을 잡고 두세 번 정도 잡아당기는 것을 보았다. 그녀는 방을 빠져나가려는 것 같았다. 하지만 갑자기 그녀는 비명을 지르며 졸도해서 방바닥에 드러누워 버렸다. 지금까지도 그녀가 양탄자 위에 뒷목을 대고 쓰러지는 소리가 귓전에 맴도는 듯하다.

제2부

I. 아버지와 아들

  8일이 지났다. 이미 모든 사건이 벌어지고 나서 내가 연대기를 쓰고 있는 지금에서야 우리는 무슨 일인지 자초지종을 알게 되었다. 하지만 그 당시 우리는 아무것도 몰랐다. 그러니 우리가 여러 일들을 이상하게 생각한 것은 당연하다. 적어도 나와 스테판 트로피모비치는 처음에 은둔한 채 두려워서 멀리서 관찰만 했다. 내가 외출할 때면 이전처럼 그에게 여러 소식들을 가져다주었다. 그것마저 없었다면 그는 살아갈 수 없었을 것이다.

  두말할 필요도 없이 정말 다양한 소문들, 즉 따귀, 리자베타 니콜라예브나의 졸도, 일요일에 벌어졌던 기타 사건 등이 도시에 퍼졌다. 하지만 우리가 놀란 것은 대체 누구를 통해서 이 모든 일들이 그렇게 정확하고 빠르게 밖으로 퍼져나갔느냐 하는 점이었다. 그 당시 참석한 자들 중 어느 누구도 사건의 비밀을 누설할 필요도, 또 그것을 통해 어떤 이득도 얻지 못한 듯했다. 그 당시 하인도 없었다. 레뱌드킨만이 뭔가에 대해 수다를 떨 수는 있었을 것이다. 하지만 그도 악의적으로 그러지는 않았을 것이다. 왜냐하면 그는 그 당시 끔찍한 그 순간을 견디지 못하고 밖으로 나가 버렸기 때문이다.(적에 대한 두려움이 적에 대한 악의를 없애는 법이다.) 하지만 레뱌드킨은 다른 날 누이와 함께 기별도 없이 사라졌다. 그는 필립포프의 집에 없었다. 그는 아무도 모르게 어딘가로 이사해 버렸다. 그러니까 정확히 말해 사라진 것이다. 나는 샤토프에게 마리야 티모페예브나에 대해 물어보고 싶었다. 그는 집안에 틀어박혀 8일간 자기 아파트에서 꼼짝않고 있었고 도시에서의 일마저 그만두었다. 그는 나를 받아들이지 않았다. 나는 화요일에 그의 집으로 가서 문을 두드렸다. 대답이 없었다. 그가 집에 있다는 정확한 정보를 입수하고 그가 안에 있음을 확신했기 때문에 다음번에도 문을 두드렸다. 그 당시 그는 침대에서 바로 나왔는지 문 가로 성큼성큼 걸어가서 내게 큰 소리로 "샤토프는 집에 없어요."라고 외쳤다. 그래서 나는 떠났다.

나와 스테판 트로피모비치는 대담한 가정에 대한 두

려움이 있었다. 하지만 우리는 서로를 격려하면서 한 가지 생각을 하게 되었다. 우리는 소문을 퍼뜨린 범인이 표트르 스테파노비치라고 생각했다. 그는 어느 정도 시간이 지난 뒤 아버지와 대화를 나누면서, 주로 클럽에서 모두가 이야기하고 있고, 현지사 부인과 그녀의 남편이 사건의 아주 세세한 부분까지도 알고 있다고 말했지만 말이다. 더 놀라운 일이 있었다. 이튿날 월요일 저녁 내가 리푸틴을 만났는데 그도 벌써 모든 사건을 시시콜콜히 알고 있었다. 틀림없이 그도 표트르 스테파노비치로부터 자초지종을 듣게 되었을 것이다.

표트르 스테파노비치는 두 번 정도 아버지에게 갔는데 안타깝게도 두 번 다 내가 없을 때였다. 첫 만남이 있은 지 나흘 째 되는 날, 그러니까 수요일에 처음으로 일이 있어 그를 방문했다. 그건 그렇고 영지에 관한 계산은 어쩐 일인지 소리 소문 없이 끝났다. 바르바라 페트로브나는 모든 것을 자신이 직접 맡아서 지불하고 땅을 획득한 듯했다. 그녀는 스테판 트로피모비치에게 모든 일이 끝났다고 통보했다. 바르바라 페트로브나의 전권을 위임받은 시종 알렉세이 이고로비치가 그에게 서명할 서류를 가져왔고 그는 아무 말 없이 극도로 위엄을 갖추고 임무를 수행하였다. 위엄에 관해서 언급할 것이 있다. 최근

나는 이전의 내 친구를 거의 알아보지 못할 지경이었다. 그는 이전에는 결코 그러지 않았는데, 너무도 말수가 줄었다. 그리고 그는 그 사건이 있었던 일요일 이후로 바르바라 페트로브나에게 단 한 통의 편지도 쓰지 않았다. 그래서 난 그 일을 기적으로 여겼고 평온해졌다. 그는 자신에게 평온함을 주는 일종의 결정적이고 극한적인 사상에 몰두해 있었다. 그 사실은 눈에 띄었다. 그는 그 사상을 찾았고 앉아서 뭔가를 기다렸다. 하지만 그는 월요일에 병이 났다. 콜레라였다. 그는 언제나 뉴스 없이 지낼 수 없었다. 나는 사실들은 그냥 놔두고 사건의 본질로 돌아가서 어떠한 가설들을 이야기했다. 그러자 그는 곧 나에게 그만두라며 손을 내젓기 시작했다. 하지만 아들과의 두 번의 만남은, 비록 그것이 동요를 불러일으키지는 않았지만, 그에게 병적인 영향을 미쳤다. 아들과의 만남 이후 그는 이틀간 식초를 적신 수건을 머리에 싸매고 자리에 드러누웠다. 하지만 고상한 의미에서 그는 계속 평온한 상태를 유지했다.

하지만 이따금 그는 나에게 손을 내젓지 않았다. 그는 신비로운 결단력을 가지고서 밀려와 쌓이는 어떠한 사상과 투쟁하기 시작하는 것처럼 보였다. 그러한 일은 순간적으로 일어났지만 난 그것을 눈치챘다. 난 그가 벽촌을 빠져나와 자신을 드러내고 전쟁을 선포하고 나서 마지막 전투를 치르고 싶어 하는 것이 아닌가 의심했다.

 금요일 아침 표트르 스테파노비치는 군(郡)의 어딘가로 떠나서 월요일까지 그곳에 머물렀다. 나는 리푸틴을 통해서 그가 떠난 것을 알게 되었다. 어쩌다 그와 이야기를 하게 되었는데 그를 통해 레뱌드킨 가의 사람들, 즉 남매가 강 건너 고르세치나야 마을 어딘가에 있다는 것도 알게 되었다. 리푸틴은 "제가 데려다 주었어요."라고 덧붙였다. 그는 레뱌드킨 네 남매에 대한 이야기를 중단하고 갑자기 내게 리자베타 니콜라예브나가 마브리키 니콜라예비치에게 시집간다고 알려주었다. 이 일은 공식적으로 알려진 것은 아니지만 약혼이 있었고 얘기는 끝났다고 했다. 다음 날 나는 리자베타 니콜라예브나가 마브리키 니콜라예비치의 호위를 받으면서 말을 타고 있는 것을 보았다. 그것은 그녀가 아프고 난 뒤 첫 외출이었다. 그녀는 멀리서 내게 눈짓을 하고 웃기 시작하더니 매우 다정하게 고개를 숙였다. 나는 이 모든 것을 스테판 트로피모비치에게 전했다. 그는 레뱌드킨네 사람들에 관한 소식에만 약간 관심을 보였다.

 8일이 지나는 동안 발생했던 수수께끼와 같은 상황을 묘사하고 난 지금 우리는 여전히 아무것도 알지 못한다. 하지만 나는 내 연대기의 마지막 사건들에 대해 묘사하고자 한다. 나는 사건을 알고 있으나 그것은 이 모든 일이 어떻게 발생했고 해명되었는가에 대해 아는 정도다. 일요일 사건이 있은 지 8일째 되는 날, 그러니까 월요일 저녁의 사건부터 시작하겠다. 왜냐하면 사실 그날 저녁부터 '새로운 역사'가 시작되었기 때문이다.

저녁 7시였다. 니콜라이 프세볼로도비치는 혼자 서재에 앉아 있었다. 서재는 예전부터 그가 좋아하는 곳으로서 천장이 높고 양탄자가 벽에 걸려 있으며 고풍스럽고 육중한 가구들이 놓여 있다. 그는 외출이라도 할 것처럼 차려입고 구석의 소파에 앉아 있었다. 하지만 사실 그는 아무 데도 가지 않았다. 그가 앉은 책상 위에는 갓이 달린 램프가 놓여 있었다. 커다란 방의 옆과 구석에는 그림자가 드리워져 있었다. 그의 시선은 생각에 잠겨 뭔가에 집중하고 있는 듯했으나 전혀 평안해 보이지는 않았다. 그의 얼굴은 피곤해 보였고 다소 말라 보였다. 사실 그는 치주염으로 고생 중이었다. 하지만 발치에 관한 소문은 과장되어 있었다. 이가 흔들렸으나 지금은 다시 단단해졌다. 윗입술이 찢어지긴 했지만 다시 아물었다. 치주염은 일주일 내내 지속되었다. 왜냐하면 환자가 의사의 말을 들으려 하지 않았고 제때에 종양을 제거하지 않았기 때문이다. 그래서 종양이 터지기만을 기다리고 있는 것이었다. 그는 의사뿐만 아니라 어머니가 자기를 방문하는 것을 허락했다. 그것도 아주 잠시, 하루에 한 번 어둠이 내려앉았으나 아직 불을 켜지 않은 때에만 말이다. 그는 표트르 스테파노비치도 들이지 않았다. 하지만 표트르 스테파노비치는 도시에 머무르는 동안 하루에 두세 번 바르바라 페트로브나의 집에 들렀다. 표트르 스테파노비치는 도시를 돌아다니다 율리야 미하일로브나의 집에서 식사를 마치고 3일간의 일정을 모두 마무리 짓고 월요일 아침에 돌아왔다. 마침내 그는 저녁에서야 그를 애타게 기다리는 바르바라 페트로브나 앞에 나타났다. 니콜라이 프세볼로도비치는 빗장을 벗기고 그를 맞이했다. 바르바라 페트로브나는 손님을 서재의 문 쪽으로 안내했다. 그녀는 오랫동안 이 만남을 기다려왔다. 표트르 스테파노비치가 자신이 그녀를 방문하여 이야기를 전하겠다고 니콜라스에게 약속했던 것이다. 그녀는 니콜라이 프세볼로도비치의 방문을 조심스레 두드렸으나 아무런 대답이 없자 문을 2베르쇼크[01] 정도 열어 보았다.

"니콜라스, 표트르 스테파노비치가 왔는데 데려와도 될까?"

그녀는 램프 뒤에서 니콜라이 프세볼로도비치를 바라보려고 애쓰면서 조용히, 그리고 조심스럽게 물어보았다.

---

01 1베르쇼크는 4.445cm

"그럼, 그럼요, 물론 됩니다!"

표트르 스테파노비치는 유쾌하게 큰 소리로 말하며 손으로 문을 열고 들어왔다.

니콜라이 프세볼로도비치는 노크 소리를 듣지 못했다. 그는 엄마의 나직한 질문만 들어서 그 질문에 답하지 못한 것이다. 그때 그의 앞에는 그가 막 읽은 편지가 놓여 있었다. 그는 그 편지에 대해 골똘히 생각하고 있었다. 그는 표트르 스테파노비치의 갑작스런 외침을 듣고 몸을 흠칫 떨더니 손 아래 있던 문진으로 편지를 급하게 덮었지만 그의 행동은 그다지 성공적이진 못했다. 편지의 귀퉁이와 편지 봉투가 겉으로 드러나 보였기 때문이다.

"당신이 대비할 수 있도록 제가 일부러 큰 소리로 말한 겁니다."

표트르 스테파노비치는 서두르면서도 아주 상냥하게 말했다. 그는 책상으로 달려가며 문진과 편지의 귀퉁이에 순간 눈길을 주었다.

"물론, 당신이 보지 못하도록 제가 방금 받은 편지를 문진 아래 감춘 것을 알아차리셨군요."라며 니콜라이 프세볼로도비치는 자리에서 일어서지 않은 채 차분히 말했다.

"편지? 신이 당신과 당신의 편지와 함께 하시길... 그

악령들 177

게 내게 뭐라도 되나요!"라며 손님은 소리쳤다.

"하지만... 중요한 것은," 그는 이미 닫혀진 문 쪽으로 몸을 돌리고 반대쪽으로 고개를 끄덕이며 다시 한번 속삭였다. "그녀는 결코 엿듣지 않을 겁니다."라며 니콜라이 프세볼로도비치가 냉정하게 대답했다.

"그녀가 엿듣기라도 하면!"

표트르 스테파노비치는 유쾌한 듯 음성을 높이고 소파에 앉으며 순간적으로 말을 받아쳤다.

"난 이 일에 대해 결코 반대하지 않아요. 난 다만 단둘이 이야기를 하기 위해 온 겁니다. 음, 마침내, 제가 당신에게 왔군요! 무엇보다, 건강은 어떤가요? 아주 좋아 보이네요. 혹시 내일 당신도 오시나요, 네?"

"아마도."

"그들을 받아들이고 저도 받아들여 주세요!"

그는 우스꽝스럽고 유쾌한 표정을 지으며 과장된 제스처를 취했다.

"만일 당신이 내가 그들에게 많은 말을 해야만 했다는 사실을 알았다면... 아무튼 당신은 알아야만 합니다."

그는 웃기 시작했다.

"난 아무것도 몰라요. 난 어머니에게서 당신이 매우... 바빴다는 것만 들었을 뿐입니다."

"그러니까 난 확실한 것은 아무것도..."

표트르 스테파노비치는 끔찍한 공격으로부터 자신을 보호하려는 듯이 갑자기 소리쳤다.

"아시다시피 난 샤토프 부인의 소문을 퍼뜨렸죠. 즉 일요일에 있었던 그 사건을 설명하기보다는 파리에서 있었던 당신과의 관계에 관한 소문을 퍼뜨렸죠. 당신 화난 건 아니죠?"

"당신이 아주 노력하고 있다는 건 확신합니다."

"음, 난 그것이 두려워요. 하지만 '아주 노력한다'는 의미는 뭔가요? 그것은 모욕입니다. 하지만 당신은 솔직하군요. 난 이리로 오면서 당신이 솔직하지 않을까봐 무엇보다 두려웠어요."

"난 어떤 것도 솔직하게 하고 싶지 않아요."

니콜라이 프세볼로도비치는 다소 짜증 섞인 목소리로 말했다. 하지만 이내 웃기 시작했다.

"난 그 일에 대해 말하는 게 아닙니다. 그 일이 아니라고요. 실수하지 마세요. 그 일이 아닙니다!"

표트르 스테파노비치는 손을 내저었다. 그는 콩알을 흩뿌리듯이 말하며 주인의 짜증을 기뻐했다.

"난 당신이 지금과 같은 상황에 처해 있을 때 우리의 일로 당신을 짜증나게 하지는 않을 겁니다. 나는 일요일의 사건 때문에, 어쩔 수 없이 온 겁니다. 불가피한 거였죠. 나는 언제나 자신에게 필요한 가장 솔직한 해명을 가지고 있지요. 중요한 것은 내게 필요한 거라는 점입니다. 당신이 아니고요. 그 일은 당신의 자존심을 위한 것이죠. 하지만 동시에 진실입니다. 이 순간부터 언제나 솔직해지기 위해 왔어요."

"이전에는 솔직하지 않았다는 건가요?"

"당신 자신이 이 일을 잘 아실 텐데요. 저는 여러 번 교활하게 행동했죠... 당신은 미소짓고 있네요. 해명을 위한 빌미가 되는 미소를 보니 정말 기쁘네요. 전 일부러 '교활한 행동을 하였다'는 오만한 표현을 통해 당신을 미소짓게 만들었어요. 당신이 즉각 화를 내도록 말이죠. 제가 어떻게 교활한 행동을 할 수 있다고 생각하겠어요. 이제 해명해야 하겠네요. 지금 제가 얼마나 솔직한지 보세요. 보시라고요! 음, 당신은 편하게 듣고 있나요?"

미리 준비한 후안무치와 조야한 순수함으로 손님을 짜증나게 만들고자 하는 니콜라이 프세볼로도비치의 분명한 바람에도 불구하고 경멸적일 정도로 침착하고 심지어 조소를 머금은 그의 얼굴 표정에는 다소 걱정스런 호기심이 담겨있었다.

"들어보세요."

표트르 스테파노비치는 이전보다 더 공허하게 뜸을 들였다.

"이리로 떠나오면서, 그러니까 바로 이곳, 이 도시로

오면서, 10일 전에 난 일정한 역할을 하기로 결심했어요. 역할이 없다면 가장 좋은 것은 자신의 고유한 얼굴이죠. 그렇지 않은가요? 고유한 얼굴보다 더 교활한 것은 없어요. 왜냐하면 어느 누구도 믿지 않기 때문이죠. 고백하자면, 전 바보 역할을 하고자 했죠. 왜냐하면 바보 역할이 고유한 얼굴보다 더 쉬웠기 때문입니다. 하지만 그럼에도 불구하고 바보가 극한에 있기 때문에 극한은 호기심을 불러일으키더군요. 그러니 결국 나는 고유한 얼굴을 유지해야 했지요. 음, 나의 고유한 얼굴은 어떤 것일까요? 중용은 어리석지도 않고 현명하지도 않은 겁니다. 난 너무 재능이 없고, 이곳 현인들이 말하는 것처럼 달에서 뚝 떨어진 셈입니다. 그렇지 않은가요?"

"글쎄요, 어쩌면 그럴지도 모르죠."

니콜라이 프세볼로도비치는 살짝 미소 지었다.

"아, 당신은 동의하시는군요. 무척 기쁘네요. 나는 앞으로도 이것이 당신의 고유한 생각이라 여길게요... 걱정 마세요, 걱정 마세요. 내가 화를 내는 건 아닙니다. 자신을 그러한 방식으로 규정하는 것은 역으로 당신의 칭찬을 유도하기 위한 것도 아닙니다. '아닙니다. 당신은 재능이 없지 않아요. 아닙니다. 당신은 현명합니다.'라고 말하는 것처럼요. 아, 당신은 다시 미소 짓는군요! 내가 다시 걸려들었네요. 당신은 '당신은 현명합니다.'라고 말하지 않을 수도 있지요. 그리고 생각해 보세요. 나는 모든 것을 허용합니다. 아버지가 말하는 것처럼 괄호 안의 말은 그만하지요. 내가 말이 많은 것에 대해 화내지는 마세요. 그건 그렇고 여기 하나의 예시가 있습니다. 난 언제나 말을 많이 합니다. 즉 많은 말을요. 그리고 서두르지만 언제나 성공하는 것은 아닙니다. 그런데 왜 말을 많이 하는데 성공하지 못하는 것일까요? 왜냐하면 말을 할 줄 모르기 때문이죠. 말을 잘하는 사람들은 간결하게 말합니다. 나는 재주가 없어요. 그렇지 않은가요? 재주가 없다는 것이 나에겐 자연스러운 것이 되었어요. 그런데 내가 왜 일부러 그것을 사용하지 않는 걸까요? 나는 사용하고 있어요. 사실 이리로 오면서 처음에는 침묵하고자 했어요. 침묵하는 것은 커다란 재능이지요. 그다지 맘이 내키지는 않아요. 둘째로, 그럼에도 불구하고 침묵하는 것은 위험합니다. 음, 나는 결국 무엇보다 말을 잘하자고 결심했어요. 하지만 재능이 없기 때문에 많은 것, 많은 것, 많은 것을 증명하려고 몹시 서두르죠. 그리고 막판에는 자신의 고유한 증거들에 대해 혼돈합니다. 그러면 청자는 계속 당신으로부터 떨어져 나가고 손을 내젓게 됩니다. 차라리 침을 뱉는 것이 더 나을 정도지요. 처음에 당신은 자신의 단순함을 확신시키지만 사람들은 아주 지겨워하며 이해하지 못하게 됩니다. 한 번에 세 가지 이득을 얻는 셈이죠! 이러한 일이 있은 후 누가 당신에게 비밀스런 의도가 있다고 당신을 의심하겠습니까? 그들 중 각자는 개인적으로 내가 비밀스런 의도를 가지고 있다고 말한 사람에 대해 모욕감을 느끼겠죠. 게다가 나는 때때로 비웃어줍니다. 이것이야말로 가치 있는 일이지요. 그들은 그곳에서 격문을 출판한 현인이 이곳에서는 그들보다 더 어리석다는 것이 판명되었으니 이제는 나를 용서해 줄 겁니다. 그렇지 않은가요? 당신의 미소를 보니 당신도 동의하는 것 같군요."

하지만 니콜라이 프세볼로도비치는 결코 웃지 않았다. 오히려 그는 얼굴을 찌푸리고 다소 초조하게 듣고 있었다.

"아? 뭐라고요? 당신은 '상관없다'고 말한 듯한데요?"라며 표트르 스테파노비치가 단어를 끊어가며 물었다.(니콜라이 프세볼로도비치는 아무 말도 하지 않았다.)

"물론, 물론입니다. 단언컨대 나는 동지애 때문에 당신과 타협하러 온 것은 아닙니다. 당신이 오늘 정말 깐깐하다는 거 아시죠. 나는 정직하고 유쾌한 마음으로 당신에게 왔어요. 그런데 당신은 내 말 한마디 한마디에 채찍을 가하시는군요. 당신에게 맹세컨대 오늘은 진중한 일에 대해 입도 뻥긋하지 않을 겁니다. 약속합니다. 나는 당신의 조건에 미리 동의합니다!"

니콜라이 프세볼로도비치는 집요하게 입을 다물었다.

"아? 뭐라고요? 당신은 무슨 말을 하는 겁니까? 제가 또 거짓말을 한 것을 알고 있습니다. 당신은 조건을 제안하지 않았어요. 그러니 제안하지 마십시오. 믿고 또 믿어요. 진정하십시오. 그것을 제안할 필요가 없다는 것을 아주 잘 알고 있어요. 그렇지요? 앞으로 당신을 위해 대답하는 것은 이제 끝입니다. 무능해서요. 무능하고 무능해서... 당신 웃고 있나요? 아? 뭐라고요?"

"아무것도 아닙니다."

결국 니콜라이 프세볼로도비치는 웃음을 터뜨렸다.

"지금 기억난 건데 어쩐 일인지 정말 내가 당신을 무능하다고 했었어요. 하지만 그 당시 당신은 없었고, 그러니까, 당신에게 전해졌겠네요... 내가 당신에게 일 때문에 와달라고 부탁드린 것 같아요."

"물론 내겐 일이 있죠. 일요일 스캔들 때문에 난!"

표트르 스테파노비치는 중얼거렸다.

"당신 생각으론 내가 일요일에 어땠나요, 어땠어요? 나는 서두르면서도 변변치 않은 재주를 가지고 간신히 정말 무능하게 대화를 주도했죠. 하지만 사람들은 언제나 나를 용서합니다. 왜냐하면 나는 달에서 왔고 그 사실이 지금 이곳에서 모든 것을 해결해 주죠. 둘째로, 난 매혹적인 이야기를 해서 당신들 모두를 구원해 주었기 때문이죠. 그렇죠, 그렇죠?"

"즉 의혹을 남기고 우리의 파업과 왜곡을 보여주기 위해 그렇게 말했죠. 그 당시 어떤 파업도 없었죠. 난 그 어떤 일에 대해서도 당신을 용서하지 않았어요."

"바로, 바로 그거죠!"라며 표트르 스테파노비치는 환희에 휩싸여 말을 끊었다.

"나는 당신이 모든 핵심을 눈치채도록 그렇게 한 겁니다. 중요한 것은 내가 당신을 위해 깨졌다는 겁니다. 왜냐하면 나는 당신을 붙들고 협상하고 싶었기 때문입니다. 중요한 것은 내가 당신이 어느 정도로 두려워하고 있는지 알고 싶다는 점입니다."

"흥미롭네요. 당신이 지금 왜 그렇게 솔직한 건지?"

"화를 내지 마세요. 화내지 마시고요. 눈을 번뜩이지도 마세요... 그건 그렇고 눈을 번뜩이지 말고요. 당신은 내가 왜 정직한지에 대해 관심 있나요? 왜냐하면 지금 모든 것이 바뀌었고 끝내 지나가 버렸고 모래성처럼 커졌기 때문이죠. 난 갑자기 당신에 관한 생각을 바꾸었어요. 이전의 길은 완전히 끝났어요. 지금 나는 이전의 방식으로 절대 당신과 협상하지 않을 겁니다. 지금은 새로운 방식을 가지고 협상할 겁니다."

"전략을 바꾼 건가요?"

"전략은 없어요. 지금은 모든 일에 당신의 온전한 의

지가 있을 뿐입니다. 그렇다고 답하고 싶더라도 아니라고 답하세요. 이것이 나의 새로운 전략입니다. 당신이 명령을 내리지 않을 때까지는 우리의 사업에 대해서는 일언반구하지 않을 겁니다. 당신은 웃고 있나요? 얼마든지요. 저도 웃죠. 하지만 난 지금 진지하고, 진지하고, 진지합니다. 그렇게 서두르는 자가 무능하지만 말이죠. 그렇지 않은가요? 무능하게 놔두어도 상관없어요. 하지만 난 진지하고 또 진지합니다."

그는 정말 어떤 흥분 속에서, 이전과는 완전히 다른 어조로 진지하게 말해서 니콜라이 프세볼로도비치는 호기심을 가지고 그를 바라보았다.

"당신은 나에 대한 생각을 바꾸었다고 말하는 건가요?"라고 그가 말했다.

"나는 샤토프와의 사건 이후에, 뒷짐을 지던 그 순간 이후에 당신에 관한 생각을 바꾸었어요. 충분하고 충분합니다. 질문은 하지말아 주세요. 이제 더 이상 아무 말도 안 하렵니다."

그는 질문을 거부하는 것처럼 손을 내저으며 재빨리 자리에서 일어섰다. 하지만 질문이 없었기 때문에 밖으로 나갈 이유도 없었다. 그는 다소 안정을 되찾고 다시 소파에 앉았다.

"그건 그렇고 우리끼리 이야기지만,"이라며 그는 다시

떠벌리기 시작했다. "이곳에서 어떤 사람들은 당신이 그를 죽이기라도 할 것처럼 입을 놀립니다. 내기를 걸기도 하죠. 렘브케는 경찰을 건드릴 생각까지 합니다. 하지만 율리야 미하일로브나가 금지했죠... 충분합니다. 이 일은 충분해요. 난 다만 알려 주려고요. 하지만 다시 난 그날 레뱌드킨 남매를 이주시켰죠. 당신도 아시다시피. 당신은 그들의 주소가 적힌 내 메모를 받았나요?"

"그때에 받았죠."

"그 일은 내 '무능' 때문이 아닙니다. 그 일은 정말 유비무환의 정신으로. 무능하다고 밝혀지더라도 대신에 진정성이 있다는 거니까요."

"네, 별거 아닙니다. 어쩌면 그렇게 되어야지요..."라며 니콜라이 프세볼로도비치는 생각에 잠겨 낮은 목소리로 중얼거렸다.

"다만 더 이상 내게 메모를 쓰지 말아 주세요."

"불가능했어요. 고작 하나인데요."

"리푸틴도 그렇게 알고 있나요?"

"그럴 리가요. 아시다시피 리푸틴은 그럴 수가 없어요... 그건 그렇고 우리 집에 들러야만 합니다. 즉 우리의 집이 아니라 그들의 집이에요. 당신은 다시 말꼬리를 잡겠지요. 걱정하지 마세요. 지금은 아니고 언젠가요. 지금 비가 오네요. 내가 그들에게 알려줄게요. 그들이 모이면 우리는 저녁에. 그들은 우리가 그들에게 어떠한 선물을 가져오는지 둥지 안의 갈까마귀 새끼들처럼 입을 벌리고 기다리고 있을까요? 열정적인 사람들이죠. 책을 꺼내 들고 논쟁하려 할 겁니다. 비르긴스키는 코스모폴리탄이고 리푸틴은 경찰 업무에도 대단한 재능을 가진 푸리에주의자입니다. 당신에게 말하고 싶은 건, 인간은 하나의 관계에서는 소중하지만 나머지 다른 관계에서는 엄격함을 요구한다는 것입니다. 결국 긴 귀를 가진 자는 자신의 고유한 시스템을 읽어나갈 수 있죠. 아시죠. 그들은 내가 그들을 소홀히 대하고 그들에게 물을 끼얹어서 모욕받았다고 생각합니다. 헤-헤! 얼른 들러야 합니다."

"당신은 그곳에서 나를 어떤 우두머리로 소개했나요?"라며 니콜라이 프세볼로도비치는 가능하면 무심하게 말했다. 표트르 스테파노비치는 재빨리 그를 바라보았다.

"그건 그렇고," 표트르 스테파노비치는 말을 잘 알아듣지 못했다는 듯이 가능하면 빨리 말을 되받아서 말했다. "난 두세 번 존경하는 바르바라 페트로브나의 집에 가서 많은 말을 해야만 했죠."

"상상이 됩니다."

"아니요. 상상하지 마세요. 나는 당신이 살인하지 않을 거라 말했죠. 그곳에는 그 밖에도 달달한 이야깃거리들이 있어요. 생각해 보세요. 이튿날 그녀는 내가 마리야 티모페예브나를 강 건너로 이주시킨 것을 알고 있더군요. 당신이 그녀에게 그 말을 한 건가요?"

"생각도 못했는데."

"당신이 아니란 걸 알고 있었어요. 당신이 아니라면 대체 누가 그랬을까요? 흥미롭군요."

"아마, 리푸틴."

"아, 아니요. 리푸틴은 아닙니다."라며 표트르 스테파노비치는 얼굴을 찌푸리며 중얼거렸다.

"난 누구인지 알아요. 여기 있는 샤토프 같아요... 아무튼, 헛소리입니다. 이 일은 이제 그만! 하지만, 이 일은 너무 중요해서... 그건 그렇고, 난 언제나 당신의 어머니가 갑자기 내게 중요한 질문을 던지기를 기다리고 있어요... 아 네, 처음에 그녀는 요즘 내내 너무도 우울해 하셨죠. 그러더니 갑자기 오늘 오신 겁니다. 그리고 오늘은 얼굴 표정이 밝아지셨어요. 이게 뭔 일인가요?"

"내가 오늘 5일 뒤에 리자베타 니콜라예브나에게 청혼을 하겠다고 약속했기 때문입니다."라며 니콜라이 프세볼로도비치가 갑자기 뜻밖에도 솔직하게 말했다.

"아, 음... 그렇군요."

표트르 스테파노비치가 멋쩍어서 웅얼거렸다.

"약혼에 관한 소문이 있던데, 당신은 알고 있나요? 하지만, 맞을 겁니다. 하지만 당신이 옳아요. 그녀는 결혼식에서 도망쳐서 당신에게 고함을 지르며 서 있을 겁니다. 내가 이렇게 말해서 화나진 않았나요?"

"아니요. 화나진 않았어요."

"당신에게 화내는 것이 오늘은 너무 힘드네요. 당신이 두려워지기 시작했어요. 난 당신이 내일 어떠한 모습으로 나타날지 엄청 궁금하네요. 아마도 당신은 많은 일들을 준비했겠지요. 당신은 내게 화내지는 마세요. 내가 좀 그렇죠?"

니콜라이 프세볼로도비치가 아무런 대답도 하지 않은 것이 표트르 스테파노비치를 아주 화나게 만들었다.

"그건 그렇고, 당신은 리자베타 니콜라예브나에 관한 이야기를 어머니에게 진지하게?"라고 그가 물었다.

니콜라이 프세볼로도비치는 집요하고 냉정하게 그의 얼굴을 바라보았다.

"아, 이해합니다. 진정시켜 드리기 위해서죠. 음, 그렇습니다."

"진지하게라면?"

니콜라이 프세볼로도비치는 강한 어조로 물어보았다.

"이러한 경우에 흔히 말하듯이, 신과 함께라면 일은 무해합니다.(내가 우리의 일이라고 말하지 않은 것 아시죠. 당신은 우리라는 단어를 좋아하지 않지요.) 하지만 나는... 그러니까, 나는 당신의 일을 위해, 당신도 아시죠."

"당신은 생각을 하고 있는 중인가요?"

"난 아무것도, 아무것도 생각하고 있지 않아요."라며 표트르 스테파노비치는 웃으면서 서둘러 말했다.

"왜냐하면 나는 당신이 앞으로도 당신의 일에 대해서만 생각할 것이며, 당신이 모든 것을 생각해 주었다는 것을 알고 있기 때문이죠. 난 다만 내가 진지하게 당신의 업무를 위해, 언제나 어디서나 모든 경우에, 즉 모든 경우 말입니다. 이 말을 이해하시죠?"

니콜라이 프세볼로도비치는 하품을 하였다.

"난 당신이 지겨워."라며 표트르 스테파노비치는 마치 떠날 것처럼 자신의 둥근 새 모자를 쥐면서 갑자기 자리에서 일어섰다. 하지만 그는 서 있는 채로, 이따금 방을 거닐면서, 대화의 흥미로운 대목에서는 모자로 자신의 무릎을 치기도 하면서 여전히 자리를 뜨지 않은 채 계속 이야기했다.

"난 렘브케를 통해서 당신을 즐겁게 해주려고 생각했어요."라며 그가 유쾌하게 외쳤다.

"아니, 이미, 나중에라도. 그런데, 율리야 미하일로브나의 건강은 어떤가요?"

"당신들 모두에게는 소위 상류사회의 방식이 있지요.

당신은 회색 고양이의 건강처럼, 그녀의 건강에 대해 관심이 없잖아요. 그럼에도 불구하고 물어보는군요. 난 그 점을 칭찬합니다. 그녀는 건강합니다. 그녀는 지나칠 정도로 당신을 존경합니다. 그녀는 당신에게서 지나칠 정도로 많은 것을 기대하죠. 그녀는 일요일 사건에 대해 입을 다물고 당신이 직접 나타나면 모든 것을 극복할 수 있을 거라 확신합니다. 맙소사, 그녀는 당신이 신이 알고 있는 것을 할 수 있다고 상상하고 있어요. 하지만 당신은 지금 비밀스럽고 소설 같은 인물입니다. 어느 때보다 더 단순하게 된 겁니다. 그러니까 아주 유리한 상황이란 거죠. 모두가 믿기 어려울 정도로 당신을 기다리고 있어요. 내가 떠나면 후끈 달아오르겠죠. 하지만 지금은 훨씬 더 단순해졌어요. 아무튼, 편지에 대해 다시 한번 감사드립니다. 그들 모두는 K백작을 두려워하고 있지요. 그들이 당신을 스파이처럼 생각하고 있다는 거 아시나요? 내가 부추기고 있어요. 당신은 화를 내지는 않겠지요?"

"전혀."

"지금은 아무것도 아니지만 나중에 필요할 겁니다. 이곳에 있는 그들은 자신들의 질서를 가지고 있지요. 물론, 내가 격려하고 있지요. 율리야 미하일로브나가 우두머리가 되고 가가노프 또한... 당신은 웃고 있나요? 물론 저도 전략이 있어요. 난 거짓말, 또 거짓말을 하다가 갑자기 그들 모두가 지혜로운 말을 찾을 때 지혜롭게 말하는 겁니다. 그들이 나를 둘러싸면 나는 또 거짓말을 시작하는 거죠. 나를 보고 모두가 벌써 손을 내젓더군요. 그들은 내가 '능력은 있지만 달에서 떨어졌어.'라고 말하더군요. 렘브케는 나를 바로 잡기 위해 일자리를 주겠다며 나를 부르더군요. 내가 그를 혹독하게 훈련시킨 것, 그러니까 내가 그에게 치욕을 주지만 그자는 눈을 뜨고만 있는 것을 아시죠. 율리야 미하일로브나는 격려하고 있어요. 그런데 가가노프는 당신에게 엄청 화가 나 있어요. 그가 어제 두호프에서 당신에 대해 아주 비열한 말을 내게 하더군요. 그래서 난 그에게 모든 진실을 말했죠. 모두가 진실은 아니겠지만요. 난 두호프에 있는 그의 집에서 하루 종일 머물렀어요. 훌륭한 영지와 멋진 집이더군요."

"그러니까 그가 지금 두호프에 있다는 말인가요?"라며 니콜라이 프세볼로도비치가 자리에서 일어나 힘찬 동작으로 앞으로 움직이며 갑자기 소리쳤다.

"아닙니다. 그가 아침에 이리로 나를 데려다 주었어요. 우리는 함께 돌아왔어요."라고 표트르 스테파노비치가 중얼거렸다. 그는 니콜라이 프세볼로도비치의 순간적인 흥분을 거의 알아차리지 못한 듯했다.

악령들 193

"이게 뭐지, 내가 책을 떨어뜨렸네."라며 표트르 스테파노비치는 자신이 떨어뜨린 책을 들어 올렸다.

"『발자크의 여인들』이라, 그림도 들어있네."라며 그는 갑자기 책을 펼쳐 들었으나 읽지는 않았다.

"렘브케도 소설을 씁니다."

"그래요?"

니콜라이 프세볼로도비치가 관심이 있다는 듯이 물었다.

"러시아어로 조금씩 쓰는 거 같아요. 율리야 미하일로브나도 알고 있고 허락했어요. 그는 바보같지만 스킬이 있더군요. 그들은 이 일을 구상했어요. 형식도 엄격하고 신념도 확고하더군요! 이러한 방식으로 우리도 뭔가를 할 수 있을 겁니다."

"당신은 행정적인 부분을 칭찬하는 건가요?"

"아니라면요! 특이하게도 러시아에는 자연적인 것과 성취된 것이 존재합니다... 말을 말아야지, 안 할래요."라며 그가 갑자기 소리쳤다.

"단어의 섬세함에 대해 말하려는 것은 아닙니다. 하지만 안녕히 계십시오. 당신은 안색이 안 좋은데요."

"열이 있어요."

"당신 말을 믿어요. 누우세요. 그런데 이곳 군에는 거세파교도들[02]이 있어요. 흥미로운 사람들이죠... 하지만, 그 이야기는 나중에. 금요일 저녁에 난 B에서 장교들과 술을 마셨죠. 그곳에는 우리 친구가 세 명 있었어요. 이해하시나요? 그들은 무신론에 대해 이야기했고 신을 비하했어요. 기뻐서 날뛰었죠. 샤토프의 믿음에 따르면 만일 러시아에 폭동이 일어나면 반드시 무신론 때문에 시작될 거라는 겁니다. 어쩌면, 그 말이 맞을 수도 있겠죠. 어떤 나이 든 장교는 앉아서 내내 듣고만 있으면서 한 마디도 없다가 갑자기 방 한가운데 서서 자신에게 이야기하듯 큰 소리로 '신이 없다면 난 어떤 대위가 될 것인가?'라고 외치더군요. 그리고 모자를 들고 팔을 벌리고 나가 버렸어요."

"충분히 온전한 사상을 표현했네요."라며 니콜라이 프세볼로도비치는 세 번째로 하품을 했다.

"네? 난 이해 못 하겠어요. 당신에게 물어보고 싶군요. 음, 그렇다면 시피굴린 공장은 당신에게 무엇인가요. 당신이 알다시피 그곳에는 500명의 노동자가 있는데 콜레라가 퍼졌어요. 15년간 청소도 하지 않고 노동자들에게 사기를 칩니다. 백만장자의 상인들이 말이죠. 노동

---

02 17세기 니콘 총대주교의 러시아 정교 개혁 시 개혁에 맞서서 러시아 구교도를 신봉하던 한 분파

자들 사이에서도 어떤 사람들은 인터내셔널[03]을 이해하고 있다는 점을 알아주세요. 뭐지, 당신 웃었나요? 당신이 직접 보세요. 잠시만이라도 좋으니 시간 좀 내게 내어 주세요! 난 이미 당신에게 기한을 요청했고 지금도 여전히 부탁하고 있어요. 그러면... 하지만 내가 잘못했어요. 말하지 않을게요. 안 할래요. 그 일에 대해선 입을 다물게요. 인상 쓰지 마세요. 그건 그렇고 안녕히 계세요. 난 뭐가 되나요?"라며 그는 가던 길에서부터 갑자기 돌아섰다.

"난 완전히 잊어버렸어요. 가장 중요한 것은 지금 우리의 트렁크가 페테르부르크로부터 도착했다는 말을 들은 것입니다."

"그러니까?"라며 니콜라이 프세볼로도비치는 이해하지 못하겠다는 듯이 쳐다보았다.

"당신의 트렁크, 당신의 물건들, 연미복, 바지, 속옷이든 거 말이죠. 도착했다고요? 정말?"

"사람들이 좀 전에 제게 말해 줬어요."

"아, 그러면 지금은 안된다는 건가요!"

"알렉세이에게 물어보세요."

"아, 내일, 내일은? 거기에는 당신의 물건들과 내 재킷, 연미복, 당신의 권유에 따라 산 샤르메르 산 바지 세

---

[03] 노동자와 정당의 연대 조직. 1864년 런던에서 창립된 국제 노동자 협의회.

벌이 들어 있는데. 기억나시죠?"

"내가 듣기론 당신이 이곳에서 신사 행세를 하고 다닌다면서요?"라며 니콜라이 프세볼로도비치가 웃었다.

"정말, 당신은 조마사에게 승마를 배우고 싶은 건가요?"

표트르 스테파노비치는 일그러진 미소를 띠며 웃었다.

"아시다시피," 그는 갑자기 어쩐 일인지 떨려서 끊어지는 목소리로 서두르며 말했다. "니콜라이 프세볼로도비치, 우리 개성에 관한 문제는 그만둡시다. 그렇지 않은가요, 한 번 나오면 영원히 계속되는 거 당신도 아시잖아요? 당신이 그렇게 우스우면 얼마든지 나를 조롱할 수 있어요. 하지만 그럼에도 불구하고 개성에 대한 이야기 없이 시간을 보내는 것이 더 낫지 않나요? 그렇죠?"

"좋아요. 더 이상은 안할게요."라며 니콜라이 프세볼로도비치가 웅얼거렸다. 표트르 스테파노비치가 웃었고 모자로 무릎을 치며 다리를 꼬고 앉아 이전과 같은 표정을 지었다.

"이곳에서 어떤 사람들은 당신이 리자베타 니콜라예브나를 두고 나와 경쟁을 벌이는 경쟁자로 여기더군요. 어떻게 내가 외모에 대해 신경을 쓰지 않을 수 있겠어요?"라며 그는 웃기 시작했다.

"그런데, 누가 대체, 그 일을 당신에게 알려 준 겁니까? 음. 정각 8시군요. 음, 난 이만. 바르바라 페트로브나에게 들른다고 약속했어요. 내가 구해줄게요. 당신은 자리에 누우세요. 내일이면 원기를 되찾을 겁니다. 밖에는 비가 내리고 어둡네요. 하지만 내겐 마차가 있어요. 왜냐하면 이곳 거리에서는 밤마다 불안하다고 해서... 아, 그건 그렇고요. 이곳 도시와 도시 주변에서 시베리아에서 탈옥한 유형수인 페지카 카토르지니가 돌아다닌다고 하던데요. 그는 이전에 내 하인이었는데 아버지가 15년 전에 군대로 보내버리고 돈을 받았다는 사실을 생각해 보세요. 아주 흥미로운 인물입니다."

"당신은 그와 이야기해 본 적이 있나요?"

니콜라이 프세볼로도비치가 눈을 번뜩였다.

"말해 본 적이 있지요. 그는 내게 숨기지 않아요. 모든 일에 준비된 자예요. 모든 일에. 돈만 주면요. 물론 자기 나름대로의 확신을 가지고 있긴 하지만요. 아, 그건 그렇고, 한 가지 더. 당신이 최근까지 그 계획에 대해 진지한 입장이라면 기억하겠네요, 리자베타 니콜라예브나에 대해. 다시 한번 당신에게 저 또한 모든 일에 대해 준비된 자라는 점을 상기시켜 드립니다. 모든 종류의 어떤 일이든요. 그러니 당신의 업무를 위해 완전히... 뭐죠, 당신 지팡이를 찾고 있는 건가요? 아, 아닙니다. 지팡이를 찾는 것이 아니군요... 당신이 지팡이를 찾는 것처럼 보였다고 생각해 보세요?"

 니콜라이 프세볼로도비치는 아무것도 찾지 않았고 아무 말도 하지 않았다. 하지만 그는 어떤 이상한 얼굴 표정으로 정말로 자리에서 갑자기 일어났다.

 "만일 당신이 가가노프와 관련하여 뭔가가 필요하다면," 표트르 스테파노비치는 바로 문진 쪽으로 고개를 돌리며 아무렇지 않게 말했다. "물론 내가 모든 것을 세팅할 수 있어요. 당신은 저를 피할 수 없으리라 확신합니다."

 그는 대답도 기다리지 않고 바로 나가 버렸다. 하지만 그는 다시 한번 문에서부터 고개를 들이밀었다.

 "그러니까 나는 그렇게," 그는 빠른 어조로 지껄였다. "예를 들어 샤토프가 당신에게 다가갔을 때, 그때 당시, 일요일에 목숨을 걸 권리가 없었다는 것이죠. 그렇죠? 당신이 그 사실을 알아주었으면 하는 바입니다."

 그는 답변을 기다리지도 않고 사라졌다.

II. 니콜라이 스타브로긴의 야심찬 외출

 어쩌면 그는 떠나면서 니콜라이 프세볼로도비치가 혼

자 남아서 주먹으로 벽을 치기 시작할지도 모른다고 생각했을 것이다. 만일 그렇다면 구경도 유쾌할 거라는 생각도 했을 것이다. 하지만 표트르 스테파노비치가 잘못 짚었을지도 모른다. 니콜라이 프세볼로도비치는 평온하게 있었기 때문이다. 그는 2분 동안 이전과 마찬가지로 테이블 옆에 서서 깊은 생각에 잠겼다. 하지만 그의 입술에는 이내 희미하고 냉정한 미소가 번졌다. 그는 천천히 구석에 놓인 자신의 자리, 즉 소파에 앉아 피곤하다는 듯이 눈을 감았다. 편지의 귀퉁이는 이전처럼 문진 아래로 삐져나와 있었다. 하지만 그는 그것을 바로 잡기 위해 꼼짝도 하지 않았다.

그는 곧 완전히 잊혀졌다. 바르바라 페트로브나는 최근 걱정거리로 괴로워하다 견디지 못하고 자신을 방문하기로 약속한 표트르 스테파노비치가 약속을 이행하지 않고 떠나버리자 약속 시간을 정하지도 않고 몸소 니콜라스를 방문하려는 모험을 감행했다. 그녀는 모든 것을 염두에 두었다. 그가 결정적으로 무언가를 말하지 않을까? 그녀는 이전처럼 조용히 문을 두드렸고 다시 답변이 없자 직접 문을 열었다. 니콜라스가 미동도 없이 앉아 있는 것을 발견하고 그녀는 가슴을 콩닥거리며 조심스레 소파로 다가갔다. 그가 바른 자세로 앉아서 미동도 없이 그렇게 금방 잠을 잘 수 있다는 사실이 그녀를 놀라게 한 것 같았다. 심지어 그의 숨소리조차 거의 알아채지 못할 정도였다. 그의 얼굴은 창백하고 준엄하였고 미동도 없이 굳어버린 듯했다. 눈썹은 조금 움직였으나 찌푸린 상태였다. 결정적으로 그의 얼굴은 영혼 없는 밀랍 인형을 떠올리게 만들었다. 그녀는 까치발을 하고 나가다 문가에 멈춰 서서 곧장 그에게 성호를 그어주고 새롭게 생겨난 무거운 마음과 우수를 느끼며 눈에 띄지 않게 자리를 떴다.

그는 한 시간 이상 오래 잤다. 그렇게 경직된 상태인데도 내내 그의 얼굴 근육은 하나도 움직이지 않았고 그의 신체에는 어떠한 미동도 없었다. 눈썹은 이전처럼 준엄하게 위로 올라가 있었다. 만약 바르바라 페트로브나가 3분만 더 머물러 있었다면 아마도 그녀는 이러한 부동의 가사 상태에 대한 압박감을 견디지 못하고 그를 깨웠을 것이다. 하지만 그는 갑자기 스스로 눈을 떠서 이전처럼 움직이지 않으면서 그를 놀라게 하는 방구석의 어떠한 물체를 집요하고 호기심 어린 시선으로 바라보기라도 하듯이 10분 동안 앉아 있었다. 방구석에는 새로운 것도, 특별한 것도 없었는데도 말이다.

마침내 커다란 벽시계의 낮고 둔탁한 소리가 한 번 울려 퍼졌다. 그는 시계의 문자판을 바라보기 위해 다소 불안해하며 고개를 돌렸다. 하지만 그 순간 복도로 나 있는 뒷문이 열렸고 하인인 알렉세이 이고로비치가 나타났다. 그는 한 손에는 따스한 외투, 목도리, 모자를, 다른 손에는 메모가 든 은쟁반을 가져왔다.

"9시 30분입니다."

그는 가져온 옷을 구석 의자에 놓고 나서 작은 목소리로 말했다. 그리고 연필로 두 줄이 그어져 있는 봉해지지 않은 작은 메모를 접시 위에서 집어 들었다. 니콜라이 프세볼로도비치는 메모를 읽고 나서 책상에 있던 연필을 집어 들고 메모의 마지막에 두 단어를 덧붙이고 접시에 메모를 다시 올려놓았다.

"내가 나간 후 그 즉시 전해 주게. 옷을 입어야겠어."

그는 소파에서 일어나며 말했다.

그는 자신이 얇은 벨벳 재킷을 입고 있다는 사실을 깨닫고 나서 잠시 생각에 잠긴 후 좀 더 격식이 있는, 저녁 방문에 적절한 나사 천으로 된 재킷을 건네 달라고 말했다. 마침내 그는 옷을 완전히 다 갖춰 입고 모자까지 쓰고 나서 문을 닫았다. 그런데 바르바라 페트로브나가 문 쪽으로 다가오자 그는 문진 아래 감추어진 편지를 꺼내 들고 알렉세이 이고로비치의 호위를 받으며 아무 말 없이 복도로 나왔다. 복도는 폭이 좁은 뒤편의 돌계단과 연결되어 있었다. 계단을 내려오면 곧장 정원으로 연결된 현관이 나온다. 현관 구석에는 준비된 등불과 커다란 우산이 세워져 있었다.

"폭우 때문에 이곳 거리의 흙탕물은 말도 못하죠."

알렉세이 이고로비치는 주인의 외출을 말리기 위해 어느 정도 거리를 둔 시도를 마지막으로 하는 중이었다. 하지만 주인은 우산을 펴들고서 창고처럼 어둡고 비에 젖어 습한 정원으로 아무 말 없이 걸어 나갔다. 바람이 불자 반쯤 벌거벗은 나뭇가지가 흔들렸다. 좁은 모랫길은 질퍽거렸고 미끄러웠다. 알렉세이 이고로비치는 연미복을 입은 채 모자도 쓰지 않고 세 걸음 정도 앞에서 등불을 들고 걸어가고 있었다.

"눈에 띠지는 않겠지?"라며 갑자기 니콜라이 프세볼로도비치가 물어보았다.

"창문에서는 안 보일 겁니다. 게다가 모든 것을 미리 준비해 두었습니다."라며 하인은 조용히 그리고 적절하게 대답했다.

"어머니는 자고 있나요?"

"요즘의 습관대로라면 정각 9시에 방으로 들어가셔서 지금은 아무것도 알아차리실 수 없을 겁니다. 몇 시에 나리를 기다리면 되겠습니까?"

그는 용기를 내어 추가 질문을 했다.

"한 시, 아니 한 시 반, 두 시를 넘기지는 않을 거야."

"네, 알겠습니다."

두 사람이 너무나도 잘 알고 있는 정원의 구불구불한 길을 돌고 나서 그들은 정원의 돌담 울타리까지 걸어갔다. 그곳 벽 귀퉁이 쪽문은 좁고 인적이 없는 골목을 향해 나 있는데 거의 언제나 잠겨 있었고 지금 알렉세이 이고로비치가 그 문의 열쇠를 쥐고 있었다.

"문이 삐걱이진 않겠지?"

니콜라이 프세볼로도비치가 다시 물어보았다.

그런데 알렉세이 이고로비치는 어제 이미 기름을 발라 놓아서 "오늘도 문제없다"고 말했다. 그는 벌써 몸이 완전히 젖어버렸다. 그는 문을 열고 나서 열쇠를 니콜라이 프세볼로도비치에게 건네주었다.

"나리가 먼 길을 떠나시기 전, 한 가지 덧붙일 말씀이 있습니다. 이곳 사람들, 특히 인적이 드문 골목, 게다가 강 건너 사는 사람들을 믿지 마십시오."

그는 다시 한 번 참지 못했다. 알렉세이 이고로비치는 언젠가 니콜라이 프세볼로도비치를 손에 안고 키워 준 유모이자 삼촌 같은 사람이다. 그는 신성한 것을 듣거나 읽기를 좋아하는 진지하고 엄격한 사람이다.

"걱정 마세요, 알렉세이 이고로비치."

"나리, 신의 은총이 있기를 바랍니다. 하지만 그것은 선한 일을 시작할 때만 해당되는 사항입니다."

"뭐라고?"

니콜라이 프세볼로도비치는 이미 골목으로 발을 내딛고 나서 잠시 멈춰 섰다.

알렉세이 이고로비치는 자신의 바람을 강하게 반복했다. 그는 이전에는 자기 주인 앞에서 그러한 말을 하리라 생각도 못했다.

니콜라이 프세볼로도비치는 문을 잠그고 주머니에 열쇠를 집어넣었다. 그는 3베르쇼크 정도 갈 때마다 진흙탕에 빠지면서 골목길을 따라 걸어갔다. 마침내 그는 텅 빈 기다란 길을 벗어나 다리에 이르렀다. 그는 도시를 훤히 알고 있었다. 그런데 보고이블렌스카야 거리는 아직도 멀었다. 그가 어둡고 오래된 필립포프 집의 닫혀진 문 앞에 도달한 것은 벌써 10시가 지나서였다. 레뱌드킨 남매가 떠나고 나서 지금 아래층은 완전히 비어 있는 상태다. 유리창도 봉해져 있었다. 하지만 샤토프의 집에서는 불빛이 새어 나오고 있었다. 초인종이 없었기 때문에 그는 손으로 문을 두드리기 시작했다. 유리창이 열리더니 샤토프가 거리를 내다보았다. 어둠이 무섭다면 차라리 밖을 내다보는 일이 현명하다. 샤토프는 1분 가량, 오랫동안 밖을 내다보았다.

"당신인가요?"라며 갑자기 그가 물어보았다.

"접니다."

불청객이 답했다.

샤토프는 유리창을 닫고 아래로 내려가 문을 열었다. 니콜라이 프세볼로도비치는 높은 문턱을 넘어 아무 말 없이 옆을 지나 키릴로프의 별채로 향했다.

샤토프가 거주하는 텅 빈 건물 현관은 열려 있었다. 하지만 스타브로긴이 현관을 오르고 나자 주위는 칠흑같이 어두웠다. 그래서 그는 다락방으로 올라가는 계단을 손으로 더듬었다. 갑자기 위쪽에서 문이 열리더니 빛이 새어 나왔다. 샤토프는 밖으로 나오지 않은 채 문만 열었던 것이다. 니콜라이 프세볼로도비치가 방문턱에 서 있었을 때 샤토프는 그를 기다리면서 구석의 테이블 옆에 서서 그를 바라보고 있었다.

"당신은 사무적으로 나를 대하는 건가요?"라고 니콜라이 프세볼로도비치가 문턱에서 말했다.

"들어와서 앉으세요."라며 샤토프가 대답했다.

"문을 닫으세요. 잠시만요. 제가 직접..."

그는 열쇠로 문을 잠그고 나서 테이블 쪽으로 몸을 돌려 니콜라이 프세볼로도비치 맞은 편에 앉았다. 이번 주 들어서 그는 홀쭉해졌다. 그리고 지금은 열에 들떠 있는 것처럼 보였다.

"당신은 나를 괴롭혔어요."

샤토프는 시선을 아래로 향하여 반쯤 속삭이는 듯한

어조로 말했다.

"당신은 왜 오지 않았나요?"

"당신은 내가 올 거라 강하게 확신한 건가요?"

"그럼요. 잠시만요. 난 헛소리를 했고... 어쩌면 지금도 헛소리를 하고 있는지도 모르죠... 잠시만요."

그는 자리에서 일어서서 3단으로 된 책 선반의 가장 윗 단의 끝에서 어떤 물건을 꺼내 들었다. 그것은 연발 권총이었다.

"어느 날 밤 당신이 날 죽이러 올 거라는 헛소리를 했어요. 그래서 어느 날 아침에 백수인 럄신에게서 남은 돈을 지불하고 연발 권총을 샀어요. 나는 당신에게 당하고 싶지 않았거든요. 그 후에 나는 정신이 돌아와서... 난 화약도 총알도 없어요. 그 이후로 저렇게 선반에 놓아두었죠. 잠시만요..."

그는 자리에서 일어서서 통풍구를 열었다.

"내던지지는 마세요. 무엇 때문에?"

니콜라이 프세볼로도비치는 그 자리에 멈춰 섰다.

"그것은 돈의 가치가 있어요. 내일이면 사람들은 샤토프네 집 유리창 아래 연발 권총이 있다고 말하기 시작할 겁니다. 다시 두세요. 이렇게요. 앉으세요. 당신은 왜 내가 당신을 죽이러 올 거라 생각했다고 내 앞에서 마치 회개하는 것처럼 말하나요? 지금 난 화해하러 온 것이 아니라 필요한 일을 말하러 온 겁니다. 첫째, 당신이 나를 때린 것은 나와 당신 아내와의 관계와는 무관한 것인지요? 내게 해명해 주세요."

"당신 자신이 아니라는 것을 아실 겁니다."라며 샤토프는 다시 고개를 숙였다.

"사람들이 다리야 파블로브나에 관한 어리석은 소문을 믿는 것 때문도 아니지요?"

"아니, 아닙니다. 물론 아닙니다! 어리석은 일입니다! 누이는 처음부터 내게 말했어요..."

샤토프는 발을 조금씩 구르기까지 하며 참지 못하고 예민하게 말했다.

"그렇지요. 나도 파악했고 당신도 파악했을 겁니다."

스타브로긴이 평온한 어조로 계속 말했다.

"당신이 옳아요. 마리야 티모페예브나 레뱌드키나는 4년 반 전에 페테르부르크에서 나와 결혼한 법적인 아내입니다. 당신은 그녀를 위해 나를 때린 겁니까?"

샤토프는 완전히 놀라서 듣고만 있었고 아무 말도 하지 않았다.

"저도 파악은 했지만 믿지는 않았죠."라며 그는 이상한 눈초리로 스타브로긴을 바라보며 중얼거렸다.

"그래서 때렸다고요?"

샤토프는 열받아서 두서없이 중얼거리기 시작했다.

"난 당신의 타락 때문에... 거짓말 때문에. 내가 당신을 벌하기 위해 다가갔던 것은 아닙니다. 내가 다가갔을 때 내가 때릴 거라 생각도 못했어요. 몰랐어요... 당신은 내 인생에서 너무도 많은 것을 의미하기 때문에... 나는..."

"이해해요, 이해합니다. 당신이 열에 들떠 있어서 유감입니다. 나에게는 가장 필요한 일이 있어요."

"난 아주 오랫동안 당신을 기다렸어요."

샤토프는 어쩐 일인지 거의 비틀거리다시피 하며 자리에서 일어섰다.

"당신의 일을 말하세요. 나도 말할 테니... 나중에..."

그는 자리에 앉았다.

"그 일은 그러한 범주에 속한 일이 아니라," 니콜라이 프세볼로도비치는 호기심을 가지고 샤토프를 바라보면서 입을 열기 시작했다. "몇 가지 정황을 고려하여 나는 당신이 살해될 수도 있다는 점을 당신에게 경고하기 위해 오늘 이 시각을 택해서 와야만 했어요."

샤토프는 그를 거칠게 쏘아보았다.

"그러한 위협이 날 두렵게 만들 수 있다는 걸 압니다."

그는 또박또박 말했다.

"그런데 당신은 왜 그러한 사실을 믿게 된 거죠?"

"왜냐하면 나도 그들 무리에 속해 있기 때문입니다.

당신처럼요. 당신처럼 그들 조직의 일원입니다."

"당신이... 당신이 조직원인가요?"

"당신의 눈빛을 보고 나는 당신이 모든 것을 기다리고 있다는 것을 알게 되었죠. 그 일은 알지 못했나 봅니다."

니콜라이 프세볼로도비치가 조금씩 웃기 시작했다.

"그런데 당신은 그들이 당신을 죽이려 한다는 것을 이미 알고 있다는 건가요?"

"생각도 못했어요. 당신의 말에도 불구하고 지금도 그렇게 생각하지 않아요. 비록... 누군가가 그 바보들과 어떤 일에 대해 책임을 진다 하더라도!"

샤토프는 갑자기 주먹으로 테이블을 내리치고 나서 광포하게 외쳤다.

"난 그들이 두렵지 않아요! 난 그들과 결별했어요. 어떤 작자가 내게 4번이나 찾아와서 그럴 수도 있다고 말하더군요... 하지만..."

그는 스타브로긴을 바라보았다.

"특별히, 이 일과 관련해서 당신은 무엇을 알게 된 건가요?"

"걱정 마세요. 난 당신을 끌어들이지 않을 테니."

스타브로긴은 의무만을 수행하는 사람의 표정으로 냉정하게 말했다.

"당신은 내가 무엇을 알고 있는지 시험하시는 건가요?

당신은 2년 전 해외에서 이 조직에 가입했지요. 그때 조직은 이전의 조직이었어요. 당신이 미국으로 떠나기 바로 전이었죠. 우리가 마지막으로 대화를 나눈 뒤였던 것 같군요. 당신은 미국에서 그 일에 대해 여러 번 편지를 써서 알려 주었죠. 그건 그렇고 내가 당신의 편지에 답장하지 못한 것을 용서하세요. 구속되어서요…"

"돈을 갚아야 하지. 잠시만요."라며 샤토프는 서둘러 책상 서랍을 열고 종이 밑에서 무지개 빛 수표를 꺼냈다.

"여깄어요. 당신이 내게 보냈던 100루블입니다. 당신이 없었다면 난 그곳에서 죽었을 겁니다. 당신 어머니가 없었다면 당신에게 오랫동안 돌려주지 못했을 겁니다. 9개월 전 내가 병이 난 뒤에 그녀는 가난한 내게 100루블을 선물했어요. 계속 이야기하세요…"

그는 숨을 헐떡거렸다.

"당신은 미국에서 생각을 바꿨어요. 스위스로 돌아와서는 거절하고 싶어 하더군요. 그들은 당신에게 어떤 대답도 하지 않았지만 이곳 러시아에서 누군가로부터 인쇄기를 인수하여 누군가에게 그것을 전달하기 이전까지 보관하라는 명령을 받았죠. 그들 중 누군가가 당신 앞에 나타나기로 한 거죠. 난 모든 것을 정확히 알지는 못합니다. 하지만 핵심은 그런 거 같아요. 맞나요? 그 일이 그들이 요구하는 마지막 일이라는 조건, 그리고 그 일이 끝나면 그들이 당신을 완전히 풀어주리라는 희망을 당신은 품고 있는 것 같아요. 그 일이 그렇든 아니든 간에 난 이 모든 일을 그들을 통해 알게 된 것이 아니라 아주 우연히 알게 된 겁니다. 그런데 당신은 지금까지도 뭔가를 모르는 듯합니다. 그자들은 당신과 헤어질 생각이 없습니다."

"어불성설입니다!"

샤토프는 울부짖었다.

"난 모든 일에서 그들과 결별하리라고 솔직히 말할 수 있어요! 그건 나의 권리입니다. 양심과 사상의 권리이죠... 난 참지 않을 겁니다! 가능하게 할 힘은 없지만..."

"당신도 알고 있어요. 소리치지 마세요."라며 니콜라이 프세볼로도비치는 아주 진지하게 그를 달랬다.

"베르호벤스키는 그러한 자입니다. 어쩌면 지금도 우리 이야기를 당신의 현관에서 직접 혹은 다른 사람을 통해 엿듣고 있을지도 모르죠. 심지어 술주정뱅이 레뱌드킨은 당신을 감시하라는 명령을 받았는지도 모르죠. 그리고 당신은 그를 감시할지도 모르죠, 그렇지 않은가요? 지금도 베르호벤스키가 당신의 의견에 동의하나요, 그렇지 않은가요? 말해 주세요."

"그는 동의했어요. 그는 내게 권리가 있다고 말했

죠..."

"음, 그러니까 그는 당신을 수용한 거네요. 그에게 전혀 속해 있지 않은 키릴로프까지도 당신에 관한 정보를 전한다고 알고 있어요. 그들에겐 조직원들이 많아요. 심지어 그들도 모르는 자들이 조직을 위해 일하고 있죠. 언제나 조직원들은 그들 뒤를 감시하고 있어요. 그건 그렇고 표트르 베르호벤스키는 당신의 일을 확실히 결정하기 위해 이리로 왔죠. 그는 전권을 가지고 있어요. 편한 시각에 당신을 없애는 권한 말이죠. 당신이 너무도 많은 것을 알고 있어서 밀고할 수 있어서요. 이건 추측임을 말씀드립니다. 덧붙이자면 그들은 어쩐 일인지 당신이 스파이이고 아직 밀고하지 않았다면 앞으로 밀고할 거라고 확신하고 있어요."

샤토프는 너무도 평범한 어조로 내뱉는 그러한 질문을 듣고 나서 입술을 일그러뜨렸다.

"만약 내가 스파이라면 누구에게 밀고한단 말인가요?"

그는 질문에 직접 답하지 않고 악에 받혀 말했다.

"아닙니다. 날 내버려 두세요."

그는 처음의 요동치는 사상에 사로잡혀 소리쳤다. 모든 정황을 보건대, 그러한 사상은 위험에 대한 소식과 비교할 수 없을 정도로 더 강렬한 듯했다.

"스타브로긴, 당신, 당신은 어떻게 자신을 그처럼 파렴치하고 무능한 어리석음 속으로 내던질 수 있단 말인가요! 당신이 그들 조직원이라니! 이것이 니콜라이 스타브로긴의 공적이군요!"

그는 거의 절망하며 외쳤다.

그는 그러한 발견보다 더 씁쓸하고 슬픈 발견은 더 이상 아무것도 있을 수 없다는 듯이 손뼉까지 쳤다.

"죄송합니다."

니콜라이 프세볼로도비치는 정말로 놀랐다.

"그런데 당신은 내가 무슨 태양이라도 되는 듯이 날 바라보고 있군요. 난 자신을 무슨 작은 곤충과 비교하며 바라봅니다. 난 미국에서 온 당신의 편지를 보고 그 사실을 깨달았죠."

"당신은... 당신도 알다시피... 아, 나에 관한 이야기는 그만두는 것이 더 낫겠어요. 완전히!"라며 샤토프가 갑자기 끼어들었다.

"만일 자신에 관해 설명할 것이 있다면 설명하세요... 내 질문에 대해서!"라고 샤토프는 열에 들떠 대답했다.

"기꺼이 답변하지요. 당신은 어떻게 이러한 벽촌에 기어들 수 있었는지를 물으시는 건가요? 조직에 대해서 내가 당신과 교제하고 나서 당신에게 솔직히 말해야만 했어요. 아시다시피 엄밀히 말해 나는 그 조직에 아예 속해 있지 않았죠. 속해본 적도 없고요. 이전에도 지금도 그들을 멈추게 할 권한을 난 당신보다 더 많이 가지고 있어요. 왜냐하면 나는 개입하지 않았기 때문입니다. 오히려 나는 처음부터 내가 그들의 동지가 아님을 밝혔어요. 만약 내가 우연히 도와주었다면 그건 내가 유쾌한 사람이기 때문입니다. 난 새로운 계획에 따라 조직을 쇄신하는 데에 참여했어요. 그뿐입니다. 하지만 그들은 지금 생각을 바꿔서 나를 내치는 것은 위험하다고 생각합니다."

"오, 그들에겐 언제나 살인이 준비되어 있어요. 인장이 찍힌 종이에 지령의 형태로 이루어지죠. 세 명 이상은 서명을 해야 하지만요. 당신은 그들이 그러한 상황에 있다는 것을 믿으셔야 합니다!"

"이 점에서 당신은 부분적으로 옳고 부분적으로는 옳지 않습니다."

스타브로긴은 이전과 같은 평정심을 가지고, 힘없이 계속 말했다.

"이 경우 언제나 그렇듯이 많은 환상이 있다는 점에는 의심의 여지가 없어요. 무리가 자신의 비중과 의미를 과장하는 것이죠. 내 생각으로 그들은 모두 한 명의 표트르 베르호벤스키입니다. 그리고 그는 너무 착해서 조직원으로서 자신을 존경하죠. 그런 의미에서 그들의 사상은 다른 사람들의 사상보다 더 어리석지는 않아요. 그들은 인터내셔널 조직과 연결되어 있어요. 그들은 러시아에 조직원들을 데려올 수도 있죠. 아주 고유한 수법을 통해서 말이죠... 하지만 이론뿐입니다. 이곳에서의 그들의 의도와 관련하여 언급하자면 러시아 조직의 움직임이 베일에 가려져 있고 갑작스러워서 정말 우린 모든 것을 시도할 수 있답니다. 베르호벤스키가 집요한 자라는 점을 주목해 주세요."

"그는 러시아에 대해 아무것도 모르는 벼룩, 무식쟁이, 바보입니다."

샤토프는 표독스레 외쳤다.

"당신은 그를 잘 몰라요. 그들 모두가 러시아에 대해 잘 모른다는 것은 사실입니다. 나와 당신보다 잘 모르는 것이죠. 하지만 베르호벤스키는 열정가입니다."

"베르호벤스키가 열정가라고요?"

"오, 그렇습니다. 그가 광대가 되기를 그만두고 광기로 돌변하는 지점이 있지요. 당신이 언급한 고유한 표현을 기억해 주기 바랍니다. 당신은 '한 인간이 어떻게 강인할 수 있는지 아십니까?'라고 말했죠. 웃지 마세요. 그는 정말 방아쇠를 당길 수 있어요. 그들은 내가 스파이라고 확신합니다. 그들은 일을 처리하지 못하기 때문에 스파이의 업무를 비난하는 것을 아주 좋아합니다."

"그런데 당신은 정말 두렵지 않은가요?"

"아-아니요... 난 그다지 두렵지 않아요... 하지만 당신의 일은 아주 다른 겁니다. 그럼에도 불구하고 당신이 조심해야 한다고 경고하는 바입니다. 내 생각으로 이 점에서는 모욕당할 건 아무것도 없어요. 바보들의 위협이 위험하죠. 사건은 그들의 이성에서 비롯되는 것이 아닙니다. 나와 당신 같은 사람들은 두 손을 들게 됩니다. 그건 그렇고 11시 15분이군요."

그는 시계를 보고 자리에서 일어났다.

"당신에게 아주 부차적인 질문을 하고 싶네요."

"얼마든지요!"라며 샤토프는 자리에서 일어서며 외쳤다.

"그러니까?"

니콜라이 프세볼로도비치는 의문을 가지고 바라보았다.

"하세요. 질문은 얼마든지 하세요."

샤토프는 아주 흥분하면서 말을 되풀이했다.

"당신에게 질문하게 해 주세요... 난 할 수 없겠네요... 당신이 질문을 하셔야겠군요!"

"제가 듣기론 당신이 이곳에서 마리야 티모페예브나에게 어느 정도의 영향력을 가졌고 그녀는 당신을 만나고 당신의 말을 듣는 것을 좋아한다고 하던데요. 그런가요?"

"네... 듣기는 합니다..."라며 샤토프는 조금 당황했다.

"최근에 이곳 도시에서 나와 그녀의 결혼에 대해 공개적으로 밝힐 계획입니다."

"정말 그 일이 가능한가요?"라며 샤토프는 거의 끔찍한 상태가 되어 중얼거렸다.

"그러니까 어떤 의미에서? 이 일엔 어떤 어려움도 없어요. 결혼의 증인들은 이곳에 있지요. 이 모든 일들이 그 당시 페테르부르크에서 아주 합법적이고 평온한 방식으로 이루어졌어요. 아직까지 드러나지 않았다면, 그건 결혼의 유일한 증인인 키릴로프와 표트르 베르호벤스키, 그리고 레뱌드킨(지금은 기꺼이 그를 나의 친척으로 여깁니다.) 자신이 그 당시 입을 다물겠다고 약속했기 때문이지요."

"난 그 일에 대해 말하려는 게 아니라... 당신은 너무도 편안하게 말하네요... 계속 하세요! 들어보세요. 당신을 이러한 결혼으로 몰고 가는 것은 완력이 아닙니다. 그렇지 않나요?"

"아닙니다. 어느 누구도 나에게 완력을 행사하지 않아요."라며 니콜라이 프세볼로도비치는 샤토프가 열에 들떠 서두르자 미소를 지었다.

"그녀가 저기서 아이에 대해 말하는 것은 뭔가요?"

샤토프는 열에 들떠 두서없이 서둘러 말했다.

"그녀가 자기 아이에 대해 말하다니요? 아이구! 난 몰랐어요. 처음 들어요. 그녀는 아이가 없었고 있을 수도 없지요. 마리야 티모페예브나는 처녀입니다."

"아! 나도 그렇게 생각했어요! 들어보세요!"

"샤토프, 무슨 일이오?"

샤토프는 손으로 얼굴을 가리고 돌아서더니 갑자기 스타브로긴의 어깨를 꽉 잡았다.

"적어도 당신은 알아야, 알고 있어야 하는 거잖아요." 라고 그는 소리쳤다.

"당신은 무엇 때문에 이 모든 일을 저질렀고, 무엇을 위해 그러한 징벌을 이제야 결정하는 거죠?"

"당신의 질문은 현명하고 독설적입니다. 하지만 나는 당신을 놀라게 하려는 의도를 가지고 있었어요. 난 그 당시 내가 무엇을 위해 결혼했고, 당신의 표현에 따르자면, 그러한 '징벌'을 결정했는지 알아요."

"이 문제는 여기서 그만 합시다... 나중에 이 일에 대해 말할 테니 기다려 주세요. 중요한 일, 중요한 일에 대해 말합시다. 난 당신을 2년 동안 기다렸어요."

"그래요?"

"난 아주 오래전부터 당신을 기다렸어요. 난 계속 당신에 대해 생각했죠. 당신은 그 일을 할 수 있는 유일한 사람입니다... 난 미국에 있을 때부터 이 일에 대해 당신에게 편지를 썼어요."

"난 당신의 장문의 편지를 기억합니다."

"다 읽기에 길었나요? 동의합니다. 거의 편지지 여섯 장 분량이었죠. 조용히, 조용히 해주세요! 제게 10분만 시간을 더 주실 수 있나요? 지금요... 난 너무 오랫동안 당신을 기다려왔어요!"

"가능합니다. 30분 정도 시간을 낼게요. 하지만 당신이 가능하다면, 그 이상은 안 됩니다."

"하지만," 샤토프는 분명하게 말꼬리를 잡았다. "당신이 어조를 바꾼 것을 보면. 들어보세요. 난 애걸해야만 하는데 요청하고 있는 겁니다... 애걸해야 하는 순간에 요청한다는 것이 무엇을 의미하는지 당신은 이해하죠?"

"당신은 그러한 방식으로 좀 더 고상한 목적을 위하여 모든 일상적인 것 위에 군림한다는 것을 압니다."라며 니콜라이 프세볼로도비치는 살짝 웃었다.

"당신이 열병에 걸려 있다는 것을 애통하게 바라보는 중입니다."

"존중해 주기를 요청드립니다!"

샤토프가 외쳤다.

"나에 대한 것이 아니라 그녀에 대한 것입니다. 그리고 타인에 대해서도요. 이 일을 위해서는 시간이 필요하죠. 몇 마디 덧붙이자면... 우리 둘은 하나의 존재로서 무한대에서 만났어요... 이 세상에서 마지막으로. 당신의 어조를 포기하고 인간적인 어조를 취하세요! 인생에서 단 한번이라도 인간적인 목소리로 말하세요. 난 내 자신을 위해서가 아니라 당신을 위해 말하는 겁니다. 당신은 내가 당신에게 따귀를 때린 것을 용서해야만 합니다. 내가 당신에게 나의 무한한 힘을 인지하는 기회를 주었기 때문이죠... 당신은 또다시 파렴치한 상류사회의 미소를 짓고 있군요. 오, 당신이 언제 나를 이해할 수 있을지! 귀족 도련님은 던져 버려요! 내가 이것을 요청하고, 요청한다는 것을 이해해 주세요. 그렇지 않으면 말하고 싶지도 않고 무슨 일이 있어도 말하지 않을 겁니다!"

그의 열정적인 말은 헛소리로 이어졌다. 니콜라이 프세볼로도비치는 얼굴을 찌푸렸고 더 신중한 태도를 취했다.

"만일 내가 30분간 머무른다면," 그는 안으로 기어 들어가는 목소리로 진지하게 말했다. "그 시간이 내게 너무도 소중하겠지요. 난 당신의 말을 흥미롭게 들으려 한다는 점을 믿어 주기 바라요. 그리고... 당신이 내게 새로운 많은 일들에 대해 말하고 있다는 것을 확신합니다."

그는 의자에 앉았다.

"앉으세요!"라며 샤토프가 소리쳤고 갑자기 자신도 의자에 앉았다.

"하지만, 기억해 주세요."라며 샤토프가 다시 한번 상기시켰다.

"내가 당신에게 마리야 티모페예브나에 관해 부탁하기 시작했다는 점을요. 적어도 그녀에게는 아주 중요한 일인지라..."

"그래서요?"

샤토프는 갑자기 얼굴을 찌푸렸다. 그는 가장 중요한 순간에 말을 저지당해서 상대방을 바라 보았지만 상대방의 질문을 이해하지 못한 사람의 표정을 지었다.

"당신은 내가 말을 끝맺지 못하게 하는군요."라며 니콜라이 프세볼로도비치는 웃으며 말했다.

"음, 별거 아니니, 나중에!"

샤토프는 자신의 요구사항에 대해 생각하고 나서 혐오스럽다는 듯이 손을 흔들고 곧장 중요한 주제로 넘어갔다.

"당신 아시죠?"

그는 의자의 앞쪽으로 고개를 숙이고 나서 우렁찬 목소리로 말했다. 그는 눈을 번득이며 오른손 집게손가락을 자기 앞쪽 위로 치켜올렸다.(자신도 그 의미를 알아차리지 못한 듯했다.)

"당신은 누가 이 세상에서 더러운 것을 정화하는지, 그리고 누가 새로운 신의 이름으로 세상을 구원하는지, 어느 민족이 생명과 새로운 말의 열쇠를 가진 '신을 품은' 유일한 민족인지 아시나요... 그러한 민족은 도대체 어떤 민족이며 어떤 이름을 가지고 있는지 아시냐고요?"

"당신의 화법에 따르면 제가 매듭을 지어야 할 거 같네요. 무엇보다도 그 민족은 러시아 민족인 듯한데요..."

"당신은 벌써 웃고 계시네요. 오, 종족이란!"

샤토프는 밖으로 뛰어나갈 기세였다.

"진정하세요. 부탁입니다. 오히려 나는 이러한 종류의 뭔가를 기다려 왔어요."

"이러한 종류의 것을 기다렸다니요?"

"그런데 당신은 이 단어를 모르시나요?"

"잘 알죠. 난 당신이 무엇을 경배하는지 예감하고 있어요. '신을 품은 민족'이란 당신의 말과 표현은 2년도 더 전에, 외국에서 당신이 미국으로 떠나기 얼마 전에 나와 당신이 나눈 대화의 결론이죠... 적어도 제가 지금 기억하기로는요."

"이건 온전히 당신의 표현입니다. 내 표현이 아니죠. 당신의 고유한 표현이기 때문에 우리 대화의 결론은 아닌 겁니다. '우리의' 대화는 전혀 없었어요. 대단한 말을 예언했던 선생님이 있었고 죽었다 부활한 학생이 있었죠. 난 학생이고 당신은 선생님이었어요."

"하지만 내가 기억하기로는 당신은 이 말을 하고 나서 바로 그 조직에 가입하였고 그 후에 미국으로 떠난 것 같은데요."

"네. 난 미국에서 그 일에 관한 편지를 썼지요. 난 당신에게 모든 일에 대해 썼어요. 그래요. 난 혈연을 즉각 떨쳐버릴 수 없었어요. 왜냐하면 어린 시절부터 그것에 기대어 자라왔고 내 희망의 모든 기쁨과 증오의 모든 눈물이 그곳으로 향해 있기 때문이지요... 신을 바꿀 수는 없어요. 난 그 당시 당신을 믿지 않았어요. 왜냐하면 믿고 싶지 않았기 때문이죠. 그래서 마지막으로 더러운 사회에 매달린 겁니다... 하지만 씨앗은 남아 자라났죠. 진지하게, 진지하게 말해 주세요. 당신은 내가 미국에서 보낸 편지를 끝까지 읽지 않았죠? 어쩌면, 아예 읽지 않은 건가요?"

"난 편지의 세 페이지를 읽었어요. 처음 두 페이지와 마지막 페이지죠. 그 외에도 중간은 대충 훑어보았죠. 하지만 난 모든 내용을 파악했어요..."

"음, 상관없어요. 관두세요. 젠장!"

샤토프는 손을 내저었다.

"만일 당신이 민족에 관한 그 당시의 주장에서 멀어졌

다면, 당신은 그 주장을 어떻게 설명할 수 있나요?.. 그 사실이 지금 나를 짓누르네요."

"그 당시 난 당신과 농담을 한 게 아닙니다. 어쩌면 난 당신에게 확신을 심어 주면서 당신이 아닌 내 자신에 대해 오히려 불평한 것인지도 몰라요."

스타브로긴은 수수께끼와 같은 말을 늘어놓았다.

"농담하지 마세요! 미국에서 난 3개월 동안 어떤 자와 짚단 위에 누워 지냈어요... 불행한 자였죠. 그리고 그자로부터 당신이 내 마음에 신과 조국을 심어 주었다는 것을 동시에 깨닫게 되었어요. 그와 동시에 어쩌면 바로 그러한 시간 동안에 당신은 그 불행한 광신자인 키릴로프의 마음을 독으로 가득 채웠는지도 모르겠어요... 당신은 그 작자 안에 거짓과 비방을 심어 주고 그의 이성을 광기까지 몰고 갔어요... 이제 그에게 가서 그를 바라보세요. 그자는 당신의 피조물입니다... 어쨌든 당신은 그걸 알고 있어요."

"첫째로, 키릴로프 자신은 지금 제게 자신이 행복하고 아주 멋지다고 말합니다. 이 모든 것이 거의 동시에 발생했다는 당신의 가정은 옳아요. 음, 이 모든 것으로부터 무엇이 나올 수 있을까요? 반복하지만 난 당신들 둘을 품지 않았어요."

"당신은 무신론자인가요? 지금 무신론자인가요?"

"네"
"그러면 그때는요?"
"그때처럼 지금도."
"대화를 시작하면서 난 당신에게 나에 대한 존경을 요구하지 않았어요. 당신도 지혜가 있으니 그 사실을 이해했겠죠."

샤토프는 화가 나서 중얼거렸다.

"난 당신이 첫마디를 꺼낼 때부터 일어서지 않았어요. 대화를 끝내지도 않았고요. 당신으로부터 멀어지지도 않았어요. 지금까지 앉아서 당신의 질문들에 대해 고분고분 답했어요... 비명 소리도 당신에 대한 존경을 없애진 못했죠."

샤토프가 손을 내저으며 끼어들었다.

"당신은 '무신론자는 러시아인이 될 수 없다. 무신론자는 러시아인이 되기를 즉시 중단해야 한다'는 당신의 표현을 기억하시나요? 그거 기억하시죠?"

"그런가요?"라며 니콜라이 프세볼로도비치가 다시 물었다.

"당신이 질문하는 건가요? 잊어버렸나요? 이것은 당신이 짐작했던 가장 중요한 러시아 영혼의 특징들 중 하나를 정확하게 가리키는 것 중 하나죠. 당신이 이 사실을 잊지는 않으셨겠죠? 제가 당신에게 더 많은 것을 상기시켜 드릴게요. 그 당시 당신은 '정교 신자가 아닌 자는 러시아인이 될 수 없다'고 말했죠."

"이건 슬라브주의 사상인 듯합니다."

"아니요. 지금의 슬라브주의자들은 그러한 사상과 멀어져 있습니다. 지금 민족은 더 현명해졌어요. 하지만 당신은 더 멀리 나아갔죠. 당신은 로마 가톨릭이 이제는 기독교가 아니라 믿었어요. 당신은 로마가 악마의 세 번째 유혹에 굴복한 그리스도를 선포했다고 확신했죠. 그리스도는 지상의 왕국을 세울 수 없다고 전 세계에 선포하고 나서 가톨릭은 적그리스도를 선포하고 타락한 세상을 파멸시킨다고 하셨죠. 당신은 만약 프랑스가 고난에 빠진다면 그건 가톨릭의 죄 때문이라고 지적했어요. 왜냐하면 프랑스가 더러운 로마의 신을 거부했지만 새로운 신을 찾지 못했기 때문이라면서요. 그것이 그 당시 당신이 말할 수 있었던 전부입니다! 난 우리 대화를 기억합니다."

"만일 당신이 내가 이 사실을 지금도 되풀이한다고 믿는다면, 난 거짓말을 하지 않을게요. 믿는 자로서 말하는 겁니다."

니콜라이 프세볼로도비치는 아주 진지하게 말했다.

"하지만 나의 과거의 사상들을 반복하는 것이 내게 불쾌한 인상을 심어 준다는 점을 당신에게 알려 주고 싶군요. 당신, 그만할 수 없나요?"

"당신이 믿는다면?"

샤토프는 그의 요청을 조금도 신경 쓰지 않고 소리쳤다.

"만일 사람들이 당신에게 수학적으로 진리는 그리스도 밖에 있다는 것을 증명한다면 당신은 진리가 아닌 그리스도와 함께 남는 것이 더 낫다고 내게 말하지 않았나요? 당신이 그 말을 했지요? 그렇게 말했죠?"

"하지만 제가 물어볼 수 있도록 해주세요."

스타브로긴은 목소리를 높였다.

"무엇을 위해 이렇게 참을 수 없고 악의적인 시험을 치러야 하는지?"

"이 시험은 영원히 지속될 것이고 당신은 더이상 기억하지 못할 것입니다."

"당신은 계속 우리가 시간과 공간을 초월해 있다고 주장하는데..."

"조용히 하세요!"

샤토프가 갑자기 소리쳤다.

"난 어리석고 약삭빠르지 못해요. 하지만 내 이름을 비웃으며 날 파멸시키지 마세요! 내가 그 당시 당신이 말했던 주요한 사상들을 당신 앞에서 반복하게 해주세요... 오, 열 줄이면 됩니다. 하나의 결론이 나옵니다."

"하나의 결론이라면 반복하세요..."

스타브로긴은 시계를 바라보는 동작을 취하고 싶었지만 참고 바라보지 않았다.
샤토프는 다시 의자에 앉아서 순간적으로 다시 손가락을 치켜들었다.
"어떤 하나의 민족도,"
샤토프는 줄글을 읽듯이 말하기 시작했고 그와 동시에 스타브로긴을 엄한 표정으로 계속 바라보았다.
"학문과 이성의 초기 단계에서는 어떠한 민족도 아직 형성되지 못합니다. 형성된 예는 한 번도 없었지요. 어리석게도 단 한 순간도 없었어요. 사회주의는 본질상 무신론이어야만 합니다. 왜냐하면 첫 줄부터 사회주의가 무신론을 토대로 형성된 것임을 밝히고 있습니다. 왜냐하면 사회주의는 예외적으로 학문과 이성의 초기 단계에서 형성되고자 하는 의도를 가지기 때문입니다. 지금도, 그리고 역사의 시작부터 민족의 삶에서 이성과 학문은 언제나 부차적이고 종속적인 임무만을 수행해왔어요. 그러한 식으로 역사의 종말까지 지속될 겁니다. 민족들은 명령을 내리고 지배하는 다른 힘에 의해 형성되고 움직여 왔어요. 그런데 그 힘의 생성은 알려지지도 않았고 설명도 불가합니다. 이 힘은 끝까지 가고자 하는 억제할 수 없는 욕망이며, 그와 동시에 그것을 부정하면서 끝을 냅니다. 그것은 자신의 존재를 계속해서 고착시키고 죽음을 부정하는 힘입니다. 성경에 나와 있듯이 생명의 영혼은 '생수의 강'입니다. 계시록에는 그 강이 마르는 것을 염려하고 있죠. 철학자들이 말하는 것처럼 미학적인 경향은 도덕적인 경향입니다. 그들은 그렇게 양자를 동일시합니다. 저는 그것을 더 간단히 '신을 찾는 것'이라고 부릅니다. 모든 민족은 그 민족이 존재하는 모든 시기에 민족 운동의 목적이 있는데 그 목적은 신, 자신의 고유한 신을 찾는 것입니다. 그것이 유일한 진리이며 그 진리는 신을 믿는 것이지요. 신은 모든 민족의 시작부터 끝까지 함께 하는 종합적인 인격체입니다. 신들이 보편적인 것이 되기 시작한다면 그것은 민족성이 사라지는 것을 의미합니다. 신들이 보편화되기 시작하면 신들은 죽고 신에 대한 믿음도 민족과 함께 사라지게 됩니다. 민족이 강하면 강할수록 그들의 신은 더 고유한 것이 됩니다. 종교, 즉 선악에 대한 개념이 없는 민족은 결코 존재하지 않습니다. 모든 민족은 선악에 관한 자신의 고유한 개념과 고유한 선악을 가지고 있지요. 많은 민족들이 선악에 대한 공통의 개념을 가지기 시작한다면 민족들은 계산해보고 선악의 차이를 제거하고자 그 차이를 없애려 할 겁니다. 이성은 선악을 결코 정할 수 없거나 선에서 악을 구분해 낼 수 없지요. 비록 선악이 가까이 있다 할지라도 말이죠. 반대로 언제나 치욕스럽게, 그리고 아쉬워하며 두 개를 섞어버리지요. 학문은 무력한 해결책입니다. 특히 반쯤 학문에 가까운 것은 인류의 가장 끔찍한 채찍으로서 현 세기 이전에는 몰랐던 페스트, 기아, 전쟁보다 더 안 좋습니다. 절반의 학문은 지금까지 결코 존재한 적이 없는 폭군이죠. 폭군은 자신의 승려와 노비들을 소유하고 있지요. 지금까지 생각하지 못했던 사랑과 미신을 가지고서 인간들은 폭군 앞에 경배합니다. 학문 자체도 폭군 앞에 흔들리며 수치스럽게도 폭군을 묵인합니다. 스타브로긴, 이 모든 것이 당신의 고유한 말입니다. 절반의 학문이란 말만 빼고요. 이 표현은 내 것입니다. 왜냐하면 내가 절반의 학문이기 때문이지요. 특히 그것을 증오하게 되었어요. 당신의 사상과 표현에서 난 아무것도, 단 하나의 단어도 바꾸지 않았어요."

"당신이 바꾸지 않았다고 생각하진 않아요."

스타브로긴은 조심스럽게 말했다.

"당신은 열렬히 그것을 받아들였고 눈치채지 못하고 급히 바꾸었죠. 그 하나의 예를 들자면 당신은 신을 민족성의 평범한 속성으로 끌어 내렸어요..."

그는 갑자기 집요하고 특별한 주의를 기울이면서 샤토프의 말을 이어 나가기 시작했다. 그는 샤토프의 말뿐만 아니라 샤토프 자신을 주목했다.

"내가 신을 민족성의 특성으로까지 끌어내렸다고요?"

라고 샤토프가 외쳤다.

"오히려 나는 민족을 신의 지위까지 높인 것입니다. 언젠가 그와 다른 경우가 있었나요? 민족은 신의 육체입니다. 모든 민족은 그때까지 자신의 고유한 신을 가지는 동안만 민족이 될 수 있습니다. 타협하지 않고 세상의 나머지 신들은 모두 쫓아내야죠. 자신의 신이 승리하고 세상의 다른 모든 신들을 쫓아내야 한다는 것을 믿는다면 말이죠. 적어도 모든 위대한 민족들, 어느 정도 뛰어난 민족들, 인류의 정상에 선 민족들은 태초부터 모두가 그렇게 믿었어요. 사실을 무시한 채 나아갈 순 없어요. 유대인들은 진정한 신을 기다리며 살아왔죠. 그들은 세상에 진정한 신을 남겨두었죠. 그리스인들은 자연에 신성을 부여하고 세상에 자신의 종교, 즉 철학과 예술을 알렸어요. 로마는 국가 안에서 민족을 신성시하였고 민족에게 국가를 약속하였죠. 프랑스는 오랜 역사의 흐름 속에서 로마 신의 사상을 구현하고 발전시켰어요. 만일 프랑스가 마침내 로마의 신을 심연으로 던져 버리고 무신론, 즉 그들이 한동안 사회주의라고 부르는 사상에 빠진다면, 그것은 사회주의 사상이 로마 가톨릭보다 더 건강하기 때문입니다. 만일 위대한 민족이 자신 안에 진리가 있음을 믿지 않는다면 자기 민족만이 모두를 부활시켜야하고 그럴 수 있다고 믿는다면, 그리고 자신의 진리를 통해 다른 민족들을 구원해야 한다면, 그 민족은 위대한 민족이 되는 것을 그만두고 위대한 민족이 아니라 민족지학적인 자료로 남게 될 겁니다. 진정으로 위대한 민족은 인류의 부차적인 역할과 타협할 수 없지요. 아니 첫 번째 역할과도 타협할 수 없어요. 하지만 예외적으로 즉각 부차적인 역할과 타협하고 맙니다. 이러한 믿음을 잃어버린 자는 더이상 민족이 아니죠. 하지만 진리는 하나입니다. 오직 민족들 중 한 민족만이 진정한 신을 가질 수 있어요. 비록 나머지 민족들이 자신들의 독특하고 위대한 신들을 가지고 있다 하더라도 말입니다. '신을 품은' 유일한 민족은 러시아 민족입니다. 그리고... 그리고... 정말, 정말로 당신은 저를 그러한 바보로 여기는 겁니까, 스타브로긴."

그는 갑자기 광포해져서 외쳤다.

"그 순간 무엇이 자신의 단어인지 혹은 모스크바 슬라브주의자들의 무리 속에 심겨진 낡고 조야한 말인지, 혹은 완전히 새로운 단어, 즉 최근의 단어로서 갱생과 부활의 단어인지 구분할 수 없었죠. 그리고... 이 순간 당신의 비웃음이 제게 무슨 상관이란 말인가요! 당신이 날 완전히, 완전히 이해하지 못하는 것, 단어도, 음성도 이해하지 못하는 것이 무슨 상관인가요!.. 오, 내가 이 순간 당신의 거만한 웃음과 시선을 얼마나 경멸하는지!"

그는 자리에서 일어섰다. 심지어 그는 입에 거품을 물었다.

"정반대입니다. 샤토프, 정반대라고요."

스타브로긴은 자리에서 일어서지는 않고 진지하고 절제하는 태도로 말했다.

"반대로 당신은 당신의 열정적인 단어를 통해 내게 아주 강렬한 기억을 많이 불러일으켜 주었어요. 당신의 이야기를 들으면서 난 2년 전 나의 독특한 기분을 인정하고 있어요. 지금은 당신이 나의 그 당시의 사상을 과장하였다고 말하지는 않을 겁니다. 그 사상들은 훨씬 더 예외적이었고 훨씬 더 독단적이었다고 생각합니다. 세 번째로 당신에게 말하고자 하는 것은 내가 모든 것을 확실히 해두고 싶다는 것입니다. 당신은 지금 마지막 단어까지라고 말했는데, 하지만…"

"하지만 당신은 토끼가 필요한가요?"

"머-뭐라고요?"

"당신의 비열한 표현은," 샤토프는 다시 자리를 잡으며 사악하게 웃기 시작했다. "'토끼에게서 소스를 얻고자 한다면 토끼가 필요하죠. 신을 믿기 위해서는 신이 필요하죠'라고 당신은 페테르부르크에서 말한 적이 있어요. 토끼 뒷다리를 잡고 싶어 하는 노즈드료프[04]처럼 말이

---

04 19세기 러시아의 소설가 고골의 『죽은 혼』에 나오는 등장인물

죠."

"아닙니다. 그자는 토끼를 잡았다고 칭찬받았죠. 하지만, 아무튼 질문 때문에 당신을 곤란하게 한 듯하군요. 게다가 저는 그 질문에 대해 완전한 권리를 가진 것 같네요. 내게 말해 주세요. 당신의 토끼는 잡혔나요, 아니면 아직도 달아나고 있나요?"

"감히 그러한 식으로 내게 질문하지 말아요. 다른, 다른 말로 질문하세요!"라며 샤토프가 갑자기 몸을 떨기 시작했다.

"좋아요. 다른 말로라..."

니콜라이 프세볼로도비치가 그를 거칠게 쳐다보았다.

"난 알고 싶을 따름입니다. 당신이 신을 믿는지, 아니면 믿지 않는지?"

"난 러시아를 믿어요. 난 러시아 정교를 믿습니다... 난 그리스도의 육체를 믿어요... 난 재림이 러시아에서 일어날 것을 믿어요... 난 믿어요..."

샤토프는 열정적인 어조로 띄엄띄엄 말했다.

"신을? 신을 믿는 거죠?"

"난... 난 신을 믿을 겁니다."

스타브로긴의 얼굴 근육이 단 하나도 움직이지 않았다. 샤토프는 열에 들떠서 마치 자신의 시선으로 그를 불태워 버리고 싶다는 듯이 도발적으로 그를 바라보았다.

"내가 믿지 않는다는 걸 당신에게 결코 말한 적이 없어요!"

그는 마침내 소리 질렀다.

"난 다만 내가 불행하고 지겨운 책이라는 사실을 알게 되었죠. 당분간은 그 이상은 아닙니다. 당분간은... 하지만 내 이름을 욕보이다니! 문제는 당신에게 있는 것이지 내게 있는 것이 아니죠... 난 재능이 없는 사람이라 재능 없는 자들이 그러하듯이 자신의 피를 흘릴 줄 알지만 그 이상은 못합니다. 내 피를 욕보이다니! 난 당신에 대해 말하고 있어요. 난 2년 간 이곳에서 당신을 기다려 왔어요... 난 당신을 위해서 지금 30분간 벌거벗고 춤을 출 겁니다. 당신, 당신만이 이 깃발을 들 수 있어요!.."

그는 절망적인 상태에 빠져 테이블에 팔꿈치를 괴고서 말을 끝마치지도 않고 두 손으로 머리를 감싸 쥐었다.

"그건 그렇고 난 당신에게 그게 얼마나 이상한 일인지 지적했어요."

갑자기 스타브로긴이 끼어들었다.

"왜 모두들 내게 어떠한 깃발을 운운하는 겁니까? 표트르 베르호벤스키도 '그들에게서 깃발을 들어 올릴 수 있다'고 확신하더군요. 적어도 그들은 내게 그의 말을 전해 주었어요. 그는 내가 그들을 위해, 그의 말에 따르면,

'범죄를 저지를 수 있는 특별한 재능' 때문에 스텐카 라진[05]의 역할을 해줄 수 있다는 생각에 빠져 있지요."

"어떻게?"

샤토프가 물어보았다.

"'범죄를 저지를 수 있는 특별한 재능'이라니요?"

"바로 그겁니다."

"음. 정말인가요, 당신이…"

그는 사악한 표정으로 싱글거렸다.

"당신이 페테르부르크에 있는 짐승처럼 음탕한 비밀 조직에 가담했다는 것이 사실인가요? 사드 후작[06]이 당신에게서 배울 수도 있다는 것이 사실인가요? 당신이 아이들을 유혹하여 타락시켰다는 것이 사실인가요? 말해보세요. 거짓말할 생각은 마시고요."

그는 완전히 정신이 나가서 외쳤다.

"니콜라이 스타브로긴은 그에게 따귀를 때린 샤토프 앞에서 거짓말할 수 없어요! 모든 것을 말해 주세요. 사실이라면 내가 당신을 당장, 지금이라도 죽일 겁니다. 바로 여기 이 자리에서!"

"내가 이 말을 하긴 했지만 난 아이들을 능욕하지는

---

05 17세기 러시아 농민 반란의 주도자

06 드 사드(1740-1814)는 프랑스의 소설가로서 인간의 성욕을 가감없이 묘사한 작가로 유명함

악령들 237

않았어요."

스타브로긴이 아주 오랜 침묵 끝에 말했다. 그의 얼굴은 창백해졌고 그의 눈은 번뜩였다.

"하지만 당신은 말했잖아요!"

샤토프는 그의 번뜩이는 시선에서 눈을 떼지 않고 힘주어서 계속 말했다.

"당신이 짐승과도 같은 육체적인 쾌락과 어떠한 공적 사이에 있어서 아름다움의 차이를 모른다고 확신한 것이 사실인가요? 그 공적이 인류를 위한 희생일지라도 말이죠. 당신이 두 가지 경우에서 미의 일치와 동일한 쾌락을 발견했다는 것이 사실인가요?"

"그러니까 답할 수 없네요... 답하고 싶지 않아요."

스타브로긴은 중얼거렸다. 그는 일어서서 나가고 싶었으나 일어서지도 않았고 나가지도 않았다.

"난 왜 악이 치욕적이고 선이 아름다운지 잘 모르겠어요. 하지만 스타브로긴과 같은 자들에게서 그러한 차이에 대한 감수성이 희미해지고 사라지고 있다는 점은 알고 있어요."

샤토프는 온몸을 떨며 물러서지 않았다.

"당신이 그 당시 왜 그렇게 치욕적이고 비열하게 결혼했는지 아시나요? 바로 그 일에 치욕과 무의미가 독창적인 형태로 반영되었기 때문이지요! 오, 당신은 극단을 거

널지 않아요. 용감하게 머리를 아래로 하고 날아가지요. 당신은 고통에 대한 열정, 양심의 가책에 대한 열정, 달콤한 도덕 때문에 결혼한 겁니다. 그 일에는 신경 발작이 있어요... 건전한 사상에 도발은 아주 매력적이죠! 스타브로긴과 더럽고 모자라고 거지와 같은 절름발이 여자라! 당신이 주지사의 귀를 깨물었을 때, 당신은 쾌락을 느꼈나요? 느꼈나요? 한량에다 건들거리는 귀족 도련님, 느꼈나요?"

"당신은 심리학자군요."

스타브로긴은 점점 더 창백해졌다.

"내가 결혼한 이유에 대해서 당신이 부분적으로 잘못이라 하긴 하지만... 그럼에도 불구하고 누가 당신에게 이 모든 뉴스들을 알려줄 수 있었는지."

그는 힘주어 웃었다.

"정말 키릴로프가? 하지만 그는 오지 않았었는데..."

"당신은 창백해진 건가요?"

"그런데 당신은 뭘 원하는 건가요?"

마침내 니콜라이 프세볼로도비치가 목소리를 높였다.

"난 30분간 당신의 채찍 아래 앉아 있었어요. 적어도 당신은 저를 상냥하게 놓아주어야 할 텐데요... 만일 내게 그러한 방식으로 행동하겠다는 이성적인 목적을 가지고 있지 않다면 말이죠."

"이성적인 목적이라?"

"물론이죠. 결국 적어도 당신의 목적을 제게 드러내는 것이 당신의 의무지요. 난 언제나 당신이 이 일을 하기를 기다려 왔어요. 하지만 난 오직 열정적인 사악함만을 찾아냈지요. 부탁하건대, 내게 문을 열어주세요."

그는 의자에서 일어섰다. 샤토프는 어색하게 그의 뒤를 따라갔다.

"땅에 키스하고 눈물을 흘리세요. 용서를 비세요!"

샤토프는 그의 어깨를 잡고 외쳤다.

"하지만, 난 당신을 죽이려 하지 않았어요... 그 날 아침에... 두 손을 뒤로 한 채..."

스타브로긴은 눈을 내리깐 채 고통스럽게 말했다.

"끝까지 말하세요. 끝까지 말하라고요! 당신은 내게 위험에 대해 경고하기 위해 온 거죠. 당신은 내게 말할 기회를 주었죠. 당신은 내일 당신의 결혼에 대해 공개적으로 밝히고 싶어 하지요!.. 정말 당신의 얼굴을 보면, 어떠한 더러운 생각이 당신과 투쟁하고 있는지 알 수 없어요... 스타브로긴, 무엇을 위해서 내가 영원히 당신을 믿어야 하나요? 정말로 난 다른 사람과도 그러한 방식으로 이야기할 수 있을까요? 난 순결함을 가지고 있지만 내 것을 드러내는 것을 두려워하지 않아요. 왜냐하면 난 스타브로긴과 말한 적이 있기 때문이죠. 난 나의 친분을 통해서 위대한 사상을 희화화하는 것을 두려워하지 않아요. 왜냐하면 스타브로긴이 내 말을 들어 주니까요... 당신이 떠나면 정말 나는 당신의 발자국에 입 맞추지 않을까요? 난 당신을 내 심장에서 떼어낼 수 없어요, 니콜라이 스타브로긴!"

"샤토프, 내가 당신을 사랑할 수 없어서 유감이군요."

니콜라이 프세볼로도비치가 차갑게 말했다.

"당신이 그럴 수 없다는 거 알아요. 거짓말하지 않는다는 것도 알고요. 들어보세요. 난 모든 것을 바로 잡을 수 있어요. 내가 당신에게 토끼를 잡아다 드리지요!"

스타브로긴은 침묵했다.

"당신은 무신론자이지요. 왜냐하면 당신은 귀족 도련님, 최후의 귀족 도련님이기 때문이지요. 당신은 선악의 경계를 무너뜨렸어요. 왜냐하면 당신이 자기 민족을 더 이상 알아볼 수 없으니까. 민족의 심장으로부터 새로운 세대가 나올 겁니다. 당신들, 베르호벤스키 부자도, 나도 그것을 알아볼 수 없을 겁니다. 왜냐하면 나도 귀족이면서 당신의 농노인 파시카의 아들이기 때문이지요... 들어 보세요. 노동을 통해서 신을 쟁취하세요. 본질은 거기에 있어요. 그렇지 않으면 더러운 곰팡이처럼 신을 잃어버릴 겁니다. 노동으로 쟁취하세요."

"노동으로 신을? 어떤 노동인가요?"

"농부들의 노동입니다. 가서 당신의 부(富)를 포기하세요... 아! 당신은 웃고 있네요. 당신은 계략이라도 있을까 봐서 두려운 건가요?"

하지만 스타브로긴은 웃지 않았다.

"당신은 노동, 그것도 농부들의 노동을 통해서 신에게 도달할 수 있다고 말씀하시는 건가요?"

그는 마치 뭔가 새롭고 진지한 것을 맞닥뜨려서 생각해 볼 가치가 있다는 듯이 잠시 생각에 잠기고 나서 다시 말했다.

"그건 그렇고,"

그는 갑자기 새로운 사상으로 넘어갔다.

"당신은 지금 내게 상기시켰어요. 난 결코 부자가 아니라서 포기할 것이 아무것도 없다는 사실을 알고 있나요? 난 마리야 티모페예브나의 미래조차 책임질 상황이 못 됩니다... 게다가 난 부탁을 하러 온 겁니다. 만일 가능하다면 당신이 앞으로 마리야 티모페예브나를 그냥 두지 말아달라고요. 왜냐하면 당신은 그녀의 빈약한 지성에 어떤 영향을 끼칠 수 있기 때문입니다... 모든 경우를 염두에 두고 하는 말입니다."

"좋습니다. 좋습니다. 당신은 마리야 티모페예브나에 대해 말하는 거군요."

샤토프는 다른 손으로 양초를 들고 또 다른 손을 흔

들었다.

"좋습니다. 나중에 확실히... 들어 보세요. 티혼에게 다녀오세요."

"누구에게요?"

"티혼에게요. 티혼은 예전에 대사제였지요. 병 때문에 이 도시의 외곽의 예피미옙스키 보고로드스키 수도원에서 조용히 지내고 있어요."

"그건 무슨 소리인가요?"

"아무것도 아닙니다. 사람들이 그를 방문하곤 하지요. 다녀오세요. 당신은 뭘 필요로 하나요? 음, 당신 뭐가 필요하죠?"

"처음 듣는 이야기라서... 이러한 종류의 사람을 만난 적이 없어서요. 감사합니다. 다녀오죠."

"이리로."

샤토프는 계단을 비춰 주었다.

"내려가세요."

그는 거리로 향한 쪽문을 열어주었다.

"샤토프, 난 다시는 당신을 찾아오지 않을 거요."

스타브로긴은 쪽문을 나서며 조용히 중얼거렸다.

어둠 속에서 이전처럼 계속 비가 내리고 있었다.

III. 니콜라이 스타브로긴의 은밀한 계획

니콜라이 프세볼로도비치가 도착한 집은 울타리 사이 삭막한 골목에 자리 잡고 있었다. 울타리 뒤편으로는 채소밭들이 있어서 말 그대로 그 집은 도시의 끝자락에 있었다. 그 집은 이제 막 완공되었으나 판자를 덧붙이지 않은 채 외따로이 서 있는 나무집이었다. 덧창이 있는 유리창들 중 하나는 일부러 열어둔 듯했고 유리창 가에는 양초가 세워져 있었다. 아마도 오늘 밤 늦게 찾아오리라 예상하는 손님에게 어둠을 밝히는 등대의 역할을 해주려고 그런 것 같았다. 니콜라이 프세볼로도비치는 30여 걸음쯤 앞두고 현관에 서 있는 키 큰 사람을 알아보았다. 그는 조바심에 길가를 내다보기 위해 밖으로 나온 집주인인 듯했다. 조바심과 수줍음이 담긴 그의 목소리가 들려왔다.

"당신인가요? 당신이죠?"

"나예요."

니콜라이 프세볼로도비치가 현관에 다가선 뒤 우산을 접으면서 말했다.

"말해 주세요, 마리야 티모페예브나가..."

"여기, 여기에"

레뱌드킨은 속삭이듯이 대답했다.

"잠깐 보는 것이 낫지 않을까요?"

그는 다른 방으로 향하는 잠겨진 문을 가리켰다.

"자고 있지 않나요?"

"오, 아니, 아닙니다. 가능한가요? 오히려 어제 저녁부터 기다리고 있어요. 최근에 알게 되고 나서 화장까지 했답니다."

그는 입술에 광대와도 같은 미소를 띠며 희죽거리다 순간 멈췄다.

"그녀는 대체로 어떤가요?"

니콜라이 프세볼로도비치는 얼굴을 찌푸리며 물었다.

"대체로라고요? 직접 알아보심이(그는 유감이라는 듯이 어깨를 들썩였다)... 그런데 지금... 지금은 앉아서 카드 점을 치고 있어요..."

"좋아요, 나중에. 먼저 당신과 매듭을 지어야만 해서요."

니콜라이 프세볼로도비치는 의자에 앉았다.

대위는 소파에 앉지 않았다. 그는 금방 다른 의자를 가져와서 학수고대하면서 귀를 쫑긋 세우고 몸을 앞으로 기울였다.

"당신의 방 저쪽 구석 식탁보 아래에 있는 게 뭔가요?"

니콜라이 프세볼로도비치가 갑자기 관심을 보였다.
"이거요-오?"
레뱌드킨도 몸을 돌렸다.
"이 물건은 당신의 관대함에 대한, 그러니까 방문에 대한 선물로서, 먼 길을 오시면 당연히 피곤할 것을 감안하여..."
그는 감동에 겨워 키득거렸다. 그리고 나서 그는 자리에서 일어나 까치발로 예의를 갖추고 나서 조심스럽게 구석에 놓인 식탁 위의 식탁보를 벗겼다. 거기에는 미리 준비한 음식이 마련되어 있었다. 햄, 송아지 고기, 정어리, 치즈, 목이 긴 초록색 유리병과 기다란 보르도 산 포도주 병이 놓여 있었다. 모든 것이 정갈하게, 뭘 좀 알고 있는 것처럼, 세련되게 차려져 있었다.
"당신이 이걸 준비한 건가요?"
"제가 한 겁니다. 명예를 위해 할 수 있는 모든 것을 어제부터... 당신도 아시다시피 마리야 티모페예브나는 이런 일에 대해 무심하잖아요. 그런데 당신의 관대함을 고려한다 해도, 중요한 것은 이게 모두 당신 것이라는 겁니다. 왜냐하면 이곳에선 당신이 주인이기 때문이지요. 제가 아닙니다. 말하자면 전 당신의 집사 자격인 셈이죠. 그럼에도, 그럼에도 불구하고, 니콜라이 프세볼로도비치, 나의 영혼은 자유롭습니다! 제 마지막 자존심을 빼앗지 마세요!"

그는 감동에 겨워 말을 마쳤다.

"음!.. 당신은 다시 자리에 앉는 것이 좋겠군요."

"가-암-사, 감사합니다. 난 독립적인 존재죠!(그는 자리에 앉았다.) 아, 니콜라이 프세볼로도비치, 이 가슴 속에는 제가 모르는 것이 들끓고 있어요. 얼마나 당신을 기다렸는지! 이제 제 운명을 결정해 주세요... 저 불행한 아이의 운명도, 저기... 예전에 그랬던 것처럼, 저기, 먼 옛날에, 4년 전처럼 당신 앞에서 모든 것을 쏟아 놓을 겁니다! 당신은 그 당시 제 말을 듣고 믿어주셨고 글귀를 읽어 주셨죠... 그때에 나를 셰익스피어의 팔스타프라 불렀죠. 하지만 당신은 제 운명에서 대단한 의미를 지닙니다!.. 전 지금 커다란 두려움에 휩싸여 있어요. 당신 한 분에게서만 조언과 빛을 기대하고 있답니다. 표트르 스테파노비치는 저를 험하게 대하죠!"

니콜라이 프세볼로도비치는 호기심을 가지고 그의 말을 들었고 집요하게 그를 바라보았다. 레뱌드킨 대위가 술을 끊었다 해도, 그럼에도 불구하고 그는 조화로운 정신상태는 아닌 게 분명했다. 여러 해 동안 술을 마신 비슷한 술주정뱅이들의 경우, 그들이 다른 사람들보다 더 나쁘지 않은 사람들을 상대로 속이고 잔머리를 굴리고 사기를 친다 하더라도, 결국 끝에는 언제나 지리멸렬하고 혼란스럽고 뭔가 파괴되어 광기 어린 것이 남게 된다.

"대위, 난 4년이 넘는 기간 동안 당신이 전혀 변하지 않았다는 것을 알고 있어요."

니콜라이 프세볼로도비치는 어느 정도 좀더 다정하게 말하기 시작했다.

"사실, 인생의 후반부는 보통 인생의 전반부에 쌓인 습관들로 이루어진다고 봅니다."

"고상한 말씀입니다! 당신은 인생의 수수께끼를 풀었어요!"

대위는 반은 거짓으로, 또 반은 진정으로 대단한 환희에 휩싸여 외쳤다. 왜냐하면 그는 멋진 구절들을 정말 좋아하는 사람이기 때문이다.

"니콜라이 프세볼로도비치, 당신의 말을 들으니 무엇보다 한 가지가 떠오릅니다. 페테르부르크에서 당신은 '상식에 맞서기 위해서 정말로 위대한 사람이 필요하다' 고 말했지요. 바로 그겁니다!"

"음, 바보 같군요."

"그러게요. 바보라도 좋습니다. 당신은 평생 총명함을 뿌리고 다녔어요. 그런데 그들은? 리푸틴, 표트르 스테파노비치는 그와 비슷한 것에 대해 뭐라 말한 적이 있냐고요! 오, 표트르 스테파노비치는 제게 얼마나 못되게 행동했는지!.."

"그런데 대위, 당신은, 당신은 스스로 어떻게 행동하고 다녔나요?"

"술 취한 모습이었고, 게다가 제 적들은 얼마나 많은지! 하지만 지금 모든 것, 모든 것이 지나갔어요. 전 뱀처럼 다시 태어나고 있지요. 니콜라이 프세볼로도비치, 당신은 제가 유서를 쓰고 있고 벌써 그것을 다 썼다는 사실을 아시나요?"

"흥미롭군요. 당신은 누구에게 무엇을 남기려 하나요?"

"조국, 인류, 대학생들에게 남길 겁니다. 니콜라이 프세볼로도비치, 전 신문에서 어떤 미국인에 관한 전기를 읽었어요. 그는 자신의 많은 재산을 공장과 긍정적인 학문을 위해 써달라고 남겼어요. 그는 자신의 유골은 그곳의 아카데미 학생들에게, 피부는 밤낮으로 미국의 국가를 연주하는 데에 사용되는 북을 만드는 데에 기증했어요. 맙소사, 우리는 미합중국의 사상의 비약에 비하면 난쟁이들입니다. 러시아는 이성이 아니라 자연의 유희입니다. 제가 만약 제 피부를 북을 만드는 데 기증한다고 해 봅시다. 예를 들어 아크몰린스키 보병 부대, 제가 처음 근무를 시작한 명예로운 부대에 보낸다면 그들은 매일 부대 앞에서 북을 치며 러시아 국가를 연주하겠지요. 그러면 사람들은 그것을 자유주의라고 여기고 제 피부

악령들 249

사용을 금지할 겁니다... 그래서 대학생들로 한정했어요. 전 제 뼈를 아카데미에 보내고 싶어요. 하지만 유골의 이마에는 영원히 '회개한 자유주의자'라는 꼬리표가 붙어야만 합니다. 바로 그겁니다!"

대위는 열정적으로 이야기를 하면서 미국인의 유서의 아름다움을 믿고 있는 것 같았다. 하지만 그는 광대였다. 그는 자신이 이전에 오랫동안 광대 역할을 해왔던 것을 아는 니콜라이 프세볼로도비치를 웃게 만들려는 듯했다. 하지만 상대방은 웃지 않았다. 오히려 니콜라이 프세볼로도비치는 어쩐지 의심스럽다는 듯이 물었다.

"당신은 생전에 당신의 유서를 출판하여 그걸로 상이라도 받을 생각을 하는 건가요?"

"니콜라이 프세볼로도비치, 그렇다 하면, 그렇게라도 된다면?"

레뱌드킨은 조심스럽게 쳐다보았다.

"제 운명이 그러하다면! 전 시를 쓰는 것도 중단했어요. 언젠가 당신은 제 시를 통해 즐거움을 누리셨죠. 니콜라이 프세볼로도비치, 기억하시나요? 술병을 기울이면서? 하지만 파티는 끝났어요. 전 마지막 시를 썼어요. 마치 고골이 '마지막 소설'을 쓴 것처럼. 기억하시죠, 고골은 러시아가 자신의 가슴으로부터 '칭송 받았다'는 사실을 러시아에 공표했죠. 저도 그래요. 노래했고, 그리고 끝난 거죠."

"음, 그만요."라며 니콜라이 프세볼로도비치는 손을 내저었다.

"난 페테르에 대해 꿈을 꿉니다."라며 레뱌드킨은 시 따위는 없었다는 듯이 재빨리 화제를 바꾸었다.

"부활에 대해 꿈을 꿉니다... 은인이여! 당신이 여행 경비를 거절하지 않을 거라 생각해도 될까요? 전 태양과도 같은 당신을 일주일 내내 기다려 왔어요."

"음, 안됩니다. 미안합니다. 내겐 돈이 거의 한 푼도 남아 있지 않아요. 내가 왜 당신에게 돈을 주어야 하나요?.."

니콜라이 프세볼로도비치는 갑자기 화가 난 것 같았다. 그는 대위의 모든 죄목을 무미건조하고 간략하게 열거했다. 술주정, 거짓말, 마리야 티모페예브나 앞으로 나온 돈을 가로챈 것, 그녀를 수도원에서 데리고 나온 것, 비밀을 폭로하겠다는 협박을 담은 편지, 다리야 파블로브나에게 한 행동 등등. 대위는 건들거리는 제스처를 취했고 반박하려 하였다. 하지만 니콜라이 프세볼로도비치가 매번 명령을 내리듯이 그를 제지했다.

"잠시만요."

그는 마침내 입을 열었다.

"'가족의 치욕'에 대해 모든 것을 쓰세요. 당신의 누이가 스타브로긴과 합법적인 결혼을 한 것이 당신에게 어째서 치욕인 거죠?"

"하지만 은밀한 결혼이죠. 니콜라이 프세볼로도비치, 은밀한 결혼이었고 운명의 비밀입니다. 제가 당신에게서 돈을 받고 갑자기 '이 돈은 무엇을 위한 거지?'라는 의문이 생기더군요. 제가 개입되어 있지만 답할 수는 없었죠. 누이에게 해가 될까 봐, 그리고 가족의 명예에 해가 될까 봐서요."

대위는 어조를 높였다. 그는 이 주제를 좋아해서 그 주제에 강하게 매달렸다. 맙소사, 그는 사람들이 그를 어떻게 당혹하게 만드는지 감을 잡지 못했다. 니콜라이 프세볼로도비치는 가장 평범한 가정사가 순리대로 진행되고 있다는 듯이, 그에게 조만간, 내일 혹은 모레, 모두, '경찰과 사교계'에 공표하며 결혼식을 치를 거라고 평온하고 정확하게 말했다. 그렇게 되면 가족의 명예에 관한 문제, 보조금에 관한 문제도 끝나게 될 거라 했다. 대위는 눈이 휘둥그레졌다. 그는 이해조차 못했던 것이다. 그래서 그에게 설명해야만 했다.

"하지만 그녀가… 온전한 정신인지?"

"제가 그러한 상황을 만들 겁니다."

"하지만… 당신의 어머니는 어떠신가요?"

"음, 이것이 그녀가 원하는 바입니다."

"당신은 아내를 당신 집으로 데리고 갈 겁니까?"

"아마도 그렇겠지요. 하지만 엄밀한 의미에서 그건 당신 일이 아니고 당신과도 전혀 관계없는 일입니다."

"어떻게 관계가 없을 수 있나요!"라고 대위가 소리쳤다.

"전 어쩌라고요?"

"음, 당신은 집으로 들어오지 못합니다."

"전 친척입니다."

"사람들은 그러한 친척과는 거리를 두지요. 내가 그때 당신에게 왜 돈을 주었는지 당신 스스로 판단해 보세요."

"니콜라이 프세볼로도비치, 니콜라이 프세볼로도비치, 이건 있을 수 없는 일입니다. 생각 좀 해 보세요. 당신은 손을 놓고 있기를 원치 않지요... 사교계에서 뭐라 생각하고 무슨 말들을 할까요?"

"난 당신의 사교계가 정말 두려워요. 그때 당신 누이와 결혼했던 건 술을 곁들인 식사 후에 내가 원해서 포도주를 걸고 내기를 한 겁니다. 지금 그 문제에 대해 터뜨리면... 만일 그 일이 나를 즐겁게 한다면?"

그는 어쩐 일인지 짜증스럽게 이 말을 했기 때문에 레뱌드킨은 끔찍해하면서도 그 말을 믿기 시작했다.

"하지만 전, 전 어떻게, 중요한 것은 제가 이곳에 있다는 겁니다!.. 당신, 어쩌면, 농담하는 거죠, 니콜라이 프세볼로도비치?"

"아니요, 농담이 아닙니다."

"니콜라이 프세볼로도비치, 당신의 의지라니, 전 당신을 믿지 못합니다... 그러면 당신에게 요청드릴게요."

"레뱌트킨 대위, 당신은 아주 어리석군요."

"그렇다고 해두죠. 이게 제게 남은 전부입니다!"라며 대위는 정신을 잃었다.

"예전에는 그녀가 일한 대가로 벽촌에서 적어도 우리에게 아파트를 내주었어요. 그런데 당신이 저를 아주 버린다면, 지금은 뭐가 남나요?"

"당신은 경력을 바꾸기 위해 페테르부르크로 가고 싶은 거군요. 그건 그렇고 내가 듣기론, 당신이 다른 사람들에게 밝힌 뒤, 사면받기 위해 밀고하려고 떠나려 한다는데, 그게 사실인가요?"

대위의 입술이 떨리고 그의 눈동자가 튀어 나왔지만 그는 답변하지 못했다.

"대위, 들어보시오."

스타브로긴은 테이블 쪽으로 다가서며 갑자기 진지하게 말하기 시작했다. 지금까지 레뱌드킨은 이중적인 의미로 말했다. 그는 광대의 역할에 능란했기 때문에 마지막 순간까지 조금도 확신하지 못했던 것이다. 정말 자신의 주인이 화내고 있는 것인지, 아니면 농담하고 있는 것인지, 결혼에 대해 공표한다고 당돌하게 생각하는 것인지, 아니면 장난을 치는 것인지? 지금 이상할 정도로 단호한 표정을 짓고 있는 니콜라이 프세볼로도비치가 확신에 차 있기 때문에 대위의 등줄기에 오한이 날 정도였다.

"레뱌드킨, 들어보고 진실만을 말해 주세요. 당신은 뭔가에 대해 밀고한 건가요, 아니면 아직 하지 않은 건가요? 정말 당신은 뭔가에 성공한 건가요? 어리석게도 어떤 편지를 보낸 건 아니겠죠?"

"아닙니다. 아무것도 할 수 없었고... 생각조차 하지 않았죠."

대위가 꿈쩍도 하지 않고 바라보았다.

"음, 당신이 생각하지 않았다는 것은 거짓말이에요. 당신은 그 일을 위해 페테르부르크로 가게 해달라는 거잖아요. 만일 당신이 편지를 쓰지 않았다면 이곳에 있는 누군가에게 뭔가를 지껄인 건 아니겠죠? 진실을 말해 주세요. 저도 뭔가 들은 것이 있어서요."

"취한 상태에서 리푸틴에게 말했어요. 리푸틴은 변절자에요. 전 그에게 제 마음을 열어 보여주었어요."

가련한 대위가 중얼거렸다.

"마음은 마음으로. 그렇다고 해서 바보가 되어서는

안 됩니다. 만일 당신이 어떤 사상을 가지고 있다면 그 것을 혼자만 가지고 있어야 해요. 요즘 현명한 사람들은 침묵하고 이야기를 하진 않죠."

"니콜라이 프세볼로도비치!"

대위가 몸을 떨기 시작했다.

"당신은 어떤 일에도 참여하지 않았어요. 전 당신을 위해서가 아니라…"

"당신은 자신의 비싼 젖소를 위해 감히 밀고하지 못할 겁니다."

"니콜라이 프세볼로도비치, 판단해 주세요, 심판해 주시라고요!…"

대위는 서두르며 지난 4년간의 이야기를 눈물을 흘리 며 슬프게 늘어놓기 시작했다. 그것은 바보에 관한 가장 어리석은 이야기였다. 바보는 술로 허송세월하면서 자기 일도 아닌 일에 빠져서 그 일의 중요성을 거의 파악하지 도 못하고 있었다.

"니콜라이 프세볼로도비치, 마리야 티모페예브나와는 어떤가요?"

"내가 말한 그대로입니다."

"정말 그게 사실인가요?"

"당신은 언제나 믿지 않는군요?"

"정말로 당신은 저를 헌신짝처럼 버리는 건가요?"

"내가 살펴볼게요."

니콜라이 프세볼로도비치가 웃기 시작했다.

"음, 자리를 비켜 주세요."

"당신이 지시하지는 않았지만. 제가 현관에 서 있을게요... 우연히 뭔가를 엿들을 수도 있으니... 왜냐하면 방이 작기 때문이죠."

"그게 문제군요. 현관에 서 계세요. 우산을 가져가세요."

"우산은 당신 건데... 제가 그렇게까지 대우받을 가치가 있을까요?"

대위는 그의 비위를 맞추었다.

"모든 사람이 우산을 쓸 가치는 있는 거죠."

"순간적으로 당신은 인류의 최소한의 권리를 확정해 주시네요..."

그런데 그는 벌써 기계적으로 달려갔다. 그는 뉴스에 놀라서 마지막 정신줄마저 놓아버렸다. 그런데 그가 현관으로 나서며 우산을 펴든 바로 그 순간 광대와도 같이 경박한 그의 머릿 속에 사람들이 그를 속이고 거짓말하고 있다는 생각이 들기 시작했다. 만일 그러하다면 그는 두려워할 필요가 없고 오히려 사람들이 그를 두려워할 거라고 생각한 것이다.

'만일 사람들이 거짓말하고 속인다면, 계책은 어디에 있는 거지?'

그의 머릿속은 혼란스러워졌다. 그에게는 결혼을 공표하는 것이 넌센스처럼 여겨졌다. '사실, 기적을 만드는 자에겐 모든 것이 가능하지, 그는 사람들에게 악을 행하기 위해 살아가니까. 음, 만일 그가 일요일의 치욕 때문에 꺼린다면, 이전에 느껴보지 못한 치욕이라면? 그러니까 그자가 두려워서 스스로 공표한다고 전하기 위해 달려온 거야. 내가 공표하지 못하게 하려고. 아, 레뱌드킨, 오판하지 말아! 그자가 스스로 공표하고 싶어 한다면 왜 밤에 몰래 찾아왔겠냐고? 만일 그가 두려워한다면 그러니까, 지금도 두려워한다는 것이지, 바로 지금, 바로 요 며칠 동안... 에이, 위축되지 마, 레뱌드킨!...

표트르 스테파노비치를 이용해 나에게 겁을 주는 거지. 오, 무서워, 오, 무서워. 아니야, 그러니 무서워! 어쩌다 내가 리푸틴에게 이야기하고 말았는지. 이 악마들이 무슨 생각을 하고 있는지 정말 감을 잡을 수 없네. 그들이 5년 전처럼 다시 어슬렁거리기 시작했어. 정말, 내가 누구에게 밀고하겠어? "바보같이 누군가에게 편지를 쓰지 않았냐?"니. 음, 편지를 쓸 수도 있는 건데, 어리석음 때문이라니? 그의 말이 조언은 아닐까? "당신은 그 일 때문에 페테르부르크로 갈 겁니다."라니. 사기꾼,

난 꿈을 꾸었을 뿐인데. 그런데 그가 꿈을 알아맞힌 거야! 정확히 그가 가려는 것 같아. 이 일엔 두 가지 계책이 있어. 이거 아니면 저거겠지. 아니면 그가 두려워하거나. 왜냐하면 장난질을 쳤으니까, 아니면... 아니면 자신은 아무것도 두려워하지 않을지도 모르지. 아니면 내가 그들 모두에 대해 밀고하도록 나를 자극하는 것이든가! 오, 무서워라, 레뱌드킨, 오, 휩쓸리지 않아야 하는데!..'

그는 지나치게 생각에 골몰해서 엿듣는 것도 잊어버렸다. 엿듣는 건 어려웠다. 문은 두꺼웠고 외짝 문이었다. 그런데 그들은 아주 조용히 말하고 있었다. 불분명한 소리도 들려왔다. 대위는 침을 뱉고 생각에 잠겨 휘파람을 불며 다시 현관으로 나갔다.

IV. '참칭자'가 되어버린 니콜라이 스타브로긴

마리야 티모페예브나의 방은 대위가 지내는 방보다 두 배는 더 컸다. 그리고 조잡한 가구들이 갖춰져 있었다. 그런데 책상 앞의 테이블은 화려한 색의 테이블보로 덮여 있었다. 그 위에는 램프가 켜져 있었다. 아름다운 카펫이 바닥 전체를 덮고 있었다. 침대는 기다란 녹색 커튼으로 가려져 방을 둘로 나누고 있었다. 그 외에도 테이블 옆에는 커다랗고 부드러운 안락의자가 있었는데 마리야 티모페예브나는 거기에 앉지는 않았다. 이전의 아파트에서와 마찬가지로 구석에는 성상이 놓여 있었다. 그 앞에는 램프가 켜져 있었다. 테이블 위에는 일용품들이 널려 있었다. 카드 세트, 거울, 가요집, 버터 바른 흰 빵까지 있었다. 그 외에도 컬러로 된 삽화가 들어있는 책이 두 권 있었다. 하나는 어린이의 나이에 맞게 쓴 유명한 여행기 중에서 발췌한 책이고 다른 하나는 가벼운 교훈서들을 모아놓은 선집이었다. 그 책의 대부분은 기사에 관한 것이다. 그것은 크리스마스 파티와 학교에서 사용할 수 있도록 제작된 것이었다. 게다가 다양한 사진이 담긴 앨범도 있었다. 물론 마리야 티모페예브나는 대위가 미리 말해 둔 손님을 기다리며 모직으로 만든 베개에 머리를 대고 소파에 반쯤 기대어 자고 있었다. 손님은 들리지 않게 자기 뒤로 문을 닫고 자리를 뜨지 않은 채 자고 있는 여인을 바라보기 시작했다.

대위는 그녀가 화장했다고 말했지만 그건 거짓말이었다. 그녀는 바르바라 페트로브나의 집에서 일요일에 입었던 것과 똑같은 검은 원피스를 입고 있었다. 마찬가지로 그때처럼 그녀의 머리카락은 목 뒤에서 작은 매듭으로 묶여 있었다. 그리고 그때처럼 길고 건조한 목이 드러나 있었다. 바르바라 페트로브나가 선물한 검은 숄은 얌전히 개어진 상태로 소파에 놓여 있었다. 이전처럼 그녀는 대충 분칠을 하고 연지를 발라 불그스름한 얼굴을 하고 있었다. 니콜라이 프세볼로도비치는 1분도 서 있지 못했다. 그녀가 갑자기 깬 것이다. 그녀는 마치 자신을 내려다보는 그의 눈길을 느낀 것처럼 눈을 떴고 재빨리 몸을 일으켰다. 하지만 뭔가 이상한 일이 손님에게 일어났다. 그는 문 옆 같은 장소에 계속 서 있었다. 그는 꼼짝도 하지 않고 날카로운 시선으로 아무 말 없이 집요하게 그녀의 얼굴을 바라보았다. 어쩌면 그 시선은 충분히 가혹했을지도 모른다. 어쩌면 그의 시선 속에는 혐오, 심지어 그녀가 놀랐기 때문에 느끼는 사악한 쾌락이 담겨 있을지도 모른다. 만일 마리야 티모페예브나의 꿈에 보이지 않았다면 말이다. 하지만 가여운 여인은 잠깐 기다리고 나서 얼굴에 굉장한 두려움을 드러냈다. 그녀의 얼굴에는 경련이 일었고 그녀는 손을 떨면서 들어 올리더니 놀란 아이처럼 갑자기 울음을 터뜨렸다. 순간적으로 그녀는 비명을 지를 기세였다. 하지만 손님은 정신을 차렸다. 일순간 그의 얼굴이 변하더니 그는 가장 상냥하고 친절한 미소를 띠면서 테이블로 다가섰다.

"잘못했어요. 마리야 티모페예브나, 제가 당신을 놀라게 했군요. 갑자기 찾아와서 잠을 깨웠네요."

그는 그녀에게 손을 내밀면서 말했다.

상냥한 어조를 담은 그의 음성이 영향력을 발휘하기 시작하자 그녀의 놀라움이 사라졌다. 비록 그녀가 뭔가를 이해하려고 노력하면서 여전히 두려움이 담긴 시선으로 그를 바라보고 있었지만 말이다. 그녀는 두려워하면서 손을 내밀었다. 마침내 그녀의 입술에는 수줍은 미소가 피어났다.

"공작님, 안녕하세요."

그녀는 어쩐 일인지 그의 얼굴을 이상하게 바라보면서 중얼거렸다.

"험한 꿈을 꾼 것이 틀림없지요?"

그는 한층 더 상냥하고 부드러운 미소를 띠며 말했다.

"당신은 어떻게 제가 그 일에 관한 꿈을 꾸었다는 것을 알아차린 건가요?.."

그녀는 갑자기 몸을 떨기 시작하더니 뒤로 물러섰고 방어하는 것처럼 자기 앞에 손을 들고 다시 울음을 터뜨릴 것만 같았다.

"정신 차리세요. 이젠 괜찮아요. 왜 두려워하나요. 정말 당신은 절 알아보지 못한 건가요?"

니콜라이 프세볼로도비치는 그녀를 설득했다. 하지만 이번에는 오랫동안 설득하진 못했다. 그녀는 고통스런 의혹과 가여운, 머릿속 무거운 생각을 가지고 아무 말

없이 그를 바라보며 뭔가를 생각해 내려고 애쓰고 있었다. 그녀는 눈을 아래로 내리떴다. 그리고 그녀는 갑자기 휘어잡는 듯한 재빠른 시선으로 그를 둘러보았다. 마침내 그녀는 마음을 가라앉히진 못했지만 뭔가를 결심한 것 같았다.

"제 옆에 앉으세요. 부탁입니다. 나중에 제가 당신을 바라볼 수 있도록요."

그녀는 어떤 새로운 목적을 가지고 아주 강하게 말했다.

"이젠 걱정하지 마세요. 당신을 쳐다보지 않을게요. 아래를 볼 겁니다. 제가 당신에게 요청하지 않는 동안은 당신도 저를 쳐다보지 마세요. 앉으세요."

그녀는 조급하게 덧붙였다.

새로운 감정이 점점 더 강하게 그녀를 지배하는 듯했다. 니콜라이 프세볼로도비치는 자리에 앉아서 기다렸다. 너무도 오랫동안 침묵이 이어졌다.

"음! 이 모든 것이 제겐 이상하게 보여요."

그녀가 예민하게 중얼거리기 시작했다.

"물론 험한 꿈들이 저를 억눌렀어요. 어째서 당신이 바로 그러한 모습으로 꿈에 나타난 거죠?"

"음, 꿈은 그냥 놔둡시다."

그는 금지된 사항에도 불구하고 그녀 쪽으로 몸을 돌

리면서 조급하게 말했다. 어쩌면 그의 눈빛 속에 이전의 표정이 담겨 있는지도 모르겠다. 그는 그녀가 몇 번이고 그를 바라보고 싶었지만 끈기 있게 참으면서 아래쪽을 바라보고 있다는 것을 알았다.

"공작님, 들어보세요."

그녀는 갑자기 목소리를 높였다.

"공작님, 들어보세요…"

"왜 당신은 몸을 돌려서 저를 바라보지 않는 건지, 뭣 때문에 이러한 코미디가 필요한 거지요?"

그는 참지 못하고 외쳤다.

하지만 그녀는 아무것도 듣지 못한 것 같았다.

"들어보세요, 공작님."

그녀는 불쾌해하면서도 서두르는 표정으로, 완고한 목소리로 세 번째로 되풀이해서 말했다.

"당신이 마차를 타고 오면서 결혼이 공표될 거라고 제게 말했을 때, 전 비밀이 끝날 거라 생각하고 놀랐어요. 지금은 모르겠어요. 내내 생각해 보았는데 결코 제가 적합하지 않다는 것을 분명히 알게 되었어요. 저는 옷을 차려입을 줄도 알고 어쩌면 손님을 맞이할 수도 있을지도 모르지요. 하인들이 있다면 차 마시러 초대하는 것은 일도 아니죠. 하지만 그럼에도 불구하고 사람들은 사방에서 눈여겨보고 있어요. 저는 그 당시, 일요일 아침에 그 집에서 많은 것을 둘러봤어요. 특히 당신이 들어왔을 때, 멋진 귀족 아가씨는 내내 저를 쳐다보더군요. 그때 당신이 들어왔죠, 맞죠? 그녀의 어머니는 그냥 웃긴 귀족 마나님이고요. 오빠인 레뱌드킨은 이목을 집중시켰죠. 저는 웃지 않으려고 내내 천장만 쳐다보았어요. 그 집 천장에는 그림이 멋지게 그려져 있었죠. 그 사람의 어머니는 수도원장이 되었어야 해요. 그녀가 제게 검은 솔을 선물했지만 전 그녀를 무서워합니다. 그들은 모두 갑자기 저의 존재를 증명하고자 하였어요. 전 화내지 않고 앉아서 '그들에게 난 어떤 친척이지?'라는 생각을 했어요. 물론, 백작 부인에게는 영적인 차원을 요구하지만요. 왜냐하면 그녀는 집안일을 하는 많은 하인을 거느리고 있으니까요. 외국인 여행객을 맞이하기 위해서는 사교계의 전략이 필요하겠지요. 하지만, 그럼에도 불구하고 그들은 일요일에 저를 절망적으로 바라보았죠. 다샤만이 천사입니다. 그들이 저에 대해 신중하지 못한 비판을 해서 그 분을 괴롭게 할까 봐 두려워요."

"두려워하지도 말고 걱정하지도 마세요."

니콜라이 프세볼로도비치는 입술을 일그러뜨렸다.

"그 분이 저 때문에 조금은 창피해지더라도 전 괜찮아요. 이러한 일에는 언제나 창피함보다 긍휼이 더 크게 작용하니까요. 물론 인간적으로 본다면 말이죠. 물론 그분은 그들이 아니라 제가 그들을 긍휼히 여긴다는 것을 알고 있을 겁니다."

"마리야 티모페예브나, 당신은 그들에 대해 무척 화가 났군요?"

"누구, 제가요? 아니요."

그녀는 소탈하게 웃기 시작했다.

"절대 아닙니다. 그 당시 전 당신들 모두를 바라보았죠. 당신들 모두는 화내고, 당신들 모두는 서로 언쟁했고, 만나서 진정으로 웃을 줄 모르더군요. 부유할수록 즐거움은 적은 법이지요. 이 모든 것이 제겐 역겨워요. 하지만 전 지금 제 자신을 제외하고 어느 누구도 동정하지 않아요."

"제가 없다면 당신이 오빠랑 사는 것이 힘들다고 들었는데요?"

"누가 당신에게 그런 말을 했나요? 헛소리죠. 지금이 더 나빠요. 지금은 당신이 왔기 때문에 사나운 꿈이 더 험악해졌어요. 당신이 왜 왔는지 묻고 싶네요. 말씀해 주실 수 있나요?"

"당신은 다시 수도원으로 가고 싶은 건가요?"

"음, 저는 그들이 다시 수도원을 제안할 거라 예상했어요! 당신네 수도원에서 제가 못 본 게 뭐가 있단 말인가요! 왜 제가 수도원으로 가야 하나요. 지금 뭘 가지고 가라고요? 지금도 완전히 혼자인데요! 제가 세 번째 인생을 시작하기에는 이미 늦었는데요."

"당신은 뭔가에 대해 아주 화가 났군요. 제가 당신을 더 이상 사랑하지 않을까 봐 두렵지 않은가요?"

"당신에 대해선 절대 걱정하지 않아요. 제가 누구를 사랑하지 않게 될까 봐 두려울 뿐이죠."

그녀는 경멸적으로 웃었다.

"제가 잘못한 거죠. 그 사람 앞에서, 아주 커다란 어떤 일에 대해서 말이죠."

그녀는 갑자기 혼잣말하듯이 덧붙였다.

"어떤 일에 대해 잘못했는지는 몰라요. 저의 영원한 비극은 바로 거기에 있어요. 언제나, 언제나, 최근 5년간, 밤낮으로 저는 그 사람 앞에 뭔가에 대해 잘못할까 봐 두려웠어요. 기도하고, 그이 앞에 저지른 나의 위대한 잘못에 대해 내내 생각했어요. 그러니 진실이 존재한다는 것이 증명된 셈이죠."

"무엇이 증명되었다고요?"

"그이의 편에서 볼 때 이 일에 아무것도 없을까 봐 두려운 겁니다."

그녀는 질문에 답하지도 않고 그의 말을 듣지도 않은 채 계속 말했다.

"그는 다시 그러한 사람들하고 만나지 못할 겁니다.

백작 부인은 마차를 태워주긴 했으나 저를 잡아먹어서 기쁘겠죠. 모두가 음모에 가담하고 있어요. 그도 그럴까요? 그도 정말 변심할까요?(그녀의 턱과 입술이 떨리기 시작했다). 들어 보세요. 당신은 7개의 성당에서 저주받은 그리시카 오트레피예프[07]에 대해 읽어 봤나요?"

니콜라이 프세볼로도비치는 입을 다물었다.

"그건 그렇고 전 지금 당신에게 몸을 돌려 당신을 바라보려 합니다."

그녀는 갑자기 결심한 듯했다.

"당신도 제가 있는 쪽으로 몸을 돌려 저를 바라보세요. 더 주목하면서요. 마지막으로 확인하고 싶어요."

"전 이미 오래전부터 당신을 바라보고 있어요."

"음..."

마리야 티모페예브나는 힘을 주어 바라보면서 말했다.

"당신은 살이 많이 쪘네요..."

그녀는 뭔가를 더 말하고자 하였으나 갑자기, 세 번째로, 이전의 놀라움 때문에 얼굴을 일그러뜨리고 자기 앞에 손을 올리면서 뒤로 물러섰다.

"무슨 일이죠?"

---

07 러시아 역사에서 '동란의 시대'(1598-1613)에 드미트리 왕자의 행세를 했던 수도승, 참칭자

니콜라이 프세볼로도비치는 흥분하여 외쳤다.

하지만 놀라움은 한순간 지속되었다. 그녀의 얼굴에는 의심쩍고 불쾌한, 이상한 미소가 스쳤다.

"공작님, 부탁인데 일어서서 들어가 주세요."

갑자기 그녀가 강하고 집요한 목소리로 말했다.

"어떻게 들어가라는 겁니까? 어디로 들어가냐고요?"

"저는 5년 내내 그이가 어떻게 들어갈지만을 생각해 왔어요. 지금 일어서서 문 뒤로 가서 다른 방으로 들어가세요. 전 아무것도 기다리지 않고 손에 책을 들고 있을게요. 그런데 당신은 갑자기 5년간의 여행을 마치고 들어온 겁니다. 저는 이 일이 어떻게 일어나는지 보고 싶어요."

니콜라이 프세볼로도비치는 속으로 이를 갈았고 뭔가 모호한 말을 중얼거렸다.

"그만요."

그는 손바닥으로 테이블을 내리치면서 말했다.

"부탁입니다. 마리야 티모페예브나, 제 말을 들어야 합니다. 기다려 주세요. 가능하다면 당신의 주의를 기울여 주세요. 당신은 절대 미친 게 아닙니다!"

그는 참지 못하고 소리 질렀다.

"내일 전 우리 결혼을 공표할 겁니다. 당신은 궁전에서 살 수는 없겠지요. 당신은 저와 함께 평생 살고 싶은가요, 이곳에서부터 멀리 떨어진 곳에서요? 스위스의 산골에 어떤 장소가 있지요... 걱정하지 마세요. 전 결코 당신을 버리지도 않을 거고 정신병원으로 보내지도 않을 겁니다. 구걸하지 않아도 될 정도의 돈이 제게 있어요. 당신은 하녀도 거느리게 될 겁니다. 당신은 어떠한 일도 하지 않아도 됩니다. 당신은 당신이 원하는 모든 것을 얻게 될 겁니다. 당신은 기도하고, 또 원하는 곳에 다니고, 원하는 일은 뭐든 할 수 있을 겁니다. 당신의 일에 간섭하지 않을 겁니다. 저 또한 제가 있는 자리에서부터 평생 어디로든 떠나지 않을 겁니다. 당신이 원한다면, 평생 당신과 이야기하지 않을 거고, 원한다면, 매일 저녁 페테르부르크 구석에서 당신의 삶이 어땠는지 당신의 이야기를 제게 들려주세요. 당신이 원한다면 난 당신에게 책을 읽어 줄 겁니다. 대신에 평생을 한 곳에 있게 될 겁니다. 그 자리는 쓸쓸하겠죠. 원하시나요? 결정했나요? 당신은 후회하거나, 눈물이나 저주로 저를 괴롭히지 않겠죠?"

그녀는 굉장한 호기심을 가지고 그의 말을 들었고 오랫동안 침묵하며 생각했다.

"제겐 이 모든 일이 가능할 거 같지 않아요."

그녀는 냉소를 띠며 내키지 않는 듯이 말했다.

"어쩌면 제가 그 산골에서 40년간 지낼 수도 있겠죠."

그녀는 웃기 시작했다.

"뭐, 우리가 40년간 살 수도 있지요."

니콜라이 프세볼로도비치는 얼굴을 잔뜩 찌푸렸다.

"음, 절대 가지 않을 겁니다."

"저랑도요?"

"제가 당신과 간다면 당신이 뭐가 되나요? 40년간 그와 함께 산골에 살다니, 잘도 가겠네요. 요즘 인내력을 가진 사람들이라면 모를까! 아닙니다. 매가 부엉이로 변하는 것은 불가능합니다. 저의 공작님은 그러한 사람이 아니에요!"

그녀는 도도하고 의기양양하게 고개를 들었다.

그에게 어떤 생각이 떠오른 듯했다.

"당신은 왜 저를 공작이라 부르나요? 저를 누구라고 생각하고 있나요?"

그가 재빨리 물어보았다.

"뭐라고요? 당신은 정말 공작이 아닌가요?"

"전 공작이 되어 본 적이 결코 없어요."

"당신이 직접, 직접, 얼굴을 마주하고 당신이 공작이 아니라고 고백하세요!"

"결코 공작이 아니었다고 말하는 겁니다."

"맙소사!"

그녀는 손뼉을 쳤다.

"그이의 적들로부터 모든 것을 예상했지만 이러한 비

악령들 271

열함은 결코 예상하지 못했어! 그는 살아 있나요?"

그녀는 니콜라이 프세볼로도비치에게 달려들면서 열에 들떠서 소리쳤다.

"너 그 사람 죽였어, 아니면 죽이지 않았어? 고백해!"

"넌 나를 누구라고 생각하는 거야?"

그는 찡그린 얼굴로 자리에서 일어섰다. 하지만 그녀를 놀라게 하는 일은 어려워졌다. 그녀가 의기양양해졌기 때문이다.

"누가 널 알겠냐, 넌 어떤 작자냐, 그리고 어디라고 날뛰는 거냐! 5년 내내, 나의 마음, 마음이 모든 간계를 알아차린 거라고! 그런데 나는 앉아서 놀라고 있을 뿐이지. 장님이 올빼미 뒤로 다가갔냐고? 아니, 이봐, 넌 형편 없는 배우야. 레뱌드킨보다 더 못해. 나 때문에 백작 부인에게 몸을 더 낮춰서 굽신거려 봐. 그녀가 너보다 더 깨끗한 자를 보내라고 말해 봐. 그녀가 널 기른 거지? 말해. 그녀의 자비로 그녀의 집 부엌에서 지내고 있냐? 네 속임수를 훤히 들여다보고 있어. 당신들, 모든 사람들, 한 명까지도 알고 있다고!"

그는 그녀의 팔 윗부분을 강하게 붙들었다. 그녀는 그의 면전에서 웃었다.

"닮았어, 넌 아주 닮았어. 어쩌면 너도 그와 같은 족속일 거야. 간교한 인간들! 나의 친척은 눈부신 매이자 공작이고, 너는 작은 부엉이이자 장사꾼이야! 나의 족속들은 원한다면 신에게 경배하지. 그리고 원한다면 하지 않을 수도 있지. 샤투슈카[08](그는 상냥하고 피붙이나 다름없지, 내 사랑!)가 네게 따귀를 때렸다고 레뱌드킨이 말해줬어. 그런데 너는 그때 왜 겁을 먹고 들어온 거지? 그때 누가 널 놀라게 한 거야? 내가 넘어졌을 때 난 네 비열한 얼굴을 알아보았지. 네가 날 붙들었어. 내 마음속에 벌레 한 마리가 기어 다니더군. 그래서 그가 아니다, 그가 아니라고 생각한 거야! 나의 매는 나를 상류 사회의 귀족 아가씨 앞에서 결코 부끄러워하지 않지! 오, 맙소사! 그것 때문에 난 5년 내내 행복했어. 나의 매는 산 너머 어딘가에서 살며 날아다니겠지. 태양을 바라보면서... 참칭자, 말해, 많은 걸 챙겼지? 많은 돈 때문에 동의한 거지? 난 네게 한 푼도 안 줄 거야. 하-하-하! 하-하-하!"

"오, 병신!"

니콜라이 프세볼로도비치는 그녀의 팔을 더욱 세게 쥐면서 이를 갈았다.

"참칭자, 꺼져!"

그녀는 명령조로 외쳤다.

"난 나의 공작님의 아내야. 네 칼은 두렵지 않아!"

---

[08] 샤토프의 애칭

"칼이라고!"

"그래, 칼! 네 주머니에 칼이 있잖아. 넌 내가 자고 있다고 생각했겠지. 하지만 나는 네가 들어와서 칼을 꺼내는 것을 내내 바라보았지!"

"불쌍한 인간아, 무슨 말을 하는 거냐, 무슨 꿈을 꾼 거냐고!"

그는 울부짖었고 있는 힘을 다해 그녀를 자기로부터 떼어 놓아서 그녀는 소파에 어깨와 머리를 아플 정도로 세게 부딪쳤다. 그는 달아나기 시작했다. 그러자 그녀는 즉시 자리에서 일어나 다리를 절고 뒤뚱거리며 그의 뒤를 쫓았다. 너무 놀란 레뱌드킨이 현관에서 있는 힘껏 그녀를 말렸으나 그녀는 비명을 지르고 깔깔거리며 어둠 속을 향해 소리쳤다.

"그리시카 오트-레피-예프, 꺼-져-버-려!"

V. 니콜라이 스타브로긴과 다리야의 만남

그_{니콜라이 프세볼로도비치}는 알렉세이 이고로비치로부터 바르바라 페트로브나가 자신의 외출에 대해 아주 흡족해했다는 사실을 알게 되었다. 그 외출은 8일간 아파서 누워 있다가 처음 나간 것이었고 산책을 하기 위해 말을 타고 나간 것이었기 때문이다. 그녀도 마차를 준비시켜서 '8일 동안 신선한 공기를 마신다는 것이 무엇을 의미하는지 잊어버렸기 때문에 이전의 방식대로 신선한 공기를 마시기 위해' 몸소 떠났다.

"그녀 혼자 나가셨나요, 아니면 다리야 파블로브나와 함께 가셨나요?"

그는 노인^{알렉세이 이고로비치}에게 재빨리 물어보았고 다리야 파블로브나가 '건강이 안 좋아서 동행을 거절했고 지금 자기 방에 있다'는 말을 듣고 얼굴을 몹시 찡그렸다.

"할아버지, 잘 들어요."

그는 갑자기 결심한 듯이 말했다.

"오늘 하루 종일 그녀를 잘 보살펴 주세요. 만일 그녀가 내게 오려는 낌새가 보이면 말리고 적어도 며칠 동안 내가 그녀를 만날 수 없다는 말을 그녀에게 전해 줘요... 내가 직접 연락하겠다고 때가 되면 부를게요. 듣고 있죠?"

"전할게요."

알렉세이 이고로비치는 눈길을 아래로 향한 채 음울한 목소리로 말했다.

"걱정하지는 마세요. 실수는 없을 겁니다. 지금까지 저를 통해 소식이 전해졌으니까요. 나리는 언제나 제게

도와달라 요청하셨죠."

"알죠. 하지만 그녀가 움직이기 전, 그보다 더 일찍은 안됩니다. 가능한 한 빨리 제게 차를 가져다 주세요."

노인이 막 나간 바로 그 순간 문이 열리면서 문턱에 다리야 파블로브나가 나타났다. 그녀의 시선은 차분했지만 얼굴은 창백했다.

"당신은 어디서 오는 길인가요?"

스타브로긴이 외쳤다.

"전 여기 서 있었고 당신에게 오기 위해 그가 나가기를 기다렸어요. 난 당신이 그에게 무슨 지시를 내리는지 들었어요. 그가 지금 나갈 때 제가 오른쪽으로 튀어나온 부분 뒤에 숨어 있어서 그는 저를 알아차리지 못했어요."

"전 오래전부터 당신과의 관계를 끝내고 싶었어요. 다샤... 안녕... 지금이 그때예요. 당신의 메모에도 불구하고 오늘 밤은 당신을 받아들일 수 없네요. 제가 직접 당신에게 편지를 쓰고 싶었으나 쓸 수 없었어요."

그는 거의 혐오스런 감정을 담아 화를 내며 덧붙였다.

"저도 그만두어야 한다고 생각했어요. 바르바라 페트로브나는 우리 관계를 지나치게 의심하고 계세요."

"그녀를 그냥 놔두세요."

"그녀를 걱정하게 해선 안 됩니다. 당신은 지금 끝내

자는 건가요??"

"당신은 언제나 끝을 기다리나요?"

"네, 확신합니다."

"세상에는 그 무엇도 끝나지 않아요."

"여기서 끝내죠. 당신이 저를 부르면 제가 올게요. 그럼 안녕히 계세요."

"끝이 어떻게 될까요?"

니콜라이 프세볼로도비치가 웃었다.

"당신은 부상당하지 않았군요. 그러니... 피도 흘리지 않았겠죠?"

그녀는 끝이라는 말에 대해 답하지 않고 물었다.

"어리석었어요. 전 아무도 죽이지 않았어요. 걱정하지 말아요. 하지만 당신은 오늘 모든 사람들로부터 모든 일에 대해 듣게 될 겁니다. 전 몸이 좀 안 좋아요."

"갈게요. 오늘 결혼에 대한 발표는 없겠죠?"

그녀는 주저하며 덧붙였다.

"오늘은 없을 겁니다. 내일도 없을 거고요. 모레, 모르겠어요. 어쩌면, 모두가 죽는다면 그게 더 나을 겁니다. 절 그냥 놔둬요. 그러니 절 가만 두세요."

"당신은 다른... 미친 여자를 죽이지 않을 거죠?"

"전 광인을 죽이지 않아요. 이 여자도 저 여자도. 어쩌면 제정신인 여자를 죽일 겁니다. 전 너무도 비열하고 혐오스런 인간입니다. 다샤, 전 당신이 말한 것처럼 '마지막 종말'의 순간에 당신을 부를지도 몰라요. 그러면 당신은 당신의 이성에도 불구하고 와 주실 건가요. 당신은 왜 자신을 죽이려 하나요?"

"결국 제가 당신과 함께 남을 거라는 사실을 알아요. 그래서 그것을 기다리는 거예요."

"만일 제가 마지막으로 당신을 부르지 않고 당신에게서 도망친다면?"

"그럴 일은 없을 겁니다. 당신은 저를 부를 겁니다."

"당신은 저에 대해 많이 경멸하는군요."

"경멸 하나만은 아니라는 것을 당신은 아시잖아요."

"그러니까 경멸이 있단 거네요?"

"전 그렇게 표현하진 않았어요. 신이 증인입니다. 전 당신이 제게 결코 필요하지 않기를 바랐어요."

"한마디 말은 그 말 이상의 가치를 가집니다. 저도 당신을 죽이지 않길 바랍니다."

"절대, 당신은 그 무엇으로도 저를 죽일 수 없어요. 당신은 다른 누구보다 그 사실을 더 잘 알고 있어요."

다리야 파블로브나는 강하고 빠른 어조로 말했다.

"만일 제가 당신에게 갈 수 없다면 보호소로 가서 간호사가 되어 환자를 돌보거나 서적상이 되어 성경을 팔 겁니다. 전 그렇게 결정했어요. 전 누군가의 아내가 될 수 없어요. 전 이같은 집에서 살 수 없어요. 제가 원한 건 그게 아닙니다... 당신은 모든 걸 알고 있어요."

"아니요. 전 당신이 원하는 것이 무엇인지 짐작할 수 없었어요. 당신이 저에 대해 관심이 있다고 생각했어요. 그것은 마치 어떤 노련한 간호사들이 평범한 환자보다는 어떤 특별한 이유로 아픈 사람들에게 더 관심을 가지거나, 아니면 장례식장을 돌아다니며 기도하는 노파들이 다른 사람들보다 좀 더 그럴듯해 보이는 시신을 더 좋아하듯이 말이죠. 당신은 왜 저를 그렇게 놀라서 쳐다보는 거죠?"

"당신은 정말 아픈 건가요?"

그녀는 그를 특별하게 쳐다보며 적극적으로 물어보았다.

"맙소사! 이 사람이 나 없이 지내고 싶어 하다니!"

"들어 봐요, 다샤, 난 요즘 늘 환영을 보고 있어요. 어떤 마귀가 어제 내게 다리 위에서 레뱌드킨과 마리야 티모페예브나를 죽여서 물에 빠뜨리고 나의 합법적인 결혼을 끝내라고 제안했어요. 그 마귀는 착수금으로 3루블을 제안했고 모든 조치가 이뤄지면 1,500루블 이상이 들 거라고 분명하게 알려 주더군요. 정말 계산에 밝은 마귀였어! 회계사야! 하-하!"

"그런데 당신은 정말 그것이 환영이라고 확신하는 건

가요?"

"오, 아니요. 그건 전혀 환영이 아니었어요! 그건 페지카 카토르지니였어요. 감옥에서 도망쳐 나온 유형수죠. 하지만 문제는 거기 있는 것이 아니에요. 당신은 어떻게 생각하나요, 내가 무슨 일을 했을까요? 난 그에게 지갑에 있는 모든 돈을 내주었고 그자는 내가 그에게 착수금을 주었다고 지금 완전히 믿고 있어요!"

"당신은 밤에 그를 만났고 그가 당신에게 그러한 제안을 했다는 거죠? 정말 당신은 그들이 당신 주위에 쳐놓은 덫을 보지 못하는 건가요!"

"그들을 그냥 놔둬요. 당신의 눈을 보아하니 당신은 한 가지 의문 때문에 헷갈리는 것 같군요."

그는 사악하고 짜증이 담긴 미소를 지으며 덧붙였다.

다샤는 놀랐다.

"질문도 없고 의심도 절대 없어요. 당신은 침묵하는 게 더 나아요!"

그녀는 질문을 떨쳐버리는 것처럼 불안해하며 소리쳤다.

"그러니까 당신은 내가 페지카 일당에게 가지 않을 거라 확신하나요?"

"오, 주여!"

그녀는 손뼉을 쳤다.

"당신은 무엇 때문에 저를 이토록 괴롭히시는 건가요?"

"음, 나의 어리석은 농담을 용서해 주세요. 내가 그들로부터 어리석은 수법을 받아들인 게 틀림없어요. 내가 어젯밤부터 정말 끔찍이도 웃고 싶었다는 거 알아요, 내내 웃었어요. 쉬지 않고, 오랫동안, 많이. 마치 웃음에 중독된 거 같았지... 이런! 어머니가 오셨어. 그녀의 마차가 현관에 멈춰 섰을 때, 노크 소리를 듣고 알아차렸지."

다샤가 그의 손을 붙잡았다.

"신이 당신의 마귀로부터 당신을 지켜주실 거예요. 그리고... 부탁입니다. 저를 빨리 불러주세요!"

"오, 나의 악마는 어떠할지! 그 악마는 실패한 자들 중 하나로 그냥 작고 가증스러운 자야. 코감기에 걸려 얼굴이 누렇게 뜬 자란 말이지. 다샤, 당신은 또다시 무슨 말을 할 수 없겠죠?"

그녀는 비난하면서도 고통스럽게 그를 바라보았고 문 쪽으로 몸을 돌렸다.

"들어보세요!"

그가 그녀의 뒤에다 대고 사악하고 일그러진 미소를 띤 채 외쳤다.

"만일... 그곳에서, 한마디로 말해서, 만일... 음, 내가 무리들 속으로 들어가서 나중에 당신에게 와달라고 소리지른다면, 당신은 무리들에서 빠져 나와 내게 올 건가요?"

그녀는 손으로 얼굴을 가리고 나서 몸을 돌리지도 않고 대답도 하지 않은 채 방을 나왔다.

"그녀는 내가 무리들을 빠져 나와야지만 올 거야!"

그는 생각에 잠긴 후 중얼거렸다. 그의 얼굴에는 혐오스런 경멸이 스며 있었다.

"간호사라! 음!.. 그건 그렇고 어쩌면 내게는 그게 필요할지도 모르지."

VI. 니콜라이 스타브로긴, 사교계의 주목을 받다

마침내 니콜라이 프세볼로도비치가 직접 나타났을 때 모두가 가장 순수한 태도로 진지하게 그를 맞이하였다. 사람들은 그를 주목하였다. 모두의 시선에는 무엇보다 견디기 힘든 기대감이 깃들어 있었다. 니콜라이 프세볼로도비치는 맘껏 지껄여서 모두를 만족시키기보다는 가장 엄격한 침묵으로 사건을 마무리지었다. 한마디로 말해 모든 것이 그에게 성공적이었다. 그는 정도를 지켰다. 현의 사교계에 누군가 일단 나타난다면 결코 숨을 수 없는 것이다. 니콜라이 프세볼로도비치는 이전처럼 모든 현의 규칙을 정교할 정도로 잘 따랐다. 사람들은 그에게서 유쾌한 점을 발견하지 못했다. '인간이 너무 많이 참았지. 이 인간은 다른 사람들이 아니야. 그 점에 대해 생각할 필요가 있어.' 4년 전 우리 현에서 그가 오만하고 사람들을 성가시게 하며 타인의 접근을 차단한다며 그를 증오했던 사람들이 지금은 그를 존경하며 마음에 들어 하는 것이었다.

바르바라 페트로브나는 누구보다 의기양양했다. 그녀가 리자베타 니콜라예브나에 관한 꿈이 깨져버려서 아주 슬퍼했는지에 대해서 말할 수는 없다. 물론 가족의 자존심이 그 일과 연관되어 있었다. 한 가지 이상한 점은 바르바라 페트로브나가 갑자기 니콜라스가 실제로 K 백작 집에서 '선택했다'고 확신해 버린 점이다. 그리고 더 이상한 것은 그녀가 모두의 바람과도 같이 들렸던 허황된 소문을 믿었다는 점이다. 그녀 자신은 니콜라이 프세볼로도비치에게 직접 물어보는 것을 두려워했다. 하지만 그녀는 두세 번 참지 못하고 은밀하고 즐겁게 그가 그녀에게 솔직하지 못하다며 그를 책망했다. 니콜라이 프세볼로도비치는 미소지었고 계속 침묵했다. 침묵은 긍정적인 신호로 받아들여졌다. 그건 그렇고 그녀는 이 모든 일에 있어서 다리를 저는 여인에 대해 결코 잊지 않았다.

그녀에 대한 생각은 그녀의 마음에 돌덩이, 그리고 악몽처럼 박혀서 이상한 환영이나 점괘처럼 그녀를 괴롭혔다. 그리고 이 모든 것은 K백작의 딸들에 대한 꿈과 함께 하나가 되었다. 하지만 이 일에 대해서는 앞으로 더 말할 기회가 있을 것이다. 분명 사교계는 바르바라 페트로브나에 대해 다시 조심스러운 태도와 대단한 존경심을 보였다. 그러나 그녀는 그것을 잘 이용하지 않았으며 외출도 자제했다.

한편 그녀는 예를 갖춰서 현지사 부인을 방문했다. 그녀는 누구보다 더 귀족 단장의 집에서 열린 야회에서 현지사 부인 율리야 미하일로브나의 멋진 말에 매혹되었고 포로가 되었다. 그들은 그녀의 마음속의 우수를 많이 덜어 주었고 불행한 일요일의 사건 이후 그녀를 너무도 괴롭혔던 일들의 많은 부분을 해결해 주었다. 그녀는 자신의 주특기인 단도직입적인 말투로 '난 그 여인을 이해할 수 없어요!'라고 직접적으로 말했고 율리야 미하일로브나에게 감사드리기 위해 왔다고 밝혔다. 그녀는 율리야 미하일로브나에게 아첨을 했으나 독자적인 입장을 유지했다. 그러한 순간이면 그녀는 많든지 적든지 간에 자신의 가치를 느끼기 시작하였다. 예를 들어 그녀는 대화 도중에 스테판 트로피모비치의 활동과 학식에 대해 결코 아무것도 들은 바가 없다고 밝혔다.

"물론, 저는 젊은 베르호벤스키를 받아들이고 예뻐합니다. 그는 분별력이 없지만 아직 젊잖아요. 하지만 그는 탄탄한 지식을 가지고 있어요. 그러나 그는 과거의 은퇴한 비평가는 아니지요."

바르바라 페트로브나는 스테판 트로피모비치가 결코 비평가였던 적은 없다고 서둘러 말했다. 오히려 그는 평생 그녀의 집에 살았다고도 했다. 그는 '모든 사교계에 너무 잘 알려진' 그의 처음 경력을 둘러싼 상황 때문에 유명해졌다. 하지만 최근에 그는 스페인 역사에 관한 저작으로 유명해졌다. 그리고 그는 독일 대학의 현황에 관해 쓰고 싶어했고 드레스덴의 마돈나에 관해 뭔가를 쓰고 싶어하는 것 같기도 했다. 한마디로 말해서 바르바라 페트로브나는 율리야 미하일로브나에게 스테판 트로피모비치를 양보하고 싶어 하지 않았다.

"드레스덴의 마돈나에 대해서라고요? 그건 식스티나의 마돈나에 대해서겠지요? 사랑스런 바르바라 페트로브나, 난 두 시간 동안 그 그림 앞에 앉아 있다가 실망하고 떠났어요. 난 아무것도 이해할 수 없었고 너무 놀랐어요. 카르마지노프도 이해하기 어렵다고 말하더군요. 지금은 모두가 아무것도 발견하지 못하죠. 러시아인도 영국인도 말이죠. 노인들만 모든 영광을 외쳐댑니다."

"그러니까 새로운 유행이라는 겁니까?"

"우리의 젊은이들을 무시해서는 안 된다고 생각합니다. 그들이 공산주의자라고 외치죠. 제 생각으론 그들을 아끼고 소중히 해야 합니다. 전 모든 것, 모든 신문들, 코뮨, 자연과학을 읽어요. 모든 것을 입수하고 있어요. 왜냐하면 그들이 어디에 사는지 누구와 사업을 하는지 알아야 하기 때문이죠. 환상의 꼭대기에서 평생을 살아서는 안 됩니다. 저는 결론 내렸고 젊은이들을 예뻐해 주고 가장자리에 선 그들을 잡아주자는 것을 규칙으로 삼았죠. 바르바라 페트로브나, 우리 사교계가 긍정적인 영향과 상냥함을 통해서 심연 옆에 서 있는 그들을 잡아줄 수 있다는 사실을 믿으세요. 모든 노인들의 조급함이 그들을 심연으로 밀어 넣고 있답니다. 그럼에도 불구하고 저는 당신을 통해 스테판 트로피모비치에 대해 알게 되어 기뻐요. 당신 덕분에 전 그분이 우리의 문학 낭독회에 도움을 줄 수 있다고 생각하게 되었어요. 아시다시피 전 우리 현의 가난한 여자 가정교사들을 위해 서명을 받으면서 하루 종일 여가를 보내고 있어요. 그들은 러시아 전역에 흩어져 있지요. 계산해 보았더니 우리 현 출신은 여섯 명이 됩니다. 그 외에도 두 명의 전보 기사, 두 명은 아카데미에서 배우고 있고 나머지 여성들은 배우고 싶지만 돈이 없는 겁니다. 바르바라 페트로브나, 러시아 여성의 운명은 끔찍합니다! 때문에 지금 대학의 문

제가 제기되고 있어요. 심지어 국회에서 회의가 열리기도 했지요. 우리의 이상한 러시아에서는 원하는 모든 것을 할 수 있어요. 그러니 다시 한번 우리 상류 사회의 사랑스런 손길과 직접적인 따스한 참여를 통해 우리는 이 위대한 공동의 사업을 진리의 길로 인도할 수 있어요. 오, 신이시여, 우리나라에는 선견지명을 가진 자들이 얼마나 많습니까! 물론 있긴 합니다만 그들은 흩어져 있어요. 뭉치면 더 강해질 겁니다. 한마디로 말해서 처음에는 문학의 아침이 열릴 겁니다. 그 후에 가벼운 아침 식사가 있고요. 그 후에 휴식을 취하고 같은 날 저녁에 무도회가 있어요. 우리는 생생한 그림을 가지고서 야회를 시작하고 싶어요. 하지만 많은 비용이 들 거 같아요. 그러니 유명한 문학적인 경향을 표현한 특색있는 복장에다 가면을 쓰고서 한두 번의 카드릴[09]을 대중들을 위해 준비할 겁니다. 카르마지노프가 이 우스운 아이디어를 제안했어요. 그는 나를 많이 도와줍니다. 아시다시피 그는 우리 집에서 아직 누구에게도 공개하지 않은 자신의 최신작을 낭송할 겁니다. 그는 절필하고 더이상 글을 쓰지 않을 겁니다. 이 마지막 기사는 그가 대중과 나누는 마지막 이별이지요. '메르시merci'라는 제목의 매혹적인 작품입니다. 제목은 불어입니다. 하지만 그는 그것이 더 재

---

09 18~19세기 유럽에서 유행하였던 남녀 네 쌍이 추는 사교춤의 한 형태

미있고 더 섬세하다고 생각합니다. 저도 그래요. 저는 충고하기까지 했지요. 스테판 트로피모비치도 낭송할 수 있을 거라 생각합니다. 짧은 거라도... 그다지 학술적이지 않은 거라도요. 표트르 스테파노비치와 누군가가 뭔가를 낭송할 수 있을 거 같아요. 표트르 스테파노비치가 당신에게 달려와서 프로그램을 알려주겠죠. 아니면 제가 직접 당신에게 알려주기 위해 방문하는 것이 더 좋겠네요."

"제가 당신의 서류에 서명하는 것을 허락해 주세요. 제가 스테판 트로피모비치에게 전하고 그에게 직접 부탁할게요."

바르바라 페트로브나는 아주 매료되어서 집으로 향했다. 그녀는 율리야 미하일로브나의 뒤에 산처럼 서 있었고 어쩐 일인지 스테판 트로피모비치에게 화를 냈다. 그는 집에 있으면서 가엾게도 아무것도 몰랐던 것이다.

"난 그녀에게 반했어. 내가 그 여인에 대해 왜 그처럼 잘 알지 못했는지 이해할 수 없어."

그녀는 저녁에 니콜라이 프세볼로도비치와 함께 달려온 표트르 스테파노비치에게 말했다.

"그럼에도 불구하고 당신은 어르신^{스테판 트로피모비치}과 화해해야만 합니다."

표트르 스테파노비치가 말했다.

"그는 절망에 빠져 있어요. 당신은 그분을 주방으로 아주 보내 버리셨어요. 어제 그분은 당신의 마차를 보고 인사를 했죠. 하지만 당신은 외면하셨어요. 우리가 그분을 움직일 수 있다는 것을 아셔야 합니다. 제게는 그분에 대한 어떠한 계획이 있어요. 그분은 여전히 유용할 수 있어요."

"오, 그분은 낭송을 하겠죠."

"전 그것 하나만을 염두에 둔 건 아닙니다. 제가 직접 오늘 그분에게 달려가고 싶었어요. 그에게 그렇게 알려야만 할까요?"

"당신이 원한다면요. 하지만 당신이 어떻게 이 일을 도모하고 있는지 난 모르겠어요."

그녀는 주저하며 말했다.

"내가 직접 그분과 상의해서 날짜와 장소를 정하려고 했어요."

그녀는 얼굴을 몹시 찌푸렸다.

"음, 이젠 날짜를 정할 필요는 없어요. 전 그냥 전하기만 할 겁니다."

"전해 주세요. 그럼에도 불구하고 내가 그에게 날짜를 정해 줄 거란 사실을 덧붙여 주세요. 즉시 덧붙여 주세요."

표트르 스테파노비치는 싱글거리며 달려갔다. 대체로,

내가 기억하는 한, 그는 그 순간 어쩐 일인지 특별히 더 사악했고 거의 모든 사람들에게 아주 참을성 없는 태도를 유지했던 것 같다. 어쩐 일인지 모두가 그를 용서했다는 점이 이상하다. 대체로 그를 특별하게 바라보아야만 한다는 의견이 형성된 것 같았다. 그가 특별히 니콜라이 프세볼로도비치의 결투에 대해 사악한 태도를 보였다는 점을 지적해 두어야겠다. 그 일은 그에게 갑자기 들이닥쳤다. 사람들이 그에게 이야기했을 때 그는 새파랗게 질렸다. 어쩌면 그 일로 그의 자존심이 상했을지도 모른다. 그는 모든 사람들이 결투에 대해 알게 된 다음 날이 되어서야 사태를 파악하였기 때문이다.

"당신은 싸울 자격도 없어요."

그는 5일째 되는 날, 우연히 스타브로긴을 클럽에서 만났을 때 속삭였다. 표트르 스테파노비치가 거의 매일 바르바라 페트로브나의 집을 드나들었음에도 불구하고 그들이 5일째 되는 날까지 어디에서도 서로 마주치지 않은 것은 잘된 일이다.

니콜라이 프세볼로도비치는 무슨 일인지 모르겠다는 듯이 멍한 표정으로 아무 말 없이 그를 쳐다보았고 멈추지 않고 지나가 버렸다. 그는 클럽의 커다란 홀을 통과하여 뷔페로 들어섰다.

"당신은 샤토프에게 들렸죠... 당신은 마리야 티모페

예브나에 대해 사람들에게 알리고 싶어 하지요."

그는 니콜라이 프세볼로도비치의 뒤를 따라잡고 아무 생각 없이 그의 어깨를 붙잡았다.

니콜라이 프세볼로도비치는 갑자기 손으로 뿌리치며 험한 표정으로 인상을 썼고 재빨리 그에게로 돌아섰다. 표트르 스테파노비치는 이상하게 오랫동안 미소 지으면서 그를 바라보았다. 모든 상황이 한순간 지속되었다. 니콜라이 프세볼로도비치는 앞으로 지나가 버렸다.

VII. 아버지와 아들의 뜨거운 논쟁

그^{표트르 스테파노비치}는 바르바라 페트로브나의 집을 떠나 곧장 아버지에게 달려갔다. 그렇게 서두른다면 그건 이전의 모욕에 대해 복수하고 싶은 사악함 때문일 거다. 난 지금까지도 그 모욕에 대해 이해할 수 없다. 사실 그들은 지난주 목요일에 마지막 만남을 가졌다. 스테판 트로피모비치 자신이 싸움을 시작했고, 지팡이로 표트르 스테파노비치를 쫓아냄으로써 싸움은 마무리되었다. 그 당시 그는 내게 그 사실을 숨겼다. 하지만 표트르 스테파노비치가 자신에게 익숙한 조소를 품고, 순진할 정도로 도도한 자세로, 불쾌한 호기심을 가지고 구석구석 휘둘러보는 눈빛으로 부리나케 달려온 지금, 스테판 트로피모비치는 나에게 자리를 비켜달라는 듯이 비밀스런 표정을 지어 보였다. 이렇게 해서 난 그들의 현재의 관계를 알게 되었다. 왜냐하면 그때 그들의 대화를 모두 엿들을 수 있었기 때문이다.

스테판 트로피모비치는 침대 겸 소파에 편한 자세로 앉았다. 지난 목요일 이후 그는 살이 빠졌고 누렇게 떴다. 표트르 스테파노비치는 예의를 갖추지 않고 다리를 꼬고서 가장 친근한 표정으로 그의 옆에 앉았는데, 아버지에 대한 존경을 표시하는 정도, 그 이상으로 소파 자리를 더 많이 차지하고 앉았다. 스테판 트로피모비치는 아무 말 없이 위엄을 갖추고 그를 외면했다.

테이블 위에는 책이 펼쳐져 있었다. 그것은 『무엇을 할 것인가?』[10]라는 소설이었다. 맙소사, 난 내 친구가 지닌 한 가지 이상한 소심함에 대해 고백해야만 하겠다. 그는 고립된 상태에서 벗어나 마지막 전투를 치러야 한다는 몽상에 빠져 있었고, 그 몽상은 그를 사로잡은 상상 속에서 점점 더 수면 위로 드러나고 있었다. 난 그가 소설을 구해서 소설을 연구하고 있다고 생각했다. 그 목

---

10 19세기 러시아의 소설가 체르니솁스키(1828-1889)의 대표 소설로서 신여성 베라와 두 남자 로푸호프와 키르사노프의 사랑, 사회주의 사상에 대해 담고 있다.

적은 '목소리 큰 자들'과 불가피하게 싸우게 될 경우, 사전에 그들의 수법과 그들의 '교리문답서'에 기반한 쟁점을 알고 그녀의 목전에서 그들 모두를 우아하게 반박하기 위한 것이었다. 오, 그 책이 얼마나 그를 괴롭혔을까! 그는 이따금 자리에서 벌떡 일어서서 절망하며 그 책을 던져 버리고 거의 흥분한 상태에서 방안을 서성였다.

"난 작가의 근본 사상이 옳다는 데에 동의해."

그는 열병에 걸린 상태에서 내게 말했다.

"하지만 그것 때문에 더 끔찍해! 우리의 사상도 마찬가지야. 바로 우리의 사상 말이야. 우리, 우리가 처음으로 그 사상을 심었고 키웠고 준비시켰지. 그들은 우리 다음에 스스로 새로운 뭔가를 말할 수 있지! 하지만, 주여, 이 모든 것이 얼마나 왜곡되고 일그러진 형태로 나타났는가!"

그는 손가락으로 책을 두드리며 소리쳤다.

"우리가 그러한 결론을 지향했나? 누가 최초의 사상을 알아차릴 수 있을까?"

"계몽이 되고 있나요?"

표트르 스테파노비치는 테이블에 있던 책을 들고 장의 제목을 읽으며 히죽거렸다.

"오래전에 그랬어야 하는데. 당신이 원한다면 가져오는 것이 더 나을 뻔했네요."

스테판 트로피모비치는 다시 위엄을 갖추고 침묵했다. 난 구석의 벤치에 앉았다.

표트르 스테파노비치는 서둘러서 자신의 방문 목적을 말했다. 스테판 트로피모비치는 다소 놀란 것 같았다.

"당신은 그들을 그다지 필요로 하지 않는다는 거네요. 오히려 그들은 당신을 달래서, 그것을 통해서 바르바라 페트로브나에게 빌붙으려는 겁니다. 하지만 분명히 당신은 낭송을 거절하지 못할 겁니다. 그들은 당신 자신이 원한다고 생각합니다."

그는 웃음을 터뜨렸다.

"당신들, 모두, 어르신들은 지옥 같은 야망을 품고 있어요. 하지만 들어보세요, 그렇게 지루한 것은 안됩니다. 당신에겐, 스페인의 역사가 있잖아요, 맞나요? 그것을 들여다볼 3일간의 시간을 내게 주세요. 어쩌면 졸음이 쏟아질 수 있거든요."

서둘러서 이러한 빈정거림을 노골적으로 드러내는 그의 거친 태도는 분명 미리 준비된 것이었다. 더 섬세한 언어와 이해심을 가지고서 스테판 트로피모비치와 이야기하는 것은 불가능하다는 표정이었다. 스테판 트로피모비치는 모욕을 의식하지 않기 위해 계속 말했다. 하지만 밝혀진 사건들은 그에게 점점 더 놀라운 인상을 심어주었다.

"그러니까, 그녀는 직접, 직접 이것을 내게 전하라고 한 건가, 너를 통해서?"

그는 창백한 얼굴로 물어보았다.

"그러니까, 아시죠, 그녀가 서로에게 해명하기 위해, 당신에게 날짜와 장소를 정해 주고 싶어 한다고요. 당신의 낭만적인 행동의 잔재죠. 당신은 그녀와 20년간 가깝게 지내면서 그녀에게 가장 우스운 수법들을 가르쳤어요. 하지만 걱정마세요. 지금은 전혀 그렇지 않아요. 그녀 자신은 이제야 '통찰하기' 시작했다고 잠깐 이야기하더군요. 난 그녀에게 직접적으로 당신의 모든 우정은 서로에게 구정물을 튀기는 것뿐이라고 솔직히 말했어요. 그녀는 내게 많은 이야기를 했어요. 휴우, 당신은 내내 대단한 하인의 임무를 수행했더군요. 나까지 당신 때문에 얼굴이 붉어지더군요."

"내가 하인의 임무를 수행했다고?"

스테판 트로피모비치가 참지 못하고 말했다.

"더 안 좋은 것은 당신이 식객, 즉 선량한 하인이었다는 겁니다. 일하는 것은 게을리하면서 우리에게 있는 돈에는 눈독을 들인 겁니다. 그녀는 이제 그 모든 것을 이해했어요. 그녀가 당신에 대해 이야기하는 것은 끔찍했어요. 음, 내가 당신이 그녀에게 보내는 편지를 보고 얼마나 깔깔댔는지! 양심에 찔리고 가증스러웠어요. 그런데 당신들은 너무도 타락하고, 정말 타락했더군요! 자선 속에는 영원히 타락한 뭔가가 들어 있죠. 당신이 명백한 본보기입니다!"

"그녀가 네게 내 편지들을 보여주다니!"

"모두요. 물론 어디에서 그것들을 읽을 수 있었을까요? 휴우, 당신은 편지를 많이도 썼더군요. 거기엔 2,000통 이상의 편지가 있는 것 같던데요... 아버지, 제 생각으론, 그녀가 당신에게 시집올 준비를 했던 적이 있었죠? 어리석게도 당신은 기회를 놓쳤어요! 물론 저는 당신의 관점에서 이야기하는 겁니다. 하지만, 그럼에도 불구하고 당신이 돈 때문에 즐거움을 주기 위해 일하는 광대처럼, '타인의 죄'를 위해 결혼하려는 지금보다 그때가 더 나아요."

"돈 때문이라니! 그녀가, 그녀가 돈 때문이라고 말한 건가!"

스테판 트로피모비치는 병적으로 소리 질렀다.

"어떻게 그래요? 무슨 소리예요. 전 당신을 옹호했어요. 그것이야말로 당신을 합리화하기 위한 유일한 방법이지요. 그녀 자신은 모든 사람들처럼 당신도 돈이 필요했다고 이해하고 있어요. 어쩌면 그러한 관점에서 보자면 당신이 옳을지도 모르죠. 저는 그녀에게 당신들이 서로에게 이득을 주며 살고 있다고 분명하게 말해줬어요.

그녀는 자본가입니다. 당신은 그녀에게 빌붙는 낭만적인 광대고요. 하지만 그녀는 당신이 염소처럼 자신을 쥐어짠다고 해서 돈 때문에 화를 낸 건 아닙니다. 그녀가 악한 감정을 품은 것은 그녀가 20년간 당신을 믿었는데 당신은 호의를 가장하여 그녀를 속였고 그렇게 오랫동안 거짓말을 해왔기 때문입니다. 그녀가 거짓말을 한 것에 대해서는 결코 인정하지 않더군요. 당신은 그것 때문에 두 배로 값을 치르게 될 겁니다. 당신이 언젠가 계산을 치러야만 한다는 것을 몰랐다는 점은 이해할 수 없어요. 당신은 분명 조금의 이성이라도 가지고 있잖아요. 어제 그녀에게 당신을 양로원에 보내는 것을 제안했어요. 진정하세요. 괜찮은 곳으로 보내 드릴 겁니다. 모욕적이진 않을 겁니다. 그녀가 그렇게 할 거 같아요. 제가 X현에 있을 때 3주 전 제게 보낸 마지막 편지 기억하시죠?"

"너 정말 그녀에게 보여준 거냐?"

스테판 트로피모비치가 놀라서 일어섰다.

"안 그럴 수가 있어야죠! 첫 번째 일이죠. 그녀가 당신의 재능을 시기하여 당신을 착취한다고 알려주셨잖아요. 그리고 거기에는 '타인의 죄'에 대해서도 있었죠. 음, 그건 그렇고 당신은 대단한 자존심을 가지고 있더군요! 전 호탕하게 웃었어요. 대체로 당신의 편지들은 너무 지루했어요. 당신의 문체는 끔찍하더군요. 전 그것들을 자주 읽진 않았어요. 어떤 것은 뜯지도 않은 채로 제 방에서 지금 굴러다니고 있어요. 내일 당신에게 보내 드릴게요. 이게, 이게 당신의 마지막 편지인데 완벽함의 극치에요! 제가 얼마나 웃었는지, 얼마나 웃었는지 몰라요!"

"악당, 불한당!"

스테판 트로피모비치가 소리 질렀다.

"휴, 젠장, 당신과는 이야기할 수가 없네요. 들어보세요. 당신은 또 지난주 목요일처럼 모욕을 받은 건가요?"

스테판 트로피모비치는 화가 나서 몸을 꼿꼿이 세웠다.

"넌 어떻게 나와 그러한 식으로 말할 수 있지?"

"그게 어떤 말인데요? 평범하고 분명한 말 아닌가요?"

"불한당아, 네가 내 아들이 맞는지, 아닌지? 내게 말해."

"당신이 그 일에 대해 알고 있는 것이 더 나을 겁니다. 물론 이러한 경우 모든 아버지들이 눈멀게 되는 경우가 있지만요…"

"닥쳐, 닥치라고!"

스테판 트로피모비치는 몸을 떨었다.

"당신도 아시죠, 당신은 지난주 목요일처럼 소리치고 욕하고 있어요. 당신은 지팡이를 들고 싶으신 거죠. 그때 저는 서류를 찾고 있었어요. 호기심 때문에 저녁 내내 트렁크를 뒤졌죠. 사실, 정확한 것은 아무것도 없어요. 당신은 안심할 수 있을 겁니다. 그건 제 어머니가 그 폴란드인에게 보낸 메모에 불과합니다. 하지만 그녀의 성격으로 판단하자면…"

"좀 더 말하면 네게 따귀를 날릴 거야."

"여기 사람들이 있어요!"

표트르 스테파노비치가 갑자기 내게 몸을 돌렸다.

"지난주 목요일부터 우리 집에 사람들이 있다는 거 아시죠. 저는 지금 당신이 이곳에 계셔서 적어도 판단해주시니 기쁩니다. 먼저 사실이 있어야 합니다. 아버지는 제가 어머니에 대해 그렇게 말한다고 비난합니다. 하지만 같은 문제 때문에 저를 비난한 사람은 아버지가 아닌가요? 제가 중학생이었을 때 페테르부르크에서 밤에 두 번이나 저를 깨워서 껴안으며 아낙네처럼 울었던 것은 그가 아닙니까, 당신은 어떻게 생각하시나요, 밤마다 그가 제게 무슨 말을 했을까요? 바로 제 어머니에 대한 부정한 이야기였어요! 전 아버지로부터 처음 그 이야기를 들었죠."

"오, 난 그 당시에 고상한 의미에서 그 말을! 오, 넌 내 말을 이해하지 못했어. 아무것도, 넌 아무것도 이해하지 못했다고."

"하지만 그럼에도 불구하고 당신은 저보다 더 비열해

악령들 299

요. 더 비열했다고 고백하세요. 아시겠어요, 당신이 원한다면 전 아무 상관없어요. 전 당신의 관점에 서 있어요. 제 관점에서 보자면, 진정하세요. 전 어머니를 비난하지 않아요. 당신은 당신이고 폴란드인은 폴란드인이죠. 전 상관없어요. 당신들이 베를린에서 그처럼 어리석었다는 것은 제 책임이 아니잖아요. 뭔가 더 현명한 것이 당신들에게서 나올 수 있지 않았을까요. 이 모든 일이 있고 나서 당신들은 우스운 사람이 되지 않았나요! 그러니까 당신은 아무 상관이 없나요. 제가 당신의 아들이건 아니건? 들어보세요."

그는 갑자기 다시 내게 몸을 돌렸다.

"그는 평생 저를 위해 1루블도 쓰지 않았죠. 그는 제가 16세가 될 때까지 저를 몰랐어요. 그 후에 이곳에서 저를 알게 되었고 지금은 저에 대해 평생을 가슴 아파한 것처럼 소리칩니다. 배우처럼 제 앞에서 머리를 흔들고 있어요. 물론 저는 바르바라 페트로브나가 아닙니다. 미안합니다!"

그는 자리에서 일어나서 모자를 집어 들었다.

"이제부터 내 이름을 걸고 너를 저주할 거다!"

스테판 트로피모비치는 죽은 사람처럼 창백한 얼굴로 그의 위로 손을 뻗었다.

"인간이 어떻게 저렇게까지 어리석을 수 있는지!"

표트르 스테파노비치가 놀라기까지 했다.

"어르신, 안녕히 계세요. 결코 당신을 더이상 찾아오지 않을 겁니다. 더 일찍 기사를 보내 주세요. 잊지 마시고요. 가능하다면 헛소리를 빼도록 노력하세요. 사실, 사실 또 사실입니다. 중요한 건 더 간결해야 한다는 겁니다. 안녕히 계세요."

VIII. 성가신 일에 빠진 표트르 스테파노비치

표트르 스테파노비치는 먼저 키릴로프에게 들렀다. 이번에도 그는 평소대로 혼자 방 가운데서 체조를 하고 있었다. 그는 다리를 벌리고 어떤 특별한 방식으로 몸 위로 손을 휘젓고 있었다. 바닥에는 공이 놓여 있었다. 테이블 위에는 아침에 마시던 차가 정리되지 않은 채 놓여 있었는데 이미 차가워진 상태였다. 표트르 스테파노비치는 잠시 문턱에 서 있었다.

"그런데 당신은 자신의 건강에 대해 몹시 염려하시는군요."

그는 방안으로 들어서며 큰소리로 즐겁게 말했다.

"그런데, 정말 멋진 공이네요. 휴, 제법 잘 튀어 오르네요. 이 공도 체조용인가요?"

키릴로프는 재킷을 걸쳤다.

"네, 그것 또한 건강을 위한 거죠."

그는 무미건조하게 말했다.

"앉으세요."

"전 잠시. 아무튼 앉을게요. 건강은 건강할 때 지켜야죠. 그런데 전 합의에 대해 상기시키려고 왔어요. '어떠한 의미에서 본다면' 우리의 기한이 다가오고 있다고 할 수 있어요."

그는 부자연스럽게 돌려 말했다.

"어떤 합의인가요?"

"어떤 합의라니요?"

표트르 스테파노비치는 혼란스러워했고 심지어 놀라기까지 하였다.

"그건 합의도 아니고 의무도 아닙니다. 전 그 무엇으로도 자신을 구속하지 않아요. 당신이 실수한 듯합니다."

"들어보세요. 당신이 왜 그 일을 하고 있나요?"

표트르 스테파노비치가 자리에서 일어섰다.

"제 의지입니다."

"어떤 의지인가요?"

"이전의 의지입니다."

"그러니까 그 일을 어떻게 이해해야 하나요? 당신이 과거의 사상에 빠져 있다는 의미인가요?"

"이를테면 그렇죠. 다만 협의는 없었어요. 전 그 무엇에도 구속되지 않아요. 오직 자신의 자유의지가 있었고 지금도 자유의지가 있죠."

키릴로프는 예리하고 까다롭게 해명했다.

"전 동의합니다. 동의해요. 자유의지를 허용합니다. 다만 자유의지는 변하지 않았죠."

표트르 스테파노비치가 만족스런 표정으로 다시 자리에 앉았다.

"당신은 제 말 때문에 화내고 계시는군요. 어쩐 일인지 당신은 최근에 몹시 화를 내게 된 것 같아요. 그러니 제가 방문을 꺼렸던 겁니다. 그건 그렇고 전 당신이 배반하지 않았다고 확신합니다."

"전 당신을 그다지 좋아하지 않아요. 그런데 당신은 완전히 확신에 차 있는 듯하군요. 제가 배신을 인정하든, 인정하지 않든, 고백하진 않을 겁니다."

"하지만 아시잖아요."

표트르 스테파노비치가 다시 혼란스러워했다.

"회피하지 않으려면 다시 설명해야만 합니다. 사건은 정확성을 요구합니다. 당신은 나를 끔찍하게도 위축되게 만드는군요. 제가 말해도 될까요?"

"말하세요."

키릴로프는 구석을 바라보며 말을 가로챘다.

"당신이 이미 오래전에 자살할 생각을 했죠... 그러니까 당신은 그러한 생각을 가지고 있었죠. 그러니까, 제가 무슨 말을 했다는 건가요? 어떠한 실수가 있는 건 아닌가요?"

"전 지금도 그런 생각을 가지고 있어요."

"멋져요. 게다가 이 일에 있어서 어느 누구도 당신을 필요로 하지 않는다는 점을 알아 두세요."

"게다가. 당신은 정말 바보 같이 말하는군요."

"그러라 하지요. 그냥 두세요. 전 정말 어리석게 말합니다. 물론 그 일을 하는 데에는 정말 대단한 어리석음이 필요합니다. 계속 말할게요. 당신은 이전 조직에 있을 때부터 위원회의 멤버였죠. 당신은 그 당시 위원회 멤버 중 한 명에게 고백했어요."

"전 고백한 적 없어요. 그냥 말한 겁니다."

"그렇다고 해두죠. '고백한다'는 말에 우스운 점이 있어요. 고백이 대체 뭔가요? 당신이 그냥 말했다니. 멋지군요."

"아니요. 멋지지 않아요. 왜냐하면 당신은 정말 우물쭈물 말하네요. 전 당신에게 어떤 빚도 지지 않았어요. 당신은 제 사상을 이해할 수 없을 겁니다. 전 그러한 사상을 가지고 있기 때문에 자살하고 싶어요. 왜냐하면 전 죽음의 공포를 원하지 않기 때문이죠. 왜냐하면... 왜냐하면 당신은 이 점에 있어서 알 수 있는 것이 아무것도 없어요... 왜 당신이? 차를 드실래요? 차갑네요. 제가 당신에게 다른 컵을 가져다 드릴게요."

표트르 스테파노비치가 주전자를 쥐고 빈 컵을 찾았다. 키릴로프는 선반으로 가서 깨끗한 컵을 가져왔다.

"전 지금 카르마지노프 집에서 아침 식사를 했어요."

손님이 말했다.

"그 후에 그가 하는 말을 들었죠. 그러면서 땀이 났고 이리로 달려오면서 또 땀이 났어요. 정말 목이 마르군요."

"마셔요. 차가운 차도 좋아요."

키릴로프는 다시 의자에 앉았고 다시 구석으로 눈길을 돌렸다.

"위원회에서 사상이 거론되었어요."

그는 동일한 목소리로 말했다.

"제가 만일 자살한다면 저는 위원회에 유용하게 될 겁니다. 당신이 이곳에서 뭔가를 흘리고 그들이 죄인들을 찾아내면, 게다가 제가 갑자기 권총 자살을 하며 제가 모든 일을 했다는 편지를 남긴다면 사람들은 1년 내내 당신을 의심할 수 없을 겁니다."

"며칠 동안이라도요. 하루도 소중합니다."

"좋아요. 그러한 의미에서 사람들은 제가 원한다면 기다려야 한다고 말하더군요. 전 위원회에서 시기가 언급될 때까지 기다린다고 말했어요. 왜냐하면 전 상관없거든요."

"당신이 유언장을 작성할 때 당신은 은혜를 입었다는 점을 기억해야 합니다. 그러니까 저와 함께 해야 한다는 겁니다. 다른 방식은 안 됩니다. 러시아로 돌아와서 저에게서... 음, 한마디로 말해, 당신은 제 지시에 따라야 합니다. 즉 이러한 경우에 대비해서, 물론, 다른 모든 경우에는 자유롭지요."

표트르 스테파노비치가 상냥하게 덧붙였다.

"전 구속되어 있지 않아요. 하지만 동의합니다. 왜냐하면 제게 아무 상관이 없기 때문입니다."

"훌륭합니다. 훌륭해요. 전 결코 당신의 자기애를 깎아내릴 의도는 절대 없습니다. 하지만..."

"여기에 자기애는 없어요."

"하지만 당신에게 여비로 120탈레르[11]를 모금해 준 것을 기억해야 합니다. 당신은 그 돈을 가져갔고요."

"절대 아닙니다."

키릴로프가 펄쩍 뛰었다.

---

11 1탈레르는 3마르크에 해당하는 독일 은화

"돈은 그 일 때문이 아닙니다. 그 일을 위해 그들이 돈을 모으지는 않아요."

"이따금 모으기도 하죠."

"당신은 거짓말하고 있어요. 난 페테르부르크에서 온 편지를 통해 밝혔어요. 하지만 페테르부르크에서 당신에게 120탈레르를 지불했고 당신 수중에... 당신이 그 돈을 가지고 있지 않다면 그 돈은 거기로 보내졌을 겁니다."

"좋아요. 좋습니다. 전 어떤 점에 대해서도 논쟁하지 않을 겁니다. 돈은 보내졌어요. 중요한 점은 당신이 이전과 같은 사상을 가지고 있다는 겁니다."

"같은 사상이죠. 당신이 와서 '때가 되었다'고 말한다면 전 모든 것을 이행할 겁니다. 어떤가요, 너무 이른가요?"

"그렇게 많은 시간이 남아 있는 것은 아니군요... 하지만 그날 밤 우리가 함께 메모를 작성해야 한다는 사실을 명심하세요."

"낮이라도요. 당신은 격문을 가져와야 한다고 말하는 건가요?"

"어찌 보면 그러한 셈이죠."

"전 모든 것을 제 방식대로 취하지는 않을 겁니다."

"왜 가져 오지 않을 생각인가요?"

악령들 307

표트르 스테파노비치는 다시 곤경에 빠졌다.

"아무것도 바라지 않아요. 충분합니다. 더 이상 그 문제에 대해 이야기하고 싶지 않아요."

표트르 스테파노비치가 꾹 참고 화제를 바꿨다.

"전 다른 일에 대해 말하고 싶은데요."

그가 암시했다.

"당신은 오늘 저녁 우리 집에 올 건가요? 비르긴스키의 명명일인데 그 핑계로 사람들이 모입니다."

"가고 싶지 않네요."

"제발 와 주세요. 와야만 합니다. 쪽수와 얼굴로써 확실히 해야 합니다… 당신 얼굴이… 음, 한마디로 말해서, 당신의 얼굴은 치명적이죠."

"당신은 그렇게 생각하나요?"

키릴로프가 웃었다.

"좋아요. 가죠. 다만 얼굴을 위해선 아닙니다. 언제인가요?"

"아, 6시 30분보다 좀 더 일찍. 당신이 얼마나 머무르든지 간에 와서 앉아 있기만 하고 누구와도 말하지 않아도 됩니다. 다만 종이와 연필을 가져오는 것을 잊지만 마세요."

"그건 또 왜죠?"

"물론 당신에겐 아무 상관이 없겠죠. 그건 제 특별한

부탁입니다. 당신은 누구와도 이야기를 나누지 않으면서 앉아만 있고 대화를 들으면서 이따금 메모하는 것처럼만 하면 됩니다. 뭐라도 그려도 좋고요."

"정말 어이없네요. 왜 그래야 하죠?"

"만일 당신이 아무 상관이 없다면, 당연히 당신은 언제나 '난 아무 상관이 없다'고 말하겠죠."

"아니요. 왜 그렇죠?"

"왜냐하면 위원회의 멤버인 감사가 모스크바로부터 도착해서 참석하는데 제가 그곳에서 누군가에게 감사가 방문할지도 모른다고 말했죠. 그들은 제가 그곳에서 이미 3주 머물렀기 때문에 제가 바로 감사라 생각한 겁니다. 그러니 그들이 더 놀랄 밖에요."

"속임수입니다. 모스크바엔 당신들 조직에 대한 어떤 감사도 있지 않아요."

"없다고 치죠. 감사 따윈 악마에게나 줘 버리라죠. 당신에게 그게 무슨 문제인가요. 그리고 그 일이 어떤 이유로 당신을 곤란하게 만든다는 거죠? 그들이야말로 위원회의 멤버들입니다."

"그들에게 제가 감사라고 말하세요. 전 앉아서 침묵할 테니까요. 종이와 연필은 원치 않아요."

"그건 왜죠?"

"그러고 싶지 않아요."

표트르 스테파노비치는 화를 냈다. 심지어 얼굴이 파래졌다. 하지만 그는 다시 자신을 억누르고 자리에서 일어나 모자를 집어 들었다.

"당신 집에 그자[12]가 있죠?"

그가 갑자기 목청껏 외쳤다.

"그렇습니다."

"좋습니다. 제가 곧 그자를 불러낼 테니. 염려 마세요."

"전 염려하지 않아요. 그는 숙박하고 있어요. 노파는 병원에 있고요. 며느리는 죽었죠. 전 이틀 동안 혼자 있었어요. 전 그에게 울타리에서 판자를 뺄 수 있는 곳을 알려주기 위해 그곳을 보여주었어요. 그는 아무도 눈치채지 못하게 그리로 기어 다니죠."

"제가 곧 그를 잡을 겁니다."

"그는 묵을 곳이 많다고 하더군요."

"그가 거짓말하는 겁니다. 사람들이 그자를 찾고 있어요. 이곳에서는 당분간 눈에 띠지 않을 겁니다. 정말 당신이 그와 이야기를 나눈건가요?"

"네, 밤새 내내. 그가 당신을 엄청 욕하더군요. 전 그에게 밤에 요한계시록을 읽어 주었어요. 그리고 차도 마셨고요. 그자는 귀를 기울여 들었는데 밤새 아주 잘 들

---

12 페지카 카토르지니. 앞에 언급되었던 유형수로서 탈옥한 자이다.

었어요."

"아, 젠장, 당신이 그에게 기독교적인 믿음에 주목하도록 만들었어요!"

"그는 기독교적인 믿음을 지닌 자입니다. 걱정마세요. 그자는 벨 겁니다. 당신은 누구를 베고 싶은 건가요?"

"아닙니다. 그자가 그 일 때문에 필요한 게 아닙니다. 그는 다른 일을 위해... 그런데 샤토프는 페지카에 대해 알고 있나요?"

"전 샤토프와 아무 이야기도 하지 않고 만나지도 않아요."

"그가 화난 건가요, 뭔가요?"

"아닙니다. 우린 화난 게 아닙니다. 다만 서로에게 등을 돌린 겁니다. 미국에서 너무 오랫동안 함께 뒹굴어서요."

"제가 지금 그에게 들를게요."

"원하는 대로 하세요."

"그 집에서 나와서 제가 스타브로긴과 함께 당신 집에, 어쩌면, 10시쯤에 들를 수 있을 거 같아요."

"오세요."

"전 그와 중요한 일에 대해 이야기해야만 합니다... 당신의 공을 제게 선물해 주세요. 지금 그게 당신에게 필요한가요? 전 운동을 위해. 제가 당신에게 돈을 지불할 수도 있어요."

"그러면 가져가세요."

표트르 스테파노비치는 공을 뒷주머니에 넣었다.

"스타브로긴에 대해 반대하는 어떠한 의견도 당신에게 표명하지 않을 거야."

키릴로프는 손님을 배웅하면서 그의 뒤에서 중얼거렸다. 손님은 놀라서 그를 쳐다보았다. 하지만 아무런 대답도 하지 않았다.

키릴로프의 마지막 말은 표트르 스테파노비치를 정말 당혹스럽게 만들었다. 그런데 그는 아직 그 말의 의미를 정확히 파악하지 못했다. 그는 샤토프의 집으로 향하는 계단에서 불만족스런 표정을 상냥한 표정으로 바꾸려고 애썼다. 샤토프는 집에 있었는데 조금 아파 보였다. 그는 옷을 입은 채로 침대에 누워 있었다.

"큰일이네요!"

표트르 스테파노비치가 문턱에서부터 소리쳤다.

"많이 아픈가요?"

그의 얼굴에서 상냥한 표정이 갑자기 사라졌다. 그의 눈에는 뭔가 사악한 기운이 감돌았다.

"전혀."

샤토프는 신경질적으로 자리에서 일어났다.

"전혀 아프지 않아요. 머리가 약간…"

그는 심지어 의식을 잃었다. 갑작스런 손님의 출현이 그를 정말 놀라게 했던 것이다.

"전 아프면 안 된다는 그러한 것 때문에."

표트르 스테파노비치는 빠른 어조로 상대를 제압하는 듯이 말하기 시작했다.

"앉아도 될까요?(그는 이미 앉아 있었다.) 당신은 당신의 침대에 앉으세요. 네, 그렇게요. 오늘 우리 쪽 사람들이 비르긴스키의 명명일을 맞이하여 그의 집에 모입니다. 다른 의도는 전혀 없고요. 조치가 취해졌어요. 전 니콜라이 스타브로긴과 같이 갈 겁니다. 물론 저는 당신이 지금 생각하고 있는 것을 알기 때문에 당신을 그리로 끼어들게 하지는 않을 겁니다. 즉 그곳에서 당신을 괴롭히지 못하게 하려는 겁니다. 당신이 밀고했다고 우리가 생각하고 있기 때문이 아닙니다. 하지만 당신이 가야만 한다는 결론이 내려졌지요. 당신은 그곳에서 최종적인 결정을 함께 내려야 하는 이들을 만나게 될 겁니다. 당신이 어떠한 방식으로 위원회를 탈퇴할 것인지, 그리고 당신이 가지고 있는 것을 누구에게 양도할 것인지 정해질 겁니다. 아무도 눈치채지 못하게 그렇게 하기로 합시다. 제가 당신을 구석 어딘가로 데려가는 겁니다. 사람들이 많으나 그들이 알아야 할 이유는 없습니다. 고백하자면, 전 당신 때문에 말조심해야만 했어요. 하지만 지금 그들은 당신이 인쇄기와 모든 서류를 넘긴다는 사실에 합의한 듯합니다. 그러면 당신은 사방팔방으로 다닐 수 있습니다."

샤토프는 얼굴을 찌푸린 채 악의를 품고서 듣고 있었다. 그는 좀 전의 신경질적인 놀라움에 완전히 사로잡혔다.

"전 악마나 알 법한, 누군가에게 보고해야만 한다는 의무를 인정하지 않아요."

그는 단호하게 말했다.

"어느 누구도 제게 자유의지를 허용할 권한은 없어요."

"결코 그렇지 않아요. 당신은 많은 것을 신뢰해야만 했어요. 그리고 결국 당신은 그 일에 대해 분명하게 밝히지 않아서 그들을 애매한 상황으로 몰고가 버렸어요."

"제가 이곳으로 왔을 때, 전 편지를 통해 제 입장을 분명히 밝혔어요."

"아닙니다. 분명하지 않았어요."

표트르 스테파노비치는 차분하게 논쟁에 임했다.

"예를 들어 전 당신에게 『찬란한 인간』을 보냈어요. 이곳에서 출판하고 당신이 있는 이곳 어딘가에서 필요하다면 복사본들을 확보하기 위한 것이었죠. 그리고 두 개의 격문도 보냈어요. 당신은 어떤 의미도 없는 이중적인 의미를 지닌 편지를 가지고 돌아왔어요."

"전 직접적으로 출판을 거절했어요."

"네, 하지만 직접적인 것은 아니죠. 당신은 '할 수 없다'고 썼어요. 하지만 어떠한 이유 때문인지는 밝히지 않았어요. '할 수 없다'는 것은 '하고 싶지 않다'는 거죠. 단순하게 보자면 당신이 경제적인 이유 때문에 할 수 없다고 생각할 수도 있지요. 그럼에도 불구하고 당신이 위원회와의 관계를 지속하는 데에 동의한 거라고 사람들은 생각하고 그렇게 이해했죠. 그래서 당신을 어떻게든 믿고 당신과 타협할 수 있게 된 겁니다. 이곳에서 사람들은 당신이 뭔가 중요한 정보를 받고 밀고하기 위해 그저 사람들을 속이고 싶어 한다고 말합니다. 전 성심껏 당신을 변호하고 당신에게 유리한 서류로서 당신이 쓴 두 줄짜리 편지를 보여주기까지 했어요. 지금 다시 읽어보니 이 두 줄이 불분명하고 속임수였다는 것을 고백해야만 하겠네요."

"그런데 당신은 그 편지를 어떻게 그렇게 주도면밀하게 보관했던 건가요?"

"그 편지가 제게 보관되었다는 사실은 아무것도 아닙니다. 그 편지가 지금도 제게 있으니까요."

"그러라지요. 젠장!.."

샤토프가 화내며 소리쳤다.

"당신네 바보들이 제가 밀고했다고 생각하도록 놔두세요. 그게 저랑 무슨 상관인가요! 당신이 제게 무슨 일을 할 수 있는지 제가 보고 싶어 한다고 생각하나요?"

"사람들이 당신을 주목했다가 혁명이 성공한 후 초기에 당신을 교수형에 처하겠죠."

"그 일은 당신들이 최고의 권력을 잡고 러시아를 손에 넣을 때겠죠?"

"웃지 마세요. 반복하지만 저는 당신을 보호했어요. 그러니까 그렇게 된다면, 그럼에도 불구하고 전 오늘 당신이 거기로 오라고 제안하는 바입니다. 거짓 오만함 때문에 허언을 한들 무슨 소용이 있겠어요? 다정하게 헤어지는 것이 더 낫지 않을까요? 만일의 경우에 대비하여 당신은 기계와 활자, 옛 서류들을 양도해야만 합니다. 그 일에 대해 우리 이야기 좀 합시다."

"갈게요."

샤토프는 머리를 숙이고 생각에 잠겨 말했다. 표트르 스테파노비치는 자신이 있는 자리에서 그를 살펴보았다.

"스타브로긴도 오나요?"

샤토프가 갑자기 고개를 들며 물었다.

"반드시 올 겁니다."

"헤-헤!"

그들은 다시 잠시 침묵했다. 샤토프는 성가시다는 듯

이 짜증을 내며 웃었다.

"전 당신의 비열한 『찬란한 인간』을 이곳에서 인쇄하고 싶지 않았어요. 이미 인쇄된 건가요?"

"인쇄되었어요."

"고등학생들이 게르첸 자신이 직접 당신의 앨범에 써 주었다는 것을 확신하도록 말이죠?"

"게르첸 자신이 직접요."

그들은 다시 3분 정도 침묵했다. 샤토프가 마침내 침대에서 몸을 일으켰다.

"나가주세요. 전 당신과 함께 앉아 있고 싶지 않아요."

"갑니다."

표트르 스테파노비치가 즉시 일어서며, 어쩐 일인지 유쾌하게 말했다.

"한마디만 하죠. 키릴로프는 지금 곁채에서 하녀 없이 혼자 지내는 것 같던데요?"

"혼자입니다. 나가 주세요. 전 당신과 한 방에 있을 수 없어요."

'음, 이제 넌 좋아지겠지!'

표트르 스테파노비치는 밖으로 나서며 유쾌한 생각을 했다.

'저녁에는 좋아질 거고. 지금 바로 그러한 네가 나에

게 필요해. 더 좋은 것을 바랄 수는 없지. 더 좋은 것을 바랄 수 없고말고! 신이 러시아인을 도울 거야!'

IX. 표트르 스테파노비치의 계략

 아마도 그^{표트르 스테파노비치}는 그날 여러 심부름 때문에 많이 바빴을 것이다. 저녁 6시 정각에 그가 니콜라이 프세볼로도비치 집에 나타났을 때 그의 만족스런 얼굴 표정을 보아하니 일이 성공했음에 틀림없는 듯했다. 하지만 지금 사람들은 그를 그러한 상태로 그냥 놔두지 않았다. 마브리키 니콜라예비치는 니콜라이 프세볼로도비치와 서재에 함께 있게 되자 그 안에 틀어박혔다. 그 소식이 일순간 그를 근심하게 만들었다. 그는 손님이 나가기를 기다리면서 서재의 문 옆에 자리 잡았다. 대화가 들렸지만 무슨 내용인지 알아들을 수는 없었다. 방문은 오래 지속되지 않았다. 곧 소음이 들렸고 아주 크고 날카로운 목소리가 울려 퍼졌다. 그 후에 문이 열리면서 마브리키 니콜라예비치가 아주 창백한 얼굴로 나왔다. 그는 표트르 스테파노비치를 알아차리지 못하고 그 옆을 지나쳐 버렸다. 표트르 스테파노비치가 곧장 서재로 뛰어 들어갔다.

나는 두 연적[13]의 아주 짧은 밀회에 대해 상세히 설명하지 않을 수 없다. 이미 벌어진 상황 때문에 밀회가 불가능해 보였지만 결국 이루어졌다.

그 일은 다음과 같이 발생했다. 알렉세이 이고로비치가 뜻밖의 손님이 왔다는 소식을 전했을 때 니콜라이 프세볼로도비치는 식사 후 자기 서재의 침대 겸 소파에서 자고 있었다. 그는 언급된 이름을 듣고 자리에서 일어나며 그 말을 믿으려 하지 않았다. 하지만 그의 입가에 이내 미소가 번졌다. 그 미소는 오만한 승리감과 동시에 믿기 어렵다는 듯한 놀라움이 담긴 미소였다. 서재로 들어온 마브리키 니콜라예비치는 그의 미소를 보고 놀라는 것 같았다. 그는 더 걸어가야 하는지, 아니면 돌아서야 하는지 어떤 결정도 내리지 못하고 방 한가운데에서 갑자기 멈춰 섰다. 주인은 금방 자신의 얼굴 표정을 바꾸고 진정으로 궁금하다는 표정을 지으며 그를 맞으러 걸어 나갔다. 손님은 자신에게 내민 그의 손을 잡지 않았고 거칠게 의자를 잡아당겨 아무 말 없이 안내를 기다리지도 않고 주인보다 먼저 자리에 앉았다. 니콜라이 프세볼로도비치는 마브리키 니콜라예비치를 바라보며 침대

---

13 리자(리자베타)를 사이에 두고 대립하는 마브리키 니콜라예비치와 니콜라이 프세볼로도비치를 말함

악령들 319

겸 소파에 비스듬히 앉아 침묵하며 기다렸다.

"만일 가능하다면 리자베타 니콜라예브나와 결혼하세요."

마브리키 니콜라예비치는 갑자기 선심을 썼다. 무엇보다 흥미로운 것은 그의 어조로 보아 그것이 요청인지, 제안인지, 양보인지, 아니면 명령인지 알아차리는 것이 불가능했다는 점이다.

니콜라이 프세볼로도비치는 계속 침묵했다. 하지만 손님은 자신이 찾아온 이유를 다 말한 듯했고 상대방의 답변을 기다리며 집요하게 그를 바라보았다.

"제가 실수하는 게 아니라면(그건 그렇고, 그건 정말 맞는 말이다) 리자베타 니콜라예브나는 이미 당신과 약혼한 걸로 압니다."

마침내 스타브로긴이 입을 열었다.

"언약도 맺었고 약혼도 했지요."

마브리키 니콜라예비치가 강하고 분명하게 확인해 주었다.

"당신은... 싸웠나요?.. 마브리키 니콜라예비치, 저를 용서해 주세요."

"아닙니다. 그녀의 표현에 따르자면 그녀는 저를 '사랑하고 존경합니다.' 그녀의 말은 그 무엇보다 가치 있죠."

"그 점에는 의심의 여지가 없지요."

"하지만 만일 그녀가 결혼식에서 교회의 강대상 앞에 서게 되었을 때 당신이 그녀에게 와 달라고 소리친다면 그녀는 저와 모두를 버리고 당신에게 달려갈 거라는 사실을 당신은 알고 있지요."

"결혼식 중에 말인가요?"

"결혼식 이후에도."

"당신은 실수하는 것 아닌가요?"

"아니요. 당신에 대한 지속적이고 온전하고 진정한 저의 질투 때문이죠. 매 순간이 사랑으로 빛나고... 광기... 가장 진실되고 무한한 사랑은 광기입니다! 반대로, 그녀가 제게 느끼는 사랑 때문에 매 순간이 질투로 빛나는 것 또한 사실입니다. 그 질투는 가장 위대한 것입니다! 저는 이전에는 이러한 모든... 변화를 상상할 수 없었어요."

"하지만 전 당신이 어떻게 이리로 와서 리자베타 니콜라예브나와 손을 잡을 수 있는지 놀랐어요. 당신은 그러한 권리를 가지고 있나요? 아니면 그녀가 당신에게 그러한 권한을 부여한 건가요?"

마브리키 니콜라예비치는 얼굴을 찌푸렸고 잠시 고개를 떨구었다.

"물론 당신 입장에서 보자면 그 일은 말 한마디에 불과하죠."

그가 갑자기 말했다.

"그 말에는 복수심과 승리감이 가득하군요. 당신이 행간에 숨은 뜻을 이해하리라 확신합니다. 여기에 조그마한 허영심이라도 들어갈 자리가 있겠어요? 당신은 덜 만족한 건가요? 정말로 상세히 설명하고 시시콜콜 토를 달아야 하는 거냐고요. 당신에게 제 겸손이 필요하다면 저는 설명하지요. 저는 권리도 없고요. 전권을 가지는 것도 불가능합니다. 리자베타 니콜라예브나는 아무것도 몰라요. 그녀의 약혼자는 마지막 지혜까지 잃어버리고 정신병원에 갈 지경입니다. 그런데 저는 당신에게 이 일에 대해 알려주기 위해 직접 온 겁니다. 이 세상에서 오직 당신만이 그녀를 행복하게 해줄 수 있지요. 저 혼자만이 그녀를 불행하게 만들 수 있고요. 당신은 그녀에게 논쟁거리를 주고 그녀의 뒤를 쫓아다니죠. 하지만 당신이 결혼하지 않는 이유를 모르겠네요. 만일 이것이 해외에서 있었던 사랑스런 말다툼이고 그것을 중단시키고자 한다면 절 희생양으로 삼아야만 합니다. 가져다 쓰세요. 그녀는 너무나 불행합니다. 전 그것을 참을 수 없어요. 제 말은 허락도, 명령도 아닙니다. 당신의 자존심에 모욕을 주기 위한 것도 아닙니다. 만일 당신이 경탁 옆의 제 자리를 차지하고자 한다면 제 허락을 받지 않고 시행할 수 있습니다. 물론 제가 당신에게 광기 어린 상태로 올 이유도 없지요. 게다가 지금처럼 제가 방문한 이상 우리의 결혼은 정말 불가능하게 되지요. 비열한으로서 제가 그녀를 제단으로 데려갈 수 있나요? 제가 이곳에서 할 수 있는 것, 그리고 제 생각으로, 제가 그녀를, 그녀와 화해할 수 없는 라이벌인 당신에게 넘기는 것은 너무 비열한 일인 듯합니다. 전 그 일을 결코 참을 수가 없어요."

"우리가 결혼하면 당신은 자살할 건가요?"

"아닙니다. 더 나중에요. 제 피로 그녀의 웨딩드레스를 더럽힐 이유는 없지요. 어쩌면 전 절대 자살하지 않을지도 모릅니다. 지금도, 그리고 나중에도요."

"그렇게 말하는 것을 보니 당신은 저를 안심시키고 싶어 하는 것 같네요?"

"당신을요? 하나의 여분의 핏방울이 당신에게 어떠한 의미를 가질 수 있을까요?"

그의 얼굴은 창백해졌고 눈은 빛났다. 잠시 동안 침묵이 이어졌다.

"제가 당신에게 드린 질문에 대해서는 죄송합니다."

스타브로긴이 다시 입을 열었다.

"그 질문들 중 몇 가지에 대해 당신에게 물을 권한을 저는 가지고 있지 않아요. 하지만 그 질문들 중 하나에 대해서는 온전한 권한을 가진 듯합니다. 어떠한 근거를 가지고 당신은 리자베타 니콜라예브나에 관한 제 감정을 알아차릴 수 있었는지 말해 줄 수 있나요? 저는 그러한 감정의 정도에 대해 생각하고 있습니다만 당신은 그러한 감정에 대해 확신하고 저를 찾아온 듯하니... 당신은 그러한 제안을 하면서까지 위험 부담을 감수하고 있는 듯하군요."

"뭐라고요?"

마브리키 니콜라예비치가 조금 몸을 떨었다.

"정말 당신은 구애하지 않았단 말인가요? 구애하지도 않고, 하고 싶지도 않다는 건가요?"

"이러저러한 여인들에 대한 나의 감정에 대해서는 제3자에게 큰 소리로 말할 수는 없어요. 한 여인을 제외한 어느 누구에게도 말이죠. 죄송합니다. 생명체의 신비가 그러한 거지요. 하지만 그 대신에 당신에게 나머지 모든 진실에 대해 말씀드리죠. 전 결혼했으니 제가 결혼하거나 '구애를 하는 것'은 이미 불가능합니다."

마브리키 니콜라예비치는 너무 놀라서 소파의 등에서 몸을 떨어뜨리며 잠시 동안 미동도 없이 스타브로긴의 얼굴을 바라보았다.

"생각해 보세요. 전 결코 그러한 일을 생각지도 못했어요."

그는 중얼거렸다.

"당신은 그날 아침 당신이 결혼하지 않았다고 말했

어요... 그래서 제가 당신이 결혼하지 않았다고 믿었는데..."

그는 아주 창백해졌다. 그는 갑자기 있는 힘껏 주먹으로 탁자를 내리쳤다.

"만일 당신이 그러한 고백을 하고 나서 리자베타 니콜라예브나를 내버려 두지 않고 그녀를 불행하게 만든다면 울타리 아래에서 개 패주듯이 당신을 막대기로 패 죽일 겁니다!"

그는 자리에서 일어나서 방을 나갔다. 방으로 들어오던 표트르 스테파노비치는 집주인이 갑자기 예상치 못한 정신상태에 있다는 것을 알아차렸다.

"아, 당신이었군요!"

스타브로긴은 큰 소리로 깔깔거렸다. 그는 대단한 호기심을 가지고 들어 온 표트르 스테파노비치의 모습을 보고 웃었다.

"당신은 문가에서 대화를 엿들었나요? 잠시만요. 당신은 무슨 일로 방문했나요? 분명 제가 뭔가를 당신에게 약속했는데요... 아, 맞아! 기억난다. '우리 쪽 사람들'에게로! 갑시다. 정말 기쁘네요. 당신은 지금 더 이상 아무 것도 생각해 낼 수 없지요."

그는 모자를 집어 들었다. 그 둘은 지체하지 않고 집을 나섰다.

"당신은 '우리 쪽 사람들'을 보게 된 것을 예전에 비웃은 적이 있지요?"

표트르 스테파노비치는 좁은 벽돌길을 따라가며 자신의 동행자와 나란히 걷기 위해 유쾌하게 이야기하며 서둘렀다. 그는 거의 뛰다시피 거리의 진흙탕 쪽으로 가기도 했다. 왜냐하면 동행자가 바로 보도의 한가운데로 걸어가면서 자신이 보도를 거의 차지하고 있음을 전혀 눈치채지 못했기 때문이었다.

"절대 비웃지 않았어요."

스타브로긴은 큰 소리로 유쾌하게 답했다.

"오히려 저는 당신 집에 가장 진지한 사람들이 있다고 확신합니다."

"이렇게 표현하는 것을 당신이 허락한다면 그들은 '음울한 밥통들'이죠."

"음울한 밥통보다 더 즐거운 것은 아무것도 없지요."

"아, 당신은 마브리키 니콜라예비치에 대해 말하는 거군요! 전 그가 지금 당신에게 약혼녀를 양보하기 위해 온 거라 확신합니다. 맞죠? 전 그에게 그 일을 간접적으로 지시했어요. 상상해 보세요. 그런데 그가 양보하지 않으면 우리가 그에게서 빼앗아야 합니다. 맞죠?"

물론 표트르 스테파노비치는 그러한 흥분 상태에 빠지면 위험하다는 것을 알았지만 그 자신이 흥분했을 때에는 자신을 미지의 상태로 몰아가는 모든 일에 있어서 위험을 바라는 것이 더 좋을 수도 있다고 생각했다. 니콜라이 프세볼로도비치는 웃음을 터뜨렸다.

"당신은 여전히 모든 일에서 저를 돕고자 하나요?"
그가 물었다.

"당신이 비명을 지른다면요. 하지만 가장 좋은 방법이 있다는 점을 아셔야 합니다."

"당신의 방법을 알고 있어요."

"음, 아닙니다. 그건 당분간 비밀입니다. 비밀엔 비용이 든다는 것을 기억해 주세요."

"얼마라는 것도 알고 있어요."

스타브로긴은 속으로 중얼거렸지만 꾹 참고 아무 말도 하지 않았다.

"얼마죠? 당신은 무슨 말을 하는 건가요?"
표트르 스테파노비치는 몸을 떨었다.

"'악마가 비밀과 함께 당신을 잡아갔으면!'이라고 말한 겁니다. 당신 집에 누가 있는지 제게 말해 주는 게 더 나을 겁니다. 전 우리가 명명일에 거기로 갈 거라고 알고 있어요. 누가 거기에 오나요?"

"오, 고상하게 말해 다양한 사람들이 오죠! 심지어 키릴로프도 올 겁니다."

"클럽의 모든 멤버들이 오나요?"

"제기랄, 당신은 너무 앞서가네요! 이곳에는 단 하나의 클럽도 만들어지지 않았는데요."

"당신은 대체 어떻게 그 많은 격문을 뿌렸나요?"

"우리가 가는 곳엔 4명의 클럽 회원들이 있지요. 나머지 사람들은 기대에 가득 차서 앞다투어 서로를 염탐하고 밀고합니다. 복된 사람들입니다. 그들은 기획해야만 하는 모든 자료들을 삭제해 줍니다. 그런데 당신 자신이 규정을 썼으니 당신에게 설명할 필요는 없겠네요."

"어떻게, 어려운가요, 어떤가요, 잘 진행되고 있나요? 잡음이 있나요?"

"잘 되어 가고 있냐고요? 더 쉬워서는 안 됩니다. 제가 당신을 비웃을 수도 있어요. 끔찍하게 영향을 미치는 것은 제복입니다. 제복보다 더 강한 것은 아무것도 없지요. 전 일부러 관직과 임무를 생각해 냅니다. 제게는 비서들, 비밀 탐정들, 회계사들, 대표들, 서기들, 그들의 동료들이 있습니다. 그들은 맘에 들어 하며 잘 받아들이고 있어요. 그다음에 따르는 권력은 감상주의입니다. 당신도 아시다시피 우리나라의 사회주의는 대부분 감상주의에서부터 시작되어 펴져 나갔죠. 하지만 바로 여기에 비극이 있어요. 그들은 서로 물어뜯는 소위들입니다. 안 됩니다. 안 돼요. 터져 버릴 겁니다. 그다음에 순진한 사기꾼들이 있죠. 어쩌면 그들은 선량한 사람들일지도 모릅니다. 때로는 많은 이익을 봅니다. 하지만 그렇게 되기까지 시간이 많이 걸리죠. 졸지 않는 감독관이 필요합니다. 마지막으로 가장 강한 힘은 모든 것을 연결시켜 주는 시멘트입니다. 그것은 자신의 의견에 대한 수치심입니다. 그것이야말로 대단한 힘이죠! 누가 이 일을 하나요. 이 '사랑스런' 겸손에 공을 들이는 자는 누구인가요? 어느 누구의 머릿속에도 자신의 고유한 생각은 조금도 남아 있지 않아요! 사람들은 수치심이라고 여깁니다."

"만일 그러하다면 당신은 무엇 때문에 불평하시나요?"

"편하게 누워 모두를 향해 입을 벌리고 있어요. 왜냐하면 그를 제거하지 못하기 때문이죠! 만일 진정으로 믿지 못한다면 어떻게 성공할까요? 아, 믿음은 필요하지만 욕망은 필요하지 않아요. 맞아요. 바로 믿음이 있어야 성공할 수 있습니다. 당신에게 말하지만, 그는 저의 불길로 걸어올 겁니다. 그를 보고 불완전한 자유주의자라고 외치기만 하면 됩니다. 바보들은 제가 중앙 지부와 '무수한 지부'를 통해 이곳 사람들에게 바람을 넣는다고 저를 비난합니다."

"모두가 그렇고 그런 불량배군요!"

"재료입니다. 그들도 쓸모가 있죠."

"그런데 당신은 여전히 제게 희망을 가지고 있나요?"

"당신은 우두머리이자 권력입니다. 전 당신 옆에 있는 비서일 뿐입니다. 아시다시피, 우린 커다란 보트를 타고 있어요. 단풍나무로 만든 노, 실크로 만든 돛대, 아름다운 처녀, 빛과 같은 리자베타 니콜라예브나가 뱃머리에 앉아 있는 겁니다... 아니면 젠장, 그들이 거기서 노래하는 것처럼..."

"끊겨 버렸군요!"

스타브로긴은 깔깔대기 시작했다.

"아닙니다. 제가 당신에게 우화의 앞부분을 들려주는 것이 나을 것 같네요. 클럽들이 어떠한 힘으로 형성되었는지 당신은 손가락으로 세고 있나요? 이 모든 것은 관료주의이고 감상주의입니다. 이 모든 것이 좋은 접착제이지만 더 좋은 것이 있어요. 클럽의 네 명에게 다섯 번째 회원을 죽이자고 속삭이는 겁니다. 그자가 밀고했다는 식으로요. 그러면 당신은 당장 그들 모두의 피를 보게 될 겁니다. 마치 하나의 줄을 통해 그들을 옭아매는 것처럼요. 그들은 당신의 노예가 될 거고 폭동을 일으키지도 못하고 계산을 요구하지도 못하게 되는 겁니다. 헤-헤-헤!"

'하지만 넌... 하지만 넌 내게 이 말에 대한 대가를 치러야만 해.'

표트르 스테파노비치가 속으로 생각했다.

'심지어 오늘 저녁이라도. 난 너무도 많은 것을 네게 허용했어.'

표트르 스테파노비치는 그런, 아니 거의 그런 생각에 잠겨 있음에 틀림없다. 그건 그렇고 그들은 비르긴스키 집으로 다가갔다.

"물론 당신은 그곳에서 저를 인터내셔널과 연관된, 외국에서 온 감사로 소개했겠죠?"

스타브로긴이 갑자기 물어보았다.

"아닙니다. 감사는 아닙니다. 당신은 감사가 아닙니다. 하지만 당신은 외국에서 온 교사로서 가장 중요한 비밀을 간직한 자가 될 겁니다. 그게 당신의 역할입니다. 물론, 당신은 말하기 시작하겠죠?"

"당신은 왜 그런 결정을 내린 거죠?"

"지금 말해야만 합니다."

스타브로긴은 가로등과 멀지 않은 길 한가운데서 놀라서 멈춰서기까지 했다. 표트르 스테파노비치는 까칠하면서도 평온하게 그의 시선을 견뎌냈다. 스타브로긴은 침을 뱉고 앞으로 걸어갔다.

"그런데 당신은 말할 건가요?"

그가 갑자기 표트르 스테파노비치에게 물어보았다.

"아닙니다. 전 당신의 말을 들을 겁니다."

"제기랄! 당신은 정말 제게 아이디어를 주는군요!"

"어떤 아이디어인가요?"

표트르 스테파노비치가 펄쩍 뛰었다.

"어쩌면, 그곳에서 제가 말할 수도 있죠. 하지만 나중에 당신을 패줄 겁니다. 그것도 흠씬 두들겨 패줄 겁니다."

"그건 그렇고 전 좀 전에 카르마지노프에게 당신에 대해 말했어요. 당신이 그를 패야 한다고 말이죠. 농부들이 그렇듯이 단지 명예를 위해서가 아니라, 아프게 패줘야 한다고 말한 것 같은데요."

"전 그런 말을 한 적이 없어요, 하-하!"

"아무것도 아닙니다. 사실이 아니라면..."

"음, 감사합니다. 진심으로 고마워요."

"당신은 카르마지노프가 말하는 것을 알고 있지요. 사실 우리의 교훈은 명예를 부정하는 겁니다. 불명예에 대한 공공연한 권한은 러시아인을 끌어들일 수 있는 가장 훌륭한 수단이죠."

"굉장한 말입니다! 명언이네요!"

스타브로긴이 소리쳤다.

"바로 정곡을 찔렀어요! 모두가 불명예에 대한 권한을 얻기 위해 우리에게 달려올 겁니다. 그러면 거기에는 아무도 남지 않을 겁니다! 베르호벤스키, 들어보세요. 당신은 고등 경찰 출신은 아니죠, 맞죠?"

"머릿속에 그런 질문들을 품고 있는 자는 그러한 말을 내뱉지 않죠."

"이해합니다. 우린 같은 편이네요."

"아닙니다. 당분간만 고등 경찰 출신은 아닌 것으로 할게요. 그만요. 다 왔어요. 스타브로긴, 표정 관리하세요. 전 그들에게 갈 때면 언제나 표정 관리를 합니다. 좀 더 침울하게 하면 그 이상은 아무것도 필요하지 않아요. 그다지 간교하지 않은 일입니다."

X. 이반 왕자

그들은 떠났다. 표트르 스테파노비치는 혼돈을 잠재우기 위해 '모임'으로 달려갔다. 하지만 개입할 필요가 없다고 판단했기 때문인지 몰라도 모든 것을 그대로 두고 2분 뒤에 떠난 사람들을 따라잡기 위해 그는 거리를 따라 달려갔다. 그는 달리면서 필립포프의 집으로 더 가까이 갈 수 있는 골목을 생각해 냈다. 무릎까지 진흙에 빠졌지만 그는 골목으로 접어들었고 스타브로긴과 키릴로프가 대문을 통과하는 바로 그 순간에 달려왔다.

"당신은 벌써 여기 온 건가요?"

키릴로프가 말했다.

"좋습니다. 들어오세요."

"왜 당신은 혼자 살고 있다고 말한 건가요?"

스타브로긴은 현관에서 준비되어 이미 끓고 있는 사모바르[14] 곁을 지나치면서 물어보았다.

"당신은 이제 제가 누구와 사는지 알게 될 겁니다."

키릴로프가 중얼거렸다.

"들어오세요."

그들이 방으로 들어서자 베르호벤스키는 주머니에서 렘브케의 집에서 챙겨온 익명의 편지를 꺼내 들고 스타브로긴 앞에 내밀었다. 셋은 모두 자리에 앉았다. 스타브로긴은 아무 말 없이 편지를 읽었다.

"그런데요?"라고 그가 물었다.

"그 작자는 여기 쓰인 대로 할 겁니다."라고 베르호벤스키가 분명히 말했다.

"그는 당신의 처분대로 할 테니까 어떻게 행동할지 가르쳐 주세요. 어쩌면 그가 내일 렘브케에게 갈지도 모른다는 사실을 당신에게 알려드립니다."

"가게 내버려 두세요."

"어떻게 내버려 두죠? 당신이 피할 수 있다면요."

"당신은 잘못 알고 있어요. 그는 저와 무관합니다. 저

---

14 러시아식 주전자로서 차를 준비할 때 주로 사용됨

는 아무 상관없어요. 그는 그 무엇으로도 절 협박할 수 없어요. 그는 당신을 협박할 겁니다."

"당신도요."

"그렇게 생각하지 않습니다."

"하지만 다른 이들은 당신을 용서하지 않을 겁니다. 정말로 이해하지 못하시나요? 스타브로긴, 들어보세요. 이건 말장난에 불과합니다. 당신은 정말로 돈이 아쉬운가요?"

"그런데 정말 돈이 필요한가요?"

"반드시. 2,000 혹은 1,500입니다. 내일 혹은 오늘이라도 제게 주세요. 저는 내일 저녁까지 그를 당신이 있는 페테르부르크로 보낼 겁니다. 그가 그것을 원하고 있습니다. 만일 당신이 원하신다면 마리야 티모페예브나와 함께요. 그 점을 기억하세요."

그의 내면에서 뭔가가 완전히 엉킨 것 같았다. 그는 어쩐 일인지 부주의하게 말했다. 그리고 생각지도 않은 말들이 튀어나왔다. 스타브로긴은 놀라서 그를 쳐다보았다.

"제가 마리야 티모페예브나를 보낼 이유는 없지요."

"그러면, 당신은 원하지 않는 건가요?"

표트르 스테파노비치는 아이러니컬한 미소를 지었다.

"어쩌면, 원하지 않는 듯도 합니다."

"한마디로 말해서 돈이 생길까요, 아니면 생기지 않을까요?"

그는 사악한 마음을 품고 참지 못하고 명령하듯이 스타브로긴에게 소리쳤다. 스타브로긴은 그를 진지하게 바라보았다.

"돈은 없을 겁니다."

"에이, 스타브로긴! 당신은 뭔가를 알고 있거나, 아니면 뭔 일을 이미 저질렀나요? 당신은 장난치는 겁니다!"

그의 얼굴은 일그러졌고 입꼬리는 떨렸다. 그는 갑자기 어디에도 어울리지 않는, 아무 대상도 없는 웃음을 터뜨리기 시작했다.

"물론 당신은 당신의 아버지로부터 영지를 판 돈을 받았겠지요."라며 니콜라이 프세볼로도비치가 침착하게 지적했다.

"엄마가 당신 아버지 스테판 트로피모비치를 위해 당신에게 6,000 혹은 8,000을 주었어요. 그 돈 중에서 1,500을 지불하세요. 전 타인을 위해 지불하고 싶지는 않아요. 저는 너무도 많이 나눠 주었어요. 그 점이 화가 납니다…"

그는 자신의 말에 대해 웃음을 터뜨렸다.

"그런데 당신은 농담을 시작하고 있군요…"

스타브로긴은 의자에서 일어서서 순간 뛰어올랐다.

베르호벤스키는 출구를 차단하기라도 하듯이 기계적으로 문 쪽으로 등을 돌렸다. 니콜라이 프세볼로도비치는 그를 문에서 밀쳐내고 밖으로 나가기 위한 행동을 취했으나 갑자기 멈춰 섰다.

"전 당신에게 샤토프를 양보하지 않을 겁니다."

그가 말했다. 표트르 스테파노비치는 몸을 떨었다. 둘은 서로를 쳐다보았다.

"저는 당신에게 지금까지 무엇 때문에 당신이 샤토프의 희생을 필요로 하는지 말해 왔어요."

스타브로긴은 눈동자를 번뜩였다.

"당신은 그러한 추잡한 일을 통해 당신들 무리를 결속시키고자 하는 거지요. 당신은 지금 샤토프를 잘 쫓아냈어요. 당신은 그가 '밀고하지 않겠다'고 말할 것을 너무도 잘 알고 있어요. 그는 당신 앞에서 거짓말하는 것을 저열한 일이라 여길 겁니다. 하지만 전, 전 지금 당신에게 무슨 일 때문에 필요한 겁니까? 당신은 외국에서부터 제게 달라붙었어요. 당신이 지금까지 제게 설명한 것은 헛소리에 불과합니다. 하지만 당신은 제가 레뱌드킨에게 1,500을 주고 나서 페지카에게 그를 살해할 기회를 주기 위해 수작을 꾸미고 있어요. 제가 알기론, 당신은 제가 아내를 혼자서 살해하려 한다고 생각하겠죠. 당신은 저를 범죄와 연루시키고 나서 저를 지배할 권력을 얻으려 합니다. 그런 겁니까? 당신은 무엇 때문에 권력이 필요한가요? 어떤 귀신을 위해 제가 당신에게 필요한 겁니까? 한 번만 더 가까이 바라보세요. 제가 당신의 사람인가요, 그렇다면 절 평안히 내버려 두세요."

"페지카가 직접 당신에게 왔나요?"

베르호벤스키가 숨을 몰아쉬며 말했다.

"네, 그가 왔었어요. 그가 제시한 가격 또한 1,500입니다... 그 자신이 그럴만한 가치가 있다고 강조하더군요..."라며 스타브로긴은 손을 내밀었다.

표트르 스테파노비치는 재빨리 몸을 돌렸다. 어둠 속 문턱에서 새로운 인물인 페지카가 나타났다. 그는 집에서처럼 반코트를 입고 모자도 쓰지 않고 있었다. 그는 자신의 가지런한 흰 치아를 드러내며 비웃고 서 있었다. 누런빛이 감도는 그의 검은 눈동자는 사람들을 관찰하면서 방안을 조심스레 훑어보았다. 그는 무슨 일인지 이해하지 못한 듯했다. 키릴로프가 지금 그를 데려온 듯했다. 그의 의문스런 눈빛이 키릴로프에게로 향했다. 그는 문턱에 서 있었다. 하지만 방안으로 들어오고 싶진 않은 듯했다.

"그가 이곳, 당신 집에 기어들다니. 우리 거래를 엿듣거나 손에 든 돈을 보려고 한 거겠지요. 그런 건가요?"

스타브로긴이 물어보았다. 그는 대답도 기다리지 않고

집을 나섰다. 베르호벤스키는 거의 광분하여 문 옆에서 그를 밀쳐냈다.

"멈춰! 한 발짝도 움직이지 마!"

그의 팔꿈치를 붙들고 베르호벤스키가 소리쳤다. 스타브로긴은 손을 빼내려 했으나 그러지 못했다. 그는 분노에 휩싸였다. 그는 왼손으로 베르호벤스키의 머리채를 잡고 그를 있는 힘껏 땅에 내동댕이쳤고 문으로 나갔다. 하지만 스타브로긴은 베르호벤스키가 그를 따라잡았기 때문에 30걸음도 채 걸어가지 못했다.

"화해합시다. 화해하시죠."

그는 스타브로긴에게 떨리는 목소리로 속삭였다.

니콜라이 프세볼로도비치는 어깨를 으쓱거렸으나 멈추지 않았고 몸을 돌리지도 않았다.

"들어보세요. 내일 제가 당신에게 리자베타 니콜라예브나를 데려오지요. 원하시나요? 아닌가요? 왜 당신은 대답하지 않나요? 당신이 원하는 것을 말해 주세요. 제가 해드리지요. 들어보세요. 제가 당신에게 샤토프를 드리지요. 원하시나요?"

"당신이 그를 죽이기로 되어 있다는 것이 사실인가요?"라고 니콜라이 프세볼로도비치가 소리쳤다.

"음, 왜 당신에게 샤토프가 필요한 거죠? 왜?"

그는 흥분해서 순간적으로 앞으로 달려 나가며 스타

브로긴의 팔꿈치를 붙들고 숨을 헐떡이며 빠른 어조로 말했다. 그는 자신이 무슨 일을 하는지 알아차리지 못한 듯했다.

"들어보세요. 제가 그를 당신에게 드릴게요. 화해하세요. 당신 몫은 큽니다. 하지만... 화해하시죠!"

스타브로긴은 그의 얼굴을 쳐다보고 나서 놀랐다. 그것은 늘 그러했던, 좀 전에 방 안에 있었던 자의 시선과 목소리가 아니었다. 그는 아주 다른 얼굴을 보았다. 목소리의 톤도 이전과 달랐다. 베르호벤스키는 애원했고 간청했다. 그 사람은 아직 제정신으로 돌아온 것이 아니었다. 그에게서 가장 고귀한 것이 빠져나간 듯했다.

"아니, 당신 무슨 일인가요?"라고 스타브로긴이 외쳤다. 그는 대답하지 않고 그를 뒤따라 뛰어갔고 이전처럼 간청하되 그와 동시에 양보하지 않는 시선으로 그를 쳐다보았다.

"화해하시죠!"라고 그는 다시 한번 속삭였다.

"들어보세요. 페지카처럼 제 장화에는 칼이 준비되어 있어요. 하지만 전 지금 당신과 화해하겠어요."

"무슨 이득을 보자고 제가 당신에게, 결국, 젠장!"이라 말하며 스타브로긴은 상당히 화를 내고 놀라며 소리쳤다.

"이번 일에는 어떠한 비밀이 있나요? 제가 당신에게

부적으로 무엇을 가져왔을까요?"

"들어보세요. 우리는 혼란을 불러일으키게 될 겁니다."

그는 재빨리 그리고 잠꼬대처럼 중얼거렸다.

"당신은 우리가 혼란을 야기할 거라는 점을 믿지 않나요? 우리가 혼란을 야기하면 모든 것은 근본부터 진행될 겁니다. 붙잡을 명분이 없다고 한 카르마지노프 말이 옳아요. 카르마지노프는 아주 영리합니다. 그러한 자들의 무리가 러시아에 10개 정도 있으면 저는 붙잡히지 않을 겁니다."

"언제나 그렇고 그런 바보들만 잡아가죠."

스타브로긴은 내키지 않는 듯 말했다.

"오, 스타브로긴, 조금만 더 바보가 되어야 합니다. 스스로 바보가 되어 주세요! 당신이 그것을 바랄만큼 당신은 그다지 영리하지 않다는 점을 알아주세요. 당신은 두려워하고 있어요. 당신은 믿지 못하고 있어요. 조직의 규모가 당신을 위협하고 있습니다. 그런데 왜 그들이 바보인가요? 그들은 그러한 바보들이 아닙니다. 오늘날 모두의 지성이 자신의 것은 아니지요. 오늘날 고유한 지성은 너무도 적습니다. 비르긴스키는 가장 순결한 자죠. 우리 같은 자들보다 열 배 더 순결합니다. 그건 그렇고 그를 그냥 놔둡시다. 리푸틴은 사기꾼이죠. 하지만 전 그가 가진 하나의 관점을 알고 있어요. 자신의 관점이 없는 사기꾼은 있을 수 없어요. 오직 럄신만이 아무런 관점이 없는데, 대신 그는 제 수중에 있지요. 그러한 무리들이 몇은 더 됩니다. 제게 여권들과 돈이 있어요. 그렇다 하더라도? 그거 하나만이라도? 안전한 장소들이 있지요. 찾아보게 합시다. 하나의 조직이 발각되면 그 조직은 다른 무리들에 섞이겠죠. 우리는 혼란을 방치하면 됩니다... 우리 둘만으로도 아주 충분하다는 것을 믿지 못하는 겁니까?"

"시갈료프를 데려가세요. 저를 평온하게 내버려 두세요..."

"시갈료프는 천재적인 인물입니다! 그자는 푸리에와 비슷한 자라는 것을 아시지요. 하지만 푸리에보다 더 용기 있고 더 강합니다. 제가 그를 접수할 겁니다. 그는 '평등'을 생각해 냈어요!"

'그는 열병에 걸려서 헛소리를 하는 거야. 그에게 아주 독특한 뭔가가 발생한 거야.'

스타브로긴은 다시 한번 그를 바라보았다. 두 사람은 멈추지 않고 걸어갔다.

"그가 노트에 쓸 때까지는 좋았어요."라며 베르호벤스키가 계속 말했다.

"그는 스파이 기질을 지니고 있어요. 그의 조직원들

은 서로를 감시하고 밀고의 의무를 지고 있어요. 개인은 모두에 속하고 모두는 개인에 속해 있죠. 모두가 노예입니다. 노예 상태에선 평등하죠. 극단적인 경우에는 비방과 살인이 있죠. 중요한 것은 평등입니다. 교육, 학문과 재능의 수준이 낮아지는 것이 첫 번째 문제지요. 높은 수준의 학문과 재능은 뛰어난 능력을 통해서만 달성됩니다. 그런데 뛰어난 능력은 필요 없어요! 고상한 능력은 언제나 권력을 잡고 독재로 빠집니다. 뛰어난 능력은 독재자가 되지 않을 수 없고 언제나 이득을 가져오는 것 이상으로 더 타락합니다. 그래서 그들을 추방하거나 징벌을 내리죠. 키케로는 혀가 뽑혀야 했고 코페르니쿠스는 눈동자가 뽑혀야 했으며 셰익스피어는 돌로 맞아야 한다는 것이 시갈료프주의입니다! 노예들은 평등해야만 합니다. 독재가 없으면 자유나 평등도 없었겠지요. 무리 중에 평등이 있어야만 합니다. 그것이 시갈료프주의입니다! 하-하-하, 당신에겐 이상하게 들리나요? 저는 시갈료프주의에 찬성입니다!"

스타브로긴은 걸음을 재촉하며 가능한 한 빨리 집에 도착하기 위해 애썼다.

'만일 이 자가 취했다면 그가 어딘가에서 술을 퍼마셨다는 이야기지.'라는 생각이 그의 머리에 스쳤다.

'정말 꼬냐인가?'

"들어보세요. 스타브로긴, 산을 평평하게 하는 것은 좋은 생각입니다. 우스운 생각이 아닙니다. 저도 시갈료프주의에 찬성입니다! 교육도 필요 없고 학문이면 충분합니다! 학문이 없더라도 천 년 동안 볼 자료들은 충분합니다. 하지만 복종해야만 합니다. 세상에는 오직 하나, 즉 복종이 부족합니다. 교육에 대한 욕망은 귀족적인 욕망입니다. 가족애 혹은 사랑, 그런 건 이미 고유한 욕망이지요. 우리는 욕망을 죽일 겁니다. 우리는 취기, 비방, 밀고를 허용합니다. 우리는 들어보지도 못한 타락을 허용합니다. 우리는 모든 천재적인 아기를 죽입니다. 모든 것이 하나의 분모를 위한 겁니다. 완전한 평등이죠. '우린 기술을 배웠죠. 우린 성실한 자들입니다. 우린 다른 것은 아무것도 필요로 하지 않습니다.'라는 것이 최근 영국 노동자들의 답변입니다. 필요불가결한 것만이 필요하다는 것이 지구촌의 격언입니다. 하지만 전율이 필요하죠. 우리 통치자들은 그 점에 대해 염려할 겁니다. 노예들에게는 통치자가 있어야만 합니다. 완전한 복종, 완전한 무개성(無個性), 시갈료프는 30년간 단 한 번 전율을 허락했죠. 그러자 모두가 서로를 잡아먹기 시작하는 겁니다. 더 이상 지루해지지 않기 위해 드러난 정도까지 가는 겁니다. 지루함은 귀족적인 느낌입니다. 시갈료프주의에는 욕망이 없지요. 우리, 노예들에게 욕망과 고난은 시갈료프주의입니다."

"당신은 자신을 제외시켰나요?"라고 스타브로긴이 다시 끼어들었다.

"그리고 당신도요. 전 세상을 하느님 아버지에게 바치기로 생각하고 있어요. 그분이 맨발로 걸어 나와 군중들에게 모습을 드러내며 '너희들이 나를 이렇게 만들었다!'라고 하면 모두가 그를 따를 겁니다. 심지어 군대도요. 하느님 아버지는 위에 있고 우리는 주위에 있으며 그 아래에는 시갈료프주의가 있는 겁니다. 다만 인터내셔널이 하느님 아버지에 동의해야 합니다. 그렇게 될 겁니다. 그런데 늙은 아버지는 금방 동의할 겁니다. 왜냐하면 그에게 다른 출구는 없으니까요. 제 말을 기억하세요. 하-하-하, 어리석은가요? 말해 보세요, 어리석은가요, 아니면 그렇지 않은가요?"

"그만."

스타브로긴이 화를 내며 중얼거렸다.

"그만 하세요! 들어보세요. 전 하느님 아버지를 버렸어요! 시갈료프주의는 악마에게나 주라지! 하느님 아버지도 악마에게나! 시갈료프주의가 아니라 당면한 문제가 필요합니다. 왜냐하면 시갈료프주의는 기념품이기 때문입니다. 그건 이상이고 미래에 있게 될 겁니다. 시갈료프는 보석세공업자이며 모든 박애주의자와 마찬가지로 어리석어요. 육체노동이 필요한데 시갈료프는 육체노동을 경멸합니다. 들어보세요. 하느님 아버지는 서구에서나 있어요. 우리, 우리에겐 당신이 있을 겁니다!"

"술주정뱅이, 나에게서 떨어져!"라며 스타브로긴은 중얼거렸고 걸음을 재촉했다.

"스타브로긴, 당신은 미남입니다!"

표트르 스테파노비치는 환희에 차서 외쳤다.

"당신도 당신이 미남이라는 것을 알고 있죠! 당신이 이따금 그 사실에 대해 모른다는 것이 당신에겐 무엇보다 소중한 일이죠. 오, 제가 당신을 연구했어요! 저는 구석에서 당신을 곁눈질로 자주 훔쳐보았죠! 당신에겐 단순함과 순진함이 있어요. 당신도 그 사실을 알고 있나요? 더 있어요. 있다고요! 당신은 그러한 단순함 때문에 고통당하고 있어요. 정말로 고통 중에 있는 것이 분명합니다. 저는 아름다움을 사랑합니다. 전 허무주의자이지만 아름다움을 사랑합니다. 허무주의자들은 정말로 아름다움을 사랑하지 않을까요? 그들은 우상을 사랑하지 않습니다. 하지만 전 우상을 사랑하죠! 당신은 나의 우상입니다! 당신은 어느 누구도 모욕하지 않습니다. 모두가 당신을 증오하죠. 당신이 모두를 동등하게 쳐다보면 모두가 당신을 두려워합니다. 그건 좋은 겁니다. 어느 누구도 당신에게 다가가 당신의 어깨를 치지 못할 겁니다.

당신은 철저한 귀족입니다. 귀족이 민주주의로 나아간다면 매혹적이죠! 자신 혹은 타인의 목숨을 희생시키는 것이 당신에게 그 어떤 의미도 지니지 못합니다. 당신은 필요로 하는 바로 그러한 사람입니다. 제겐, 제게는 당신과 같은 그러한 사람이 필요합니다. 전 당신을 제외한 어느 누구도 알지 못합니다. 당신은 선구자이고, 태양이며, 전 당신의 벌레입니다…"

그는 갑자기 스타브로긴의 손에 키스했다. 한기가 스타브로긴의 등을 타고 흘러내렸다. 그는 놀라서 자신의 손을 뺐다. 그들은 멈춰 섰다.

"미친 녀석!"

스타브로긴이 중얼거렸다.

"어쩌면, 제가 잠꼬대하는 것인지도 모르지요. 제가 잠꼬대를 하는 건가요!"

표트르 스테파노비치는 빠르게 말을 받았다.

"하지만 전 첫걸음을 생각해냈어요. 시갈료프는 결코 첫걸음을 생각해내지 못하죠. 시갈료프주의자들이 많네요! 하지만 한 사람, 오직 한 사람만이 러시아에서 첫걸음을 생각해냈고 그것을 어떻게 실행할지 알고 있어요. 그자가 바로 접니다. 당신은 왜 저를 그렇게 쳐다보나요? 제게, 당신이 필요합니다. 당신이 없으면 저는 아무것도 아닙니다. 당신이 없으면 전 파리이고 유리병 안의 사상이고 미국 없는 콜럼버스입니다."

스타브로긴은 서서 집요하게 그의 광기 어린 눈동자를 응시했다.

"들어보세요, 우리는 먼저 혼란을 야기할 겁니다."

베르호벤스키가 일순간 스타브로긴의 왼쪽 소매를 잡으면서 몹시 서둘렀다.

"제가 이미 당신에게 우리가 민중 속으로 침투한다고 말했죠. 우리가 지금 아주 강해졌다는 사실을 알고 있나요? 우리 쪽 사람들은 칼로 베고 불에 태우고 고전적으로 총을 쏘거나 서로 물어뜯는 자들이 아닙니다. 그러한 자들은 방해만 될 뿐입니다. 저는 규율이 없다면 아무것도 이해하지 못합니다. 전 사기꾼입니다. 사회주의자가 아닙니다. 하-하! 저는 그들 모두를 염두에 두었어요. 아이들과 함께 그들의 신과 아이들의 요람을 비웃는 교사도 이미 우리 편입니다. 돈을 얻기 위해 살인할 수밖에 없었던 교육받은 살인자를 변호하는 변호사도 이미 우리 편입니다. 느낌을 경험하기 위해 농부를 살해한 초등학생들도 우리 편입니다. 범죄자를 옹호하는 배심원들도 우리 편입니다. 재판 중에 자신의 자유주의 사상이 부족한 것이 아닌지 고심하는 검사도 우리 편, 우리 편입니다. 행정가들, 문학가들, 오, 우리 편은 많아요. 엄청 많아요. 그들 자신만이 그 사실을 모를 뿐이죠! 다른 관점에서 초등학생들과 바보들의 복종은 최고점에 달했죠. 교육자들의 쓸개는 눌려서 터졌어요. 도처에 화해할 수 없는 커다란 허영심, 들어본 적 없는 짐승 같은 식욕이... 우리가 준비한 사상만으로도 얼마나 많은 것을 가질 수 있는지 아십니까? 아시냐고요? 제가 떠나자 리트레[15]의 테제가 유행하였고 범죄는 광기가 되었어요. 제가 귀국하니 범죄는 광기가 아니라 바로 건전한 사상이 되어서 거의 의무, 적어도 고상한 저항이 되어 있더군요. '성숙한 살인자에게 돈이 필요한데 어찌 그가 살인하지 않을 수 있겠는가!' 국민은 술에 취해 있고 어머니들도, 아이들도 술에 취해 있습니다. 교회는 텅 비어 있고요. 법정에서는 '200대의 회초리를 맞는다. 그렇지 않으려면 술통을 가져와!'라고 말합니다. 오, 세대가 성장할 수 있다면! 기다릴 시간이 없다는 것이 유감이군요. 그들이 훨씬 더 취하도록 내버려 두세요! 아, 프롤레타리아가 없다는 것이 유감입니다! 하지만 생길 겁니다. 생길 겁니다. 거기로 나아가고 있어요..."

"우리가 바보가 되었다는 것 또한 유감입니다."

스타브로긴이 중얼거렸고 그는 가던 길을 계속 따라갔다.

"들어보세요. 저는 술에 취한 어머니를 집으로 데려

---

15 리트레, 1801-1881, 프랑스의 실증주의 철학자

가는 6세 된 아이를 본 적이 있어요. 어머니는 아이에게 추잡한 욕설을 내뱉더군요. 당신은 제가 이 일을 기뻐하리라 생각하나요? 그 일이 우리 손아귀에 들어온다면 아마도 우린 그것을 고칠 겁니다... 만일 요구한다면 우리는 40년간 광야로 내쫓을 수도 있지요... 하지만 지금은 타락한 한두 세대가 필요합니다. 인간이 가증스럽고 소심하고 포악하고 자신만 알면서 몰염치하게 된다면, 전대미문의 비열한 방탕이 생겨날 겁니다. 바로 그것이 필요한 것입니다! 저는 박애주의자들과 시갈료프주의자가 모순이라 생각합니다. 그것이 저와 모순되는 것은 아닙니다. 저는 사기꾼이지 사회주의자가 아닙니다. 하-하-하! 시간이 적다는 것이 유감입니다. 저는 카르마지노프에게 5월에 시작해서 포크로프[16]에 가서 끝낸다고 약속했어요. 금방이죠? 하-하! 스타브로긴, 제가 당신에게 지금까지 러시아 국민들이 비열한 말로 욕은 들었어도 그들에게 비관주의는 없다고 말한 것을 알고 계시죠. 농노제의 농노는 카르마지노프가 자신을 사랑하는 것보다 더 자신을 존중한다는 것을 아시나요? 러시아 국민을 매질해도 그들은 자신의 신을 고수하지만 카르마지노프는 그렇지 못하죠."

"음, 베르호벤스키, 전 처음으로 당신의 말을 듣고 있

---

16 러시아 정교의 축일로서 성모제로 10월 초이다.

어요. 그것도 놀라서 듣는 중입니다."라고 니콜라이 프세볼로도비치가 말했다.

"당신은 직접적인 사회주의자가 아니라 일종의 정치적인... 야망을 가진 자인가요?"

"사기꾼, 사기꾼입니다. 제가 누구인지 하는 문제가 당신을 괴롭히나요? 제가 당신에게 제가 누구인지 말씀드리죠. 그 문제를 언급할게요. 제가 당신의 손에 키스한 것은 우연이 아닙니다. 우리가 국민들이 원하는 것을 알고 있다는 것을 국민들로 하여금 믿게 해야 합니다. 그들은 '몽둥이를 휘둘러 자기 편을 때립니다.' 에효, 시대가 어떻게 돌아가는 건지! 단 하나의 비극은 시간이 없다는 겁니다. 우리는 파괴를 선포합니다... 왜, 왜, 다시 한 번, 이러한 사상은 너무도 매혹적입니다! 하지만 모서리를 부드럽게 해야만 합니다. 그래야만 해요. 우리는 방화를 허용합니다... 우리는 전설을 허용합니다... 이곳에선 옴에 걸린 '무리'도 유용합니다. 바로 그러한 무리들 중에서 저는 당신에게 사냥꾼들을 찾아줄 겁니다. 그들은 발사될 때마다 달려갈 거고 명예를 위해 감사하며 멈춰설 겁니다. 음, 혼란이 시작되었어요! 이 세계가 아직 보지 못한 그러한 동요가 일어날 겁니다... 루시는 안개에 뒤덮이고 이전의 신들에 대해 땅은 울부짖기 시작할 겁니다... 음, 여기에서 우리는 허락하는 겁니다... 누구를?"

"누구를?"

"이반 왕자를"

"누-우구라고요?"

"이반 왕자, 당신, 당신을요!"

스타브로긴은 잠시 생각에 잠겼다.

"참칭자를?"

그는 흥분한 자를 몹시 놀라서 바라보며 갑자기 물어보았다.

"그것이 바로 당신의 계획이군요."

"우리는 그가 '숨을 거'라고 말하고 있어요."

베르호벤스키는 어쩐지 조용히 흥미롭다는 듯이 속삭이며, 마치 술에 취한 사람처럼 말했다.

"'그가 숨는다'라는 표현이 무엇을 의미하는지 아시나요? 하지만 그는 나타날 겁니다. 나타날 거예요. 우리는 거세파 교도들보다 더 훌륭한 전설을 만들어 낼 겁니다. 그가 존재하지만 어느 누구도 그를 만난 적이 없는 겁니다. 오, 대단한 전설을 만들어 낼 수 있어요! 중요한 것은 새로운 힘이 생겨나고 있다는 겁니다. 그것이야말로 필요한 겁니다. 그것 때문에 사람들은 눈물을 흘리죠. 사회주의에는 뭔가가 들어 있어요. 옛 힘을 파괴하였으나 새로운 힘을 가져오지는 못했어요. 여기에 힘이 있는데 전대미문의 대단한 힘입니다! 단 한 번이라도 우리에겐 지구를 들기 위한 지렛대가 필요합니다. 언제나 일어서고 있어요!"

"당신은 그러한 방식으로 저를 염두에 두고 있는 건가요?" 스타브로긴이 악의에 차서 웃었다.

"당신은 왜 웃고 있나요, 그렇게 악의에 차서? 절 놀라게 하지 마세요. 전 지금 아이와 같아요. 그러한 미소 하나만으로도 저를 죽음에 이를 정도로 놀라게 할 수 있지요. 들어보세요. 저는 당신을 어느 누구에게도 보여주지 않을 겁니다. 어느 누구에게도요. 그게 필요해요. 그는 존재하지만 어느 누구도 그를 만나지 못하는 거죠. 그는 숨는 겁니다. 예를 들어 1억 명 중 한 명에게만 보여줄 수 있다는 점을 아셔야 합니다. 지구상에 '만났어, 만났어.'라는 말이 퍼지겠죠. 사바오프 신인 이반 필립포비치[17]의 경우에도 그가 사람들 앞에서 아름다운 전차를 타고 승천할 때에 사람들은 그를 '직접' 보았죠. 하지만 당신은 이반 필립포비치가 아닙니다. 당신은 미남이고 신처럼 도도합니다. 그리고 당신은 자신을 위해 그 무엇도 구하지 않으며 희생의 후광을 가진 '숨겨진 존재'입니다. 중요한 것은 전설입니다! 당신은 그들을 이겨야 합니

---

[17] 러시아 구교도의 한 분파인 채찍파에 속하는 사바오프 다닐라 필립포비치와 이반 티모페예비치 수슬로프는 자신을 신으로 간주하여 사람들에게 믿게 하였는데 여기서는 두 사람의 이름을 조합하여 사용하고 있다.

다. 관찰하고 승리를 쟁취해야 합니다. 새로운 진리를 가져오지만 그것은 '숨겨져 있을 겁니다.' 여기서 우리는 솔로몬의 두세 개의 심판을 퍼뜨릴 겁니다. 무리들이 생겨나고 5인조가 생깁니다. 신문은 필요치 않습니다! 만 가지 청원들 중 하나만 들어준다면 모두가 청원을 가지고 달려들 겁니다. 마을마다 어딘가에 청원을 들어주는 동굴이 있다는 것을 모든 농부들이 알게 될 겁니다. 지구는 '새롭고 정의로운 헌법이 나타날 거'라며 신음하게 될 겁니다. 바다가 요동치고 광대극의 무대는 흔들릴 겁니다. 그때서야 사람들은 어떻게 석조 건물을 세울 것인지 생각하게 됩니다. 처음으로요! 우리는 건설할 겁니다. 우리, 우리만이!"

"광기로군!"

스타브로긴이 말했다.

"왜, 왜 당신은 원하지 않나요? 두려운가요? 제가 당신을 위한 조치를 취할 테니 당신은 아무것도 두려워하지 않아도 됩니다. 비이성적이다. 그런 건가요? 물론 저는 당분간 미국이 없는 콜롬버스입니다. 미국이 없는 콜롬버스가 이성적인가요?"

스타브로긴은 입을 다물었다. 그런데 그들은 집에 도착했고 입구 옆에서 걸음을 멈추었다.

"들어보세요," 베르호벤스키가 그의 귀 쪽으로 몸을

기울였다. "돈이 없이도 저는 당신에게... 저는 내일 마리야 티모페예브나와의 일을 끝낼 겁니다... 돈을 받지 않고. 내일 당신에게 리자를 데려오죠. 리자를 원하시나요, 내일?"

'사실 그가 왜 방해가 된 거지?'라며 스타브로긴이 미소 지었다. 현관문이 열렸다.

"스타브로긴, 우리의 미국은?"이라며 베르호벤스키가 마지막으로 그의 손을 붙잡았다.

"뭐라고?"

니콜라이 프세볼로도비치가 진지하고 엄격하게 말했다.

"나는 원치 않아! 당신이 그럴 줄 알았어!"

스타브로긴은 사악한 분노에 휩싸여 외쳤다.

"당신은 거짓말하고 있어요. 여자를 밝히며 걸레 같이 닳은 도련님, 전 못 믿겠어요. 당신은 늑대의 취향을 가지고 있어요!.. 당신 몫이 지금은 아주 크다는 것을 알아주세요. 그래서 저는 당신을 거부할 수 없어요. 지구상에 당신과 같은 인간은 또 없어요! 저는 외국에서부터 당신을 생각해 왔어요. 당신을 바라보지 않고 당신에 대해 꿈꿔 왔지요. 만일 제가 구석에서부터 당신을 바라보지 않는다면 저는 머릿속에 아무 생각도 들지 않았을 겁니다!..."

스타브로긴은 아무 대답도 하지 않고 계단을 따라 위로 올라갔다.

"스타브로긴!"

베르호벤스키가 그의 뒤를 따라가며 외쳤다.

"당신에게 하루를 줄게요... 음, 이틀... 음, 사흘. 사흘 이상은 안 됩니다. 그곳에서 당신의 답변을!"

XI. 차압당한 스테판 베르호벤스키

그런데 우리 도시에서 스테판 트로피모비치를 뒤흔들고 또 나를 놀라게 한 굉장한 사건이 발생했다. 아침 8시에 나스타시야가 그의 집을 나서서 내게로 왔다. 그녀는 나리가 '차압당했다'는 소식을 가져왔다. 처음에 나는 아무것도 이해할 수가 없었다. 관리들이 '차압했다'는 말만 귀에 들어왔기 때문이다. 관리들이 도착했고 서류를 가져갔다는 것이다. 관리가 서류를 묶어서 '손수레로 가져갔다'니 서슬이 퍼런 뉴스였다. 난 즉시 서둘러서 스테판 트로피모비치의 집으로 향했다.

놀란 상태에 있는 그를 만났다. 그는 제정신이 아니었고 굉장히 흥분해 있었다. 하지만 그와 동시에 그는 근

엄한 표정을 짓고 있었다. 방 한가운데 테이블 위에는 사모바르가 끓고 있었고 찻잔이 가득 채워져 있었으나 손도 대지 않은 채 방치되어 있었다. 스테판 트로피모비치는 테이블 주변에 기대어 있다가 방의 네 귀퉁이를 따라 걸어 다니고 있었다. 그의 행동에는 어떠한 의도도 담겨 있지 않은 듯했다. 그는 평상시 입는 붉은 스웨터 차림이었다. 그런데 그는 내가 온 것을 알아차리고 나서 서둘러서 조끼와 재킷을 챙겨 입었다. 예전에 가까운 이들 중 누군가가 스웨터 차림의 그를 발견하더라도 그는 결코 그러한 행동을 한 적이 없었다. 그는 즉시 내 손을 뜨겁게 쥐었다.

"마침내 친구가!(그는 가슴 전체로 숨을 쉬고 있었다.) 친구여, 난 자네 한 사람에게만 사람을 보냈지. 어느 누구도 아무것도 몰라. 나스타시야에게 문을 잠그고 어느 누구도 들이지 말라고 해야겠군. 그 사람들을 제외하고 말이야... 자네는 이해하지?"

그는 답을 기다리는 듯이 불안해하며 나를 쳐다보았다. 물론 나는 띄엄띄엄 삽입구를 넣어가며 연결이 되지 않는 말들로 가득한 내용을 물어보았고, 아침 7시에 현의 관리가 '갑자기' 그에게 왔다는 것을 알 수 있었다...

"미안, 난 그의 이름을 잊어버렸어. 그의 이름을 잊어버린 건 내 잘못이야. 하지만 렘브케가 그를 데려온 듯했

악령들 357

어. 얼굴 표정에는 뭔가 바보 같고 독일인 같은 데가 있었어. 그의 이름은 로젠탈이었지."

"블륨이 아닌가?"

"블륨. 바로 그가 그렇게 불렸어. 자네는 그를 아는가? 외모로 봐서 뭔가 바보 같고 자족적인 데가 있었어. 그와 동시에 아주 거칠고 범접할 수 없는 중요한 뭔가가 있었어. 경찰인데 밑에 있는 사람들 중 한 명인 거 같아. 난 이러한 일에 있어서 뭔가를 알고 있지. 잠자코 있었어. 상상해 보게나. 그는 내게 내 책들과 원고를 '들여다보게' 해달라고 요청하더군, 그래, 기억나는군. 그는 그 단어를 사용했지. 그는 날 체포하지는 않았어. 책들만... 그는 거리를 유지했지. 그가 내게 자신이 온 이유를 설명하기 시작했을 때 내가... 아니라는 듯한 표정을 지었어. 간단히 말해서 그는 내가 곧장 그에게 달려가 그를 가차 없이 때리기 시작할 거라고 생각한 듯했지. 제대로 된 사람과 일을 할 때 신분이 낮은 사람들은 모두 그러하지. 물론, 난 모든 것을 이해했어. 내가 이러한 일을 준비해 온 지 벌써 20년이야. 난 그에게 모든 상자들을 열어주고 열쇠도 모두 건네주었어. 직접 주었다니까. 난 그에게 모든 것을 넘겼어. 난 침착했고 품위를 잃지 않았지. 그는 책들 중에서 게르첸의 '종'의 해외 판본들, 내 서사시 네 편을 집었어. 그러니까, 친구, 그게 다였어. 그 후에는 서류들, 편지들, 그리고 나의 역사, 비평, 정치에 관한 습작들 중 일부를 가져갔지. 그들이 그 모든 것을 가지고 갔어. 나스타시야가 말하기를 군인이 손수레에 그것을 싣고서 덮개로 덮었다고 하더군. 그래, 바로 그렇게 된 거야. 덮개로."

그건 잠꼬대였다. 누가 이곳에서의 일을 이해할 수 있겠는가? 난 다시 그에게 질문을 던졌다. 블륨이 혼자 온 것인지, 아닌지? 누구의 명을 받고 온 건지? 어떠한 권리로 그러한 일을 한 건지? 그가 어떻게 감히 그럴 수 있는지? 그가 무엇으로써 해명했는지?

"그는 혼자였어. 완전히 혼자였지. 하지만 누군가가 현관에 있었던 것 같아. 맞아. 기억이 나네. 그리고 나중에... 그건 그렇고, 누군가가 현관에서 망을 보고 있었던 것 같은데. 나스타시야에게 물어봐야 하겠네. 그녀는 모든 것을 더 잘 알고 있다네. 보다시피 난 아주 흥분해 있었지. 그가 말하길, 말하기를... 산더미 같은 물건들을. 하지만 그는 말을 많이 하지 않았지. 내가 모든 말을 했어... 난 단 하나의 관점에서 내 인생에 관한 이야기를 들려주었지... 난 너무나 흥분해 있었어. 자네에게 자신 있게 말하지만 난 위엄을 유지했지. 하지만 울음을 터뜨리게 될까 봐 두려웠어. 손수레는 옆의 상점에서 빌려온 거더군."

악령들 359

"오, 맙소사, 어떻게 이 모든 일을 행할 수 있었지! 하지만 맙소사, 스테판 트로피모비치, 더 정확하게 말해 주게나. 자네가 말하는 것이 꿈만 같아서!"

"친구, 나도 꿈만 같다네... 그는 첼랴니코프라는 이름을 상기시키더군. 난 그 자가 현관에 숨어 있다고 생각했어. 그래, 기억나. 그가 드미트리 미트리치라는 검사를 제안했지... 그 사람은 에랄라쉬 카드놀이를 하면서 나에게 15루블을 빚진 적이 있지. 한마디로 말해 나는 전혀 이해하지 못했어. 내가 그들을 속였어. 드미트리 미트리치가 내게 무슨 상관이지. 내가 그에게 숨으라고 요청하기 시작한 거 같긴 해. 아주 많은 부탁을 했어. 아주. 너무 비굴해진 건 아닌지 걱정이 되었지. 자네는 어떻게 생각하나? 마침내 그가 동의했지. 그 자신이 부탁했던 것이 기억나. 숨는 것이 더 나을 거라는 거야. 왜냐하면 그는 '들여다보려고' 온 것이기 때문이지. 그 이상은 아니야. 아무것도... 만일 사람들이 아무것도 찾아내지 못한다면 아무 일도 일어나지 않을 거야. 우리는 모든 것을 우호적으로 끝마쳤지. 난 완전히 만족하고 있어."

"천만에. 그는 그러한 경우를 대비해 이미 알려진 순서와 보증을 자네에게 제안한 거고 자네는 그걸 거절한 거야!"라며 나는 우정어린 분노를 드러내며 외쳤다.

"아니, 보증이 없는 것이 더 나아. 스캔들이 어디까지

가겠어? 우정어린 순간이 올 때까지는... 자네도 알다시피 우리 도시에서 사람들이 알아차리면... 내 적들이... 나중에 그 검사가 무슨 일에 도움이 되겠어. 그 돼지 같은 검사는 나에게 두 번이나 무례하게 굴었지. 작년에 그자는 매력적이고 아름다운 나스타시야 파블로브나의 방에 숨어들었다가 그녀 곁에서 흠씬 매를 맞았지. 그러니, 친구여, 나에게 반대하지 말고 사기를 떨어뜨리지 말아주게, 부탁이야. 왜냐하면 인간이 불행한 상황에 있을 때에는 100명의 친구가 그 사람에게 어리석었다고 말하는 것은 더이상 참을 수 없는 일이기 때문이야. 그건 그렇고 앉아서 차를 들게나. 고백하자면 난 아주 피곤하다네... 잠시 누워서 머리에 식초라도 얹어야 하지 않을까 싶네. 자네는 어떻게 생각하는가?"

"그럼."

내가 소리쳤다.

"얼음이라도 얹어야 할 판이지. 자네는 정말 정신이 없어. 창백한 데다 손까지 떨고 있어. 누워서 휴식을 취하고 말할 수 있을 때까지 기다리게. 난 옆에 앉아서 기다리겠네."

그는 누우려 하지 않았지만 나는 고집을 부렸다. 나스타시야가 찻잔에 식초를 가져왔고 난 그것을 수건에 적셔서 그의 머리 위에 얹었다. 그 후에 나스타시야는 의자

위로 올라서서 성상 앞 구석의 램프를 켜려고 하였다. 난 놀라서 그 장면을 지켜보았다. 이전에는 램프가 있던 적이 없었는데 지금 갑자기 생겨난 것이다.

"그들이 떠나자마자 내가 좀 전에 시킨 일이야."라며 스테판 트로피모비치는 나를 간사하게 쳐다보고 나서 중얼거렸다.

"사람들이 자네를 체포하러 왔을 때 자네 방에서 그러한 물건들이 발견된다면 이 일이 강한 인상을 줄 것이고 그들은 무엇을 보았는지 말해야만 할 거야..."

나스타시야는 램프를 켜고 나서 문가에 서 있었고 오른손을 뺨으로 가져가면서 울먹이는 표정으로 그를 바라보았다.

"어떤 구실이라도 만들어서 그녀를 내보내 주게."라며 그가 소파에서 내게 고갯짓을 했다. "난 러시아식의 동정을 견딜 수 없어. 나중에 이 일이 성가신 일이 될 거야."

하지만 그녀는 스스로 자리를 떴다. 나는 그가 내내 문을 주목하면서 현관에서 들려오는 소리에 귀기울이고 있다는 것을 알아차렸다.

"준비하고 있어야만 한다는 거 알지."라며 그는 의미심장하게 나를 쳐다보았다. "매 순간... 사람들이 와서 잡아갈 거고 한 방에서 사람이 사라지지!"

"맙소사! 누가 온다는 건가? 누가 자네를 잡아간다는 거지?"

"친구, 알잖아, 난 그자가 떠날 때 노골적으로 그들이 지금 나를 어떻게 할 거냐고 물어보았어."

"자네를 어디로 보낼 건지 물어보는 것이 더 나을 뻔했어!"라며 나는 똑같이 분노하며 외쳤다.

"질문을 던지며 나는 그 사실을 염두에 두었지. 하지만 그는 아무 대답도 하지 않고 가버렸어. 그런데 말이야. 속옷과 옷가지, 따스한 옷에 관해서 그들이 원하는 대로 가져오라고 명령하더군. 그러더니 그들은 군인 외투를 입고 가버렸어. 하지만 난 조용히 조끼 주머니의 터진 곳을 꿰맨 자리에 35루블(그는 나스타시야가 나가버린 문 쪽을 바라보면서 갑자기 목소리를 낮췄다)을 조용히 넣어두었어. 바로 여기, 만져 보게나... 난 그들이 조끼를 벗기지 못할 거라 생각했어. 보여주기 위해 지갑에는 7루블을 넣어 두었지. '그게 가진 것의 전부'라고 말이지. 여기 탁자 위에 잔돈과 청동으로 된 동전들을 내놓으니 그들은 내가 돈을 숨겼다고 생각하지 않을 거고 이게 전부라고 생각하겠지. 오늘은 어디서 잠을 자게 될지 누가 알겠나."

난 그러한 광기에 고개를 내저었다. 그가 전한 이야기에 따르면 체포와 수색이 불가능했음이 분명하다. 물론 그는 혼란스러워하고 있었다. 사실 이 모든 일은 오늘날의 헌법이 만들어지기 이전에 벌어졌다. 사람들이 그에게 더 정당한 절차를 제안한(그의 말에 따르자면) 것이 사실이다. 하지만 그는 지나치게 머리를 굴렸고 거절했던 것이다... 하지만 이 경우에 어떠한 극단적인 경우가 있을 수 있었겠는가? 바로 그 점이 나를 혼란스럽게 만들었다.

"아마도 페테르부르크에서 전보가 온 거겠지."라며 갑자기 스테판 트로피모비치가 말했다.

"전보라고! 자네에 관한? 게르첸의 글과 자네의 서사시 때문에. 자네 미쳤군. 그 일 때문에 체포한다고?"

난 그냥 화가 치밀었다. 그는 인상을 썼고 모욕을 받은 듯했다. 내가 소리 질러서가 아니라 체포할 이유가 없다는 생각 때문이었다.

"요즘에 누가 무엇 때문에 체포할 수 있을지 알 수 있나?"라며 그는 애매하게 중얼거렸다. 거칠고 희한한 생각이 머리에 스쳤다.

"스테판 트로피모비치, 친구인 내게 말해 주게나." 내가 소리쳤다. "진정한 친구인 내게. 난 자네를 넘기지 않을 거야. 자네는 어떤 비밀 조직에 가입되어 있나, 그렇지 않은가?"

그런데 내가 놀랍게도 그는 그 점에 대해 확신하지 못

하고 있었다. 그가 어떤 비밀 조직에 가입하고 있는지 그렇지 않은지에 대해서 말이다.

"이 일을 어떻게 생각해야 할지, 이보게…"

"'어떻게 생각할지'라니?"

"전심으로 진보에 속해 있다면… 누가 자신 있게 말할 수 있을까. 자신이 속해 있지 않다고 생각하는데 어딘가에 소속되어 있는 것으로 되는 경우가 있다는 거지."

"그 일이 어떻게 가능한가, 이 일은 그렇다, 혹은 아니다잖아?"

"그 일은 페테르부르크에서 시작되었어. 내가 그녀와 함께 잡지를 창간하고 싶어했을 때 말이지. 그 일의 뿌리가 거기 있던 거지. 그 당시 우리는 잠입해 들어갔고 그들은 우릴 잊었지. 그런데 지금 기억해 낸 거야. 친구, 친구야, 자네는 정말 모르겠는가!"

그는 병적으로 소리쳤다.

"우리에게서 압수하고 호송 마차에 태우고 평생 시베리아 행군을 하거나, 아니면 독방에서 잊혀지겠지…"

그런데 그가 갑자기 뜨거운 눈물을 흘리며 울기 시작했다. 눈물이 흘러내렸다. 그는 자신의 명주 옷감으로 눈물을 훔쳤고 5분 동안 몸을 떨며 흐느꼈다. 난 당혹스러웠다. 20년 동안 우리에게 예언했던 예언자, 선지

자, 족장, 쿠콜닉[18]이었던 그자가 우리 위에 고상하고 위엄있게 서 있었고 우리는 그 앞에서 명예로운 일이라 생각하여 진정으로 그를 경배하였는데 갑자기 그가 선생님이 회초리를 가지러 누군가를 보낸 사이에 회초리를 기다리며 떼를 쓰는 아이처럼 흐느끼고 있다니. 나는 그가 너무도 가여워졌다. 그는 내가 그의 곁에 앉아 있는 순간에도 '호송 마차'를 믿고 있었고 그날 아침 바로 그 순간에 그것을 기다리고 있었다. 그런데 그 모든 일이 게르첸의 작품과 자신의 서사시 때문이라 생각하다니! 일상적인 현실에 대해 철저히 아무것도 모르다니 감동적이고 또 한편으로 거북했다.

마침내 그는 울음을 멈추고 소파에서 일어나 나와 계속 대화하면서 방을 거닐기 시작했다. 그는 이따금 유리창을 바라보고 현관 쪽으로 귀 기울이기도 하였다. 우리의 대화는 맥락 없이 이어졌다. 나의 확신과 위안은 벽에 부딪친 콩알처럼 튕겨져 떨어졌다. 그는 귀를 잘 기울이지 않았지만, 그럼에도 불구하고 내가 그를 안심시켜 주고 그런 의미에서 내가 토를 달지 않고 말하기를 바라고 있었다. 난 그가 나 없이는 살아갈 수 없고 어떤 일이 있어도 나를 그냥 내보내지 않을 것임을 알게 되었다. 나

---

18 네스토르 바실리예비치 쿠콜닉, 1809-1868, 러시아의 시인이자 소설가, 드라마 작가

는 그곳에 머물렀고 두 시간 넘게 그와 함께 있었다. 그는 이야기하면서 블륨이 자신에게서 두 개의 격문을 발견해서 가져갔다는 사실을 기억해냈다.

"격문이라니!"

난 바보처럼 놀랐다.

"정말로 자네는…"

"음, 그들이 내게 10개를 내던졌어."

그가 화를 내며 대답했다.(그는 짜증을 내면서도 도도하게 내게 말했다. 그리고 아주 애처롭게 보이려고 자세를 낮추기도 하였다.)

"하지만 내가 8개를 처리했으니 블륨이 두 개만 가져간 거지…"

그리고 그는 갑자기 흥분하여 얼굴을 붉혔다.

"자네는 나를 그자들과 같다고 보는군! 자네는 정말로 내가 저급하게 그 비열한 자들, 조무래기들, 내 아들 표트르 스테파노비치, 자유주의자들과 함께 할 수 있다고 생각하는가, 오, 맙소사!"

"음, 그들이 자네를 어떠한 식으로든 엮지 않기를… 하지만, 헛소리, 그럴 수는 없지!"라고 내가 말했다.

"자네도 알다시피," 그가 갑자기 말했다. "매 순간 그곳에서 내가 어떠한 스캔들을 일으킬 거 같은 예감이 들어. 오, 떠나지 말게. 날 혼자 내버려 두지 말게나! 내 인생길은 오늘 끝장난 거야. 난 그걸 느껴. 알고 있나, 난, 난, 어쩌면, 버려진 채 그곳에서 그 육군 소위처럼 누군가를 잡아먹게 될 거야..."

그는 이상한 눈초리로 날 쳐다보았다. 그 눈초리는 놀란 듯하면서 동시에 나를 놀라게 해주려는 듯한 눈빛이었다. 시간이 지남에 따라 '호송 마차'가 나타나지 않자 그는 정말로 누군가에게 그리고 무엇에 대해서 점점 더 짜증을 냈다. 그는 심지어 사악해졌다. 갑자기 나스타시야가 무슨 일 때문인지 몰라도 부엌에 있다가 현관으로 나가다 현관에서 옷걸이를 건드려서 쓰러뜨렸다. 스테판 트로피모비치는 몸을 떨기 시작했고 그 자리에서 몸이 굳어졌다. 하지만 사태의 정황이 밝혀지고 나서 그는 나스타시야에게 발을 구르며 날카롭게 소리를 지르고 그녀를 다시 부엌으로 내쫓아 버렸다. 1분 뒤 그는 절망에 빠진 나를 바라보면서 입을 열었다.

"난 죽었어! 친구."

그는 갑자기 내 옆에 앉아서 너무도 애처롭게 내 눈빛을 집요하게 바라보았다.

"친구, 난 시베리아가 두려운 게 아니야. 자네에게 맹세하지. 오, 자네에게 맹세하고 말고.(그의 눈에 눈물까지 고였다.) 난 다른 게 두려워..."

난 그의 표정을 보고 그가 지금까지 알리지 않고 숨겨

둔, 뭔가 굉장한 것을 알려 주고 싶어한다는 것을 알아 차렸다.

"난 치욕이 두려워."

그는 비밀스럽게 속삭였다.

"어떤 치욕인가? 오히려 그 반대지! 스테판 트로피모비치, 이 모든 것이 오늘에야 밝혀지고 우리에게 유리하게 끝날 거라는 점을 믿게나..."

"자네는 사람들이 날 용서할 거라고 확신하나?"

"'용서한다'는 게 다 무슨 소리인가! 그런 말이 어디 있어! 자네가 그런 일이라도 한 건가? 자네가 아무 일도 하지 않았다는 것을 자네에게 확신시키고 싶네!"

"어떻게 자네가 이 일에 대해 알겠나. 내 모든 인생은... 친구... 그들은 모든 것을 기억하고 있다고... 만일 아무것도 찾아내지 못한다면, 그럼 그것 때문에 더 안 좋을 수도 있지"

그가 갑자기 덧붙였다.

"그로 인해 더 안 좋아진다니?"

"더 안 좋아."

"이해할 수 없어."

"내 친구, 내 친구, 시베리아의 아르한겔스크로 보내 줘. 권리를 빼앗겨도 좋고 죽으라면 죽을 수도 있어! 하지만... 난 다른 것이 두려워.(또 다시 속삭임, 놀란 표정

악령들 369

과 비밀스러움.)"

"그런데 무엇을, 무엇을 두려워하는 건가?"

"나를 때리겠지."

그는 멍한 표정으로 나를 쳐다보며 말했다.

"누가 자넬 때린다는 건가? 어디에서? 왜?"

나는 그가 정신이 나간 것이 아닌가 생각하며 놀라서 소리쳤다.

"어디? 음, 거기... 이 일이 벌어지는 곳이지."

"이 일이 벌어지는 곳이 어딘데?"

"음, 친구야."라며 그는 거의 귀에다 대고 소리쳤다. "자네 발 아래서 갑자기 바닥이 갈라지고 자네 몸의 절반까지 빠지는 거야... 모두가 그 사실을 알고 있어."

"우화네!"

나는 짐작하고 나서 소리쳤다.

"옛 우화지. 정말 자네는 지금까지 그걸 믿고 있나?"

나는 웃음을 터뜨리기 시작했다.

"우화라니! 이러한 우화들도 뭔가로부터 생겨난 거잖아. 채찍을 맞은 자는 이야기를 하지 않지. 난 상상 속에서 만 번쯤 생각했어!"

"그런데 자네를, 자네를 무엇 때문에? 분명 자네는 아무것도 하지 않았잖아?"

"그것 때문에 더 안 좋아질 거야. 사람들은 내가 아

무엇도 하지 않았다는 것을 알게 되더라도 나를 때릴 거야."

"자네는 그 일 때문에 자네를 페테르부르크로 보낼 거라고 확신하는 건가!"

"내 친구, 난 아무것도 아쉽지 않다고 이미 말했잖아. 내 인생은 끝났어. 스크보레시니키에서 그녀가 나와 이별한 바로 그 순간부터 난 내 인생이 아깝지 않았어... 하지만 치욕, 치욕, 만일 그녀가 알게 된다면 무슨 말을 할까?"

그는 절망적인 눈빛으로 날 바라보았다. 가련한 그의 얼굴이 온통 발그레해졌다. 나도 시선을 아래로 향했다.

"그녀는 아무것도 알아차리지 못할 거야. 왜냐하면 자네와 엮일 일은 없으니까. 스테판 트로피모비치, 내가 정확히 인생에서 처음으로 자네와 이야기하는 것 같아. 그 정도로 자네는 오늘 아침 날 놀라게 했어."

"내 친구, 이건 물론 공포가 아니야. 하지만 그들이 날 용서하고, 이리로 데려다주고 아무 짓도 하지 않아도 난 바로 이곳에서 죽게 되는 거야. 그녀는 평생 날 의심하게 될 거니까... 그녀가 22년 동안 경배하던 시인, 몽상가인 나, 나를!"

"그녀는 그렇게 생각 안 할 거야."

"그렇게 생각할 거야."

악령들 371

그는 강하게 확신하며 속삭였다.

"나와 그녀는 둘 다 두려워하며 떠나기 전에, 페테르부르크에서 대제 기간 중에 그 일에 대해 몇 번 이야기했지... 그녀는 평생 날 의심할 거야... 어떻게 하면 의심을 버릴 수 있을까? 예기치 않은 방식으로 끝날 거야. 이곳 도시에서 누가 믿겠는가. 그건 있을 수 없는 일이지... 게다가 여자들이란... 그녀는 기뻐할 거야. 그녀는 아주 괴로워할지도 몰라. 아주, 진정으로, 진정한 친구로서, 하지만 남몰래 기뻐할지도 모르지... 난 그녀에게 나를 해칠 무기를 평생 마련해준 거야. 오, 내 삶은 끝장이야! 그녀와 함께 했던, 정말 행복한 20년... 바로 그거야!"

그는 손으로 얼굴을 가렸다.

"스테판 트로피모비치, 자네는 일어난 사건에 대해 바르바라 페트로브나에게 알리지 않을 건가?"

내가 계속 말했다.

"신이여, 절 구원하소서!"

그는 몸을 떨고 자리에서 벌떡 일어섰다.

"뭐 때문에, 절대, 스크보레시니키에서 이별할 때 이야기한 이후, 저-얼-대로!"

그의 눈이 반짝였다.

우리는 내내 뭔가를 기다리며(그런 생각이 들었다) 한 시간을 더 앉아 있었다. 그는 다시 자리에 누웠다. 그는 눈까지 감고 한마디도 하지 않고 20분 동안 누워 있었다. 그래서 나는 그가 완전히 골아 떨어졌거나 아니면 망각 상태에 빠졌다고 생각하기까지 했다. 갑자기 그가 격하게 몸을 일으켜서 머리에서 수건을 내리고 소파에서 일어나 거울로 달려가서 떨리는 손으로 넥타이를 매고 천둥 같은 목소리로 나스타시야를 부르며 외투, 새 모자와 지팡이를 가져오라고 명령했다.

"난 더 이상 참을 수 없어." 그는 단속적인 목소리로 말했다. "할 수 없어, 할 수 없다고!.. 직접 갈 거야."

"어디로?"

나도 자리에서 일어섰다.

"렘브케에게. 친구, 난 그래야만 해. 난 반드시 그래야 해. 그건 의무야. 난 시민이자 한 인간이야. 난 나무토막이 아니야. 난 권리를 가지고 있지. 난 내 권리를 원해... 난 20년간 내 권리를 요구하지 못했어. 난 평생 죄지은 사람처럼 권리에 대해 잊고 있었어... 하지만 난 지금 그것을 요구하고 있는 거야. 그가 내게 모든 것을 이야기해 줘야만 해. 모든 것을. 그는 전보를 받았어. 그는 날 괴롭히지 못해. 그렇지 않으면 체포해, 체포해, 체포하라고!"

그는 쇳소리처럼 빽빽거리며 소리쳤고 발을 굴렀다.

"난 자네 말에 찬성해."

난 그 때문에 너무 두려웠지만 일부러 더 침착하게 말했다.

"맞아. 그렇게 우수에 잠겨 앉아 있는 것보다 그게 더 나아. 하지만 난 자네 기분에 찬성하지 않아. 자네가 누구를 닮았는지 봐봐. 자네가 어떻게 거기로 가겠는가. 렘브케에게는 정중하고 침착하게 행동해야 해. 정말 자네가 지금 거기로 돌진하면 그곳에서 누군가를 잡을 수 있어."

"내가 직접 자신을 넘겨줄 거야. 내가 직접 사자의 올가미로 가는 거지…"

"그러면 나도 자네와 함께 갈게."

"난 자네에게 더 많은 것을 기대했어. 난 자네의 희생, 그것도 진정한 친구의 희생을 받아들이겠네. 하지만 집 앞까지야. 집 앞까지만. 자네가 나와 공조함으로써 자신을 모욕할 권한은 없지. 오, 믿어 주게. 난 침착할 거야! 난 이 순간 내가 최고로 성스럽다고 느끼지…"

"어쩌면 내가 자네와 함께 그 집으로 들어갈 수도 있어."

나는 그의 말을 가로막았다.

"어제 바보 같은 위원회로부터 비소츠키를 통해 소식을 받았지. 그들이 나를 염두에 두고 있고 간사들 틈에 넣어서 나를 초대하고자 한다는 거야. 아니면 어떻게 그들을... 그들 6명의 젊은이들 틈에 넣어서. 그 사람들은 접시들을 감시하고 귀부인들을 에스코트하고 손님들에게 자리를 안내하고 왼쪽 어깨에 펀치 색이 가미된 흰색 리본을 달도록 되어 있지. 난 거절하고 싶었지. 율리야 미하일로브나에게 해명한다는 구실을 내세우면 왜 내가 그 집에 들어갈 수 없겠냐고... 그러니 나와 자네가 함께 들어가는 거야."

그는 고개를 끄덕이며 내 말을 들었다. 하지만 그는 아무것도 이해하지 못한 듯했다. 우리는 문턱에 서 있었다.

"친구야," 그는 구석의 램프로 팔을 뻗었다. "친구, 난 결코 이것을 믿지 않았어. 하지만... 허용해야지, 허용할 거야!(그는 성호를 그었다.) 가자고!"

'음, 그렇게 하는 것이 더 나을 거야.'

나는 그와 함께 현관으로 나서며 생각했다.

'가는 길에 신선한 공기가 도움이 되겠지. 그러면 우리는 차분해져서 집으로 되돌아가서 누워 자겠지...'

하지만 나는 주인공에 대해 생각하지는 않았다. 가는 길에 더 혼란스러워졌다. 결정적으로 스테판 트로피모비치를 뒤흔들어 놓은 사건이 방금 일어났다... 고백하자면 나는 오늘 아침 내 친구가 갑자기 보여준 그러한 신속함을 전혀 예상하지 못했다. 가여운 친구, 사랑스런 친구!

렘브케는 경찰서장과 함께 빠른 걸음으로 들어와서 주의를 기울이지도 않고서 아무 생각 없이 우리를 쳐다보았고 곧장 오른쪽 서재로 향했다. 하지만 스테판 트로피모비치가 그의 앞에 서서 길을 막아섰다. 다른 어느 누구와도 닮지 않은 스테판 트로피모비치의 키가 큰 외모는 강렬한 인상을 심어 주었다. 렘브케는 멈춰 섰다.

"이자는 누구인가요?"

그는 경찰서장에게 질문하는 듯하면서도 경찰서장에게는 고개를 조금도 돌리지 않은 채 계속 스테판 트로피모비치를 쳐다보면서 의혹에 차서 중얼거렸다.

"퇴직한 8등 문관인 스테판 트로피모비치 베르호벤스키입니다, 각하."

스테판 트로피모비치는 거만하게 고개를 까닥이며 대답했다. 각하는 계속해서 들여다보았지만 아주 멍한 시선을 하고 있었다.

"무슨 일이죠?"

그는 스테판 트로피모비치를 청원서를 가지고 온 평범한 청원인으로 생각하고 나서 성가시다는 듯 관리답게 간결하고 성급하게 스테판 트로피모비치 말에 귀 기울였다.

"각하의 이름으로 활동하는 관리가 오늘 저의 집을 수색하였지요. 때문에 바라옵기는..."

"이름? 이름은요?"

갑자기 뭔가에 대해 짐작한 듯이 렘브케가 참지 못하고 물어보았다. 스테판 트로피모비치는 훨씬 더 거만하게 자신의 이름을 반복했다.

"아-아-아! 이 사람... 이 사람이 바로 그 온상이군... 선생님, 당신이 그러한 관점에서 자신을 드러낸 거군요... 당신은 교수인가요? 교수죠?"

"한때는 명예롭게도 ***대학의 젊은이들에게 강의를 몇 개 한 적이 있지요."

"저-젊-은-이들에게라!"

렘브케는 몸을 떠는 것 같았다. 장담하건대, 그는 사건이 무엇에 관한 것인지도, 그리고 자신이 누구와 이야기하고 있는지도 모르는 것 같았다.

"선생님, 전 그 일을 허용하지 않을 겁니다."

그는 갑자기 몹시 화를 냈다.

"전 젊은이들을 용서치 않아요. 그건 언제나 격문입니다. 선생님, 그건 사회에 대한 도발이죠. 해상의 도발, 그러니까 해적 행위입니다... 당신은 무엇에 대해 요청하는 건가요?"

"그와 반대로 당신의 아내가 제게 축제에서 강연해 달라고 부탁했어요. 요청한 건 제가 아닙니다. 전 제 권리를 찾기 위해 온 겁니다..."

악령들 377

"축제에서? 축제는 없을 겁니다. 제가 당신의 축제를 허락하지 않습니다! 강연? 강연이라 했나요?"

그는 화가 나서 외쳤다.

"저는 당신이 제게 좀 더 예의를 갖춰서 말해 주길 바랐지요. 각하, 물론 당신은 소년을 대하듯이 제게 발을 구르거나 소리치지는 않았지요."

"당신이 지금 누구와 이야기하고 있는지 알고 계신가요?" 렘브케가 얼굴을 붉혔다.

"아주 잘 알고 있지요. 각하."

"저는 온몸으로 사회를 지키고 있지요. 하지만 당신은 그것을 파괴하고 있습니다. 파괴하고 있다고요! 당신은... 그런데 저는 당신에 대해 기억하고 있어요. 당신은 스타브로기나 장군 부인댁에서 가정교사로 있었던 사람이지요?"

"네, 저는 가정교사로... 있었지요... 스타브로기나 장군 부인 집에서."

"그러니까 당신은 20년 세월 동안 모든 것의 온상을 만들고 나서 지금 거둬들이는 거군요... 모든 열매들을... 제가 광장에서 당신을 본 것 같네요. 하지만, 선생님, 두려워하십시오. 두려워하시라고요. 당신 사상의 경향들은 이미 알려져 있어요. 제가 염두에 두고 있다는 점도 확실히 알아 두세요. 선생님, 저는 당신의 강연을 허가

할 수 없습니다. 할 수 없어요. 그러한 청원을 제게 가져오지 마십시오."라며 그는 다시 지나가고 싶어 했다.

"반복하지만 당신은 실수하고 계신 듯하네요. 각하, 당신의 아내가 제게 부탁한 것은 강의가 아니라 내일 축제를 위한 뭔가 문학적인 내용의 특강입니다. 하지만 제가 특강을 거절하지는 않았죠. 가능하다면 제게 설명해 달라고 아주 순종적인 태도로 요청하는 겁니다. 어떠한 방식으로, 그리고 무엇을 위해서 그리고 왜 오늘 제가 가택 수색을 당한 겁니까? 집에 있던 몇 권의 책들, 서류들, 제게 소중한 사적인 편지들을 압수당했어요. 모두 손수레에 싣고 도시로 가져가더군요…"

"누가 수색을 한 건가요?"

렘브케는 놀라서 정신을 번쩍 차리고 갑자기 얼굴을 온통 붉혔다. 그는 황급히 경찰서장에게 몸을 돌렸다. 그 순간 키가 크고 등이 굽었으며 동작이 굼뜬 블룸의 형체가 나타났다.

"바로 이 관리입니다."

스테판 트로피모비치가 그를 가리켰다. 블룸은 잘못했다는 듯한 표정으로, 하지만 물러서지 않겠다는 표정으로 앞으로 나섰다.

"당신은 어리석은 짓을 저질렀군요."

렘브케가 그에게 화를 내며 표독스럽게 말했다. 그리

고 그는 갑자기 변신한 것처럼 갑자기 정신을 차렸다.

"죄송합니다…"

그는 정말로 얼굴을 붉히며 아주 당혹하여 중얼거렸다.

"이건 모두… 이건 모두, 분명히, 오로지 난처한 일, 오해일 뿐입니다…"

"각하," 스테판 트로피모비치가 말했다. "저는 젊은 시절 어떤 특별한 사건의 증인이었습니다. 한번은 극장 복도에서 어떤 사람이 다른 사람에게 급히 다가서더니 모두가 보는 앞에서 상대방에게 소리가 날 정도로 따귀를 때리더군요. 그런데 따귀를 맞은 사람은 그가 때리려고 생각했던 자가 아니었던 겁니다. 조금은 닮은 구석이 있으나 전혀 다른 사람이었지요. 따귀를 때린 자는 황금 같은 시간을 낭비할 틈이 없다는 듯이 화를 내며 지금 각하가 말한 것처럼 말을 하더군요. '제가 실수했네요… 죄송합니다. 이건 오해입니다. 일종의 오해일 뿐입니다.'라고요. 그런데 그럼에도 불구하고 모욕받은 사람은 계속 모욕감을 느끼며 소리치기 시작하자 그는 정말로 화를 내며 상대방에게 '제가 당신에게 이건 오해라고 말했잖아요. 당신은 왜 소리치는 겁니까!'라고 말하더군요."

"그건… 그건, 물론, 아주 우스운 일입니다…"

렘브케가 일그러진 미소를 지었다.

"하지만… 하지만 당신은 정말로 제가 불행하다는 것

을 모르시겠습니까?"

그는 거의 소리치듯 말했고... 그리고 손으로 얼굴을 가리고자 했다.

그건 갑작스런 병적인 외침이었고 거의 흐느낌에 가까워서 견디기 힘든 것이었다. 어쩌면 이건 어제부터 발생한 모든 사건에 대한 분명한 해명의 전반부에 해당할지도 모른다. 그 후반부는 완전히 절망적이고 굴욕적이며 정신을 앗아가 버린 순간이었다. 조금 더 시간을 끈다면 그가 홀이 떠나가라 울음을 터뜨렸으리라는 것을 누가 알겠는가. 스테판 트로피모비치는 처음에 그를 거칠게 쏘아보다가 갑자기 고개를 숙이고서 깊이 있는 목소리로 말했다.

"각하, 제가 트집잡고 불평하는 것을 걱정 마시고 제게 제 책들과 편지를 돌려주라는 명령만 내려 주십시오..."

그의 말이 끊겼다. 바로 그 순간 율리야 미하일로브나와 그녀를 수행한 무리들이 요란하게 들어왔다. 그런데 여기서 나는 그 일을 가능하면 상세하게 묘사하고 싶다.

제3부

I. 축제의 시작

 프로그램에 따르면 축제는 두 부분으로 나누어진다. 즉 정오부터 4시까지는 문학의 아침이 진행되고 밤 9시부터는 밤새 무도회가 진행된다. 하지만 이러한 계획에는 혼돈의 여지가 있다. 첫째, 시작부터 사람들 사이에서는 아침 식사에 관한 소문이 무성했다. 문학의 아침 행사가 끝난 후, 혹은 행사가 진행되는 동안, 혹은 일부러 마련된 휴식 시간에 프로그램에 언급된 샴페인을 곁들인 공짜 식사가 나온다는 소문이 돌았다. 비싼 티켓 가격(3루블)이 이러한 소문을 더 그럴듯하게 만들어 주었다. '내가 바보인가? 축제가 하루종일 예정되어 있으면 먹여 주어야지. 사람들이 배고픈 것은 당연지사 아닌가?' 우리 시민들은 그렇게 생각한 것이다. 율리야 미하일로브나의 경솔함 때문에 이러한 불리한 소문이 퍼져나 갔다는 점을 인정해야만 한다. 그녀가 한 달 전 이 멋진 생각에 처음 빠져 있었을 때부터 그녀는 처음 만난 사람들에게 축제에 대해 나불대며 그녀 집에서 건배를 외치고 수도의 신문들 중 하나에 기사도 내보낼 거라고 말했다. 중요한 점은 그 당시 이러한 건배가 그녀를 사로잡았다는 점이다. 그녀가 직접 건배사를 하고 싶어 해서 그녀는 내내 건배사 문구를 생각했다. 그것은 우리의 중요한 기치(어떠한 것인가? 단언컨대 그녀는 아무것도 마련해 놓지 않았다.)를 드러내고 수도의 신문사에 통신의 형태로 전달되어 고위층을 달래고 매혹시켜야 하며 그 이후 놀라움과 경탄을 불러일으키며 모든 현에 퍼져야만 하는 그러한 문구여야 한다. 하지만 건배사를 위해서는 샴페인이 필요하다. 샴페인을 빈속에 마실 수는 없으니 당연히 아침 식사가 필요했던 것이다. 그 후에 그녀의 노력으로 위원회가 꾸려졌고 일이 점점 더 진지하게 진행되자 그녀가 분명하게 깨달은 것은 주연에 대해 계획한다면, 사람들이 많이 와도 여자 가정교사들을 위한 기금은 아주 조금만 남을 거라는 점이다.

내가 다시 한번 무대 뒤에 있는 그^{스테판 트로피모비치}에게로 달려가 모든 것이 어그러졌고 무대에 오르지 않는 것이 더 낫겠다고 그에게 말할 수도 있었다. 그러나 발작이라도 일어났다는 핑계를 대고 지금 집으로 가자고 그에게 말했다. 그러면 나도 리본을 떼어 버리고 그와 함께 떠날 수 있을 거라고 말했다. 그는 그 순간 무대 위로 올라가 갑자기 멈춰 서서 머리부터 발끝까지 거만하게 나를 쳐다보며 장엄하게 말했다.

"존경하는 선생, 자네는 왜 나를 저 같은 비열한 이들과 같다고 생각하는 건가?"

나는 물러섰다. 나는 파국이 없이는 그가 거기서 내려오지 않을 거라고 확신했다. 하지만 내가 완전히 우울감에 사로잡혀 있을 때, 안으로 들어오던 다른 교수의 형상이 내 앞에 어른거렸다. 그는 스테판 트로피모비치 다음으로 무대에 오를 예정이었다. 그는 줄곧 주먹을 위로 들어 올렸다가 아래로 내리치는 동작을 하고 있었다. 그는 자신만의 세계에 몰입한 채 표독스럽긴 하지만 위엄 있는 미소를 지으며 여전히 앞뒤로 왔다 갔다 하며 뭔가를 중얼거리고 있었다. 나는 아무 의도 없이(그때에 뭔가가 나를 짓눌렀다) 그에게 다가갔다.

"아시죠?"

내가 말했다.

"만일 낭송자가 20분 이상 청중을 기다리게 한다면 청중은 더 이상 경청하지 않을 겁니다. 어떠한 유명 인사도 30분 이상 계속 진행하지는 못합니다..."

그는 갑자기 멈춰 서서, 심지어 모욕감 때문에 온몸을 떠는 듯했다. 무한한 오만함이 그의 얼굴에 번졌다.

"걱정마세요."

그가 경멸적으로 말했고 옆을 지나갔다. 그 순간 홀에는 스테판 트로피모비치의 목소리가 울려 퍼졌다.

'아, 당신들을 모두!'라고 생각하며 나는 홀 안으로 뛰어갔다.

스테판 트로피모비치는 혼란 속에서 대기석에 자리 잡고 앉았다. 앞 열에 앉은 자들은 그를 그다지 긍정적인 시선으로 바라보는 것 같지 않았다.(최근에 그의 클럽에서는 그를 좋아하지도 않았고 이전보다 훨씬 덜 존경하였다.) 하지만 사람들이 비아냥거리는 소리를 내지 않는 것은 좋았다. 어제부터 나는 이상한 생각을 하게 되었다. 그가 나타나면 그 즉시 사람들이 휘파람을 불 것만 같았다. 하지만 혼돈이 여전히 남아 있었기 때문에 사람들은 지금 그를 눈치채지도 못했다. 만일 사람들이 카르마지노프에게 그렇게 행동한다면 그는 무엇을 기대할 수 있을까? 그는 창백해졌다. 그는 10년간 대중들 앞에 나선 적이 없었다. 내가 그에 대해 너무도 잘 알고 있는 모든 정황과 그의 흥분으로 미뤄 보아 그 자신은 무대에 출연하는 것을 자신의 운명에 대한 결정, 혹은 그와 비

악령들 385

숫한 것으로 생각하고 있음이 분명했다. 그 점이 난 두려웠다. 그 사람은 내게 소중했다. 그가 입을 열고 내가 그의 첫 마디를 듣는 순간 난 어떻게 될까!

"여러분!"

그는 갑자기 모든 것을 결심한 듯, 거의 갈라지는 목소리로 입을 열었다.

"여러분! 최근에 뿌려진 불법 서류들 중 하나가 오늘 아침 제 눈앞에 놓여 있었습니다. 저는 '이 서류의 비밀이 뭘까?'라고 수백 번 스스로에게 물어 보았죠."

일순간 홀 전체가 조용해졌다. 모든 시선이 그에게 향했고 어떤 사람들은 놀랐다. 그가 말한 내용은 없었으나 첫 마디부터 흥미를 불러일으킬 만했다. 심지어 무대 뒤에서부터 머리들을 내밀기도 했다. 리푸틴과 럄신은 열정적으로 귀를 기울였다. 율리야 미하일로브나는 다시 한번 내게 손을 내저었다.

"멈추게 하세요. 무슨 일이 있어도 멈추게 하세요!"

그녀는 불안해하며 속삭였다. 난 다만 어깨를 으쓱했다. 결심한 자를 정말로 멈추게 할 수 있을까? 아, 나는 스테판 트로피모비치를 이해했다.

"아하, 격문에 관한 거구나!"

청중들 사이에서 속삭임이 들려왔다. 홀 전체가 웅성거렸다.

"여러분, 저는 이 비밀을 풀었어요. 그것들이 지닌 효과의 비결은 우매함이었어요!(그의 눈동자가 반짝였다.) 네, 여러분, 만일 이것이 계산에 따라 조작된 작은 우매함이라면 그것은 정말 천재적인 것이 되겠지요! 하지만 그것에 온전한 정당성을 부여해야만 합니다. 그들은 아무것도 조작하지 않았습니다. 그것은 치욕적이고, 가장 순진하고, 가장 작은 우매함입니다. 이것은 본질에 있어서 가장 순수한 우매함으로서 일종의 화학 원소와 같습니다. 만일 이것을 조금 더 현명하게 말한다면 모두가 금방 이 조그만 우매함이 빈약하다는 것을 알아차렸을 겁니다. 하지만 지금은 모두가 의혹에 휩싸여 있지요. 어느 누구도 그것이 처음부터 그렇게 어리석었다는 것을 믿지 않았어요. '여기에 더 이상 아무것도 없다는 것은 있을 수 없다.'고 모두가 속으로 말하며 비밀을 찾고 비결을 발견하고 행간을 읽고 싶어 했지요. 그러니 효과는 달성된 것입니다! 오, 우매함이 그렇게 자주 기능을 발휘하였음에도 불구하고 결코 그러한 고상한 보상을 받은 적이 없습니다... 왜냐하면, 그럼에도 불구하고, 고상한 천재로서 우매함은 인류의 운명에 여전히 유용하기 때문입니다..."

"40년대의 흰소리다!"

누군가의 목소리가 들려왔다. 그런데 아주 수줍은 목

소리였고 그 뒤를 이어서 모든 것이 정확하게 분출되었고 소음과 웅성거림이 들려왔다.

"여러분, 만세! 저는 우매함을 위해 건배를 제안합니다!"

스테판 트로피모비치가 아주 흥분해서 홀을 의식하지 않고 소리쳤다.

나는 물을 따라준다는 핑계로 그에게로 달려갔다.

"스테판 트로피모비치, 이제 그만하게나. 율리야 미하일로브나가 부탁했어…"

그는 목청을 높여 나에게 덤볐다. 나는 달아났다.

"여러분!"

그는 계속 말했다.

"흥분은 무엇을 위한 것이며, 제가 듣고 있는 분노의 외침은 무엇을 위한 것인가요? 전 올리브 나뭇가지를 들고 왔어요. 전 마지막 말을 가지고 왔습니다. 왜냐하면 저는 이 일에 관한 한 마지막 말을 가지고 있기 때문입니다. 그러니 우리 화해합시다."

"꺼져!"

어떤 사람들이 외쳤다.

"조용히. 말하게 합시다. 고백하게 하자구요."

다른 사람들이 외쳤다. 때마침 용감하게 말하기 시작해서 이미 말을 그만둘 수 없는 젊은 교사가 특히 흥분해 있었다.

"여러분, 이 사건의 마지막 말은 관대함입니다. 저는 살 만큼 산 노인으로서 생생한 영혼을 이전처럼 가지고 있으나 젊은 세대의 생명력은 마르지 않았음을 고상하게 공표하는 바입니다. 요즘 젊은이들의 열정은 우리 시대만큼이나 순결하고 찬란합니다. 한 가지 사건이 발생했지요. 목표가 바뀌었고 하나의 아름다움이 다른 아름다움으로 대체되었어요! 모든 의혹은 셰익스피어와 장화, 라파엘과 석유 중 무엇이 더 아름다운가에 있습니다."

"이건 밀고인가요?"

어떤 사람들이 투덜댔다.

"치욕적인 질문들이군!"

"선동가야!"

"저는 선언합니다."

스테판 트로피모비치는 마지막 열정을 쏟아 부으며 소리쳤다.

"저는 셰익스피어와 라파엘이 농노 해방, 민족성, 사회주의, 젊은 세대, 화학, 거의 전 인류보다 더 훌륭하다고 선언합니다. 왜냐하면 그것들은 이미 열매인데, 그것도 전 인류의 진정한 열매인데 그 열매가 가능하기 때문입니다! 미의 형식은 이미 성취되었습니다. 미의 성취가 없다면, 어쩌면, 저는 살아가는 데에 동의할 수 없습니다... 오, 주여!"

그는 손뼉을 쳤다.

"10년 전 페테르부르크의 무대에서도 정확히 이와 같은 말로써 이처럼 외친 적이 있죠. 그들은 지금과 마찬가지로 정확히 이해하지 못했어요. 그들은 비웃으며 지금처럼 비아냥거렸죠. 그들은 덜된 사람들이었어요. 당신들이 그것을 이해하는 데에 무엇이 부족한가요? 당신들은 인류가 영국인, 독일인 없이도 살아갈 수 있다는 것을 아십니까, 아시냐고요. 러시아인이 없어도 가능합니다. 학문이 없어도 가능하고, 빵이 없어도 가능하지만, 아름다움이 없으면 불가능합니다. 왜냐하면 이 세상에서 할 일이 없기 때문입니다! 모든 비밀이 여기에 있고 모든 역사가 여기에 있습니다! 아름다움이 없다면 학문 자체는 1분도 견뎌내지 못합니다. 비웃는 자들이여, 당신들은 이 사실에 대해 알고 있나요. 학문이 비열해진다면 당신들은 못도 발명하지 못할 겁니다!.. 난 양보하지 않을 겁니다!"

그는 어설프게 결론을 맺더니 있는 힘껏 주먹으로 테이블을 내리쳤다.

하지만 그가 설명도, 체계도 없이 소리치는 동안에 홀 안의 질서는 무너졌다. 많은 이들이 자리에서 일어섰고, 또 다른 사람들은 무대 앞으로 나왔다. 대체로 이 모든 것은 내가 묘사한 것보다 훨씬 더 빨리 일어나서 난 아무런 조치를 취할 수 없었다. 어쩌면 그것을 원하지 않았는지도 모른다.

"철부지들, 당신들은 모든 일에 준비가 되어 있으니 좋을 테지!"

연단 옆에서 신학생이 만족감에 젖어 스테판 트로피모비치에게 이를 드러내며 말했다. 스테판 트로피모비치는 눈치를 채고 연단의 끝으로 뛰어갔다.

"젊은 세대의 열정이 이전처럼 순수하고 찬란하며, 젊은 세대가 미의 형식에 있어서 실수하면서 죽어간다고 공표한 것은 제가 아닌가요, 제가 아닙니까! 당신들에겐 부족한가요? 그런데 만일 이 선언을 한 자가 이미 죽은, 모욕을 받은 아버지라면, 오, 생각이 없는 자들이여, 정말로 공명정대하고 평온한 관점에서 더 고상해질 수 있나요?.. 감사할 줄 모르고... 부당한 자들,,, 당신들은 무엇, 무엇을 위해 화해하지 않는 겁니까!.."

그리고 그는 갑자기 히스테릭하게 울음을 터뜨렸다. 그는 손으로 흐르는 눈물을 훔쳤다. 그의 어깨와 가슴은 흐느낌으로 들썩였다... 그는 세상의 모든 것을 잊어버렸다.

대중들은 결정적으로 놀라움에 사로잡혔고 거의 모든 사람들이 자리에서 일어섰다. 율리야 미하일로브나는 남편의 손을 잡고 그를 소파에서 이끌며 재빨리 자리에서 일어섰다... 스캔들이 과해졌다.

"스테판 트로피모비치!"

신학생이 기쁘게 끼어들었다.

"지금 이곳 도시와 도시 근교에서 탈옥수인 페지카 카토르지니가 돌아다니고 있습니다. 그는 강도짓을 하고 최근에 새로운 살인을 저질렀죠. 물어보아도 될지요. 만일 당신이 15년 전에 노름빚을 갚으라며 그를 신병으로 보내지 않았다면, 즉 카드놀이에서 지지 않았다면 그가 유형에 처해졌을지, 아니면 그렇지 않았을지 말씀해 주시겠습니까? 그가 생존을 위해 지금처럼 살인했을까요? 미학자 선생님, 당신은 무슨 말을 하시렵니까?"

나는 마지막 장면을 묘사하지 않겠다. 첫째, 굉장한 박수 소리가 울려 퍼졌다. 모두가 박수친 것이 아니라 홀 안의 군중 중에서 20%가 광적인 박수를 보냈다. 나머지 군중들은 출구로 몰려갔으나 박수친 군중들이 무대 앞쪽으로 몰렸고 전반적으로 정체되었다. 귀부인들은 비명을 질렀고 몇몇 아가씨들은 울기 시작했으며 집으로 보내 달라고 했다. 렘브케는 자기 자리 옆에 서서 주위를 사납게 자주 둘러보았다. 율리야 미하일로브나는 완전히 정신줄을 놓아 버렸다. 그건 그녀가 우리 도시에 있는 동안 처음 있는 일이었다. 스테판 트로피모비치로 말할 것 같으면 그는 처음부터 말 그대로 신학생의 말에 압도당해 버렸다. 그러나 그는 갑자기 두 손을 군중들 위로 들고 외치기 시작했다.

"제 발의 먼지를 털고 저주합니다... 파국... 파국이다!"

그리고 그는 몸을 돌려 손을 흔들고 위협하면서 무대 뒤로 뛰어갔다.

"그가 사교계를 모욕했어!.. 베르호벤스키를 잡아라!"

흥분한 자들이 외쳤다. 그들은 베르호벤스키를 뒤쫓으려 했다. 적어도 그 순간은 사람들을 진정시키는 것은 불가능했다. 그런데 갑자기 결정적인 파국이 청중들 위에서 폭탄처럼 터져서 사람들 가운데에서 폭발했다.

II. 축제의 종말

그_{스테판 트로피모비치}는 나를 들여보내지 않았다. 그는 틀어박혀서 뭔가를 쓰고 있었다. 내가 반복해서 문을 두드리자 문 사이로 답변이 들려왔다.

"친구여, 난 모든 것을 끝냈네. 누가 나에게 더 이상 뭔가를 요구할 수 있겠나?"

"자넨 아무것도 끝내지 않았어. 다만 모든 것을 망쳤을 뿐이지. 스테판 트로피모비치, 제발 흰소리 그만하고 문 열어. 조치를 취해야만 해. 사람들이 자네에게 와서 자네를 모욕할 수 있어..."

나는 내가 엄격하게, 그리고 까다롭게 굴 권리를 가지고 있다고 생각했다. 난 그가 뭔가 미친 짓을 벌이지 않을까 두려웠다. 하지만 내가 놀랍게도 그는 범상치 않은 강인함을 보여주었다.

"무엇보다 나를 모욕하지 말게나. 먼저 모든 일에 대해 자네에게 감사하네. 하지만 거듭 말하지만 난 사람들, 선인이든 악인이든 간에, 그들과의 모든 것을 끝장냈어. 난 다리야 파블로브나에게 편지를 쓰고 있어. 미안하게도 난 지금까지 그녀에 대해 잊고 있었네. 자네가 원한다면 내일 편지를 전해 주게나. 지금은 '괜찮아.'"

"스테판 트로피모비치, 사건이 자네가 생각하는 것보다 더 심각하다는 점을 알아주게나. 자네는 거기서 누군가를 박살냈다고 생각하는 건가? 자네는 어느 누구도 박살내지 않았고 자네가 빈 유리병처럼 박살난 거야.(오, 나는 거칠고 예의에 어긋난 말을 해버렸다. 지금도 회상을 하면 씁쓸하다!) 자네가 다리야 파블로브나에게 결정적인 뭔가를 써야 할 이유는 없어... 자네가 지금 나 없이 어디로 숨겠다는 건가? 자네는 실전에서 무엇을 염두에 두고 있는 건가? 정말이지 자네는 뭔가 꿍꿍이속이 있는 건가? 만일 자네가 뭔가를 염두에 두고 있다면 또다시 망할 거야…"

그는 일어서서 문가로 다가갔다.

"자네는 그들과 오래 있진 않았지만 그들의 언어와 어조에 감염되었어. 친구여, 신이 자네를 용서하고 지켜주길 바라네. 난 언제나 자네에게 질서정연함의 단초를 발견하지. 어쩌면 자네는 생각날 거야. 시간이 지나면 우리 모든 러시아인들이 그러하듯이 말이야. 나의 비현실성에 대한 자네의 지적에 관해서 내가 오래전부터 생각해 온 것을 말하겠네. 우리 러시아에서 정말 많은 이들이 그러한 경향을 띠는데, 그들은 여름철 파리처럼 맹렬하고 신물이 날 정도로 자신을 제외한 타인들 모두와 각자를 비난하면서 타인의 비현실성을 공격하지. 친구, 내가 지금 흥분해 있다는 점을 기억하고 날 괴롭히진 말아 주게. 다시 한번 자네에게 모든 것에 대해 감사하네. 카르마지노프가 대중들과 헤어진 것처럼 우리도 그렇게 서로 헤어지자고. 즉 서로를 넓은 마음으로 잊어 주자는 말이야. 그는 이 점에서 잔머리를 써서 자신의 이전 독자들에 대해 잊어버렸는지 질문했지. 나로 말할 것 같으면 나는 자기애가 그렇게 강하지는 않아. 무엇보다 나는 미숙한 경험을 가진 자네의 젊음에 기대를 걸고 있어. 자네는 어디서 무익한 노인을 오랫동안 기억할까? 친구, 지난 명명일에 나스타시야가 내게 '장수하시길 바랍니다.'(이 가련한 사람들도 이따금 철학적 사상이 담긴 매혹적인 표현을 하더군.)라고 기원해 주더군. 자네에게 많은 행복을 기원하지는 않겠네. 지겨워질 테니까. 불행을 바라는 건 아니네. 민족의 철학을 따라서 '장수하길'이란 말을 반복하진 않겠네. 그다지 지루하지 않도록 노력해 주게나. 이 헛된 바람만을 덧붙이겠네. 음, 안녕. 그리고 진지하게 이별을 고하네. 내 집 문 앞에 서 있지 말게. 난 문을 열어주지 않을 거니까."

그는 떠나갔다. 그래서 난 아무것도 얻어낼 수 없었다. 그는 '흥분'했음에도 불구하고 감동을 주기 위해 노력하면서 차분히, 유연하게 그리고 무게를 잡고 말했다. 물론 그는 나에게 어느 정도 화가 나서, 어쩌면, 어제의 '여행용 포장마차'와 '갈라진 마룻바닥'에 대해서 나에게 복수하고 있는지도 모른다. 오늘 아침 공식 석상에서 흘린 눈물은 일종의 승리임에도 불구하고 난 그를 어느 정도 희극적인 상태에 빠뜨렸고 그도 그 사실을 알고 있었다. 스테판 트로피모비치만큼 교우 관계에 있어서 형식의 아름다움과 엄격함에 관해 염려하는 사람은 없을 것이다. 오, 난 그를 비난하는 것이 아니다! 이러한 모든 혼돈에도 불구하고 그가 지닌 좀스런 태도와 냉소는 나를 안심시켰다. 일상에서 벗어나 크게 변하는 사람은 드물다. 당연히 그는 그 순간 비극적이거나 특별하게 바뀐 것이 아니다. 그 당시에는 그렇게 생각했다. 그런데, 맙소사, 내가 실수를 했던 것이다! 난 너무도 많은 것을 놓쳐 버렸다...

사건에 대해 알리기 전에 다리야 파블로브나에게 보내는 편지의 처음 몇 줄을 인용하겠다. 다리야 파블로브나는 다음 날 그 편지를 받았다.

사랑스러운 이여, 내 손은 떨리고 있지만 난 모든 것을 끝냈소. 내가 사람들과 싸우고 있는 현장에 당신은 없었소. 당신은 그 '낭송회'에 오지 않았는데 잘한 일이오. 왔다면 당신은 빈약한 사람들로 채워진 러시아에서 어떤 원기 왕성한 자가 일어서서 사방에서 쏟아지는 치명적인 비난에도 불구하고 러시아인들이 바보라는 사실을 바보들에게 하는 말을 들었을 거요. 그들은 애처럽고 소심하며 아무짝에도 쓸모없는 사람들이요. 그 이상은 아니죠. 애처러운 바보들이 바로 그렇지요! 주사위는 던져졌고 난 이 도시를 영원히 떠날 겁니다. 어디로 갈지는 모르겠어요. 내가 사랑했던 모든 이들은 내게서 멀어져 갔죠. 하지만, 당신, 당신, 순수하고 깨끗한 창조물인 당신은 온순합니다. 운명은 나를 당신과 연결시켜 줄 뻔했지요. 그런데 우리의 결혼이 성사되지 못한 전날 내가 목이 매여 눈물을 흘릴 때 당신은 변덕스럽고 방자한 마음으로 경멸적인 시선을 던질지도 모르죠. 당신이 어떠한 사람이든지 간에, 당신이 나를 우스운 자로 바라보는 것 외에 달리 어떻게 볼 수 있겠소. 오, 난 당신에게 내 가슴에서 우러나오는 마지막 외침과 임무를 보냅니다. 오직 당신 한 분에게! 나는 당신이 영원히 나를 배은망덕한 바보, 무식쟁이이자 이기주의자라고 생각하도록 놔둘 수는 없어요. 어쩌면 배은망덕하고 사악한 마음으로 매일 당신이 나에 대해 그렇게 생각할지도 모르지만 말이오. 맙소사, 난 그 마음을 잊을 수 없네요...

기타 등등. 기타 등등. 편지는 커다란 종이로 총 4페이지나 되었다. 나는 '문을 열어주지 않겠다'는 그의 말에도 불구하고 세 번이나 주먹으로 문을 두드렸고 오늘만도 그에게 세 번이나 내가 다녀간 것을 알리기 위해 나스타시아를 보낼 거라고 소리쳤다. 하지만 그는 나를 받아들이지 않았다. 난 그를 남겨두고 율리야 미하일로브나에게 갔다.

이곳에서 나는 격노의 현장의 증인이 되고 말았다. 가련한 율리야 미하일로브나는 목전에서 속았지만 나는 그녀를 위해 아무것도 해줄 수가 없었다. 사실, 내가 그녀에게 무엇을 말할 수 있겠는가? 어느 정도 기억을 더듬어 나에게는 오직 어떠한 느낌, 의혹에 찬 예감만이 남아 있다는 것을 깨달았다. 더 이상 아무것도 남아 있지 않았다. 난 눈물 흘리는 그녀를 히스테릭한 상태에 놔둔 채, 오데콜론 키트[01]와 물을 가지러 갔다. 그녀의 앞에는 쉴 새 없이 떠들어대는 표트르 스테파노비치와 성에 갇힌 듯이 침묵하는 공작이 서 있었다. 그녀는 울면서 소리질렀고 표트르 스테파노비치를 '변절자'라고 비난했다. 그녀는 그날 아침의 모든 실패와 치욕, 한마디로 모든 것을 표트르 스테파노비치의 부재 탓으로 돌렸는데, 그 사실이 즉각적으로 나를 놀라게 했다.

난 표트르 스테파노비치에게서 한 가지 중요한 변화를 알아차렸다. 그는 뭔가에 대해 지나치게 걱정하는 듯했고 너무 진지해 보였다. 평상시에 그는 결코 진지해 보이지 않았고 독기를 품었을 때에도 언제나 조소를 내뿜는다. 그런데 그는 자주 독기를 품는다. 오, 그는 지금도 악의에 휩싸여 거칠고 불손하며 참지 못하고 짜증을 내며 말하고 있다. 그는 자신이 우연히 이른 아침에 들렀던 가가노프의 집에서 두통에 시달리고 구토를 하며 아팠다고 말했다. 맙소사, 불쌍한 여인이 속기까지 하다니! 내

---

01 오데콜론이 들어있는 기구

가 식사를 하면서 던졌던 중요한 질문은 축제의 후반부에 예정된 무도회의 개최 여부다. 율리야 미하일로브나는 '최근의 모욕'이 있고 나서 무도회에 결코 나타나지 말아야 한다. 달리 말하자면 그녀는 바로 그 작자, 표트르 스테파노비치 때문에 마지 못해 그걸 바란 것이 되어야만 했다. 그녀는 그가 예언자라도 되는 듯이 쳐다 보았다. 만일 그가 지금 떠난다면 그녀는 잠자리에 들 것이다. 하지만 그는 떠나려 하지 않았다. 그는 오늘 무도회가 성사되어 율리야 미하일로브나가 거기에 참석하게 하려고 최선을 다했다...

무도회가 어떻게 끝났는지 말할 것도 없다. 수십 명의 건달들과 몇 명의 귀부인들은 홀에 남아 있었다. 경찰은 아무도 없었다. 음악도 허용되지 않았고 사람들은 도망가던 음악가들을 때렸다. 아침 무렵 사람들이 '프로호리치의 좌판'을 가져갔고 무언가를 기념할 새도 없이 술을 마셨고 검열도 받지 않고 코마린스키[02]를 추었으며 방을 어지럽혔다. 새벽이 되어서야 무리 중 일부는 완전히 취해서 새로운 무질서를 야기했던, 전소된 화재 현장으로 서둘러 갔다... 모든 결과로 미루어 보건대, 나머지 절반의 사람들은 술에 취해서 벨벳 소파와 바닥에서 잠을

---

02 러시아의 민속춤의 일종.

잔 것이 분명했다. 아침 무렵 사람들은 먼저 술 취한 자들의 다리를 붙들고 그들을 거리로 내몰았다. 우리 현의 여자 가정교사들을 위한 축제는 그렇게 끝이 났다.

화재가 방화였다는 사실 때문에 우리 자레치예 사람들은 놀랐다. 처음에 '불이야'라는 외침이 들렸을 때 '시피굴린 노동자들이 방화했다'라는 외침이 동시에 울려 퍼진 점이 의미심장하다. 실제로 세 명의 시피굴린 노동자들이 방화에 가담했다는 사실이 명백히 드러났다. 결국 그들을 제외한 나머지 공장 노동자들 모두는 여론에 의해 공식적으로 무고하다는 것이 밝혀졌다. 그 세 명(그들 중 한 명이 붙잡혀서 자수하였고 나머지 두 명은 도망 중이다)을 제외하고도 페지카 카토르지니가 방화에 가담한 것이 분명했다. 아직도 방화에 관해 알려진 것은 많지 않다. 그건 추측과는 별개다. 이 세 명은 무엇에 의해 움직인 것이며 누구에 의해 조종당한 걸까, 아니면 그렇지 않은 걸까? 지금도 이 질문에 답하기는 정말 어렵다.

"그냥 불만 지른 건 아니야."라는 외침이 사람들 사이에서 들렸다.

하지만 대부분은 침묵했다. 사람들의 얼굴은 침울했

고 그들에게서 커다란 흥분의 징후는 발견되지 않았다. 하지만 주위에서 니콜라이 프세볼로도비치에 관한 이야기가 들려왔고, 죽은 자가 그의 아내인 마리야 티모페예브나이며 어제 그가 이 지방의 제일가는 집안인 드로즈도바 장군부인 집에서 그 집 딸인 리자베타를 '더러운 방식'으로 유혹해서 사람들이 그를 페테르부르크로 기소할 거라 말했다. 그의 아내는 살해되었는데 그 이유가 그가 드로즈도바의 딸과 결혼하기 위해서라는 것이다. 스크보레시니키까지는 2.5베르스타[03]도 되지 않는다. 그러니 '내가 거기로 가서 소식을 알려야 하지 않을까?'라고 생각했던 것이 기억난다. 하지만 나는 누군가가 대중들을 선동하는 것을 알아채지 못했기 때문에 아침에 화재 현장에서 알아차렸던, '뷔페'에 있던 두세 명이 내 앞에서 알짱거린다 해도 난 그들을 즉각 알아보지 못했기 때문에 그들에게 죄를 묻고 싶진 않다. 하지만 특별히 한 사람을 기억하는데, 그는 마르고 키가 컸으며 소시민 출신의 연약한 자로서 숯처럼 검은 곱슬머리를 지닌 자였다. 나중에 알게 되었는데 그는 자물쇠 제조공이었다. 그는 술에 취하지도 않았지만 음울하게 서 있는 군중들 맞은편에서 정신이 나간 것처럼 서 있었다. 난 그의 말을 기억하지는 못하지만 그는 내내 군중들을 주목했다. 그

---

03 1베르스타는 1.0668km

가 조리 있게 말한 것은 '형제들이여, 이게 뭔가요? 정말로 이렇게 되고 만 건가요?'라는 말인데 그보다 더 긴 말은 아니었다. 그는 이 말을 하면서 손을 내저었다.

III. 끝나버린 로맨스

표트르 스테파노비치가 있던 방은 커다란 타원형의 객실이었다. 그가 도착하기 전에 그곳에는 알렉세이 이고리치가 있었는데 그는 알렉세이 이고리치를 내보냈다. 니콜라이 프세볼로도비치는 홀 쪽으로 향하는 문을 잠그고 기다리며 서 있었다. 표트르 스테파노비치는 호기심 어린 눈빛으로 그를 빠르게 쳐다보았다.

"그래서?"

"그러니까 당신이 이미 아시다시피," 표트르 스테파노비치는 영혼을 꿰뚫고 싶어 하는 눈빛으로 서둘러 말했다. "우리 중 어느 누구도 그 일에 대해 잘못이 없어요. 그리고 무엇보다 당신은 무죄입니다. 왜냐하면 이것은 연결... 우연의 일치... 한 마디로 법적으로도 당신을 건드릴 수 없죠. 그래서 저는 미리 알려주기 위해 달려왔어요."

"불타 죽었나요? 살해되었나요?"

"살해되었죠. 하지만 불태우진 않았어요. 이건 역겨운 일입니다. 하지만 당신에게 정직하게 맹세하자면 당신이 절 의심하고 있다 하더라도 전 이 일에 아무 죄가 없습니다. 어쩌면 당신은 의심하고 있겠지요, 네? 모든 진실을 원하시나요? 아시죠, 저는 정말 소소한 아이디어를 가지고 있었어요. 당신 자신이 그 아이디어가 심각하지 않다는 점을 제게 암시했죠. 당신은 저를 자극했지만(왜냐하면 당신은 진지하게 암시하려 하지 않았기 때문이죠)저는 결심하지 못했죠. 어떠한 일이 있어도, 100루블을 받는다 해도 결심하지 못했을 겁니다. 그 일을 해서 어떠한 이득이 있겠어요. 즉 저에게, 저를 위해…(그는 수다쟁이처럼 말했다.) 하지만 여기에 상황의 일치가 있습니다. 저는 그제 저녁부터 그 술에 취한 바보 레뱌드킨에게 제 돈(들어보세요. 제 돈에서 말입니다. 당신 돈은 1루블도 없어요. 중요한 점은 당신도 그 사실을 알고 있다는 것입니다.)에서 230루블을 내주었지요. 듣고 계시죠. '낭송회' 이후 어제가 아니라 그제 말입니다. 그 점을 주목해 주세요. 이건 너무 중요한 일치입니다. 왜냐하면 저는 그 당시 리자베타 니콜라예브나가 당신에게 갈지, 그렇지 않을지에 대해 아무것도 몰랐기 때문입니다. 제가 가진 돈을 준 것은 그제 당신이 사람들에게 자신의 비밀을 털어 놓을 생각으로 뛰어난 일을 했기 때문입니다. 음, 전 그곳에 들어가진 않았지요... 당신의 사건은... 기사... 하지만 고백하자면 몽둥이로 이마를 맞은 것처럼 놀랐습니다. 하지만 이러한 비극이 정말 질려서(제가 슬라브어 표현을 사용하고 있긴 하지만 진지하게 말하고 있다는 점을 주목해 주세요.) 결국 이 모든 것이 제 계획에 해가 되기 때문에 저는 어떠한 일이 있더라도 레뱌드킨 오누이를 당신에게 알리지 않고 페테르부르크로 내쫓으려고 했지요. 게다가 레뱌드킨이 그리로 튀려고 했죠. 한 가지 실수가 있었어요. 당신의 이름으로 돈을 주었던 겁니다. 실수인가요, 아닌가요? 어쩌면 실수가 아닐 수도 있지요. 그렇죠? 이제 들어보세요. 이 모든 일이 어떻게 반전되었는지 들어 보세요... 이야기가 절정에 달하자 그는 스타브로긴에게 다가가 그의 재킷의 앞깃을 잡으려 했다.(맙소사, 어쩌면 일부러일지도 모른다.) 스타브로긴은 강한 제스처로 그의 팔을 때렸다.

"당신 뭐 하는 거요... 그만... 내 팔을 부러뜨리겠어요... 중요한 것은 이 일에 반전이 있다는 겁니다."

그는 상대방의 일격에 대해 조금도 놀라지 않고 다시 지껄였다.

"저는 레뱌드킨이 누이와 함께 내일 날이 밝기 전에 떠난다는 조건으로 어제 돈을 준 겁니다. 전 리푸틴이 직접 그들을 떠나보내도록 비열한 그에게 이 일을 맡겼지요. 하지만 건달인 리푸틴은 사람들과 장난치고 싶었던 겁니다. 어쩌면 말이죠. 들으셨나요? '낭송회'에서? 들어보세요. 들어보세요. 둘은 술을 마시고 시를 지었죠. 시들 중 절반은 리푸틴의 것이죠. 리푸틴은 그자에게 연미복을 입히고 아침부터 떠났다고 확신시키더군요. 리푸틴은 그자를 연단에 세우려고 작은 뒷방에 숨겨 둔 겁니다. 하지만 레뱌드킨이 예기치 못하게 너무도 빨리 취해버린 거죠. 그 후에 이미 알려진 스캔들이 있었고 사람들이 고주망태가 된 그를 집으로 데려갔죠. 그런데 리푸틴이 그에게서 조용히 200루블을 훔친 겁니다. 잔돈은 놔둔 채 말입니다. 하지만 불행하게도 리푸틴은 아침부터 200루블을 주머니에서 꺼내어 자랑하면서 필요한 곳 여기저기에 보여준 겁니다. 그런데 페지카가 그것을 기다렸던 겁니다. 그는 키릴로프에게서 뭔가 들은 겁니다. 당신의 암시를 기억하시죠?[04] 그리고 그는 그 기회를 이용하기로 결심한 겁니다. 이게 모두 진실입니다. 저는 적어도 페지카가 돈을 찾지 못해 기쁩니다. 그 비열한은 1,000루블을 생각하고 있었어요! 서두르다가 화재에 놀란 것 같더군요... 믿어 주세요. 이 화재는 제 머리

---

04 니콜라이 프세볼로도비치가 자신의 돈을 페지카에게 주었는데 그는 그것을 레뱌드킨 오누이를 처치하라고 한 착수금으로 생각했다. 키릴로프는 그 내용을 페지카에게 전한 것이다.

를 후려치는 장작과도 같아요. 아니. 아무도 모를 일이 죠! 이건 전횡이지요... 아시죠. 전 당신 앞에서 당신으로부터 일정 정도만 기대하고 있어요. 전 아무것도 숨기지 않아요. 음, 맞습니다. 방화에 관한 생각이 이미 오래전에 제 맘속에서 자라왔어요. 왜냐하면 화재는 민속적이고 인기가 있으니까요. 하지만 저는 결정적인 순간, 그리고 소중한 순간을 위해 화재를 아껴 두었죠. 그 순간 우리 모두는 일어나서... 그런데 그들은 갑자기 자기들 멋대로 생각하고 명령도 받지 않고 숨어서, 숨죽이고 있어도 시원찮을 판국에 화재를 생각해 낸 겁니다. 아닙니다. 이건 전횡입니다!.. 한 마디로 전 여전히 아무것도 모릅니다. 이곳 사람들은 두 명의 시피굴린 공장 사람들에 대해 말하고 있지요... 하지만 만일 이 일에 우리 쪽 사람들이 개입되어 있다면, 만일 그들 중 한 명이라도 손을 들이밀었다면, 그건 고통입니다! 작은 방심이 어떤 의미인지 아시죠! 아닙니다. 5인조를 가지고 있는 민주적인 도당은 그다지 좋은 버팀목이 아니죠. 여기에는 어떤 위대하고 우상과도 같은 전제적인 자유의지가 필요합니다. 자유의지는 필연적이며 외적인 뭔가에 의지하고 있죠. 그때에 5인조는 순종적이 되어 비굴하게 꼬리를 내리죠. 경우에 따라서 그들은 쓸모도 있겠죠. 하지만 모든 경우를 대비해서 그들은 그곳에서 지금 나팔을 불어대며 스타브로긴이 아내를 살해해야 해서 도시를 불태웠던 거라 말하고 있습니다. 하지만..."

"그런데 사람들이 벌써 나팔을 불어 대고 있나요?"

"그러니까 아직은 아닙니다. 고백하자면 저는 정확하게 아무것도 들은 바가 없습니다. 물론 사람들에게 어떤 조치를 취할지... 특히 화재를 당한 사람들에게... 민심이 천심입니다. 바람에 따라 떠도는 어리석은 소문이 오래 갈까요?.. 본질적으로 당신은 두려워할 것이 아무것도 없습니다. 법적으로 당신은 아주 정당합니다. 양심적으로도 그렇고요. 당신은 원하지 않았지요? 원하지 않았나요? 아무 증거도 없고요. 우연의 일치가 하나 있지만... 정말 페지카가 키릴로프 집에서 조심성 없는 당신의 말(당신은 그때 그 말을 왜 한 겁니까?)을 기억할지도 모르지만 그것은 아무것도 입증하지 못합니다. 페지카는 우리가 처리할게요. 오늘이라도 제가 그를 처리하여서..."

"시체가 전혀 타지 않았나요?"

"조금도. 그 악당은 명령받은 대로 아무것도 처리할 수가 없었어요. 하지만 저는 당신이 그처럼 평온하니 너무 기쁩니다... 왜냐하면 이 일에 있어서 그 어떤 것도 잘못이 없어요. 사상에 있어서도 잘못이 없지요. 하지만 그럼에도 불구하고, 이 모든 상황이 당신의 과업을 훌륭하게 마무리했다는 점에는 동의하셔야 합니다. 당신은 갑자기 자유로운 홀아비가 되어서 부잣집 아름다운 아가씨와 이 순간 결혼할 수 있잖아요. 그런데 그 아가씨는 이미 당신 손아귀에 있어요. 무엇이 단순하고 조잡한 상황의 일치를 만들어 낼 수 있을까요, 네?"

"멍청한 인간, 당신 지금 나를 협박하는 건가요?"

"음, 됐어요. 됐습니다. 멍청한 인간이라... 그 어조는 뭔가요? 그 일로 기뻐하셔야죠. 그런데 당신은... 전 당신에게 알려주려고 일부러 달려왔죠... 제가 무엇으로 당신을 협박하겠어요? 협박을 위해 당신이 필요한 건가요! 제게 필요한 건 당신의 선한 의지입니다. 공포에서 비롯된 것이 아니죠. 당신은 빛이요 태양입니다... 전 당신을 진짜 두려워합니다. 당신은 저를 두려워하지 않죠! 전 마브리키 니콜라예비치가 아닙니다... 제가 경주용 마차를 타고 이리로 오는데 마브리키 니콜라예비치가 정원의 뒤쪽 구석 울타리 옆에 앉아있더군요. 그는 외투를 입고 흠뻑 젖은 채 밤새 그러고 있었음에 틀림없어요! 대단합니다! 사람들이 어느 정도까지 미칠 수 있는지!"

"마브리키 니콜라예비치라고요? 정말인가요?"

"맞아요, 맞습니다. 그가 정원 울타리 옆에 앉아있었어요. 여기서부터 300걸음쯤 떨어진 곳이라고 생각해요. 제가 가능하면 빨리 그자 옆을 지나쳐서 그는 절 알아보지 못했어요. 당신은 몰랐나요? 그렇다면 제가 소식을 전하는 것을 잊지 않고 기억하게 되어 정말 기쁘군요. 그에게 권총이 있다면 만일의 경우 위험할 수 있어요. 밤이고 게다가 길이 미끄러우니 자연스럽게도 신경이 예민해져 있어요. 그가 처한 상황들이 정말 심각하기 때문이죠. 하-하! 당신은 그가 왜 앉아 있다고 생각하시나요?"

"당연히도 리자베타 니콜라예브나를 기다리고 있는 것이겠죠."

"마-맞아요! 무슨 이유로 그녀가 그에게 갈까요? 게다가... 그렇게 비도 오고... 그러니 바보인 거죠!"

"그녀는 지금 그에게 갈 겁니다."

"에헤! 이거야말로 뉴스네! 그렇게 된 거네... 하지만 들어보세요. 지금 그녀의 상황이 완전히 바뀌었어요. 지금 그녀에게 마브리키가 무엇 때문에 필요하죠? 물론 당신은 자유로운 홀아비여서 내일이라도 당장 그녀와 결혼할 수 있는 거지요? 그녀는 아직도 모릅니다. 제게 맡겨주세요. 제가 당신에게 모든 것을 해드릴게요. 그녀는 어디 있나요. 그녀를 기쁘게 해주어야만 합니다."

"기쁘게라니요?"

"그럼요, 갑시다."

"당신은 그녀가 이 시체들에 대해 알아차리지 못했다

고 생각하시나요?"

스타브로긴은 어쩐 일인지 눈을 가늘게 떴다.

"물론 알아차리지 못했겠죠."

표트르 스테파노비치가 정말 바보처럼 말했다.

"당연히 법적인 차원에서입니다... 에, 당신은! 그런데 그녀가 알아차렸다 한들 무슨 소용인가요! 여자들에게 이 모든 것은 멋지게 사라져 버립니다. 당신은 아직도 여자를 몰라요! 게다가 그녀는 지금 당신과 결혼하는 것이 유리하죠. 왜냐하면 그녀는 자신을 스캔들의 주인공으로 만들어버렸기 때문입니다. 게다가 전 그녀에게 '작은 배' 이야기를 많이도 지껄였죠. 전 '작은 배' 이야기가 그녀에게 영향을 미친다는 것을 즉각 알아차렸죠. 그러니 그녀도 그러한 아가씨의 형상을 지니고 있다는 생각이 들었어요. 걱정하지 마세요. 그녀는 그렇게 이 시체들을 넘어 지나갈 테니까요. 그게 인간이지요! 게다가 당신은 완전히, 완전히 무고하니까요. 그렇지 않은가요? 그녀는 나중에, 결혼 2년 차 정도에 당신을 공격하기 위해 이 시체들을 기억하겠죠. 모든 여성들은 결혼하면서 남자의 과거 중 이러한 유형의 뭔가를 간직해 두죠. 하지만 물론 그때에는... 그러니까 1년 뒤에는 어떻게 될까요? 하-하-하!"

"만일 당신이 경주용 마차를 타고 왔다면 지금 그녀

를 마브리키 니콜라예비치에게 데려다 주세요. 그녀는 지금 어쩔 수 없어서 나를 떠난다고 했어요. 물론 그녀는 내게서 마차를 가져가진 않을 겁니다."

"그-렇군요! 그런데 그녀가 정말 떠날까요? 어떻게 이런 일이 일어날 수 있지요?"

표트르 스테파노비치가 바보처럼 바라보았다.

"그녀는 내가 그녀를 전혀 사랑하지 않는다는 사실을 짐작했겠죠... 물론 그녀는 언제나 그 일에 대해 알고 있었죠."

"정말로 당신은 그녀를 사랑하지 않나요?" 표트르 스테파노비치가 정말로 놀라는 표정으로 말꼬리를 잡았다. "만일 그러하다면 당신은 어제 그녀가 도착했을 때 왜 당신 집에 머물게 했으며, 고상한 사람으로서 당신이 그녀를 사랑하지 않는다는 것을 곧장 말해 주지 않았나요? 당신 입장에서 보자면 이것은 너무 비열한 일입니다. 그처럼 비열한 상태에서 당신은 그녀 앞에 저를 세워 둔 건가요?"

스타브로긴은 갑자기 폭소를 터뜨렸다. "난 나의 원숭이를 비웃는 겁니다." 그는 곧장 해명했다. "아! 그들은 제가 어릿광대짓을 한다는 것을 깨달았죠."

표트르 스테파노비치는 끔찍이도 유쾌하게 웃음을 터뜨렸다.

"전 당신을 웃기려고! 생각해 보세요. 당신이 제게 왔을 때 전 당신의 얼굴을 보고 당신에게 '불행'한 일이 있음을 짐작했죠. 심지어, 어쩌면, 완전한 실패죠. 그런가요? 음, 장담합니다."

그는 기뻐서 숨을 헐떡이며 소리쳤다.

"당신들은 밤새 홀의 의자에 나란히 앉아서 어떤 고상한 주제에 대해 황금 같은 시간을 보낸 거군요... 음, 용서하세요. 용서하세요. 제게 뭔가 생각이 있어요. 당신의 어리석음 때문에 일이 끝장날 것을 어제 알아차렸죠. 제가 그녀를 당신에게 데려온 이유는 당신을 즐겁게 하고 또 나와 함께 있으면 당신이 지루하지 않다는 것을 증명하기 위해서입니다. 이러한 일이라면 전 300배 유용합니다. 전 대체로 사람들에게 호의적으로 보이는 것을 좋아합니다. 만일 그녀가 지금 당신에게 필요하지 않으면 무엇을 위해 제가 잔머리를 굴려야 할까요. 그러한 생각을 하고 온 겁니다. 그러니..."

"그러면 당신은 오직 나의 즐거움을 위해 그녀를 데려온 건가요?"

"그게 아니면 뭣 때문인가요?"

"내가 아내 살해를 강요하러 온 것이 아니라는 거죠?"

"이—이런. 정말 당신이 살해했나요? 정말 비극적인 인물이군요!"

"아무래도 상관없어. 당신이 죽였으니까."

"정말 제가 죽였을까요? 당신에게 말하지만 전 이 일에 조금도 개입되어 있지 않아요. 하지만 당신이 절 불안하게 만들기 시작하는군요..."

"계속하세요. 당신은 '만일 그녀가 지금 당신에게 필요하지 않으면, 그렇다면...'이라고 말했어요."

"당연히 제게 맡기세요! 제가 그녀를 마브리키 니콜라예비치에게 멋지게 시집 보낼 겁니다. 그런데 그자를 정원 옆에 앉도록 만든 건 결코 제가 아닙니다. 이 일로 골머리를 썩지 마세요. 저도 지금은 그자가 두려워요. 당신은 경주용 마차를 타고 왔다고 말했지요. 하지만 제가 그 옆을 지나치기는 했지만... 사실, 만일 그자가 권총을 가지고 있다면?.. 제가 제 권총을 가져오는 것이 좋겠죠. 여기 있어요.(그는 주머니에서 권총을 꺼내어 보여주었다가 곧 다시 집어넣었다.) 먼 길을 가야 하니 가져온 겁니다... 그건 그렇고 제가 당신에게 이 일을 순식간에 해치워 주죠. 그녀는 지금 마브리키 때문에 마음이 흔들리고 있어요... 적어도 흔들려야만 할 겁니다... 아시나요. 그녀에게 신의 은총이 있길. 전 지금 그녀가 어느 정도는 가여워요! 제가 그녀를 마브리키와 엮어주면 그녀는 그 즉시 당신에 대해 회상하기 시작할 겁니다. 그는 당신을 칭찬하겠죠. 하지만 그에게 눈길을 던질 겁니다. 여자의 마음이란! 음, 당신은 다시 웃으시는 건가요? 당신이 그렇게 유쾌해져서 저는 너무도 기쁘네요. 그럼, 갑시다. 전 곧장 마브리키부터. 그리고 시작할 겁니다. 그런데 그자들... 죽은 자들에 대해... 아시죠. 지금은 입을 다물지 않아도 되지요? 아무튼 나중에 알게 될 겁니다."

"무엇에 대해 알게 될 거라는 건가요? 누가 죽였는지? 마브리키 니콜라예비치에 대해 당신은 무슨 말을 했나요?"

리자가 갑자기 문을 열었다.

"아! 당신은 엿듣고 있었나요?"

"마브리키 니콜라예비치에 대해 당신은 지금 무슨 말을 한 거죠? 그가 죽었나요?"

"아! 그러니까 당신은 잘 알아듣지 못했군요! 진정하세요. 마브리키 니콜라예비치는 살아있고 건강합니다. 그 점에 대해선 금방 확인할 수 있지요. 왜냐하면 그는 이곳 길가 정원 울타리 옆에 앉아 있으니까요... 밤새 그러고 앉아 있었던 것 같은데. 외투를 입지 않은 채 다 젖은 상태로... 제가 마차를 타고 갔을 때 그가 절 보았어요."

"그건 사실이 아닙니다. 당신은 '살해되었다'고 말했잖아요... 누가 죽었나요?"

그녀는 고통스럽게 의구심을 나타내며 강한 어조로

물었다.

"내 아내와 그녀의 오빠 레뱌드킨, 그리고 그들의 하녀가 죽었어요."

스타브로긴이 강하게 말했다.

리자는 몸을 떨었고 그녀의 얼굴은 끔찍할 정도로 창백해졌다.

"짐승 같은, 이상한 사건이에요. 리자베타 니콜라예브나, 어리석은 강도 사건입니다."

표트르 스테파노비치도 이내 입을 놀렸다.

"화재를 이용한 일종의 방화 사건이죠. 유형수 페지카 카토르지니와 바보 같은 레뱌드킨의 짓이죠. 레뱌드킨은 모두에게 자신의 돈을 보여 주었지요... 그 소식을 가지고 제가 달려온 겁니다... 이마에 돌을 얻어맞은 것 같아요. 제가 소식을 전했을 때 스타브로긴은 간신히 서 있었어요. 우리는 여기서 의논했어요. 당신에게 지금 알려야 할지, 말아야 할지?"

"니콜라이 프세볼로도비치, 그가 진실을 말하고 있나요?"

리자가 겨우 입을 열었다.

"아닙니다. 거짓입니다."

"어떻게, 거짓이라니요!"

표트르 스테파노비치가 몸을 움찔했다.

"이건 또 뭔가요!"

"하느님 맙소사, 미치겠네!"

리자가 외쳤다.

"적어도 그가 지금 미쳤다는 점은 이해하셔야 해요!"

표트르 스테파노비치가 힘껏 외쳤다.

"아무튼 그의 아내가 죽었으니까요. 그가 얼마나 창백해졌는지 보이시죠... 분명 그가 당신과 밤새 함께 있었고 한순간도 떠나지 않았는데 어떻게 그를 의심할 수 있겠어요?"

"니콜라이 프세볼로도비치, 신 앞에 있다 생각하고 당신이 잘못한 건지, 그렇지 않은지 말해 주세요. 맹세하건대, 전 당신의 말을 신의 음성처럼 믿을게요. 당신을 뒤따라 세상 끝까지 갈게요. 오, 갈게요! 개처럼 갈 겁니다..."

"무엇 때문에 당신은 그녀를 끌어들이나요. 당신은 환상적인 머리를 가졌네요!"

표트르 스테파노비치가 화를 냈다. "리자베타 니콜라예브나, 날 궁지에 몰아넣는군요. 그는 아무 잘못이 없어요. 오히려 그 자신이 죽을 지경이라서 헛소리하는 겁니다. 당신도 아시잖아요. 그 어떤 일에도, 그 어떤 일에도, 심지어 사상에 있어서도 그는 무죄입니다!... 모든 것은 강도들의 짓입니다. 일주일 뒤에 강도들을 찾아서 채

찍으로 벌주겠죠... 이 일에는 페지카 카토르지니와 시피 굴린 공장 사람들이 연루되어 있죠. 이 일에 대해 도시 전체가 떠들어 대고 있으니, 그래서 저도..."

"그런 건가요? 그런 거죠?"

그녀는 몸을 온통 떨면서 최후의 선고를 기다리고 있었다.

"저는 죽이지 않았고 반대하는 입장이었어요. 하지만 전 그들이 죽을 것을 알고 있었어요. 그런데 살인자를 막지 못했죠. 리자, 내게서 떠나요."

스타브로긴은 중얼거렸고 홀 쪽으로 나갔다.

리자는 손으로 얼굴을 감싸고 집을 나섰다. 표트르 스테파노비치가 그녀의 뒤를 따라갔다. 하지만 곧 홀로 되돌아왔다.

"당신이 어떻게? 당신이 어떻게 그렇게 나오는 건가요? 당신은 그처럼 아무것도 두려워하지 않나요?"

그는 입에 거품을 물고 할 말을 잃은 채 말도 안되는 말을 중얼거리며 완전히 광포해져서 스타브로긴에게 덤벼들었다.

스타브로긴은 홀 가운데 서서 아무 대답도 하지 않았다. 그는 왼손으로 자신의 머리채를 가볍게 잡고 정신 나간 듯이 미소 지었다. 표트르 스테파노비치는 그의 소매를 강하게 잡았다.

"당신 미친 거야, 뭐야? 그러면 당신은 뭘 할 작정이지? 모든 것을 밀고하고 자신은 수도원에 가거나, 아니면 젠장... 당신이 나를 두려워하지 않는다 하더라도 난 당신을 부숴버리겠어!"

"그런데 당신이 지껄이는 것이 그 일인가?"

마침내 스타브로긴이 그를 쳐다보았다.

"달려가시오!"

그가 갑자기 정신을 차렸다.

"그녀의 뒤를 따라 달려가라고! 마차를 불러! 그녀를 놓치면 안돼... 달려, 달리라고! 어느 누구도 모르게, 그리고 그녀가 거기로 가지 못하도록 집까지 바래다줘야 해... 시체를 보러 가지 못하게... 시체를 보러... 억지로라도 마차에 태워. 알렉세이 이고리치! 알렉세이 이고리치!"

"잠시만요. 소리치지 말아요! 그녀는 이미 지금 마브리키의 품에 있을 겁니다... 마브리키는 당신의 마차를 타지 않을 겁니다... 잠시만요! 여기 마차보다 더 귀한 물건이 있어요!"

그는 다시 권총을 꺼내 들었다. 스타브로긴은 심각하게 그를 바라보았다.

"그럼, 죽이세요."

그는 조용히, 그리고 차분하게 중얼거렸다.

악령들 419

"휴우, 젠장, 인간은 자신을 위해 거짓말하길 좋아하지!"

표트르 스테파노비치는 온몸을 떨었다.

"그녀가 죽여야만 했어! 그녀가 정말로 당신에게 침을 뱉어 주어야만 했어!.. 당신은 그런 '작은 배'야. 어떤 배인가 하면 낡고 구멍이 나서 부서질 듯한, 장작을 싣는 배에 불과해!.. 악의 때문이라도, 악의 때문이라도 당신은 이제 정신이 드나! 에-에휴! 당신이 직접 이마에 총을 쏘아 달라고 한다면 모든 것이 당신에게 아무 상관이 없게 되는 건가?"

스타브로긴은 이상하게 웃었다.

"만일 당신이 그러한 광대가 아니라면, 어쩌면 내가 지금 말했을 텐데. 그래... 조금이라도 더 현명하다면..."

"저야말로 광대죠. 하지만 제 소중한 반쪽인 당신이 광대가 되는 것은 원치 않아요! 당신은 저를 이해하시나요?"

스타브로긴은 이해했다. 어쩌면 그 혼자만 이해했는지도 모르겠다. 스타브로긴이 샤토프에게 표트르 스테파노비치가 정열을 지니고 있다고 말했을 때 샤토프가 놀란 적이 있다.

"이젠 나에게서 떠나 악마에게나 가시오. 내일이면 나도 뭔가를 내놓을 수 있을 겁니다. 내일 오세요."

"정말? 정말인가요?"

"내가 알게 뭐람!.. 제기랄, 제기랄!"

그는 홀을 나갔다.

"어쩌면 더 잘 된 일일 수도 있어."

표트르 스테파노비치는 권총을 숨기며 속으로 중얼거렸다.

IV. 최종 결정

그날 아침 많은 이들이 표트르 스테파노비치를 보았다. 목격자들은 그가 아주 흥분한 상태에 있었다고 기억했다. 이후 두 시에 그는 가가노프에게 달려가기 시작했다. 가가노프는 시골에서 돌아온 지 하루가 되었는데 방문객들이 그의 집을 가득 메웠다. 그들은 막 일어난 사건[05]에 대해 열에 들떠서 많은 말을 하였다. 표트르 스테파노비치는 다른 사람들보다 말을 많이 하였고 사람들로 하여금 자신의 말에 귀기울이도록 했다. 우리는 언제나 그를 '머리가 빈 수다쟁이 대학생'으로 간주했다. 하지만 그는 지금 율리야 미하일로브나에 대해 이야기하고

---

05 방화로 레뱌드킨 오누이가 죽은 사건

있다. 전반적인 혼돈 가운데에서도 화제는 흥미로운 것이었다. 그는 최근까지도 그녀의 은밀한 상담자로서 그녀에 대한 예기치 않은 많은 상세한 정보를 제공하였다. 그는 우연히도(물론 조심스럽지 못하게도) 도시인들이 모두 알고 있는 그녀의 개인적인 몇 가지 평에 대해서도 말했다. 그것 때문에 그는 그녀의 자존심을 자극했다. 교활하지 못한 사람이 그러하듯이 그는 불분명하고 앞뒤가 맞지 않는 이야기를 늘어놓았다. 하지만 그는 정직한 자로 각인되어 있었다. 그러니 그가 산더미 같은 의혹을 순수하고 요령 없이 단숨에 해명해야 하는 것이 고역이었다. 그 자신도 무엇부터 시작해서 어떻게 마쳐야 하는지 몰랐다. 율리야 미하일로브나가 스타브로긴에 관한 모든 비밀을 알고 있고 그녀가 모든 간계를 주도했다는 생각이 부주의하게도 그의 머릿속에 스며들었다. 그녀가 표트르 스테파노비치를 끌어들였다는 것이다. 왜냐하면 표트르 스테파노비치가 이 불행한 리자와 사랑에 빠졌기 때문이라는 것이다. 하지만 그는 '시달려서' 그녀를 마차로 스타브로긴에게 데려다주기까지 했다는 것이다. "네, 네, 여러분, 비웃는 것도 좋습니다. 다만 제가 이 일이 어떻게 끝날지 알 수만 있다면, 알 수만 있다면 말이죠!"라며 그는 말을 끝마쳤다.

그는 스타브로긴에 관한 다양하고도 곤란한 질문들에

대해서는, 자신의 견해에 따르면 레뱌드킨에게 닥친 파국은 순전히 우연이었고 돈을 보여주었던 레뱌드킨의 잘못이라고 직접 밝혔다. 그는 이 사실을 아주 잘 설명했다. 청중들 중 한 명이 어쩐 일인지 그에게 일부러 '연기한다'고 지적했다. 그는 율리야 미하일로브나의 집에서 먹고 마시고 거의 잠까지 자는데 이제 와서 그가 먼저 그녀에게 먹칠을 하니, 그것은 그가 이야기하는 것처럼 그다지 아름답지 못하다는 것이다. 하지만 표트르 스테파노비치는 자신을 변호했다. "저는 돈이 없기 때문에 먹고 마시는 것이 아닙니다. 제가 거기로 초대받은 일에 대해 전 아무 죄가 없습니다. 그러니 그 일에 대해 제가 어느 정도로 감사해야 하는지 스스로 판단하게 해주십시오."라고 말했다.

대체로 그에게 유리한 여론이 형성되었다. '그가 보잘것없고 어리석고, 물론 속이 비었지만 그가 율리야 미하일로브나의 어리석음에 대해 무슨 잘못이 있겠는가? 오히려 그가 그녀를 말리려 한 것인데…'

두 시경 그렇게 많은 스캔들을 야기했던 스타브로긴이 갑자기 정오 기차를 타고 페테르부르크로 떠났다는 소식이 전해졌다. 그 사실은 너무도 흥미로웠다. 많은 이들이 얼굴을 찌푸렸다. 표트르 스테파노비치는 너무 놀라서 얼굴표정을 바꾸며 "대체 누가 그를 놓아줄 수 있었지?"라며 이상한 어조로 고함쳤다는 이야기도 들렸다. 그는 곧장 가가노프 집에서 나왔다. 하지만 사람들은 두세 집에서 그를 볼 수 있었다.

우리 모두는 샤토프가 밀고할 거라 믿고 있었다. 그런데 우리는 표트르 스테파노비치가 그들 모두를 가지고 놀고 있다는 것도 믿었다. 그런데 모두 내일이면 그들이 무리를 지어 그 장소에 나타날 것이고 샤토프의 운명이 결정될 거라는 것도 알고 있었다. 마치 파리들이 거미줄에 걸려서 커다란 거미에게 잡힌 것 같은 느낌이 들었다. 그들은 화를 냈지만 그와 동시에 두려움 때문에 몸을 떨었다.

표트르 스테파노비치는 분명 그들에 대해 잘못이 있다. 만일 그가 현실을 조금 더 아름답게 꾸미기 위해 노력했다면 모든 것이 훨씬 더 순리에 맞게 더 쉽게 지나갔을 것이다. 그는 로마 시민과도 같은 방식이나, 그와 같은 사실을 매혹적인 방식으로 제시하지 않고, 거친 공포와 살가죽을 벗기겠다는 협박을 해댔으니 그건 정말 공손하지 못한 태도다. 물론 모든 생존경쟁에서 다른 원칙은 없다. 그건 모두가 아는 사실이다. 하지만 그럼에도 불구하고...

그런데 표트르 스테파노비치는 로마인들의 비위를 맞

출 시간적인 여유가 없었다. 그 자신은 레일에서 벗어나 있었다. 스타브로긴의 도주는 그를 놀라게 했고 압박했다. 그는 스타브로긴이 부지사를 만났다고 거짓말했다. 그러니까 스타브로긴이 어느 누구와도, 심지어 어머니와 만나지도 않고 떠나 버렸다는 것이 정말로 이상한 일이었으나 그렇다고 해서 그 사실이 표트르 스테파노비치를 괴롭히지도 않았다.(결국 지도부는 이 일에 대해 특별한 답변을 해야만 했다.) 표트르 스테파노비치는 하루종일 이것저것 알아보았으나 아직까지는 아무것도 알아내지 못했고 결코 그 일에 대해 걱정하지 않았다. 그런데 그가 어떻게 단숨에 스타브로긴을 거부할 수 있었겠는가! 그래서 그는 우리에게 그렇게 친절하게 대할 수가 없었던 것이다. 게다가 그들은 그에게 손이 묶여 있는 상황이었다. 그는 스타브로긴을 쫓기 위해 즉각 그를 추격하기로 결심했으나 샤토프가 제지하고 있었다. 만일의 사태에 대비하여 5인조를 강화해야만 했다. 그가 '5인조를 그냥 내버려 두어서는 안 된다. 어쩌면 그들은 쓸모가 있을 테니까.'라고 판단한 것이라 생각한다.

그런데 샤토프에 관한 한 그는 샤토프가 밀고할 거라고 아주 확신했다. 그가 우리에게 밀고에 대해 말한 것은 모두 거짓이었다. 사실 그는 밀고장에 대해 본 적도 없고 그것에 대해 들어본 적도 없다. 하지만 그는 밀고장에 대해 분명하게 확신하고 있었다. 그는 샤토프가 지금의 순간들, 리자의 죽음[06]과 마리야 티모페예브나의 죽음을 견디지 못하고 지금 최종적으로 결심했다고 생각했다. 누가 알겠는가. 어쩌면 그가 그렇게 될 거라는 어떠한 정보를 가지고 있을지도 모른다. 그가 샤토프를 개인적으로 질투한다는 것, 그리고 그들 사이에 말다툼이 있었는데 표트르 스테파노비치는 모욕을 결코 용서하지 않았다는 사실이 알려졌다. 나는 이것이야말로 가장 중요한 원인이라 확신했다.

키릴로프는 언제나 이 시간에 자신의 가죽 소파에 앉아 차를 마신다. 그는 손님을 맞이하기 위해 몸을 일으키지는 않았지만 어쩐 일인지 움찔하며 걱정스러운 표정으로 들어오는 손님들을 바라보았다.
"당신은 실수하지 않았어요."
표트르 스테파노비치가 말했다.
"난 그 일 때문에 온 겁니다."
"오늘 말이죠?"
"아니, 아닙니다. 내일... 이 시간쯤..."
그리고 그는 근심에 잠긴 키릴로프 쪽으로 시선을 옮

---

06 리자는 방화 사건, 즉 레뱌드킨 오누이의 살해사건이 있고 나서 약혼자인 마브리키와 함께 사건 현장을 방문했을 때 '스타브로긴의 여인'임을 알아 챈 성난 군중에 의해 폭력을 당했고 얼마 뒤 사망했다.

기며 걱정스런 표정으로 테이블 옆에 자리 잡았다. 그런데 키릴로프는 이미 안정을 되찾고 늘 있는 그러한 표정으로 상대방을 쳐다보았다.

"이 사람들은 언제나 믿지 않더군요. 제가 리푸틴을 끌어들였다고 해서 당신이 화내는 건 아니지요?"

"오늘은 화내진 않아요. 하지만 내일은 나 혼자 하고 싶어요."

"하지만 내가 도착하기 이전엔 안 됩니다. 내가 있을 때에…"

"당신이 있을 때에 하고 싶진 않은데요."

"당신이 내가 기술한 모든 것을 쓰고 서명한다고 약속했던 거 기억하죠?"

"상관없어요. 그런데 지금은 오래 있을 건가요?"

"난 누군가와 만나야만 하고 30분 가량 머물러야 합니다. 그러니 당신은 원하는 대로 하시고 난 30분 가량 머물게요."

키릴로프는 입을 다물었다. 리푸틴은 구석의 대주교 초상화 아래에 자리 잡았다. 이전의 절망적인 생각이 점점 더 그의 생각을 지배했다. 키릴로프는 그를 거의 의식하지 못했다. 리푸틴은 훨씬 이전부터 키릴로프의 이론을 알고 있었고 언제나 그를 비웃었다. 하지만 그는 지금 입을 다물고 우울한 표정으로 자기 주위를 둘러보았다.

"그런데 나는 차를 거절하지는 않을게요."

표트르 스테파노비치가 몸을 움직였다.

"지금 비프스테이크를 먹었고 당신 집에서 차를 마시려고 생각했죠."

"당신은 차를 마실 수도 있어요."

"예전에는 당신이 직접 권해주었는데요."

표트르 스테파노비치가 신랄하게 지적했다.

"그건 상관 없어요. 리푸틴도 마시도록 해주세요."

"아닙니다. 전 리푸틴 그럴 수 없어요."

"내가 원하지 않는 건지 아니면 그럴 수 없는 건지?" 라며 표트르 스테파노비치는 재빨리 몸을 돌렸다.

"전 그들 곁에서는 시작도 할 수 없어요."

리푸틴은 의미심장한 표정으로 거절했다. 표트르 스테파노비치는 눈썹을 찌푸렸다.

"신비주의 냄새를 풍기는군요. 당신들이 어떤 사람들인지 누가 알겠어!"

어느 누구도 그에게 답하지 않았다. 그들은 1분간 침묵했다.

"하지만 전 한 가지를 알고 있죠."

그가 갑자기 덧붙였다.

"어떠한 편견도 우리 각자가 자신의 임무 수행을 방해

하지는 않을 거라는 사실 말입니다."

"스타브로긴은 떠났나요?"라고 키릴로프가 물었다.

"떠났어요."

"그건 그가 잘했네요."

표트르 스테파노비치가 눈을 깜빡였고 참았다.

"당신들이 어떻게 생각하는지 전 상관없어요. 각자는 자신의 약속을 지켰으니까요."

"저도 약속을 지킬 겁니다."

"그건 그렇고 저는 언제나 당신이 독립적이고 진보적인 사람으로서 당신의 임무를 수행할 거라 확신했어요."

"그런데 당신은 우스워요."

"그렇다고 해두죠. 당신을 웃게 만들어 기쁘네요. 제가 누군가에게 도움이 된다면 전 언제나 기쁩니다."

"당신은 제가 자살하길 몹시 바라죠. 당신은 갑자기 그 일이 이뤄지지 않을까 봐 두려운가요?"

"그러니까 당신이 직접 당신의 계획과 우리의 행동을 결합시켰다는 것을 아시잖아요. 당신의 계획을 고려한다면 우린 벌써 뭔가를 착수해야 했어요. 그러니 당신은 거절할 수 없을 겁니다. 왜냐하면 당신이 우리를 끌어들였으니까요."

"당신들은 어떤 권리도 없지요."

"알아요. 이해합니다. 당신의 온전한 자유의지, 우린

아무것도 아니지요. 하지만 당신의 온전한 자유의지가 펼쳐지기 위해서는…"

"그러니 내가 당신의 모든 비열한 짓거리를 감수해야만 할 거란 건가요?"

"들어보세요. 키릴로프, 당신은 겁나지 않나요? 거절하고 싶다면 지금 당장 말해 보세요."

"난 겁먹은 게 아닙니다."

"난 다만… 당신은 이미 아주 많은 것을 물어보고 있군요."

"당신은 곧 가실 거지요?"

"당신은 또 물어보는 건가요?"

키릴로프는 경멸적인 시선으로 그를 바라보았다.

"이봐요, 아시죠."

표트르 스테파노비치는 점점 더 화를 내고 불안해하면서 적절한 어조를 찾지 못하고 말을 이어갔다.

"당신은 일에 집중하기 위해, 그리고 혼자 있고 싶어서 내가 가기를 바라는 거네요. 하지만 이 모든 것은 당신에게, 무엇보다 당신에게 우선 위험한 징조입니다. 당신은 많은 생각을 하고 싶어 하죠. 내 생각으론, 생각하지 않는 것이 더 나을 듯합니다. 그냥 그렇게요. 사실 당신은 나를 불안하게 만들고 있지요."

"그 순간 내 옆에 당신과 같은 비열한이 있을 거라는

점이 아주 끔찍합니다."

"음, 그 사실은 상관없어요. 어쩌면 저는 그 순간 떠날 거고 현관에 서 있을 겁니다. 만일 당신이 죽어가면서 그다지 마음이 편치 않다면, 그때엔... 이 모든 것은 매우 위험합니다. 난 현관으로 나갈게요. 내가 아무것도 모른다는 것과 내가 당신보다 한참 모자란 사람이라는 것만 생각해 주세요."

"아닙니다. 당신은 경우가 없는 사람이 아닙니다. 당신은 능력자입니다. 하지만 당신은 많은 것을 이해하지 못하고 있죠. 왜냐하면 당신은 저급한 인간이기 때문입니다."

"정말 기쁘네요. 아주 기뻐요. 난 이미 위로를 찾게 되어서 매우 기쁘다고 말했어요..."

"당신은 아무것도 이해하지 못하네요."

"그러니까 나는... 모든 경우에 나는 존경심을 가지고 듣고 있어요."

"당신은 아무것도 할 수가 없을 겁니다. 당신은 심지어 아주 조그만 분노도 숨길 수 없어요. 그러니 당신에게 보여주는 것은 아무 이득이 없죠. 당신이 나를 자극하면 나는 갑자기 반년은 더 살고 싶어질 겁니다."

표트르 스테파노비치가 시계를 보았다.

"나는 당신의 이론에서 언제나 아무것도 이해하지 못

했어요. 하지만 당신이 우리를 위해 그것을 생각해 낸 것은 아니라는 걸 알고 있어요. 그러니 우리가 없더라도 이행하세요. 그리고 당신이 사상을 삼킨 것이 아니라는 것도 알고 있어요. 그러니 결국 사상이 당신을 삼킨 것이죠. 늦추지 마세요."

"어떻게? 사상이 나를 삼켰다는 건가요?"

"네."

"내가 사상을 삼킨 것이 아닌가요? 좋습니다. 당신은 지혜가 부족하지만, 오직 당신만이 자극을 주네요. 저는 뿌듯합니다."

"멋져요. 멋집니다. 당신이 뿌듯하다니 그렇게 되어야죠."

"됐어요. 차를 다 마셨으면, 이제 가세요."

"젠장, 그래야만 하겠네요."

표트르 스테파노비치가 자리에서 일어섰다.

"하지만 아무튼 이른 시간이네요. 키릴로프, 들어 보세요. 나는 먀스니치히의 집에 그 사람페지카을 머물도록 할 거에요. 이해하시겠어요?"

"그럴 필요 없어요. 왜냐하면 그는 거기에 없고 여기 있으니까요."

"어떻게 여기 있다는 겁니까, 젠장, 어디요?"

"부엌에 앉아서 먹고 마시고 있지요."

"그가 감히 어떻게 그럴 수가?"

표트르 스테파노비치는 화가 나서 얼굴이 붉어졌다.

"그는 기다리고 있어야 하는데... 제길! 그는 돈도 여권도 없는데!"

"모르겠어요. 그는 작별 인사하러 왔어요. 옷도 차려 입고 준비도 하고 있더군요. 그는 당신이 비열한이라고 말했어요. 그리고 그는 당신의 돈을 기대하고 싶지 않다고 했어요."

"아-아! 그는 나를 두려워하는군요. 음, 그러면 제가 지금 그를 처리할 수 있어요. 만일... 그는 어디 있나요, 부엌에 있나요?"

키릴로프는 아주 작은 어두운 방으로 통하는 옆문을 열었다. 이 방에서부터 아래쪽으로 세 개의 계단이 있어서 부엌과 곧장 칸막이가 있는 작은 방으로 연결되어 있었는데 그 방에는 보통 하녀의 침대가 놓여 있었다. 이곳 구석 성상 아래에 덮개가 없는 널빤지로 된 테이블 앞에 지금 페지카가 앉아 있었다. 그의 앞 테이블 위에는 보드카 병, 빵이 담긴 접시, 식어버린 소고기와 감자가 담긴 도자기 접시가 놓여 있었다. 그는 식은 음식을 먹고 있었는데 이미 만취 상태였다. 하지만 그는 외투를 입은 채였고 떠날 채비를 한 듯했다. 칸막이 뒤에선 사모바르가 끓고 있었다. 하지만 그건 페지카를 위한 것은 아니었다. 하지만 페지카 자신이 그것을 준비했다. 일주일 전부터 매일 밤 '밤마다 차를 마시는 습관이 있는 알렉세이 닐리치^{키릴로프}를 위하여' 준비했던 것이다. 내 생각으로 하녀가 없기 때문에 감자를 곁들인 소고기는 키릴로프가 직접 페지카를 위해 아침부터 준비한 것 같았다.

"이게 당신이 생각해낸 거요?"

표트르 스테파노비치가 아래쪽으로 내려왔다.

"왜 명령한 장소에서 기다리지 않았지?"

그리고 그는 주먹으로 식탁을 내리쳤다.

페지카는 점잔을 뺐다.

"잠시만요, 표트르 스테파노비치, 잠시만요."

그는 단어마다 세련되게 발음하며 입을 열기 시작했다.

"자네가 이곳에서 키릴로프 씨를 복되게 방문하고 있다는 사실을 알아야만 하는 것이 첫 번째 의무야. 자네는 알렉세이 닐리치 옆에서 언제나 구두만 닦으면 되네. 그는 자네 앞에서 교육받은 지성이고 자네는 고작해 봐야-참 나!"

그는 세련되게 마른 침을 한쪽으로 뱉었다. 교만함, 결단력, 처음 폭발하기 이전의 위험하고 가식적이며 평온한 논리가 엿보였다. 하지만 표트르 스테파노비치는 위험을 감지할 시간이 없었다. 그리고 그건 사물을 바라보는 그의 관점과 맞지 않았다. 그날의 사건과 실패는 그의 주위를 맴돌았다... 리푸틴은 호기심을 가지고 어두운 방의 세 번째 계단에서 아래를 내려다보고 있었다.

"말해둔 곳으로 가는데 필요한 진짜 여권과 충분한 돈을 원하는가, 아니면 원하지 않는가? 그런가, 그렇지 않은가?"

"이봐, 표트르 스테파노비치, 자네는 처음부터 날 기만했어. 자네가 내 앞에서 얼마나 비열한 인간이었는지. 자네가 인간의 탈을 쓴 이(蝨)라도 상관없어. 난 자네를 그러한 작자로 여기고 있지. 자네는 내게 무고한 피에 대한 대가로 많은 돈을 약속했고 스타브로긴을 걸고 맹세까지 했지. 결국 자네의 무례함만이 드러나는 일인데도 말이야. 난 조금도 가담하지 않았어. 문제는 1,500루블이 아니라 스타브로긴이 일전에 자네의 따귀를 때렸다는 점이고 그 사실을 모두가 알고 있다는 점이지. 그런데 자네가 지금 다시 새롭게 나를 협박하고 돈을 주겠다고? 자네는 그것이 무슨 일에 대한 것인지는 아무 말도 하지 않은 채 말이지. 자네가 나를 페테르부르크로 보내려는 이유를 나는 곰곰이 생각해 보았지. 그건 내가 뭔가를 쉽게 믿기를 바라면서 스타브로긴, 즉 니콜라이 프세볼로도비치에게 복수하고자 하는 자네의 악의에서 비롯된 것이었어. 이것으로 미루어 보아 자네가 첫 살인자

악령들 435

라는 결론을 내렸어. 그런데 자네는 아는가. 자신의 타락 때문에 자네가 진정한 조물주, 즉 신을 더 이상 믿지 않게 되었다는 사실 하나로 인해 어떤 가치를 가지게 되는지를? 우상 숭배자라는 점에서는 늘 매한가지야. 타타르인이나 몰도바인과 같은 수준이지. 알렉세이 닐리치는 진정한 신과 조물주의 철학자니까 자네에게 세계 창조, 미래의 운명, 계시록에 나온 모든 짐승들과 모든 피조물의 변용에 대해 여러 번 설명했지. 하지만 자네는 무의미한 우상으로서 눈 감고 귀를 막은 채, 소위보인 에르켈 레프를 바로 그 일에 끌어들였지. 그러니 자네는 악당이자 유혹자이고 소위 무신론자야…"

"아, 자네, 주정뱅이 주제에! 성상을 강탈해 놓고 신을 운운하다니!"

"표트르 스테파노비치, 나는 자네에게 자네가 강탈했다고 진심으로 말하는 거네. 난 진주만 뽑아갔지. 자네가 어찌 알겠어. 내가 받은 어떤 모욕 때문에 최고의 시련 앞에서 흘리는 내 눈물이 하나님의 용광로 앞에서 바로 변화되었다는 것을 말이야. 정말이지 이 몸은 거처할 곳 없는 고아나 마찬가지니까. 자네도 책을 읽어 알고 있겠지. 옛날 언젠가 어떤 상인이 성모 마리아상 옆에서 눈물과 한숨으로 기도하다가 성스러운 후광을 만들어주는 진주를 훔치고 나서 나중에 모든 이들 앞에서 무를을 꿇고 경배하며 훔친 물건에 해당하는 금액을 모두 성상의 발아래에 가져다 놓았다네. 그 후에 성모마리아가 사람들 앞에서 그를 거룩한 옷으로 가려 주었고 이로 인해 기적이 일어나자 국가에서는 모든 일을 국서에 낱낱이 기록하라는 명령을 내렸지. 그런데 자네는 쥐를 풀었어. 신의 인장 앞에서 위협을 가한 거지. 만일 자네가 내 주인이 아니라면, 그리고 내가 자네를 내 품에서 키우지 않았다면, 여기서 물러서지 않고 지금 자네를 처리해 버릴 수도 있었을 걸세!"

표트르 스테파노비치는 커다란 분노에 휩싸였다.

"말해, 당신 오늘 스타브로긴을 만났지?"

"자네가 결코 나에게 그런 것을 물을 수는 없지. 그는 희망이나 어떤 명령 혹은 돈 때문에 가담한 게 아니야. 자네가 날 끌어들인 거지."

"당신은 돈을 받게 될 거야. 2,000 또한 받게 되고. 페테르부르크에서 한꺼번에 말이지. 더 받을 수도 있고."

"이보게, 친구, 자네는 거짓말하고 있어. 내가 자네를 바라보는 것이 우습군. 자네는 정말 단순한 머리를 가졌어. 스타브로긴은 계단 위에 서 있고 자네는 바보 같은 강아지처럼 계단 아래에서 짖겠지. 그러면 그들은 위에서 자네를 보고 침을 뱉는 것도 커다란 영광으로 생각할 거야."

악령들

"당신은 그거 알고 있나?"

표트르 스테파노비치가 길길이 날뛰었다.

"내가 비열한인 당신을 여기서 한 발자국도 움직이게 하지 않고 곧장 경찰에 넘겨준다면?"

페지카는 펄쩍 뛰었고 그의 눈동자는 불타올랐다. 표트르 스테파노비치는 권총을 꺼내 들었다. 그 순간 빠르면서도 혐오스런 장면이 펼쳐졌다. 표트르 스테파노비치가 권총을 겨누기도 전에 페지카가 순간적으로 몸을 내빼서 있는 힘껏 그의 뺨을 때렸다. 그 순간 제2의 끔찍한 가격 소리가 들렸다. 그 후에 제3, 제4의 가격이 뺨에 가해졌다. 표트르 스테파노비치는 얼굴이 화끈거리고 눈이 빠질 듯했다. 그는 뭔가 중얼거리며 갑자기 바닥에 완전히 뻗어 버렸다.

"당신에게 넘깁니다. 이자를 데리고 가요!"

페지카는 승리감에 가득 차서 외쳤다. 그는 재빨리 챙이 없는 모자를 손에 쥐고 의자 밑에서 보따리를 챙겼다. 표트르 스테파노비치는 무의식 중에 신음 소리를 냈고 리푸틴은 살인사건이 벌어진 거라 생각했다. 키릴로프는 갑자기 부엌으로 달아났다.

"그에게 물을!"이라고 외치고 나서 키릴로프는 쇠로 된 국자로 양동이의 물을 떠서 그의 머리에 끼얹었다. 표트르 스테파노비치는 움직이기 시작하더니 머리를 들고 자리에 앉아 아무 생각 없이 앞을 바라보았다.

"음, 괜찮은가요?"

키릴로프가 물었다.

표트르 스테파노비치는 여전히 아무것도 분간하지 못하고 물끄러미 그를 응시했다. 하지만 그는 부엌에서부터 리푸틴이 나오는 것을 보고 나서 비열한 미소를 지었고 갑자기 바닥에 떨어진 권총을 주워들고 일어섰다.

"만일 당신이 비열한 스타브로긴처럼 내일 달아날 생각을 한다면," 그는 얼굴이 온통 창백한 상태에서 우물거리며 정확히 말을 하지 못하며 키릴로프에게 격정적으로 덤볐다. "난 지구 끝에서 당신을... 파리처럼 매달아서... 눌러 죽일 거야... 알겠어!"

그리고 그는 키릴로프의 이마에 권총을 곧장 겨누었다. 하지만 바로 그 순간 그는 의식이 완전히 돌아와서 손을 내리고 권총을 주머니에 넣은 뒤 더 이상 아무 말도 하지 않고 집에서 나갔다. 리푸틴은 그의 뒤를 따라 나갔다. 그들은 이전의 개구멍으로 기어나갔고 울타리에 가까이 붙어서 옆으로 통과했다. 표트르 스테파노비치가 골목을 따라 빠르게 걸어서 리푸틴은 겨우 쫓아 갔다. 그리고 첫 번째 교차로에서 멈췄다.

"어쩔 건가?"

그는 리푸틴에게 도발적으로 몸을 돌렸다.

리푸틴은 권총을 기억해내고는 이전의 장면 때문에 온통 몸을 떨었다. 그러나 그는 대답을 기다리지 못했다. 갑자기 그의 입에서 다음과 같은 말이 튀어나왔다.

"내 생각으론... '사람들[07]이 그러한 초조함을 가지고서는 스몰렌스크부터 타슈켄트에 이르기까지 결코 대학생을 기다리지 못할 거'라 생각하네."

"페지카가 부엌에서 술을 마시는 것을 보았나?"

"무엇을 마셨냐면? 보드카를 마셨지."

"그가 인생에서 마지막으로 보드카를 마셨다는 것을 알아 둬. 미래의 상상을 위해 기억해두기를 바래. 이제는 사라져 주길. 자네는 내일까지 필요 없으니... 우리 집을 감시해. 바보같이 굴어선 안돼!"

리푸틴은 머리를 끄덕이며 집으로 달려갔다.

V. 방랑하는 여인

리자의 파국과 마리야 티모페예브나의 죽음은 샤토프에게 치명적인 인상을 심어 주었다. 내가 이미 언급한 것

---

07 여기서 사람들은 조직원들을 의미하고 대학생은 샤토프를 의미하는 것으로 생각됨

처럼 내가 그를 잠시 만난 그날 아침 그는 제정신이 아닌 것처럼 보였다. 아무튼 그는 전날 저녁 9시경(즉 화재가 일어나기 3시간 전) 마리야 티모페예브나의 집에 있었다고 알려주었다. 그는 시신을 들여다보기 위해 아침에 그곳에 다녀왔다고 했다. 하지만 내가 아는 한 그는 그날 아침 그 어디에서도 그 어떠한 증언도 하지 않았다. 하지만 날이 저물어갈 무렵 그의 영혼 깊은 데서 굉장한 회오리가 일었다. 그리고... 난 그가 저녁 무렵 어느 순간 일어나 나가서 모든 것을 폭로하고 싶어 했다고 말할 수 있다. 모든 것이란 무엇을 의미하는 것일까. 그것에 대해서는 그 자신이 잘 알고 있으리라. 분명 그 어떠한 일도 이루어지지 않았을 수도 있다. 그냥 자신을 넘겨주는 것일지도 모른다. 그는 막 일어난 악행을 폭로하기 위한 어떠한 증거도 가지고 있지 않았다. 그 자신은 그 일에 관해 음울하게 추측만 할 뿐이다. 그 추측은 그 자신에게는 완전한 확신과 맞먹는 것이다. 하지만 그는 '비열한 들을 눌러주기 위해'(그의 독창적인 표현에 따르면) 자살을 준비했다. 표트르 스테파노비치는 그러한 맥락에서 그 점을 부분적으로나마 정확하게 짐작했다. 표트르 스테파노비치 자신은 자신의 새로운 끔찍한 음모를 실행하는 것을 내일까지 미뤄두면서 대단한 모험을 하고 있음을 알고 있었다. 그의 편에서 보자면 여느 때와 같이 이 일에는 자신에 대한 많은 희망과 그 '녀석들', 특히 샤토프에 대한 경멸이 담겨 있었다. 그가 이미 외국에서부터 말해왔던 것처럼 샤토프가 '바보처럼 징징거리는 것' 때문에 그는 이미 오래전부터 샤토프를 경멸해 왔고 그렇게 순수한 인간을 처치할 수 있기를, 즉 하루 종일 그를 한눈팔지 않고 감시하다가 최초의 위험이 다가온 순간에 그의 길을 차단할 수 있기를 몹시 희망해 왔다. 하지만 너무도 갑작스런 한 가지 일이 짧은 순간에 '비열한들'을 위험에 빠뜨렸다. 그들은 상황을 전혀 내다보지 못했던 것이다...

저녁 7시경(이 시간은 바로 우리들이 에르켈의 집에 모여 표트르 스테파노비치를 기다리며 분노하고 흥분해 있던 때였다.) 샤토프는 두통과 가벼운 오한으로 촛불도 켜지 않은 채 어둠 속에서 침대 위에 몸을 뻗고 누워 있었다. 그는 의혹으로 괴로웠고 심술이 났으며 뭔가를 결정하고자 했으나 결국 어떠한 것도 결정할 수 없었으며 저주하며 결국은 이 모든 것을 아무것도 실현하지 못하리라 예감했다. 그는 순간적으로 가벼운 꿈을 꾸며 차츰 정신이 혼미해졌고 꿈속에서 악몽과 같은 장면을 보았다. 그는 꿈에서 자신의 몸이 밧줄로 침대에 꽁꽁 묶여 있어서 옴짝달싹하지 못하는 것을 보았다. 그런데 키릴로프의 곁채에서 울타리, 문, 그의 방문을 두드리는 끔찍한 소리가 집안 전체에 울려 퍼졌다. 그래서 집 전체가 울렸고 어떠한 아득하고 익숙하지만 그를 고통스럽게 만드는 목소리가 애처롭게 그를 불렀다. 그는 갑자기 정신을 차리고 침대에서 몸을 일으켰다. 놀랍게도 문을 두드리는 소리가 계속되었다. 꿈속에서처럼 그렇게 강한 소리는 아니었는데 멀리서부터 들려오는 지속적이고 집요한 소리였다. 애원이라기보다는 오히려 정반대로 초조하고 흥분한 듯한 이상하고 '고통스런' 목소리가 절제되고 평범한 누군가의 목소리와 번갈아서 아래층에서 계속 들려왔다. 그는 자리에서 일어나 통풍창을 열었고 머리를 밖으로 내밀었다.

"누구세요?"

그는 말 그대로 놀라서 몸이 굳은 채 소리쳤다.

"당신이 샤토프라면," 아래쪽에서 강하고 날카롭게 대답했다. "부디 솔직하게 직접 말씀해 주세요. 당신은 저를 들여보내실 겁니까, 아니면 그렇지 않으실 겁니까?"

그러니까 그는 그 목소리를 알아차렸다!

"마리!.. 당신이야?"

"저, 전, 마리야 샤토바예요. 당신에게 부탁하는데, 전 마부를 한순간도 더 지체하게 할 수 없어요."

"잠시만... 내가 양초를..."

샤토프가 희미하게 소리쳤다. 그 후에 그는 성냥을 찾

으러 뛰어갔다. 그러한 순간이면 늘 그러하듯이 그는 성냥을 찾을 수 없었다. 그는 양초를 꽂은 촛대를 마룻바닥에 떨어뜨렸다. 그때 막 아래에서 초조한 목소리가 다시 들려왔고 그는 모든 것을 던져두고 쪽문을 열어 주기 위해 경사가 급한 계단을 따라 아래로 날아갔다.

"부탁드려요. 이 바보와 일을 마무리하는 동안 가방부터 들어 주세요."

아래층에서 그가 마리야 샤토바를 맞이했다. 그녀는 그에게 청동 못이 박혀 있으며 범포로 제작된 아주 가볍고 저렴한 드레스덴제 손가방을 내밀었다. 그녀 자신은 마부에게 신경질적으로 달려들었다.

"당신이 요금을 많이 받으려 한다는 것을 분명히 알고 있어요. 당신이 한 시간 이상 나를 이곳저곳 더러운 길을 따라 돌아다니게 했으니 당신도 책임이 있는 겁니다. 왜냐하면 당신 자신이 이 바보 같은 거리와 이 멍청한 집이 어디에 있는지 몰랐기 때문이니까요. 30코페이카를 받고 그 이상은 받을 생각하지 마세요."

"에휴, 아가씨, 보즈네센스카야 거리로 가자고 하셨잖아요. 이 거리는 보고이블렌스카야 거리고요. 보즈네센스카야 골목은 여기서 떨어져 있는 곳이라고요. 말만 고생시켰네요."

"보즈네센스카야든 보고이블렌스카야든 이 바보 같

은 이름들은 나보다 당신이 더 잘 알아야하잖아요. 왜냐하면 당신은 이곳의 거주자니까요. 그러니 당신은 옳지 않아요. 무엇보다 전 당신에게 필립포프의 집에 대해 일러 주었잖아요. 그런데 당신이 그 집을 안다고 했잖아요. 원한다면 내일 치안 재판소에 나를 고소해도 돼요. 그러니 지금은 날 평안히 놔두세요."

"여기, 여기 5코페이카 더 받으세요!"

샤토프는 자신의 주머니에서 5코페이카를 열심히 찾아서 마부에게 건네주었다.

"부탁입니다. 제발 이런 일을 하지 말아 주세요!"

샤토바 부인이 소리쳤다. 하지만 마부는 '거세마'를 몰았고 샤토프는 그녀의 손을 잡고 문 쪽으로 이끌었다.

"얼른, 마리, 얼른... 이건 모두 사소한 일들이지. 너 온통 젖었구나! 조용히, 여기로 올라가자. 불이 없어 유감이다. 계단이 경사가 급해. 좀 더 세게 잡아, 더 세게. 여기가 내 방이야. 미안, 불이 없어서... 잠시만!"

그는 촛대를 세웠으나 성냥은 오랫동안 찾지 못했다. 샤토바 부인은 방 가운데서 꼼짝도 하지 않고 아무 말 없이 기다리며 서 있었다.

"맙소사, 마침내!"

그는 방에 불을 밝히고 나서 기쁘게 외쳤다. 마리야 샤토바는 방안을 둘러보았다.

악령들 445

"사람들이 당신이 구차하게 산다고 하더군요. 하지만 저는 그렇게 생각하지 않아요."

그녀는 꺼림칙하게 말했고 침대 쪽으로 향했다.

"어휴, 피곤해!"

그녀는 힘없는 표정으로 딱딱한 침대에 앉았다.

"가방을 내려놓고 의자에 앉아요. 전 일을 찾을 동안만 당신 집에 잠시 있는 거예요. 왜냐하면 이곳에서 저는 아무것도 모르고 돈도 없거든요. 만일 정직한 사람으로서 당신이 저를 꺼리지 않는다면, 제가 무엇을 해야만 하는지 알려주세요. 부탁입니다. 하지만 전 내일은 뭐든 저당 잡혀서 호텔비를 낼 수 있을 겁니다. 당신은 절 호텔로 데려다주기만 하면 됩니다... 오, 다만 전 지금 너무 피곤해요!"

샤토프는 온몸을 떨었다.

"그럴 필요 없어, 마리, 호텔은 필요 없다구! 웬 호텔? 무엇 때문에, 왜?"

그는 간청하듯이 두 손을 모았다.

"음, 만일 호텔 없이도 지낼 수 있다면, 아무튼 사건을 해명해야만 해요. 샤토프, 우리가 결혼해서 2주하고도 며칠을 제네바에서 함께 지낸 거 기억하죠. 그런데 특별히 싸우지도 않았는데 헤어진 지 벌써 3년이 되었네요. 이전과 같은 어리석음 때문에 제가 뭔가 새롭게 시작하려 애쓴다고 생각하진 마세요. 제가 곧장 이 도시로 온 것은 당신과 아무 상관이 없기 때문이에요. 제가 뭔가에 대해 후회하려고 온 것은 아닙니다. 부탁이에요. 그런 어리석은 일들을 생각하진 마세요."

"오, 마리! 그건 일부러 그런 거야, 아주 작정을 한 거라고!"

샤토프가 불분명하게 중얼거렸다.

"만일 그러하다면, 만일 당신이 그것을 이해할 수 있을 정도로 충분히 성숙했다면 한 마디만 덧붙일게요. 만일 제가 지금 당신 아파트로, 또 당신에게로 곧장 온 거라면 그 이유는 제가 당신을 결코 비열한이라 생각하지 않았기 때문이죠. 당신을 다른... 비열한들보다 훨씬 더 좋게..."

그녀의 눈빛은 빛났다. 어떠한 '비열한들' 때문에 그녀는 뭔가 많은 것들을 견뎌내야만 했다.

"그리고, 제가 지금 당신이 선하다고 말하면서, 당신을 결코 비웃지 않는다는 점을 알아주기 바라요. 화려한 수식어 없이 솔직하게 말하는 겁니다. 지금은 할 수 없어요. 하지만 이 모든 것이 헛소리입니다. 전 언제나 당신이 사람을 질리지 않게 할 만큼 충분한 지성을 가지기를 바라 왔어요... 오, 충분합니다. 전 피곤해요!"

그리고 그녀는 고통과 피곤함이 깃든 지긋한 눈빛으

로 그를 바라보았다. 샤토프는 방을 가로질러서 다섯 걸음쯤 떨어져서 다소곳이 그녀 앞에 서 있었다. 하지만 그는 어쩐 일인지 새로운 기분으로 이전에 없던 생기 있는 얼굴로 그녀의 말을 듣고 있었다. 계속 털을 위로 곤두세우던 강하고 까칠한 자가 갑자기 온순해졌고 밝아졌다. 그의 영혼에는 뭔가 비범하고 아주 갑작스런 뭔가가 요동치기 시작했다. 3년간의 이별, 3년간의 어긋난 결혼은 그의 마음속에서 그 어떠한 것도 밀어내지 못했다. 어쩌면 이 3년간 매일 매일 그는 소중한 존재인 그녀에 대해 꿈꾸었는지도 모른다. 그녀는 언젠가 그에게 '사랑해요'라고 말한 적이 있었다. 내가 샤토프를 잘 알기 때문에, 그가 결코 자신에게 어떠한 여인이 '사랑해요'라고 말하는 몽상을 허용하지 않을 사람이라는 것을 말할 수 있다. 그는 순결했고 거칠 정도로 수줍음이 많았으며 자신을 끔찍한 괴물로 여겼고 자신의 얼굴과 성격을 증오하며 자신을 시장에 내다 보여줄 수 있는 어떤 괴물 쯤으로 생각했다. 그는 무엇보다 정직을 가장 높이 평가했고 광적으로 자신의 확신에 몸을 던졌고 음울하고 도도하며 화를 잘 내고 말수가 적었다. 하지만 여기에 2주 동안 그를 사랑했던(그는 언제나, 언제나 그 사실을 믿었다!) 유일한 존재가 있었다. 그는 그녀의 방종을 온전히 이해했음에도 불구하고 언제나 비교할 수 없을 정도로 그녀를 자신보다 높게 여겼다. 그는 그 존재에 대한 모든 것, 모든 것을 용서해 줄 수 있었다.(그 일에 대해서는 의문이 있을 수 없다. 심지어 그와 반대되는 뭔가가 존재했다. 그러니 그는 그녀 앞에서 모든 일에 있어서 죄인이었다.) 그 여인, 마리야 샤토바가 갑자기 다시 그의 집에 나타나 그 앞에 있게 된 것이다... 이건 거의 이해 불가능한 일이었다! 그는 너무도 놀라서 이 사건에는 그에게 뭔가 끔찍한 일이 있을 것이며 그와 동시에 같은 정도의 행복이 있을 거라 결론지었다. 물론 그는 능력도 없었고, 그걸 바라지도 않았으며 기억하는 것도 두려웠다. 그건 꿈이었다. 하지만 그녀가 그를 고통스런 눈빛으로 바라보았을 때 그는 갑자기 사랑스런 존재가 너무도 고통받아서 어쩌면 모욕을 받았을 수도 있을 거라 생각했다. 그의 가슴은 아려왔다. 그는 고통스럽게 그녀의 외모를 응시했다. 이미 오래전에 그녀의 피곤한 얼굴에서부터 젊은 시절의 광채가 사라진 듯했다. 사실 그녀는 아직도 아름다웠다. 그의 눈에 그녀는 이전처럼 미인이었다.(사실 그녀는 아주 강인한 체력을 지닌 25세의 여인이었다. 그녀는 보통 키 이상이었고 샤토프보다도 더 컸다. 그녀는 짙은 아마 빛 풍성한 머리와 계란형의 창백한 얼굴에 커다란 검은 눈동자를 지녔다. 그 눈은 지금 열병에 걸린 듯한 광채를 뿜어내고 있었다.) 하지만 그에게 익숙한 경박하고 순수하며 단순한 그녀의 이전의 에너지가 음울한 흥분과 조소와 같은 실망으로 변해 버렸다. 그녀조차 그러한 조소에 익숙하지 않아 괴로워하는 듯했다. 하지만 중요한 사실은 그녀가 아프다는 거다. 그는 그 점을 분명히 알아차렸다. 그녀 앞에서의 모든 두려움에도 불구하고 그는 갑자기 그녀에게 다가가 그녀의 두 손을 잡았다.

"마리...그거 알아... 너, 아주 피곤해 보여. 맙소사, 화내지는 마... 네가 동의한다면, 이를테면, 차라도 마실래, 응? 차를 마시면 기운이 날 거야. 응? 만일 네가 동의한다면!.."

"이런 일에 동의라니요, 물론 동의해요. 당신은 이전처럼 아이네요. 가능하다면 가져다주세요. 당신 집은 정말 좁네요! 당신 집은 정말 추워요!"

"오, 내가 지금 장작, 장작을... 우리 집에 장작이 있어!"

샤토프가 돌아다니기 시작했다.

"장작... 그러니까, 하지만... 그건 그렇고 지금은 차를..."

그는 확고한 결심을 한 듯이 손을 내젓고 모자를 집었다.

"당신 어디 가는 건가요? 그러니까 차가 집에 없는 건가요?"

"생길 거야. 생길 거야. 생길 거라고. 지금 모든 것이 생길 거라고... 내가..."

그는 선반에서 권총을 꺼내 들었다.

"내가 지금 이 권총을 내다 팔아서... 아니면 저당 잡혀서..."

"무슨 어리석은 짓인가요. 그건 시간이 오래 걸릴 거예요! 만일 당신에게 아무것도 없다면 여기 제 돈을 가져가세요. 여기 8그리벤이 있는데 이게 전부인 것 같아요. 당신 집은 정신병원 같아요."

"필요 없어. 당신 돈은 필요 없다구. 내가 지금, 당장, 권총이 없더라도 내가..."

그리고 그는 곧장 키릴로프에게로 갔다. 그 일은 표트르 스테파노비치와 리푸틴이 키릴로프를 방문하기 두 시간 전쯤 있었던 듯하다. 같은 저택에 사는 샤토프와 키릴로프는 서로 만나지 않았고 마주치더라도 인사도 하지 않고 말도 하지 않았다. 그들은 미국에서 너무나 오랫동안 함께 '지내왔던' 것이다.

"키릴로프, 네겐 언제나 차가 있지. 차와 사모바르 있나?"

방안을 돌아다니던(그는 보통 밤새 이 구석에서 저 구석으로 걸어 다녔다) 키릴로프가 갑자기 멈춰 서서 특별히 놀라지도 않고 들어오는 사람을 바라보았다.

"차도 있고 설탕도 있고 사모바르도 있지. 하지만 사모바르는 필요 없을 거야. 차가 뜨거우니까. 앉아서 마시기만 하면 되지."

"키릴로프, 우린 함께 미국에서 지냈지… 내게 아내가 찾아 왔어… 난… 차를 주게나… 사모바르도 필요해."

"아내가 있다면 사모바르가 필요하지. 하지만 사모바르는 나중에. 내게 두 개가 있어. 지금은 테이블 위에서 커피주전자만 가져가. 뜨거워. 정말 뜨겁다네. 모두 가져가라고. 설탕도 가져 가고. 모두. 빵도… 빵도 많아. 모두. 송아지 고기도 있고. 1루블도 있고."

"이리 줘, 친구. 내일 돌려줄게! 아, 키릴로프!"

"그녀는 스위스에 있었던 아내인가? 잘 되었군. 자네가 그렇게 뛰어온 것도 잘 된 거고."

"키릴로프!"

커피주전자를 움켜쥐면서 샤토프가 외쳤다. 두 손에는 설탕과 빵이 들려 있었다.

"키릴로프! 만일… 만일 자네가 자네의 끔찍한 환상을 거부하고 자네의 무신론적인 헛소리를 포기한다면… 키릴로프, 오, 자네는 정말 대단한 사람인데!"

"스위스에 다녀오고 나서 자네는 아내를 사랑하게 된 듯하네. 스위스 이후라면 그건 잘된 일이야. 차가 필요하면 다시 들르게. 밤새 들러도 된다네. 난 절대 밤새 잠을 자지 않으니. 사모바르도 있을 거고. 1루블도 가져가고. 여기 있다네. 아내에게 가보게. 난 머물면서 자네와 자네의 아내에 대해 생각할 거야."

마리야 샤토바는 아주 급하게, 거의 실성한 듯 차를 마셨다. 하지만 사모바르를 가지러 달려갈 필요는 없었다. 그녀는 고작 반 잔을 마시고 빵도 조금씩 조각내어 먹었을 뿐이었다. 그녀는 까다롭게 흥분하면서 송아지 고기를 거부했다.

"마리, 아파? 이 모든 것이 네게 아픔을 준 거지..."

샤토프는 그녀의 주위를 맴돌면서 수줍게 말했다.

"물론, 아파요. 앉아 봐요. 차가 없다면서 어디서 가져온 건가요?"

샤토프는 키릴로프에 대해 가볍게, 그리고 짧게 언급했다. 그녀는 그에 대해 뭔가를 들은 적이 있었다.

"그가 광인이라는 걸 알아요. 그만요. 그러니까 당신이 미국에 있었던 거지요? 당신이 글을 썼다고 들었어요."

"그래. 내가, 글을 써서 파리로 보냈지."

"그만, 뭔가 다른 일에 대해서. 믿음에 있어서 당신은 슬라브주의자인가요?"

"난... 난 그런... 사람이 아니야. 러시아인이 될 수 없

악령들 453

어서 슬라브주의자가 된 거야."

그는 억지로 비아냥거리는 사람처럼 삐딱하게 조소를 보냈다.

"그러면 당신은 러시아인이 아닌 건가요?"

"응, 러시아인이 아니야."

"음, 이 모든 것이 어리석은 일이에요. 앉아 봐요. 부탁이에요, 결국. 그런데 당신은 왜 여기저기로 돌아다니는 건가요? 당신은 내가 헛소리하는 것 같다고 생각하는 건가요? 어쩌면 내가 헛소리를 하고 있는지도 몰라요. 당신은 당신 집에 둘이 머물고 있다고 말하는 거지요?"

"둘이... 아래층에..."

"그런데 모두 지혜로운 사람들이었다니요. 아래층에 뭐가 있다고요? 당신 아래층이라고 했나요?"

"아니, 아무것도 없어."

"아무것도 아니라니요? 알고 싶어요."

"지금 이곳에는 우리 둘만 있다는 것을 말하고 싶을 뿐이야. 아래층에 예전에 레뱌드킨 오누이가 살았었지..."

"그 여인은 오늘 밤 살해된 사람이지요?"

그녀가 갑자기 외쳤다.

"들었어요. 오자마자 들었어요. 당신 집에 화재가 있었지요?"

"그래. 마리. 그래. 어쩌면 난 저질들과 이별하는 바로 이 순간 끔찍하고 비열한 일을 저지를지도 몰라…"

그는 갑자기 자리에서 일어나 흥분한 것처럼 손을 높이 들고 나서 방안을 서성이기 시작했다.

하지만 마리는 그를 결코 이해하지 못했다. 그녀는 무심하게 그의 답변을 들었다. 그녀는 질문만 하고 듣지는 않았다.

"당신은 명예로운 일을 하게 될 거에요. 오, 모든 일들이 얼마나 비열한지! 모두가 대단한 저질들이지! 앉아봐요. 부탁이에요. 결국. 오, 당신도 날 얼마나 짜증나게 하는데!"

그리고 그녀는 힘없이 베개에 자신의 머리를 떨구었다.

"마리, 난 그러지 않을 거야… 어쩌면, 넌 자리에 눕는 게 나을 거야, 마리?"

그녀는 아무 대답도 하지 않고 힘없이 눈을 감았다. 그녀의 창백한 얼굴은 마치 죽은 사람의 얼굴 같았다. 그녀는 순식간에 잠들었다. 샤토프는 주위를 둘러보았고 양초를 바로 세우고 다시 한번 침착하게 그녀의 얼굴을 바라보았다. 그는 자신 앞에서 두 손을 강하게 잡고 나서 까치발로 방을 빠져나와 현관 쪽으로 향했다. 그는 계단의 위쪽에서 얼굴을 구석으로 향한 채 아무 말 없

악령들 455

이 움직이지도 않고 그렇게 10분 정도 서 있었다. 그는 더 오랫동안 서 있었을 수도 있다. 하지만 갑자기 아래층에서 조용하고 조심스러운 발걸음 소리가 들렸다. 누군가가 위로 올라오고 있었다. 샤토프가 쪽문을 잠그는 것을 잊어버렸던 것이다.

"거기 누구요?"

그는 속삭이며 물었다.

미지의 방문객은 서두르지도 않고 아무 대답도 없이 위로 올라왔다. 그는 위로 다가오고 나서 자리에 멈췄다. 어둠 속에서 그의 얼굴을 알아보는 것은 불가능했다. 갑자기 그의 조심스런 질문 소리가 들렸다.

"이반 샤토프인가요?"

방문객이 그의 이름을 불렀다. 하지만 그는 방문객을 멈추게 하려고 천천히 손을 내밀었다. 하지만 그자는 샤토프의 손을 잡았다. 샤토프는 어떤 끔찍한 파충류를 건드리기라도 한 것처럼 몸을 떨었다.

"여기 서 있으세요."

그는 재빨리 속삭였다.

"들어오지 마세요. 전 지금 당신을 맞이할 수 없어요. 아내가 제게로 돌아왔어요. 제가 초를 가지고 나갈게요."

그가 초를 가지고 나가자 어떤 젊은 장교가 서 있었

다. 샤토프는 그 장교의 이름을 몰랐지만 어디선가 본 적이 있었다.

"에르켈입니다."

그자는 자신을 소개했다.

"당신은 저를 비르긴스키 집에서 본 적이 있지요."

"기억납니다. 당신은 자리에 앉아서 쓰고 있었죠. 들어보세요."

샤토프가 갑자기 열을 냈다. 그는 미친 듯이 그에게로 다가가면서도 이전처럼 속삭이며 말했다.

"당신이 내 손을 잡을 때 방금 내게 손으로 어떤 표시를 하셨네요. 하지만 전 이러한 모든 표시에 대해 침을 뱉을 수 있다는 사실을 알아 두세요! 전 고백하지 않아요... 원하지 않습니다... 지금이라도 당신을 계단 아래로 내려가게 할 수 있지요. 당신은 그 사실을 알고 있나요?"

"아니요. 난 아무것도 몰라요. 그리고 당신이 왜 그렇게 화를 내는지 전혀 몰라요."

손님은 악의 없이 아주 순수하게 답했다.

"전 시간을 낭비하고 싶지 않으며, 당신에게 중요한 뭔가를 전하기 위해 온 것뿐입니다. 당신은 당신 소유가 아닌 물건을 가지고 있지요. 당신 자신이 잘 알다시피 당신은 그 일에 대해 계산해야만 합니다... 전 그 물건을 당신으로부터 넘겨받아서 내일 오후 7시에 리푸틴에게

악령들 457

넘기라는 명령을 받았지요. 게다가 당신에겐 이후 아무것도 요구하지 말라는 명령도 받았고요."

"아무것도라니요?"

"정말 아무것도. 당신의 청원은 이행될 것입니다. 그러면 당신은 영원히 제명됩니다. 제가 이 일을 당신에게 알리는 것은 긍정적인 신호입니다."

"누가 알리라고 명령했나요?"

"제게 징표를 전한 자들이죠."

"당신은 외국에서 온 건가요?"

"그건... 제 생각으론 그건 당신과는 아무 상관없는 일입니다."

"에이, 젠장! 당신이 명령을 받았다면 당신은 왜 더 일찍 찾아오지 않았나요?"

"전 어떤 지시를 따르고 있고 혼자가 아니었어요."

"당신이 혼자가 아니었다는 건 이해합니다. 이해해요. 에... 제기랄! 하지만 왜 리푸틴이 직접 오지 않았나요?"

"그러니까 전 내일 저녁 정각 6시에 당신을 데리러 올 거예요. 그리고 거기로 같이 걸어서 갈 겁니다. 우리 세 사람을 제외하고는 아무도 없을 거예요."

"베르호벤스키도 오나요?"

"아닙니다. 그는 오지 않을 겁니다. 베르호벤스키는 내일 아침 11시에 도시를 떠날 겁니다."

"저도 그렇게 생각했어요."

샤토프는 미친 듯이 속삭였고 주먹으로 자신의 허벅지를 쳤다.

"도망치다니, 불한당!"

그는 흥분하며 생각하기 시작했다. 에르켈은 물끄러미 그를 바라보았고 아무 말 없이 기다렸다.

"당신은 그걸 어떻게 가져갈 거요? 분명 그것은 손으로 한번에 나를 수 없을 텐데."

"그럴 필요 없을 겁니다. 당신이 장소만 알려주세요. 우리는 거기에 정말로 물건이 묻혀 있다는 것만 확인하면 되니까요. 우리는 그게 어딘가에 있다는 건만 알지 그 장소를 실제로는 몰라요. 그런데 당신은 누군가에게 장소를 정말 알려준 건가요?"

샤토프가 그를 바라보았다.

"당신, 당신은, 당신 같은 어린 소년이, 이처럼 어리석은 소년이 어린 양처럼 거기로 머리를 들이민 건가요? 음, 그들은 이런 어린양의 피 한 방울까지 필요로 하지! 음, 움직이세요! 에-에휴! 그 비열한은 당신들 모두를 속이고 달아난 겁니다."

에르켈은 이해하지 못했다는 듯이 분명하고 조용하게 그를 바라보았다.

"베르호벤스키는 달아났어요. 베르호벤스키가!"

샤토프는 이를 갈았다.

"그는 분명 아직까지 이곳에 있고 떠나지 않았어요. 다만 그는 내일 떠날 겁니다."

에르켈이 자신 있게 그리고 분명히 말했다.

"전 그에게 증인 자격으로 특별히 참석해 달라고 부탁했어요. 저의 모든 부탁이 그에게 전달되었지요.(그는 젖먹이 미숙한 아이처럼 모든 것을 불었다.) 하지만 그는 유감스럽게도 떠나자는 제안에 대해 동의하지 않았고 사실상 뭔가를 서두르고 있어요."

샤토프는 유감스러운 듯이 다시 한번 얼뜨기에게 시선을 던졌고 갑자기 '아쉬워할 가치가 있다'는 생각에 잠긴 듯이 손을 내저었다.

"좋아요. 갈게요."

그가 갑자기 끼어들었다.

"하지만 지금은 떠나세요. 어서요!"

"그러면 저는 정각 6시에."

에르켈은 상냥하게 인사했고 서두르지 않고 계단을 내려갔다.

"병신!"

샤토프는 계단의 위쪽에서 그의 뒤에다 대고 참지 못하고 소리쳤다.

"뭐라고요?"

에르켈은 벌써 아래쪽에서 소리쳤다.

"아무것도 아닙니다. 가세요."

"전 당신이 무슨 말을 했다고 생각했어요."

그^{샤토프}는 장작을 태우고 까치발로 종종거리고 자는 여인을 바라보다가 구석에서 몽상에 잠기고 나서 다시 한 번 자는 여인을 바라보며 많은 시간을 보냈다. 두세 시간이 흘렀다. 그런데 마침 그때 베르호벤스키와 리푸틴이 키릴로프의 집에 들렀다. 샤토프는 구석에서 졸고 있었다. 그녀의 신음소리가 들려왔다. 그녀는 잠에서 깨서 그를 알아보았다. 그는 죄인처럼 자리에서 일어섰다.

"마리! 내가 잠들어 버렸어... 아, 난 참 비열한이야, 마리!"

그녀는 자신이 어디에 있는지 모르겠다는 듯이 놀라서 쳐다보면서 자리에서 일어나 갑자기 의혹과 분노에 휩싸였다.

"제가 당신의 침대를 차지해 버렸네요. 너무 피곤해서 저도 모르게 잠들어 버렸어요. 왜 당신은 절 깨우지 않은 건가요? 당신이 제가 당신에게 짐이 될 속셈으로 왔다고 생각하면 어떡하죠?"

"마리, 어떻게 내가 널 깨울 수 있었겠어?"

"그럴 수 있었어요. 그렇게 해야만 했어요! 여기 당신 집에는 다른 침대가 없잖아요. 그런데 제가 당신 침대를 차지해 버렸으니. 당신은 절 사기꾼과 같은 상황으로 내몰지 말았어야 했어요. 아니면 당신은 제가 당신의 호의를 이용하기 위해 왔다고 생각하는 건가요? 지금은 당신의 침대를 차지하고 있지만 전 구석에 있는 의자에 누울게요…"

"마리, 의자가 충분하지 않고 덮을 것도 없어."

"음, 그러면 그냥 바닥에. 당신도 바닥에 누워야만 해요. 전 바닥에 눕고 싶어요, 지금, 지금!"

그녀는 자리에서 일어나 걸음을 옮기고 싶었으나 갑자기 강한 경련을 동반한 고통이 그녀의 모든 에너지와 결단력을 앗아갔고 그녀는 또다시 커다란 신음을 내뱉으며 침대 위로 넘어졌다. 샤토프는 뛰어갔으나 마리는 얼굴을 베개에 묻고 그의 손을 잡고 자신의 손안에 있는 그의 손을 있는 힘껏 잡아 흔들었다. 그렇게 1분 동안 시간이 흘렀다.

샤토프는 정신 나간 사람처럼 뭔가를 다시 중얼거리기 시작했다.

"당신은 이곳에서 무슨 일을 하고 있는 건가요?"

그녀는 조급하고 성급하게 그의 말을 가로채며 물어보았다.

"어떤 상인의 사무실에 다녀. 마리, 만일 내가 원하기만 한다면 이곳에서 돈을 잘 벌 수도 있어."

"그렇게 하는 게 당신한테도 더 좋아요…"

"아, 그건 걱정하지 마, 마리. 내가 말했잖아…"

"또 무엇을 하고 있나요? 뭔가를 선전하는 건가요? 당신은 선전하지 않을 수 없잖아요. 당신은 성격이 그래요!"

"난 신을 선전하고 있어. 마리"

"당신 자신이 신을 믿지 않잖아요. 저는 결코 그 사상을 이해할 수 없어요."

"관두자. 마리, 그 일은 나중에."

"감히 제게 그러한 지적은 하지 마세요! 이 죽음이 사악한 행위로 이어진다는 것이 사실일까요? 그 인간들의 사악한 행위로?"

"반드시 그럴 거야."

샤토프가 이를 갈았다.

마리는 갑자기 고개를 들고 병적으로 외쳤다.

"제게 더 이상 이 일에 대해 감히 이야기하지 말아 줘요. 절대 그러지 말아 줘요. 절대 그러지 말아요!"

그리고 그녀는 진통으로 발작을 일으키며 침대에 쓰러졌다. 그건 벌써 세 번째였다. 하지만 이번에 고통은 이전보다 더 컸고 비명을 수반했다.

"오, 참을 수 없는 인간! 오, 견딜 수 없는 인간!"

그녀는 자신을 불쌍하게 여기지도 않고 자신의 머리맡에 서 있는 샤토프를 밀치면서 몸을 꼬았다.

"마리, 난 네가 원하는 대로 할게..."

"당신은 정말 시작되었다는 것을 알지 못한 건가요?"

"마리, 뭐가 시작되었는데? 어떻게 내가 알겠어? 난 정말 이 일에 대해 뭔가를 알고 있긴 한데... 그러니까 나는... 내가 이해한 건... 만일 그렇다면?"

"당신은 비현실적이고 쓸모없는 수다쟁이야. 오, 이 세상 모든 것이 저주스러워!"

"마리! 마리!"

그는 그녀의 광기가 시작되는 거라고 심각하게 생각했다.

"그런데 당신은 정말 제가 산통으로 고통받는 걸 모른 건가요?"

그녀는 사악함으로 얼굴을 온통 일그러뜨리고 끔찍하고 고통스러운 표정으로 그를 바라보면서 자리에서 몸을 일으켰다.

"진작 그가 저주받아야 하는 것을, 이런 애송이!"

"마리!"

그는 마침내 어떻게 된 일인지 짐작하고 나서 소리쳤다.

"마리... 왜 넌 미리 말하지 않았지?"

그는 갑자기 생각을 집중하며 힘을 내서 결단력 있는 태도로 모자를 쥐었다.

"그런데 여기로 오면서 제가 어떻게 알 수가 있었겠어요? 정말로 제가 당신에게 온 걸까요? 열흘 뒤라고 사람들이 그랬어요! 당신, 어디, 어디 가는 거야, 그러지 마!"

"산파를 부르러! 권총을 팔 거야. 무엇보다 지금은 돈이 필요해!"

"아무 일도 하지 마요. 산파도 부르지 말고요. 그냥 아주머니나 노파만 불러요. 제 지갑에 8그리브나가 있어요... 시골의 아낙네들은 산파 없이도 애를 낳잖아요... 제가 죽으면 그게 더 나아요..."

"산파도 오고 노파도 올 거야. 다만 내가 어떻게 널 혼자 남겨둘 수 있겠니, 마리!"

그러나 그는 그녀의 흥분에도 불구하고 나중에 아무 도움도 주지 못하고 그녀를 혼자 남겨두는 것보다 지금 그녀를 혼자 두는 것이 더 나을 거라 생각했다. 그는 그녀의 신음소리도 그녀의 분노에 가득 찬 외침도 듣지 않고 자신의 다리 힘에 의지하여 머리를 흔들며 계단을 내려갔다.

샤토프가 키릴로프를 방문하였을 때 키릴로프는 아내

가 왔다는 사실에 대해서조차 잊어버릴 정도로 정신이 나가서 방안을 이 구석 저 구석 여전히 돌아다니고 있었고 무슨 말을 들어도 이해하지 못했다.

"아, 그렇지."

그는 자신을 휘감고 있던 어떤 사상으로부터 일순간 힘겹게 빠져나오는 듯이 갑자기 뭔가를 떠올렸다.

"그렇지... 노파... 아내 아니면 노파? 잠시만. 아내도 있고 노파도 있다는 거지. 그렇지? 기억났어. 다녀왔어. 노파는 올 건데 지금은 아니야. 베개를 가져가. 뭐가 더 필요할까? 그렇지... 잠시만. 샤토프, 자네에게는 영원한 조화의 순간이 있었나?"

"키릴로프, 자네는 밤마다 잠을 더 자지 않으면 안 돼."

키릴로프는 정신을 차렸다. 이상하게도 그는 늘 하는 말보다 훨씬 더 논리적으로 말하기 시작했다. 그는 이미 오래전부터 이 모든 것을 공식화한 듯이 보였고 어쩌면 그것을 적어 두었는지도 모르겠다.

"모두 합쳐도 5, 6초 정도 되는 그러한 순간들이 있지. 그리고 당신은 갑자기 영원한 조화의 순간에 도달했다는 것을 느끼는 거야. 그건 지상의 일이 아니지. 난 그것이 천상의 일이라는 것을 말하는 것도 아니야. 지상의 존재로서 인간은 그것을 견디지 못한다는 것을 말하는 거야. 육체적으로 변해야만 하거나, 그렇지 않으면 죽어야만 하지. 이러한 느낌은 분명하고 논쟁의 여지가 없어. 당신이 마치 갑자기 모든 자연을 감지하고 '그래, 이게 진리야.'라고 말하는 것과 같아. 하느님은 세상을 창조할 때 창조의 마지막 날에 '그래, 이게 진리야. 이것이 좋구나.'라고 말했지. 그건… 그건 감동이 아니라 그냥 그런 거, 즉 기쁨이야. 당신은 아무것도 용서하지 않지. 왜냐하면 용서할 것이 없기 때문이야. 당신은 사랑하는 것이 아니라, 오, 여기엔 사랑보다 더 숭고한 것이 있어! 그처럼 끔찍하게도 분명하고 기쁘다는 것이 무엇보다 두려워. 5초 이상이라면 영혼은 견디지 못하고 사라져야만 하지. 난 이 5초간 생명을 누리는 거고 그것을 위해서라면 전 생애를 바칠 거야. 왜냐하면 그럴 가치가 있기 때문이지. 10초를 견디기 위해서는 육체적으로 변해야만 해. 내 생각으로는 인간은 출산을 중단해야만 해. 목표가 달성되었다면 무엇을 위해 아이들이 필요하고 무엇을 위해 성장이 필요한가? 성경에는 부활하면 출산을 하지 않을 거라고 나와 있지. 신의 천사처럼 된다고 하지. 암시야. 당신의 아내는 애를 낳고 있나?"

"키릴로프, 이러한 일이 자주 있어?"
"3일에 한 번, 아니면 1주일에 한 번."
"간질은 없나?"

"없어."

"그렇다면 있을 수도 있어. 조심해. 키릴로프, 간질이 그렇게 시작된다고 들었어. 어떤 간질 환자가 내게 간질이 오기 전 전조 증상을 상세히 말해 주었는데 자네의 경우와 같더군. 그자도 5초라고 말했고 더 이상은 견딜 수가 없다고 하더군. 물을 다 따르기도 전에 말을 타고 천국을 갔다는 마호메트의 주전자를 생각해 보게. 주전자는 5초를 의미하지. 그건 자네가 말한 조화를 정확하게 상기시키는 거야. 그런데 마호메트는 간질 환자였어. 조심해. 키릴로프, 간질이야!"

"그는 성공하지 못할 거야."

키릴로프는 조용히 미소지었다.

VI. 새 생명의 탄생

밤이 지나가고 있었다. 샤토프는 권총을 저당잡혀 돈을 마련했고, 가까스로 산파를 불러왔다. 사람들은 샤토프를 보내기도 하고 비난하기도 하고 부르기도 하였다. 마리는 자신의 목숨에 대한 공포의 극한까지 다다랐다. 그녀는 '반드시, 반드시!'라며 살고 싶고 죽음이 두렵다고 소리쳤다. '안 돼, 안 돼!'라고 그녀는 반복했다. 아리나 프로호로브나가 아니었으면 아주 상태가 안 좋아졌을 것이다. 그녀는 차츰 환자를 완전히 제압하였다. 환자는 그녀의 모든 말과 외침에 아이처럼 순종하기 시작했다. 아리나 프로호로브나는 어르고 달래는 대신에 엄격함을 유지했고 전문가처럼 행동했다. 동이 트기 시작했다. 아리나 프로호로브나는 갑자기 샤토프가 당장 계단으로 뛰어나가서 하느님께 기도하고 웃기 시작했다고 생각했다. 마리도 사악하고 표독스럽게 웃기 시작했는데 그녀는 마치 그 웃음 때문에 더 편해진 것 같았다. 결국 사람들이 샤토프를 아예 내쫓아버렸다. 습하고 차가운 아침이 왔다. 그는 그 전날 에르켈이 찾아왔을 때처럼 벽 구석에 얼굴을 대고 있었다. 그는 나뭇잎처럼 몸을 떨며 생각하지 않으려 했다. 하지만 그의 머리는 꿈속에서 예견되었던 모든 것에 대한 생각들로 가득 찼다. 몽상들이 끊임없이 그를 사로잡았고 계속 썩은 밧줄들처럼 그를 휘감았다. 마침내 방에서 신음이 아닌, 있을 수 없는, 짐승의 비명과도 같은 끔찍하고 견딜 수 없는 소리가 울려 퍼졌다. 그는 귀를 막고 싶었다. 그러나 그는 무의식적으로 '마리, 마리!'를 외치면서 어쩔 수 없이 무릎을 꿇었다. 마침내 비명이 울려 퍼졌다. 그것은 새로운 비명 소리였다. 샤토프는 그 소리 때문에 몸을 떨었고 무릎을 펴고 일어섰다. 그 소리는 갓난아기의 약하고 떨리는 울음소리였다. 그는 성호를 긋고 방으로 뛰어 들어갔다. 조그맣고 붉고 주름진 아기는 아리나 프로호로브나의 품 안에서 울면서 작은 손과 발을 꼼지락거리고 있었다. 아기는 약한 바람에 불려가는 작은 먼지처럼 너무도 무기력한 존재이지만 생명에 관한 온전한 권리를 가지고 있다는 듯이 자신의 존재에 대해 알리며 울고 있었다... 마리는 아무 느낌 없이 누워 있었다. 하지만 그녀는 1분 뒤 눈을 뜨고 샤토프를 너무도 이상하게 바라보았다. 그 눈빛은 너무도 생경한 것이어서 샤토프는 그 눈빛의 의미를 이해할 수조차 없었다. 그는 이전에 그러한 눈빛을 몰랐었고 그녀에게 그러한 눈빛이 있다는 사실조차 알지 못했다.

"아들? 아들인가요?"

그녀는 아리나 프로호로브나에게 흥분된 목소리로 물어보았다.

"아들이에요!"

그녀는 아이를 감싸며 외쳤다.

그녀가 아이를 감싸서 침대를 가로질러 놓인 두 개의 베개 사이에 아이를 내려놓을 준비를 하는 동안에 그녀는 아이를 잠깐 안고 있으라면서 샤토프에게 건넸다. 마리는 어쩐 일인지 소심하게 그리고 아리나 프로호로브나를 두려워하듯이 그에게 고개짓을 했다. 샤토프는 금방 알아듣고 그녀에게 갓난쟁이를 보여주기 위해 데려왔다.

"정말... 이쁘네요..."

그녀는 미소를 지으며 작은 목소리로 속삭였다.

"어머, 아기가 쳐다보는 것 좀 봐요!"

의기양양해진 아리나 프로호로브나는 샤토프의 얼굴을 바라보고 나서 유쾌하게 웃기 시작했다.

"애기 얼굴이 볼 만한데요!"

"아리나 프로호로브나, 기뻐하세요... 이건 위대한 기쁨입니다..."

마리가 아기에 대해 두어 마디 하고 나서 샤토프는 얼굴에 환한 빛을 띠고 바보처럼 부드러운 표정으로 중얼거렸다.

"당신에게 이게 왜 위대한 기쁨이라는 건가요?"

아리나 프로호로브나는 유형수처럼 부산하게 정돈하며 유쾌해했다.

"새 생명, 탄생의 신비, 위대한 신비는 말로 설명할 수 없죠. 아리나 프로호로브나, 당신이 그걸 이해하지 못하다니 유감이네요!"

샤토프는 정신이 없는 상황에서 두서없이 기쁘게 중얼거렸다. 마치 그의 의지 없이도 뭔가가 그의 머릿속에서 요동치면서 그의 영혼에서부터 뿜어져 나오는 것 같앉다.

"두 사람이 있었는데 갑자기 세 번째 사람이 나타난 겁니다. 새로운 영혼, 목적이 있고 합법적인 거지요. 그건 인간의 손으로 이룰 수 없는 일이죠. 새로운 사상, 그리고 새로운 사랑, 끔찍하기까지 합니다... 세상에 더 숭고한 것은 아무것도 없어요!"

"에휴, 너무 많이 지껄였군! 이 일에는 더 이상의 유기체의 진보도 어떠한 비밀도 없지요."

아리나 프로호로브나는 진정으로 유쾌하게 깔깔거렸다.

"그러면 모든 파리도 신비랍니다. 그러면 잉여 인간들은 태어나지 말았어야 합니다. 처음에는 그들이 잉여 인간이 되지 않도록 하고 나중에 그들을 낳으면 됩니다. 모레 아이를 보육원으로 데려가야만 하다니... 하지만, 그렇게 할 수밖에..."

"그 아이를 제게서 떼어놓고 보육원으로 보내면 안 됩니다!"

샤토프는 바닥을 응시하며 강하게 말했다.

"당신이 양자로 삼으시려고요?"

"그 아이는 내 아들입니다."

"물론 그 아이는 샤토프 가문의 아이죠. 법적으로 샤토프라는 성을 가집니다. 당신이 은인으로 나설 이유는 없지요. 수식어 없이는 아무 말도 할 수 없네요. 음, 음, 좋아요, 그렇단 말이죠, 여러분."

마침내 그녀는 말을 덧붙이는 것을 그만두었다.

"전 가볼게요. 필요하다면 제가 아침, 저녁으로 들를게요. 모든 것이 너무나도 잘 진행되고 있으니 지금은 다른 사람들에게 가봐야 할 거 같아요. 다른 사람들이 오랫동안 기다리고 있어서요. 샤토프, 당신 집 어딘가에도 노파가 있을 겁니다. 노파는 노파의 역할을 하지요. 당신은 남편이니까 자리를 지켜야 해요. 가까이 와서 앉으세요. 도움이 될 겁니다. 마리야 이그나티예브나[08]는 당신을 쫓아내진 않을 겁니다... 음, 음, 물론 농담이지요..."

샤토프가 그녀를 문 옆에서 배웅할 때 그녀는 샤토프에게만 덧붙여 말했다.

"당신은 일평생 나를 비웃었지요. 전 당신에게 돈을 요구하지는 않을게요. 전 꿈속에서도 웃음이 나왔어요. 오늘밤처럼 당신의 우스운 모습을 본 적이 없어서요."

그녀는 아주 만족한 상태로 떠나갔다. 샤토프의 표정과 그의 말로 짐작해 보건대 그는 '최후의 손에 쥔 걸레를 가지고 아버지 노릇을 하려는'[09] 것이 분명했다. 그녀

---

08 마리의 공식적인 이름

09 가진 것이 없으나 아버지 노릇은 하려고 적극적인 태도를 보이는 것을 의미함

악령들 473

가 이 일에 대해 비르긴스키에게 알리기보다는 다른 환자에게 먼저 가는 것이 더 직접적이고 거리도 가까웠지만 그녀는 일부러 집 쪽으로 뛰어갔다.

"마리, 내 생각으로, 어렵긴 하겠지만, 그녀가 당신에게 잠깐 자는 것이 좋겠다고 했잖아..."

샤토프는 수줍게 입을 열었다.

"내가 여기 창가에 앉아서 너를 지켜줄게, 응?"

그리고 그는 소파 뒤 창가에 자리 잡고 앉았다. 그래서 그녀는 그를 바라볼 수가 없었다. 하지만 1분도 지나지 않아서 그녀는 그를 불러 베개를 바로 잡아 달라고 부탁했다. 그는 베개를 바로 잡기 시작했다. 그녀는 화가 난 듯이 벽을 바라보았다.

"그렇게 말고요. 에휴, 그렇게가 아니고요... 손은 뭐 하러 있는 건가요!"

샤토프는 다시 바로 잡았다.

"제가 있는 쪽으로 몸을 굽혀요."

그녀는 그를 바라보지 않으려 애쓰면서 갑자기 거칠게 말했다.

그는 몸을 움찔했으나 몸을 굽혔다.

"아직요... 그렇게 말고요... 더 가까이..."

그런데 갑자기 그녀의 왼손이 그의 목을 힘껏 붙들었다. 그녀는 그의 이마에 강렬하고 부드러운 입맞춤을 했다.

"마리!"

그녀의 입술이 떨렸다. 그녀는 몸에 힘을 주고 갑자기 일어서더니 눈을 번뜩이고 나서 말했다.

"니콜라이 스타브로긴은 비열한이야!"

그리고 그녀는 잘려 나간 것처럼 힘없이 얼굴을 베개에 파묻고 히스테리컬하게 울고 나서 손으로 샤토프의 손을 강하게 잡았다.

그 순간부터 그녀는 그를 자기 품에서 놓아주지 않았다. 그녀는 그에게 베개 옆에 앉으라고 부탁했다. 그녀는 말을 많이 하지 않았다. 하지만 그녀는 내내 그를 바라보면서 행복한 듯이 그에게 미소 지었다. 그녀가 갑자기 어떤 바보로 변신한 것 같았다. 모든 것이 다시 태어난 듯했다. 샤토프는 어린 소년처럼 울다가 아무도 모르는 이야기를 영감에 차서 열정적으로 거칠게 꺼내기도 했다. 그리고 그녀의 손에 키스하기도 했다. 그녀는 기쁘게 그의 이야기를 들었다. 어쩌면 그녀가 그 말을 이해하지 못했는지도 모르겠다. 그녀는 힘없는 손길로 그의 머리를 어루만지기도 하고 쓰다듬기도 하면서 그의 머리에 정신을 빼앗겼다. 그는 그녀에게 키릴로프에 대해서, 그리고 그들이 지금 '새롭게 그리고 영원히' 어떻게 같이 지내게 되었는지, 신의 존재에 대해, 모든 것이 잘 될 거라는 이

악령들 475

야기를 했다... 그들은 기쁨에 겨워 아기를 바라보기 위해 데려왔다.

"마리," 그는 품에 아기를 안고 소리쳤다. "과거의 헛소리, 치욕, 파멸한 영혼은 끝났어! 둘이서 새로운 길을 향해 노력하자! 그래, 그거야!.. 아, 맞다. 마리, 아기 이름을 뭐라고 할까?"

"아기? 이름을 뭐라고 하죠?"

그녀가 놀라서 말했다. 그리고 그녀의 얼굴에는 갑자기 끔찍한 고통이 드러났다.

그녀는 손을 마주치고 나서 샤토프를 비난하듯 쳐다보았고 얼굴을 베개에 던졌다.

"마리, 무슨 일이야?"

그는 놀라서 괴로워하며 소리쳤다.

"그리고 당신이 그럴 수 있다니, 그럴 수 있었어... 오, 재수 없는 인간!"

"마리, 용서해 줘, 마리... 난 그저 이름을 물어보았을 뿐이야. 나도 모르지만..."

"이반, 이반이라고 해요."

그녀는 눈물로 얼룩진, 고뇌에 찬 얼굴을 들었다.

"당신은 정말 어떤 다른, 끔찍한 이름을 제안하려 한 건가요?"

"마리, 진정해. 오, 당신은 정말 제정신이 아니야!"

1분 뒤 그들은 화해한 듯했다. 샤토프는 그녀에게 자도록 권했다. 그녀는 잠이 들었다. 그러나 그녀는 여전히 그의 손을 자신의 손에서 놓지 못하고 자주 깨어서 그가 떠날까 봐 두려워하며 그의 얼굴을 바라보았고 다시 잠들었다.

키릴로프는 '축하하기' 위해 노파를 보냈다. 게다가 그는 오직 '마리야 이그나티예브나'를 위해 뜨거운 차, 막 튀긴 커틀릿, 흰 빵을 곁들인 수프를 보냈다. 환자는 허겁지겁 수프를 먹었고 노파는 아기의 기저귀를 갈아주었으며 마리는 샤토프에게 커틀릿을 먹도록 했다.

시간이 흘러갔다. 샤토프는 지쳐서 잠들었고 몸은 의자에 있지만 머리는 마리의 베개에 기대었다. 약속을 지킨 아리나 프로호로브나가 돌아왔을 때 그들의 모습을 발견하고 그녀는 그들을 기분 좋게 깨웠고 마리에게 필요한 것에 대해 말하고 아기를 살펴보고 나서 샤토프에게 나가라고 명령하진 않았다. 그리고 그녀는 경멸과 오만함을 섞어서 '부부'를 비아냥거리고 나서 이전처럼 만족스런 상태로 떠났다.

샤토프가 눈을 뜬 것은 완전히 어두워진 뒤였다. 그는 얼른 초를 켜고 노파를 부르러 달려갔다. 하지만 그가 계단을 내려가려고 할 때 그를 향해 조용히 서두르지 않는 걸음으로 다가오는 사람이 있어서 샤토프를 놀라게 했다. 에르켈이 들어오려 했다.

"들어오지 마세요!"

샤토프는 그의 손을 강하게 잡고서 속삭였고 다시 그를 문 쪽으로 잡아끌었다.

"여기서 기다려 주세요. 지금 나갈 겁니다. 제가 완전히, 아주 당신에 대해 잊고 있었네요! 오, 당신은 자신의 존재에 대해 상기해 주었네요!"

그는 너무 서둘러서 키릴로프에게 달려가지 못하고 노파만 불렀다. 마리는 샤토프가 '그녀를 혼자 내버려 둘 생각을 할 수 있다'는 데 대해 낙심하고 분노했다.

"그런데," 그는 기뻐서 외쳤다. "이게 최후의 외출이야! 우리에겐 새로운 길이 있지. 이전의 끔찍함에 대해서 우린 결코 다시는 생각하지 말자."

그는 어떠한 식으로든 그녀를 설득해서 정각 9시에 돌아오기로 약속했다. 그는 그녀에게 강렬히 키스했고 아기에게도 키스하고 에르켈에게 서둘러 갔다.

둘은 스크보레시니키의 스타브로긴스키 공원으로 향했다. 1년 반 전에 소나무 숲이 시작되는 공원의 가장자리 외진 곳에 샤토프가 맡아 보관했던 인쇄기가 묻혀 있었다. 그곳은 황량하고 인적이 드물어 절대 사람들의 눈에 띄지 않으며 스크보레시니키 집들과도 떨어진 곳이었다. 필립포프의 집에서 3.5, 어쩌면 4베르스타 정도 떨어진 곳이었다.

"정말 계속 걸어갈 건가요? 마부를 부를게요."

"제발 부탁인데 마부를 부르지 마세요."

에르켈이 반대했다.

"그들은 이 점에 대해 고집스럽게 말했죠. 마부도 또한 증인이 될 수 있으니까요."

"음... 젠장! 아무 상관없어요. 빨리 끝낼 수만 있다면, 끝장만 낼 수 있다면!"

그들은 아주 빠르게 걸어갔다.

"에르켈, 당신은 어린 소년입니다!"라고 샤토프가 외쳤다. "당신은 언제 행복했던 적이 있나요?"

"그런데 당신은 지금 아주 행복해 보이네요."

에르켈이 호기심을 가지고 말했다.

VII. 악령들의 살인

비르긴스키는 우리 쪽 사람들을 방문하여 그들에게 샤토프의 아내가 돌아왔고 아기가 태어났기 때문에 그가 밀고하지 않을 거고 '인간의 마음을 알기 때문에', 그가 이 순간 위험을 자초하리라 가정할 수 없다는 사실을 알리는 데 그날 두 시간을 소비했다. 하지만 에르켈과 럄신을 제외하고 어느 누구도 집에서 만날 수는 없었다. 에르켈은 그 말을 조용히 듣고 그의 눈동자를 똑바로 쳐다보았다. '그에게 6시에 갈 건가요, 그렇지 않을 건가요?'라는 질문에 대해 에르켈은 선명한 미소를 지으며 '물론 갈 겁니다'라고 답했다.

그 순간 공원에서 200걸음 떨어진 연못 쪽에서부터 휘파람 소리가 들려왔다. 리푸틴은 어제의 약속에 따라 역시 휘파람으로(그는 이가 많이 빠진 자신이 못 미더워서 아침에 시장에서 1코페이카를 주고 도자기로 만든 장난감 호루라기를 샀다) 바로 답했다. 에르켈은 도중에 샤토프에게 휘파람 소리가 있을 거라고 말해두어서 샤토프는 어떠한 의심도 하지 않았다.

"걱정마세요. 내가 그들과 떨어져서 한쪽으로 갈 테니까요. 그러면 그들은 저를 결코 발견하지 못할 겁니다."

시갈료프는 강렬한 속삭임으로 주의를 주었고 서두르지도 않고 걸음을 재촉하지도 않으면서 어두운 공원을 가로질러 집으로 향했다.

지금은 그 끔찍한 사건이 어떻게 벌어졌는지 아주 작은 디테일까지도 낱낱이 알려졌다. 먼저 리푸틴이 동굴 옆에서 에르켈과 샤토프를 만났다. 샤토프는 그들과 인사도 나누지 않고 악수도 하지 않은 채 서두르며 큰 소리로 말했다.

"음, 당신들 삽은 어디 있는 건가요? 다른 등불은 더 없나요? 두려워하지 마세요. 이곳에는 다른 누구도 없으니까요. 이곳에서 대포를 쏘아도 스크보레시니키에서는 지금 들리지 않을 겁니다. 여기 바로 이곳입니다. 바로 이 장소…"

그리고 그는 동굴 뒤쪽 구석에서 정말로 열 걸음 떨어진 곳을 한 발로 쳤다. 바로 그 순간 톨카첸코가 나무 뒤에서 그를 향해 덮쳤고 에르켈은 뒤에서 그의 팔꿈치를 붙들었다. 리푸틴은 앞에서 돌진했다. 그들 셋은 즉각 그의 발을 걸어서 그를 순식간에 땅에 눕혀 버렸다. 그때에 표트르 스테파노비치가 권총을 들고 뛰어왔다. 샤토프가 그가 있는 쪽으로 고개를 들기는 했으나 앞을 분간할 수 없었기 때문에 그를 알아보지 못했을 것이라고 한다. 세 개의 등불이 그 장면을 비추고 있었다. 샤토프가 갑자기 짧고 절망적인 비명을 질렀으나 사람들은 그가 소리를 지르도록 놔두진 않았다. 표트르 스테파노비치는 권총으로 정확히 그의 이마를 정조준하여 총구를 강하게 누르고서 방아쇠를 당겼다. 총성은 그다지 크지 않았다. 적어도 스크보레시니키에서는 아무 소리도 들리지 않았다. 300걸음 정도 떨어져 있었던 시갈료프는 총성을 들은 듯했다. 그는 비명도 총성도 들었다. 하지만 나중에 그의 개인적인 증언에 따르면 그는 되돌아가지도 않았고 심지어 자리에 멈춰 서지도 않았다고 한다. 살인은 거의 순식간에 일어났다. 오직 표트르 스테파노비치 한 사람만이 완전한 처리 능력을 지니고 있었다. 그가 냉철하다고 생각하지는 않는다. 그는 쪼그려 앉은 뒤 단호한 손길로 망자의 주머니를 서둘러 수색했다. 돈은 없었다(그는 마리야 티모페예브나의 베개 밑에 지갑을 두고 왔던 것이다). 두세 개의 서류가 있었으나 의미 없는 것이었다. 사무용 서식지, 어떤 책의 목차, 이유는 모르겠으나 2년 동안 그의 주머니에 묵혀 둔 오래된 외국 술집의 영수증이었다. 표트르 스테파노비치는 종이들을 자기 주머니에 넣었다. 그는 모두가 멍하니 시체를 바라보며 아무 일도 하지 않고 있다는 것을 갑자기 알아채고는 표독스럽고 거칠게 욕하며 서두르라고 재촉했다. 톨카첸코와 에르켈은 정신을 차리고 나서 한걸음에 달려가서 그들이 아침부터 동굴에 마련해둔 두 개의 돌덩이를 가져왔다. 각각의 돌덩이는 20푼트 정도 되었는데 단단하게 밧줄로 동여매어 미리 준비해 둔 것이었다. 왜냐하면 시신은 가장 가까운 세 번째 연못으로 운반하여 그곳에 빠뜨리기로 되어 있었는데 이를 위해 시신의 다리와 목에 돌을 매달아야 했기 때문이다. 표트르 스테파노비치가 묶었고 톨카첸코와 에르켈은 돌을 들고 있다가 순서대로 내주었다. 에르켈은 처음 돌을 건네주었다. 한편 표트르 스테파노비치는 중얼거리고 욕을 해대면서 끈으로 묶어가며 첫 번째 돌을 시신의 다리에 매달았다. 톨카첸코는 상당히 오랜 시간 동안 무거운 돌을 들고 있었고 요구가 있으면 즉각 돌을 건네기 위해 온몸을 앞으로 공손하게 기울인 채, 잠시라도 그 돌을 땅에 내려놓을 생각도 하지 않았다. 마침내 두 개의 돌을 시신에 매달고 나서 표트르 스테파노비치는 자리에 있는 사람들의 얼굴을 보기 위해 몸을 일으켰을 때 갑자기 모두를 놀라게 한 이상하고도 갑작스런 사건이 벌어졌다.

이미 이야기한 것처럼 톨카첸코와 에르켈을 제외하고 모두가 자리에 서서 아무 일도 하지 않고 있었다. 모두가 샤토프를 향해 덤벼들었을 때 비르긴스키는 달려들기는 했으나 그는 샤토프를 붙들지도 않았고 붙드는 것을 돕지도 않았다. 럄신은 총성이 있고 나서 무리 앞에 모습을 드러냈다. 그 뒤에 그들 모두는 이 모든 시간, 어쩌면 10분 정도 되는 시간 동안에 시체를 운반하면서 정신이 나간 것 같았다. 그들은 둥글게 무리 지어 있었는데 모든 불안과 두려움에 앞서서 오직 놀라움만을 느끼는 듯했다. 리푸틴은 시체의 바로 옆, 앞쪽에 서 있었다. 비르긴스키는 그의 뒤에 있었는데 그의 어깨 너머로 더 잘

바라보기 위해 심지어 까치발을 하고 방관자와도 같은 특유의 호기심을 가지고 바라보고 있었다. 럄신은 비르긴스키 뒤에 숨어 있었고 이따금 위험을 느껴서 바라보기는 했으나 이내 다시 숨어 버렸다. 돌들이 매어졌을 때 표트르 스테파노비치는 자리에서 일어섰다. 비르긴스키는 갑자기 조금씩 몸을 떨었고 두 손을 마주 잡더니 고통스럽게 목놓아 부르짖었다.

"이건 아니야, 아니라고! 아니야, 이건 그게 절대 아니야!"

어쩌면 그는 자신이 내뱉은 마지막 말 다음에 뭔가를 덧붙이고 싶었는지도 모른다. 하지만 럄신이 그가 말을 끝마치도록 내버려두지 않았다. 그는 갑자기 있는 힘껏 비르긴스키를 붙들었고 뒤에서 그를 제압하자 상상하기 힘든 끔찍한 비명소리가 울려 퍼졌다. 강하게 놀라는 순간이 있을 수 있다. 예를 들어 사람이 갑자기 자신의 목소리가 아닌, 이전에는 결코 없었던 그러한 목소리로 비명을 지를 때가 있는데 이따금 그것은 너무도 끔찍하다. 럄신은 인간의 목소리가 아니라 짐승의 목소리로 울부짖으면서 뒤에서 비르긴스키의 손을 쥐고서 점점 더 세게 눌렀다. 그리고 모두를 바라보고 입을 크게 벌린 채 쉴 새 없이 소리쳤고 북을 두드리듯이 발로 땅을 약하게 두드렸다. 비르긴스키는 너무도 놀라서 미친 사람처럼 소리치기 시작했다. 그에게서 그런 소리가 나오리라 상상할 수 없을 정도의 악의에 찬 광포한 소리였다. 그는 뒤에서 손이 닿을 수 있는 한 최대한 손을 뻗어 샴신을 할퀴고 쥐어뜯으면서 그의 손아귀에서 벗어나려고 했다. 결국 에르켈이 그를 도와서 샴신에게서 빠져나오도록 했다. 하지만 비르긴스키가 놀라서 열 걸음 정도 물러서 있을 때, 샴신은 갑자기 표트르 스테파노비치를 발견하고 다시 울부짖으며 그에게로 달려들었다. 그러나 그는 시체에 걸려서 시체를 뛰어넘어 표트르 스테파노비치 쪽으로 넘어지며 자기 머리를 그의 가슴 쪽에 갖다 대면서 그의 품에 안기게 되었다. 표트르 스테파노비치도 톨카첸코도 리푸틴도 처음에 아무것도 할 수가 없었다. 표트르 스테파노비치는 소리치고 욕하며 그의 머리를 주먹으로 때렸다. 그는 몸을 떼어내고서 권총을 쥐고 울부짖는 샴신의 벌어진 입에 바로 겨누었다. 톨카첸코, 에르켈, 리푸틴이 샴신의 손을 꽉 쥐고 있었다. 하지만 샴신은 권총에도 아랑곳하지 않고 계속 울부짖었다. 결국 에르켈이 자신의 명주 손수건을 그의 입속에 구겨 넣었고 비명은 그렇게 해서 그쳤다. 그러는 사이에 톨카첸코는 남은 밧줄의 끝으로 그의 손을 묶었다.

"이건 너무 이상해."

표트르 스테파노비치는 놀라기도 하고 걱정하기도 하

면서 광인을 바라보며 말했다.

그는 놀란 듯했다.

"난 저자를 아주 다르게 생각했는데..."

그는 생각에 잠겨 덧붙였다.

사람들은 그의 곁에 에르켈을 붙여 두었다. 시체를 서둘러 처리해야만 했다. 비명이 들리면 어딘가에서 들을 수 있기 때문이다. 톨카첸코와 표트르 스테파노비치는 등불을 들고 시체의 머리를 붙들었다. 리푸틴과 비르긴스키는 다리를 붙들고 운반했다. 돌이 두 개 달린 시체는 무거웠다. 거리는 200걸음 이상이었다. 톨카첸코가 더 힘이 셌다. 그는 발을 맞추어 걷자고 제안했지만 어느 누구도 그에게 답하지 않은 채 갈 길만 갔다. 표트르 스테파노비치는 자신의 어깨에 시신의 머리를 얹고 왼손으로는 돌을 쥐고서 완전히 몸을 수그린 채 오른쪽에서 걷고 있었다. 왜냐하면 목적지의 거의 절반 정도 갈 때까지 톨카첸코는 돌을 드는 것을 도와주어야겠다는 생각을 하지 못했기 때문이다. 그러니 표트르 스테파노비치는 욕설을 하면서 그에게 소리치기 시작했다. 외침은 갑작스럽고 고독한 것이었다. 모두가 아무 말 없이 시신을 운반하고 있었다. 비르긴스키는 연못가에서 짐 위로 몸을 구부리며 짐의 무게에 지친 듯 갑자기 이전과 같은 커다랗고 울부짖는 목소리로 갑자기 소리치기 시작했다.

"이건 아니야, 아니, 아니야, 이건 정말 아니라고!"

그곳은 아주 큰 스크보레시니키의 세 번째 연못이 끝나는 곳이었다. 그곳으로 시체를 가져온 것이다. 그곳은 공원에서 가장 황량하여 일 년 중 이처럼 늦은 시기에 사람들이 방문하지 않는 곳들 중 하나였다. 이곳의 끝자락의 연못가에는 풀들이 자라나 있었다. 사람들은 등불을 세워놓고 시체를 흔들어서 물속으로 던져 버렸다. 둔탁하고 기다란 소리가 울려 퍼졌다. 표트르 스테파노비치는 등불을 들었고 그의 뒤에서 모두가 호기심을 가지고 시신이 어떻게 가라앉는지 지켜보았다. 하지만 이미 아무것도 보이지 않았다. 두 개의 돌을 매단 시신은 이내 가라 앉았던 것이다. 수면 위로 퍼져나갔던 동심원은 빠르게 사라졌다. 일은 끝났다.

"여러분," 표트르 스테파노비치가 모두를 주목했다. "이제 모두 헤어집시다. 여러분들은 분명 자유로운 임무 완수에 동반되는 자부심을 느껴야만 합니다. 유감스럽게도 지금은 그러한 감정을 느끼기에는 모두가 흥분되어 있지만 수치심을 느끼지 않게 될 내일은 그 기분을 느낄 수 있을 겁니다. 저는 럄신의 지나친 수치스런 흥분을 헛소리로 치부합니다. 사실 그는 아침부터 아팠다고 하더군요. 비르긴스키, 자유로운 사색을 할 수 있는 순간이 당신에게 생길 겁니다. 그러면 공익을 고려하여 정직하게 행동해서는 안 되고 우리의 방식으로 행동해야만 한다는 것을 깨닫게 될 겁니다. 수사를 통해 여러분들에게 밀고가 있었다는 것이 드러날 겁니다. 당신들의 환호를 잊기로 할게요. 위험에 관해서라면, 사실 어떠한 위험도 예상되지는 않아요. 우리들 중 누군가를 의심할 생각이 어느 누구의 머릿속에도 떠오르지 않을 겁니다. 특히 여러분들이 제대로 행동한다면 말이죠. 그럼에도 불구하고 중요한 것은 사건은 내일이면 당신들이 확신하게 될 온전한 믿음에 달려 있다는 점입니다. 그건 그렇고 그 일을 위해서 여러분들은 같은 생각을 가진 자유로운 위원회의 개별적인 조직에서, 이번 일과 같은 공적인 일에서 에너지를 서로 나누기 위해 활동해 왔지요. 만일 필요하다면 서로가 서로를 감시하고 주목해야만 합니다. 여러분 각자는 상부에 보고해야만 합니다. 여러분들은 악취나는 것을 새롭게 하고 정체된 것으로부터 새롭게 과업을 수행해야만 합니다. 언제나 용기를 얻기 위해서는 이점을 명심해 주세요. 물론 여러분들의 발걸음이 모든 것, 정부와 정부의 도덕성을 파괴하는 것에 국한되어 있는 동안에는 그러합니다. 미리 예정된 우리가 권력을 얻기 위해 멈춰 섭시다. 현자들을 끌어들이고 우매한 자들 위에 올라탑시다. 여러분들은 이 일을 곤혹스러워하지 않아도 됩니다. 자유의 가치가 있는 일을 실행하기 위해서 세대를 재교육해야만 합니다. 수천 명의 샤토프들이 나올 겁니다. 방향을 잡기 위해서는 우리가 조직해야만 합니다. 게으르게 누워서 우릴 향해 입을 벌리고 있는 자들을 우리 손으로 붙잡지 않는다면 그건 부끄러운 일입니다. 난 지금 키릴로프에게 갈 거고 아침이면 그 서류를 손에 넣을 겁니다. 그는 그 서류에서 정부에 해명하는 방식으로 글을 쓸 거고 모든 것을 자신이 뒤집어쓸 것입니다. 그러한 방법보다 더 그럴듯한 것은 아무것도 없을 겁니다. 첫째, 그는 샤토프와 사이가 좋지 않았지요. 그들이 미국에 살면서 싸웠던 시기도 있었어요. 샤토프가 믿음을 저버린 것은 이미 알려져 있습니다. 즉 그들은 신념과 밀고의 두려움 때문에 사이가 틀어진 거지요. 즉 가장 용서할 수 없는 불화입니다. 이러한 모든 것이 그러한 방식으로 씌어질 겁니다. 마지막으로 그가 사는 필립포프의 집에는 페지카도 살고 있었다는 점을 상기해주기 바랍니다. 결국 이러한 모든 점이 여러분들에 대한 의심을 덜어낼 겁니다. 왜냐하면 멍청한 머리들을 굴리게 될 테니까요. 여러분, 내일 우리 만나지는 맙시다. 저는 아주 잠시 동안 군(郡)에 가 있을 겁니다. 하지만 모레 여러분들은 제 소식을 들을 수 있을 겁니다. 저는 여러분들에게 내일 집집마다 들러 볼 것을 제안합니다. 이제 우리 모두는 두 개의 다른 길로 떠납시다. 톨카첸코, 당신은 람신을 맡아서 그를 집으로 데려다줘요. 당신이 그에게 영향력을 미칠 수 있을 겁니다. 그가 자신의 소심함 때문에 손해를 입을 수 있다는 것을 어느 정도까지 당신은 설명해 줄 수 있을 겁니다. 비르긴스키 씨, 당신의 친척인 시갈료프나 당신에 대해서 의심하고 싶지 않아요. 그는 밀고하지 않을 겁니다. 그의 행동은 유감입니다만, 그는 조직을 떠날거라 말하진 않았어요. 그러니 그를 매장하기는 아직 일러요. 음, 여러분 얼른 서두르세요. 그쪽이 멍청한 머리들이지만 우리가 신중하게 행동하는 건 우리에게 나쁠 건 없으니까요..."

VIII. 악령들의 최후

표트르 스테파노비치는 자기 집에 들러서 서두르지 않으면서 정확하게 여행용 가방을 챙겼다. 급행열차는 아침 6시에 출발한다. 새벽 급행열차는 일주일에 단 한 번만 운행되었다. 그 기차는 시범 운행의 형태로 아주 최근에 도입되었다. 표트르 스테파노비치는 우리 쪽 사람들에게 당분간 군(郡)에 가 있을 거라고 미리 언질을 주었지만 나중에 밝혀진 바에 따르면 그의 의도는 전혀 다른 것이었다. 그는 가방을 다 챙기고 여주인에게 돈을 지불하고 마차를 타고 역 근처에 사는 에르켈에게 갔다. 그 후에 자정이 넘은 시각에 다시 페지카의 비밀 통로를 통해서 키릴로프에게 향했다.

표트르 스테파노비치의 기분은 끔찍했다. 그에게 정말 중요한 다른 불만을 제외하고(그는 여전히 스타브로긴에 대해 아무것도 알아차리지 못했다.) 확신할 수는 없지만 그날 그는 몇 가지 위험, 그것도 조만간 그를 기다리는 위험에 관한 어떤 비밀을 어딘가로부터 전달받았던 것 같다. 물론 지금 우리 도시에서 그 당시에 대한 너무도 많은 전설이 떠돌고 있다. 하지만 만일 뭔가 그럴싸한 것이 알려진다면 그것은 그 일을 아는 사람에 의한 것이리라. 난 다만 나의 독자적인 의견에 대해서만 말하겠다. 표트르 스테파노비치는 우리 도시 외에도 어딘가에 다른 일이 있었을 수도 있다. 그러니 그는 정말로 소식을 전달받을 수도 있었을 것이다. 리푸틴의 냉소적이고 절망적인 의심에도 불구하고 나는 그가 거느린 5인조가 우리 도시, 예를 들어 수도를 제외하고 다른 곳에서도 정말로 2, 3개 그룹이 있을 수 있다고 확신한다. 만약 5인조가 아니라면 연락이나 거래가 아주 이상해졌을 지도 모른다. 그가 떠나고 나서 얼른 그를 체포하라는 명령이 수도에서부터 우리 도시로 3일 안에 도착했는데 특별히 어떤 일 때문인지, 그러니까 우리 마을의 일인지 아니면 다른 일 때문인지는 모르겠다. 우리 도시의 어리석은 사건들 중에서 손꼽히는 사건이자 비밀스럽고 의미심장한 대학생 샤토프 살해 사건과 그 사건이 수반하는 수수께끼와도 같은 상황들이 밝혀짐으로써, 즉각적으로 내려진 이 체포 명령은 우리 시의 관청과 그때까지도 고집스럽게 경솔한 입장을 보인 사교계를 갑자기 제압해 결국 놀라운 공포심을 증폭시켰다. 하지만 명령은 늦게 전달된 셈이다. 표트르 스테파노비치는 그 당시 이미 타인의 이름으로 페테르부르크에 있었고 이미 냄새를 맡고 즉시 해외로 내뺐던 것이다. 그런데 나는 너무 앞서 가버렸다.

그는 악의를 품고 싸울 것 같은 표정으로 키릴로프를 찾아갔다. 중요한 일을 제외하고 그는 개인적으로 뭔가를 키릴로프에게 화풀이하고 그에게 복수하고 싶어하는 것처럼 보였다. 키릴로프는 그가 오자 기뻐하는 듯했다. 키릴로프는 병적인 초조함을 가지고 그를 아주 오래 기다린 듯했다. 그의 얼굴은 평소보다 창백했다. 그의 검은 눈동자는 무겁고 고정되어 있었다.

"당신이 오지 않을 거라 생각했지."

그는 소파의 구석에서 힘겹게 말했다. 키릴로프는 그를 맞이할 생각도 없는지 몸을 꿈쩍도 하지 않았다. 표트르 스테파노비치는 그의 앞에 서 있었다. 그는 아무 말도 하지 않고 키릴로프의 얼굴을 물끄러미 응시했다.

"모든 것이 이상이 없다는 뜻이네. 우리는 우리의 의도를 관철할 거야. 멋지군!"

그는 분노와 지지의 의미가 담긴 미소를 지었다.

"음, 그렇게 된다면," 그는 사악한 농담을 곁들여 덧붙였다. "내가 늦는다 해도 당신은 아쉬울 것이 없을 텐데. 당신에게 세 시간을 선물하지."

"난 당신에게서 여분의 시간을 선물 받고 싶지 않아. 당신은 내게 선물할 수 없어... 바보 같은 놈!"

"뭐라고?" 표트르 스테파노비치는 몸을 움찔했다. 하지만 순간적으로 자제했다. "이거야말로 모욕이군! 에, 우리가 지금 화난 상태에 있는 건가?"

표트르 스테파노비치는 모욕적인 교만한 표정으로 단어를 하나하나 힘주어 발음했다. "그러한 순간에 우선 평안이 필요하지. 지금은 자신을 콜럼버스로 생각하고 나를 생쥐로 보는 것이 더 좋을 거야. 그러면 나로 인해 모욕을 받지는 않을 테니. 어제도 난 그것을 제안했지."

"난 당신을 생쥐로 보고 싶지 않아."

"이건 뭔가, 칭찬인가? 그건 그렇고 차가 식었는데. 그러니까 모든 것이 역전된 거군. 아니, 이곳에서 뭔가 호의적이지 않은 일이 벌어지고 있는 듯하군 그래! 유리창가, 접시에서 내가 뭔가를 발견했어(그는 유리창 가로 다가갔다.) 음, 밥을 곁들인 구운 닭이라!.. 그런데 왜 아직까지 시작도 안 한 거지? 기분이 좀 그래서 닭을 먹기가..."

"난 먹었어. 그건 당신이 상관할 바가 아니지. 조용히!"

"오, 물론, 아무 상관이 없어. 하지만 나에게 지금 그 일은 간단치가 않아. 이 닭이 이미 필요 없다면, 거의 아무것도 먹지 않았다고 상상해 보라고... 응?"

"원한다면 먹지."

"고맙네. 나중에 차도 주게나."

그는 순간적으로 소파의 다른 쪽 끝 식탁 앞에 앉아 아주 탐욕적으로 음식에 달려들었다. 하지만 그와 동시에 매 순간 자신의 희생자를 감시했다. 키릴로프는 달아날 힘도 없는 것처럼 움직이지 않고 사악한 거부감을 가지고 그를 쳐다보았다.

"하지만," 표트르 스테파노비치는 계속 먹으면서 갑자기 소리쳤다. "하지만 그 사건에 대해서는? 우린 그렇게 물러서진 않을 거야. 그렇지? 그런데 종이는?"

"난 아무 상관없다고 오늘 밤 결심했지. 쓸게. 격문에 대해서인가?"

"응, 격문에 대한 것도 있지. 하지만 내가 구술할게. 당신은 아무 상관이 없으니까. 그러한 순간에 적은 내용이 정말로 당신을 괴롭힐 수 있을까?"

"그건 당신 일이 아니지."

"물론, 내 일은 아니지. 하지만 고작 몇 줄이니까. 당신이 샤토프와 함께 당신 아파트에 숨어지내던 페지카의 도움으로 격문을 뿌렸다는 내용은 들어가야지. 페지카와 아파트에 대한 마지막 항목이 아주 중요하거든. 아니, 가장 중요하지. 알지. 난 당신에게 아주 솔직하다네."

"샤토프라니? 왜 샤토프를? 샤토프에 대해서는 아무것도 안 쓸 거야."

"당신과 무슨 상관이야? 당신은 그에게 해를 끼칠 수 없어."

"그에게 아내가 찾아왔어. 그녀가 깨어나서 그가 어디 있냐면서 사람을 보냈어. 그는 어디 있지?"

"그녀가 당신에게 그의 행방을 묻기 위해 사람을 보냈다고? 음, 그건 좋지 않아. 어쩌면 다시 사람을 보낼 거야. 어느 누구도 내가 여기 있다는 것을 알아선 안되지…"

표트르 스테파노비치는 걱정하기 시작했다.

"그녀는 알아차리지 못할 거야. 다시 잘 거야. 그녀 집에는 노파인 아리나 비르긴스카야가 있어."

"그렇군. 들리진 않을까? 알지, 현관문은 잠가야만 해."

"아무것도 안 들려. 그런데 만일 샤토프가 들어오면 내가 당신을 저 방으로 숨겨 줄게."

"샤토프는 오지 않을 거야. 그러니 당신이 배신과 밀고 문제로 샤토프와 싸웠다고 적으라고... 오늘 저녁에... 그의 사망 원인으로써..."

"그가 죽었군!"

키릴로프는 소파에서 일어서며 소리쳤다.

"오늘 저녁 7시, 혹은 어제 저녁 7시가 더 나을 수도 있겠군. 지금은 벌써 자정이니까."

"당신이 그를 죽인 거야!.. 난 어제 그 사실을 예감했어!"

"예감하지 않았으면 좋았는데! 이 권총으로(그는 권총을 꺼냈다. 그는 더 이상 권총을 숨기지 않고 보여주려는 듯했고 계속 준비하려는 듯이 그것을 오른손에 계속 쥐고 있었다.) 그런데 당신은 정말 이상한 인간이군. 키릴로프, 당신은 그 어리석은 인간이 그렇게 끝날 것을 즉각적으로 알고 있었다는 거네. 그 일과 관련해서 무엇을 더 예감한 거지? 난 당신에게 몇 번 언질을 주었지. 샤토프는 밀고를 준비했다고. 난 감시했고 그것을 그냥 둘 수가 없었어. 당신에게도 감시하라는 지시가 내려왔지. 당신이 직접 내게 3주 전에 알려 줬잖아"

"닥쳐! 당신은 제네바에서 그가 당신 얼굴에 침 뱉은

것 때문에 그를 죽인 거야!"

 "그것 때문이기도 하고 다른 것 때문이기도 하지. 다른 많은 일 때문이야. 하지만 악의에서 한 것은 아니지. 대체 왜 난리를 치는 거지? 왜 인상을 쓰는 거지? 오호! 그러니 우리가 어떻게 여기까지!.."

 그는 일어서서 자기 앞의 권총을 집어 들었다. 키릴로프는 갑자기 아침부터 장전하여 준비해 두었던 창가에 놓인 자신의 권총을 집어 들었다. 표트르 스테파노비치는 자세를 취하고 자신의 무기를 키릴로프를 향해 들었다. 그러자 키릴로프는 사악하게 웃기 시작했다.

 "비열한 놈, 내가 널 쏠까 봐서 권총을 들었다고 고백해라... 하지만 난 널 쏘지 않을 거야... 비록... 비록..."

 그리고 그는 다시 권총을 표트르 스테파노비치를 향해 겨누었다. 그는 마치 재어보는 것처럼, 그리고 그가 표트르 스테파노비치를 쏘는 것을 상상하는 즐거움을 거부할 수 없는 것처럼 보였다. 표트르 스테파노비치는 계속 자세를 잡고서 방아쇠를 당기지도 않고 자신이 먼저 이마에 총맞는 것을 감수하면서 마지막 순간까지 기다리고 또 기다렸다. 키릴로프는 '편집광'이기 때문에 그럴 수 있었다. 그러나 마침내 '편집광'은 숨을 헐떡거리고 몸을 떨며 말할 힘도 없다는 듯이 손을 놓아버렸다.

 "장난은 충분해."

표트르 스테파노비치도 무기를 내려놓았다.

"난 당신이 장난치고 있다는 것을 잘 알아. 다만 당신이 위험을 감수하고 있다는 것을 알아야 해. 난 방아쇠를 당길 수도 있었지."

그리고 그는 아주 평온하게 소파에 앉아 차를 따랐는데 손은 조금 떨고 있었다. 키릴로프는 권총을 테이블 위에 내려놓고 앞뒤로 걷기 시작했다.

"난 내가 샤토프를 죽였다고 쓰지 않을 거야. 그리고... 지금은 아무것도 쓰지 않을 거야. 종이도 준비하지 않을 거고!"

"종이가 없을 거라고?"

"없을 거야."

"이 무슨 비열하고 어리석은 일인가!"

표트르 스테파노비치는 악의에 가득 차서 말했다.

"아무튼 나는 이것을 예감했어. 당신이 갑자기 나를 제압하지는 못할 거라는 점을 알아 둬. 하지만 원하는 대로 해. 만일 내가 당신을 힘으로 제압할 수 있다면 난 그렇게 할 거야. 하지만 당신은 비열한이야."

표트르 스테파노비치는 점점 더 참을 수가 없게 되었다.

"당신은 우리에게 돈을 요구했고 많은 것을 약속했지... 아무튼 난 아무런 결과 없이 떠나지는 않을 거고 적어도 당신이 당신의 이마에 구멍을 내는 것을 볼 거야."

"난 당신이 지금 떠났으면 해."

키릴로프는 그에 맞서서 완강한 입장을 보였다.

"아니, 어떠한 식으로라도," 표트르 스테파노비치는 다시 권총을 쥐었다. "어쩌면 당신은 지금 악의에 차서, 그리고 겁이 나서 모든 것을 연기하고 싶겠지만 내일이면 돈을 얻기 위해 밀고하러 갈 테지. 그 일을 위해 사람들은 돈을 지불하지. 제기랄, 당신과 같은 자들은 모든 일에 넘쳐난다니까! 다만 걱정 마. 난 언제나 예견을 했으니까. 난 샤토프처럼 당신의 두개골을 박살 내지 않고는 떠나지 않을 거야. 만일 당신이 겁을 먹고 계획을 연기한다면, 당신은 지옥에 떨어질 거야!"

"당신은 즉시 내 피를 보고 싶은 건가?"

"내가 악의 때문에 이러는 것이 아니라는 것을 이해해 줘. 난 아무 상관이 없어. 우리의 과업에 대해 안정을 확보해야 하기 때문이지. 당신도 아다시피 인간에게 기댈 수는 없어. 당신이 자살에 대한 환상을 가지고 있다는 사실에 대해 난 아무것도 몰라. 당신에게 그런 생각을 하도록 한 것은 내가 아니야. 당신 자신이 나보다 먼저 이 일에 대해 내가 아니라 해외에 있는 멤버들에게 밝혔잖아. 당신 집에서 그들 중 어느 누구도 솔직하게 말하지 않았다는 점에 주목해야 해. 그들 중 어느 누구도 당신을 정말 몰랐어. 당신 자신이 감정 때문에 솔직히 말하기 위해 온 거야. 무엇을 해야 할까. 그 당시 그러한 사실에 근거한다면 당신의 동의와 제안(자신에게 제안한 것이라는 점을 주목해 줘!) 때문에 이곳의 사건들에 대한 몇 가지 계획을 이제 와서 바꿀 수가 없어. 당신은 그러한 식으로 당신 자신이 쓸데없이 많은 것을 알고 있다고 강조하고 있어. 만일 당신이 내일 쓸데없이 밀고하고자 떠난다면 그건 당신에게 유익하지 않을 거야. 이 일에 대해 당신은 어떻게 생각하지? 아니야. 당신은 책임을 다했고 약속했고 돈을 받았어. 당신은 그 사실을 결코 부정할 수 없어..."

표트르 스테파노비치는 몹시 흥분했다. 하지만 키릴로프는 이미 오래전부터 그의 말에 귀기울이지 않고 있었다. 그는 또다시 생각에 잠겨 방안을 거닐고 있었다.

"샤토프가 안되었어."

그는 다시 표트르 스테파노비치 앞에 서서 말했다.

"물론 나도 유감인데, 어쩌면, 그래도..."

"닥쳐, 비열한 놈!"

키릴로프는 끔찍하고 분명한 동작을 취하면서 외쳤다.

"죽여버릴 거야!"

"음, 음, 음, 난 거짓말을 했어. 동의해. 전혀 유감스럽지 않아. 그만, 충분해!"

표트르 스테파노비치가 앞쪽으로 손을 뻗으면서 위험하다는 듯이 일어섰다.

키릴로프는 갑자기 입을 다물고 다시 걷기 시작했다.

"난 미루지 않을 거야. 난 바로 지금 자살하고 싶어. 모두가 비열한들이야!"

"그거 좋은 아이디어네. 물론이지. 모두가 비열한들이야. 왜냐하면 제대로 된 자는 역겨울 테니까. 그러니…"

"멍청이, 나도 너랑 모두와 같은 그러한 비열한 놈이지. 제정신을 가진 자가 아니야. 제정신인 사람은 어디에도 없어."

"마침내 알겠군. 키릴로프, 당신은 당신 머리로 지금까지 모두가 더 낫거나 더 못난 자는 없고 모두 매한가지이며 다만 더 어리석거나 더 현명하거나의 차이가 있다는 것을 이해하지 못한 건가? 만일 모두가 비열한이라면(그건 그렇고, 그것이 헛소리라도) 비열하지 않은 자가 되지 않아서는 안된다는 건가?"

"아! 당신 정말 비웃는 건 아니지?"

키릴로프는 어느 정도 놀라며 바라보았다.

"당신은 열정을 가지고 단순히…당신과 같은 자들은 정말 확신을 가지고 있는 건가?"

"키릴로프, 난 무엇 때문에 당신이 자살하고 싶어 하는지 정말 이해할 수 없어. 난 확신... 그것도 강한 확신 때문이라고 알고 있어. 만일 당신이 자살할 필요를 느낀다면 내가 그 일을 도와줄 수도 있지... 다만 시간을 고려해야 해서..."

"몇 시지?"

"오호, 정각 2시."

표트르 스테파노비치가 시계를 바라보고 담배를 피우기 시작했다.

그는 속으로 '아직 더 이야기할 수 있을 것 같군'이라고 생각했다.

"난 당신에게 더 이상 할 말이 없어."

키릴로프가 중얼거렸다.

"난 이 일에 신에 관한 뭔가가 개입되어 있다고 알고 있어... 언젠가 당신이 내게 설명했지. 두 번씩이나. 만일 당신이 자신을 쏜다면 당신은 신이 된다. 그런 건가?"

"그렇지. 난 신이 되는 거지."

표트르 스테파노비치는 미소짓지도 않았다. 그는 기다렸다. 키릴로프는 섬세한 눈빛으로 그를 쳐다보았다.

"당신은 정치적인 사기꾼이자 음모자야. 당신은 날 철학과 환희로 이끌어서 분노를 몰아내고 화해하고 싶은 거지. 내가 화해하면 내가 샤토프를 죽였다는 메모를 쓰도록 부탁하려는 속셈이지."

표트르 스테파노비치는 자연스럽고 단순하게 대답했다.

"음, 내가 그러한 비열한이라고 해두지. 키릴로프, 마지막 순간에는 이 모든 것이 당신에게 아무 상관이 없잖아? 우리가 무엇을 위해 논쟁하는 건지 말해 주게. 당신은 그렇고 그런 인간이고 나도 그렇고 그런 인간이지. 그래서 뭐가 어쨌다는 건가? 그리고 두 사람 모두..."

"비열한 작자들이지."

"응, 어쩌면 비열한들이지. 물론 당신은 이것이 말로만 그렇다는 것을 알고 있어."

"난 평생 이것이 말뿐이 아니기를 바랬지. 그래서 나는 모든 것을 바라지 않고 살았어. 난 지금도 매일 말뿐이 아니기를 바라고 있지."

"음, 각자 더 나은 곳을 찾는 거지. 물고기처럼... 그러니까 각자 나름의 평안을 찾는 거야. 그게 전부야. 너무 오래전부터 알려진 사실이지."

"당신은 평안이라 말한 건가?"

"음, 단어를 가지고 논쟁할 가치는 있지."

"아니, 당신 말 잘했어. 평안이라고 치자고. 신도 필요하고. 아니 있어야만 하지."

"음, 훌륭하군."

"하지만 나는 신이 없고, 있을 수 없다는 걸 알아."

"그게 더 그럴듯하군."

"당신은 정말로 이 두 가지 사상을 가진 자가 살아남을 수 없다는 것을 이해하지 못한 건가?"

"자살이라도 해야 하는 건가, 뭔가?"

"인간이 단지 그 한 가지 이유만으로 자살할 수도 있다는 것을 당신은 정말 이해하지 못하는 건가? 당신 같은 수십억 명의 인간들 중 한 명이 원하지도 않고 견디지도 못하는 자가 있을 수 있다는 것을 이해하지 못하는군."

"난 당신이 동요하는 것 같다는 사실만 알고 있어… 이건 정말 추악해."

"사상이 스타브로긴을 망쳤어."

키릴로프는 음침한 얼굴로 방안을 거닐며 그의 말을 알아차리지 못했다.

"어떻게?"

표트르 스테파노비치가 귀 기울였다.

"어떤 사상인가? 그가 당신에게 직접 뭔가를 말한 건가?"

"아니. 내가 스스로 짐작한 거지. 스타브로긴의 경우, 그가 믿는다면, 물론 믿지 않을 수도 있으나, 그는 자신이 믿는 것을 믿는 거지. 만일 믿지 않는다면 자신이 믿지 않는다는 것을 믿지 않는 거고."

"음, 스타브로긴은 다른 생각, 그보다 더 현명한 생각을 가지고 있어…"

표트르 스테파노비치는 대화의 전환과 창백한 키릴로프를 걱정스럽게 주목하면서 무뚝뚝하게 중얼거렸다. 그는 생각에 잠겼다.

'젠장, 자살하지 않을 거 같군. 언제나 예감했지. 잔머리를 쓰는 것 그 이상이 아니야. 별 볼 일 없는 족속들!'

"당신은 나와 함께 한 마지막 인간이지. 난 당신과 어리석은 방식으로 헤어지고 싶지 않아."

갑자기 키릴로프가 호의를 보였다.

표트르 스테파노비치가 금방 답한 것은 아니었다. 그는 다시 '제기랄, 이건 또 뭐지?'라고 생각했다.

"키릴로프, 난 인간으로서 당신에 대해 개인적인 반감은 없다는 것을 믿어 주기 바래. 그리고 언제나…"

"당신은 비열한이고 거짓된 지성을 가지고 있지. 그러나 나도 당신과 마찬가지니까 자살하려는 거야. 하지만 당신은 살아남겠지."

"그러니까 당신은 내가 너무도 저열하기 때문에 살아남고자 한다고 말하고 싶은 거네."

그는 여전히 그러한 순간에 이런 대화를 계속하는 것이 이로운지, 혹은 그렇지 않은지를 결정할 수가 없었다.

악령들 505

그래서 그는 '상황에 맡기기로' 결심했다. 하지만 키릴로프가 그에 대해 언제나 노골적으로 품고 있던 증오심과 우월감이 담긴 어조 때문에 예나 지금이나 짜증이 났다. 하지만 지금은 어쩐 일인지 이전보다 더 심했다. 왜냐하면 어떻게든 한 시간 뒤면 죽게 될 사람이 그에게는 이미 반은 인간이 아닌 듯이 여겨졌고, 때문에 그가 어떻게든 교만을 허용해서는 안된다고 생각했기 때문인지도 모르겠다.

"당신은 당신이 내 앞에서 자살할 거라고 자랑하는 건가?"

"난 언제나 모두가 살아 있다는 점에 대해 놀라고 있어."

키릴로프는 그의 말을 듣지 않았다.

"음, 그러니까, 그건 사상이지, 하지만..."

"원숭이, 넌 나를 길들이는 데에 동의하지. 닥쳐. 넌 아무것도 몰라. 신이 없다면 내가 신이야."

"그러니까 난 당신이 가지고 있는 이 사상을 결코 이해할 수가 없었어. 왜 당신이 신이라는 거지?"

"신이 있다면 그의 모든 의지도 있다는 거지. 그의 의지 때문에 나는 아무것도 할 수 없어. 신이 없다면 모든 것이 나의 의지야. 그러니 나는 자의지를 선언해야만 해."

"자의지라고? 왜 그래야만 하지?"

"왜냐하면 모든 의지가 나의 것이 되기 때문이지. 지상에서 신을 죽이고 나서 자의지를 믿은 후 자의지를 온전히 용감하게 선언한 자는 아무도 없지 않았나? 이건 마치 가난한 자가 유산을 상속받고 나서 자신이 그것을 소유할 힘이 없다고 여기면서 돈자루에 다가가지 못하는 것과 같아. 난 자의지를 선언하고 싶어. 하나라도 있다면 시행할 거야."

"그러면 시행해."

"난 자살해야만 해. 왜냐하면 나의 자의지의 가장 온전한 부분은 자살이기 때문이지."

"당신처럼 자살하는 사람은 한 사람만이 아니지. 자살자들은 많아."

"이유야 있지. 하지만 어떠한 이유가 없다면 그건 오직 자의지를 위한 거야. 그런 자는 나 혼자야."

'저자가 자살하지 않으려나'라는 생각이 표트르 스테파노비치의 머릿속에 스쳤다.

"알아 둬."

그는 짜증을 내며 말했다.

"내가 당신 입장이라면 자의지를 보여주기 위해 자신이 아니라 누군가 다른 사람을 죽일 거야. 당신은 유용하게 될 수 있지. 당신이 놀라지 않는다면 누구인지를 가르쳐 주지. 그러면 오늘은 자살하지 않고 타협할 수 있지."

"살인은 나의 자의지의 가장 낮은 단계지. 그 단계에 바로 당신이 있는 거야. 난 당신이 아니야. 난 고차원적인 단계를 원하고 자살할 거야."

'자기 머리로 갈 데까지 갔군'이라며 표트르 스테파노비치는 악에 받쳐서 투덜댔다.

"난 무신론을 선언해야만 해."라며 키릴로프는 방을 돌아다녔다. "무신론보다 더 고상한 사상은 나에겐 없어. 나를 위해 인류의 역사가 있는 거야. 인간은 자살하지 않고 살기 위해 신을 만들어내고 행동하는 거야. 이제까지 전 세계의 역사가 그래 왔지. 세계사에서 나 혼자만이 처음으로 신을 만들어내고 싶지는 않아. 사람들이 영원히 알아차리게 해야 해."

'자살하지 않을 거다'라고 생각하며 표트르 스테파노비치는 불안해했다.

"누가 알게 된다는 건가?" 그는 불을 붙였다. "여기에는 나와 당신 밖에 없는데. 리푸틴이라도 있는 건가. 뭐지?"

"모두에게 알려질 거야. 모두가 알 거야. 명백하게 행해진 일에는 어떠한 비밀도 없지. 그가 그렇게 이야기했어."

그리고 그는 램프가 타고 있는 뒤에 놓인 구세주의 성상을 뜨거운 환희에 차서 가리켰다. 표트르 스테파노비치는 아주 비위가 상했다.

"그러니까 당신은 여전히 그를 믿고 있기에 램프를 켠 거네. '만일의 경우'를 대비해서가 아닌 거네?"

키릴로프는 침묵했다.

"당신 알아. 내 생각으로 당신은 주교보다 더 큰 믿음을 가지고 있어."

"누구를 믿는다고? 그를 믿는다? 들어봐."

키릴로프는 자신의 앞을 움직임이 없는 병적인 시선으로 바라보며 멈춰 섰다.

"위대한 사상을 들어 봐. 지구상에 하루가 있었는데, 지구의 가운데 세 개의 십자가가 세워져 있었지. 십자가에 매달린 한 사람은 그가 다른 사람에게 '너는 오늘 나와 함께 천국으로 갈 것이다.'라는 말을 믿었지. 날이 저물자 둘은 죽었고 그 후 가보았지만 천국도 부활도 발견하지 못했어. 그가 말한 것은 정당화되지 못한 거야. 들어 봐. 그는 세상에서 가장 고귀한 자이고 세상이 무엇을 위해 살아야 하는지를 알려주었어. 전 우주가 모든 것과 함께 있고 우주에는 그 사람이 없다면 하나의 광기만이 남게 되지. 이전에도 없었고 이후에도 없을 거야. 그는 기적과 같은 존재지. 그러한 존재가 이전에도 없었고 앞으로도 없을 거라는 점이 기적이야. 그런데 만일 그러하다면, 만일 자연의 법칙이 그것을 아쉬워하지 않는다면, 자신의 기적도 아쉬워하지 않고 그를 거짓 속에 살게 하고 거짓을 위해 죽게 한다면, 전 우주는 거짓이 되고 거짓과 어리석은 조소 위에 서 있게 될 거야. 그러면 법칙 자체가 우주의 거짓이고 악마들의 보드빌이 되는 거지. 대답해 봐. 만일 당신이 인간이라면 무엇을 위해 살고 있는 거지?"

"그건 이 사건과 방향이 달라. 이 일에서 당신은 두 개의 다른 원인을 혼돈하고 있는 것 같아. 이건 아주 바람직하지 않아. 만일 당신이 신이라면 허락할 건가? 만일 거짓이 끝나고 당신이 모든 거짓의 원인이 이전의 신이었다는 것을 알아차린다면?"

"마침내 당신도 이해했군!"

키릴로프가 기쁘게 외쳤다.

"당신과 같은 그러한 사람이 있다면 이해할 수 있지. 당신은 이해했네! 모든 이들을 위한 구원은 모두에게 이 사상을 보여주는 것임을 당신은 이해하고 있지. 누가 증명할까? 내가! 나는 지금까지 무신론자가 신이 없음을 알면서도 곧 자살하지 않은 것을 이해할 수 없었어. 신이 없다는 것을 인정하는 것과 자신이 신이 되었다는 것을 인정하지 않는 것은 터무니없는 일이야. 그렇지 않다면 당신은 즉시 자살할 거야. 인정한다면 당신은 왕으로서 자살하지 않고 가장 소중한 영광 속에서 살게 될 거야. 하지만 처음이 된 사람은 즉각 자살해야만 해. 그렇지 않다면 누가 시작하여 증명할까? 그러니 내가 시작하고 증명하기 위해 즉각 자살할 거야. 난 다만 자신의 의지대로 신이 된 것이 아니기 때문에 불행해. 왜냐하면 자의지를 선언해야만 하기 때문이지. 모두가 자의지를 선언하는 것을 두려워하기 때문에 모두가 불행해. 인간은 지금까지 너무도 불행하고 가련하기에 자의지의 가장 중요한 부분을 선언하는 것을 두려워했기에 초등학생처럼 자의지의 끝자락만을 자기 마음대로 조정해왔을 뿐이지. 난 너무 불행해. 왜냐하면 너무도 두려워하기 때문이지. 두려움은 인간에 대한 저주야... 하지만 난 자의지를 천명하고 내가 믿지 않는 것을 확신시켜야만 해. 내가 시작하였으니 내가 끝내고 문을 열 거야. 그리고 구원할 거야. 오직 이 하나만이 모든 인간들을 구원할 거야. 그러면 다음 세대에서는 육체적으로 다시 태어나지. 왜냐하면 내가 생각하기에, 이전의 신이 없다면 지금 인간의 육체적인 모습은 결코 존재할 수 없기 때문이지. 난 3년 동안 내 안에서 신의 속성을 찾아왔고 마침내 찾았지. 내가 가진 신의 속성은 바로 자의지야! 주요한 일에 있어서 불복종과 나의 새로운 섬뜩한 자유를 보여주는 것이

전부야. 왜냐하면 그것은 너무도 끔찍하기 때문이지. 난 나의 불복종과 새로운 끔찍한 자유를 보여주기 위해 자살할 거야."

그의 얼굴은 이상할 정도로 창백해졌다. 시선은 몹시 어두웠다. 그는 마치 열병에 걸린 듯했다. 표트르 스테파노비치는 그가 금방이라도 쓰러질 거라 생각했다.

"펜을 줘!"

키릴로프는 마지막 영감을 받고 예기치 않게 갑자기 외쳤다.

"불러 봐. 모두 서명할 테니까. 샤토프를 죽였다는 것에도 서명하고. 내가 웃는 동안 불러 보라고. 도도한 노예들의 사상은 두렵지 않아! 네 자신이 모든 비밀이 명백해지는 것을 보게 될 거야! 넌 끝장날 거야... 난 믿어! 믿는다고!"

표트르 스테파노비치는 자리에서 일어서서 순식간에 잉크와 종이를 가져왔고 순간을 포착하고 성공을 기원하면서 구술하기 시작했다.

"나, 알렉세이 키릴로프는 선언하는 바이다."

"잠깐만! 하고 싶지 않아! 내가 누구에게 선언하는 거지?"

키릴로프는 열병에 걸린 듯 몸을 떨었다. 이러한 선언과 그 선언에 대한 갑작스럽고도 특별한 생각은 갑자기 그의 전 존재를 압도했다. 마치 전속력으로 빨려 들어가는 어떤 출구가 잠깐 동안이긴 하지만 그의 영혼을 괴롭히는 듯했다.

"내가 누구에게 선언하는 거지? 알고 싶어. 누구에게지?"

"어느 누구도 아닌, 모두에게, 이것을 읽게 될 최초의 사람에게지. 대상을 정할 필요가 있을지? 전 세계에!"

"전 세계라고? 브라보! 그리고 후회하지 않으려면. 후회하고 싶지 않아. 당국에 알려지는 것도 원치 않아!"

"그럼 아니지. 그럴 필요 없어. 당국은 엿이나 먹으라고 해! 네가 진지하다면 얼른 써!.."

표트르 스테파노비치는 히스테리컬하게 소리쳤다.

"그만! 난 혀를 내밀고 얼굴을 높이 쳐든 것을 원해."

"아이고, 헛소리!"

표트르 스테파노비치는 열받았다.

"그림이 아니더라도 이러한 모든 것을 하나의 톤으로 표현할 수 있어."

"톤이라고? 좋아. 그렇지, 톤, 톤으로! 톤을 가지고 구술해."

'나, 알렉세이 키릴로프는'

표트르 스테파노비치는 키릴로프의 어깨 위로 몸을 숙인 채 그가 흥분해서 떨리는 손으로 한 자씩 적어나가는 글자를 주시하며 강하게 명령하는 식으로 구술했다.

'나, 키릴로프는 오늘...10월...일 저녁 7시에 공원에서 대학생 샤토프를 배신죄 때문에 살해하였다. 그리고 밀고는 격문과 페지카에 관한 것이다. 페지카는 우리 두 사람이 살던 필립포프의 집에 몰래 방을 얻어 살면서 10일 동안 지냈다. 나는 오늘 권총으로 자살한다. 후회하고 당신들을 두려워해서가 아니라 해외에서 이미 내 삶을 마감할 의도를 가지고 있었기 때문이다.'

"그것뿐인가?"

키릴로프는 놀라고 화가 나서 소리쳤다.

"더 이상의 말은 필요 없어!"

표트르 스테파노비치는 그에게서 종이를 빼앗을 기회를 노리며 손을 내저었다.

"잠깐!"

키릴로프는 종이 위에 손을 힘차게 내려놓았다.

"잠깐, 헛소리야! 난 누군가와 함께 죽고 싶은데. 왜 페지카인가? 그러면 화재는? 난 모든 것을 원하고 욕해주고 싶어, 톤, 톤으로써!"

"그만, 키릴로프, 충분하다고 확신해!"

표트르 스테파노비치는 그가 종이를 찢지나 않을까 걱정하면서 거의 애원하다시피 말했다.

"믿게 만들려면 가능하면 더 어둡게, 바로 그렇게, 한 가지 암시를 통해서. 진리의 구석만 보여주면 되지. 그들을 교사하기 위한 그 정도로만. 언제나 그들은 우리보다 더 많은 거짓말을 하지. 물론 그들은 우리를 믿는 것보다 더 잘 믿을 거야. 그것이 무엇보다 좋아. 가장 좋아! 이리 줘. 그렇게 되니 멋지군. 줘 봐, 줘 보란 말이야!"

그리고 그는 내내 종이를 빼앗으려고 노력했다. 키릴로프는 눈을 부릅뜨고 그의 말을 들었고 상상하기 위해 노력하는 듯했다. 하지만 그는 이해를 포기한 것처럼 보였다.

"에이, 젠장!"

표트르 스테파노비치가 갑자기 악독해졌다.

"그런데 그는 아직 서명을 안 했잖아! 왜 넌 눈을 부릅뜨고 있지, 서명해!"

"난 욕하고 싶어서..."

키릴로프는 중얼거렸으나 펜을 잡고 서명했다.

"난 욕해 주고 싶은데..."

"'공화국 만세'라 쓰고 서명해. 그거면 충분해."

"브라보!"

키릴로프는 환희에 차서 울부짖기 시작했다.

"민주적, 사회적, 그리고 보편적인 공화국 만세, 아니면 죽음을!.. 아니, 아니, 그게 아니야. 자유, 평등, 박애, 아니면 죽음을! 이게 더 나아, 더 나아."

그는 기뻐서 자기 이름으로 서명하였다.
"됐어. 됐다고."
표트르 스테파노비치는 내내 중얼거렸다.
"잠시만, 아직 조금... 난 다시 한번 불어로 '러시아의 귀족이자 세계 시민인 키릴로프'라고 서명할게. 하-하-하!"
그는 박장대소를 시작했다.
"아니, 아니, 아니야, 잠시만, 유레카, 더 나은 것을 발견했어. '러시아의 귀족 신학생이자 문명화된 세계 시민'이라는 표현이 다른 것들보다 더 나은데..."
그는 소파에서 일어서서 갑자기 빠른 동작으로 유리창 가에서 권총을 들고 다른 방으로 들어가 문을 꽝 닫았다. 표트르 스테파노비치는 문을 바라보며 생각에 잠긴 채 잠시 서 있었다.
'지금이라면, 어쩌면 그가 총을 쏘겠지. 생각하기 시작하면 아무 일도 일어나지 않을 거야.'
그는 잠깐 종이를 들고 자리에 앉아 그것을 다시 한번 훑어보았다. 선언의 방식이 다시 한번 그의 마음에 들었다.
'당분간 뭐가 필요하지? 잠시 그들의 영혼을 빼놓은 다음 그걸로 주위를 돌려놓아야 해. 공원이라? 도시에는 공원이 없으니 머리를 써서 스크보레시니키라는 것을 알아차리겠지. 알아맞히는 동안 시간이 걸릴 테고. 수색하는 데에도 시간이 필요하고. 시체를 찾는다면 사실이 적혀 있으니까. 즉 모든 것이 사실이 되고, 페지카에 대한 것도 사실로 판명되는 거지. 그런데 페지카는 어떻게 되는 거지? 페지카는 화재와 레뱌드킨 사람들과 연관되는 거지. 즉 모든 것은 거기, 필립포프의 집에서 나온 거야. 그런데 그들은 아무것도 보지 못했고 그들은 모든 것을 대충 본 거지. 그 사실이 그들 머리를 빙빙 돌게 만들겠군! 우리 쪽 사람들에 대해서는 염두에 두지 못할 거야. 샤토프, 키릴로프, 페지카, 레뱌드킨, 그들은 왜 서로가 서로를 살해한 거지. 그게 그들의 질문이 되겠지. 에이, 젠장, 그런데 총성이 안 들리는데!..'

그는 읽으면서 형식에 감탄하기는 했지만 매 순간 고통스런 불안에 휩싸이며 귀를 기울였고 갑자기 열받았다. 그는 불안해하며 시계를 바라보았다. 늦었다. 키릴로프가 나간 지 10분이 지났다... 그는 초를 들고 키릴로프가 들어간 문 옆에서 방문 쪽으로 향했다. 나갈 때 가지고 간 양초가 20분 후에 완전히 다 타버린다면 다른 양초가 없다는 생각이 들었다. 그는 자물쇠를 붙들고 조심스럽게 귀를 기울였다. 그런데 작은 소리도 들리지 않았다. 그는 갑자기 문을 열고 양초를 들어 올렸다. 뭔가가 울부짖더니 그에게 달려들었다. 그는 있는 힘껏 문을 닫

앉고 다시 문 쪽으로 몸을 밀착했다. 그러나 이미 모든 것이 잠잠해졌다. 다시 죽음의 정적이 흘렀다.

그는 오랫동안 손에 양초를 든 채 아무런 결정도 못 하고 서 있었다. 문을 연 바로 그 순간 그는 앞을 잘 분간할 수가 없었다. 하지만 유리창 옆 방의 중앙에 서 있는 키릴로프의 얼굴이 어른거렸다. 그런데 키릴로프가 짐승처럼 분노하며 그에게 달려들었다. 표트르 스테파노비치는 몸을 떨었고 재빨리 테이블 위에 양초를 놓고 권총을 준비하고 나서 까치발로 맞은 편 구석으로 달려갔다. 만일 키릴로프가 문을 열고 권총을 들고 테이블 쪽으로 달려간다면 그는 키릴로프보다 먼저 그를 조준하고 방아쇠를 당길 수 있을 것이다.

표트르 스테파노비치는 지금은 자살에 대해 믿지 않았다!

'방 한가운데 서서 생각하고 있었어.'

표트르 스테파노비치의 머릿속에 회오리처럼 생각이 번뜩였다.

'게다가 어둡고 끔찍한 방이라... 그는 울부짖으며 달려든 거지. 여기에는 두 가지 가능성이 있어. 그가 방아쇠를 당기는 바로 그 순간에 내가 그를 방해하거나, 아니면... 아니면 그가 서서 나를 어떻게 죽일지 생각하는 거지. 그래, 그게 그렇게 된 거야. 그가 생각을 바꾼 거지... 그는 자신을 죽이지 않으면 내가 떠나지 않을 거라는 것을 알고 있지. 만일 그 자신이 겁을 먹는다면, 즉, 내가 그를 죽이기 이전에 그가 나를 먼저 죽여야만 할 거야... 그런데 다시, 또 다시 저기엔 정적이 흐른다! 끔찍하기까지 하다. 갑자기 문을 열고... 기분 나쁜 것은 그가 주교보다 더 열심히 신을 믿고 있다는 점이다... 어떤 이유에서라도 그는 자살하지 않을 거야!.. '자신의 지혜로 갈 때까지 간' 자들이 요즘 많단 말이야. 빌어먹을! 휴, 젠장, 양초, 양초! 분명 15분 뒤에는 다 타 버릴 거야. 끝내야만 해. 무슨 일이 있어도 끝장내야 해... 이런, 지금 죽일 수 있겠네... 이 종이를 보고서 사람들은 내가 죽였다고 생각하지 못할 거야. 손에 장전된 총을 쥐어주고 바닥에 제대로 놓으면 사람들은 그가 직접... 했다고 생각할 거야. 아, 제기랄, 어떻게 죽이지? 내가 문을 열면 그는 다시 나에게 덤벼들고 나보다 먼저 총을 쏠 텐데. 에이, 젠장, 분명 빗나갈 거야!'

그는 불가피한 계략과 자신의 주저함에 흔들리며 너무도 괴로웠다. 그는 마침내 권총을 들고 장전한 뒤 양초를 쥐고 다시 문 쪽으로 다가갔다. 양초를 쥔 왼손으로 그는 자물쇠의 손잡이를 잡았다. 하지만 잘 되지 않았다. 손잡이가 헛돌면서 소리와 삐걱임이 발생했다. '곧장 쏠 거야!'라는 생각이 표트르 스테파노비치 머릿속에 들었다. 그는 온 힘을 다해 문을 발로 찼고 양초를 들고 권총을 내밀었다. 총성과 비명도 없었다... 방에는 아무도 없었다.

그는 떨렸다. 방은 통로로 연결되지 않는 막힌 곳이라 어디로 도망갈 수도 없었다. 그는 양초를 더 높이 들고 주의 깊게 바라보았다. 정말 아무도 없었다. 그는 큰 소리로 키릴로프를 불렀고 그 후에 두 번째는 더 큰 소리로 불렀다. 어느 누구도 소리치지 않았다.

'정말 유리창으로 도망간 건가?'

정말로 유리창 하나에는 통풍구가 열려 있었다. '어리석군. 그가 통풍구로 도망갈 수는 없잖아.'

표트르 스테파노비치는 방을 가로질러 곧장 유리창가로 다가갔다. '결코 할 수 없어.' 그는 갑자기 몸을 돌렸다. 뭔가 희한한 것이 그를 떨리게 했다.

문의 오른쪽 벽의 맞은편 유리창 옆에는 장롱이 있었다. 그 장롱의 오른편, 벽과 장롱 사이 구석에 키릴로프가 서 있었던 것이다. 그는 끔찍하게도 이상한 포즈로 서 있었다. 그는 두 팔을 바지 솔기에 맞게 내리고 온몸을 펴고 머리를 치켜들어서 목을 틈새의 안쪽 벽에 붙이고 고정된 자세로 구석에 서 있었다. 그는 마치 숨어서 사라지고 싶은 것처럼 보였다. 모든 정황으로 보아 그는 숨은 거였지만 어쩐 일인지 그 사실을 믿을 수가 없었다.

표트르 스테파노비치는 구석에서부터 비스듬히 서 있어서 그의 몸의 돌출된 부분만을 관찰할 수 있었다. 그는 키릴로프의 신체를 모두 관찰하여 수수께끼를 풀기 위해 왼쪽으로 움직여야 할지를 아직 결정하지 못했다. 그의 심장은 강하게 고동쳤다... 그리고 갑자기 완전한 광포함이 그를 사로잡았다. 그는 자리에서 펄쩍 뛰며 소리치기 시작했고 발을 구르며 이상한 장소로 미친 듯이 돌진했다.

하지만 그는 그곳에 거의 도달했지만 다시 끔찍해서 더 놀란 사람처럼 못 박힌 듯이 멈춰 섰다. 중요한 점은 그를 놀라게 한 것이 그 형상이 그의 외침과 광포한 돌진에도 불구하고 꼼짝도 하지 않고 마치 화석이나 밀랍처럼 신체의 어떤 부분도 옴짝달싹하지 않았다는 점이다. 그의 창백한 얼굴은 부자연스러웠고 검은 눈동자는 움직이지 않은 채 공간의 어떤 지점을 응시하고 있었다. 표트르 스테파노비치는 양초를 더 높이 위, 아래로 들며 사방에서 그의 얼굴을 살펴보았다. 그는 갑자기 키릴로프가 자기 앞의 어딘가를 바라보고 있지만 그가 자신을 비스듬히 바라보며 어쩌면 관찰하고 있을 수 있다는 사실을 깨달았다. '그 비열한'의 얼굴에 불을 가져가 그가 어떻게 하는지 바라봐야겠다는 생각이 그를 사로잡았다. 키릴로프가 그의 생각을 알아차리기라도 한 듯이 키릴로프의 턱이 움직이고 입술에 조소가 담긴 듯하여 표트르 스테파노비치는 깜짝 놀랐다. 그는 몸을 떨기 시작했고 정신을 잃은 채 키릴로프의 어깨를 세게 붙들었다.

그 후에 상황을 파악할 수 없을 정도로 재빨리 어떠한 일이 일어났기 때문에 표트르 스테파노비치는 나중에 일정한 순서대로 자신의 기억을 정리할 수 없었다. 그가 키릴로프를 건드리자 키릴로프는 재빨리 머리를 숙여서 머리로 표트르 스테파노비치의 손에서 양초를 떨어뜨려 버렸다. 촛대가 소리를 내며 바닥에 떨어졌고 촛불이 꺼져버렸다. 그 순간 그는 왼손 새끼손가락에 굉장한 통증을 느꼈다. 그는 소리치기 시작했다. 표트르 스테파노비치는 제정신이 아니어서 키릴로프가 자기 손가락을 깨물고 그에게 머리를 기대고 있었는데 자신이 그의 머리를 있는 힘껏 세 번이나 권총으로 때렸다는 것만 기억했다. 마침내 그는 손가락을 빼내고 머리를 흔들며 집을 나와 어둠 속에서 길을 더듬으며 내달렸다. 방으로부터 새어 나온 끔찍한 비명 소리가 그의 뒤에서 들렸다.

"지금, 지금, 지금, 지금..."

열 번이다. 하지만 그는 여전히 달리고 있었고 이미 현관 쪽으로 달려 나왔을 때에 갑자기 커다란 총성이 들려왔다. 그는 어두운 현관에 멈춰 서서 5분간 생각을 가다듬었다. 그리고 결국은 다시 방으로 돌아갔다. 하지만 양초를 구해야만 했다. 장롱의 오른쪽 부근에서 놓쳐 바닥에 떨어진 촛대를 찾아야만 했다. 하지만 무엇으로 불을 켜야 할까? 그의 머릿속에는 갑자기 어떤 어두운 기억이 떠올랐다. 어제 그가 페지카를 덮치기 위해 부엌으로 달려 들어갔을 때 구석의 선반에서 커다란 붉은 성냥갑을 얼핏 본 기억이 났다. 그는 손으로 더듬으며 왼쪽의 부엌문으로 향했고 문을 찾고 헛간을 지나 계단을 내려갔다. 어두웠지만 그가 지금 떠올린 바로 거기, 그 선반에서 아직 개봉하지 않은 성냥갑을 찾았다. 그는 불을 붙이지도 않은 채 서둘러 위쪽으로 올라갔고 키릴로프가 손가락을 물었던 바로 그 장소인 장롱 근처에서 갑자기 물린 손가락에 대해 떠올리자 그 순간 손가락에 참을 수 없는 통증을 느꼈다. 그는 이를 갈면서 초에 불을 붙였고 그것을 다시 촛대에 꽂고 주위를 둘러보았다. 통풍구가 열린 유리창 옆에 키릴로프의 시체는 두 발이 방의 오른쪽 구석을 향한 채 누워 있었다. 키릴로프는 오른쪽 관자놀이를 저격했다. 총알은 두개골을 관통하여 왼쪽 위로 지나갔다. 뇌와 핏덩이가 뒤범벅이 되어 있었다. 권총은 바닥을 향해 놓여 있는 자살자의 손에 쥐어져 있었다. 죽음은 아주 순식간에 일어난 것이 분명했다. 표트르 스테파노비치는 아주 정확하게 모든 것을 관찰하고 나서 자리에서 일어나 까치발로 방을 나와 문을 닫고 처음 방의 테이블 위에 양초를 세워 두고 잠시 생각에 잠긴 뒤 양초 때문에 화재가 발생하지는 않을 거라 생각하고 나서 촛불을 끄지 않기로 결정했다. 그는 다시 한번 테이블 위에 놓인 서류를 바라보고 나서 자기도 모르게 미소를 지은 뒤 어쩐 일인지 여전히 까치발로 집을 빠져나갔다. 그는 다시 페지카의 비밀 통로를 통해 지나갔고 다시 정확하게 그 통로를 막아 두었다.

정확히 5시 50분에 표트르 스테파노비치와 에르켈은 기차역에서 너무도 길게 늘어선 객차 주변을 어슬렁거리고 있었다. 표트르 스테파노비치는 떠나려 하고 있었고 에르켈은 작별 인사를 나누고 있었다. 수하물은 부치고 배낭은 2등 객실의 정해진 자리에 옮겨다 놓았다. 첫 번째 종이 울렸고 두 번째 종을 기다리고 있었다. 표트르 스테파노비치는 객차에 들어오는 승객들을 관찰하면서 주변을 열린 마음으로 둘러보았다. 하지만 가까운 지인들을 발견하지는 못했다. 모두 두 번 정도 그는 고개를 끄덕여 인사를 한 정도였다. 한 명은 그가 그렇게 잘 알지 못하는 상인이고 또 다른 한 명은 두 개의 역을 지나 자신의 교구로 떠나는 시골의 젊은 사제였다. 에르켈은 마지막 순간에 뭔가 중요한 일에 대해 말하고 싶은 것 같았다. 하지만 그 자신도 바로 무엇에 관한 것인지 모르는 듯했다. 그런데 그는 여전히 말을 꺼내지도 못하고 있었다. 그는 표트르 스테파노비치가 자신과 있는 것을 마음 졸이며 초조하게 남은 종소리를 기다리고 있는 것처럼 생각되었다.

IX. 스테판 베르호벤스키의 마지막 방랑

나는 스테판 트로피모비치가 자신의 광적인 계획을 실행할 기한이 도래했다는 것을 느낌에 따라 매우 두려워하고 있음을 확신했다. 나는 그가 그 전날 밤, 그 끔찍한 순간에 두려워서 몹시 고통스러워했다고 확신한다. 나스타시야는 나중에 그가 아주 늦게 잠자리에 들었다고 기억했다. 하지만 그 사실이 아무것도 알려주지는 못한다. 사형 선고를 받은 자들은 사형 전날 아주 깊이 잔다고 한다. 예민한 자들이 언제나 어느 정도 기운을 차린다고 하는(비르긴스키의 친척인 소령은 밤이 거의 지나면 신에 대한 믿음을 잃어버린다고 했다.) 낮이 되어서야 그가 밖으로 나왔다고는 하지만 그가 그러한 상태로 큰길 한가운데에 혼자 서 있는 모습을 상상할 때면 공포를 느끼지 않을 수 없었을 것이다. 물론 그의 생각 중 어떤 절망 때문에 갑작스런 고독에 대한 끔찍함이 줄어 들었다. 그는 스타시^{나스타시야}와 20년간 정들었던 곳을 떠나자 갑자기 그러한 감정에 빠졌다. 하지만 아무 상관이 없었다. 그는 자신을 기다리는 모든 두려움들을 분명히 인식하고 큰 길로 나서서 그 길을 따라 걸어갔던 것이다! 그 무엇보다도 이 일에는 그를 기쁘게 만드는 일종의 오만함이 들어 있었다. 오, 그는 바르바라 페트로브나의 화려한 조건들을 수용하여 '그냥 단순한 식객'으로서 그녀의 자비 아래에 남아 있을 수도 있었을 것이다. 하지만 그는 자비를 받아들이지 않고 그곳에 남지 않았다. 그래서 그는 그녀를 남겨 두고 '위대한 사상의 깃발'을 높이 들고 자신을 위해 죽으려고 큰길로 들어선 것이다! 그는 바로 그것을 그러한 방식으로 느꼈음에 틀림이 없다. 그의 행동이 자신의 눈에도 그렇게 비쳤음에 틀림이 없다.

여러 번 또 하나의 질문이 떠올랐다. 그가 말을 타고 떠나지 않고, 왜 뛰어갔는지, 문자 그대로 자기 발로 뛰어갔는지 하는 점이다. 처음에 나는 그것을 50년대 식의 비실용적인 성향과 강한 감정의 영향을 받은 환상적인 사상 때문이라 생각했다. 역마권과 말(방울이 달린 말이라 할지라도)에 대한 사상이 그에게 너무나 단순하고 산문적이라 생각되었기 때문일 것이다. 오히려 우산을 들고 하는 순례가 훨씬 더 아름답고 복수의 달콤함을 심어 줄 수 있었을 것이다. 하지만 모든 것이 끝난 지금 나는 그 모든 것이 그 당시에는 훨씬 더 단순하게 이루어졌다고 생각한다. 먼저 그는 말을 타는 것을 두려워했던 것이다. 왜냐하면 바르바라 페트로브나가 먼저 눈치채고 강제로 그를 제지할 수 있기 때문이다. 아마도 그녀는 그렇게 했을지도 모른다. 그러면 그는 아마 그녀에게 복종하게 될 것이고 그렇게 된다면 위대한 사상과는 영원히 작별해야 할 것이다. 둘째, 역마권을 가지고자 한다면, 적어도 어디로 가는지 알고 있어야 한다. 하지만 목적지를 아는 것이 그 당시 그에게는 가장 큰 고통이었다. 그는 어떠한 식으로든 확실하게 장소를 정하여 말할 수가 없었던 것이다. 왜냐하면 그가 어떤 도시로 간다고 결정한다면 순간적으로 그의 계획은 어리석고 불가능해 보일 수 있기 때문이다. 그는 그것을 아주 잘 예감하였다. 왜 다른 도시가 아니라 그 도시인가? 상인을 찾기 위해서? 하지만 어떤 상인인가? 그 지점에서 다시 가장 두려운 질문인 두 번째 질문이 튀어나왔다. 사실 그 상인보다 더 두려운 것은 그에게 아무것도 없었다. 그는 갑자기 머리를 흔들며 그 상인을 찾아 나섰다. 사실 무엇보다 그 상인을 찾는 것은 두려웠다. 아니, 그냥 큰길이 더 낫다. 그냥 큰길로 나서서 아무 생각이 없는 동안만이라도 아무것도 생각하지 않는 것이 간단하다. 큰길은 끝이 보이지 않는 길고 긴 무언가이다. 그것은 인간의 삶과 같고 인간의 몽상과 같다. 큰길에는 사상이 깃들어 있다. 역마권에는 어떠한 사상이 있을까? 역마권에는 사상의 끝이 있다... 큰길 만세. 거기에는 신이 부여한 것이 있다.

"이봐요, 나의 벗이여, 내가 당신의 친구로서 한마디만 해도 되겠습니까?"

마차가 움직이자마자 스테판 트로피모비치는 서둘러 입을 열었다.

"이봐요, 난... 난 민중을 사랑하죠. 그건 반드시 필요합니다. 하지만 민중을 가까이에서 본 적은 없는 것 같군요. 스타시... 그녀도 민중 출신이라는 점은 두말할 필요도 없지요. 하지만 진정한 민중은, 즉 큰길에 있는 진정한 민중은 특히 내가 어디로 가는지만 관심을 가지는 듯합니다... 하지만 모욕은 그만둡시다. 내가 조금은 말을 많이 한 듯하지만 성미가 급해서 그런 것 같네요."

"당신은 건강해 보이지 않아요."

소피야 마트베예브나[10]는 날카롭긴 하지만 공손한 시선으로 그를 바라보았다.

"아니, 아닙니다. 몸을 감싸기만 하면 됩니다. 대체로

---

10 소피야 마트베예브나는 성경을 팔러 다니는 상인이며 스테판 트로피모비치가 방랑길에서 우연히 만난 여인임

바람이 신선하군요. 아주 신선하네요. 하지만 우리는 이 일에 대해 잊어버립시다. 중요한 것은 내가 말하고자 한 것은 그게 아니라는 점입니다. 친애하고 그 무엇과도 비교할 수 없는 친구여, 나는 행복한 듯한데 그건 당신 덕분인 것 같아요. 행복은 내게 해로워요. 왜냐하면 나는 나의 모든 적들을 즉시 용서해야 하기 때문이죠…"

"무슨 그런 말씀을, 물론 그것은 아주 좋아요."

"언제나 그렇진 않아요. 친애하는 순결한 이여. 복음서는… 이제부터 우리가 함께 복음을 전하러 다녀요. 그러면 나는 당신의 아름다운 책들을 기꺼이 전할 겁니다. 맞아요, 나는 이것이 일종의 사상, 그것도 아주 새로운 사상이라는 것을 느낍니다. 민중은 종교적입니다. 그건 정해져 있습니다. 하지만 민중은 아직 복음서를 모릅니다. 난 민중에게 복음서를 들려줄 겁니다… 들려주면서 이 멋진 책의 잘못을 바로잡을 수 있어요. 난 복음서에 대해 대단한 존경심을 가질 준비가 되어 있습니다. 큰길에서 나는 유익한 존재가 될 겁니다. 난 언제나 쓸모가 있었고, 난 언제나 그들과 친애하는 배은망덕한 여인에게 그 얘기를 했지요… 오, 용서합시다. 용서합시다. 무엇보다 모두를 언제나 용서합시다… 그들이 우리를 용서하기를 바랍시다. 그렇습니다. 모두가 그리고 각자가 타인 앞에 죄를 지었기 때문이지요. 모두가 죄인입니다!…"

"바로 그겁니다. 당신은 아주 훌륭한 말씀을 하신 것 같네요."

"네, 네... 난 내가 아주 말을 잘한다고 느낍니다. 난 그들에게 아주 말을 잘할 겁니다. 하지만 왜 내가 중요한 것을 말하고자 할까요? 난 언제나 초점을 비껴가고 기억을 잘 못해요... 당신은 내가 당신과 이별하지 않도록 해 주시겠죠? 난 당신의 방식에 대해 놀라고 있지요. 당신은 순수한 영혼을 지녔고 당신은 단어 끝에 존칭을 붙이고 차를 찻잔에 내어 오고... 이 볼품없는 설탕과 함께요. 하지만 당신에겐 뭔가 매혹적인 것이 있어요. 그래서 나는 당신의 성격을 통해 알게 되었죠... 오, 얼굴을 붉히지 마세요. 그리고 나를 남자로서 두려워 마세요. 친애하고 비교 불가한 분이여, 제게 여성은 전부입니다. 전 여성의 옆에서만 살아갈 수 있어요. 하지만 옆에서만... 제가 끔찍하게도, 끔찍이도 초점을 비켜 갔네요... 난 내가 말하고 싶은 것을 결코 기억해 낼 수 없어요. 오, 신이 언제나 여성을 보내준 자에게 복을 내리지요. 그리고... 그리고 나는 내가 일종의 환희에 차 있다고 생각해요. 그리고 큰길에는 고상한 사상이 있지요! 그게 바로 내가 이야기하고자 하는 바입니다. 사상에 대해서 말이죠. 그게 내가 기억해 낸 겁니다. 하지만 난 언제나 적중하지 못했어요. 그들은 왜 우릴 멀리까지 데려온 거죠?

그곳에서도 좋았는데. 그런데 이곳은 아주 추워질 겁니다. 가져가세요. 가져가세요. 난 할 수 없을 거 같아요. 난 잃어버릴 겁니다. 그리고 그들이 내게서 가져갈 겁니다. 그리고... 졸린 것 같네요. 내 머릿속에 뭔가가 맴돌아요. 그렇게 돌고, 돌고, 도네요. 오, 당신은 얼마나 선량한지. 당신은 무엇으로 나를 덮어준 건가요?"

"분명 당신은 완전히 열병에 걸린 겁니다. 제가 제 담요로 당신을 덮어 드렸어요. 다만 돈에 관해서라면 저는..."

"오, 맙소사, 이 일에 대해서 더 이상 말하지 맙시다. 왜냐하면 그 일이 나를 괴롭히기 때문입니다. 오, 당신은 정말 선하시네요!"

그는 어쩐 일인지 재빨리 말을 중단하고 금방 오한을 느끼며 잠에 빠져들었다. 17베르스타 뻗어있는 오솔길은 평평한 길이 아니었기 때문에 마차는 몹시도 흔들렸다. 스테판 트로피모비치는 자주 잠에서 깼고 소피야 마트베예브나가 그의 머리 아래로 넣어준 베개에서부터 재빨리 몸을 일으켜 그녀의 손을 잡으면서 '당신 여기 있지요?' 하고 물어보았다. 그는 그녀가 자신에게서 떠나가지나 않을까 두려웠다. 그는 그녀에게 자신이 꿈에서 입을 벌리고 이빨을 드러낸 뭔가를 보았는데 아주 역겨웠다고 말했다. 소피야 마트베예브나는 그에 대해 걱정이 많았다.

악령들 531

나와 모든 친구들이 익히 잘 알고 있는 스테판 트로피모비치의 콜레라 발작이 밤에 있었다. 그것은 예민한 신경과 정신적인 동요에서 비롯된 당연한 결과였다. 가련한 소피야 마트베예브나는 밤새 잠을 자지 못했다. 왜냐하면 그녀는 환자를 돌보면서 주인의 방을 지나 오두막을 자주 들락거려야 했기 때문이다. 거기서 자고 있던 나그네들과 여주인은 불평했고 그녀가 아침에 사모바르를 준비할 때에는 그녀에게 욕을 하기 시작했다. 스테판 트로피모비치는 발작을 하는 동안 내내 의식을 반쯤 잃은 상태였다. 이따금 사람들이 사모바르를 올리고 그에게 뭔가(딸기로 만든)를 마시게 하고 뭔가로 그의 배와 가슴을 따뜻하게 해주는 것이 눈에 어른거렸다. 하지만 그는 거의 매 순간 그녀가 자기 옆에 있다는 것을 느꼈다. 그녀는 들락거리며 그를 침대에서 일으켰다가 다시 침대에 눕히는 것이었다. 새벽 3시경 그는 더 편안해졌다. 그는 몸을 일으켜 다리를 침대에서 내리고 아무 생각도 하지 않고 그녀 앞 마룻바닥에 몸을 던졌다. 그건 이전과 같은 무릎을 꿇는 인사가 아니었다. 그는 그녀의 발아래 엎드려 그녀의 원피스에 입을 맞추었다.

"그만 하세요. 전 이럴 가치가 없는 사람입니다."

그녀는 그를 침대 쪽으로 일으키려고 애쓰면서 중얼거렸다.

"나의 구세주," 그는 그녀 앞에서 두 손을 경건하게 모았다. "당신은 후작 부인처럼 고상합니다. 난, 난 쓸모없는 인간입니다! 오, 난 평생 거짓을 일삼았죠…"

"진정하세요."

소피야 마트베예브나가 간청했다.

"난 당신에게 지금까지 모든 것을 거짓으로 말했죠. 무익하게도 명예와 화려함을 위해서였죠. 모든 것, 마지막 말까지 모든 것을. 오, 쓸모없는 인간, 쓸모없는 놈!"

콜레라는 지나갔으나 결국은 히스테리를 동반한 자기단죄의 또 다른 발작이 이어졌다. 난 이미 바르바라 페트로브나에게 보낸 그의 편지에 대해 언급하면서 이 발작에 대해 상기한 바 있다. 그는 갑자기 리자와 어제 아침의 만남에 대해 기억해냈다. "그건 정말 끔찍했어. 아마도 그곳에선 불행했겠지. 그런데 난 물어보지도 못했고 알아차리지도 못했어! 난 자신에 대해서만 생각한 거야! 오, 그녀는 어찌 되었을까. 당신은 그녀가 어찌 되었는지 모르나요?"라며 그는 소피야 마트베예브나에게 애원했다.

나중에 그는 '배신하지 않을 거고' 그녀(즉 바르바라 페트로브나)에게 돌아갈 거라고 맹세했다. '우리는 그녀가 아침 산책을 하기 위해 마차에 오르는 동안 매일 그녀(계속해서 소피야 마트베예브나와 함께)의 현관으로 가서 그녀를 조용히 바라볼 겁니다...' 오, 나는 그녀가 나의 다른 쪽 뺨도 때리기를 원합니다. 기꺼이 원합니다! 나는 당신의 책에 나온 것처럼 그녀에게 다른 쪽 뺨을 내밀 겁니다! 난 이제, 이제야 다른... '뺨'을 내민다는 것이 무슨 뜻인지 이해했어요. 난 예전에는 결코 이해하지 못했어요!'

소피야 마트베예브나의 인생에서 끔찍한 두 가지 일이 닥쳤다. 그녀는 지금도 그 일에 대해 몸서리치며 회상한다. 스테판 트로피모비치는 많이 아파서 오후 2시 정각에 떠나기로 예정된 증기선을 탈 수 없었다. 그녀는 그를 혼자 남겨둘 수 없어서 스파소프로 떠나지 않았다. 그녀의 말에 따르면 그는 증기선이 떠나갔다는 말을 듣고 기뻐하기까지 했다는 것이다.

"잘 되었네요, 멋집니다."라고 그는 침대에서 중얼거렸다. "난 우리가 떠나는 것을 계속 두려워했어요. 이곳이 너무 좋아요. 이곳이 가장 좋아서... 당신은 나를 혼자 남겨 두지 않겠죠? 오, 당신은 나를 혼자 남겨 두지 않았어요!"

하지만 그가 말한 '여기'는 결코 그렇게 좋은 곳은 아니었다. 그는 그녀의 곤경에 대해서는 아무것도 알고 싶지 않았다. 그의 머리는 한 가지 환상으로 가득 찼다. 그는 자신의 병을 하찮은 것으로 여겼고 그녀에 대해서는 조금도 생각하지 않고 밖으로 나가서 '이 책들'[11]을 판매할 생각만 하였다. 그는 그녀에게 성경을 읽어달라고 부탁했다.

"난 이미 오래전부터 읽은 적이 없어요... 원본으로는... 그러니 누군가 물어보면 실수하곤 했어요. 그럼에도 불구하고 준비는 해야 합니다."

그녀는 그 앞에 자리를 잡고 책을 폈다.

"당신은 훌륭하게 읽고 있네요."

그는 첫 줄부터 그녀의 말에 끼어들었다.

"난 내가 실수하지 않았다는 것을 알아요, 압니다!"

그는 불분명하게, 그러나 기쁨에 겨워 덧붙였다. 대체로 그는 계속 기쁨에 가득 찬 상태였다. 그녀는 산상수훈을 읽었다.

"그만, 그만, 사랑스러운 이여! 충분합니다... 정말 당신은 이것이 충분하지 않다고 생각하나요!"

그리고 그는 힘없이 눈을 감았다. 그는 아주 기력이 없었으나 아직 의식을 잃지는 않았다. 소피야 마트베예브나는 그가 잠들고 싶어한다고 생각해서 자리에서 일어섰다. 하지만 그는 제지했다.

"친구여, 난 평생 거짓말을 했어요. 진실을 말할 때도. 난 진리를 위해 말한 적이 없어요. 오직 나 자신만

---

11 성경

을 위해서였어요. 난 그 사실을 예전에도 알았지만 이제 깨닫고 있어요... 오, 내가 평생 우정 때문에 비난했던 그 친구들은 어디에 있나요? 그리고 모두, 모두는! 당신은 아시나요, 난 어쩌면 지금도 거짓말하고 있는지도 몰라요. 아마 지금도 거짓말하고 있을 겁니다. 중요한 것은 내가 거짓말할 때에도 난 자신을 믿는다는 겁니다. 인생에서 가장 어려운 것은 살면서 거짓말하지 않는 겁니다... 그리고... 자신의 거짓말을 믿지 않는 겁니다. 네, 네, 바로 그겁니다! 하지만 잠시만요. 이 모든 것은 나중에... 우리는 함께, 함께!"

그는 열정적으로 덧붙였다.

"스테판 트로피모비치," 소피야 마트베예브나는 조심스레 물어보았다. "의사를 부르러 '시내'로 사람을 보내면 안 될까요?"

그는 너무 놀랐다.

"왜요? 정말 내가 그렇게 많이 아픈 건가요? 그렇게 심각한 건 아닙니다. 왜 낯선 사람들을 우리에게 불러들여야 하죠? 그들이 알게 되면 그때엔 무슨 일이 벌어질까요? 아뇨, 안 됩니다. 낯선 이들 중 어느 누구도 안 됩니다. 우리는 함께, 함께!"

"당신은 알고 있을 겁니다."

그는 잠시 뜸을 들였다가 말했다.

"내게 뭔가 더 읽어 주세요. 그러니까 고르지 말고 그냥 아무거나 눈길 가는 대로요."

소피야 마트베예브나는 책을 펴서 읽기 시작했다.

"펼친 곳을, 우연히 펼친 곳을..."

그는 반복해서 말했다.

'라오디게이아 교회의 천사에게 쓰노니...'

"이건 뭔가요? 뭐죠? 어느 구절이죠?"

"이건 요한계시록입니다."

"오, 그거 기억나요. 네. 계시록, 읽어요. 읽어요. 난 성경을 통해 우리의 미래에 대해 알아 맞췄어요. 난 어떻게 될지 알고 싶어요. 천사, 천사가 나온 대목부터 읽어 주세요..."

"라오디게이아 교회의 천사에게 쓰노니 아멘이시오 충성되고 참된 증인이시오 하느님의 창조의 근본이신 이가 이르시되 내가 네 행위를 아노니 네가 차지도 아니하고 뜨겁지도 아니하도다. 네가 차든지 뜨겁든지 하기를 원하노라. 네가 이같이 미지근하여 뜨겁지도 아니하고 차지도 아니하니 내 입에서 너를 토하여 버리리라. 네가 말하기를 나는 부자라 부요하여 부족한 것이 없다 하나 네 곤고한 것과 가련한 것과 가난한 것과 눈먼 것과 벌거벗은 것을 알지 못하는도다."[12]

---

12 요한계시록 3장 14-17절

"이것... 그러니까 이것도 당신의 책에 있는 거죠!"

그는 눈을 반짝이고 머리맡에서 몸을 일으키며 소리쳤다.

"난 이 훌륭한 구절을 이전엔 결코 몰랐네요! 들어보세요, 미지근한 것, 그냥 미지근하기만 한 것보다 차가운 것, 차가운 것이 낫겠네요. 오, 난 증명할 겁니다. 날 혼자 내버려 두지 말아 주세요. 혼자 두지 마세요! 우리가 증명합시다. 우리가 증명합시다!"

"스테판 트로피모비치, 전 당신을 혼자 남겨두지 않을 겁니다. 결코 혼자 두지 않을 겁니다!"

그녀는 눈물이 고인 눈으로 그를 바라보며 그의 손을 잡고 자신의 가슴으로 가져갔다.('나는 그 순간 그들이 너무 가여워졌다'고 그녀가 전해 주었다.) 그의 입술이 경련을 일으키듯이 떨렸다.

"스테판 트로피모비치, 그런데 우리는 어떻게 해야 하는 건가요? 당신 지인들, 아니면 친척들 중 누군가에게는 알려야 하지 않을까요?"

하지만 그때에 그는 그녀가 기뻐하지 않고 다시 한번 일에 대해 상기시킨 것에 너무도 놀랐다. 그는 고통스레 몸을 떨며 어느 누구도 부르지 말고 어떤 일도 계획하지 말아 달라고 애원했다. 그는 그녀의 말을 가로막고 '어느 누구도, 어느 누구도! 우리만, 오직 우리만, 우리 함께 떠납시다!'라고 설득했다.

주인 내외도 걱정이 되기 시작했는지 투덜대며 소피야 마트베예브나를 압박하기 시작한 것은 안 좋은 일이었다. 그녀는 그들에게 돈을 지불했고 돈을 보여주기까지 했다. 그것은 임시방편이었다. 하지만 주인은 스테판 트로피모비치의 '신분증'을 요구했다. 환자는 도도한 미소를 지으며 자신의 배낭을 가리켰다. 소피야 마트베예브나는 그가 평생을 살아온 증거, 그의 퇴역 명령서나 그와 비슷한 것을 배낭에서 뒤져보았다. 주인은 안심이 되지 않아서 '그들을 수용할 수 있는 곳이면 어디든지 그들을 보내야 해요. 우리 집은 병원이 아니잖아요. 그가 죽게 되면 무슨 일이든 벌어지겠지요. 우리도 곤란해질 겁니다.' 소피야 마트베예브나는 그들과 의사에 대해 이야기를 나누기 시작했고 만일 '시내'로 의사를 부르러 사람을 보낸다면 비용이 많이 들 테니 의사에 관한 모든 생각은 접어두는 것이 좋겠다는 결론을 내렸다. 그녀는 우수에 잠겨 환자에게 돌아왔다. 스테판 트로피모비치는 점점 더 약해졌다.

"지금 내게 한 구절만 더 읽어 주세요... 돼지들에 관한 것으로요."

갑자기 그가 입을 열었다.

"뭐라 하셨어요?"

소피야 마트베예브나는 깜짝 놀랐다.

"돼지들에 관한 것... 이게 여기... 이 돼지들은... 악령들이 돼지들에게 들어가 모두 익사했다는 것이 기억나네요. 그 구절을 내게 당장 읽어 주세요. 내가 나중에 이유를 말해 줄게요. 난 문자 그대로 기억하고 싶네요. 문자 그대로의 표현이 필요합니다."

소피야 마트베예브나는 성경을 잘 알고 있었고 누가복음에서 바로 그 구절을 찾았는데 나는 내가 쓴 글의 에피그라프로 그 구절을 인용했다. 여기에 그 구절을 다시 가져오기로 하겠다.

'마침 그곳에 많은 돼지 떼가 산에서 먹고 있는지라. 귀신들이 그 돼지에게로 들어가게 허락하심을 간구하니 이에 허락하시니 귀신들이 그 사람에게서 나와 돼지에게로 들어가니 그 떼가 비탈로 내리달아 호수에 들어가 몰사하거늘 치던 자들이 그 이루어진 일을 보고 도망하여 성내에 마을에 알리니 사람들이 그 이루어진 일을 보러 나와서 예수께 이르러 귀신 나간 사람이 옷을 입고 정신이 온전하여 예수의 발치에 앉아 있는 것을 보고 두려워하거늘 귀신 들렸던 자가 어떻게 구원받았는지를 본 자들이 그들에게 이르매'[13]

---

[13] 누가복음 8장 32-36절

"내 친구여," 스테판 트로피모비치는 너무 흥분하여 말했다. "이 기적과 같고 특별한 구절이 평생 제게는 걸림돌이었어요... 그 책에서... 그렇게 난 어릴 때부터 그 구절을 기억하고 있었어요. 지금 한 가지 생각이 떠오르네요. 하나의 비유입니다. 지금 내 머릿속에 끔찍하게도 너무도 많은 생각들이 떠올라요. 아시죠. 그건 우리의 러시아와 마찬가지입니다. 환자의 몸에서 나와 돼지 떼에 들어간 악령들은 독이자 전염병으로서 불결합니다. 모든 악령들과 악귀들이 우리의 위대하고 사랑스런 환자인 러시아에 수 세기 동안, 정말 수 세기 동안 들어앉아 있었던 겁니다! 네, 그건 내가 언제나 사랑했던 러시아입니다. 하지만 위대한 사상과 위대한 의지는 러시아보다 훨씬 더 높이 들어앉을 겁니다. 마치 귀신 들린 환자를 제압한 것처럼 말이죠. 그리고 이 모든 악령들, 추잡한 것들, 표면에서 썩기 시작한 비열한 것들이 터져 나오게 됩니다... 그리고 스스로 돼지 떼로 들어가게 해달라고 부탁하겠죠. 아니 어쩌면 이미 들어갔는지도 모릅니다! 그게 우리, 우리와 그들, 그리고 페트루샤[14]... 그리고 그와 함께 한 이들, 그리고 나, 어쩌면 나는 처음에 무리들 중 앞장선 이였는지도 모릅니다. 우리는 미친 듯이 광포하게 절벽에서부터 바다로 내달리고 나서 익사하게 됩

---

14 스테판 트로피모비치의 아들 표트르 스테파노비치의 애칭

니다. 우리에겐 거기로 가는 길이 있는 겁니다. 왜냐하면 우리는 그것으로도 만족하기 때문입니다. 하지만 병자는 치유되어 '예수님의 발아래 앉게 됩니다.'... 그리고 모두 놀라서 바라보겠죠. 사랑스런 그대, 당신은 나중에 깨닫게 될 겁니다. 그런데 지금 그 사실이 절 몹시 흥분시키네요... 당신은 나중에 이해하게 될 겁니다... 당신은 나중에 이해할 거고... 우리는 함께 갈 겁니다."

그는 헛소리를 하더니 결국 의식을 잃었다. 다음 날도 그러한 상태가 계속되었다. 소피야 마트베예브나는 그의 옆에 앉아서 울었고 3일째 되는 날 밤까지도 잠을 자지 않고 주인의 눈에 띠는 것을 피했다. 그녀는 주인 내외가 무슨 조치를 취하기 시작했다는 것을 직감했다. 구원은 3일째 되는 날 찾아왔다. 스테판 트로피모비치는 아침에 눈을 떠서 그녀를 알아보고 그녀에게 손을 내밀었다. 그녀는 희망을 가지고 성호를 그어 주었다. 그는 유리창을 바라보고 싶어 했다.

'그래, 여기에 호수가 있는 것처럼 아, 맙소사, 난 아직 그걸 본 적이 없어...'라고 그가 중얼거렸다. 그 순간 오두막의 현관에서 누군가의 마차 소리가 들렸고 집안에서는 굉장한 대소동이 일어났다.

그건 바르바라 페트로브나였다. 그녀는 2명의 하인들

과 다리야 파블로브나를 데리고 4인승 마차를 타고 도착했다. 기적이 일어난 경위는 단순했다. 호기심이 넘치는 아니심[15]이 시내에 들렀다가 다음날 바르바라 페트로브나의 집에 들렀고 하인에게 말하기를, 자신이 시골에서 혼자 있는 스테판 트로피모비치를 만났는데 농부들이 스테판이 혼자 큰길을 따라 걸어가고 있는 것을 보았는데 우스티예보에 있는 스파소프로 갈 때에는 소피야 마트베예브나와 함께였다는 것이다. 바르바라 페트로브나는 나름대로 몹시 걱정하면서 도망친 자신의 친구를 열심히 찾고 있던 터라 사람들이 아니심의 말에 대해 그녀에게 일러 바쳤던 것이다. 바르바라 페트로브나는 스테판이 소피야 마트베예브나라는 어떤 여자와 같은 마차로 우스티예보로 떠났다는 상세한 소식에 대해 아니심을 통해 듣고 나서 그녀는 바로 여행 채비를 하고 몸소 아직 남아 있는 그의 흔적을 따라 우스티예보로 달려왔던 것이다. 그녀는 그의 병세에 대해서는 알지 못했다.

거칠게 명령하는 듯한 그녀의 목소리가 울려 퍼졌다. 주인 내외도 겁이 났다. 그녀는 이미 오래전에 스테판 트로피모비치가 스파소프로 갔을 거라 확신했기 때문에 소식을 듣고 그에 대해 물어보기 위해 들렀다. 스테판이 이곳에서 병들어 누워있다는 소식을 듣고 나서 그녀는

---

15 바르바라 페트로브나의 집에서 일하는 하인

걱정이 되어 오두막으로 들어섰다.

"음, 여기 어디에 그 사람이 있나요? 아. 당신!"

그녀는 바로 그 순간 두 번째 방문턱에 나타난 소피야 마트베예브나를 알아보고 소리쳤다.

"난 당신의 뻔뻔한 얼굴을 보고 바로 당신이라는 것을 알아차렸지! 꺼져, 비열한 것! 지금 당장 이 집에 저 여자 냄새도 나지 않게 해주세요! 그녀를 쫓아내. 그게 아니야. 이봐. 난 널 영원히 감옥에 처넣을 거야. 그녀를 당분간 다른 집으로 보내고 감시해. 그녀는 이미 시내 감옥에 한 번 들어갔다 왔지. 또 가게 될 거야. 주인 양반, 부탁인데 내가 여기 있는 동안 어느 누구도 들이지 마세요. 난 스타브로긴 장군 부인이며 내가 이 집을 통째로 빌리죠. 애야, 너는 모든 일에 대해 내게 보고하거라."

익숙한 음성이 스테판 트로피모비치를 자극했다. 그는 몸을 떨기 시작했다. 하지만 그녀는 벌써 칸막이 너머로 발을 들여놓았다. 그녀는 눈을 반짝이며 발로 의자를 끌어다가 등을 의자 등받이에 기대고 나서 다샤에게 소리쳤다.

"잠시만 나가 있거라. 주인 옆에 가 있던지. 웬 호기심이냐? 문을 꼭 닫고 나가거라."

그녀는 잠시 아무 말 없이 거친 시선으로 그의 놀란 얼굴을 쳐다보았다.

"음, 스테판 트로피모비치, 어떻게 지내시나요? 여행은 어땠나요?"

갑자기 그녀의 입에서는 분명한 아이러니가 담긴 말이 튀어나왔다.

"친구," 스테판 트로피모비치는 정신없이 중얼거렸다. "난 러시아의 현실적인 삶을 알게 되었어요… 난 성경에 대해 설교할 거예요…"

"오, 파렴치하고 배은망덕한 인간!"

그녀는 손뼉을 치고 나서 갑자기 소리쳤다.

"당신이 내 얼굴에 먹칠하는 것이 모자라 당신은 어울려도… 오, 늙고 파렴치한 타락자!"

"친구…"

그의 목소리가 끊겼다. 그는 아무 말도 할 수 없었다. 그는 다만 놀라서 눈을 크게 뜨고 바라보기만 할 뿐이었다.

"저 여자는 누구인가요?"

"그 사람은 천사예요. 그녀는 나에게 천사보다 더 큰 존재예요… 그녀는 밤새… 오, 소리치지 말아요. 그녀를 놀라게 하지 말아요. 사랑스런, 사랑스런…"

바르바라 페트로브나는 갑자기 소리를 내면서 의자에서 일어섰다. '물, 물!' 이라 외치는 그녀의 놀란 비명소리가 울려 퍼졌다. 그는 겨우 정신을 차렸다. 하지만 그녀는 여전히 놀라서 몸을 떨었고 창백한 얼굴을 한 채 일그러진 그의 얼굴을 바라보았다. 그녀는 그제서야 비로소 그의 병의 정도를 가늠할 수 있었다.

"다리야," 바르바라 페트로브나는 갑자기 다리야 파블로브나에게 속삭이기 시작했다. "얼른 의사 잘츠피시를 불러오너라. 지금 이고리치에게 다녀오라고 시켜. 여기서 말을 빌리고, 시내에서 올 때는 다른 마차를 잡아타고, 밤에는 이곳에 도착할 수 있도록 해야 한다."

다샤는 명령을 수행하기 위해 서둘렀다. 스테판 트로피모비치는 놀라서 휘둥그레진 눈으로 이 모든 것을 지켜보았다. 새하얗게 된 그의 입술은 떨렸다.

"잠시만, 스테판 트로피모비치, 잠시만, 사랑스런 이여!"

그녀는 그를 아이처럼 설득했다.

"음, 잠깐 기다려요. 기다려 봐요. 다리야가 곧 돌아올 거예요. 그러면... 아, 맙소사, 여주인, 여주인, 그녀라도 오게 해. 맙소사!"

그녀는 참지 못하고 직접 여주인을 부르러 갔다.

"지금, 바로 지금 그 여자를 다시 불러들여. 그녀를 오게 해. 오게 하라고!"

다행히도 소피야 마트베예브나는 아직 집을 나서지 않았고 자신의 자루와 보따리를 들고 막 대문을 나서려던

참이었다. 사람들이 그녀를 데려왔다. 그녀는 너무도 놀라서 손과 다리를 떨었다. 바르바라 페트로브나는 매가 병아리를 낚아채듯이 그녀의 손을 쥐고 그녀를 스테판 트로피모비치에게로 이끌었다.

"그녀를 당신에게 데려왔어요. 난 그녀를 잡아먹지 않았다고요. 당신은 내가 그녀를 잡아먹는다고 생각했죠."

스테판 트로피모비치는 바르바라 페트로브나의 손을 잡고 눈으로 가져가 눈물을 흘리기 시작했고 병적으로, 그리고 발작적으로 소리 내며 울었다.

"음, 진정, 진정하세요, 오 사랑스런 이, 음 이봐요! 아, 맙소사, 제발 진-정-하-세요!"

그녀는 광적으로 소리쳤다.

"오, 괴롭히는 인간이여, 괴롭히는 인간, 영원히 날 괴롭히는 인간이여!"

"사랑스런 이여," 마침내 스테판 트로피모비치가 소피야 마트베예브나 쪽으로 몸을 돌리며 속삭였다. "사랑스런 이여, 저기 가 있어요. 내가 여기서 뭐 좀 이야기하고 싶으니까..."

소피야 마트베예브나는 서둘러 나가려 했다.

"사랑스런, 사랑스런..."

그는 숨을 헐떡거렸다.

"스테판 트로피모비치, 기다렸다 말해요. 안정을 취하

는 동안 잠시 기다려 봐요. 여기 물이 있어요. 제발 기-다-려요!"

바르바라 페트로브나가 의자에 앉았다. 스테판 트로피모비치는 바르바라의 손을 세게 잡았다. 그녀는 오랫동안 그에게 말하지 못하도록 했다. 그는 그녀의 손을 입술로 가져가 키스했다. 그녀는 구석 어딘가를 바라보며 이를 갈고 있었다.

"난 당신을 사랑했소!"

그가 마침내 입을 열었다.

그녀는 그가 지금 한 말을 이전에 한 번도 들어본 적이 없었다.

"음," 그녀는 대답하듯 중얼거렸다.

"난 당신을 내 평생 사랑했소... 20년간!"

그녀는 계속 2, 3분간 아무 말이 없었다.

"그런데 다샤에게 올 때 당신은 어떻게 준비했죠, 향수까지 뿌리고..."

그녀는 갑자기 끔찍하다는 듯이 속삭이며 말했다. 스테판 트로피모비치는 할 말이 없어졌다.

"새 넥타이를 매고..."

또다시 2분간의 침묵이 이어졌다.

"당신은 담배 기억하시죠?"

"내 친구여,"

그는 끔찍한 상태에서 중얼거렸다.

"담배는, 저녁에, 창가에서... 달이 빛났고... 정자에서 보고 나서... 스크보레시니키에서? 기억하나요, 기억해요."

그녀는 그의 베개의 양쪽을 움켜쥐고 그것을 머리와 함께 흔들었고 자리에서 일어섰다.

"기억하나요, 공허하고, 속 빈, 불명예스런, 속 좁은, 그리고 영원히, 영원히 속이 빈 인간!"

그녀는 비명을 자제하면서 격렬하게 속삭이면서 씩씩거렸다. 그녀는 그를 내팽개치고 손으로 얼굴을 가리고 나서 의자에 주저앉았다.

"그만!"

그녀는 몸을 바로잡고 나서 말을 가로막았다.

"20년이 흘렀어요. 당신은 돌이킬 수 없어요. 난 바보야."

"난 당신을 사랑했어."

그는 다시 손을 모았다.

"뭣 때문에 당신은 내게 계속 '사랑했어' 또 '사랑했어'라고 말하는 건가요! 됐어요!"

그녀는 다시 자리에서 일어섰다.

"만일 당신이 지금 잠들지 않는다면 그때 난... 당신에겐 안정이 필요해요. 주무세요. 지금 주무세요. 눈을 감아요. 아, 맙소사, 어쩌면 그는 아침을 먹고 싶은 건지도 몰라! 당신 뭘 먹을래요? 그가 무엇을 먹나요? 아, 맙소사. 그녀는 어디 있지? 그녀는 어디 있나요?"

소동이 시작되었다. 그러나 스테판 트로피모비치는 작은 소리로 정말로 한 시간 정도 자고 싶다고 중얼거렸다. 그런데 그곳에는 수프와 차... 마침내 그는 너무 행복했다. 그는 자리에 누워 정말로 잠이 든 것 같았다.(어쩌면 그런 척하는 것인지도 모른다.) 바르바라 페트로브나는 기다렸다가 까치발로 칸막이에서부터 나왔다.

그녀는 여주인의 방에 앉아서 주인 내외를 몰아내고 다샤에게 그녀를 불러오도록 명령했다. 심각한 심문이 시작되었다.

"이봐, 이젠 자초지종을 상세히 모두 말해 봐. 옆에 앉아. 이렇게, 응?"

"전 스테판 트로피모비치를 만났는데..."

"잠깐, 조용히 해. 만일 당신이 거짓말하거나 뭔가를 숨긴다면 땅에서 당신을 파내 버릴 거야. 그래서?"

"제가 스테판 트로피모비치와 함께... 하토보에 왔을 때..."

소피야 마트베예브나는 숨을 헐떡였다...

"그만, 조용히. 기다려. 왜 제멋대로 지껄이기 시작한 거지? 당신이 무슨 새라도 되는 건가?"

소피야 마트베예브나는 그녀에게 세바스토폴에서부터 시작하여 아주 간결한 표현으로 자신에 관한 뭔가를 이야기했다. 바르바라 페트로브나는 의자에서 몸을 바로 잡고 이야기하는 여인의 눈을 엄하고 집요하게, 그리고 노골적으로 바라보며 아무 말 없이 이야기를 듣고 있었다.

"왜 당신은 그렇게 놀란 거지? 왜 당신은 바닥을 쳐다보는 거야? 난 내 얼굴을 쳐다보며 나와 논쟁하는 사람들을 좋아하지. 계속해."

그녀는 만남, 책, 그리고 스테판 트로피모비치가 아낙네에게 보드카를 대접한 일마저도 이야기했다…

"좋아, 좋아. 아주 사소한 디테일까지도 잊지 마."

바르바라 페트로브나는 기운을 북돋아 주었다. 그리고 마침내 그녀는 그들이 어떻게 길을 떠났고 스테판 트로피모비치가 내내 '아주 이전부터 아픈 상태에서' 여러 이야기를 했고 이곳에서 지내면서 맨 처음부터 몇 시간 동안은 인생 이야기를 하기도 했다고 전했다.

"인생에 대해 이야기 해봐."

소피야 마트베예브나는 갑자기 말을 더듬었고 완전히 이성을 잃었다.

"여기서 전 아무것도 말할 수가 없어요."

그녀는 거의 울먹이며 말했다.

"난 거의 아무것도 이해할 수 없었어요."

"거짓말이야. 아무것도 이해할 수 없었다는 것은..."

"그분은 검은 머리의 유명한 여인에 대해 오랫동안 이야기하셨어요."

소피야 마트베예브나는 바르바라 페트로브나의 금발 머리를 눈여겨보고 나서 '검은 머리 여인'과 그녀가 완전히 다르다는 것을 파악하고 나서 얼굴을 몹시 붉혔다.

"검은 머리 여인이라고? 대체 뭐야? 말해 봐!"

"그 유명한 여인은 그들과 사랑에 빠져서 평생, 20년을 꼬박 그렇게 지냈다는 겁니다. 하지만 그분은 내내 고백할 수 없었고 그들 앞에서 부끄러웠다네요. 왜냐하면 그들은 아주 위대해서..."

"바보!"

바르바라 페트로브나는 생각에 잠긴 채 단호하게 말을 가로막았다.

소피야 마트베예브나는 거의 울 지경이 되었다.

"여기서는 말을 잘할 수가 없어요. 왜냐하면 그 때문에 너무 두렵고 이해할 수도 없기 때문이에요. 왜냐하면 그들은 너무도 영리한 사람들이기 때문에..."

"그의 지성에 대해서는 당신과 같은 까마귀가 판단할 수 없지. 그가 청혼했나?"

바르바라 페트로브나가 소리치기 시작했다.

"너와 사랑에 빠졌냐고? 말해! 네게 청혼했니?"

바르바라 페트로브나가 소리쳤다.

"거의 그렇다고 할 수 있어요."

그녀는 울먹였다.

"다만 전 그 분의 병 때문에 그것을 대수롭지 않게 받아들였어요."

그녀는 시선을 들어 확고하게 답했다.

"당신 이름이 뭐지? 이름과 부칭은?"

"소피야 마트베예브나입니다."

"소피야 마트베예브나, 너는 그가 걸레 같고, 가장 바보 같고 공허한 자라는 것을 알아야 해... 맙소사, 맙소사! 넌 날 무뢰한이라 여기겠지?"

그녀는 눈을 부릅떴다.

"못된 여자, 폭군? 그의 인생을 망친 여자라고?"

"당신 자신도 울고 있는데 어떻게 그럴 수 있을까요?"

바르바라 페트로브나는 눈에 눈물이 맺힌 채 서 있었다.

"음, 앉아, 앉으라고. 놀라지 마. 내 눈을 다시 보라고. 곧장. 왜 얼굴을 붉히는 거지? 다샤, 이리 와서 그녀를 봐라. 네 생각에 그녀는 순수한 마음을 가지고 있는 거 같니?.."

그리고 소피야 마트베예브나를 너무도 놀랍게 한, 아

악령들 553

니 그녀를 공포로 몰고 간 일이 벌어졌다. 바르바라 페트로브나가 그녀의 뺨을 갑자기 다정스레 도닥였던 것이다.

"바보라는 점만 아쉽네. 나이에 걸맞지 않게 바보야. 이봐. 좋아. 난 당신을 고용하겠어. 이 모든 것이 부질없다는 거 알아. 당분간 곁에 살도록 해. 아파트를 당신에게 구해 줄 테니. 내가 당신에게 테이블과 모든 것도 주고... 나중에 다시 부를게."

소피야 마트베예브나는 놀란 상태에서 말을 더듬었고 서둘러야만 했다.

"당신은 서둘러 갈 데가 없잖아. 내가 당신 책들을 다 살 테니 당신은 여기에 앉아. 변명하지 말고 조용히 있어. 만일 내가 오지 않았다면 당신은 그를 어떻게든 혼자 두지 않았겠지?"

"어떠한 일이 있어도 그를 혼자 두지 않을 겁니다."

소피야 마트베예브나는 눈물을 훔치며 조용하고 강하게 말했다.

잘츠피시 의사는 밤늦게 도착했다. 그는 아주 존경받는 어른이었고 아주 노련한 실무자였다. 최근에는 상관과 격렬한 논쟁을 벌여서 일자리를 잃었다. 바르바라 페트로브나는 그 순간 최선을 다하여 그를 '간호하기 시작했다.' 그는 주의 깊게 환자를 관찰하고 질문을 던졌다.

그리고 조심스레 바르바라 페트로브나에게 '고통받는 자'의 상황이 아주 의심스러우니 병이 더 위중할 경우 '최악의 상태'까지도 예상할 수 있다고 말했다. 바르바라 페트로브나는 지난 20년간 모든 일에 있어서 진지하고 결정적인 것에 관한 생각과 거리가 멀었기 때문에 그녀는 심한 충격을 받았고 심지어 얼굴이 새하얗게 질렸다.

"정말 어떠한 희망도 없는 건가요?"

"지금 상황으론 아주 희망이 없다고 말할 수는 없으나…"

그녀는 밤새 한숨도 자지 않고 아침을 맞이했다. 환자가 겨우 눈을 떠서 의식이 돌아오자(그는 매 순간 약해지긴 하였지만 그때까지 의식은 있었다.) 그녀는 단호한 표정으로 그에게 다가갔다.

"스테판 트로피모비치, 모든 것을 예상해야만 해요. 제가 사제를 부르러 사람을 보냈어요. 당신은 의무를 수행해야만 해요…"

그녀는 그의 신념을 알기에 그가 거절할까 봐 두려웠다. 그는 놀라서 쳐다보았다.

"헛소리, 헛소리!"

그녀는 그가 이미 거절한 것처럼 생각하고 소리를 질렀다.

"지금은 어리광을 부릴 때가 아니에요. 바보짓은 이제

충분해요."

"그런데... 정말 내가 이미 그렇게 많이 아픈 건가요?"

그는 생각에 잠겨 동의했다. 나는 그가 죽음을 결코 두려워하지 않았다는 사실을 바르바라 페트로브나에게서 듣고 나서 정말 놀랐다. 어쩌면 그는 확인하지도 않고 자기 병이 별거 아니라고 계속 생각했는지도 모른다.

그는 고해성사를 하고 아주 흔쾌히 성체를 모셨다. 소피야 마트베예브나와 하인들, 그리고 모두가 신성한 비밀을 간직하게 된 것을 축하해 주었다. 모두가 그의 야위고 초췌해진 얼굴과 창백하게 변해 떠는 입술을 보고 참았던 눈물을 터뜨렸다.

"그래요. 내 친구들, 당신들이 이렇게... 야단법석을 떠니 놀라울 따름입니다. 어쩌면 난 내일 일어날 수도 있어요. 그러면 우리는... 떠날 겁니다... 이 모든 의식(儀式)... 그것을 통해 나는 모든 의무를 다할 것이고... 의식이 있었던 거고..."

"신부님, 반드시 환자와 함께 있어 주시길 부탁드립니다."

바르바라 페트로브나는 법의를 벗은 사제를 급히 제지하였다.

"차를 내오자마자 환자에게 믿음을 심어 주기 위해 성스러운 말씀을 즉시 해주실 것을 부탁드립니다."

사제가 말하기 시작했다. 모두가 환자의 침대 주변에 앉거나 서 있었다.

"우리 죄 많은 시대에," 사제는 손에 찻잔을 들고 유창하게 말하기 시작했다. "모든 숭고한 것에 대한 믿음은 인생의 모든 굴욕과 시련 속에서 인류의 유일한 피난처가 됩니다. 그것은 믿는 자들에게 약속한 영원한 복락을 누리는 것과 같아요…"

스테판 트로피모비치는 생기를 되찾은 듯했다. 희미한 조소가 그의 입술에 번졌다.

"신부님, 당신께 감사드립니다. 당신은 너무도 선하세요. 하지만…"

"'하지만'이란 말은 절대 안 됩니다. 결코 '하지만'이란 말을 하지 말아요!"

바르바라 페트로브나가 의자에서 일어서며 외쳤다.

"신부님," 그녀는 사제에게 몸을 돌렸다. "저 사람, 저 사람은 그런 사람, 그런 사람입니다… 한 시간 뒤에 저 사람의 고해성사를 하게 해야 합니다! 저 사람은 그런 인간입니다!"

스테판 트로피모비치는 인내하며 미소 지었다.

"내 친구들이여," 그가 입을 열었다. "신은 영원히 사랑할 수 있는 유일한 존재로서 제게 이미 필요한 존재입니다…"

정말로 그가 신을 믿었던 건지, 아니면 완전히 비밀스런 웅장한 의식이 그를 뒤흔들어서 그의 예술적 감수성이 발동했던 건지, 그는 자신의 이전의 많은 신념들에 위배되는 몇 마디 말들을 격한 감정으로 이야기했다고 한다.

"나의 불멸은 불가피한 것입니다. 신은 거짓을 만들기를 원치 않으시고 내 가슴에 타오른 그를 향한 사랑의 불꽃이 꺼지기를 원치 않으십니다. 사랑보다 더 귀한 것은 무엇인가요? 사랑은 존재보다 위대합니다. 사랑은 존재의 왕관입니다. 존재가 사랑에 복종하지 않는 것이 어찌 가능할까요? 만일 내가 신을 사랑하고 나의 사랑에 기뻐한다면 신이 나와 내 기쁨을 소멸하고 우리를 무(無)로 바꿀 수 있을까요? 신이 존재한다면 나는 불멸입니다! 이것이 내 믿음의 상징입니다."

"스테판 트로피모비치, 신은 존재합니다. 존재한다는 것을 당신께 확신시켜 드리지요."

바르바라 페트로브나가 애원했다.

"인생에서 단 한 번만이라도 당신의 모든 어리석음을 거부하고 던져버려요!"(그녀는 그의 신앙고백을 전혀 이해하지 못한 듯했다.)

"내 친구여," 그의 목소리는 자주 끊겼으나 그는 점점 더 생기를 되찾았다. "내 친구여, 내가 그 뺨을 내민다는 것을… 이해하였을 때, 난… 난 그 즉시 뭔가를 이해하였죠… 난 평생을 거짓말했어요. 평생, 일평생 동안! 그러나 내일… 내가 하고 싶은 건… 내일 우리 모두 떠나는 겁니다."

바르바라 페트로브나는 울기 시작했다. 그는 누군가를 눈길로 찾았다.

"여기 그녀가 있어요. 그녀가 여기 있다고요!"

그녀는 소피야 마트베예브나의 손을 잡고 그녀를 그에게로 이끌었다. 그는 온화하게 미소 지었다.

"오, 난 정말 다시 살고 싶어요!"

그는 안간힘을 쓰며 소리쳤다.

"인생의 매 분, 매 순간은 인간에게 축복이 되어야만 합니다… 그래야만 합니다. 반드시 그래야만 합니다! 그렇게 되는 것이 인간의 의무입니다. 그것은 숨겨졌으나 반드시 존재하는 인간의 법칙입니다… 오, 난 페트루샤를 보고 싶어요… 그들 모두를… 샤토프도!"

다리야 파블로브나, 바르바라 페트로브나, 시내를 마지막으로 방문한 잘츠피시도 샤토프에 대해 아무것도 몰랐다는 점을 덧붙여야겠다.

스테판 트로피모비치는 점점 더 병적으로 흥분하더니 더 이상 힘을 낼 수 없는 상황에 빠졌다.

"나보다 더 공정하고 행복한 뭔가가 존재한다는 생각

을 늘 가지고 있었어요. 그 생각은 측량할 수 없는 자비와 명예를 통해서 내 존재를 채우고 있습니다. 오, 내가 누구이든, 무엇을 했든지 간에! 무엇보다 인간은 자신의 행복을 알아야 합니다. 어딘가에 완전하고 평온한 행복이 존재한다는 것을 매 순간 믿어야만 합니다. 모두를 위해 그리고 모든 것을 위해... 인간 존재에 관한 온전한 법칙은 인간은 언제나 측량할 수 없는 위대함을 경배한다는 점입니다. 만일 위대함을 측량할 사람이 없다면 그들은 살기를 그만두고 절망 속에서 죽게 됩니다. 측량할 수 없고 무한한 것이 인간이 살아가는 조그만 행성처럼 인간에게 필요합니다... 내 친구들이여, 모두, 모두. 위대한 사상 만세! 영원하고 측량할 수 없는 사상! 그가 어떤 사람이든지 간에 인간은 위대한 사상 앞에 경배하여야만 합니다. 심지어 가장 어리석은 사람에게도 일종의 위대한 것이 필요합니다. 페트루샤... 오, 내가 얼마나 그들 모두를 만나고 싶어 하는지! 그들은 영원하고 위대한 사상이 그들에게 달려 있다는 사실을 몰라요, 모릅니다!"

잘츠피시 의사는 의식이 진행될 때 자리에 없었다. 그는 갑자기 안으로 들어오면서 놀라서 환자를 자극하지 말라며 모인 사람들을 해산시켰다.

스테판 트로피모비치는 3일 뒤 완전히 의식이 없는 상

태에서 숨졌다. 그는 마치 다 타버린 양초처럼 어쩐 일인지 조용히 사그라들었다. 바르바라 페트로브나는 그곳에서 장례를 치르고 나서 자신의 가련한 친구의 시신을 스크보레시니키로 가져갔다. 그의 무덤은 교회 묘지에 만들어졌고 거기에 대리석 비석이 세워졌다. 묘비명과 울타리는 봄에 마련하기로 하였다.

바르바라 페트로브나가 도시를 떠나 자리를 비운 기간은 8일이었다. 소피야 마트베예브나는 그녀의 마차에 타서 그녀 옆에 앉았는데 영원히 그녀의 집에서 살 것처럼 보였다. 스테판 트로피모비치가 거의 의식을 잃었을 때(그날 아침) 바르바라 페트로브나는 다시 한번 소피야 마트베예브나를 나가 있도록 하고 오두막에서 나오지 않은 채 하나부터 열까지 환자를 직접 돌보았다. 그러나 그가 숨지자마자 즉시 그녀를 불렀다. 그녀는 영원히 스크보레시니키에 살자는 제안에 대해 어떠한 반대 의견도 내지 않았다.

"모든 것이 헛소리! 내가 직접 당신과 함께 성경을 팔러 다닐 거야. 아니, 이 세상에서 어느 누구도 내게 남아 있지 않아!"

"하지만 당신에게는 아들이 있잖아요."

잘츠피시가 지적했다.

"아니요. 제겐 아들이 없어요!"

바르바라 페트로브나는 딱 잘라 말했는데 마치 그녀가 미래를 예언한 것 같았다.

X. 니콜라이 스타브로긴의 최후

행해진 모든 비행과 범죄들은 표트르 스테파노비치가 생각했던 것보다 훨씬 더 빨리 엄청난 속도로 드러났다. 불쌍한 마리야 이그나티예브나는 남편이 살해되던 날 밤 자신의 곁에 그가 없다는 것을 알아차리고서 새벽이 오기 전 잠에서 깨어 그를 찾으며 형용할 수 없는 걱정에 휩싸였다. 그 당시 아리나 프로호로브나가 고용했던 하녀가 그녀와 함께 밤을 지새웠다. 그녀는 마리야를 진정시킬 수 없었다. 그래서 그녀는 날이 밝자마자 아리나라면 그녀의 남편이 어디에 있는지 그리고 언제 돌아올지 알 수 있을 거라고 안심시키고 나서 아리나를 부르러 달려갔다. 하지만 아리나 프로호로브나도 걱정하고 있었다. 그녀는 이미 남편으로부터 스크보레시니키에서 있었던 야밤의 사건에 대해 들어 알고 있었다. 그는 밤 10시경 끔찍한 표정과 정신상태로 귀가했다. 그는 손을 내저으며 침대에 몸을 던지고 경련을 일으키며 울면서 계속 같은 말을 반복했다. '이 일은 말도 안돼. 그건 아니지. 이 일은 정말 있을 수 없어!' 그는 자신에게 다가온 아리나 프로호로브나에게 모든 일에 대해 오직 집 안에 있던 사람들 중 그녀에게만 고백함으로써 상황을 마무리한 듯하다. 그녀는 '울고 싶다면 소리가 나지 않게 베개에 대고 울고 만일 내일 어떠한 낌새라도 보인다면 그는 바보가 될 거'라고 자신을 억제하고 나서 그를 혼자 침대에 내버려 두었다. 그녀는 생각에 잠기고 나서 만일의 경우를 대비해서 여분의 종이들, 책, 심지어 격문을 숨기거나 완전히 없애버렸다. 그녀는 이러한 모든 일을 통해 그녀, 그녀의 언니, 이모, 여대생, 어쩌면 귀가 처진 오빠도 그다지 두려워할 것은 없을 거라 생각했다. 아침에 간호사가 그녀를 부르러 왔을 때 그녀는 아무 생각 없이 마리야 이그나티예브나에게 갔다. 그녀는 어제 남편이 잠꼬대와 같은 놀랍고도 광기 어린 속삭임으로 그녀에게 들려준 키릴로프를 향한 표트르 스테파노비치의 생각, 즉 모두의 이익을 위한 계산에 대해 속히 알고 싶어서 미칠 지경이었다.

하지만 그녀가 마리야 이그나티예브나에게 온 것은 이미 늦은 시간이었다. 하녀를 보내고 혼자 있게 된 마리야 이그나티예브나는 참지 못하고 침대에서부터 자신의 손이 닿는 아무 옷, 아주 가볍고 계절에도 맞지 않는 옷을 걸치고 키릴로프의 곁채로 향했다. 어쩌면 그녀는 키릴로프가 그녀에게 누구보다 더 정직하게 자신의 남편에 대해 말해 줄 거라 생각했는지도 모른다. 그녀가 그곳에서 본 것이 산모에게 어떠한 영향을 미쳤을지 상상할 수 있다. 그녀가 테이블 위에 놓여 있는 키릴로프의 유서를 읽지 않은 것은 잘된 일이다. 물론 그녀가 놀라서 그것을 대충 훑어보았을 수는 있을 것이다. 그녀는 자기 방으로 돌아와서 아기를 안고 집을 빠져나와 거리로 나왔다. 안개가 자욱한 습한 아침이었다. 너무도 적막한 거리에는 행인들도 없었다. 그녀는 차갑고 질퍽거리는 진흙탕을 따라 숨을 헐떡이며 뛰다가 마침내 집집마다 문을 두드리기 시작했다. 어떤 집은 문이 잠겨 있었고 어떤 집은 오랫동안 문을 열어 주지 않았다. 그녀는 참지 못하고 달려가 세 번째 집 문을 두드리기 시작했다. 그것은 우리 마을 상인 티토프의 집이었다. 그곳에서 그녀는 커다란 소동을 일으켰다. 그녀는 울면서 두서없이 '남편이 살해되었다'고 단정했다. 티토프 집에서는 샤토프와 그의 이야기를 어느 정도 알고 있었다. 그녀의 말에 따르면 애를 낳은 지 하루 만에 그러한 옷차림으로 그러한 추위에 대충 감싼 아기를 품에 안고 거리를 뛰어다녀서 그들은 경악하며 놀랐다고 한다. 그들은 처음에는 헛소리라고 생각했다. 게다가 그들은 누가 살해되었는지 이해할 수 없었기 때문이다. 키릴로프인지, 아니면 그녀의 남편인지? 그녀는 그들이 자신의 말을 믿지 않는다는 것을 알아채고 계속 달려갈 태세였다. 하지만 사람들은 그녀를 억지로 멈춰 세웠다. 그녀는 끔찍하게 소리치고 버둥거렸다고 한다. 그들은 키릴로프의 집으로 향했고 두 시간 뒤에 키릴로프의 자살과 그의 유서가 온 도시에 알려졌다. 경찰은 그 순간까지 의식이 있던 산모에게 다가왔다. 거기서 그녀가 키릴로프의 유서를 읽지 않았다는 것이 밝혀졌다. 그녀가 자신의 남편이 살해되었다는 결론을 내렸는지에 대해서는 그녀로부터 알아낼 수가 없었다. 그녀는 '그가 살해되었다면 남편도 살해된 거예요. 그들은 함께 있었어요!'라고 소리쳤다. 정오 무렵 그녀는 의식을 잃었고 제정신으로 돌아오지 못하고 3일 뒤에 숨졌다. 감기에 걸린 아기는 그녀보다 먼저 세상을 떠났다. 아리나 프로호로브나는 마리야 이그나티예브나와 아기가 자리에 없음을 알아차리고 상황이 심상치 않다는 것을 느끼고 집으로 달려가고 싶었다. 하지만 현관 옆에 멈춰 서서 '곁채에 사는 나리에게 마리야 이그나티예브나가 있는지 알아보고 나리가 그녀에 대해 뭔가 아는 것이 없는지 물어보기 위해' 보모를 보냈다. 심부름꾼은 거리를 향해 광적으로 소리치며 되돌아왔다. 아리나는 '심판을 받을 거'라는 이미 알려진 논리를 들이대며 소리치지 말고 어느 누구에게도 알리지 말라고 단도리를 하고 나서 문을 빠져나왔다.

물론 사람들은 마리야의 산파인 아리나를 그날 아침 괴롭게 하였고 약간의 정보를 얻어냈다. 그녀는 샤토프의 집에서 보고 들은 모든 것을 아주 사무적이고 냉정하게 말했다. 하지만 그녀는 일어난 사건에 대해서는 모르고 이해할 수도 없다고 잡아뗐다.

어떠한 소동이 도시에 일어났을지는 상상할 수 있을 것이다. 새로운 '사건'이 또다시 살인이었던 것이다! 하지만 그 사건은 이전 사건과 다른 점이 있었다. 살인자들, 방화범이자 혁명가들, 폭도들의 비밀 조직이 실제로 존재한다는 것이 분명해진 것이다. 리자의 끔찍한 죽음, 스타브로긴 아내의 살해, 방화, 여자 가정교사들을 위한 행사, 율리야 미하일로브나 주변의 방탕한 작자들... 심지어 스테판 트로피모비치의 실종에 대해서도 사람들은 즉시 수수께끼에 대해 알고자 하였다. 니콜라이 프세볼로도비치에 대해 말들이 많았다. 그날이 저물어갈 무렵 사람들은 표트르 스테파노비치가 사라졌다는 것을 알게 되었다. 그에 대해 무엇보다 사람들이 말을 많이 하지 않은 것이 이상했다. 그날 사람들은 '원로원에 대해' 무엇보다 많은 이야기를 했다. 아침 내내 사람들이 필립포프의 집으로 몰려들었다. 실제로 키릴로프의 메모 때문에 당국은 혼돈에 빠지게 되었다. 사람들은 키릴로프가 샤토프를 죽였다는 것과 '살인자'의 자살에 대해 믿었다. 그런데 당국은 경황이 없었으나 완전히 그런 것은 아니었다. 예를 들어 키릴로프의 메모에 구체적으로 나와 있지 않은 '공원'이란 단어는 표트르 스테파노비치가 예상한 대로 어느 누구도 애매모호하게 만들지는 않았다. 경찰은 당장 스크보레시니키로 향했다. 그 이유는 우리 마을 어디에도 없는 공원을 찾으려 했기 때문이 아니라, 일종의 본능 때문이었다. 왜냐하면 최근의 모든 끔찍한 사건들이 직접적으로, 혹은 부분적으로 스크보레시니키와 연관되어 있었기 때문이다. 적어도 난 그렇게 짐작했다.(바르바라 페트로브나는 아무것도 모른 채 아침 일찍 스테판 트로피모비치의 명복을 빌기 위해 집을 나섰다.) 그날 저녁 사람들은 몇 가지 증거를 토대로 연못에서 시신을 발견했다. 살인이 있었던 바로 그 장소에서 살인자들이 부주의해서 잊고 있었던 샤토프의 모자가 발견되었다. 시신을 육안으로 보는 것뿐만 아니라 의학적인 검시와 처음부터 제기된 몇 가지 추측이 키릴로프에게 동료들이 있지 않았을까하는 의심을 불러일으켰다. 격문과 관련해서 샤토프와 키릴로프가 연루된 비밀 조직이 존재했다는 것이 밝혀졌다. 이 친구들은 누구였나? 그날 사람들은 우리 마을 사람들, 그리고 그들 중 어느 한 사람에 대해서도 생각하지 못했다. 키릴로프가 은둔자처럼 살았고 메모에서 밝혀진 것처럼, 도처에서 그렇게 찾았던 페지카가 키릴로프와 함께 같은 아파트에 기거했을 정도로 숨어 지냈다는 것이 밝혀졌다... 중요한 것은 제시된 모든 복잡한 정황으로부터 일반적이고 연관성 있는 사실이 나오지 않아 사람들을 괴롭혔다는 점이다. 다음 날 럄신 덕분에 모든 것이 일순간 갑자기 해명되었다. 그러한 해명이 없었다면 사교계는 패닉에 빠져 어떠한 결말을 맞았을지, 그리고 어떠한 미궁에 빠졌을지 짐작도 못했을 것이다.

럄신은 참지 못했다. 표트르 스테파노비치가 마지막에 예감했던 일이 그에게 일어났던 것이다. 그는 톨카첸코에게, 그 다음에는 에르켈에게 맡겨졌다. 그는 다음 날 종일 침대에 누워있었다. 사람들이 그와 이야기하려고 하면 벽 쪽으로 몸을 돌려 아무 말도 하지 않고 아무 대답도 하지 않아서 온순한 것처럼 보였다. 그러니까 그는 하루 종일 도시에서 일어난 일에 대해 아무것도 몰랐다. 그러나 사건을 잘 알고 있던 톨카첸코가 럄신 옆에 있으라는 표트르 스테파노비치의 명령에 따른 자신의 임무를 무시하고 도시를 떠나 군(郡)으로 간다는, 간단히 말해 도망간다는 생각을 하게 되었다. 에르켈이 그들 모두에 대해 예언한 것처럼 그들은 정말 판단력을 잃어버렸다.

리푸틴은 정오도 되기 전에 그날 도시에서 사라졌다는 말을 덧붙여야 하겠다. 어쩐 일인지 당국은 그의 실종에 대해 다음 날 저녁, 그의 실종에 대해 너무 놀랐지만 두려워서 아무 말 못하는 그의 가족들을 심문해서 비로소 알게 되었다.

아무튼 람신에 대해 계속 이야기하겠다. 그가 혼자 남겨졌을 때(톨카첸코에게 희망을 가지고 에르켈은 미리 자기 집으로 떠났다.) 그는 즉시 집을 빠져나가 아주 금방 사건의 전말에 대해 알게 된 것이 틀림없다. 그는 심지어 자기 집에 들르지도 않고 목적 없이 배회하였다. 하지만 밤이 너무 어두웠고 계획이 너무도 끔찍하고 어려운 것이어서 두세 개의 거리를 지나 그는 집으로 돌아와 밤새 문을 잠그고 있었다. 그는 아침에 자살 시도를 하였던 것 같다. 하지만 그는 성공하지 못했다. 그는 정오까지 집에 박혀 있다가 갑자기 경찰서로 달려갔다. 그는 자신이 자기 앞에 서 있는 관리들의 부츠에 입을 맞출 자격도 없는 자라고 소리치며 무릎을 꿇고 울며불며 소리치고 바닥에 입 맞추었다고 한다. 사람들은 그를 달래고 쓰다듬어 주기까지 하였다. 심문은 세 시간 정도 이어졌다고 한다. 그는 모든 것을 죄다 불었다. 그리고 모든 은폐된 진실, 알고 있는 모든 것, 모든 디테일을 다 이야기했다. 그는 앞서가기도 하였고 서둘러 고백하기도 하였으며 물어보지도 않은 불필요한 일들을 전하기도 하였다. 그가 잘 알고 있으며 사건을 아주 제대로 재구성할 수 있다는 사실이 밝혀졌다. 샤토프와 키릴로프에게 일어난 비극, 방화, 레뱌드킨 오누이의 죽음 등은 부차적인 것으로 밀렸다. 우선 순위가 된 것은 표트르 스테파노비치, 비밀 조직, 위원회, 네트워크였다. 무엇을 위해 그렇게 많은 살인, 스캔들 그리고 비열한 일들을 행했는지에 관한 질문에 그는 '근본을 체계적으로 뒤흔들고 사회와 모든 경향을 체계적으로 와해시키기 위해, 모두의 사기를 떨어뜨리고 그들을 혼돈으로 몰아가서 병들고 부패하여 냉소와 불신이 가득하지만 지배욕과 자기보존의 욕망을 가진 사회를 카오스로 만들기 위해, 갑자기 자신의 손으로 혁명의 깃발을 들고 움켜쥘 수 있는 모든 수단과 약점들을 동원하고 찾으며 활동하는 5인조의 조직망에 기대어 그것들을 손아귀에 넣기 위해'라고 대답했다. 그는 이 도시에 체계적인 무질서를 조장하기 위해 표트르 스테파노비치가 행한 첫 번째 시도는 소위 향후 행동을 위한 프로그램이며 5인조 모두 동조했다고 결론지었다. 그락신의 특별한 생각과 추측은 '사람들이 즉시 기억하게 만들어서 그가 솔직하고 양심적으로 사건을 설명하여서 아주 많은 도움이 되고 향후 경찰의 업무에도 진전이 있을 거라는' 인식과 연관된 것이다. 5인조와 같은 조직이 많은가라는 긍정적인 질문에 대해 그는 증거는 제시할 수 없지만 셀 수 없이 많으며 모든 러시아가 네트워크로 연결되어 있다고 대답했다. 나는 그가 아주 솔직하게 답했다고 생각한다. 그는 조직의 프로그램에 관한 인쇄물, 해외의 문건, 초고의 형태이긴 하지만 표트르 스테파노비치가 직접 쓴 미래의 행동 체계를 발전시키기 위한 프로젝트를 제시하였다. 럄신의 '기초를 뒤흔든다'는 표현은 그가 이 문건에서 마침표와 쉼표 하나도 잊어버리지 않고 문자 그대로 차용한 것이었다. 하지만 그는 그 표현이 자신의 고유한 표현이라는 점을 확신시켰다. 그는 율리야 미하일로브나에 대해 물어보지도 않았는데 앞서 나가며 '그녀는 아무 죄가 없으며 사람들이 그녀를 바보로 만들었다'고 아주 우습게 표현했다. 그런데 주목할 점은 니콜라이 스타브로긴은 표트르 스테파노비치와 공모하여 어떠한 비밀 조직에 가입한 적이 없다며 완전히 그를 변호해주었다는 점이다.(럄신은 표트르 스테파노비치가 스타브로긴에 걸었던 진지하고 우스운 희망에 대해서는 전혀 이해하지 못했다.) 그의 말에 따르면 레뱌드킨 오누이의 죽음은 레뱌드킨을 범죄에 끌어들이고자 하는 니콜라이 프세볼로도비치의 비열한 의도에 의한 것으로서 표트르 스테파노비치에 의해 계획된 것이니 결국 그에 의해 좌우된 것이었다. 하지만 표트르 스테파노비치가 의심의 여지 없이 예상했던 니콜라이 프세볼로도비치의 감사 대신에 니콜라이 프세볼로도비치는 굉장한 분노와 절망만을 표출했다. 그는 스타브로긴에 대해 물어보지도 않았는데 서둘러서 그가 아주 중요한 인물이며 어떠한 비밀이 있어서 은밀히 자신의 집에 살았고 임무를 부여받아 아주 다른 상황에서, 아주 다른 모습으로 우리 도시에서 어쩌면 곧 알게 될 사람들의 수행을 받으며 페테르부르크에서부터 다시 우리에게 올 것이라 말했다. 이 모든 것을 그는 '니콜라이 프세볼로도비치의 비밀스런 적'인 표트르 스테파노비치에게서 들은 것이라며 마무리했다.

이쯤에서 주목하고자 한다. 두 달이 지나서 럄신은 그 당시 스타브로긴이 자신을 보호해주리라는 희망을 가지고 일부러 그를 끌어들이지 않았다고 고백했다. 스타브로긴이 페테르부르크에서 그의 형량을 두 단계 정도 감해줄 것이고 유형을 떠나더라도 돈을 쥐여주고 소개장을 써줄 거라고 생각한 것이다. 이러한 고백을 통해 알 수 있는 것은 럄신이 니콜라이 스타브로긴에 대해 정말로 아주 과장된 생각을 가지고 있었다는 점이다.

그날 온 집안을 떠들썩하게 만들면서 비르긴스키가 체포되었다.(아리나 프로호로브나, 그녀의 여동생, 이모와 여대생은 아주 오래전에 자유의 몸이 되었다. 조만간 시갈료프도 곧 풀려날 거라는 말이 있다. 왜냐하면 피의자들은 그 어떤 범주에도 속하지 않기 때문이다. 하지만 이 모든 것은 수다에 불과하다.) 비르긴스키는 곧장 모든 일에 대해 기소되었다. 그는 체포 당시 아파서 자리에 누워있었고 열병에 걸려 있었다. 그가 기뻐하기까지 했다고 한다. 그가 '마음이 가벼워졌다'고 말한 것 같다. 그는 솔직하게 증거를 제시하고 있긴 하지만 우연히 아무 생각 없이 '회오리처럼 마주친 상황들' 때문에 가게 된 정치적인 행보(사회주의와 반대되는)를 걸으면서 일종의 자존심을 가지고 '반짝이는 희망'들 중 몇 가지는 양보하지 않았다고 한다. 살인이 벌어졌을 때 그의 행동은 그에게 유리하게 작용하였다. 그 자신 또한 자신의 가담이 미미했다는 것을 고려할 수 있었는지도 모르겠다. 적어도 우리는 그렇게 확신했다.

그런데 에르켈의 운명은 혹독함을 피해갈 수 있을까. 그는 체포되었을 때부터 내내 입을 다물거나 기회만 있으면 진실을 왜곡했다. 지금까지도 그의 입에서는 후회와 연관된 말이 나오지 않았다. 그러나 그는 가장 가혹한 운명 속에서도 몇 가지 동정들, 이를테면 젊음, 의지할 데 없음, 그가 정치적인 유혹자의 환상적인 희생양에 불과하다는 명백한 증거 등을 불러일으켰다. 무엇보다도 그가 얼마 안 되는 월급의 거의 절반을 어머니에게 보낸 사실이 드러났다. 그의 어머니는 지금 우리 도시에 있다. 그녀는 병약한 여인으로서 나이보다 늙어 보였다. 그녀는 아들을 풀어달라고 울면서 말 그대로 발아래서 뒹굴었다. 뭔가가 있을 수 있지만 우리 도시의 많은 사람들은 그를 안타까워 했다.

리푸틴은 페테르부르크에서 2주일을 보낸 뒤 체포되었다. 그에게 있음직하지 않은, 설명하기 어려운 일이 일어났다. 그가 타인 명의의 여권을 가지고 있어서 해외로 도망갈 가능성이 농후하며 아주 많은 돈을 가지고 있었으나 페테르부르크에 머물면서 어디로도 가지 않았다고 한다. 그는 얼마 동안 스타브로긴과 표트르 스테파노비치를 찾아다녔고 갑자기 술을 마시기 시작하면서 자신의 상황에 대한 모든 상식과 의미를 완전히 잃어버린 사람처럼 극심한 방탕에 빠지기 시작했다. 그는 페테르부르크의 어느 유곽에서 취한 상태로 체포되었다. 그는 정신을 차리고 거짓 증언을 하고 도도함과 희망(?)을 가지고 다가오는 재판을 준비하고 있다는 소문이 돌았다. 그는 법정에서 발언하려 했다. 도주 후 열흘 만에 군의 어딘가에서 체포된 톨카첸코는 비교적 예의 바르게 행동했고 거짓말도 안 하고 잔머리도 굴리지 않고 그가 아는 모든 것을 말하고 자신을 합리화하지도 않고 겸손하게 비난을 감수했으나 말을 잘하려는 경향을 보였다. 그는 기꺼이 많은 말을 하였는데 사건이 민중과 민중의 혁명적인 부분에 이르자 그는 폼을 잡고 말의 효과를 기대하는 것처럼 보였다(?) 그도 법정에서 말하려 한다는 소문이 들린다. 대체로 그와 리푸틴은 그다지 놀라지 않았는데 그것이 심지어 이상하기까지 하다.

사건이 아직 끝나지 않았다는 점을 반복하여 말하겠다. 3개월이 지난 지금 우리 상류 사회는 휴식을 취하며 제자리를 찾고 즐기며 고유한 의견을 가지게 되어 표트르 스테파노비치를 천재는 아니지만 적어도 '천재적인 능력을 지닌 자'라고 생각하게 되었다. 사람들은 클럽에서 손가락을 위로 하고 '위원회'라고 말한다. 하지만 이 모든 것은 아무 잘못이 없다. 일부만 그렇게 말한다. 반대로 다른 사람들은 그의 명철한 능력을 부인하지 않지만 그가 현실에 대해 아주 무지하고 끔찍하게 추상적이며 기형적으로 한쪽으로 치우쳤고 경솔함 때문에 끔찍한 일을 벌였다고 말한다. 상대적으로 그의 도덕적인 측면에 대해서는 모두가 같은 의견으로 그 점에 대해서는 어느 누구도 논쟁하지 않는다.

사실 누군가를 잊지 않기 위해 반드시 누군가에 대해 기억해야 하는지도 모르겠다. 마브리키 니콜라예비치는 어딘가로 아예 가 버렸다. 드로즈도바 부인은 퇴행 증세를 보였다... 하지만 아주 음울한 이야기를 할 것이 남아 있다. 사실에만 한정하기로 하겠다.

바르바라 페트로브나는 돌아와서 시내의 자기 집에 머물렀다. 그녀는 누적된 모든 뉴스들을 한꺼번에 접하고 끔찍하게 동요하였다. 그녀는 혼자 집에 틀어박혔다. 저녁이었다. 모두가 피곤해서 일찍 잠자리에 들었다.

아침에 하녀가 다리야 파블로브나에게 비밀스러워 보이는 편지를 전달했다. 그녀의 말에 따르면 그 편지는 어제 온 것인데 모두가 잠들어 감히 깨울 수가 없어서 늦게 전한 것이었다. 그 편지는 우편으로 온 것이 아니라 미지의 인물을 통해 알렉세이 이고리치에게 바로 전해진 것이었다. 그런데 알렉세이 이고리치는 어제 저녁에 편지를 받고 그녀에게 전해주고 나서 바로 스크보레시니키로 가버렸던 것이다.

다리야 파블로브나는 가슴을 두근거리며 오랫동안 편지를 바라보았으나 감히 개봉할 수가 없었다. 그녀는 누가 편지를 썼는지 알고 있었다. 그건 니콜라이 스타브로긴이 쓴 편지였다. 그녀는 봉투에 적힌 서명 '알렉세이 이고리치에게. 다리야 파블로브나에게 몰래 전해 주길.'을 읽었다.

유럽식의 교육을 받았지만 러시아의 문법을 다 배우지 못해서 조그만 실수도 바로 잡지 못한 러시아 지주의 아들이 한 자 한 자 써 내려간 편지가 여기 있다.

사랑스런 다리야 파블로브나

당신은 언젠가 '간호사'가 되고 싶다고 내게 말했고 나는 필요하면 당신을 부르러 사람을 보내겠다는 약속을 하였지요. 난 이틀 뒤 떠날 거고 돌아오지 않을 겁니다. 나와 함께 가고 싶으신가요?

나는 게르첸과 마찬가지로 작년에 '우리Uri' 주의 시민으로서 등록했는데 그 사실은 아무도 모릅니다. 난 이미 그곳에 작은 집을 사 두었어요. 나에겐 12,000루블도 있어요. 우리 함께 가서 그곳에서 영원히 살아요. 난 결코 다른 어딘가로 떠나고 싶지 않아요.

협곡이라서 아주 지루한 곳이죠. 산들이 시야와 생각을 가로막죠. 아주 음울한 곳이죠. 난 작은 집을 구입했어요. 만일 당신이 그 집을 맘에 들어 하지 않으면 그 집을 팔고 다른 곳에 다른 집을 살 겁니다.

난 건강하지 못해요. 그곳의 공기 덕분에 환각에서 벗어날 수 있길 바라고 있죠. 그건 육체적인 겁니다. 도덕적인 측면에서 당신은 모든 것을 알고 있어요. 그게 전부일까요?

난 당신에게 내 인생의 많은 것을 이야기했어요. 하지만 그것이 전부는 아닙니다. 당신에게 전부는 아니죠! 하지만 아내의 죽음에 대해서 나는 양심적으로 잘못했다는 점을 확신합니다. 그 일이 있고 나서 난 당신과 만나지 않았죠. 확신합니다. 리자베타 니콜라예브나에 대해서도 잘못을 저질렀어요. 하지만 당신은 그 점에 대해 알고 있고 모든 것을 예언한 것 같아요.

당신이 내게 오지 않는 것이 더 나아요. 내가 당신에게 와달라고 하는 것은 정말 비열한 일입니다. 왜 당신은 나와 함께 해서 당신의 인생을 망치려는 겁니까? 당신은 사랑스럽고 내가 우수에 잠길 때 당신 곁에 있어서 좋았어요. 당신 한 사람 옆에서만 난 자신에 대해 큰 소리로 말할 수 있었어요. 그 일로 인해 어떠한 것도 발생하지는 않죠. 당신 스스로가 '간호사가 되어'라 했는데 이건 당신의 표현입니다. 왜 그렇게 희생하려 하나요? 내가 부르면 내가 당신을 가여워하지 않는다는 거고 내가 당신을 기다린다면 내가 당신을 존경하지 않는다는 것을 분명히 해두죠. 하지만 나는 당신을 부르고 당신을 기다릴 겁니다. 만일의 경우를 대비해서 당신의 답장이 필요합니다. 왜냐하면 아주 곧 떠나야만 하기 때문입니다. 그 경우 전 혼자 떠날 겁니다.

난 '우리' 지역에서 어떠한 것도 바라지 않아요. 그냥 가는 겁니다. 내가 일부러 음울한 지역을 고른 것은 아닙니다. 난 러시아에 연고가 없어요. 어디서나 그랬듯이 러시아는 언제나 낯설어요. 사실 난 다른 곳보다 러시아에 더 살고 싶지 않아요. 하지만 난 러시아에서 그 어떤 것도 증오할 수 없었어요!

　난 도처에서 내 힘을 시험해 보았어요. 당신은 내게 '자신을 알아보기 위해' 그것을 추천했죠. 이전의 내 인생에서와 마찬가지로 자신을 위해, 그리고 자신을 보여주기 위한 시도에서 내 힘은 무한한 것으로 밝혀졌지요. 당신 눈 앞에서 난 당신 오빠의 따귀를 견디었죠. 난 공개적으로 결혼 사실을 고백했죠. 하지만 이 힘을 어디에 쓸지는 결코 알지 못했어요. 내가 믿었던 스위스에서의 당신의 격려에도 불구하고 난 지금도 그걸 알지 못합니다. 난 이전에 언제나 그랬듯이 선행을 희망할 수 있어요. 그리고 그것으로부터 만족을 느낍니다. 하지만 그와 동시에 악을 원하고 그것으로부터도 만족을 느낍니다. 하지만 두 가지 감정은 이전처럼 언제나 약해서 결코 존재하지 않는 것 같아요. 내 희망은 언제나 무기력합니다. 그래서 그것을 지배할 수 없어요. 통나무배로는 강을 건널 수 있으나 나무 조각으로는 안됩니다. 내가 어떠한 희망을 가지고 '우리'로 가리라는 생각은 하지 마세요.

　난 이전처럼 어느 누구도 비난하지 않아요. 난 커다란 타락을 시도했고 그것 때문에 많은 힘을 소진해버렸어요. 하지만 난 타락을 좋아하지도 않고 원하지도 않앉어요. 당신은 최근에 절 주목했죠. 당신은 내가 악한 마음과 우리 쪽의 사악한 인간들의 희망에 대한 질투 때문에 그들을 주목했다는 사실을 아시나요? 그런데 당신은 쓸데없이 두려워했죠. 난 이곳에서 동지도 될 수 없죠. 왜냐하면 내가 아무것도 그들과 나눌 수 없기 때문입니다. 그냥 웃기 위해, 혹은 악한 마음으로도 할 수 없어요. 우스운 것을 두려워하기 때문이 아닙니다. 난 우스운 것에 놀랄 수도 없지요. 아무튼 나는 제대로 된 사람의 습관을 가지고 있는데 그것이 내게는 혐오스러워요. 만일 내가 그들에 대해 악한 마음과 더 많은 질투심을 가진다면 어쩌면 그들과 함께 갔을 겁니다. 내게 그것이 얼마나 쉬운 일이었는지, 그리고 얼마나 방탕한 일이었는지 판단해 보세요!

사랑하는 친구, 내가 발견한 부드럽고 위대한 피조물이여! 어쩌면 당신은 내게 많은 사랑을 주고 당신은 가장 아름다운 영혼 중 그만큼 아름다운 것을 나에게 흘려보내기를 꿈꾸고 있는지도 모르겠네요. 당신은 그것을 통해서 결국 내 앞에 어떠한 목적을 설정하고 싶은 건가요? 아닙니다. 당신은 좀 더 신중해지는 것이 더 좋습니다. 나의 사랑은 내 자신처럼 초라해서 당신은 불행하게 될 겁니다. 당신의 오빠는 내게, 대지와의 연결고리를 잃어버린 사람은 자신의 신을 잃어버린

자, 즉 자신의 모든 목적을 잃어버린 자라 말했어요. 모든 것에 대해 끊임없이 논쟁할 수 있겠으나 모든 위대한 영혼과 모든 에너지 없이도 하나의 부정(否定)이 내게서 흘러나왔어요. 모든 것은 언제나 초라하고 시들어버리죠. 위대한 영혼을 가진 키릴로프도 사상을 견디어내지 못하고 자살했어요. 하지만 난 그가 위대한 영혼을 가진 자라는 것을 압니다. 다만 그는 건전한 이성을 가지지 못했어요. 난 결코 이성을 잃을 수가 없었고 그처럼 사상을 믿을 수가 없었어요. 난 그 정도의 사상에 빠져들 수가 없습니다. 난 절대, 절대로 자살할 수가 없어요!

난 자살을 해서 비열한 곤충과 같은 자신을 대지에서 제거해야 한다는 것을 알아요. 하지만 자살이 두려워요. 왜냐하면 영혼의 위대함을 보여주는 것이 두렵기 때문입니다. 난 이것이 무한한 기만들 중에서 가장 최후의 기만이라는 것을 알고 있어요. 위대한 영혼을 보여주기 위한 역할을 위한 것이라면 자신을 기만하는 것이 무슨 소용이 있겠어요? 내게는 분노와 수치심도 결코 있을 수 없어요. 그리고 절망도 그렇죠.

내가 너무 많은 것을 써서 죄송합니다. 내가 정신을 차리고 보니 이게 우연이었네요. 이런 식이면 100페이지도 모자라고 10줄로도 충분할 겁니다. '간호사에게'

보내기 위해서는 10줄이면 충분합니다.

떠난 이후로 난 6번째 역참지기 집에서 살고 있어요. 난 5년 전 페테르부르크의 방탕한 시절에 그를 만났어요. 어느 누구도 내가 그곳에서 본 것을 모릅니다. 그의 이름으로 편지를 쓰세요. 주소를 덧붙입니다.

니콜라이 스타브로긴

다리야 파블로브나는 즉시 뛰어가서 바르바라 페트로브나에게 편지를 보여주었다. 바르바라는 편지를 다 읽고 나서 다샤에게 혼자서 다시 편지를 읽으려고 하니 나가 달라고 부탁했다. 하지만 어쩐 일인지 그녀는 아주 금방 다샤를 불렀다.
"너 갈 거니?"
그녀는 다소곳이 물어보았다.
"갈 거예요."라고 다샤가 대답했다.
"준비하거라! 같이 가자!"
다샤는 의아한 듯 쳐다보았다.
"지금 내가 여기서 뭘 해야 할까? 아무 상관이 없는 게 아닐까? 난 '우리'에 등록을 하고 시골에 살 거야... 걱정마라. 방해하지는 않을 테니."
그들은 정오에 출발하는 기차 시간에 맞춰서 서둘러

준비하기 시작했다. 하지만 30분도 되지 않아서 알렉세이 이고리치가 스크보레시니키에서 돌아왔다. 그는 니콜라이 프세볼로도비치가 아침에 '갑자기' 이른 기차를 타고 스크보레시니키에 도착했는데 질문에 아무런 답도 하지 않고 모든 방을 휘저어 돌아다니다가 자기 방에 틀어박혀있다고 말했다.

"저는 그분의 명령과 별개로 와서 보고를 해야겠다고 결론 내렸죠."

알렉세이 이고리치는 아주 신중한 표정으로 덧붙였다.

바르바라 페트로브나는 그의 얼굴을 뚫어져라 쳐다보았고 아무런 질문도 하지 않았다. 순식간에 마차가 준비되었다. 그녀는 다샤와 함께 갔다. 가는 동안 자주 성호를 그었다고 한다.

'그의 방'의 모든 문이 활짝 열려 있었고 니콜라이 프세볼로도비치는 어디에도 보이지 않았다.

"다락에 계시지는 않을까요?"

포무슈카가 조심스레 말했다.

바르바라 페트로브나의 뒤를 따라 몇 명의 하인들이 '그의 방'으로 들어갔다는 사실을 지적해 두어야겠다. 나머지 하인들은 홀에서 기다리고 있었다. 그들은 예전에는 예의범절에 어긋나는 일을 할 엄두도 내지 못했을 것이다. 바르바라 페트로브나는 상황을 보고 입을 다물었다.

그들은 다락에 올라가 보았다. 거기에는 3개의 방이 있었다. 하지만 어느 방에서도 그를 찾지 못했다.

"혹시 저기로 가신 건 아닐까요?"

누군가가 다락방으로 난 문을 가리켰다. 사실 언제나 잠겨져 있던 다락방으로 향하는 방문이 지금은 활짝 열려진 상태였다. 길고 아주 좁고 끔찍하게 경사가 심한 나무 계단을 따라 거의 지붕 아래쪽까지 올라가야만 했다. 거기에도 또한 조그만 방이 있었다.

"난 거기로 가지 않을 거야. 무슨 이유로 그 아이가 저리로 기어가겠나?"

바르바라 페트로브나는 하인을 쳐다보면서 얼굴이 몹시 창백해졌다. 그들은 그녀를 바라보며 아무 말이 없었다. 다샤는 몸을 떨고 있었다.

바르바라 페트로브나는 서둘러 계단을 따라 올라갔고 다샤가 그녀의 뒤를 따라갔다. 그녀가 다락방으로 들어서자마자 그녀는 비명을 지르기 시작하였고 기절했다.

'우리' 지역의 주민이 바로 그곳 문 뒤에서 목을 매달았던 것이다. 테이블 위에는 연필로 몇 자 적어놓은 메모가 있었다. 메모에는 '어느 누구도 비난하지 마세요. 내가 직접'이라고 적혀 있었다. 그곳 테이블 위에는 망치,

비누 조각, 예비로 마련해둔 듯한 커다란 못이 놓여 있었다. 니콜라이 프세볼로도비치가 목을 매는 데에 사용한, 미리 고르고 준비한 튼튼한 비단 줄에는 비누가 잔뜩 발라져 있었다. 이 모든 것이 자살이 미리 준비된 것이며 마지막 순간까지도 그는 의식이 있었음을 보여주었다.

이 도시의 의사들은 시신의 부검을 통해 그의 광기를 완전히, 그리고 강하게 부정하였다.

작품 해설

도스토옙스키, '악령들'의 질주에 주목하다

조혜경

1. 『악령들』에 나타난 신과 인간의 문제

『악령들』은 1869년부터 1872년에 걸쳐 집필되어 「러시아 소식」지에 연재되었다. 도스토옙스키는 『악령들』을 집필하기 이전부터 지속적으로 신의 문제에 대해 고민하였고 이를 소설의 주요한 주제로 삼는다. 작가에게 종교의 문제는 단순히 종교와 신학의 문제를 넘어 사상, 법, 경제, 사회, 도덕과 윤리의 문제와 밀접하게 연관된다. 작가가 관심을 가지는 신의 문제는 두 가지 차원으로 접근할 수 있다. 첫째는 인신(人神) 사상이다. 신과 인간의 문제에서 만일 신이 존재한다면 인간의 자유의지는 무의미하다는 것이다. 반대로 인간의 자유의지로 모든 것을 할 수 있다면 신이 존재하지 않는다는 논리다. 특히 후자는 인신 사상으로서 러시아 사회주의 사상과 밀접히 연관되므로 주목할 필요가 있다. 인신 사상은 인간이지만 자신의 의지를 내세우며 교만하여 스스로를 신격화함으로써 신의 존재를 부정하는 무신론이다. 즉, 자신을 신의 자리에 놓기 위해 자신이 가진 권력과 의지를 보여주고, 자신의 목숨마저도 스스로 좌우할 수 있음을 증명하려고 자살을 서슴지 않는다. 『악령들』에서는 키릴로프가 인신 사상을 가진 무신론자에 해당한다. 키릴로프는 신이 존재하지 않음을 증명하기 위해 자신의 목숨을 좌우하는 자는 바로 신이 아니라 자신임을 보여주기 위해 자살한다.

둘째는 민족적 차원의 신의 문제이다. 작가에게 러시아 민족은 신에 의해 선택된 민족(선민사상)이다. 『악령들』의 범슬라브주의자 샤토프의 사상은 이를 잘 보여준다. 샤토프는 민족의 유일한 목표는 신의 추구이며 신이 민족 전체의 종합적인 인격체와 마찬가지라는 주장을 펼친다. 여기서 주목할 것은 민족에 대한 신격화, 즉 민족을 신의 위치로 높이는 것은 작가의 주장이 아니라는 점이다. 도스토옙스키는 러시아 민족을 신을 품은 민족으로 간주하긴 했지만 민족 전체를 하나의 신격으로 높이진 않는다. 한때 미국에서 함께 지내기도 했던 두 인물 키릴로프와 샤토프는 신과 인간의 문제를 둘러싸고 극명하게 대립된 비극적 결말(자살과 무신론자들에 의한 타살)을 맞이한다.

작가의 신과 민족에 대한 관심은 1869년 발생한 '네차예프 사건'을 통해 더욱 심오하고 현실적인 색채를 띠게 된다.

네차예프 사건이란 혁명가 네차예프, 우스펜스키, 쿠즈네초프, 니콜라예프, 프리조프가 조직을 배신하고 밀고를 할 우려가 있다는 이유로 이전의 조직원인 이바노프를 살해하고 그 시신을 연못에 유기한 사건이다. 『악령들』에서는 위의 실화를 바탕으로 하여 표트르 스테파노비치 일당이 샤토프를 살해하여 그 시신을 연못에 유기한다(3부 7장). 실화를 소재로 한 점은 『악령들』을 종교 사상을 담은 무거운 소설이 아닌 소위 현실적인 정치적 '팜플렛-소설'로 탈바꿈시킨다. 그러니까 결론적으로 『악령들』은 심오한 종교적인 사상을 근간으로 하여 현실적인 정치 사상을 담은 너무 무겁거나, 혹은 너무 가볍지 않은 그야말로 '적당히 무거운' 소설이 된 셈이다. 이는 도스토옙스키에게 있어 종교가 종교적 차원에만 머무르는 것이 아니라 인간 삶의 모든 차원과 긴밀히 연관되어 있음을 보여준다.

2. 왜 악령들인가?

소설에서 '악령들'에 대한 언급은 총 두 번 등장한다. 화자가 소설의 제사에서 인용한 부분과 화자의 친구인 스테판 베르호벤스키가 죽기 전에 소피야에게 성경의 돼지 떼(누가복음 8장 32-36절)에 대한 부분을 읽어 달라고 요청하는 대목이 바로 그것이다. 엄밀히 말해 화자는 스테판 베르호벤스키의 연대기를 쓰면서 소피야의 낭송 부분을 제사로 인용한 것이다. 정리하자면 스테판 베르호벤스키에게도, 또 그의 친구인 화자에게도 누가복음 8장 32-36절은 의미심장하다고 할 수 있다. 더 나아가 누가복음에 등장하는 악령들을 제목으로 정한 작가 도스토옙스키에게도 위의 성경 구절은 중요하다고 할 수 있다. 『악령들』의 모든 사상을 집약적으로 보여줄 수 있는 성경 구절과 성경에 등장하는 악령들의 의미는 무엇일까?

스테판이 관심을 가진 성경 구절은 바로 예수님이 군대 귀신이 들린 사람에게서 귀신을 쫓아내자 병자는 치유되고 병자의 몸을 빠져나온 귀신은 돼지 떼에게 들어가 돼지 떼들이 호수로 내달려 죽는다는 내용이다. 위의 성경 구절에 대한 스테판 트로피모비치의 입장을 알아보기 위해 그의 말을 직접 인용해보자.

> "이 기적과 같고 특별한 구절이 평생 제게는 걸림돌이었어요... 그 책에서... 그렇게 난 어릴 때부터 그 구절을 기억하고 있었어요. 지금 한 가지 생각이 떠오르네요. 하나의 비유입니다. 지금 내 머릿속에 끔찍하게도 너무도 많은 생각들이 떠올라요. 아시죠. 그건 우리의 러시아와 마찬가지입니다. 환자의 몸에서 나와 돼지 떼에 들어간 악령

들은 독이자 전염병으로서 불결합니다. 모든 악령들과 악귀들이 우리의 위대하고 사랑스런 환자인 러시아에 수 세기 동안, 정말 수 세기 동안 들어앉아 있었던 겁니다! 네, 그건 내가 언제나 사랑했던 러시아입니다. 하지만 위대한 사상과 위대한 의지는 러시아보다 훨씬 더 높이 들어앉을 겁니다. 마치 귀신 들린 환자를 제압한 것처럼 말이죠. 그리고 이 모든 악령들, 추잡한 것들, 표면에서 썩기 시작한 비열한 것들이 터져 나오게 됩니다... 그리고 스스로 돼지 떼로 들어가게 해달라고 부탁하겠죠. 아니 어쩌면 이미 들어갔는지도 모릅니다! 그게 우리, 우리와 그들, 그리고 페트루샤... 그리고 그와 함께 한 이들, 그리고 나, 어쩌면 나는 처음에 무리들 중 앞장선 이였는지도 모릅니다. 우리는 미친 듯이 광포하게 절벽에서부터 바다로 내달리고 나서 익사하게 됩니다. 우리에겐 거기로 가는 길이 있는 겁니다. 왜냐하면 우리는 그것으로도 만족하기 때문입니다. 하지만 병자는 치유되어 '예수님의 발아래 앉게 됩니다.'... 그리고 모두 놀라서 바라보겠죠. 사랑스런 그대, 당신은 나중에 깨닫게 될 겁니다. 그런데 지금 그 사실이 절 몹시 흥분시키네요... 당신은 나중에 이해하게 될 겁니다... 당신은 나중에 이해할 거고... 우리는 함께 갈 겁니다."(3부 9장)

스테판 트로피모비치는 귀신 들린 자가 예수에 의해 치유된 사건 자체에 관심을 가지는 것이 아니라 호수로 내달리는 귀신 들린 돼지 떼에 더 관심을 가진다는 점에 주목할 필요가 있다. 그가 소피야에게 읽어달라고 처음 요청했을 때 그가 언급한 단어 또한 돼지 떼이다. 성경을 문학으로 접한 스테판 트로피모비치에게 성경은 하나의 비유다. 그는 자신과 자신의 영향을 받은 자유주의, 사회주의, 무신론, 허무주의 사상을 신봉하는 아들 표트르 스테파노비치와 그 무리들을 돼지 떼에 비유하며 그들이 악령들처럼 무모하게 종말을 향해 질주한다고 해석한다. 그것은 자신의 지난날에 대한 후회이며 젊은 세대를 올바른 방향으로 이끌어주지 못한 자신에 대한 뼈아픈 성찰이다. 하지만 말년에 스테판 베르호벤스키는 위의 성경 구절에 나온 귀신 들린 자가 예수에 의해 치유되었듯이 자신도 귀신만 빠져나간다면 다시 한번 새로운 삶을 살 수 있으리라는 희망을 가진 것이 아니었을까 생각해본다. 어쩌면 스테판 베르호벤스키는 그 자신이 귀신들린 자이고 귀신이 빠져나간 후 악령들은 자신들로부터 이제는 멀어졌음을 믿고 싶은 것이었을지도 모른다. 하지만 그는 자신이 계획했던 복음서의 해석과 수정, 그리고 복음서의 판매를 본격적으로 시작하지도 못하고 생을 마감한다. 아버지 세대의 서글픈 종말이다. 사실 작가는 스테판 베르호벤스키의 모델로 1840년대의 서구주의자 그라놉스키를 설정하고 소설에서 스테판 베르호벤스키를 민중과 유리된 채 자신의 학문과 예술의 세계에 빠져 지내는 서구주의자로서 끊임없이 희화화하고 결국 비극적인 종말을 맞게 한다. 그렇다면 아들 세대는 어떠한가?

먼저 스테판 베르호벤스키의 아들 표트르 스테파노비치와 5인조는 사회주의 사상에 물들어 러시아의 급진적인 변혁을 꿈꾼다. 그들은 절대적이고 평등한 유토피아를 만들기 위해 전제군주처럼 권력을 쥔 자와 그 아래 굴복하는 평등한 노예들을 상정한다. 그들은 스타브로긴(바르바라 페트로브나의 아들이다. 그는 낭만적인 주인공의 패러디로서 가면을 연상시키는 귀족적인 외모의 소유자이다.)을 권력자로 추앙하고 유토피아를 건설하기 위해 파괴와 가치 전복을 일삼는다. 그래서 그들은 조직을 배신하고 밀고를 하리라 의심되는 이전의 조직원인 샤토프(네차예프 사건의 이바노프와 마찬가지로)를 잔인하게 살해하고 자살한 인신론자 키릴로프의 유서를 조작하여 그에게 살인 누명을 씌운다. 이처럼 그들은 목적을 위해 비열하고 비겁한 행동을 서슴치 않고 해치우는 자들이다. 하지만 결국 모든 사건의 전모가 드러나고 니콜라이 스타브로긴은 자살로써 생을 마감하고 그들의 조직은 와해된다.

아버지와 아들 세대의 공통점은 그들이 러시아와 러시아 민중들과 유리되어 있다는 데에 있다. 서구식 교육을 받고 서구 사상을 추앙하며 러시아 사회의 변화를 꿈꾸는 그들은 자신의 목적을 위해 악령 들린 돼지 떼처럼 거침없이 종말을 향해 질주한다. 그러나 아버지와 아들 세대에 차이가 있다. 아버지 세대는 낭만적인 관점이긴 하나 신의 존재를 인정하고 신을 갈구하지만, 아들 세대는 철저한 무신론으로 일관된 태도를 보이며 목표를 향해 나아가는 과정에서 장애물들을 거침없이 비열한 방법으로 제거한다. 신이 없는 그들에게 두려운 존재는 아무것도 없다. 이처럼 도스토옙스키는 신구세대 모두가 신과 신을 품은 러시아, 그리고 러시아의 민중과 유리된 삶을 살고 있음을 비극적인 어조로 그려내면서 그들에게 구원은 없음을 강조하고 있다.

3. 무의미한 질주의 의미를 찾아서

1861년 러시아 농노해방 이후 혼돈의 러시아가 나아가야 할 방향, 그리고 그 과정에서 러시아 인텔리들의 역할에 대해 진지하게 고민하던 작가 도스토옙스키는 소설 『악령들』을 통해 러시아 인텔리의 총체적인 문제점을 적나라하게 폭로한다. 여전히 1840년대식의 낭만주의, 서구주의의 영향 하에 있으면서 동시에 그것을 비판하는 1860년대 세대들의 무신론, 허무주의, 사회주의 사상은 1840년대 사상의 대안이 되지 못한 채 러시아라는 트로이카를 더욱 더 혼돈 속으로 몰고 갈 뿐이다. 신을 부정하고 신을 품은 러시아 민중과 유리된 러시아 인텔리들은 바로 '악령 들린 돼지 떼'로서 러시아의 미래를 결코 제대로 이끌어 갈 수 없음을 작가는 『악령들』의 등장인물들을 통해 우리에게 보여준다.

빠르게 지나가는 것은 자세히 볼 수 없고 그 실체를 알아차리기도 힘들다. 그래서 사람들은 때로는 보려고조차 하지 않고 질주를 외면한 채 살아간다. 혹은 남들에게 뒤처지지 않기 위해 무언지 모를 실체의 질주에 동참하며 앞만 보고 내달린다. 이처럼 우리는 실체 없는 무언가의 질주에 익숙한 삶을 살고 있다. 모든 것이 급변하고 한 치 앞을 내다보기 힘든 현대사회를 살아가는 우리는 질주를 외면하거나 혹은 질주하는 모든 것과 함께 질주해야만 하는가? 지금은 질주를 잠시 멈추어야 할 때이다. 질주를 멈추어서 질주하는 실체를 파악하고 질주의 의미를 찾아야 할 때이다. 질주하는 실체가 '악령 들린 돼지 떼'일 수도 있기 때문이다.

작가의 삶과 작품세계

1821년 모스크바의 마린스키 자선 병원의 수석 의사인 미하일 안드레예비치와 상인 가문 출신의 마리야 표도로브나의 7형제 중 둘째로 태어났다. 모스크바의 사립 기숙학교를 졸업한 뒤 아버지의 뜻에 따라 페테르부르크의 공병학교에서 수학했다. 이후 공병국에 취직했지만 1년 동안 다니다가 퇴직했고 이 무렵 발자크의 『으제니 그랑데』를 번역하며 (1843) 작가의 길을 가기로 결심한다. 이후 처녀작 『가난한 사람들』을 발표하여 당대 러시아의 영향력 있는 비평가 벨린스키로부터 '제2의 고골'이라는 호평을 받았다. 하지만 이후 발표한 일련의 소설들(『분신』, 『프로하르친 씨』 등)은 그다지 좋은 반응을 얻지 못하였다. 1849년부터 페트라솁스키가 주도하는 비밀 사상 조직에 가담하여 프랑스의 공상적 사회주의에 심취했고, 얼마 후 체포되어 벨린스키의 "고골에게 보내는 편지"를 낭독했다는 이유로 사형을 선고받았으나 사면되어 시베리아 유형에 처해진다. 그는 옴스크에서 4년간의 유형생활을 마치고 나서 세미파라틴

스크에서 일병으로 복무하며 1857년에 과부인 마리야 드미트리예브나와 결혼한다.

1859년에 작가는 '희극적인 소설'을 기획하여 『스테판치코보 마을 사람들』과 『아저씨의 꿈』을 집필함으로써 문단에 복귀한다. 그러나 무엇보다 작가의 명성을 드높인 소설은 화자인 고랸치코프를 통해 자신의 유형 경험을 세밀하게 기록한 소설 『죽음의 집의 기록』(1861)이다. 이 소설은 톨스토이로부터도 극찬을 받은 것으로 알려진다. 이후 작가는 『상처받은 사람들』을 발표하고 처음으로 유럽 여행길에 오른다. 자신의 여행에 관한 인상을 『여름 인상에 관한 겨울 메모』에 기록한다. 그는 서유럽 국가들의 화려함 뒤에 숨겨진 모순과 비인간적인 측면들에 비판적 시각을 던진다. 그리고 이듬해 여대생인 아폴리나리야 수슬로바와 유럽으로 사랑의 도피 여행을 떠난다. 하지만 수슬로바는 스페인 의대생과 사랑에 빠짐으로써 작가에게 상처를 준다. 당시 작가는 형 미하일과 함께 잡지『시간』, 『세기』를 발간하여 경제적으로 어려웠다. 작가는 잡지에서, 모든 것을 포용하는 러시아의 대지를 기반으로 하여 민중과 인텔리의 단결을 강조하는 '대지주의'를 역설하며 체르느이솁스키와 피사레프와 논쟁을 벌였다. 그런데 1864년에 폐병을 앓던 아내와 형이 차례로 사망하는 비극을 맞게 된다. 이러한 비극적인 상황 속에서도 작가는 1860년대의 공리주의와 이성주의에 대한 반박을 은닉된 논쟁의 형식으로 풀어 나간 소설 『지하로부터의 수기』를 발표하여 이후 관념적인 장편소설로 가는 교량을 마련한다. 1865년에 수슬로바에게 청혼하였으나 거절당하고 독일의 비스바덴에서 룰렛 도박에 빠지게 되는데, 작가는 자신의 도박 경험을 토대로 소설

『도박자』를 썼다. 당시 자신이 고용한 속기사 안나 그리고리예브나와 사랑에 빠져 그녀와 재혼하게 된다. 이후 작가는 5대 장편, 즉 초인 사상에 빠진 대학생 라스콜니코프의 살인 및 죄와 회개를 다룬 『죄와 벌』, 그리스도와 돈키호테를 모델로 긍정적으로 아름다운 주인공 므이시킨을 제시한 『백치』, 1860년대 러시아 허무주의와 무신론에 빠져 동료를 살해하는 젊은이들의 비극을 다룬 『악령들』, 두 아버지 사이에서 방황하는 아르카디의 수기를 근간으로 한 『미성년』, 그루셴카라는 여인을 두고 사랑을 쟁취하고자 하는 부자간의 경쟁과 친부 살해, 이반의 대심문관에 대한 서사시로 나타나는 반신론과 인신론, 동생 알료샤와 조시마 장로의 겸허한 사랑, 신인론과 대립되는 모티프를 다룬 『카라마조프 형제들』을 발표하면서 러시아 문학을 대표하는 대문호의 반열에 오르게 된다. 뿐만 아니라 1880년 모스크바에서 열린 푸쉬킨 동상 제막 연설에서 러시아 민족의 단결과 형제애를 강조하며 청중들의 열광적인 반응을 불러일으켰다. 그리고 이듬해 페테르부르크에서 폐기종 파열로 사망하여 알렉산드르 넵스키 수도원에 묻혔다.

도스토옙스키의 소설들은 작가 자신이 살았던 시대의 이슈가 되는 여러 사상들(서구주의, 실증주의, 계몽주의, 사회주의, 인민주의, 이성 중심주의, 공리주의, 허무주의 등)에 대한 작가의 입장을 논쟁적으로 제시한다. 작가는 늘 그러한 사상들이 안고 있는 모순과 비인간적인 측면, 문제점들에 주목하였고 고민하였으며 그러한 사상들과 맞설 수 있는 것은 '러시아적인 신'에 기반한 사랑과 용서, 겸손임을 역설하였다. 하지만 독자들이 도스토옙스키 소설의 매력으로 꼽는 것은 작가의 사상이 뒤틀리고 왜곡된 주인공들, 타락한 본성, 상처받은 자의식, 분열과 광기, 자기 비하 등을 통해 역설적으로 드러난다는 점일 것이다. 그러기에 작가는 인간의 심리의 근원까지 세밀하게 파헤치는 자신을 '심리적 리얼리즘'의 작가라 자칭했는지도 모르겠다. 뿐만 아니라 바흐친이 작가의 주인공들을 '관념인'이라 칭하고 그의 소설을 '다성악(polyphony) 소설'이라 말한 것은 앞에서 언급한 사상과 관념을 대변하는 주인공들이 작가의 지배를 받지 않고 독립적으로 소설에서 자신의 목소리를 내기 때문이다.

작가의 종교적인 신념은 러시아의 종교철학자 솔로비요프를 시작으로 하여 19세기 말에서 20세기 초 러시아 종교철학의 부흥을 주도했던 일군의 사상가들(베르자예프, 바체슬라프 이바노프, 프랑크, 플로렌스키)에게 많은 영향을 미쳤다. 아울러 작가는 20세기 러시아 작가들(올레샤, 필냐크, 불가코프, 플라토노프, 솔제니친 등)과 서구 작가들(앙드레 지드, 프랑스 실존주의 작가들)에게도 사상적, 미학적 측면에서 적지 않은 영향을 끼쳤음을 부인할 수 없을 것이다.

표도르 도스토옙스키 연보

1821년	모스크바의 자선 병원 의사인 미하일 안드레예비치의 7남매 중 둘째로 태어남.
1834년(13세)	형 미하일과 함께 체르마크 중등학교 입학.
1838년(17세)	페테르부르크 공병학교에 입학.
1839년(18세)	아버지가 영지 다로보예에서 농노들에게 살해됨.
1842년(21세)	소위로 승진.
1843년(22세)	공병학교 졸업 후 페테르부르크의 육군성에 근무. 발자크의 소설 『으제니 그랑데』 번역.
1845년(24세)	『가난한 사람들』 원고를 그리고로비치를 통해 벨린스키, 네크라소프에게 보여 주고 호평받음.
1846년(25세)	『가난한 사람들』을 『페테르부르크 문집』에 발표하고 연이어 『분신』, 『프로하르친 씨』 발표.
1847년(26세)	「아홉 통의 편지로 된 소설」을 『동시대인』에 발표, 페트라솁스키 써클에 참석, 「여주인」을 『동시대인』에 발표.
1848년(27세)	「남의 아내」, 「약한 마음」, 「정직한 도둑」, 「크리스마스 파티와

	결혼식」 등의 단편과 「백야」를 『조국 수기』에 발표.
1849년(28세)	미완의 장편인 『네토치카 네즈바노바』를 『조국 수기』에 발표. 4월 페트라셉스키 써클에서 벨린스키의 "고골에게 보내는 편지"를 낭독하고, 이로 인해 4월 23일 체포되어 페트로파블롭스크 요새에 수감되어 사형을 선고받음. 12월 세묘노프 광장에서 사형 집행 도중 사면되어 4년의 시베리아 수형과 4년의 군복무를 언도받음.
1850년(29세)	옴스크 감옥에 수감됨.
1854년(33세)	감옥에서 풀려나 세미파라틴스크에서 사병으로 복무. 마리야 이사예바를 만나 교제 시작.
1857년(36세)	마리야 이사예바와 결혼.
1859년(38세)	페테르부르크로 이주. 희극 소설 『아저씨의 꿈』과 『스테판치코보 마을 사람들』 발표.
1861년(40세)	형 미하일과 함께 잡지 『시대』를 발간하고 자신의 소설 『상처받은 사람들』 연재. 자신의 유형 생활을 토대로 한 소설 『죽음의 집의 기록』 발표.
1862년(41세)	독일, 프랑스, 영국을 방문하며 게르첸, 바쿠닌 등의 러시아 사상가들을 만남.
1863년(42세)	유럽 여행에 대한 인상을 『여름 인상에 관한 겨울 메모』를 통해 발표. 잡지 『시대』가 폐간됨.
1864년(43세)	잡지 『세기』 발간, 장편 『지하로부터의 수기』 발표. 아내가 폐병으로 사망하고 3개월 뒤 형 미하일 사망.

1865년(44세)	재정난으로 잡지 『세기』 정간.
1866년(45세)	『죄와 벌』 발표. 바덴바덴에서의 도박 경험을 토대로 소설 『도박자』 탈고. 속기사인 안나 그리고리예브나에게 자신이 구술하는 『도박자』를 속기하도록 함. 안나 그리고리예브나에게 청혼.
1867년(46세)	안나 그리고리예브나와 결혼하고 유럽을 여행하며 드레스덴, 제네바, 플로렌스 등에 거주.
1868년(47세)	첫 딸 소피야가 제네바에서 사망.
1869년(48세)	장편 『백치』 완성, 드레스덴에서 둘째 딸 류보프 탄생.
1870년(49세)	『영원한 남편』 발표.
1871년(50세)	페테르부르크로 돌아와서 『러시아 소식』에 『악령들』 발표. 첫 아들 표도르 탄생.
1875년(54세)	『미성년』 발표, 둘째 아들 알료샤 탄생.
1876년(55세)	『온순한 여자』 발표.
1877년(56세)	『우스운 인간의 꿈』 발표.
1878년(57세)	세 살이던 아들 알료샤가 간질로 사망. 철학자 솔로비요프와 함께 옵티나 푸스틴 수도원 방문함.
1879년(58세)	『카라마조프 형제들』 발표 시작, 이듬해 단행본으로 완성.
1880년(59세)	푸쉬킨 동상 제막 연설에서 슬라브 민족의 단결을 역설하여 좋은 반응 얻음.
1881년(60세)	1월 폐기종 파열로 사망, 알렉산드르 넵스키 수도원에 영면.

옮긴이 조혜경(趙惠卿)

고려대학교 노어노문학과와 동대학원을 졸업하고 모스크바 국립대학교에서 문학박사하위 취득 후 도스토옙스키와 톨스토이 관련 연구를 하면서 현재 대구대학교 성산교양대학 자유전공학부 교수로 재직 중이다. 주요 저서로는 『도스토옙스키 소설에 나타난 리터러시와 비블리오테라피』(써네스트, 2012), 『똘스또이, 시각을 탐하다』(뿌쉬낀하우스, 2013), 역서로는 『지하로부터의 수기』(웅진 클래식 코리아, 2009), 『허접한 악마』(창작과 비평사, 2013), 『남의 아내와 침대 밑 남편-도스토옙스키 중단편집』(뿌쉬낀하우스, 2020), 주요 논문으로는 "도스토옙스키 종교 철학에 나타난 러시아 분리파의 문제 연구:『죄와 벌』을 중심으로", "도스토옙스키 『도박자』 연구:공간의 의미와 룰렛의 모티프를 중심으로", "공감의 두 양상: 『백치』와 『부활』을 중심으로", "영혼 구원을 위한 공감: 『카라마조프가의 형제들』에 나타난 드미트리의 운명을 중심으로"외 러시아 문학 관련 다수의 논문이 있다.

가볍게 읽는 도스토옙스키의 5대 걸작선
악령들

초판 발행 2022년 7월 31일

지은이 표도르 도스토옙스키
옮긴이 조혜경
펴낸이 김선명

펴낸곳 뿌쉬낀하우스
편집 송사랑
디자인 김율하
주소 서울특별시 중구 퇴계로20나길 10, 202호
전화 02)2237-9387
팩스 02)2238-9388
이메일 book@pushkinhouse.co.kr
홈페이지 www.pushkinhouse.co.kr
출판등록 2004년 3월 1일 제 2004-0004호

ISBN 979-11-7036-068-1 03890

Published by Pushkinhouse. Printed in Korea
Korean Translation Copyright ⓒ2022 by 조혜경 & Pushkinhouse
저작권법에 의해 보호를 받는 저작물이므로 무단 전재와 무단 복제를 금합니다.

*잘못된 책은 바꿔드립니다.